GOLDMANN

Buch

England im Jahre 1824: Der mittellose, aber stilvolle Lebenskünstler Julian Kestrel ist von seinem reichen Zufallsbekannten Hugh Fontclair als Trauzeuge auf den Familiensitz Bellegarde in der Nähe von London eingeladen worden. Noch vor dem Hochzeitstermin findet Kestrel in seinem Zimmer eine Tote. In einer Welt ohne die Methoden der Spurensicherung, ja sogar ohne Polizei macht sich Kestrel mit seinem geschickten Diener Dipper auf die Suche nach dem Mörder. Er muß sich durch eine lange Familiengeschichte voller Untiefen, Fehltritte, Lügen, Vertuschungen, Intrigen und Verleumdungen kämpfen, bis er den Mörder entdeckt. Doch die volle Wahrheit kennt selbst Kestrel noch nicht ...

Autorin

Kate Ross ist Rechtsanwältin in einer bekannten Bostoner Kanzlei. Mit ihrem Debütroman, »Bis ins Mark«, gelang ihr auf Anhieb ein großer Erfolg. Inzwischen ist bereits ihr zweiter Roman mit Amateurdetektiv Julian Kestrel erschienen: »Der zerrissene Vorhang«. Kate Ross lebt in Brookline, Massachusetts.

Außerdem von Kate Ross bei Goldmann:

Der zerrissene Vorhang (42791)

Kate Ross

Bis ins Mark

ROMAN

Aus dem Englischen
von Mechtild Sandberg-Ciletti

GOLDMANN VERLAG

Die Originalausgabe erschien unter dem Titel
»Cut to the Quick« bei Viking, New York

*Für
meinen Vater*

Umwelthinweis:
Alle bedruckten Materialien dieses Taschenbuches
sind chlorfrei und umweltschonend.

Der Goldmann Verlag
ist ein Unternehmen der Verlagsgruppe Bertelsmann

Genehmigte Ausgabe 9/96

Umschlaggestaltung: Design Team München
Umschlagmotiv: Albert Joseph Moore, »Hagebutten« 1884
Druck: Elsnerdruck, Berlin
Verlagsnummer: 42552
JP · Herstellung: sc
Made in Germany
ISBN 3-442-42552-2

3 5 7 9 10 8 6 4

Kein Grund zum Feiern

Mark Craddock schritt in seinem Arbeitszimmer langsam, fast bedächtig, hinter seinem Schreibtisch auf und ab. Von Zeit zu Zeit warf er einen Blick auf die mit Intarsien verzierte Uhr auf dem Kaminsims. Die Kinder nahmen sich viel Zeit, um zu einer Übereinkunft zu gelangen, aber er würde sie nicht stören. Mehr als zwanzig Jahre hatte er auf diesen Tag gewartet; auf ein paar Minuten kam es nun nicht mehr an.

Die Bediensteten im Hause Craddock nannten diesen Raum die Höhle des Löwen, zum einen, weil die Rückenlehne des Schreibtischstuhls mit dem Kopf eines Löwen verziert war, zum anderen, weil Craddock mit dem vollen, lohfarbenen Haar, der flachen Nase und dem grimmigen Blick, den er durch kleine, runde, blinkende Brillengläser auf seine Umwelt richtete, selbst an einen Löwen erinnerte. Der Raum schien ideal auf die große, stämmige Erscheinung Craddocks abgestimmt: Die Decke war hoch, die Möbel aus Mahagoniholz waren wuchtig. Jedes Detail zeigte, daß er es bei der Einrichtung an Geld und Sorgfalt nicht hatte fehlen lassen: die Tintenfässer aus Sèvres-Porzellan, die in Saffianleder gebundene Schreibmappe, das elegante Porträt seiner verstorbenen Frau, das über dem offenen Kamin aus Marmor hing.

Im Augenblick bereitete Sarahs Porträt Craddock einiges Unbehagen. Ihre Augen schienen ihn bekümmert und vorwurfsvoll anzusehen. Sosehr er sich bemühte, er konnte ihrem Blick nicht ausweichen. Er überlegte sich gerade, ob er das Bild nicht mit dem Gesicht zur Wand hängen sollte, als ein Diener das Zimmer betrat: »Mr. Fontclair möchte Sie sprechen, Sir.«

Craddock vergaß sofort das Porträt. »Bitten Sie ihn herein.«

Und da kam er schon! Hugh Fontclair, Sir Roberts Sohn und Erbe – *ihr* Neffe. Craddock musterte ihn mit Genugtuung. Die hohe Stirn und das lange Kinn des Jungen waren unverwechselbar das Fontclairsche Erbe – die schönen dunklen Augen allerdings hatte er von seiner Mutter. Aber seine Haltung war die eines Fontclairs – groß und aufrecht, mit stolz herausforderndem Blick stand er da. Er war in der Tür stehengeblieben, als wollte er nicht näher als unbedingt nötig an Craddock herantreten.

»Und«, fragte Craddock, »wie ist es Ihnen ergangen?«

»Ich bin gekommen, um Sie davon in Kenntnis zu setzen, daß Ihre Tochter eingewilligt hat, meine Frau zu werden. Wenn Sie jetzt also nichts mehr mit mir zu besprechen haben, Sir, darf ich mich verabschieden. Alles Weitere können unsere Anwälte regeln.«

Aber so schnell wollte Craddock ihn nicht gehen lassen. Es bereitete ihm maßloses Vergnügen, ihn vor sich stehen zu sehen und zu wissen, daß er innerlich vor Wut kochte und nichts sehnlicher wünschte, als dieses Haus zu verlassen.

»Haben Sie ihr etwas gesagt?«

Hughs Gesicht rötete sich. »Wenn Sie damit meinen, ob ich ihr erzählt habe, mit welchen unehrenhaften Mitteln Sie diese Verlobung erzwungen haben – nein, Sir, das habe ich nicht erwähnt. Es galt doch als vereinbart, daß sie es nicht erfahren sollte.« Etwas ruhiger fügte er hinzu: »Ihr gegenüber ist es wirklich nicht sehr fair.«

»Überlassen Sie es ruhig mir zu beurteilen, was Maud gegenüber fair ist.«

»Wissen Sie das überhaupt, Mr. Craddock?« entfuhr es Hugh, »kümmert es Sie?«

»Ich muß mich immer wieder darüber wundern, wie schnell die Fontclairs mit Fairneß und Ehre bei der Hand sind – als ob sie auch nur die leiseste Ahnung davon hätten!« Seine großen Fäuste auf den Schreibtisch gestützt, lehnte Craddock sich vor. »Gehen Sie zurück zu Ihrem Vater und Ihrem Onkel und Ihrer Tante, und sagen Sie ihnen, daß zwischen Ihnen und Maud alles geregelt ist. Sagen Sie ihnen, daß bald ein Kind auf die Welt kommen wird, in dessen Adern mein Blut und ihres fließen wird. Ich hoffe, sie werden sich winden, wenn sie es erfahren! Es tut mir nur leid, daß ich nicht dabeisein kann, wenn die Nachricht überbracht wird.«

Wäre Hugh nicht so gedrückter Stimmung gewesen, hätte er sich über diesen Besuch in London freuen können, denn mit seinen Eltern kam er auch während der Saison nur selten in die Stadt. Bis vor kurzem war Hugh ganz zufrieden gewesen mit seinem Leben auf Bellegarde, wo er sich seinen Studien widmete und seinem Vater bei der Verwaltung des Guts zur Hand ging. Jetzt aber war er ein erwachsener Mann – vor fast vierzehn Tagen hatte er seinen einundzwanzigsten Geburtstag gefeiert – und wollte mehr von der Welt sehen.

Er hatte seinen Vater um die Erlaubnis bitten wollen, für ein oder zwei Jahre ins Ausland gehen zu dürfen. Die Cafés von Paris, die Altertümer von Rom, die Wunder des Orients – ihn dürstete danach, dies alles mit eigenen Augen zu sehen und nicht nur darüber zu lesen.

Jetzt sah natürlich alles anders aus. Wenn er sich auf die große Europareise begeben wollte, ging das nur in Form einer Hochzeitsreise, die nicht aufregender und gefährlicher sein würde als ein Picknick auf dem Land. Er war einfach noch nicht bereit zu heiraten. In jedem Bühnenstück oder Roman fand die Hochzeit des Helden am Ende statt, nicht am Anfang. Er hatte noch keine Abenteuer erlebt: kein Duell im Morgengrauen, keine mitternächtlichen Zusammenstöße mit Straßenräubern. Und, verdammt, keine *Frauen*.

Er wußte, daß viele verheiratete junge Männer Affären mit Schauspielerinnen und Choristinnen hatten. Aber diesen Weg konnte er nicht einschlagen: Das Beispiel seiner Eltern hatte ihn restlos verdorben für diese in der Oberschicht so populären, oberflächlichen und unaufrichtigen Beziehungen. Aber immerhin hatte sein Vater, Sir Robert, sich seine Frau selbst aussuchen können und war nicht, wie er nun von Craddock, zu einer Ehe gezwungen worden. Hugh wußte, daß er Maud Craddock gegenüber unfair war – all dies war ja nicht ihre Schuld, aber er konnte nicht anders, als in ihr eine Strafe und Enttäuschung all seiner Hoffnungen und Phantasien zu sehen. Wie sollte unter diesen Umständen jemals Liebe wachsen können in einer Ehe?

Diese finsteren Gedanken gingen ihm durch den Kopf, als er mit seinem Einspänner vor dem Stadthaus seiner Eltern in der Curzon Street vorfuhr. Er warf dem Stallburschen die Zügel zu und ging hinein. Entschlossen setzte er ein munteres Gesicht auf. Es war wenig verdienstvoll, seine Pflicht zu tun, wenn man sich nicht den Anschein gab, sie mit Freude zu tun.

Michael, der Lakai, teilte ihm mit, seine Eltern warteten in Sir Roberts Arbeitszimmer. »Ist jemand bei ihnen?« fragte Hugh besorgt.

»Nein, Sir. Lady Tarleton und Colonel Fontclair sind zwar hier, aber sie sind im Salon.«

Lady Tarleton und Colonel Fontclair waren die Geschwister Sir Roberts. Es überraschte Hugh nicht, daß sie gekommen waren; sie waren sicher neugierig zu hören, wie sich die Dinge zwischen ihm und Miss Craddock entwickelt hatten. Er war froh, daß er seine Eltern vorher allein sprechen konnte. Er hatte keine Ahnung, wie es ihnen gelungen war, Tante Catherine in den Salon zu verbannen. Das hatte zweifellos des größten Takts seiner Mutter und der ganzen Autorität seines Vaters bedurft.

Er ging ins Arbeitszimmer und berichtete, daß Miss Craddock seinen Antrag angenommen hatte. Sir Robert stellte ihm eine

Menge Fragen über seine zukünftige Schwiegertochter. Erschien sie ihm wohlerzogen? Hatte sie Manieren, Talente, gesellschaftliche Gewandtheit? War sie belesen, und wenn ja, was las sie? Und vor allen Dingen, besaß sie Ehrgefühl? War sie aufrichtig, offen, bescheiden? Hugh brachten diese vielen Fragen in arge Bedrängnis. Er war so nervös und befangen gewesen. Angesichts der Tatsache, daß er Maud Craddock noch nie vorher gesehen hatte und ihr unter derart peinlichen Umständen einen Heiratsantrag hatte machen müssen, war er gar nicht in der Verfassung gewesen, ihr viel Aufmerksamkeit zu schenken. Während des ganzen Gesprächs hatte er seine Augen auf einen chinesischen Drachen auf dem Teppich gerichtet gehalten; jetzt erinnerte er sich an das Gesicht des Drachen weit besser als an das seiner zukünftigen Braut.

Lady Fontclair nahm sein Gesicht sanft zwischen ihre Hände. »Mein Liebling, hat sie dir denn wenigstens ein bißchen gefallen?«

»Ich fand sie sehr nett, Mutter.«

»Ich *muß* sie unbedingt noch vor der Hochzeit kennenlernen, Robert. Können wir sie nicht für ein paar Wochen nach Bellegarde einladen? Wir könnten ihr das Haus und den Besitz zeigen und ihr das Personal und die Pächter vorstellen. Ich möchte so gerne sicher sein, daß sie Hugh eine gute Ehefrau sein wird. Wir wissen so wenig über sie.«

»Ich glaube, du wirst nichts an ihr auszusetzen haben«, sagte Hugh. »Aber selbst wenn, Mutter, was könntest du, was könnte irgendeiner von uns denn tun?«

Lady Fontclair lächelte wehmütig und schüttelte den Kopf.

»Du weißt, wir können diese Entscheidung selbst jetzt noch rückgängig machen«, sagte Sir Robert plötzlich. »Wenn du glaubst, du kannst es nicht über dich bringen zu heiraten, nur um für die Schandtaten anderer zu bezahlen, brauchst du es nur zu sagen.«

»Aber, Vater, ich habe mich Miss Craddock erklärt.«

»Ich weiß. Aber du hast es unter Zwang getan. Sie hätte kein Recht, dich an dein Versprechen zu binden.«

»Da stimme ich leider nicht mit dir überein, Vater. Es ist und bleibt ein Versprechen, ganz gleich, aus welchen Gründen ich es gegeben habe. Ich kann jetzt nicht mehr zurück. Im übrigen stehe ich zu meiner Entscheidung. Ich bin gern bereit, Miss Craddock zu heiraten. Ich wäre hoffentlich bereit, noch viel mehr zu tun, um unseren Namen vor Schande zu bewahren.«

Sir Robert sagte ruhig: »Wenn ein Mann meiner Stellung nur einen Sohn hat, so bedeutet es ihm sehr viel, daß dieser zu einem Mann von Charakter heranwächst und nicht zu einem Modeaffen. In einer Hinsicht muß ich Mr. Craddock trotz allem dankbar sein: Er hat meinen Sohn auf die Probe gestellt, und du hast bewiesen, daß du in jeder Hinsicht deines Namens und deiner Abstammung würdig bist.«

Hugh wurde rot. »Vater, ich... ich bin nur der, zu dem du mich erzogen hast.«

Lady Fontclair sah mit leuchtendem Blick von einem zum anderen. Als sie merkte, daß beide vor Ergriffenheit keinen Ton mehr hervorbringen konnten, sprang sie in die Bresche. »Dann können wir also Miss Craddock nach Bellegarde einladen?«

»Wir müssen sie aber zusammen mit ihrem Vater einladen«, wandte Sir Robert ein.

»Das ist natürlich äußerst unangenehm«, gab sie zu. »Aber die Dienstboten und alle anderen werden sich früher oder später sowieso an ihn gewöhnen müssen.«

»Meine Liebe, wenn du unbedingt möchtest, kannst du die Craddocks selbstverständlich nach Bellegarde einladen.«

Hugh lächelte. Als hätte je ein Zweifel darüber bestanden, daß er zustimmen würde. Hatte er ihr jemals etwas abgeschlagen? Und doch bat sie ihn stets um Erlaubnis, ehe sie ihre Pläne in die Tat umsetzte. Dabei schienen sich beide wie bei einem höfischen

Tanz an ganz bestimmte Regeln zu halten: Sie beugte sich seinem Urteil, er respektierte ihre Wünsche.

»Soll ich Tante Catherine und Onkel Geoffrey erzählen, wie es ausgegangen ist?« bot Hugh an.

»Oh, mein Lieber«, sagte seine Mutter lachend, »du hast schon genug mitgemacht! Geh nur, und überlaß Catherine und Geoffrey uns.«

Hugh gehorchte mit einer Mischung aus Schuldgefühl und Erleichterung. Er war sicher, es würde eine Szene geben, wenn Tante Catherine die Neuigkeiten zu Ohren bekam. Er ging nach unten, um aus dem Haus zu verschwinden, bis das Donnerwetter vorbei war. Doch in der Empfangshalle fing Michael ihn ab.

»Entschuldigen Sie, Sir. Mr. Guy ist in der Bibliothek und möchte Sie sprechen. Er bat mich, niemand anderem außer Ihnen zu sagen, daß er hier ist.«

»Was, zum Teufel, soll diese Geheimnistuerei?«

»Das habe ich nicht herausbekommen, Sir.«

Hugh seufzte. »In Ordnung. Ich gehe zu ihm.«

Obwohl sich in der Bibliothek ein halbes Dutzend Sessel befanden, hatte sich Guy auf einer der Trittleitern niedergelassen, die gebraucht wurden, um Bücher von den hohen Borden zu holen. Eines seiner langen Beine hatte er auf einer Stufe abgesetzt, das andere baumelte in der Luft.

Guy bildete sich viel auf seine Beine ein und trug unerhört enge Hosen. Stolz war er auch auf sein lockiges kastanienbraunes Haar, das seine Züge in kunstvoll romantischer Ungebärdigkeit umspielte. Er hatte lebhafte braune Augen, ein Grübchen im Kinn und nur ansatzweise die hohe Stirn und das lange Kinn der Fontclairs. Mit seiner Figur – breiten Schultern und schmalen Hüften – war er der Traum eines jeden Schneiders.

Als er Hugh sah, sprang er auf. »Du warst ja eine Ewigkeit weg. Ich dachte, du kommst überhaupt nicht mehr herunter.«

»Warum versteckst du dich hier? Warum hast du dich nicht von Michael melden lassen?«

»Weil ich erfahren habe, daß Tante Catherine im Haus ist, und ich würde mich lieber umbringen, als auch nur drei Worte mit ihr zu wechseln. Ich habe mich von unserer letzten Begegnung, als wir in Bellegarde deinen Geburtstag gefeiert haben, noch nicht erholt. Eine weitere Dosis innerhalb so kurzer Zeit würde mir den Rest geben. Doch wollte ich *dich* sehen. Sag – ist es wahr, daß du Mr. Craddocks Tochter heiraten wirst?«

»Von wem hast du das erfahren?«

»Der Colonel hat es mir erzählt.« Der Colonel, Geoffrey Fontclair, war Sir Roberts jüngerer Bruder und Guys Vater. »Stimmt es denn?«

»Ja. Wir haben uns heute nachmittag verlobt.«

»Aber warum denn, um Gottes willen? Mark Craddocks Tochter! Er war doch ...«

»Ich weiß, was er war.«

»Und Onkel Robert wird das schlucken?«

»Ja, er hat unserer Heirat zugestimmt.«

»Das kann nur zwei Gründe haben: Entweder bist du bis über beide Ohren verschuldet und Craddock hat dich per Schuldschein in seiner Gewalt, oder du hast das Mädchen geschwängert.«

»Lieber Gott, ich habe sie doch nur einmal gesehen.«

»Das würde doch reichen.«

»Hör auf! Ich muß dich bitten, nicht in diesem Ton von ihr zu sprechen. Sie ist eine überaus anständige Frau, die ich zu heiraten beabsichtige.«

»Ist sie wenigstens hübsch?«

»Sie sieht – nicht schlecht aus.«

»O Gott! So schlimm? Warum, zum Teufel, heiratest du sie dann? Es muß das Geld sein. Ich wußte gar nicht, daß Onkel Robert so knapp bei Kasse ist.«

»Er ist nicht ... aber egal. Mehr kann ich dir nicht sagen.«

»Ich kann nicht glauben, daß Onkel Robert dich eine Bürgerliche heiraten läßt – und noch dazu die Tochter Mark Craddocks! Was sollen denn unsere ehrenwerten Vorfahren dazu sagen? Warte nur, am Tag deiner Hochzeit wird es auf Bellegarde ein Erdbeben geben, weil sich alle Ritter und sonstigen Helden der Familie in ihren Gräbern umdrehen. Wann findet die Hochzeit statt?«

»Ende Juni.«

»Du meine Güte. Das sind ja nur noch zwei Monate! Nun, wenigstens kann ich mich darauf freuen, von dir Geld leihen zu können, wenn du erst einmal an das Vermögen von Madame Craddock herangekommen bist. Wieviel rückt ihr Vater denn raus?«

»Das weiß ich nicht genau.«

»Wie bitte, du bist mit einem Mädchen verlobt, dessen Vater ein wahrer Krösus ist, und du weißt nicht, wie hoch die Mitgift ist? Zum Henker, wenn du nicht hinter ihrem Geld her bist, warum heiratest du sie *dann*?«

»Ich würde es dir ja sagen, wenn ich könnte, aber ich kann nicht. Ich darf nicht. Es hat gar keinen Zweck, weiter zu bohren.«

Guys Augen sprühten Blitze. »Dann bekomme ich es eben auf andere Weise heraus. Ich gehe jede Wette ein, daß der Colonel es weiß. Fünfzig Pfund, daß ich es bis morgen mittag herausgefunden habe.«

Aber Hugh schlug die Wette aus, obwohl er wußte, daß er sie gewinnen würde. »Ich kann dir sagen, wo dein Problem liegt«, sagte Guy, »diese Verlobung paßt dir überhaupt nicht. Das kann ich verstehen. Mir würde so was auch nicht passen. Aber ich habe eine Idee. Ein Freund von mir hat heute abend ein paar Leute zum Dinner eingeladen, und danach gehen wir noch spielen. Komm doch mit. Du hast nicht mehr viel Zeit, dein Junggesellendasein zu genießen.«

Hugh war hin- und hergerissen. Er wußte, wie Guy und seine Londoner Freunde ihr Leben genossen: Spielhöllen in Pall Mall, finstere Spelunken, gewisse »Etablissements« in Covent Garden. Er hatte von diesen Vergnügungen noch nie gekostet, und obwohl er neugierig war, war er doch auch ein wenig ängstlich und fühlte sich abgestoßen. Gerade jetzt war er eigentlich nicht in Stimmung für eine Zechtour. Und doch hatte Guy recht: Wenn er sich die Hörner noch abstoßen wollte, war jetzt die Zeit dazu.

Guy warf sich in einen Sessel. Sein Blick fiel auf zwei Gegenstände auf einem Tisch in der Nähe: eine etwa dreißig Zentimeter lange Schachtel aus Satinholz und ein großes Skizzenbuch. Ein Lächeln flog über sein Gesicht. »Jetzt würde ich gern den Mund von Cousine Isabelle sehen«, sagte er.

»Ihren *Mund*?«

»Ja, ob er noch offensteht!« Er sprang lachend aus dem Sessel und ging auf und ab. »Bei Gott, ich hätte ihr Gesicht sehen mögen, als sie hörte, daß Miss Craddock sie ausgestochen hat! Oder komme ich noch rechtzeitig? Weiß sie schon, daß du verlobt bist?«

»Sie wußte, daß ich um Miss Craddocks Hand anhalten würde. Aber es schien sie nicht zu stören – zumindest nicht mehr als die anderen.«

»Unsinn! Nicht stören? Sie würde Miss Craddock wahrscheinlich am liebsten in Stücke reißen. Natürlich würde sie das niemals zugeben. Nach außen zeigt sie steinerne Miene, aber im Inneren hegt sie Mordpläne.«

»Ich habe es dir hundertmal gesagt, Isabelle und ich sind wie Bruder und Schwester. Sie möchte mich nicht heiraten.«

»Von wegen! Ihr seid vielleicht wie Geschwister erzogen worden; aber zwischen Schwester und Cousine ist ein himmelweiter Unterschied, und Isabelle weiß das auch. Im übrigen redet die ganze Familie seit Jahren davon, was für ein schönes Paar ihr abgeben würdet.«

»Das war vor allem Tante Catherines Idee. Du weißt ja, wie sie denkt.«

»Ich weiß, ich weiß! Nur eine Fontclair ist gut genug für einen Fontclair.«

Hugh nickte. »Ich glaube, meine Eltern hätten eine Heirat zwischen uns gern gesehen. Sie haben Isabelle selbst großgezogen und wissen, daß ihr an Bellegarde, an unserem Namen und unseren Traditionen ebensoviel liegt wie mir. Sie haben uns aber niemals gedrängt, und ich glaube wirklich, daß ich für Isabelle nicht mehr bin als ein Bruder und Freund.«

»Und wie steht's mit dem zukünftigen Sir Hugh Fontclair?«

»Du tust ihr wirklich Unrecht, Guy. Sie...«

»Wenn man vom Teufel spricht!« sagte Guy leise.

Eine junge Frau stand im Türrahmen. Sie war groß und schlank, und ihr hellbraunes Haar hatte einen fast silbernen Glanz. Sie hatte das typische Fontclair-Gesicht, die Stirn zu hoch, das Kinn zu lang, um noch als schön bezeichnet werden zu können. Sie blickte die beiden Cousins mit ihren hellen grauen Augen unverwandt an.

»Guten Abend«, sagte sie. »Entschuldigt, wenn ich euch störe, aber ich habe mein Skizzenbuch und die Stifte hier vergessen.«

»Guten Abend, Cousine!« sagte Guy. »Wir haben Neuigkeiten für dich. Hugh hat sich offiziell verlobt.«

»Tatsächlich?« Ihre Stimme verriet keine Gefühle.

»Miss Craddock hat mir ihr Jawort gegeben«, stammelte Hugh und fragte sich, wieviel sie von ihrem Gespräch bereits mitgehört hatte.

»Ich wünsche dir Glück.« Sie bot ihm die Hand. Er nahm sie und küßte sie auf die Wange.

»Vielleicht wirst du erste Brautjungfer«, sagte Guy.

»Das wäre mir eine große Ehre.« Sie ging an ihm vorbei und setzte sich an den Tisch, auf dem ihre Zeichenutensilien lagen. Sie nahm einen Bleistift aus dem Satinholzkästchen und begann an einer Kopie zu arbeiten, die sie von einem an der Wand hängenden Jagdstich angefertigt hatte.

Guy folgte ihr. »Ich finde, du solltest dich mit Miss Craddock gut stellen. Sie kennt sicher jede Menge junger, reicher Bürgersöhne, die mit Freuden ein Mädchen heiraten würden, das zwar kein Geld hat, dafür aber einen Namen wie Fontclair.«

»Danke, Guy. Ich werde mir deinen Rat natürlich zu Herzen nehmen.«

»So ist's recht! Demut, Cousine. Die ist für die arme Verwandtschaft unerläßlich.«

»Ja, von dir kann ich da einiges lernen. Ich kenne niemanden, an dem man die Wirkung mangelnder Demut besser studieren könnte.«

Guy warf ihr einen wütenden Blick zu, den sie ungerührt erwiderte.

Hugh sagte hastig: »Mutter möchte Miss Craddock und ihren Vater nach Bellegarde einladen.«

»Ich würde mich freuen, ihre Bekanntschaft zu machen«, sagte Isabelle.

»*Das* würde ich mir um nichts auf der Welt entgehen lassen«, sagte Guy.

Von draußen war eine Frauenstimme zu hören, die alles übertönte. Die Worte waren nicht verständlich, aber der schrille Ton war unverkennbar.

»Tante Catherine ist aus dem Salon entkommen«, sagte Hugh.

»Oh, verdammt!« rief Guy. »Ich bin schon weg. Kommst du nun heute abend oder nicht?«

»Ich komme!« entschied sich Hugh.

»Gut so! Begleite mich noch ein Stück, damit ich dir erklären kann, wo wir uns später treffen. Auf Wiedersehen, Cousine!« Er warf Isabelle eine Kußhand zu. »Wir wollen dich mit unseren Plänen nicht langweilen. Wir haben vor, uns tüchtig zu amüsieren, und davon verstehst du ja nichts.«

Er schob Hugh vor sich her aus dem Raum. Hugh konnte gerade noch »Auf Wiedersehen« sagen, ehe die Tür hinter ihnen zufiel.

Isabelle schloß die Augen. »O – Gott!« flüsterte sie und zerbrach den Bleistift in ihrer Hand.

Ein Junggesellenabend

Am Abend, beim Dinner mit Guy und seinen Freunden, schien es Hugh, als durchlebte er an einem einzigen Abend sämtliche Stationen von Hogarths »Das Leben des Wüstlings«. Niemals hätte er sich träumen lassen, daß Männer so viel trinken und dennoch auf den Beinen bleiben konnten. Der Gastgeber hatte natürlich für kurze Wege Sorge getragen: Im Speisezimmer waren Wein und Spirituosen reichlich vorhanden, und in einer der Kredenzen hatte man vorsorglich einen Nachttopf deponiert.

Die Gesellschaft setzte sich aus einem halben Dutzend junger Männer zusammen, von denen einige Mitglieder des Garderegiments waren. Als Guy ihnen von Hughs baldiger Hochzeit erzählte, verwandelte sich das Dinner in ein Festmahl zur Feier von Hughs Verlobung. Hugh war überzeugt, daß sie auch ohne Anlaß maßlos getrunken hätten. Die Toasts, die sie auf ihn ausbrachten, wurden mit fortschreitender Stunde immer anzüglicher. Hugh würdigte die Zoten mit übermäßigem Gelächter, da auch er sich in jenem Stadium der Trunkenheit befand, in dem alles komisch zu sein schien.

Schließlich rief jemand, es sei an der Zeit, daß man sein Glück an den Spieltischen versuche. Hugh war fassungslos. Man hatte zwar geplant, zum Spielen zu gehen, aber es war bereits nach Mitternacht, und sie waren alle so betrunken, daß er sich nicht vorstellen konnte, wie sie sich an einem Spiel beteiligen sollten, das auch nur ein Minimum an Geistesgegenwart und Körperbeherrschung erforderte. Doch sie hatten sich in den Kopf gesetzt zu gehen, und Hugh konnte sich diese Chance, eine Londoner Spielhölle kennenzulernen, nicht entgehen lassen. So bestiegen sie alle mehrere Kutschen und ratterten nach Pall Mall.

Von außen sah die Spielhölle unauffällig und bescheiden aus, innen jedoch war sie luxuriös ausgestattet mit eleganten scharlachroten Sofas und Teppichen, gestreiften Vorhängen und riesigen Kristalleuchtern. Livrierte Bedienstete boten Hugh Rotwein und Champagner an. Obwohl er wußte, daß er besser nicht mehr trinken sollte, ließ er sich einschenken. Etwas Schreckliches ging in ihm vor. Er fühlte sich unwiderstehlich in einen Strudel gezogen: Was immer die anderen taten, mußte er auch tun. Auf diese Weise fand er sich plötzlich in der Menge wieder, die um den Würfeltisch versammelt war.

Dieses Würfelspiel war das Verwirrendste, was er je gespielt hatte. Er war nicht einmal sicher, ob er in nüchternem Zustand daraus schlau geworden wäre. Wie konnten sich die Spieler von einer Runde zur nächsten die vielen komplizierten Zahlenarrangements und die Bedeutung der verschiedenen Würfe merken? Wieviel hatte er bis jetzt verloren? Er konnte nicht zählen – nicht mehr denken. Die Lichter von mehr als hundert Kerzen blendeten sein schon benebeltes Auge. Stimmengewirr und Gelächter dröhnten ihm in den Ohren. Er starrte wie gebannt auf den weißen Würfel, der über den grünen Filz kullerte, die Hände des Croupiers, der flink die Einsätze einstrich, die Spieler in ihren Abendröcken in Moosgrün und Pflaumenblau, die, nachdem sie gesetzt hatten, mit angehaltenem Atem den nächsten Wurf abwarteten. Einige von ihnen streiften Hugh mit Blicken, lachten und steckten die Köpfe zusammen, um sich über seine Ungeschicklichkeit und Verwirrung lustig zu machen.

Ein junger Mann in Schwarz murmelte dicht an Hughs Ohr:

»Täusche ich mich, oder verstehen Sie von dem Spiel nicht mehr, als hätten Sie Ihr Leben im Kloster zugebracht?«

»Ich schwimme völlig«, bekannte Hugh mit matter Stimme.

»Ich fürchte, Sie werden bald untergehen.«

»Ich würde ja aufhören zu spielen, aber irgendwie will es mir nicht gelingen. Und – und ehrlich gesagt, ich habe Angst, auf die Nase zu fallen, wenn ich mich nicht am Spieltisch festhalte!«

Der Gentleman in Schwarz seufzte. »Kommen Sie. Wenn Sie gestatten.«

Er legte Hugh den Arm um die Schultern, als seien sie in ein vertrauliches Gespräch vertieft, und führte ihn weg. Hugh war so schwindelig, daß er sich nach ein paar Schritten an seinem Begleiter in Schwarz festhalten mußte. Das Zimmer um ihn herum drehte sich wie ein Kaleidoskop aus wilden Farben und Formen.

Er spürte, wie er in einen Sessel gedrückt wurde. Das Zimmer drehte sich immer noch um ihn; er stützte seinen Kopf fest in beide Hände, um so dem Schwindelgefühl ein Ende zu machen. Als er wieder aufsah, war der Gentleman in Schwarz verschwunden.

Er schloß die Augen und rührte sich zwei Stunden lang nicht von der Stelle. Trotz Lärm und Licht nickte er sogar kurz ein. Als er wieder erwachte, suchte er sich ein Plätzchen, an dem er sich unbemerkt übergeben konnte. Als er sich zu seinem Sessel zurückschleppte, tat ihm der Kopf zwar weh, aber er war einigermaßen klar.

Guy ließ sich neben ihn in einen Sessel fallen. »Ich dachte schon, du hättest dich aus dem Staub gemacht.«

»Ich werde auch bald nach Hause fahren.«

»Aber Hugh, die Nacht ist doch noch jung.«

»Ja? Ich fühle mich, als sei ich schon eine Ewigkeit auf den Beinen. Ich möchte wissen, wieviel ich an diesem verwünschten Würfeltisch verloren habe.«

»Oh, sicher nur eine Kleinigkeit. Du hast dich zu bald davongemacht, um wirklich viel zu verlieren. Dabei fällt mir ein – seit wann bist du mit Julian Kestrel befreundet?«

»Wie bitte?«

»Ich habe dich mit ihm vom Würfeltisch weggehen sehen, Arm in Arm. Ist dir klar, wie viele von den Freunden hier weiß der Himmel was dafür geben würden, von Julian Kestrel bemerkt zu werden? Was, zum Teufel, hast du gesagt, um ihn auf dich aufmerksam zu machen?«

»War das Julian Kestrel – der Gentleman in Schwarz?«

»Gott, wie kann man so unbedarft sein! Natürlich war das Kestrel. Er trägt am Abend immer Schwarz – das ist der letzte Schrei unter den Dandys, und Kestrel als stadtbekannter Beau hat als einer der ersten diesen Trend aufgenommen. Hast du wirklich nicht gewußt, wer er ist?«

»Nein. Ich habe ihn vorher noch nie gesehen.«

»Was habt ihr beide miteinander geredet?«

Hugh ließ seinen Blick schweifen. »Oh, nichts Besonderes.«

Guy zuckte mit den Schultern und torkelte davon, um sein Glück beim Siebzehnundvier zu versuchen. Hugh blieb sitzen und dachte über seinen Retter nach. Julian Kestrel war vor etwa ein oder zwei Jahren in der Londoner Gesellschaft erschienen. Man wußte fast nichts über ihn; es wurde aber behauptet, er sei auf irgendeine dubiose Weise mit einer Familie des Landadels im Norden verwandt. Für jeden anderen wäre solche Unbestimmtheit der Herkunft tödlich gewesen, doch dem spektakulärsten unter den Dandys erließ man die sonst in der feinen Gesellschaft hochnotpeinlichen Verhöre über Geburt und Herkunft.

Hugh sagte sich widerstrebend, daß er noch einmal mit Kestrel sprechen müsse, ehe er nach Hause ging. Der Mann hatte ihm aus einer Klemme geholfen, und es wäre unhöflich, ihm nicht zu danken. Aber er scheute sich davor; es würde demütigend sein, Kestrel noch einmal unter die Augen treten zu müssen, nachdem er sich so lächerlich gemacht hatte. Und nun, da er wußte, wer Kestrel war, erwartete er kein Erbarmen. Man sagte den Dandys nach, daß sie Grünschnäbel wie ihn gnadenlos verspotteten.

In sicherem Abstand strich er um die Spieltische und musterte die Gruppen der Spieler. Mit etwas Glück hoffte er, Kestrel zu sehr ins Spiel vertieft zu finden, um ihn stören zu können. Aber nein, verdammt, da stand er in einer Fensternische und unterhielt sich mit einer Gruppe gelangweilt dreinblickender junger Männer. Hugh ging auf sie zu; er nahm all seinen Mut zusammen und sagte etwas zu laut: »Mr. Kestrel?«

Alle wandten sich ihm zu und musterten ihn mit teils amüsierten, teils kritischen Blicken. Einer der jungen Stutzer betrachtete ihn durch ein Lorgnon – ein kleines rundes Vergrößerungsglas, das an einem schwarzen Samtband befestigt war. Hugh fühlte sich wie ein Gaul, der zum Kauf angeboten wurde.

Kestrel lächelte leicht und hob fragend die Brauen. Hugh sah ihn ehrfurchtsvoll an. »Ich ...« Er schluckte schwer. »Wären Sie so freundlich, mir einen Augenblick Ihrer Zeit zu schenken?«

Kestrels Lächeln wurde ein wenig ironisch. Doch dann kicherte einer der Umstehenden, und gerade das schien paradoxerweise für ihn den Ausschlag zu geben. »Entschuldigen Sie mich bitte!« sagte er in die Runde, obwohl es ihm offensichtlich völlig gleichgültig war, ob man ihn entschuldigte oder nicht.

Er trat mit Hugh etwas abseits. »Wie kann ich Ihnen behilflich sein, Mr. ...?«

»Fontclair. Hugh Fontclair. Guten Abend, Sir. Ich ... Sie ... Sie haben mir heute abend einen großen Dienst erwiesen.«

»Tatsächlich?« fragte Kestrel kühl. »Verzeihen Sie, aber das ist schon lange her.«

Röte schoß in Hughs Gesicht. »Sie haben es vielleicht vergessen, Sir, aber ich nicht, und ich bin Ihnen außerordentlich dankbar. Ich war in Schwierigkeiten, und genug Leute haben es gesehen, aber niemand kam mir zu Hilfe, nur Sie; für Sie ist das vielleicht nicht wichtig, aber ich fand es angebracht, mich bei Ihnen zu bedanken, bevor ich nach Hause fahre. Gute Nacht, Sir.« Er verbeugte sich und drehte sich um.

»Mr. Fontclair.« Kestrel sprach gerade laut genug, um den Lärm zu übertönen.

»Ja?«

»Ihr Gesicht nimmt gerade einen äußerst ungesunden Farbton an. Werden Sie noch gut nach Hause kommen, oder sollen wir einen Palankin rufen und Sie wegtragen lassen wie einen verwundeten Krieger?«

»Ich bin mit meinem Cousin gekommen, der anscheinend noch nicht im entferntesten daran denkt, den Abend zu beenden. Ich hatte deshalb vor, zu Fuß nach Hause zu gehen, zumindest ein Stück des Weges, um einen klaren Kopf zu bekommen.«

»Irgendein freundlicher Straßenräuber wird Ihnen mit einem Knüppel zu einem klaren Kopf verhelfen, wenn Sie um diese Zeit in London allein durch die Gegend spazieren. Das ist viel zu gefährlich. Ich werde Sie in eine Droschke setzen müssen.«

»Ich möchte Ihnen keine Mühe machen.«

»Mein lieber Freund, ich habe genug auf dem Gewissen, auch ohne für Ihr vorzeitiges Ende die Verantwortung tragen zu müssen. Wenn Sie also so freundlich wären?«

Hugh sah, daß es zwecklos war, sich ihm zu widersetzen. Sie ließen sich Hughs Hut geben und kamen mit einem sehr amtlich wirkenden Herrn zu einer Regelung von Hughs Spielverlusten, die zu seiner Erleichterung nicht annähernd so hoch waren, wie er gefürchtet hatte. Er und Kestrel gingen nach draußen, und Kestrel schickte einen Fackelträger nach einer Kutsche.

Die Aprilnacht war kühl, und es fiel ein leichter Regen. Hugh fühlte sich mit einem Mal sehr erschöpft. Er zog seinen Mantel enger um sich und schlug den Kragen hoch.

»Falls Sie sich übergeben müssen«, sagte Kestrel nicht unsanft, »bringen Sie es am besten hinter sich, bevor Sie in die Kutsche steigen. Die Kutscher können bei solchen Dingen ziemlich ungemütlich werden.«

»Ich *glaube*, es geht. Ich bin keinen Alkohol gewöhnt.«

»Diese Möglichkeit ist mir durch den Kopf gegangen.«

»Aber man erwartet von mir, daß ich feiere. Ich heirate nämlich in knapp zwei Monaten.«

Kestrel betrachtete ihn genauer. Hugh starrte zu Boden und trat verlegen von einem Bein auf das andere.

Die Droschke fuhr vor. Kestrel warf dem Fackelträger eine Münze zu, die dieser geschickt mit einer Hand auffing. Hugh stieg ein und ließ das Fenster auf seiner Seite herunter, um den Kopf hinauszustecken. »Mr. Kestrel, ich . . .«

Julian ahnte, daß er nun wiederum mit Dankesbekundungen überhäuft werden sollte, und entzog sich dem hastig.

»Gute Nacht, Mr. Fontclair«, sagte er und trat beiseite, um die Droschke abfahren zu lassen.

»'n bißchen zu tief ins Glas geguckt«, sagte der Fackeljunge und nickte mit dem Kopf in Richtung der abfahrenden Kutsche.

»Mehr als ein bißchen, würde ich sagen«, stimmte Julian zu. Wen heiratet er, fragte er sich, und warum hat er bei dem Gedanken so ein kummervolles Gesicht gemacht? Er ist zu jung, um zu heiraten. Zum Teufel, er ist zu jung, um ohne Amme aus dem Haus gelassen zu werden.

Er schüttelte den Kopf, um die Gedanken an Hugh Fontclair und dessen Angelegenheiten zu vertreiben. Du hättest Pfarrer werden sollen, verhöhnte er sich selbst. Dann könntest du den Leuten gute Ratschläge geben und deine Nase in ihre Angelegenheiten stecken. Achselzuckend kehrte er zu den Spieltischen zurück.

*

Julian Kestrel wohnte im ersten Stock eines Hauses in der Clarges Street. Die Räume waren hoch und hatten große Fenster. Die

Wände waren elfenbeinfarben. Wenige, aber edle Mahagonimöbel schmückten die Räume; Julian verabscheute alles Überladene. Hier und da fanden sich Andenken, die er von seinen Reisen mitgebracht hatte: eine Glaskaraffe aus Venedig, ein maurischer Gebetsteppich, der Marmorkopf einer römischen Göttin, ein Ölgemälde der toskanischen Hügel. Über dem Kaminsims hingen zwei gekreuzte Degen; auf den ersten Blick schienen sie reiner Wandschmuck zu sein, doch genaueres Hinsehen verriet häufigen Gebrauch. Eine kleine Büste Mozarts hatte beim Pianoforte einen Ehrenplatz. Unter dem Klavier stand ein Ablagetischchen voller Noten.

Es war etwa ein Uhr mittags, und Julian beendete gerade sein Frühstück. Gewöhnlich legte er mitten in seinem komplizierten Ankleidevorgang eine Pause ein, um zu frühstücken. Im Moment trug er ein weißes Hemd mit hohem, bestickten Kragen, eine schmalgestreifte graue Kosakenhose und einen Morgenrock aus flaschengrünem Seidenbrokat. Nur Kaffeekanne, Tasse und Untertasse standen noch auf dem Tisch.

Sein Diener, der dabei war, Julians Jackett und Weste zu bürsten, kam ab und zu herüber und schenkte Kaffee nach, nicht ohne vorher sorgfältig an der Kanne zu fühlen, ob der Kaffee noch heiß war.

Julian sah die Morgenpost durch. Wie gewöhnlich bestand sie hauptsächlich aus Einladungen und Rechnungen. Er überflog schnell die Einladungen und legte die, die er annehmen wollte, beiseite. Ein Brief ließ ihn innehalten. Er lehnte sich in seinem Sessel zurück und las ihn noch einmal langsamer durch.

»Dipper«, sagte er zu seinem Diener, »was würdest du tun, wenn dich ein Mann, dem du gerade einmal begegnet bist und der dir völlig fremd ist, plötzlich bittet, bei seiner Hochzeit Brautführer zu sein?«

Der Diener sah von seiner Arbeit auf. Er war etwa zwanzig Jahre alt, klein, mit rundem Gesicht und flinken Fingern. Haar und Augen hatten die Farbe einer Pfütze – ein beinahe wäßriges Braun. »Klingt irgendwie komisch, Sir.«

»Ziemlich komisch. Aber bei dieser Heirat scheint alles etwas komisch zu sein. Natürlich hat es so etwas schon früher gegeben, daß ein Edelmann wie Hugh Fontclair seinen Namen für ein Vermögen verkauft. Aber die Fontclairs sind eine alte normannische Familie und stolz wie die Spanier. Es heißt, Sir Robert müsse finanziell völlig ruiniert sein, da er sonst niemals seinen Sohn mit der Tochter eines Geschäftsmannes verheiraten würde. Und doch hat es bisher nicht den kleinsten Hinweis darauf gegeben, daß die Fontclairs knapp bei Kasse sind.«

»Vielleicht geht es Mr. Fontclair gar nicht um das Geld, Sir.«

»Du Romantiker! Um das Mädchen geht es ihm bestimmt auch nicht. Als er mir von der bevorstehenden Heirat erzählte, wirkte er eher bedrückt als verliebt.« Er fügte nachdenklich hinzu: »Ich weiß nicht viel über Miss Craddock. Ihr Vater hält sie von der Öffentlichkeit fern, man sagt, er habe Angst vor Mitgiftjägern. Ich finde, es wäre ganz gerecht, wenn sie mit ihrer Mitgift einem armen Teufel wieder auf die Beine helfen würde – ihr Vater hat weiß Gott genug Männer ruiniert. Er hat als Geldverleiher angefangen, und sogar bei diesen Geldsaugern ist er wegen seiner Skrupellosigkeit berüchtigt.«

»Mr. Fontclair hat Sie also gebeten, bei seiner Hochzeit Brautführer zu sein, Sir?«

»Ja, und vorher soll ich zwei Wochen auf dem Landsitz seines Vaters in Cambridgeshire verbringen. Eine Art Familienzusammenkunft – die Braut und der Bräutigam, der Brautvater und noch einige Verwandte der Fontclairs.« Er runzelte die Stirn. »Wieso betrachtet er mich als so engen Freund? Wir sind uns genau einmal begegnet, vor ein paar Wochen in einer Spielhölle. Er lief Gefahr, sich zum Gespött zu machen, da habe ich ihn nach Hause ins Bett geschickt.«

Dipper warf ihm einen scharfen Blick zu. Hinter dieser Geschichte steckte mit Sicherheit mehr. Man nahm sich doch nicht den nächstbesten Kerl als Brautführer, nur weil der einen aus einer Spielhölle gerettet hatte. Aber wenn Mr. Kestrel ein gutes Werk getan hatte, konnte man ihn sowieso nicht dazu bringen, darüber zu reden.

Dipper begann, die Knöpfe an Julians Jackett zu polieren. »Bei Hochzeiten wimmelt es immer von feinen Leuten«, meinte er Erinnerungen nachhängend, »und wenn man die richtigen Klamotten hat, kann man sich unter die Gäste mischen, ohne daß jemand merkt, daß man überhaupt nicht eingeladen ist. Taschentücher kann man da natürlich nicht klauen. Bei dem Geflenne brauchen die Leute sie ja ständig. Uhren sind leicht zu kriegen – wie spät es ist, interessiert keinen. Aber ich hab's nie übers Herz gebracht, auf 'ner Hochzeit zu arbeiten. Es wär' doch gemein, da was mitgehen zu lassen und den Leuten die ganze Freude zu verderben, wenn sie gerade so froh und glücklich sind.«

»Ich frage mich, wie du bei soviel Zartgefühl überhaupt etwas stehlen konntest.«

»Wenn ich's mir leisten konnte, habe ich mir meine Opfer gutüberlegt ausgesucht. Feine Pinkel wie Sie, Sir, die einfach so ausgesehen haben, als ob ihnen ein paar Pfund nicht fehlen würden.«

»Man kann leider die Vermögensverhältnisse nicht immer an der Kleidung ablesen. Einige der ›feinen Pinkel‹ Londons haben die schäbigsten Börsen.«

»O ja, das ist mir *jetzt* auch klar, Sir.«

»Seit du für mich arbeitest, meinst du«, sagte Julian leicht amüsiert. Er warf einen wehmütigen Blick auf den Stapel Rechnungen auf dem Tisch. »Weißt du, eigentlich wäre es keine schlechte Idee, London einmal den Rücken zu kehren und zwei Wochen fern von Spieltischen und lästigen Schneidern zu verbringen. Unsere Finanzen sind ein wenig … angeschlagen.« Er sah noch einmal auf Hughs Brief. »Mir bleibt gar nichts anderes übrig als anzunehmen. Nur so kann ich dahinterkommen, warum ich eingeladen bin.«

Bellegarde

Philippa fand es schwer, elf Jahre alt zu sein. Sie wußte, sie sollte gehorsam sein wie ihre Schwester Joanna und tun, was die Erwachsenen sagten, ohne lange Erklärungen zu verlangen. Aber das war so schwierig, da sie überzeugt war, genauso klug zu sein wie jeder Erwachsene, den sie kannte, ihre Mutter ausgenommen. Ihr Vater war natürlich ein sehr bedeutender Mann – Sir Robert Fontclair, Baron, Gutsherr und Richter. Und doch fand sie, wenn sie sein Wesen sachlich betrachtete, daß er andere nicht besonders gut verstand. Er besaß vielleicht ein wenig zuviel Ehrgefühl und nicht genug gesunden Menschenverstand.

Vielleicht behinderte ihn seine eigene Autorität. Philippa hielt nicht viel von Autorität und beugte sich ihr nur unwillig. Wurde ihr etwas verboten, woran ihr Herz hing, so dachte sie über das Verbot genauestens nach, und wenn sie zu dem Schluß gelangte, es sei ungerecht oder unnötig, gehorchte sie nicht. So kam es auch, daß sie, als die Gouvernante sagte, sie dürfte Mr. Kestrel erst am folgenden Morgen kennenlernen, beschloß, sich heimlich aus dem Unterrichtszimmer zu schleichen und noch an diesem Abend einen Blick zu riskieren.

»Wir könnten doch draußen vor seinem Zimmer warten, während er sich zum Abendessen ankleidet«, sagte sie zu Joanna. »Die anderen lernen ihn alle schon heute abend kennen. Warum wir nicht?«

Aber Joanna wollte natürlich von diesem Plan nichts wissen.

Das sei doch ungehörig: Mr. Kestrel müsse sie ja für zwei ungezogene Gören halten. Joanna war dreizehn und tat auf einmal bei allem, was mit jungen Herren zu tun hatte, so verschämt. Philippa verstand das überhaupt nicht. Aber wenn Joanna nicht mitmachen wollte, dann würde sie eben allein gehen.

Mr. Kestrel war gerade rechtzeitig mit dem ersten Gong, der die Erwachsenen mahnte, sich zum Dinner umzukleiden, in Bellegarde eingetroffen. Joanna und Philippa hatten schon mit Miss Pritchard, ihrer Gouvernante, zu Abend gegessen. Philippa wartete, bis Joanna und Pritchie ganz in irgendeine Stickerei vertieft waren, dann stahl sie sich aus dem Schulzimmer. Sobald sie im Korridor war, flitzte sie zu Mr. Kestrels Zimmer und pflanzte sich draußen vor der Tür auf.

Endlich öffnete sich die Tür, und ein Herr kam heraus. Er war ganz in Schwarz. Philippa konnte sich nicht satt sehen an ihm – ihr erster echter Londoner Dandy!

Als er sie bemerkte, zog er die Brauen hoch. »Ich glaube, wir sind einander noch nicht vorgestellt worden. Ich bin Julian Kestrel.«

»Ja, ich weiß«, hauchte sie.

»Darf ich fragen, warum du mich ansiehst wie ein Feuerwerk?«

»Sie sind viel besser als ein Feuerwerk. Das ist immer gleich vorbei, aber Sie bleiben volle vierzehn Tage. Außerdem machen Feuerwerkskörper Krach und rauchen ganz fürchterlich.«

»Ich bin ein sehr ruhiger Mensch«, versicherte er ihr, »und rauche natürlich niemals in Gegenwart einer Dame.«

»Ich bin Philippa Fontclair.« Sie sah ihn beiläufig an. Er gefiel ihr viel besser als die langweiligen, schönen Männer, die Joanna bewunderte. Er hatte ein dunkles, unregelmäßig geschnittenes Gesicht und braunes Haar, so glänzend wie Mahagoni. Auch seine Augen waren braun, hatten jedoch einen grünen Schimmer, besonders wenn er lächelte oder einen sehr intensiv ansah. Er war schlank und schmal und nicht über mittelgroß, aber er besaß *Präsenz* – so wie vielleicht früher Könige und Königinnen, ehe sie dick und betulich geworden waren und aus Deutschland kamen. Er sah fabelhaft aus in seinen Kleidern; es war nichts Grelles oder Auffallendes an ihnen, außer daß sein Hemd blütenweiß war und ihm alles vorzüglich paßte. Nicht *was* einer trug, machte den Dandy aus, sagte sich Philippa, sondern *wie* einer es trug. Sie überlegte kurz, dann sagte sie lebhaft: »Das Haus ist so groß, daß ich Angst hatte, Sie würden vielleicht den Salon nicht finden. Deshalb bin ich hergekommen, um Ihnen den Weg zu zeigen.«

»Das ist sehr aufmerksam von dir.«

Er glaubt mir nicht, dachte sie. Er ist klug. »Hat Ihnen schon jemand das Haus gezeigt?«

»Nein. Ich bin ja eben erst angekommen.«

»Also, es ist eigentlich ganz einfach, sich zurechtzufinden, wenn man sich merkt, daß das Haus aus drei Teilen besteht. Wir befinden uns jetzt im Mittelteil. Den mag ich am liebsten. Er ist zur Zeit von Königin Elisabeth erbaut worden, und einige der Zimmer sind genauso gelassen worden wie sie damals waren. Ihr Zimmer gehört auch dazu. Die Zimmer da hinten sind neu gemacht worden; sie sind modern eingerichtet und richtig langweilig. Ebensogut könnte man in einem Stück Wedgwood wohnen. Es sind Gästezimmer, aber im Moment stehen sie leer. Der ganze Korridor hier gehört Ihnen allein. Die Täfelung ist schön, nicht? Faltenfüllung nennt man das.«

Julian nickte. »Sehr schön, ja.« Er sah sich orientierungssuchend um. Sein Zimmer befand sich am Ende eines Korridors, der nicht weiterführte. Vor der Wand stand ein Tisch mit einem Blumenarrangement. Den Gang hinunter, auf derselben Seite wie sein Zimmer, waren noch zwei Türen; sie führten vermutlich in die von Philippa geschmähten Gästezimmer.

Seinem Zimmer gegenüber war nur eine Tür. »Das ist der

Große Saal«, klärte ihn Philippa auf. »Da können wir gleich durchgehen, wenn wir zur Treppe wollen.« Sie öffnete die Tür, und sie traten ein. »Das ist einer von den Räumen, in denen seit Elisabeths Zeiten nichts verändert worden ist. Wir benützen ihn fast nie. Er ist eigentlich nur zum Anschauen.«

»Es lohnt sich aber auch, ihn anzuschauen«, meinte Julian. Vergoldete Holzschnitzereien, heraldische Figuren und farbenprächtige Wandbehänge schmückten den Raum. Die Decke war ein Reigen von bunten Blumen und Vögeln, durchwoben von Laub- und Schnörkelverzierungen. Julian, der eigentlich eher eine Vorliebe für Weite, Licht und Einfachheit hatte, war zu seiner eigenen Überraschung fasziniert. Dieser naive Überschwang drückte so plastisch den Geist eines Zeitalters aus, in dem neue Kontinente entdeckt und Armadas besiegt worden waren, das große englische Dichter und Dramatiker hervorgebracht hatte. Ein Zeitalter, dachte er, da der Mensch noch geglaubt hatte, alles sei machbar.

»Ich habe immer gedacht, in diesem Saal müßte es ein Gespenst geben«, sagte Philippa. »Er ist so alt, und kein Mensch benützt ihn mehr – da müßte es doch eigentlich spuken. Olivier Fontclair gäbe einen guten Geist ab. Er ist ein Vorfahr von uns, der zur Zeit von Königin Elisabeth gelebt hat. Er war in die Babington-Verschwörung verwickelt und mußte aus England fliehen. Mama sagt, in Wirklichkeit gäbe es gar keine Gespenster. Aber einmal angenommen, es gäbe doch welche – angenommen, böse Menschen fänden nach ihrem Tod keine Ruhe –, meinen Sie nicht auch, daß dann ein Mann, der sich gegen seine Königin verschworen hatte und sie verraten wollte, dazu verdammt sein könnte, ewig im Haus seiner Väter zu spuken? Erst recht, wenn er zu seinen Lebzeiten nicht gefaßt und bestraft wurde?«

»Wenn jeder, der mit ungesühnten Schandtaten stirbt, als Geist wiederkehren würde, hätten in England bald die Lebenden keinen Platz mehr.«

»Sie sind tatsächlich zynisch. Ich habe es mir doch gedacht! Können Sie auch höhnisch lächeln?«

»Mit grauenvoller Wirkung.«

»Ach, tun Sie's doch mal, bitte! Ich möchte es gern sehen.«

»Ich fürchte, du bist zu jung, um das aushalten zu können. Man würde mir die Schuld daran geben, wenn danach deine Entwicklung stagniert oder du gar dahinsiechen solltest.«

»Ach, ich würde nicht dahinsiechen. Ich bin *robust*. Das hat meine Gouvernante gesagt. Aber kommen Sie, ich darf Sie nicht so lange aufhalten, daß Sie sich zum Abendessen verspäten.«

Sie stiegen eine monumentale Freitreppe mit durchbrochenem Geländer hinunter. Die Treppenpfosten waren mit steinernen Greifvögeln gekrönt.

»Jedenfalls«, fuhr sie fort, »ist das Haus, wie ich Ihnen schon sagte, in drei Teile aufgeteilt: das Haupthaus, den neuen Flügel und den Dienstbotenflügel. Wir sind jetzt im Haupthaus. Das Speisezimmer und die Bibliothek sind im Erdgeschoß. Oben sind nur Gästezimmer und der Große Saal. Mr. und Miss Craddocks Zimmer sind um die Ecke von Ihrem. Haben Sie sie schon kennengelernt?«

»Nein, noch nicht.«

»Mr. Craddock mag ich nicht. Er ist barsch und brummig. Miss Craddock ist sehr nett. Sie besucht Joanna und mich oft im Unterrichtszimmer. *Wir* mögen sie.«

Der Nachdruck auf dem »wir« sprach Bände: *Wir* mögen sie, auch wenn andere das nicht tun.

Sie gingen durch die riesige Empfangshalle mit der Stichbalkendecke und den Buntglasfenstern. »Die Türen unter der Sängergalerie führen in den Wandelgang«, sagte Philippa. »Den muß man durchqueren, um in den Personalflügel zu kommen. Die drei Teile des Hauses befinden sich in einer Reihe: der Personalflügel, das Haupthaus, der neue Flügel. Wir gehen jetzt in den neuen Flügel.«

Julian rief sich die Fassade des Hauses ins Gedächtnis, die er bei seiner Ankunft gesehen hatte. Philippa führte ihn jetzt offenbar in den rechten Flügel, der etwas zurückgesetzt war. Er war aus dem gleichen grauen Stein erbaut, jedoch in anmutig klassizistischem Stil, der in starkem Kontrast zu den mit zinnenartigen Ornamenten versehenen Mauern und den geteilten Fenstern des alten Trakts stand.

Auch im Inneren war der Kontrast auffallend. Rechtwinklige Korridore wichen Rundungen; statt kunstvoll geschnitzten Eichentäfelungen gab es pastellfarben gestrichene Wände mit adretten weißen Leisten. Alles sehr elegant und sehr geschmackvoll, und doch hatte Philippa recht – nach dem, was vorher gewesen war, wirkte alles ein wenig fade.

Philippa fuhr plötzlich zusammen. »Ach, du meine Güte! Da ist Miss Pritchard! Mit Hugh und Joanna. Kommen Sie, laufen wir, ehe sie uns sehen.«

»Ich fürchte, sie haben uns schon gesehen.«

»Pritchie wird mich schrecklich schimpfen, weil ich einfach zu Ihrem Zimmer gegangen bin.« Sie faltete die Hände und senkte züchtig die Lider. »Guten Abend, Miss Pritchard.«

Die Gouvernante war zwischen dreißig und vierzig, eine spindeldürre Person mit einem spitzen kleinen Gesicht und kurzsichtigen Augen. Sie eilte heran, um ihren Schützling wieder unter ihre Fittiche zu nehmen. »Verzeihen Sie, Sir«, sagte sie hastig zu Julian. »Ich hatte keine Ahnung, wohin sie verschwunden war.«

»Aber das macht doch nichts. Es war sehr zuvorkommend von ihr, mir den Weg zum Salon zu zeigen. Ohne sie hätte ich mich gewiß verlaufen.«

Philippa warf ihren Kopf in den Nacken und lächelte ihre Schwester triumphierend an. Joanna zog einen reizenden kleinen Flunsch. Sie war dunkelhaarig und bei weitem die hübschere der beiden Schwestern. In wenigen Jahren würde sie die Herzen sämtlicher junger Männer der guten Londoner Gesellschaft brechen.

»Hör mal, Pippa«, sagte Hugh, »du hast überhaupt keinen Grund, so ein selbstzufriedenes Gesicht zu machen. Mr. Kestrel ist sehr großzügig, aber deswegen kannst du ihn trotzdem nicht einfach belästigen.«

»Ich habe ihn ja gar nicht belästigt. Ich habe ihm *geholfen*! Und du bist schuld daran, daß ich es nicht erwarten konnte, ihn kennenzulernen. Du hast gesagt, er sei ein fabelhafter Beau, absolut erste Klasse.«

Hugh lief rot an. Julians Augen blitzten erheitert, aber er war so taktvoll, wegzusehen.

»Pippa, du bringst alle in Verlegenheit!« zischte Joanna.

»Ich verstehe nicht, wieso...«, begann Philippa, aber da wünschte Miss Pritchard eilig gute Nacht und zog ihre beiden Schützlinge mit sich davon.

»Das tut mir wirklich leid«, murmelte Hugh. »Sie sind gewiß nicht nach Bellegarde gekommen, um sich von meinen kleinen Schwestern an der Nase herumführen zu lassen.«

»Ach, das stört mich nicht. Ich schließe gern Freundschaft mit Frauen, solange sie noch nicht alt genug sind, um gefährlich zu werden.«

Der Rest der Gesellschaft hatte sich bereits im Salon versammelt. Sir Robert und Lady Fontclair hatte Julian bereits kennengelernt, als sie ihn bei seiner Ankunft begrüßt hatten. Colonel Fontclair, Sir Roberts Bruder, kannte er flüchtig; er gehörte einem oder zwei seiner Klubs an. Sir Roberts Schwester, Lady Tarleton, kannte er vom Sehen, sie waren einander jedoch nie vorgestellt worden. Mr. Craddock war ihm fremd, ebenso Maud Craddock und Isabelle Fontclair.

Isabelle mußte einige Jahre älter sein als Maud und war mindestens einen Kopf größer als diese. Sie hatte einen Körper, wie

Julian ihn bei Frauen am meisten bewunderte – statuesk, schlank, durch natürliche Anmut ausgezeichnet. Ihre Stimme war dunkel, weich und melodiös – Julian, der auf Stimmen besonders achtete, sehr angenehm. Am meisten jedoch fiel ihm ihre Gelassenheit auf. Nur wenige Menschen konnten so still sitzen und dennoch so natürlich und entspannt wirken.

Maud hielt einem Vergleich nicht stand. Ihr Gesicht war bleich, unter ihren Augen lagen dunkle Schatten. Sie hatte eine Figur wie eine Meißner Porzellanschäferin – eine Wespentaille und darüber und darunter üppige Rundungen. Ihr Haar hatte einen hellen, unregelmäßigen Ton, der weder blond noch braun genannt werden konnte. Ihre Nase war klein und kurz, mit Sommersprossen gesprenkelt. Doch sie hatte faszinierende Augen: groß, weit auseinanderliegend, von einem tiefen Blau, das ins Türkis spielte. Allerdings bekam kaum jemand die Chance, sie zu bewundern, da sie nur selten vom Boden aufblickte und auch dann nur lang genug, um kaum hörbar Antwort zu geben, wenn jemand sie angesprochen hatte. Einmal jedoch ertappte Julian sie dabei, wie sie verstohlen sein Gesicht musterte. Als er sie ansah, zuckte sie schuldbewußt zusammen und senkte sofort ihren Blick.

Colonel Fontclair saß am Feuer, die rechte Hand um den Knauf seines Spazierstocks gekrümmt. Er brauchte den Stock beim Gehen, da er vor mehr als zehn Jahren, als er in Wellingtons Heer in Spanien gedient hatte, am Bein verwundet worden war. Julian hatte ihn niemals so gedämpft erlebt wie an diesem Abend. In der Londoner Gesellschaft war er als Bonvivant bekannt – ein stets glänzend gelaunter Draufgänger mit einer Vorliebe für sehr alte Weine und sehr junge Frauen. Er war ein gutaussehender Mann, genau wie sein Sohn Guy, wenn auch das bequeme Leben und der zügellose Genuß von Wein und schweren Speisen bereits erste Spuren hinterlassen hatten. Sein rotes Gesicht und ein deutlicher Embonpoint verwischten seine Ähnlichkeit mit Sir

Robert, der, groß und hager, ja, knochig, in zehn oder zwanzig Jahren gut als Don Quichotte würde Modell sitzen können.

Guy speiste an diesem Abend nicht mit der Familie. »Soll das heißen, daß er schon wieder ausgegangen ist?« fragte Lady Tarleton.

»Du weißt doch, er hat sehr viele Freunde hier in der Gegend«, erwiderte Lady Fontclair. »Und er ist nur selten hier. Es ist doch natürlich, daß er sie sehen möchte, wenn sich Gelegenheit dazu bietet.«

»Du weißt so gut wie ich, daß er keine Anstandsbesuche bei den Nachbarn macht. Er amüsiert sich im Dorf wie gewöhnlich und schlägt wieder über die Stränge, so daß er uns alle zum Gespött der Leute macht. Wo bleibt unsere Würde, wenn Guy sich andauernd auf das Niveau gemeiner Handwerker und Arbeiter hinabläßt? Ach, was rege ich mich auf – wir sind ja sowieso blamiert bis auf die Knochen.« Sie sandte einen verächtlichen Blick zu den Craddocks hinüber.

»Guy ist ein wenig übermütig, gewiß«, sagte Lady Fontclair. »Aber er meint es nicht böse. Aber wenn es dir soviel bedeutet, werde ich ihn bitten, morgen abend mit uns zu essen. Würde dich das zufriedenstellen?«

»Mich zufriedenstellen! Als könnte irgend etwas mich zufriedenstellen, solange ...! Nun ja, ich werde mich wohl damit begnügen müssen.«

Lady Fontclair fing Julians Blick auf und lächelte bedauernd, als wolle sie ihn wegen Lady Tarletons Ausbruch um Verzeihung bitten und gleichzeitig an seinen Humor appellieren. Er erwiderte das Lächeln und dachte dabei, was für eine hübsche Frau sie doch war – dunkelhaarig und zierlich, mit samtigen braunen Augen.

Beim Abendessen saß er zu ihrer Rechten. Da er wußte, daß sie das ganze Jahr über auf dem Land lebte, war er darauf vorbereitet, sich mit ihr in erster Linie über ihre Kinder und den Garten zu unterhalten. Er stellte bald fest, daß er sie falsch eingeschätzt hatte. Sie war eine Frau mit vielseitigen Interessen, von denen eines zu seiner Überraschung der Medizin galt.

»Dr. MacGregor unterrichtet mich schon seit einiger Zeit«, erzählte sie. »Er ist unser ortsansässiger Arzt. Mich beunruhigte der Gedanke, es könnte in Bellegarde plötzlich eine Krankheit ausbrechen oder ein Unfall geschehen, ohne daß jemand zur Stelle ist, der weiß, was in so einem Fall zu tun ist. Darum habe ich ihn gebeten, mir die einfachsten Behandlungsmethoden beizubringen – wie man Splitter herauszieht, Blutungen stillt, das Fieber senkt und ähnliches. Er ist wirklich sehr hilfsbereit. Er hat mir medizinische Fachbücher geliehen und mir gezeigt, wie man eine Wunde richtig verbindet und – aber lassen wir das. Das ist wirklich nicht das geeignete Thema für ein Tischgespräch. Kurz und gut, ich habe gelernt, meine Familie und die Dienerschaft bei kleineren Leiden zu behandeln; aber ich konsultiere Dr. MacGregor natürlich in allem, was ernst sein könnte. Sie werden ihn morgen kennenlernen; er speist immer freitags bei uns.«

»Ich freue mich darauf.«

»Hm, ich fürchte, Sie werden ihn sehr rauhbeinig finden, aber wir haben ihn alle sehr gern. Im übrigen ist die Familie unter sich. Ich hoffe nur, für Sie, der Sie auf dem Höhepunkt der Saison aus London abgereist sind, wird das nicht langweilig werden.«

»Manchmal sieht man sich den Höhepunkt der Saison genau wie andere stolze Erhebungen am besten aus der Ferne an.«

Sie lächelte. »Sie sind sehr charmant, Mr. Kestrel.« Dann wurde sie unvermittelt ernst. »Ich bin wirklich sehr froh, sagen zu können, daß Sie mir sympathisch sind. Die Freundschaften, die ein Mensch in Hughs Alter schließt, sind von großer Bedeutung. Junge Menschen sind so leicht zu beeinflussen – so schnell zu beeindrucken, besonders von Freunden, die etwas älter und welterfahrener sind. Aber ich glaube, ich kann mich darauf verlassen – nicht wahr? –, daß Sie Hughs Bestes wollen und nicht vergessen, wie jung er ist.«

»Lady Fontclair, ich verspreche Ihnen, daß Sie sich in dieser Hinsicht keine Sorgen zu machen brauchen.«

»Ich danke Ihnen, Mr. Kestrel. Und Sie werden ihm nichts von diesem Gespräch sagen?«

»Von welchem Gespräch?« fragte er erstaunt.

Sie lächelten einander an. Dann wandte sie sich Craddock zu, der an ihrer anderen Seite saß, und Julian fiel auf, wie sehr ihr Verhalten sich änderte. Sie war von peinlicher Höflichkeit, aber in ihrer Stimme lag kein Funken Wärme. »Gehen Sie morgen zum Pferdemarkt, Mr. Craddock?«

»Nein, das hatte ich eigentlich nicht vor«, antwortete er scharf. »Ich habe schon seit geraumer Zeit nichts mehr mit Pferden zu tun.«

Julian war verwundert. Weshalb reagierte er so empfindlich auf Lady Fontclairs Frage? Es hieß, er stamme aus kleinen Verhältnissen; vielleicht war er früher einmal Pferdehändler gewesen. Wenn ja, hatte Lady Fontclair ihm dann absichtlich einen Hieb versetzen wollen? Das konnte er sich bei ihr eigentlich nicht vorstellen. Wenn sie jemand attackieren wollte, würde sie das sicher direkt tun, nicht auf diese hinterhältige Art und Weise.

Nachdem Craddock seinem Mißvergnügen Ausdruck gegeben hatte, ließ er die Sache auf sich beruhen und begann knapp und sehr vernünftig über irgendeine lokale Wahl zu sprechen. Man mußte es dem Mann lassen: Er hatte Mut und eine Art ungeschliffener Würde. Lady Tarletons Geringschätzung konnte ihn sowenig einschüchtern wie die übertriebene Höflichkeit Sir Roberts und Lady Fontclairs. Wenn er vielleicht auch manchmal die Beherrschung verlor, so doch niemals die Selbstachtung, und das war in einem feindlichen Lager wie Bellegarde eine nicht zu verachtende Leistung. Sogar die Bediensteten zeigten sich ihm gegenüber feindselig; wenn sie das Wort an ihn richteten, sprachen sie das »Mister« vor seinem Namen mit sarkastischer Betonung aus, als fänden sie es einen schlechten Witz, ihn mit Respekt behandeln zu müssen.

Julian blickte die Tafel entlang zu Maud Craddock, die neben Sir Robert saß. Wie ertrug sie die kaum verhüllte Feindseligkeit, die sie hier umgab? Er ertappte sie in einem Moment der Gedankenverlorenheit, und ihr Gesicht verriet deutlich ihre Empfindungen. Sie war tief unglücklich.

Ach verdammt! dachte er. Ich werde mich in diese Geschichte nicht hineinziehen lassen. Wenn sie Fontclair nicht heiraten will, so ist das nicht meine Sache. Warum bläst sie das Ganze nicht einfach ab?

Er sah an Lady Fontclair vorbei zu Craddock hinüber. War er die treibende Kraft hinter der geplanten Heirat? Wenn das zutraf, hatte wohl eine zaghafte Achtzehnjährige kaum eine Chance, ihren Willen durchzusetzen.

Kleine Scharmützel

Julian, der gehofft hatte, nach dem Abendessen nähere Bekanntschaft mit Isabelle Fontclair schließen zu können, sah sich im Salon zu seiner herben Enttäuschung nicht in ihrer Gesellschaft, sondern in der Lady Tarletons, die ihn entschieden frostig behandelte. Sie war eindeutig verärgert darüber, daß er nicht willens war, mehr über seine Familie und Herkunft preiszugeben. Immer wieder versuchte sie, ihn mit Fragen und Andeutungen auszuholen, die er jedoch geschickt parierte oder einfach überging. Er hatte nicht die Absicht, seine Eltern ihrer kritischen Musterung auszusetzen. Er schämte sich seiner Eltern nicht und legte es auch nicht (wie ihm von vielen aus der eleganen Welt nachgesagt wurde) darauf an, aus seiner Vergangenheit ein Geheimnis zu machen. Er hatte bloß das Bedürfnis, die Toten zu schützen, die nicht selbst für sich einstehen konnten.

Um sie abzulenken, fragte er sie nach einem Gemälde, das über dem offenen Kamin hing. Es war das Porträt eines Mannes in mittelalterlicher Rüstung. Seinen Helm unter einen Arm geklemmt, hielt er sein Schwert mit der Spitze nach unten in die Höhe, so daß sein von Edelsteinen funkelndes Heft wie ein Kreuz wirkte. Die hohe Stirn und das lange Kinn kennzeichneten ihn als einen Fontclair.

Lady Tarleton wurde etwas freundlicher. »Das ist Sir Roland Fontclair, einer unserer bedeutendsten Vorfahren, der sich bei der Schlacht von Agincourt ausgezeichnet hat. Das Porträt wurde natürlich erst viel später gemacht. Mein Urgroßvater hat dafür Modell gesessen. Die Rüstung, die er trägt, stammt aus unserer Familiensammlung. Aber das Schwert ist Sir Rolands. Nach seinem Tod hat es keiner mehr getragen.«

Damit stürzte sie sich in einen Bericht der militärischen Heldentaten, die diverse Mitglieder ihrer Familie vollbracht hatten. Fontclairs, so schien es, hatten bei Hastings und Crécy, bei Blenheim und Saratoga gekämpft. Einer hatte sich mit so glühender Leidenschaft für die Sache Karls II. eingesetzt, daß er nach der Wiedereinsetzung des Königs in den Adelsstand erhoben worden war. Es schien sie jetzt gar nicht mehr zu kümmern, mit wem sie sprach. Immer schneller sprudelten ihr die Worte über die Lippen, sie gestikulierte mit beiden Händen, und ihre Augen glänzten fiebrig.

Ein Sessel wurde geräuschvoll zurückgeschoben. Als Julian sich herumdrehte, sah er Colonel Fontclair, so schnell sein invalides Bein es ihm erlaubte, zur Tür hinken. Hatten Lady Tarletons Erzählungen ihn vertrieben? Laut genug sprach sie; er hatte von seinem Platz aus sicher jedes Wort hören können. Vielleicht war diese Glorifizierung des Kriegs unerträglich für einen Mann, der Krieg und Blutvergießen am eigenen Leib erfahren hatte. Allen Berichten zufolge war der Krieg auf der Pyrenäenhalbinsel ein mörderisches Unternehmen gewesen – täglich neue Greueltaten, Spione überall, Hunger und Entbehrung. Kein Wunder, wenn ein Mann, der vier Jahre lang diese Strapazen durchgemacht hatte, für Lady Tarletons Märchen vom kriegerischen Leben keinen Sinn hatte. Zumal wenn er, wie das bei Geoffrey Fontclair der Fall zu sein schien, von Anfang an grüblerischer Stimmung gewesen war.

Lady Tarleton war viel zu sehr von ihren eigenen Geschichten gefangen, um auf den Colonel zu achten. Lady Fontclair jedoch beobachtete seinen Abgang mit besorgtem Blick, und Julian war nicht erstaunt, als sie wenig später selbst aus dem Zimmer ging. Er vermutete, sie wollte den Colonel suchen.

Zu spät wurde ihm bewußt, daß er gar nicht mehr auf Lady Tarleton geachtet hatte. Als sie sagte: »Möchten Sie es sehen?«, hatte er keine Ahnung, wovon sie sprach. Aber er antwortete kühn: »Sehr gern« und folgte ihr hinaus.

Sie gingen vom neuen Flügel ins Haupthaus hinüber – das elisabethanische Herzstück von Bellegarde. Das Licht der Kerzen in den Wandleuchtern schimmerte auf den vergoldeten Holztäfelungen und ließ die Randverzierungen – Rosen, Eichenlaub und Weintrauben – plastisch hervortreten. Lady Tarleton führte Julian durch einen langen Korridor, an einem Billardzimmer und einem kleinen Arbeitszimmer vorbei, zu einer Tür ganz am Ende des Flurs. Er öffnete sie ihr, und sie traten ein.

Der Raum war voller Waffen – Schwerter, Pistolen, Armbruste, Keulen. Viele waren wohlbehütete Antiquitäten, in Glasvitrinen ausgestellt oder an den Wänden aufgehängt, aber es gab auch moderne Handfeuerwaffen und Messer für den alltäglichen Gebrauch. Rüstungen waren auch zu bewundern, sowohl für

Menschen als auch für Pferde, Fahnen und Banner, Pulverfässer und Sporen.

Geoffrey Fontclair saß an einem Tisch in der Mitte des Raums. Lady Fontclair stand hinter ihm, die Arme um seine Schultern. »Das ist böse und unrecht«, sagte sie leise und sanft zu ihm. »Versprich mir, daß du daran nie wieder denken wirst.«

Geoffrey bemerkte Lady Tarleton und Julian, die an der Tür stehengeblieben waren. Er fuhr heftig zusammen und krampfte die Hand um den Knauf seines Stockes. Auch Lady Fontclair zeigte Überraschung, aber angesichts seiner Verwirrung bezwang sie ihre eigene. Sie legte ihm einen Moment die Hände auf die Schultern, und Julian spürte beinahe, wie Ruhe durch ihre Finger in Geoffrey Fontclair hineinströmte.

Dann kam sie um den Tisch herum. »Du hast Mr. Kestrel hergebracht, um ihm das Waffenzimmer zu zeigen – wie nett.«

»Ich habe natürlich nicht damit gerechnet, dich hier mit meinem Bruder im privaten Gespräch vorzufinden.«

»So privat ist es gar nicht«, entgegnete Fontclair. »Und wir haben nicht mehr viel zu besprechen. Du brauchst dir also keine Gedanken darüber zu machen, uns vielleicht gestört zu haben.«

»Ich mache mir nicht die geringsten Gedanken«, blaffte Lady Tarleton.

Der Colonel stand mühsam auf. »Ich habe Kopfschmerzen«, murmelte er. »Ich denke, ich gehe zu Bett.«

»Natürlich«, meinte Lady Fontclair. »Soll ich den anderen für dich gute Nacht sagen?«

»Das wäre nett von dir. Danke.«

Mit ihrem heiteren, freundlichen Lächeln wandte sie sich Julian zu. »Mr. Kestrel, bitte entschuldigen Sie mich jetzt. Ich habe meinen Posten im Salon schon zu lange im Stich gelassen. Ich wünsche Ihnen noch nicht gute Nacht, da ich sicher bin, daß ich Sie noch einmal sehen werde, ehe wir uns alle für die Nacht zurückziehen. Catherine – bis später.«

Lady Tarleton schnaubte nur verächtlich. Geoffrey brummelte ihr ein »Gute Nacht« zu, ohne ihr in die Augen zu blicken. Sie sagte kein Wort zu ihm.

Arm in Arm, durchaus anmutig trotz Geoffreys Hinken, gingen Lady Fontclair und der Colonel hinaus. Lady Tarleton sah ihnen nach und verzog den Mund zu einem spöttischen Lächeln. »Rührend, nicht wahr«, bemerkte sie, »wie gern die beiden einander haben?«

Julian wechselte hastig das Thema. »Das ist ja eine prachtvolle Kollektion.«

»Ja, nicht wahr? Sie müssen mir verzeihen, Mr. Kestrel. Über der reizenden kleinen Szene, die uns hier empfing, habe ich einen Moment ganz vergessen, warum ich Sie hierhergeführt habe.«

Nun endlich erfuhr er auch, was sie ihm zeigen wollte: das Original des Schwerts, das auf dem Porträt Sir Roland Fontclairs abgebildet war. Mit Julians Hilfe nahm sie es von der Wand. »Ist es nicht schön?« fragte sie ehrfurchtsvoll, während sie den mit Edelsteinen verzierten Knauf bald hierhin, bald dorthin drehte, so daß die Steine das Licht einfangen konnten. »Nehmen Sie es einmal. Merken Sie, wie schwer es ist? Sir Roland muß ein sehr kräftiger Mann gewesen sein, um mit einem solchen Schwert in die Schlacht zu ziehen.«

Sie ließ ihn das Schwert halten und beobachtete voll ängstlicher Sorge jede seiner Bewegungen, ganz wie eine Mutter, die einem Fremden ihr Kind in den Arm gelegt hatte. Er schlug ein paar Hiebe in die Luft, und sie schien ein wenig pikiert, als kränke es sie, daß jemand, der kein Fontclair war, mit Sir Rolands Schwert umgehen konnte. Sie nahm es wieder an sich und zückte es selbst, wobei ihre Hand ein wenig zitterte unter seinem Gewicht.

Die Rolle der Kriegerin stand ihr, fand Julian. Sie war groß wie Isabelle und kräftig – viele Frauen wären gar nicht fähig gewesen, das Schwert zu heben. Sie mußte eine schöne Frau gewesen sein in ihrer Jugend. Selbst jetzt wirkte sie weniger alt als verwüstet: die stahlblauen Augen waren glasig, ihre Wangenknochen traten spitz hervor, ihr Mund war von zahllosen kleinen Fältchen gerunzelt. Ihr Haar war, anstatt mit dem Alter allmählich zu verblassen, dunkelrot, von weißen Strähnen durchzogen.

Sie führte ihn durch das ganze Waffenzimmer und verweilte mit besonderem Stolz bei den Medaillen und Orden ihrer kriegerischen Vorfahren. Es waren mehrere dabei, mit denen Geoffrey ausgezeichnet worden war, aber für diese zeigte sie kein Interesse. Anscheinend imponierten ihr nur die Heldentaten der fernen Vergangenheit.

»Als ich ein kleines Mädchen war«, bemerkte sie, »hingen die Waffen überall im Haus. Aber nach Roberts Heirat mit Cecily kamen sie alle in einen Raum. Sie sagte, sie wolle nicht, daß die Kinder von gefährlichen Waffen umgeben aufwüchsen. Gefährlich! Du meine Güte, als ich im Alter der Kinder war, habe ich dauernd mit Dolchen und Schwertern gespielt. Dadurch habe ich gelernt, auf die militärische Tradition unserer Familie stolz zu sein. Aber sie läßt ihre Töchter ja nicht einmal allein in dieses Zimmer gehen. Es wundert mich, daß sie noch kein Schloß an der Tür hat anbringen lassen.«

Julian fragte sich flüchtig, wie Lady Tarletons Kinder geworden wären, wenn sie welche gehabt hätte. Kleine Mädchen, die wie die Amazonen mit Köchern voller Pfeile auf dem Rücken und Speeren in den Händen herumtollten? Wie dem auch sei, er war ihr dankbar, daß sie ihm dieses Zimmer gezeigt hatte. Er hätte hier mühelos Stunden damit zubringen können, die verschiedenen Griffe der einzelnen Schwerter auszuprobieren oder Betrachtungen über die Entwicklung der Handfeuerwaffen von der Muskete des siebzehnten Jahrhunderts bis zur neuesten Vogelflinte anzustellen.

Als sie schließlich die Waffenkammer wieder verließen, hatte er vor ihren Augen immerhin soweit Gnade gefunden, daß sie seinen Arm nahm. Doch kaum traten sie wieder in den Salon, da erstarrte sie. Sie stieß einen erstickten Schrei aus, und ihr Arm, der auf dem seinen ruhte, wurde steif.

Die kleine Gesellschaft war um Mark Craddock geschart, der neben Maud auf einem Sofa saß. Ihnen gegenüber, an einem Tisch, saß Isabelle, ganz darauf konzentriert, Craddocks Gesicht zu zeichnen. Hugh stand hinter ihr und sah ihr zu, während Sir Robert und Lady Fontclair die Szene aus etwas größerer Entfernung beobachteten.

Lady Tarleton stürzte sich auf Isabelle. Sie riß ihr den Skizzenblock aus der Hand, riß die Skizze von Craddock heraus, zerfetzte sie und schleuderte die Fetzen zu Boden. Craddock war aufgesprungen. Er starrte sie fassungslos an. Die anderen waren zu verblüfft, um zu reagieren.

Isabelle stand auf, ohne Eile und völlig gelassen. »Mr. Craddock hat ein interessantes Gesicht, Tante. Er hat mir erlaubt, es zu zeichnen.«

»Aber ich erlaube es dir nicht! Du behandelst diesen Mann ja, als wäre er . . . als wäre er ein Mitglied unserer Familie! Als wäre er einer von uns! Aber das wird er niemals sein. Er kann Hugh vielleicht seine Tochter aufdrängen, aber niemals wird sie eine Fontclair werden. Und er selbst wird immer das bleiben, was er ist – ein Kaufmann, ein aufgeblasener kleiner Händler und vorher . . .«

»Sagen Sie es nicht!« donnerte Craddock. »Sagen Sie es ja nicht, ich warne Sie! Noch ein Wort, und ich verlasse mit meiner Tochter auf der Stelle dieses Haus, und dann kenne ich kein Pardon mehr. Aber gar keines!« knirschte er, sein Gesicht dicht vor dem ihren.

Keuchend starrte sie ihn an, ohne auch nur einen Zentimeter zurückzuweichen, aber sie sagte nichts.

Sir Roberts Gesicht erstarrte zur strengen, unergründlichen Maske. Hugh war rot bis zu den Haarwurzeln. Maud Craddock schlug still und ganz untheatralisch ihre Hände vors Gesicht.

Isabelle sammelte die Fetzen ihrer Zeichnung ein und schob sie in ihren Skizzenblock. Ihre Bewegungen waren anmutig, präzise und selbstsicher wie stets. Die alltäglichsten Gebärden, dachte Julian, wurden bei ihr zum tänzerischen Ausdruck.

»Es ist vielleicht am besten, wir gehen jetzt alle zu Bett«, sagte Lady Fontclair leise.

Sie legte Lady Tarleton einen Arm um die Schultern und führte ihre Schwägerin zur Tür. Die anderen folgten.

Julian trat zu Isabelle. »Darf ich?« Er wies auf ihren Zeichenkasten.

»Das ist sehr freundlich von Ihnen, aber er ist nicht schwer. Ich trage ihn immer selbst.«

»Um so mehr Grund für mich, Ihnen die Bürde zur Abwechslung einmal abzunehmen.«

Sie zuckte leicht die Schultern und reichte ihm Kasten und Block. Mit einem kleinen Abstand von den anderen stiegen sie die Wendeltreppe hinauf, die das Mittelstück des neuen Flügels bildete.

»Würden Sie mir einmal Ihre Arbeiten zeigen?« fragte er.

»Wenn Sie möchten.«

»Malen Sie auch?«

»Nein. Ich finde die Linie und den Schatten interessanter als die Farbe. Deshalb ziehe ich es vor, mit Bleistift oder Tinte zu arbeiten. Vielleicht wären Sie so freundlich, mir einmal zu sitzen, solange Sie hier sind.«

»Ich wüßte nicht, was ich lieber täte.«

Sie sah ihn mit einem kühlen Blick an, der ihn in die Schranken wies. »Ich zeichne fast alle Gäste, die längere Zeit auf Bellegarde bleiben.«

»Sie sagen mir das, damit mir die Ehre nicht zu Kopf steigt?«

»Damit Sie nicht glauben, ich wollte mit Ihnen flirten, Mr. Kestrel. Ich möchte lediglich versuchen, einen bildlichen Eindruck von Ihnen zu gewinnen.«

»Aber ich darf nicht versuchen, Ihre Gunst zu gewinnen?«

»Es wäre mir lieber, Sie unterließen es. Ich meine das ernst.« Vor einer Tür blieb sie stehen. »Hier ist mein Zimmer.«

Er reichte ihr den Zeichenkasten und den Block und sah ihr dabei tief in die Augen. »Ich glaube, ich muß Sie warnen – ich bin fasziniert.«

»Wenn es Ihnen ernst ist, Mr. Kestrel, ehrt mich Ihre Aufmerksamkeit, aber ich bitte Sie – mir nicht nachzusetzen. Überlassen Sie mich mir selbst. Wenn Sie sich bloß amüsieren wollen, muß ich Ihnen sagen, daß ich nichts langweiliger finde als junge Herren, die in mir eine Herausforderung sehen. Gute Nacht, Mr. Kestrel.«

»Wenn es also zu einem Bauernaufstand kommen sollte, solange wir hier sind«, sagte Julian später am Abend zu Dipper, »haben wir hier von der mittelalterlichen Lanze bis zur Duellpistole alle Waffen, um uns zu verteidigen. Einen derart waffenstarrenden Haushalt habe ich noch nie gesehen. Das ganze Haus erinnert mich an eine Festung. Man braucht sich nur die Außenmauern anzusehen, wie dick die sind.«

Er ging zum Fenster. Es war ein Erkerfenster in Form eines halbierten Achtecks. Einige der kleinen bleigefaßten Scheiben waren aus farbigem Glas und leuchteten rot, grün und golden. Die Holzpaneele zu beiden Seiten waren mit Schnitzereien geziert, die die unterschiedlichsten Tiere und Gegenstände darstellten. Julian hatte zuvor schon gesehen, daß all diese Schnitzereien religiöse Symbole waren: das Salbentöpfchen der Maria Magdalena, die Lilie des Antonius, die beiden gekreuzten Schlüssel Petri, das Lamm der Agnes. Ein mehrjähriger Aufenthalt in Italien hatte ihn mit den Heiligen der katholischen Kirche bekannt gemacht. Was diese Abbildungen in einem englischen Schlafzimmer zu suchen hatten, war ihm ein Rätsel. Vielleicht hatte das elisabethanische England größere Ähnlichkeit mit Italien gehabt, wo man in der Kunst religiöse und weltliche Symbole unbefangen zu mischen pflegte.

Von den Fenstern aus hatte man einen schönen Blick auf den mit Silberlinden bepflanzten Hof, der auf der rechten Seite vom neuen Flügel mit seinen kannelierten Säulen und feingemeißelten Balustraden begrenzt war. Im Mondlicht hoben sich die Baumwipfel in schwarzer Silhouette vom blaßgrauen Stein des neuen Flügels ab. In der oberen Etage flackerte hier und dort Kerzenlicht in den Fenstern. Das Fenster am äußersten Ende, in dem hinter weißen Vorhängen gedämpftes Licht schimmerte, mußte das Isabelles sein.

Abrupt trat Julian vom Fenster weg. »Ja, wirklich, das Haus hat etwas von einer Festung. Heutzutage lassen sich die Leute überall Fenstertüren in ihre Häuser bauen, damit die Natur herein kann; hier habe ich keine einzige Fenstertür gesehen, außer im Wintergarten, und es sind auch sonst kaum Türen ins Freie da. Wenn man in dieser Hinsicht anfällig wäre, könnte man sich in diesem Haus wie ein Gefangener fühlen.«

Dipper unterdrückte taktvoll ein Gähnen, aber Julian bemerkte es. »Du gehst am besten zu Bett.«

»Es macht mir gar nichts aus, länger aufzubleiben, Sir.«

»Aber mir. Du störst mich beim Meditieren. Es drängt mich ständig, mich unversehens herumzudrehen, um zu sehen, ob ich dich beim Einnicken ertappe.«

Dipper grinste. »Wann wollen Sie aufstehen, Sir?«

»Hugh Fontclair will gleich morgens mit mir auf einen Pferdemarkt. Da wirst du mich wohl zu unchristlicher Stunde wecken müssen. Na, ich denke, sieben ist unchristlich genug. Und wenn ich nicht aufstehen will, holst du unten aus der Waffenkammer einen Speer und piekst mich so lange, bis ich aus dem Bett springe.«

»In Ordnung, Sir. Gute Nacht, Sir.« Dipper ging hinaus.

Julian nahm sein Zimmer näher in Augenschein. Es war ein

schöner Raum, die Fontclairs waren mit Recht stolz auf ihn. Die Wände waren vom Boden bis zur Decke mit glänzenden Eichenplatten getäfelt. Jede Platte war der Länge nach in drei Quadrate unterteilt, und in jedes der Quadrate war in der Mitte eine Raute eingelegt. Vier marmorne Jungfrauen, die vier Jahreszeiten, trugen den Kaminsims, und um sie herum tummelten sich Meerjungfrauen, Satyrn, Amoretten und allerlei Fabeltiere. Die Decke war mit Stuckreliefs elisabethanischer Jagdszenen verziert. Das Wappen der Fontclairs prangte, in bemaltem und vergoldetem Holz ausgeführt, in regelmäßigen Abständen am Deckensims und zu Julians Erheiterung sogar auf der Tür zum Klosett.

Das Mobiliar war größtenteils modern, doch das massige Bett mit seinen wuchtigen Pfosten und den karminroten Vorhängen konnte nur ein Tudor sein. Es gab noch andere elisabethanische Reminiszenzen: Kerzenleuchter aus Zinn, eine alte Truhe, das Porträt einer Dame im enggeschnürten Mieder mit einer Halskrause wie ein weißes Wagenrad. Neben der Tür hing ein hoher Ankleidespiegel. Der Waschtisch mit seinen eigenen kleinen Spiegeln war aus Mahagoni, das Becken aus Porzellan. Zur Toilettengarnitur gehörten eine vergoldete Seifenschale und zwei Kristallgläser. Über einem Halter neben dem Waschtisch hing ein weißes Handtuch, und in einem Fach unter dem Becken stand ein goldglänzender Krug.

Der Juniabend war kühl, und das Feuer reichte nicht aus, den großen Raum wirklich zu erwärmen. Die Kühle regte Julian an, und er beschloß, noch einen Brief zu schreiben. Er setzte sich an den Sekretär in der Fensternische. In diesem kleinen Alkoven mit dem farbenfroh leuchtenden Glas im Rücken kam er sich vor wie der heilige Augustinus auf irgendeinem Renaissance-Gemälde.

Er schrieb eine Weile, doch dieser Abend, dieses Haus hatten etwas Beunruhigendes. Er wurde sich bewußt, daß es die Stille war, diese entsetzliche Stille der ländlichen Nacht, die den Städter so bedrückend überfällt. Kein Scheppern von Wagenrädern auf

Kopfsteinpflaster, kein klappernder Hufschlag, kein Nachtwächter, der die Stunde verkündete, keine grölenden Zecher. Und in diesem Zimmer war es wahrscheinlich besonders ruhig; es war, wie Philippa ihm erklärt hatte, der einzige bewohnte Raum in diesem Teil des Hauses. Es sei denn, der Vorfahr, der in die Babington-Verschwörung verwickelt gewesen war, spukte tatsächlich im Großen Saal drüben auf der anderen Seite des Korridors. Julian stellte sich vor, wie er im Kreise gespenstischer Gefährten mit wagenradgroßen Halskrausen dort drüben eine Gaillarde tanzte. Wenn er die Ohren spitzte, würde er vielleicht sogar das Spiel der Musikanten …

Nein, was er hörte, war ein Klopfen an seiner Zimmertür. Er fuhr zusammen, weniger gestört als erschrocken über das plötzliche Geräusch. Er brauchte einen Moment, um seine fünf Sinne zu sammeln, dann rief er: »Herein!«

Die Familie durch Guys Brille gesehen

Die Gestalt, die da mit langem Haar, rotem Halstuch und hohen Stiefeln durch die Tür trat, hätte man für einen elisabethanischen Freibeuter halten können, der gekommen war, um am Geisterball im Großen Saal teilzunehmen. Aber es war Guy Fontclair mit gerötetem Gesicht und leicht wackligem Gang. Julian kannte Guy nicht sehr gut, aber es war ihm nicht unangenehm jemanden zu haben, mit dem er sich die Zeit vertreiben konnte, selbst wenn er dafür den Anblick des roten Halstuchs ertragen mußte.

»Hallo, Kestrel! Ich sehe, Sie haben Ihren ersten Abend hier überstanden.«

»Haben Sie etwas anderes erwartet?«

»Ich bin immer erstaunt, wenn jemand das Abendessen auf Bellegarde ohne sichtbare Verwundungen überlebt. Früher war das nicht so. Wir waren zwar nicht dauernd ein Herz und eine Seele, aber auf dem Pulverfaß sitzen wir hier erst, seit die Craddocks auf der Bildfläche erschienen sind. Ich wette, Sie haben bereits einige Explosionen miterlebt.«

»Ein, zwei.«

»Na, was habe ich gesagt?« Guy zog einen Sessel näher ans Feuer und streckte seine Füße in den nassen Stiefeln zu den Flammen hin. »Jeden Abend überlege ich, ob ich hier essen und beobachten soll, wie der Krieg sich weiterentwickelt, oder ob ich mich lieber ins Dorf verziehen soll, um Tante Catherine zu entrinnen. Meistens treibt der Horror vor Tante Catherine mich hinaus – außerdem locken mich natürlich die Versuchungen der näheren Umgebung. Die Mädchen hier können recht gefällig sein, besonders Leuten gegenüber, die Fontclair heißen. Gesegnet seien die alten Feudaltraditionen!«

»Lady Tarleton hat heute abend nach Ihnen gefragt.«

»Ach, zum Teufel! Die möchte mich doch nur im Haus haben, damit sie mir die Hölle heiß machen kann, wann immer ihr danach zumute ist. In Wirklichkeit würde sie natürlich am liebsten Mark Craddock den Hals umdrehen, aber das kann sie nicht tun, weil alle hier Order haben, sich mit ihm zu vertragen oder wenigstens so zu tun. Diese Heirat ist wahrhaftig eine völlig verrückte Geschichte. Ich jedenfalls werde nicht klug daraus. Wenn es Onkel Robert nur darum ginge, daß Hugh eine fette Mitgift in die Familie bringt, hätte er sich doch alle möglichen anderen Milchkühe aussuchen können. Warum ausgerechnet Mark Craddocks Tochter?«

»Was ist denn eigentlich an Craddock, daß hier jeder sich so über ihn aufregt?«

»Ihnen kann ich die Wahrheit ja ruhig sagen. Sie wird sowieso herauskommen.« Guy neigte sich näher zu Julian. »Was meinen Sie wohl, womit Craddock sein Geld verdiente, ehe er in London sein Glück gemacht hat?«

»Hatte es vielleicht etwas mit Pferden zu tun?«

»Woher wissen Sie das?«

»Nur eine Vermutung.«

»Na schön, dann passen Sie mal auf, denn das hätten Sie gewiß nicht vermutet. Er war früher einmal Pferdeknecht. Der Mann hat im Stall gearbeitet. Und was glauben Sie wohl, in welchem Stall, hm? In unserem – hier auf Bellegarde!«

Julian zog die Brauen hoch. Das war in der Tat ungewöhnlich. Was um alles in der Welt konnte Hugh veranlaßt haben, sich mit der Tochter des ehemaligen Pferdeknechts seiner Familie zu verloben? Kein Wunder, daß Lady Tarleton fast außer sich war vor verletztem Stolz. Kein Wunder, daß die übrigen Mitglieder der Familie Fontclair einen solchen Widerwillen gegen diese Heirat zur Schau tragen. Und kein Wunder, daß Guy aus der Sache nicht klug werden konnte.

»Das muß lange her sein«, sagte er schließlich.

»Vor meiner Geburt – oder kurz danach. Auf jeden Fall ist es mehr als zwanzig Jahre her. Er wurde mit Schimpf und Schande davongejagt. Onkel Robert gab ihm damals den Laufpaß – aber es heißt, daß Tante Catherine dahintersteckte. Ich würde für mein Leben gern wissen, was da los war. Wäre es nicht amüsant, wenn Craddock versucht hätte, sie auf dem Heuboden zu entjungfern? Aber ich glaube, das hätte nicht einmal er gewagt. Obwohl sie in ihrer Jugend sehr hübsch gewesen sein soll. Man möchte es nicht glauben, wenn man sie heute sieht, aber der Colonel schwört es, und wenn es um weibliche Reize geht, kann man sich auf ihn verlassen.«

»Es würde mich nicht wundern, wenn sie als junges Mädchen ganz reizend gewesen wäre.«

»Hm, vielleicht wenn man etwas für Tigerinnen übrig hat. Sie war eine richtige Amazone, preschte hoch zu Roß durch die Landschaft und sagte allen Leuten unverblümt, was sie von ihnen hielt. Als sie zwanzig war, beschloß sie, auf eigene Faust den Kontinent zu bereisen, und nahm als Begleitung niemand mit als ihre alte Kinderfrau, die sie um den Finger wickeln konnte. Onkel Robert wollte sie von diesem Vorhaben abhalten, aber Tante Catherine konnte man nicht bremsen, wenn sie sich einmal etwas in den Kopf gesetzt hatte. Bei Gott, ich kann diese Sorte Weiber nicht ausstehen! Meine Frauen müssen folgsam und unterwürfig sein. Wenn sie das nicht sind, sorge ich dafür, daß es ihnen leid tut.«

»Warum halten Sie sich nicht lieber ein paar Spaniels? Das ist viel einfacher und lange nicht so teuer.«

Guy starrte ihn sprachlos an, unsicher, wie er die Bemerkung auffassen sollte.

Julian runzelte die Stirn. »Aber wie konnte Lady Tarleton damals den Kontinent bereisen? Wir waren doch mitten im Krieg mit Frankreich.«

»Es war während irgendeines Waffenstillstands, der ungefähr ein Jahr lang hielt. Als die Kämpfe von neuem begannen, kehrte sie nach England zurück und hat bald danach Tarleton geheiratet. Weiß der Himmel, warum. Außer daß der aus einer Familie stammte, die beinahe so alt war die unsere, und den gleichen Rang hatte wie Onkel Robert. Das sind ja die einzigen Dinge, die Tante Catherine wichtig sind. Natürlich war die Ehe ein Desaster. Sie hat ihn mit ihrer ewigen Nörgelei und ihren Wutausbrüchen schließlich aus England vertrieben. Er lebt jetzt auf dem Kontinent, und ich habe gehört, er hat Todesangst, sie könnte eines Tages bei ihm auftauchen, um ihn zurückzuholen. Aber ihr scheint es nur recht zu sein, wenn sie ihn nie wiederzusehen bekommt. Sie kann sich offenbar nichts Schöneres vorstellen, als auf Bellegarde zu leben, Tante Cecily herumzukommandieren und zu allem, was vorgeht, ihren Senf zu geben, ob sie nun darum gebeten wird oder nicht. Sie hätte einen Mann heiraten sollen, der ihr bei jeder unpassenden Bemerkung eine Tracht Prügel verabreicht hätte. Meiner Meinung nach kann sie Craddock vor allem deshalb nicht verknusen, weil er ihr Paroli bietet, was der arme Tarleton nie geschafft hat.«

»Vielleicht ist das der Grund, weshalb sie für seine Entlassung aus Sir Roberts Diensten sorgte.«

»Kann sein. Wir werden es wohl nie erfahren. Schade. Von den Leuten, die damals auf Bellegarde in Diensten waren, ist nur Travis übrig, und der ist verschwiegen wie ein Grab. Onkel Robert und Tante Catherine verraten natürlich auch nichts. Der Colonel war im Feld, als Craddock hinausgeworfen wurde, und sagt, er wisse nichts darüber. Ich weiß nicht, ob ich ihm glauben soll – ich weiß nur, daß er mir überhaupt nichts mehr sagt. Ich versuche ihn seit Wochen auszuhorchen, was hinter Hughs geplanter Heirat steckt, aber glauben Sie etwa, der würde auch nur einen Ton sagen? Keine Spur!«

»Vielleicht weiß er nichts.«

»Oh, der weiß genau Bescheid. Er hatte von Anfang an die Hände mit im Spiel. Es begann im vergangenen April, als Hugh volljährig wurde. Natürlich hat Onkel Robert ein großes Spektakel daraus gemacht: ein Festschmaus für die Bediensteten, Tanz – der ganze feudale Zirkus. Am nächsten Morgen – ich weiß noch, daß es geregnet hat, und ich hatte monströse Kopfschmerzen, und die Damen sahen alle ein bißchen spitz und bleichgesichtig aus, und wir saßen alle in der Bibliothek und mopsten uns – nun, da erscheint plötzlich Travis, mit einem Gesicht, als hätte ihm jemand eins auf die Nase gegeben, und meldet, Mark Craddock sei draußen und wünsche Onkel Robert zu sprechen. Wir waren alle ziemlich perplex – wir wußten, daß Craddock es mittlerweile zu Wohlstand gebracht und die Zeiten auf Bellegarde lange hinter sich gelassen hatte, und konnten uns beim besten Willen nicht vorstellen, weshalb er uns aufsuchen sollte.

Aber guter Gott, Sie hätten Tante Catherine sehen sollen! Sie ist buchstäblich in die Knie gegangen – der Colonel mußte sie stützen. Wissen Sie, manchmal glaube ich, Tante Catherine ist ein bißchen verrückt. Aber dies nur nebenbei.

Sie entrüstete sich jedenfalls sofort über Craddocks Unverschämtheit, sich hier blicken zu lassen. Sie sagte, Onkel Robert dürfe ihn nicht empfangen – er solle ihn hinauswerfen wie damals vor zwanzig Jahren. Aber Onkel Robert wünschte zu hören, was Craddock wollte, und befahl Travis darum, den Mann hereinzuführen. Er kommt also herein, mit seinem stählernen Blick und dieser herrischen Art, die er an sich hat, vergeudet keinen Augenblick mit Höflichkeiten, sondern sagt gleich ohne Umschweife, er habe mit Onkel Robert, Tante Cecily, Tante Catherine und dem Colonel zu sprechen, ob er irgendwo allein mit ihnen verhandeln könne. Onkel Robert paßte das gar nicht, das habe ich gemerkt, aber trotzdem sind die Alten dann alle zusammen hinausgegangen, und Hugh und Isabelle und ich blieben zurück und zerbrachen uns den Kopf darüber, was das wohl zu bedeuten habe.

Sie blieben lange weg – mindestens zwei Stunden –, und mich langweilte die ganze Geschichte mittlerweile dermaßen, daß ich, sobald der Regen aufhörte, einen Ausritt unternahm. Als ich am Nachmittag zurückkam, hätte man weiß Gott glauben können, im Haus sei jemand gestorben – so still war es, und so ernst und düster sahen alle aus. Craddock war weg, Hugh war irgendwo mit seinen Eltern in Klausur, und der Colonel nahm mich beiseite und erklärte, ich solle am besten wieder nach London zurückreisen. Na, da habe ich natürlich erst einmal energisch protestiert. Ich wollte schließlich wissen, was vorging. Aber am Ende bin ich dann doch abgereist. Es war klar, daß keiner mir auch nur ein Sterbenswörtchen verraten würde, und wer möchte sich schon in einem Haus aufhalten, in dem es zugeht wie in einem Mausoleum? Außerdem«, fügte er leiser hinzu, »war der

Colonel wirklich völlig durcheinander. Ich dachte mir, ausnahmsweise wäre es vielleicht das beste, wenn ich täte, was er wollte.«

»Und nach alledem hat Hugh um Miss Craddocks Hand angehalten?«

»Ungefähr zwei Wochen später, glaube ich. Ein toller Fang ist sie nicht gerade, wie? So ein kleines Mäuschen, zum Sterben langweilig, ohne jeglichen Esprit.«

»Vielleicht hat es ihr ein wenig die Stimmung verdorben, daß sie mit einem Mann verheiratet werden soll, der von der Vorstellung nicht gerade begeistert zu sein scheint und dessen gesamte Familie gegen die Heirat ist.«

»Sie meinen, es könnte doch etwas an ihr dran sein?«

»Lieber Freund, woher soll ich das wissen?« Wieder dieses Mädchen, dachte er. Warum nur berührt sie mich so? Sie ist wahrscheinlich entzückt, Fontclair heiraten zu können, und nur verdrossen, weil ihre Aussteuer noch nicht fertig ist. Und wenn mehr dahintersteckt – wenn sie ihn gegen ihren Willen heiratet –, was kann ich dann schon tun? Außer mich auf diese oder jene Weise in die Bredouille bringen.

»Hugh findet nichts an ihr«, bemerkte Guy. »Würde er sie lieben, würde jeder das wissen. Er würde schmachtend durch die Gegend laufen, Miss Craddock mit Schafsaugen anstarren und jeden zum Duell fordern, der nicht versicherte, sie verkörpere alle drei Grazien in einer Person. Hugh ist ein Romantiker, der arme Teufel. Sie sollten sehen, was er liest. Byron, Walter Scott und solchen Quatsch. Nun ja, er hätte es schlimmer erwischen können. Er hätte auch mit Isabelle im Ehebett landen können.«

»Stand das einmal zur Debatte?« Julian zupfte sehr konzentriert an seinen Manschetten.

»Jahrelang. Es war Tante Catherines dringendster Wunsch – sie würde am liebsten absolut reinrassige Fontclairs züchten.

Isabelle ist eine Cousine zweiten Grades von Hugh und mir. Ihre Eltern sind völlig mittellos gestorben, als sie noch ein Kind war, da haben Onkel Robert und Tante Cecily sie bei sich aufgenommen. Onkel Robert hat ihr übrigens eine Aussteuer versprochen, falls Sie Ihr Glück bei ihr versuchen wollen. Aber ich würde mich an Ihrer Stelle nicht zu sehr darauf kaprizieren. Isabelle hat bisher jedem dieser armen Narren, die ihr hinterherhechelten, eine Abfuhr erteilt. Sie will nur Hugh. Sie ist genauso familienverrückt wie Tante Catherine. Sie hat sich richtiggehend bei ihr angesteckt. Als Hugh volljährig wurde, dachte sie wahrscheinlich, er würde ihr jetzt endlich einen Antrag machen. Und dann kommt so eine kleine graue Maus daher, deren Vater noch nach Pferdestall riecht, und Isabelle ist aus dem Rennen. Bei Gott, sie muß die Craddocks hassen!«

Er stand auf. »So, meine Stiefel sind trocken. Ich gehe jetzt zu Bett. Leider allein. Tante Cecilys Mädchen sind verdammt bieder. Aber ehe ich gehe, würde ich gern noch eines wissen – obwohl ich keine Ahnung habe, warum Sie es mir verraten sollten. Ich werde hier im Haus sowieso nie in die Geheimnisse eingeweiht.«

»Was für ein Geheimnis kann das denn sein, von dem ich mehr wissen sollte als Sie?«

»Das will ich Ihnen sagen – mich würde interessieren, wie Sie eigentlich hierherkommen. Ich wußte ja nicht einmal, daß Hugh mit Ihnen bekannt ist, bevor ich sie in dieser Spielhölle die Köpfe zusammenstecken sah – und nun hat er Sie zu seinem Brautführer erkoren.«

Julian überlegte. »Ich glaube, ich bin der Chor.«

»Der was?«

»Wie der Chor im klassischen griechischen Drama. Ich verfolge die Handlung und kommentiere sie, ohne mich selbst hineinziehen zu lassen.«

»Na, also, ich frage mich wirklich, was Sie daran finden können, hier in der Einöde bei irgendeinem albernen Familiendrama den Chor zu spielen.«

Das wußte Julian selbst nicht. »Es gibt Schlimmeres«, murmelte er und sah sich dabei im Zimmer um.

»Nicht übel, hm? Das war früher einmal mein Zimmer.«

»Ach was.«

»Ja. Als Junge war ich viel auf Bellegarde. Meine Mutter ist gestorben, als ich noch ganz klein war, und der Colonel war immer mit seinem Regiment irgendwo in weiter Ferne. Oft hatte er keine andere Wahl, als mich hier bei Onkel Robert unterzubringen. Ich glaube, Onkel Robert war das gar nicht recht – er fand, ich hätte einen schlechten Einfluß auf Hugh –, aber er konnte nicht ablehnen. Familienzusammenhalt wird bei uns Fontclairs ganz groß geschrieben.«

Mit einem etwas wehmütigen Lächeln trat er zum Fenster. »Ich war eigentlich die ganze Zeit nur damit beschäftigt, Pläne zu schmieden, um hier nachts heimlich wegzukommen. Ich bekam richtig Übung darin, aus dem Fenster zu steigen und an dem Baum dort hinunterzuklettern, aber dann entdeckten die Gärtner die abgeknickten Äste und meine Fußstapfen in der Erde und verpetzten mich bei Onkel Robert.« Er lachte. »Tja, das ist lange her. Heute kann ich nachts rein und raus, ohne durch Fenster steigen und an Bäumen hinabklettern zu müssen. Ich benütze einfach die Hintertür im Personalflügel. Nachts sind zwar die Hunde frei, aber sie kennen mich und machen mir keinen Ärger.« Er gähnte. »So, jetzt lege ich mich besser hin, damit ich noch ein paar Stunden Schlaf bekomme. Fahren Sie morgen auf den Pferdemarkt?«

»Ich glaube, Hugh hat vor, mich mitzunehmen.«

»Gut. Wir können uns zusammentun – Sie beide und der Colonel und ich. Da sind wir wenigstens bis zum Mittagessen außer Haus. Vormittags geht es hier in letzter Zeit einfach teuflisch zu. Dauernd sprechen irgendwelche lilienweißen Damen vor, um einen Blick auf Miss Craddock zu werfen und herauszufinden, wieviel ihr reicher Herr Papa für ihre Hochzeit auszugeben gedenkt. Der arme Hugh.«

»Zeit zum Aufstehen, Sir«, sagte Dipper.

»Wie spät ist es?« kam es mit Grabesstimme aus den Tiefen des Betts.

»Sieben Uhr, Sir.«

»O Gott!« Julian quälte sich unter den Decken hervor. »Nicht...«, begann er, aber Dipper hatte schon begonnen, die Vorhänge aufzuziehen. Julian tauchte unter die Decken. »Das ist ja grauenvoll«, stöhnte er. »Wenn ich mir vorstelle, daß es Verrückte gibt, die die Sonne anbeten. Dipper, wenn ich dir jemals eröffnen sollte, daß ich ein Haus auf dem Land haben möchte, dann tauche mich in eiskalte Bäder, bis ich wieder zur Besinnung komme.«

Dipper war froh, ihn in so umgänglicher Stimmung vorzufinden. Wenn Mr. Kestrel wirklich schlecht gelaunt war, pflegte er weder zu spotten noch zu klagen, sondern hüllte sich in ein gereiztes Schweigen, das erschreckender war als jeder Wutanfall.

Um acht Uhr kam Julian wie aus dem Ei gepellt in Reitkleidung zum Frühstück hinunter. Die Stimmung bei Tisch war gedämpft. In einer Atmosphäre gezwungener Gelassenheit war jeder bemüht, sich von seiner besten Seite zu zeigen. Nach der Mahlzeit brachen Guy, Hugh, Julian und Colonel Fontclair zum Pferdemarkt auf.

»Ich bin froh, daß es so ein schöner Tag geworden ist«, sagte Lady Fontclair, als sie sich verabschiedeten. »Hugh, möchtest du nicht heute nachmittag Mr. Kestrel das Gut zeigen, wenn du vom Pferdemarkt nicht zu müde bist?«

»Das ist eine hervorragende Idee«, stimmte Hugh zu.

»Nun, dann also viel Vergnügen euch allen. Und, bitte, stellt euch nicht ohne eure Mützen in die Sonne. Ich stelle inzwischen Weißwein und Selterswasser kalt, damit ihr euch erfrischen könnt, wenn ihr nach Hause kommt. Auf Wiedersehen.«

Es war in der Tat ein wunderschöner Tag – ein Tag, der selbst einen eingeschworenen Städter wie Julian für das Landleben einnehmen mußte. An die Grautöne Londons gewöhnt, war er wie geblendet von der Farbenpracht der Landschaft. Eichen und Ulmen reckten ihre filigranen Wipfel in einen kornblumenblauen Himmel. Gefleckte Kühe weideten auf leuchtendgrünen Wiesen, die von Straßen und Wegen in warmem Braun begrenzt waren. Hier und dort, von der Straße zurückgesetzt, standen weißgetünchte kleine Häuser mit steilen Reetdächern hinter efeuüberrankten Zäunen.

Julian und Hugh ritten Seite an Seite. Einmal zügelte Hugh sein Pferd, um Guy und den Colonel vorausreiten zu lassen. »Ich möchte Ihnen sagen, wie sehr ich den Zwischenfall von gestern abend bedaure«, sagte er zu Julian. »Ich hätte Ihnen diesen Zornausbruch meiner Tante gern erspart. Wahrscheinlich hätte ich Sie gar nicht nach Bellegarde einladen dürfen. Im Augenblick herrscht eine so ungute Stimmung – da kann alles mögliche geschehen.«

»Wollen Sie mir auf taktvolle Weise beibringen, daß es das beste wäre, ich würde überraschend nach London zurückgerufen?«

»Nein, nein! Im Gegenteil, ich hoffe, Sie bleiben. Obwohl das natürlich sehr egoistisch von mir ist. Abgesehen davon, daß es ein Vergnügen ist, Sie hier zu haben, hat Ihre Anwesenheit eine mäßigende Wirkung. Sie werden das nach gestern abend vielleicht nicht für möglich halten, aber glauben Sie mir, wenn Sie nicht zugegen gewesen wären, wäre es wahrscheinlich noch viel schlimmer geworden.«

»Haben Sie mich deshalb eingeladen?«

»Ja«, bekannte Hugh. »Aber ich hätte mir nicht träumen lassen, daß Sie tatsächlich kommen. Ich fand einfach, Sie seien so ... ich weiß auch nicht, distanziert und vernünftig und immer in der Lage, einen kühlen Kopf zu bewahren. Und da Sie ein Außenstehender sind, dachte ich mir, würden sich die anderen in Ihrem Beisein zusammennehmen. Ich weiß, es ist schrecklich, so über die eigene Familie zu sprechen, aber zur Zeit sind sie alle nicht sie selber. Ich wünschte, ich wüßte, wie das alles enden wird. Dieses Warten ist schlimmer als alles andere. Es ist wie in einem dieser Alpträume, in denen man weiß, daß etwas Entsetzliches geschehen wird. Man weiß nicht, was es ist, aber man weiß, daß man nichts tun kann, um es abzuwenden.«

Anderer Leute Angelegenheiten

Die Hauptstraße nach Whitford führte durch Alderton, das Dorf, das Bellegarde am nächsten gelegen war. Sein ganzer Stolz war eine alte Posthalterei, das *Blue Lion*, mit einem Erdgeschoß aus rosarot getünchtem Backstein und einem hervorspringenden oberen Stockwerk aus Holz. Die Häuser hatten weiße, blaue und gelbe Fassaden mit Schnörkeln und Mustern, die aufgetragen worden waren, solange der Verputz noch feucht gewesen war. Hier und dort kündete ein im sanften Wind schwingendes Schild von einem Schreibwarengeschäft, einem Lebensmittelhändler, einer Putzmacherin, einem Schmied. Es war sehr still im Dorf. Auf den Straßen waren Frauen und Kinder, aber kaum Männer. Hugh meinte, die Männer seien wohl alle auf dem Pferdemarkt in Whitford.

In Whitford hatten die Pferdehändler ihre Zelte auf dem Dorfanger aufgeschlagen und priesen lauthals die Tiere an, die sie zu verkaufen hatten. Die Naiven hörten sich alles begierig an, während die Erfahrenen mit zynischen Mienen die Köpfe schüttelten. Interessenten umkreisten unzählige Male die Pferde, um Zähne, Hufe und Fell genauestens zu inspizieren.

Die kleine Gesellschaft aus Bellegarde übergab ihre eigenen Pferde einem Burschen, um zu Fuß auf dem Markt Umschau zu halten. Rasch waren sie sich einig, daß es hier nichts gab, was zu kaufen sich gelohnt hätte, aber sie schlenderten dennoch gutgelaunt umher und sahen den Händlern zu, die sich bemühten, jeden Interessenten zu umgarnen. Julian, der ihre Tricks kannte, bemerkte, daß man einem der Pferde die Knie gefärbt, um irgendwelche Male zu vertuschen, und einem anderen das Zahnfleisch mit einem Ätzmittel geschwärzt hatte, um den Anschein von Jugend vorzutäuschen.

Nach einer Weile entfernte sich der Colonel mit der Entschuldigung von den anderen, daß er sein krankes Bein ein wenig ausruhen wolle. Guy, Hugh und Julian standen beisammen und tranken das Ale, das sie an einem Stand in der Nähe gekauft hatten, als sie hinter sich eine heisere Stimme hörten. »Möchten Sie eine Pfeife kaufen, meine Herren? Eine Pfeife für Ihre Hunde?«

Als sie sich umdrehten, sahen sie einen verhutzelten alten Mann, der sie mit zusammengekniffenen Augen betrachtete. Sein Gesicht war so braun und runzlig wie eine Rosine, und das strähnige weiße Haar, das ihm lang auf die Schultern hing, war dunkel von Schmutz. Er hatte eine fleckige, schlabbrige Hose an und dazu einen braunen Rock, der falsch geknöpft war. Auf seinem Kopf klebte eine flachgedrückte Mütze. Der große Sack, den er mit sich schleppte, paßte überhaupt nicht zu seiner tristen Kleidung: Er war ein Flickwerk aus Hunderten von Stoffresten aller Farben, Muster und Formen.

»Hallo, Bliss«, sagte Hugh. »Ich wußte gar nicht, daß du in der Gegend bist.«

»Auf der Durchreise, Sir, wie immer – auf der Durchreise. Und wie ist das Befinden Ihrer verehrten Frau Mutter?«

»Danke, meiner verehrten Frau Mutter geht es gut«, antwortete Hugh lächelnd. »Wenn du nach Bellegarde hinaufkommst, wird sie gewiß dafür sorgen, daß du nicht mit leeren Händen von dannen ziehst.«

Der Mensch namens Bliss grinste und kniff dabei die Augen so fest zusammen, daß sie nur noch Schlitze waren. »Oh, das hab' ich mir schon vorgenommen, Sir. Das hab' ich mir schon vorgenommen. Aber möchten Sie nicht inzwischen eine Puppe für Ihre kleine Schwester kaufen?« Er griff tief in seinen Sack und brachte eine plump geschnitzte Puppe in einem Kattunkleid zum Vorschein. »Oder vielleicht hätte dieser Herr, der so fein herausgeputzt ist«, er wies mit einer Kopfbewegung auf Julian, »gern einen Kamm für sein Haar oder eine Bürste für seinen Rock. Und wie steht's mit Ihnen, Sir?« Sein Blick wanderte zu Guy. »Vielleicht eine Flöte, um den Damen etwas vorzuflöten?«

»Fort mit dir, du unverschämter Patron!« fuhr Guy ihn halb lachend, halb verärgert an.

Hugh gab Bliss ein Geldstück.

»Gott segne Sie, junger Herr«, rief der Alte. Mehrere Leute, die in der Nähe standen, drehten sich lachend um, und Hugh wurde rot. Bliss jedoch ließ sich nicht beirren, sondern fuhr fort: »Sie machen Ihrer verehrten Frau Mutter Ehre. Immer hat sie ein freundliches Wort und eine kleine Gabe für einen alten Mann, der sich mühsam durchschlagen muß. Ganz anders als diese Lady Tarleton, die mir immer sagt, ich gehör ins Armenhaus. Aber die wird eines Tages schon ihre Strafe bekommen für ihren Hochmut.«

»Na, das möchte ich sehen«, bemerkte Guy.

»Früher oder später wartet auf jeden die Abrechnung«, sagte der Alte verschmitzt. »Gerade Sie sollten sich das merken, Master Guy.«

»Na hör mal, du verflixter...«, begann Guy. Aber Hugh packte ihn beim Arm und zog ihn weg. Julian folgte den beiden, drehte sich aber noch einmal um und sah, daß der Alte ihnen mit scharfem Auge nachblickte. Er fixierte sie, bis sie in der Menge untertauchten und für ihn nicht mehr zu sehen waren.

»Was streitest du dich mit dem Alten?« sagte Hugh. »Er ist doch nur ein gebrechlicher alter Greis und noch dazu nicht ganz richtig im Oberstübchen.«

»Das glaube ich nicht«, entgegnete Guy. »Der Alte ist ein Gauner. Für zwei Pence würde er seiner Großmutter den Hals umdrehen, wenn er sicher wäre, daß er dabei nicht ertappt wird.«

»Der Sack, den er mit sich herumschleppt, ist sehr ungewöhnlich«, sagte Julian.

»Ja, nicht wahr?« meinte Hugh. »Er hat ihn selbst gemacht. Es heißt, es sei mal ein ganz gewöhnlicher Sack gewesen, aber jedesmal wenn er ein Loch bekam, hat der Alte es mit einem Stoffrest geflickt, den er Tuchhändlern oder den Frauen im Dorf abschwatzte. Das hält er schon seit so vielen Jahren so, und nun besteht der Sack nur noch aus Flicken. Er ist ein sehr geschickter Handwerker. Alles, was er verkauft – Puppen, Pfeifen, Blasrohre, Körbe und so weiter –, macht er selbst. Aber ich glaube, mit dem Betteln verdient er mehr Geld als mit dem Verkauf dieser Sachen. Manchmal übernimmt er auch kleinere Erledigungen und Arbeiten für andere Leute – er ist sehr munter, obwohl er bestimmt alt wie Methusalem ist.«

»Ist Bliss sein Vor- oder sein Nachname?«

»Ich glaube, das weiß niemand. Es ist jedenfalls der einzige Name, unter dem wir ihn kennen. Er vagabundiert hier durch die Gegend, solange ich denken kann. Alle paar Monate kreuzt er in der Nähe von Bellegarde auf, und Mutter ist immer sehr nett zu ihm. Ich glaube, er hat sie wirklich gern – aber Mutter versteht sich eben darauf, das Beste aus jedem Menschen herauszukitzeln. Für Tante Catherine hat er nichts übrig, aber das werden Sie ja bereits gemerkt haben.«

Gegen Mittag trommelte Hugh die versprengten Mitglieder seiner kleinen Truppe zusammen, und sie ritten nach Hause. Guy war übermütiger Stimmung, der Colonel jedoch blieb still und verschlossen. Manchmal vergaß Julian beinahe, daß er mit von der Partie war.

Zurück auf Bellegarde, gingen sie in den Salon, um sich vor dem Mittagessen mit Weißwein und Wasser zu stärken. Joanna und Philippa gesellten sich zu ihnen. Unter dem liebevollen, aber wachsamen Blick ihrer Mutter wurden sie von ihrer Gouvernante feierlich hereingeführt. Beide knicksten züchtig vor Julian; Philippa warf ihm einen scharfen Blick zu, vermutlich weil sie fürchtete, er würde verraten, daß sie einander bereits kennengelernt hatten. Sie hätte sich keine Sorgen zu machen brauchen; es wäre ihm nicht im Traum eingefallen, sie zu verraten.

Sie stellte ihm viele Fragen über London und entdeckte schokkiert, daß er viele bedeutende Dinge, nach denen sie fragte, überhaupt nicht kannte, obwohl er doch in der Stadt so bewandert war. Er war beispielsweise nicht ein einziges Mal bei Astley's zur Pantomime gewesen, und er konnte nicht mit Gewißheit sagen, ob er einmal auf dem Fleck gestanden hatte, auf dem Anne Boleyn und Catherine Howard enthauptet worden waren.

»Damals war es für die Könige leichter, ihre Frauen loszuwerden«, bemerkte sie. »Einmal kurz ruck, zuck mit dem Beil, und der König konnte wieder heiraten.«

»Das muß sehr bequem gewesen sein.«

»Ich finde Geschichte wahnsinnig interessant. Ich bin gerade dabei, eine Geschichte zu schreiben, wissen Sie.«

»Nein, das wußte ich nicht. Wessen Geschichte schreibst du denn?«

»Die von unserer Familie – von den ganzen Schlachten, in

denen wir mitgekämpft haben, und von den Erbinnen, mit denen wir durchgebrannt sind – lauter solche Sachen. Wir wissen natürlich nicht viel darüber, was unsere Vorfahren vor dem siebzehnten Jahrhundert getrieben haben. Im Bürgerkrieg war hier ein großer Brand, und da sind viele Dokumente in Flammen aufgegangen.«

»Das erschwert es sicher, eine Familiengeschichte zu schreiben.«

»Ach nein, eigentlich nicht. Ich denke mir einfach das meiste aus. Das merkt kein Mensch.«

Es wurde zum Mittagessen gerufen, und Joanna und Philippa mußten wieder ins Schulzimmer zurück. Nach dem Essen, das man auf der Terrasse mit Blick auf den französisch angelegten Garten einnahm, drängte Lady Fontclair Hugh von neuem, Julian das Gut zu zeigen.

»Haben Sie Lust?« wandte sich Hugh an Julian. »Oder wäre das des Reitens zuviel für einen Tag? Der Park ist wirklich schön, und wir haben einige vorbildliche Musterhöfe. Ich weiß allerdings nicht, ob Sie dergleichen überhaupt interessiert.«

»Ich bemühe mich, an allem interessiert zu sein. Meiner Meinung nach ist Langeweile bis zu einem gewissen Grad eigene Schuld.«

Hugh war erleichtert. Er hatte gefürchtet, ein Mann wie Kestrel, vom Londoner Leben verwöhnt, wäre nicht so leicht zu unterhalten. »Ich muß mich noch etwa eine Stunde mit meinen Eltern zusammensetzen und die Vereinbarungen durchgehen, die die Anwälte uns geschickt haben. Wie wäre es, wenn ich Sie danach abhole?«

Julian war einverstanden. Er hatte gar nichts dagegen, ein, zwei Stunden für sich zu haben. Die Fontclairs besaßen ein großartiges Pianoforte, das er schon die ganze Zeit hatte ausprobieren wollen.

Er ging ins Musikzimmer. Es war leer. Er öffnete das Klavier und betrachtete mit einem kleinen Schauder der Vorfreude die Elfenbeintasten. Er berührte sie sachte, machte sich mit ihnen vertraut, schlug schließlich die heiteren, perlenden Töne von Mozarts Sonate in C-Dur an und überließ sich ganz der Musik.

Als er nach dem letzten Ton die Hände ruhen ließ, hörte er von der Tür her ein Klatschen. Er warf einen Blick über die Schulter und sah Maud Craddock an der Tür stehen. Sofort stand er auf.

Sie errötete, hörte auf zu klatschen und versteckte ihre Hände hinterm Rücken. »Ich hoffe, Sie haben nichts dagegen, daß ich Ihnen zugehört habe. Es war sehr schön.«

»Ich habe überhaupt nichts dagegen. Im Gegenteil, ich fühle mich geschmeichelt.«

Sie entspannte sich ein wenig. »Sie spielen sehr gut, nicht wahr? Ich meine, ich verstehe nicht viel von Musik, aber mir erschienen Sie so gut wie die richtigen Musiker, die immer auf Papas Festen spielen.«

»Danke.« Er konnte ein Lächeln nicht unterdrücken, aber er schaffte es, eher erfreut als belustigt auszusehen.

Ihr Blick schreckte vor seinem zurück. Sie ging an ihm vorbei und begann, sich mit einer Harfe zu beschäftigen, die auf der anderen Seite des Raumes stand. »Mr. Fontclair ist ein großer Musikliebhaber. Ich ... ich nehme an, das ist etwas, das Sie und er gemeinsam haben.«

Das ist ja ein schönes Durcheinander, dachte er. Natürlich glaubt sie, da Fontclair mich zu seinem Brautführer erkoren hat, wir seien seit Jahren die dicksten Freunde. Ich kann ihr gegenüber nicht zugeben, daß wir uns nur flüchtig kennen, ohne zu erklären, wie wir einander kennengelernt haben – was gewiß amüsant wäre, aber Fontclair gegenüber nicht fair.

»Ja, die Musik ist tatsächlich ein gemeinsames Interesse von uns«, sagte er.

Sie wandte sich ihm plötzlich zu. Sie zitterte ein wenig, und ihr Gesicht war sehr bleich. »Mr. Kestrel – kann ich Sie einen

Moment sprechen? Ich weiß, es ist eine Zumutung, aber … aber es ist sonst niemand da. Ich … mit meinem Vater kann ich nicht sprechen. Ich habe es versucht, aber es hat keinen Sinn. Und ich kann mit keinem der Fontclairs sprechen. Sie sind nicht meine Freunde – sie wollten mich nie hier haben –, etwas anderes konnte ich gar nicht erwarten. Sie sind Mr. Fontclairs Freund – Sie kennen ihn. Sie kennen seine Familie und die Welt, in der er sich bewegt. Würden Sie mir raten? Würden Sie mir helfen? Ich weiß nicht, was ich tun soll.«

»Meine liebe Miss Craddock.« Julian ging mit ein paar schnellen Schritten zu ihr. »Ich weiß nicht, wie ich Ihnen zu Diensten sein kann. Aber was ich tun kann, werde ich tun, das versichere ich Ihnen.«

»Danke«, flüsterte sie.

Er führte sie zum Sofa und setzte sich neben sie. Bedrückt sah sie sich um. »Vielleicht sollten wir die Türen schließen oder in den Garten hinausgehen.«

Er schüttelte den Kopf. »Geschlossene Türen machen neugierig, und in einem Garten weiß man nie, wer hinter dem nächsten Fliederstrauch steht. Von unserem Platz aus können wir ungehindert in den Flur und die Räume auf beiden Seiten von uns sehen. Es kann sich niemand heranpirschen, ohne daß wir es merken.«

Maud dachte unwillkürlich, daß er eine Menge Erfahrung darin haben mußte, heimliche Stelldicheins mit jungen Damen zu arrangieren. Bedenken überfielen sie. Was hatte sie sich nur dabei gedacht, sich allein mit einem eleganten jungen Gentleman zu treffen, den sie kaum kannte? Ihr Vater sagte immer, die jungen Herren der vornehmen Welt wären alle Schurken, die sich nicht das geringste daraus machten, ein anständiges Mädchen zu kompromittieren. Egal, dachte sie verzweifelt, das Risiko gehe ich ein. Schlimmer als die Lage jetzt ist, kann sie nicht mehr werden.

»Sie wissen vermutlich, daß diese Heirat zwischen Mr. Fontclair und mir... daß wir uns nicht von selbst gefunden haben. Mein Vater hat die Sache arrangiert. Wie er es gemacht hat, weiß ich nicht. Zuerst glaubte ich, die Fontclairs schuldeten ihm Geld. Viele Leute haben Schulden bei ihm, und manche sind so verzweifelt, daß sie bereit sind, alles zu tun, um sich aus dieser Notlage zu befreien. Ich habe mir darum einmal, als er nicht zu Hause war, seine Bücher angesehen. Ich weiß, ich hätte das nicht tun sollen, ohne es ihm zu sagen, aber ich *mußte* einfach wissen, womit er die Fontclairs in der Hand hat. Aber ich fand überhaupt kein Anzeichen dafür, daß er ihnen Geld geliehen hat.«

»Was für ein... Mittel könnte er denn sonst benutzt haben, um sie zu überreden?«

»Ich glaube, er hat etwas ganz Furchtbares gegen die Fontclairs in der Hand – sonst hätten sie niemals einer Heirat Mr. Fontclairs mit mir zugestimmt.« Leise fügte sie hinzu: »Ich nehme an, daß mein Vater vor Jahren hier Bediensteter war.«

»Ja, davon habe ich gehört.«

Zum erstenmal sah sie ihn direkt an. »Ich schäme mich meines Vaters nicht, und auch nicht meiner Herkunft. Alles, was mein Vater besitzt, hat er sich mit harter Arbeit und Disziplin und eisernem Willen selbst geschaffen. Deswegen bin ich stolz auf ihn. Aber man kann nicht erwarten, daß die Fontclairs das ebenso würdigen. Sie schätzen andere Dinge – Rang und Namen und Vorfahren, die schon mit Wilhelm dem Eroberer herübergekommen sind. Ich finde, mein Vater tut nicht gut daran, wenn er versucht, sich und mich mit Gewalt in diese Welt zu drängen. Das habe ich ihm auch gesagt. Ich habe ihm gesagt, ich würde viel lieber einen Selfmademan wie ihn heiraten als einen Gentleman von adligem Stand, der mich gar nicht haben möchte. Aber er wollte nicht auf mich hören – er will auch jetzt noch nicht auf mich hören. Er hat sich diese Heirat in den Kopf gesetzt. Ich habe nie erlebt, daß er sich etwas so sehnlich gewünscht hat.«

»Und haben Sie eine Ahnung, warum ihm soviel daran liegt?«

»Zuerst glaubte ich, es sei ihm so wichtig, weil ihm die Fontclairs, als er noch ein Junge war, mächtig und großartig erschienen. Ich dachte, meine Heirat mit Mr. Fontclair sei für ihn eine Art Krönung all dessen, was er erreicht hat. Aber da bin ich mir jetzt nicht mehr so sicher. Seit ich hier auf Bellegarde bin, habe ich immer stärker den Eindruck, daß er einen tiefen Groll gegen die Fontclairs hegt, und sie gegen ihn. Lady Tarleton haßt ihn. Vielleicht wegen der geplanten Heirat, aber das glaube ich nicht. Ich habe das Gefühl, sie haßt ihn schon seit langer Zeit. Und ich glaube, er seinerseits haßt alle Fontclairs und möchte sich an ihnen rächen. Die Rache bin ich, Mr. Kestrel.«

Julian wußte kaum, was er sagen sollte. »Wenn Sie das alles, was Sie mir eben gesagt haben, glauben, werden Sie wohl gründlich darüber nachgedacht haben, ob Sie Hugh Fontclair heiraten können?«

»Eben darüber wollte ich mit Ihnen sprechen. Als Mr. Fontclair mich um meine Hand bat, sagte er mir, die Ehre und die Sicherheit seiner Familie hingen davon ab, daß ich ihn zum Mann nehme. Er war sehr aufrichtig. Er konnte nicht sagen, daß er ... er mich liebe. Wir hatten einander nie zuvor gesehen. Es war recht von ihm, geradeheraus zu sein und keine falschen Komplimente zu machen. Ich habe ihn gefragt, was mein Vater denn seiner Familie antun könnte, wenn er es ablehnen sollte, mich zur Frau zu nehmen, oder wenn ich ihm einen Korb geben würde. Er sagte, es täte ihm leid, aber das müßte ich meinen Vater selbst fragen. Ich bin sicher, mein Vater hat den Fontclairs verboten, mir irgendeine Auskunft zu geben. Ich glaube, tief im Innersten schämt er sich ganz entsetzlich. Er ist kein schlechter Mensch, wirklich nicht, auch wenn es Ihnen wahrscheinlich schwerfällt, das zu glauben.«

»Nach seiner Tochter zu urteilen, würde ich sagen, er muß der anständigste Mensch unter der Sonne sein.«

Sie öffnete den Mund in einem Ausdruck der Überraschung. Dann lächelte sie scheu. »Das war sehr nett von Ihnen. Danke.«

Schlagartig wurde ihm klar, daß Maud Craddock ein hinreißendes Geschöpf war. Er hätte sich weit schlimmere Strafen vorstellen können, als sie zur Frau nehmen zu müssen. Wahrscheinlich verrieten seine Augen seine Wertschätzung, doch er sagte nur: »Sie haben mir noch nicht verraten, wie ich Ihnen helfen kann.«

»Ich brauche nur Ihren Rat. Ich bin sehr verwirrt. Ist es schlimmer, Mr. Fontclair zu heiraten, obwohl er mich gar nicht haben will, oder ihm einen Korb zu geben und damit zuzulassen, daß seiner Familie Leid zugefügt wird?«

»Was ist mit Ihrem eigenen Glück? Zählt das denn gar nicht?«

Wieder errötete sie und senkte den Kopf. »Ich möchte nur das tun, was für ihn am besten ist.«

Aha, dachte er, so ist das also. »Hat er eine Ahnung, was für ein Glückspilz er tatsächlich ist?«

»Wie meinen Sie das?«

»Ich meine, weiß er von Ihren Gefühlen für ihn?«

»Nein. Ich glaube, nicht. Ich wollte, ich könnte sagen, ich habe sie ihm aus Stolz verheimlicht. Ich weiß, es gehört sich nicht für eine Frau, ihre Gefühle zu zeigen, wenn der Mann sich nicht erklärt hat. Aber ich zeige sie ihm in Wirklichkeit nur deshalb nicht, weil ich eine üble Situation nicht noch schlimmer machen möchte. Er würde sich schuldig fühlen, wenn er die Wahrheit wüßte. Er ist ein guter Mensch, Mr. Kestrel. Es wäre ihm schrecklich zu wissen, daß er mir weh tut.

Ich liebe ihn seit dem Tag, an dem er mich gebeten hat, seine Frau zu werden. Er war so ungeschickt, Sie können es sich nicht vorstellen. Aber wie hätte er anders können? Stellen Sie sich doch nur vor, Sie sollten einem Mädchen einen Heiratsantrag machen, dem Sie nie zuvor begegnet sind, nur weil der Vater dieses Mädchens droht, Ihrer Familie etwas Schlimmes anzutun, wenn

Sie sie nicht zur Frau nehmen! Er hat mir so leid getan. Als er mir erklärte, daß er mir nicht sagen dürfe, was mein Vater gegen seine Familie in der Hand hat, versprach ich ihm, daß ich versuchen würde, es selbst herauszubekommen, und dann alles in meiner Macht Stehende tun würde, um Papa von seinem Plan abzubringen. ›Glauben Sie, daß Sie das können?‹ fragte er mich, und Sie hätten die Hoffnung sehen sollen, die in seinen Augen aufgeleuchtet hat. Er wünschte sich nichts so sehr wie einer Heirat mit mir zu entgehen. Und ich dachte die ganze Zeit, ach, wenn du mich nur wirklich zur Frau haben wolltest, wie glücklich wäre ich!

Ich habe ihm gesagt, daß ich mich zunächst mit ihm verloben würde, um meinen Vater erst einmal zu beschwichtigen. Aber ich bin fest entschlossen herauszubekommen, womit er die Fontclairs bedroht, und ihm irgendwie Einhalt zu gebieten. Doch was, wenn mir das nicht gelingt, Mr. Kestrel? Die Hochzeit soll in wenigen Wochen stattfinden. Was geschieht, wenn es mir bis dahin nicht gelungen ist, meinen Vater zur Vernunft zu bringen? Heirate ich Mr. Fontclair, so wird er für immer an eine Frau gefesselt sein, die er niemals wollte – derer er sich wahrscheinlich sogar schämt. Aber heirate ich ihn nicht, so wird es ihm auch übel ergehen. Er hat mich angefleht, ihn zu nehmen; er sagte, ich hielte die Ehre seiner Familie in meinen Händen. Es sieht so aus, als könnte ich ihn nur unglücklich machen, ob ich ihn nun heirate oder nicht. Und das ist bitter, Mr. Kestrel, das ist sehr bitter, da sein Glück mir mehr bedeutet als alles andere auf der Welt.«

Ihren Worten folgte eine lange Pause. Julian zwang sich, den Tatsachen ins Auge zu sehen. Er würde sich nicht in anderer Leute Angelegenheiten hineinziehen lassen. O nein, er würde sich gleich freiwillig kopfüber hineinstürzen. »Tja, wie sollen wir nun dieses Durcheinander entwirren?«

»Wir?« fragte sie hoffungsvoll.

»Ich habe mir gedacht, ich bewerbe mich um den Posten des Ritters ohne Furcht und Tadel. Referenzen werden auf Anforderung vorgelegt.«

»Sie sind wirklich sehr nett.«

»Sagen wir lieber, ich bin fasziniert – und auch ein wenig erschrocken. Meiner Meinung nach haben Sie völlig recht, Miss Craddock: Als erstes müssen wir herausbekommen, was Ihr Vater gegen die Fontclairs in der Hand hat. Dann werden Sie wenigstens abschätzen können, in welchem Maß er der Familie schaden kann, wenn die Heirat nicht zustande kommen sollte. Und wenn er sich wegen seiner Pläne wirklich vor Ihnen schämt, wird er sie vielleicht fallenlassen, wenn er erfährt, daß Sie alles wissen.«

»Das ist sehr einleuchtend, Mr. Kestrel. Ich bin ganz Ihrer Meinung. Aber ich habe versucht, es herauszubekommen, und niemand will es mir sagen.«

»Dann müssen wir es eben herausfinden, ohne daß uns jemand etwas verrät.« Er überlegte. »Wissen Sie, warum Ihr Vater aus den Diensten der Familie Fontclair entlassen wurde?«

»Ich wußte gar nicht, daß er entlassen wurde. Mir hat er nur erzählt, daß er einige Jahre auf Bellegarde gearbeitet hat und dann nach London gegangen ist. Glauben Sie, das ist der Grund dafür, daß er den Fontclairs so sehr grollt?«

»Es könnte etwas damit zu tun haben. Nach dem wenigen, was ich gehört habe, scheint er einen Streit mit Lady Tarleton gehabt zu haben.«

»Und Sie halten das für wichtig?«

»Nun ja, es gibt zwei Möglichkeiten: Entweder hat Ihr Vater schon vor Jahren, als er noch bei der Familie in Diensten war, irgendwie Macht über die Fontclairs gewonnen, oder aber er hat dieses Mittel, mit dem er sie unter Druck setzen kann, erst in jüngerer Zeit in die Hände bekommen. Können Sie mir sagen, ob er nach seiner Entlassung noch Kontakt mit den Fontclairs hatte?

Könnte es sein, daß er Geld von ihnen erhalten hat, oder eine andere Form der Unterstützung?«

»O nein, das glaube ich nicht. Als er nach London kam, war er sehr arm, und er mußte lange Zeit hart arbeiten, ehe er das Geld beisammen hatte, um sein eigenes Geschäft zu eröffnen.«

»Dann ist es nicht wahrscheinlich, daß er schon damals über das Mittel verfügte, die Fontclairs unter Druck zu setzen.« Wahrscheinlich, dachte Julian, hatten sie keinen Gedanken mehr an ihn verschwendet, nachdem er von Bellegarde weggegangen war. Das würde sich auch mit Guys Bericht decken, wie erstaunt alle gewesen waren, als Craddock plötzlich wieder auf der Bildfläche erschienen war. Aber war sein Erscheinen wirklich für alle eine Überraschung gewesen? Lady Tarleton war förmlich zusammengebrochen, als sie davon gehört hatte. War es möglich, daß es für sie ein seit langem gefürchtetes Ereignis war, das nun tatsächlich eingetreten war?

»Hat Ihr Vater hier in der Gegend noch Familie oder Freunde?« fragte er. »Irgend jemand, mit dem wir uns über seine Beziehung zu den Fontclairs unterhalten könnten?«

»Er hat außer mir keine Familie. Und von Freunden aus der Zeit, als er hier in Diensten war, weiß ich nichts.«

»Nun, es gibt immer noch die Dienstboten. Die wissen immer alles über ihre Arbeitgeber, was diese am liebsten verheimlichen möchten. Das kommt davon, wenn man Wand an Wand mit Menschen zusammenlebt, die sich nicht vorstellen können, daß auch andere Ohren und eine gewisse Intelligenz besitzen.«

»Könnten wir sie denn ausfragen, ohne daß sie Verdacht schöpfen?«

»Wir sicher nicht. Aber mein Diener könnte es. Er ist sehr diskret. Er könnte die Auskünfte aus ihnen herauskitzeln, ohne daß sie überhaupt merken würden, worum es geht.«

»Wenn Sie ihm vertrauen, Mr. Kestrel, dann bin ich bereit, ihm ebenfalls zu vertrauen. Ich kann Ihnen gar nicht genug für ihre Hilfe danken. Ich finde, Mr. Fontclair kann von Glück sagen, daß er einen Freund wie Sie hat.«

»Ich hoffe, Sie begehen nicht den Fehler zu glauben, ich täte dies alles für Hugh Fontclair.«

Sie lächelte ihr scheues Lächeln, und ihre Wangen röteten sich.

Hugh erschien an der Tür. »Ach hier sind Sie, Kestrel...«

Maud Craddock geriet in Verwirrung. Kestrel lächelte auf seltsam wissende Art. Hugh gewann den Eindruck, er habe gestört, und sprach nicht weiter.

»Wollen wir los?« fragte Julian.

»Ja, deswegen bin ich gekommen. Miss Craddock, ich besichtige jetzt mit Mr. Kestrel zusammen das Gut. Sie sind herzlich eingeladen mitzukommen, wenn Sie möchten.«

Niemals, dachte sie, vergaß er ihr gegenüber die Höflichkeit – diese förmliche Höflichkeit, bei der sie sich wie die reinste Zufallsbekanntschaft fühlte. »Das ist sehr freundlich von Ihnen, Mr. Fontclair, aber ich unternehme gleich einen Botanisierausflug mit Ihren Schwestern und Miss Pritchard.«

»Oh.« Hugh bemühte sich, seine Erleichterung zu verbergen. Er war in Maud Craddocks Gegenwart immer sehr verlegen. Er konnte sich nicht vorstellen, was er während eines so langen Beisammenseins mit ihr hätte sprechen sollen. »Da wünsche ich Ihnen viel Vergnügen.«

»Danke«, sagte sie mit kleiner Stimme. Dann wandte sie sich Julian zu, und ihr Gesicht hellte sich auf. »Es war mir ein großes Vergnügen, mit Ihnen zu sprechen, Mr. Kestrel.«

»Das Vergnügen war ganz auf meiner Seite.«

»Aber nein.«

»Dann jedenfalls der größere Teil. Denn in London begegnen Sie doch sicher jeden Tag Männern wie mir. Im West End wimmelt es von uns wie von Ameisen in einem Ameisenhaufen. Sie jedoch – Sie sind einzigartig. Sie haben die weitverbreitete

Legende widerlegt, daß Charme und Aufrichtigkeit nicht nebeneinander bestehen können.«

Hugh hüstelte. »Wenn Sie jetzt bereit sind, Mr. Kestrel.«

Julian ging mit ihm. Und nicht einen Augenblick zu früh, warnte eine Stimme in seinem Innern. Du mußt ja wahnsinnig geworden sein, mit diesem Mädchen vor den Augen ihres Bräutigams auf solche Art zu flirten. Es ist mir völlig schnuppe, ob sie so aussah, als hätte sie es nötig. Du willst dich wohl in diesen zwei Wochen unbedingt in die Nesseln setzen, wie?

Er ging in sein Zimmer hinauf und zog seine Reitstiefel an. Sie hatten auf dem Pferdemarkt Schlammspritzer abbekommen, und er hatte sie Dipper zur Reinigung gegeben. Dipper hielt sie schon bereit, auf Hochglanz poliert wie immer. Das war nichts Ungewöhnliches; es gehörte zu Dippers täglichen Aufgaben. Ja, wie Julian hinterher sagte, es war nirgends in seinem Zimmer etwas Ungewöhnliches zu bemerken, als er es verließ. Er stieg die Treppe hinunter und trat in den Wagenhof hinaus, wo Hugh und ein Stallbursche mit den Pferden warteten.

Mord und Totschlag

Es besteht doch überhaupt kein Anlaß, sich aufzuregen, sagte sich Hugh immer wieder. Im Gegenteil, es ist doch fabelhaft, daß Kestrel und Miss Craddock sich so gut verstehen. Was ist denn schon dabei, wenn er ihr ein paar Komplimente macht? Diese kleinen Schmeicheleien haben nichts zu bedeuten; in London verteilt Kestrel sie wahrscheinlich wie Visitenkarten. Ich weiß das – aber weiß es Miss Craddock auch? Sie ist ein wenig naiv und weltfremd. Sie könnte ihn allzu ernst nehmen. Was, wenn sie ein Faible für ihn entwickelt? Herrgott noch mal, es ist wirklich eine

Zumutung, von einem Mann zu erwarten, daß er ein Mädchen heiratet, das nicht nur nichts an ihm findet, sondern sich auch noch Hals über Kopf in seinen Brautführer vergafft hat.

Aber es besteht doch überhaupt kein Grund zu glauben, daß es so kommen wird. Miss Craddock ist ein vernünftiges, willensstarkes Mädchen – sieh doch nur, wie sehr sie sich bemüht, ihrem Vater diese Heirat auszureden. Ich bin gespannt, ob sie sich jetzt noch mehr bemühen wird. Nun, es wäre nur gut, wenn sie das täte. Dann wäre das ganze Problem gelöst, und wenn sie und Kestrel sich ineinander verlieben wollten, könnten sie das tun, ohne meine Ehre in irgendeiner Weise zu verletzen. Ich muß nun einmal an meine Ehre denken, auch wenn mein Herz unberührt ist.

Der flotte Ritt bei herrlichem Wetter trug wesentlich dazu bei, Hughs Stimmung zu bessern. Er zeigte Julian die Musterhöfe, auf die Sir Robert so stolz war. Sie machten Rast in einem Gasthaus in Alderton, wo Hugh Grüße mit Dorfbewohnern tauschte, die eben vom Pferdemarkt heimkehrten. Er zeigte Julian den Park der Fontclairs mit seinen gewundenen Pfaden, idyllischen Hainen und stillen Weihern. Hier und dort gab es von Menschenhand gestaltete Sehenswürdigkeiten: einen chinesischen Steg, Formbäume, einen römischen Marstempel.

»Ist das Colonel Fontclair?« fragte Julian, als er in einiger Entfernung einen Reiter gewahrte.

»Ja, sieht aus wie Onkel Geoffrey«, meinte Hugh.

»Er reitet ja, als wären die Furien hinter ihm her.«

»Ich vermute, er ist zur körperlichen Ertüchtigung ausgeritten. Das Reiten fällt ihm leichter als das Gehen, darum versucht er, sich mit Reiten in Form zu halten.«

Der Himmel bewölkte sich, als sie die sogenannte »Jagd« erreichten, ein Stück dichtbewaldetes Land nördlich von Bellegarde. Der Wind frischte auf, die Luft war regenschwer. Hugh und Julian kehrten zum Haus zurück. Es war fast sechs Uhr –

Zeit, sich zum Abendessen umzukleiden, das um sieben serviert wurde.

Julian ging nach oben. Hugh jedoch blieb in der Empfangshalle zurück, um stirnrunzelnd einen Riß in einem seiner Stiefel in Augenschein zu nehmen. Er balancierte gerade ziemlich ungeschickt auf einem Bein und versuchte, den Fuß des anderen zu inspizieren, als Maud Craddock die Freitreppe herunterkam. Erwartungsvoll lief sie ihm entgegen.

Sie schien so erfreut, ihn zu sehen, daß es ihn verblüffte. Nie zuvor hatte sie bei seinem Anblick Freude gezeigt. Sie hatte ihm überhaupt keine Gefühle gezeigt, außer Bedauern über das Unrecht, das ihr Vater ihm antat. Er fühlte sich merkwürdig geschmeichelt und war auch ein klein wenig erregt. »Guten Tag«, sagte er beinahe schüchtern. »Ich hoffe, Sie haben Ihren Ausflug genossen.«

»Ja, sehr, vielen Dank.« Sie sah suchend an ihm vorbei. »Ist Mr. Kestrel nicht mit Ihnen gekommen?«

Hugh starrte sie einen Moment an, dann sagte er sehr kühl: »Doch, aber er ist schon nach oben gegangen, glaube ich.«

»Ach, ich wollte ihn nur gern sprechen.« Sie biß sich auf die Unterlippe. »Nun, dann muß es eben bis nach dem Abendessen warten. Ich gehe besser hinauf und kleide mich um. Trotzdem – vielen Dank.« Sie lächelte zerstreut und stieg die Treppe wieder hinauf.

Also wirklich! dachte Hugh. Der ist ja an einem einzigen Nachmittag ganz schön weit bei ihr gekommen! Wie kann sie so unverfroren sein? Ihm hier aufzulauern, um sich auf ihn zu stürzen, sobald er zur Tür hereinkommt! Und von Kestrel hätte ich auch was anderes erwartet. Angesichts solcher Geschichten muß man sich ja fragen, ob er wirklich ein Gentleman ist. Sie sieht verändert aus, seit sie ihm begegnet ist. Wenn sie lächelt, ist ihr Lächeln echt. Ach, verflixt, sie ist süß und – und unverdorben, und sie verdient etwas Besseres, als von einem oberflächlichen Burschen wie Kestrel zu leichtfertiger Tändelei mißbraucht zu werden. Sie sollte allerdings so klug sein, nicht auf einen Mann hereinzufallen, nur weil er sich elegant kleidet und es versteht, schöne Worte zu machen. Für so oberflächlich hätte ich sie nicht gehalten.

Aufgewühlt ging er in sein Zimmer, um sich umzuziehen. Dort angekommen, betrachtete er niedergeschlagen sein Spiegelbild. Nie in seinem ganzen Leben, meinte er, habe er so bäurisch, so ungehobelt und tolpatschig ausgesehen.

Die erste Merkwürdigkeit, auf die Julian stieß, als er zu seinem Zimmer kam, war die Tatsache, daß die Tür abgeschlossen war. Er klopfte, aber es rührte sich nichts. Gerade sagte er sich, er würde wohl einen Dienstboten suchen müssen, der ihn einlassen könnte, da sah er den Schlüssel auf dem Flurtisch liegen. Seltsam. Achselzuckend nahm er ihn und sperrte die Tür auf.

Er machte nur einen Schritt ins Zimmer, dann blieb er wie angewurzelt stehen. Säuberlich auf einem Lehnsessel abgelegt waren ein Schal, ein Damenhut, ein Pompadour und ein paar Handschuhe. Einen Moment lang starrte er die Sachen verwundert an, dann sah er sich hastig im ganzen Zimmer um. Sein Blick blieb schließlich auf dem Bett haften.

Dort lag eine junge Frau, das Bettzeug fast bis zu den Schultern hochgezogen. Ihr rotblondes Haar war halb gelöst und lag ausgebreitet auf dem Kopfkissen. Das Gesicht war ihm abgewandt. Sie schien zu schlafen.

Ein, zwei Sekunden stand er reglos, den Blick auf sie gerichtet. Dann schloß er die Tür hinter sich und trat zum Bett.

Sir Robert und Lady Fontclair waren im Wintergarten. Sie nähte, und er las vor:

»›Alle Natur ist nichts als Kunst, ihr wißt's nur nicht;
Aller Zufall Weisung, ihr seht's nur nicht –‹«

Julian erschien in der Tür. Lady Fontclair sah von ihrer Handarbeit auf und lächelte. »Mr. Kestrel, guten Abend. Gerade haben wir von Ihnen und Hugh gesprochen – uns Gedanken gemacht, ob Sie schon zurück seien. Wir hofften, Sie würden nicht in den Regen geraten.«

Sie blickte durch die Glaswände hinaus zu den dunklen Wolkenmassen, die sich am Himmel zusammenschoben. Der Wind fegte über die Terrasse und durch den Garten, beugte die Blumen und schüttelte die Baumwipfel.

»Nein, wir sind dem Unwetter entkommen.« Gewissermaßen, dachte er mit bitterer Ironie. »Bitte verzeihen Sie mir die Störung, aber ich muß mit Ihnen sprechen, Sir Robert – in einer geschäftlichen Angelegenheit.«

»Wie Sie wünschen. Aber hat das nicht bis nach dem Abendessen Zeit, da wir ja in einer Stunde speisen und alle noch nicht umgezogen sind?«

»Ich glaube, es wäre besser, wenn wir das jetzt erledigen würden. Es tut mir leid.«

Besorgnis trübte Lady Fontclairs Blick. Sie ist feinfühliger als ihr Mann, dachte Julian. Sie hatte selbst den wenigen Worten, die er gesprochen hatte, entnommen, daß etwas Schwerwiegendes geschehen war.

Sir Robert stand auf. Genau in diesem Moment riß eine stürmische Bö die Fenstertür auf, die zur Terrasse hinausführte. »Dauernd fliegen diese Türen auf«, sagte Lady Fontclair. »Wir sollten das wirklich ändern lassen, so daß sie sich nach außen öffnen, statt nach innen.«

Sie wollte sie schließen, aber Sir Robert sagte: »Bleib sitzen, meine Liebe, ich mache das schon.« Er verriegelte die Türen und ging mit Julian hinaus.

»Ist es eine rein geschäftliche Angelegenheit?« fragte Sir Robert. »Dann würde ich vorschlagen, wir setzen uns in mein Büro.«

»Es wäre vielleicht besser, wir gingen in mein Zimmer. Dort ist... etwas, das ich Ihnen zeigen muß.«

»Wie Sie wünschen.« Sir Robert warf ihm einen zweifelnden Blick zu.

Sie gingen zu Julians Zimmer hinauf. Er hatte die Tür abgeschlossen; jetzt sperrte er auf, öffnete sie und trat zur Seite, um Sir Robert den Vortritt zu lassen. Der trat ein. Als er das Mädchen im Bett sah, blieb er so abrupt stehen, daß Julian, der ihm folgte, beinahe mit ihm zusammengestoßen wäre.

»Was ist das?« rief er. »Wer ist diese Frau?«

»Das weiß ich nicht. Ich habe sie hier gefunden, als ich von unserem Ausritt zurückkam.«

»Ich verlange eine Erklärung, Mr. Kestrel. Ist die junge Frau krank?«

»Die junge Frau ist tot.«

»Tot? Sind Sie sicher?«

»Sie atmet nicht. Sie hat keinen Puls. Ich habe mein Ohr auf ihre Brust gelegt, aber ich konnte keinen Herzschlag hören. Ich habe einen Spiegel vor ihr Gesicht gehalten, er beschlug nicht. Da war mir klar, daß für sie jede Hilfe zu spät kommt.«

Er fand es selbst merkwürdig, wie kalt und distanziert seine Stimme klang. So hatte er sich nicht gefühlt, als er bei der jungen Frau vergebens nach einem Lebenszeichen gesucht und nicht hatte glauben wollen, daß sie tot war.

»Sie beginnt zu erkalten«, sagte Sir Robert, der an ihrem Hals nach einem Pulsschlag gesucht hatte.

»Ja, aber gerade erst. Sie ist wahrscheinlich noch nicht lange tot.« Er fügte hinzu: »Ich habe alles im Zimmer so gelassen, wie es war, als ich sie fand. Sie sind Richter, wenn ich nicht irre?«

Sir Roberts Gesicht war wie erstarrt. Nur seine Augen waren lebendig, wie sie da auf die junge Frau hinuntersahen. Julian hatte den Eindruck, daß er die Frage nicht gehört hatte. Schließlich antwortete Sir Robert, ohne aufzusehen: »Ja.«

»Dann habe ich hiermit dieses Verbrechen der zuständigen amtlichen Behörde gemeldet.«

»Wieso sind Sie so sicher, daß es sich um ein Verbrechen handelt? Wir wissen doch gar nicht, wie die junge Frau gestorben ist.«

»Schauen Sie.« Julian ging zum Waschtisch. Der goldene Krug, der normalerweise in dem Fach unter dem Becken stand, war auf dem Boden stehengelassen worden. Er war fast leer, aber das Becken war zur Hälfte mit Wasser gefüllt. Das Wasser hatte einen rötlichen Ton, und das weiße Handtuch, das über dem Halter hing, war voller rotbrauner Flecken.

Sir Robert ging mit großen Schritten zum Bett und schlug die Decken zurück. Die beiden Männer wappneten sich gegen Grausiges – doch es war keine Spur einer Verletzung zu sehen. Lange Zeit blickten sie schweigend auf die junge Frau hinunter.

Sie war klein und zierlich, von zarter Schönheit. Das Haar war am Hinterkopf zu einem Knoten gedreht, doch lose Strähnen lagen in rotgoldenem Glanz auf dem Kopfkissen. Die Arme lagen zu beiden Seiten ihres Körpers, ihre Hände waren schlaff, die Finger leicht gekrümmt. Ihre Beine waren ausgestreckt, die Füße nach außen gedreht. Sie war sehr bleich. Bläuliche Adern schimmerten durch ihre Haut, besonders an den Augenlidern. Sie hatte ein blaßgelbes Musselinkleid an, schlicht und bescheiden, mit Puffärmeln und einer blauen Schärpe. Um ihren Hals lag eine Bernsteinkette.

»Einer ihrer Ohrringe fehlt«, bemerkte Julian. Der andere hing noch in ihrem Ohrläppchen, ein goldener Tropfen mit einem Aquamarin. Er suchte auf dem Kissen und darunter, aber der fehlende Ohrring war nicht da.

Er trat zurück. Sein Blick flog zum Fußende des Betts, wo das Bettzeug zusammengeschoben war. Er sah sich das Laken genauer an und erstarrte plötzlich. Auf dem weißen Leinen war ein rotbrauner Fleck, der beinahe die Form einer Rose hatte. Er zog das Laken bis zum Hals der jungen Frau hinauf und sah, daß der Fleck sich nur etwas unterhalb ihrer Taille befand.

Mit ernsten Mienen sahen die beiden Männer einander an. »Wir brauchen einen Arzt«, sagte Julian.

»Dr. MacGregor kommt heute abend zum Essen.« Sir Robert warf einen Blick auf seine Uhr. »Es ist jetzt ein Viertel nach sechs. Er ist wahrscheinlich schon unterwegs. Sobald er ankommt, werde ich ihn bitten, die junge Frau zu untersuchen. Inzwischen...« Er sah sich im Zimmer um. »War sonst irgend etwas ungewöhnlich, als Sie hereinkamen?«

»Ich habe nicht darauf geachtet. Nachdem ich festgestellt hatte, daß sie tot war, habe ich das Zimmer in aller Eile durchsucht, um zu sehen, ob sich jemand versteckt hielt. Ich habe im Schrank und im Klosett und hinter den Vorhängen nachgesehen, aber es war niemand da. Ich habe allerdings diese Sachen hier gefunden, die vermutlich ihr gehören.«

Er zeigte Sir Robert die Sachen auf dem Lehnstuhl an der Wand: einen blau, grau und gelb gemusterten Schal, einen Strohhut mit langen blauen Bändern und einem dicken Schleier, einen blauen Pompadour aus einem Seidengeflecht, und ein Paar blaßgraue Handschuhe.

»Sie liegen noch so, wie ich sie gefunden habe«, sagte Julian. Er hob einen Zipfel des Tuchs. »Das sieht ziemlich mitgenommen aus. Schauen Sie, es hat Schmutzflecken, die Fransen haben sich verheddert, und es hat mehrere gezogene Fäden. Die Handschuhe sind auch schmutzig. Es würde mich interessieren, wo sie heute war.«

Er kehrte zum Bett zurück. Es konnte vielleicht nicht schaden, einen Katalog aller Beobachtungen aufzustellen – und ob nützlich oder nicht, es war eine Tätigkeit, die beruhigend wirkte. »Ihr Kleid ist ebenfalls schmutzig und hat unten am Saum lauter Grasflecken. Links ist der Saum aufgegangen, und ein Stück ist abgerissen.«

Sir Robert sagte unvermittelt: »Wann waren Sie vor der Entdeckung der jungen Frau das letztemal in diesem Zimmer?«

Der strenge, amtliche Ton erschreckte Julian. Er begriff, daß sie jetzt nicht mehr von Gentleman zu Gentleman miteinander sprachen. Er wurde vernommen. »Kurz bevor ich mit Ihrem Sohn ausgeritten bin. Ich kam herauf, um meine Stiefel anzuziehen. Ich denke, das war gegen halb vier Uhr.«

»War jemand bei Ihnen?«

»Mein Diener. Er hat mir beim Anziehen der Stiefel geholfen.«

»Ist er hiergeblieben, als Sie gingen?«

»Ich glaube, ja, aber ich weiß nicht, wie lange.«

»Wir müssen ihn befragen. Und wann sind Sie von dem Ausritt zurückgekehrt?«

»Ein paar Minuten vor sechs. Ich bin direkt in mein Zimmer gegangen, und da habe ich sie gefunden. Übrigens, etwas Seltsames: Als ich ankam, war die Tür abgesperrt. Der Schlüssel lag draußen auf dem Flurtisch. Der letzte, der vor mir im Zimmer war, muß es abgeschlossen haben, nachdem er hinausgegangen war. Aber warum? Wenn die junge Frau tot war...«

»Vielleicht war sie nicht tot.«

»Sie glauben, jemand könnte die Absicht gehabt haben, sie einzusperren?«

»Ich weiß es nicht«, antwortete Sir Robert. »Aber wenn man ein Zimmer von außen absperrt, so dient das nur dazu, jemanden, der sich drinnen befindet, am Hinausgehen zu hindern, nicht umgekehrt.«

»Aber wenn sie noch am Leben war, als die Person, die das Zimmer abgesperrt hat, wegging, wie ist sie dann gestorben?«

Er neigte sich über die junge Frau, musterte forschend ihr Gesicht und ihr Haar und hob ihre Lider. Ihre blauen Augen waren getrübt, die Pupillen unnatürlich vergrößert. Er betrachtete ihre Hände, nahm erst die eine, dann die andere in die seinen und streckte die kleinen kindlichen Finger. Sein Blick glitt langsam über ihre Glieder und verweilte auf ihrem Bauch und ihren Hüften. Trotz des ominösen Flecks auf dem unteren Teil des Lakens, wies ihr Kleid keine Blutspuren oder Risse auf, die auf Vergewaltigung hätten schließen lassen.

»Sie gestatten, Sir Robert?«

Sir Robert nickte. Vorsichtig drehte Julian die junge Frau auf ihre Seite. Den beiden Männern stockte der Atem, und Julians Finger gruben sich unwillkürlich tiefer in ihr Fleisch.

Hinten, etwa in der Mitte des Rückens, ein wenig links, war ein kleiner Riß in ihrem Kleid. Auch das Seidenhemd darunter war zerrissen, und der ausgefranste Stoff rund um die Risse war blutverklebt. Julian schob behutsam Finger und Daumen in die Schlitze und zog sie auseinander. In ihrem Rücken war eine Wunde, ungefähr zweieinhalb Zentimeter lang und an beiden Enden spitz zulaufend. Das Laken, auf dem sie lag, war dort, wo sie mit der Verletzung aufgelegen hatte, blutdurchtränkt.

Sachte legte er sie wieder hin. »Eine Sache für den Arzt, würde ich sagen.«

Sir Robert drückte eine Hand an seine Stirn und schloß einen Moment die Augen. Als er die Hand wieder senkte, war seine Miene einigermaßen gefaßt. »Wir müssen sofort die nötigen Schritte unternehmen, um eine Untersuchung der Angelegenheit einzuleiten. Wir müssen die Hausbewohner unterrichten und die Dienstboten vernehmen. Es ist gut möglich, daß jemand im Haus die junge Frau kennt und ihre Anwesenheit hier erklären kann. Ich nehme an, Sie haben keine Ahnung, wer sie ist.«

»Nein. Nicht die geringste.«

Sir Robert betrachtete ihn einen Moment scharf. »Ich denke, Sie kommen zunächst einmal mit, Mr. Kestrel. Es kann sein, daß ich sie noch brauche.«

Julian erkannte nur zu klar, daß Sir Robert ihm nicht traute. Verwunderlich war das kaum: Die junge Frau war schließlich in seinem Zimmer, in seinem Bett gefunden worden. Und doch empörte sich alles in ihm dagegen, eines gemeinen Angriffs auf eine Frau verdächtigt zu werden. Um Himmels willen, bleib ruhig, warnte er sich selbst. Fang nicht an, dich zu verteidigen, solange man dich nicht offen beschuldigt.

Sie gingen hinaus, und Julian schloß hinter sich ab. Als er sich umdrehte, sah er Sir Robert mit ausgestreckter offener Hand vor sich stehen. »Den Schlüssel geben Sie am besten mir.«

Er verspürte einen seltsamen Widerwillen, ihn herzugeben. Doch Sir Robert war Richter und Herr dieses Hauses. Er reichte ihm den Schlüssel, und Sir Robert schob ihn in seine Westentasche. »Kommen Sie«, sagte er. »Wir gehen in mein Büro.«

Das Büro befand sich in der oberen Etage des Personalflügels. Auf dem Weg dorthin mußte man das Dienstbotenzimmer durchqueren. Einige der Dienstboten saßen lachend und schwatzend noch an dem großen Gemeinschaftstisch, an dem sie ihr Abendessen eingenommen hatten. Dipper war unter ihnen, in angeregtem Gespräch mit einem hübschen Dienstmädchen (das, wie es Julian schien, von ihm durchaus beeindruckt war). Nebenan konnte man das Küchenpersonal rumoren hören, das das Abendessen für die Familie Fontclair und ihre Gäste bereitete.

Die Dienstboten standen auf, als Sir Robert und Julian hereinkamen. Sir Robert wies einen Lakaien an, unverzüglich Travis, den Butler, zu ihm ins Büro zu schicken. Dann ging er, von den neugierigen Blicken seiner Angestellten gefolgt, mit Julian hinaus.

Während sie auf Travis warteten, fragte Julian: »Man muß durch das Dienstbotenzimmer, um Ihr Büro zu erreichen?«

»Ja, das ist der einzige Zugang. Mir ist dieses Arrangement nicht weniger unangenehm als meinen Leuten, aber es fällt mir nicht ein, Guts- und Amtsgeschäfte in dem Teil des Hauses zu führen, in dem meine Familie wohnt. Die Pächter und die Dorfbewohner kommen praktisch zu jeder Tageszeit zu mir oder meinem Schreiber, um irgendwelche Beschwerden wegen der Pachtzinsen oder anderer Abgaben vorzubringen oder um kleinere Vergehen anzuzeigen. Ich möchte nicht, daß meine Familie und meine Gäste durch solche Angelegenheiten gestört werden.«

Dann kam Travis, ein älterer Mann schon, mit einem weißen Haarkranz um den kahlen Schädel. Seine athletische Figur und seine kerzengerade Haltung verrieten den ehemaligen Soldaten.

Sir Robert erteilte ihm eine Reihe knapper Anweisungen. Travis sollte alle Angestellten im Dienstbotenzimmer zusammenrufen. Mrs. Cox, die Haushälterin, sollte für Ruhe und Ordnung sorgen und keinem gestatten, sich ohne Sir Roberts ausdrückliche Erlaubnis zu entfernen. Wer nicht gehorchte, würde sich verdächtig machen, an einer Straftat beteiligt zu sein. Rawlinson, Sir Roberts Schreiber, sollte unverzüglich nach Alderton reiten und Stephen Senderby holen, den Gemeindepolizisten.

Sir Robert gab für keinen seiner Befehle eine Erklärung, und Travis erbat keine, auch wenn er sichtlich betroffen war.

Sir Robert sah seinen Butler nachdenklich an. »Ich weiß, Sie können mit einer Handfeuerwaffe umgehen. Holen Sie sich eine aus der Waffenkammer und laden Sie sie. Ich möchte, daß Sie so unauffällig und gründlich wie möglich das ganze Haus durchsuchen. Melden Sie mir jedes Indiz dafür, daß ein Unbefugter durch Tür oder Fenster ins Haus eingedrungen ist. Ich bin sicher, Sie werden die Waffe nicht brauchen, aber es besteht doch die Möglichkeit, daß Sie auf einen Fremden stoßen, der Ihnen Schwierigkeiten bereiten könnte.«

Travis richtete sich noch gerader auf. »Was ist das für ein Eindringling, nach dem ich suche, Sir?«

»Das weiß ich noch nicht. Sobald wir diese Angelegenheit näher untersucht haben, werde ich Ihnen erklären können, was geschehen ist und warum ich diese Vorsichtsmaßnahmen treffe. Im Augenblick jedoch vertraue ich darauf, daß Sie diskret und gewissenhaft vorgehen werden, um die Sicherheit Bellegardes zu gewährleisten.«

»Ja, Sir.«

»Noch eines. Sie werden feststellen, daß Mr. Kestrels Zimmer abgeschlossen ist. Versuchen Sie nicht einzutreten. Aber halten Sie unter seinem Fenster aufmerksam nach eventuellen Anzeichen dafür Ausschau, ob jemand auf diesem Weg eingedrungen ist.«

Was ja durchaus möglich ist, sagte sich Julian, der sich plötzlich erinnerte, daß Guy ihm erzählt hatte, er sei als Junge dauernd durch dieses Fenster ein- und ausgestiegen.

Nachdem der Butler gegangen war, sagte Sir Robert: »Zu Travis habe ich von allen meinen Leuten das größte Vertrauen. Er hat unter meinem Onkel im amerikanischen Krieg gedient und ist seit vielen Jahren hier auf Bellegarde.«

»Und dieser Senderby – was ist das für ein Mann?«

»Ehrlich und pflichtbewußt. Vielleicht nicht so resolut, wie ein Constable sein sollte. Der Posten wurde ihm etwas gegen seinen Willen aufgebrummt. Eigentlich ist er Schuhmacher und Sattler von Beruf. – So, und jetzt bitte ich Sie, mich zu entschuldigen. Ich muß meiner Frau sagen, was geschehen ist. Ich wollte, ich könnte ihr das ersparen, aber ich weiß, das wäre nicht recht. Sie war in allem, was das Wohl dieses Hauses angeht, stets meine Vertraute und wird es auch immer sein.«

»Kann ich mich irgendwie nützlich machen?«

»Seien Sie so gut und warten Sie hier auf mich. Ich bin gleich wieder zurück.«

Julian blieb allein zurück. Kopfschüttelnd dachte er an Senderby. Ein Schuhmacher und Sattler. Gab es irgend etwas, das noch absurder und zweckwidriger war als die englische Polizei?

Der Doktor und der Dandy

Quietschend und schwankend fuhr Dr. MacGregors Gig vor und hielt an. Seit Jahren versuchte der Wagenbauer von Alderton, ihn für den Bau eines neuen Gefährts zu gewinnen, doch MacGregor fuhr dieses klapprige alte Vehikel nun seit mehr als einem Vierteljahrhundert und hatte keine Lust, sich an ein neues zu gewöhnen, da dieses ihm noch so gute Dienste leistete.

Er stieg ab, ohne auf das Zwicken des Rheumatismus in seinen Gelenken zu achten. Nachdem er seinen Arztkoffer, den er selbst bei gesellschaftlichen Anlässen immer mit sich führte, aus dem Wagen geholt hatte, ging er zur Haustür. Den Wagen ließ er ohne Bedenken in der Auffahrt stehen. Er wußte aus langer Erfahrung, daß die Stute vorläufig brav an ihrem Platz stehenbleiben würde, bis jemand kam und sich um sie kümmerte. Es war kein großer Staat mit ihr zu machen, aber sie war zuverlässig. So sah MacGregor im großen und ganzen auch sich selbst.

Er läutete und wartete, mit den Fingern auf den Türpfosten trommelnd, bis er hörte, wie drinnen der schwere Holzbalken, mit dem die Tür verriegelt war, auf die Seite geschoben wurde. Dann öffnete sich die Tür, und Travis sagte: »Guten Abend, Sir.«

Das war die erste Überraschung. Normalerweise wurde die Tür von einem Lakaien geöffnet. »Guten Abend, Travis«, erwiderte MacGregor. »Stimmt etwas nicht? Sie sehen ein bißchen blaß um die Nase aus.«

Travis rammte den schweren Eichenbalken wieder in seine Halterung. MacGregor beobachtete es mit scharfem Blick. Er speiste beinahe jeden Freitagabend auf Bellegarde und konnte sich nicht erinnern, daß die Tür je um diese Zeit schon verriegelt worden war.

»Danke, Sir, es geht mir gut«, sagte Travis und nahm MacGregor seinen Hut ab. Er hätte ihm normalerweise auch das Köfferchen abgenommen, aber irgendein Instinkt veranlaßte den Doktor, es bei sich zu behalten.

»Würden Sie so freundlich sein und mir in Sir Roberts Büro folgen, Sir? Er hat mich beauftragt, Sie sofort nach Ihrem Eintreffen dorthin zu führen. Ich schicke einen Stallburschen hinaus, der sich um Ihren Wagen und das Pferd kümmert.«

»In sein Büro? Nun hören Sie aber mal, Travis, was geht hier vor? Da stimmt doch etwas nicht.«

»Ich weiß nicht, was vorgeht, Sir. Ich weiß nur, daß Sir Robert mich angewiesen hat, Sie in sein Büro zu führen, und daß ich dann noch andere Aufträge zu erledigen habe.«

»Mit anderen Worten, ich soll mich gefälligst beeilen, wie? Nun, ich werde mich selbstverständlich Sir Roberts Wünschen fügen – aber ich würde es bereitwilliger tun, wenn mir endlich jemand erklärte, was in diesem Haus vor sich geht.«

Travis führte MacGregor durch den Wandelgang in das Dienstbotenzimmer. Die Angestellten waren alle um den großen Eichentisch versammelt. Sie sahen, fand MacGregor, ziemlich nervös aus. Mrs. Cox, die Haushälterin, thronte in einem hochgeschlossenen Kleid, das so grau war wie ihr Haar, streng am Kopf des Tisches. Als MacGregor und Travis eintraten, las sie, die Hände in die Hüften gestemmt, gerade einem hübschen jungen Ding die Leviten. »Schluß jetzt mit den Fragen, Molly Dale«, sagte sie. »Sir Robert wird dir zu gegebener Zeit schon alles sagen, was du wissen mußt.«

MacGregor wünschte den Dienstboten einen guten Abend. Gedämpftes Gemurmel war die Antwort, das plötzlich vom lauten Jammern Dorcas', dem Küchenmädchen, unterbrochen wurde. »Es liegt jemand im Sterben. Ich weiß es genau. Sonst wäre der Doktor nicht hier.«

Mrs. Cox rief scharf: »Sei nicht albern, Dorcas! Dr. MacGregor ist hier, weil er zum Abendessen eingeladen ist, wie jeden Freitag.«

»Ich weiß nicht, was los ist«, sagte MacGregor. »Aber ganz gleich, was es ist, wir werden es schnell wieder in Ordnung bringen, keine Sorge.«

Sie gingen weiter zu Sir Roberts Büro. MacGregor trat ein und sah sich neugierig nach dem Gastgeber um. Doch an seiner Stelle sah er einen Fremden vor sich – einen jungen Mann im eleganten Reitkostüm. Einen Arm auf den Kaminsims gestützt, die Beine an den Knöcheln gekreuzt, stand er in lässiger Pose da. Ein Geck, dachte MacGregor sofort.

Travis zog sich mit einer Verbeugung zurück. Der Geck trat vor und bot MacGregor die Hand. »Guten Abend. Ich bin Julian Kestrel.«

MacGregor erwartete eine oberflächliche Berührung schlaffer Finger, doch der Händedruck des Gecken war überraschend kräftig.

»Was geht hier eigentlich vor?« fragte MacGregor scharf. »Wo ist Sir Robert?«

»Er spricht gerade mit seiner Gemahlin. Ich erwarte ihn jeden Moment zurück.«

MacGregor musterte Julian. Der junge Mann war es offensichtlich gewöhnt, angestarrt zu werden – wie nicht anders zu erwarten bei einem Gecken, dachte MacGregor. Er stand in ungezwungener Haltung, die Brauen hochgezogen, ein feines, ironisches Lächeln um den Mund.

»Sie sind Hughs Brautführer, richtig?«

»Richtig.«

»Vielleicht können Sie mir sagen, was in diesem Haus vorgeht. Kaum war ich eingetreten, verriegelte Travis die Tür hinter mir, als stünde das Haus unter Belagerung. Anstatt mich in den Salon zu führen, schleppt er mich in Sir Roberts Büro. Die Dienstboten sind unruhig, Sir Robert ist nirgends zu sehen, und hier finde ich Sie vor, so gelassen, als sei überhaupt nichts geschehen.«

»Es tut mir leid, wenn ich gleichgültig wirke. Aber ich glaube nicht, daß es irgend jemand etwas nützen würde, wenn ich hier Zirkus mache. Ich würde Ihnen gern erklären, was es gibt, aber ich glaube, Sir Robert möchte es ihnen persönlich sagen. Er müßte bald wieder hier sein.«

»Hören Sie, wenn im Haus jemand krank ist, sollte ich mich um den Patienten kümmern, anstatt hier herumzustehen.«

»Es ist niemand krank, Doktor. Wenn Sie es unbedingt wissen müssen, wir haben eine Tote im Haus. Nein, nein, sie ist Sir Robert völlig unbekannt«, versicherte er, als er die Besorgnis in MacGregors Augen sah.

»Was haben Sie denn mit dieser Sache zu tun?«

»Ich habe sie gefunden – die Tote, meine ich.«

»Sind Sie sicher, daß sie tot ist?«

»Ganz sicher.«

»Das klingt ja sehr unerfreulich.«

»Das ist es auch.«

MacGregor wanderte ungeduldig auf und ab und zauste sich dabei das Haar. Es war schwarz und borstig, ebenso sein Bart, und Julian fühlte sich an einen der feurigen Propheten des Alten Testaments erinnert.

»Wie ist sie gestorben?«

»Ich glaube, genau das möchte Sir Robert von Ihnen wissen.«

»Ich sollte mir die Tote sofort ansehen. Was soll diese Verzögerung?«

»Wir warten auf Sir Robert. Er hat den Schlüssel zu dem Zimmer, in dem die Tote liegt.«

»Ja, warum haben Sie das denn nicht gleich gesagt?!«

»Keine Ahnung. Ich sehe schon, ich habe mich eines schweren Versäumnisses schuldig gemacht.«

»Hören Sie, junger Mann, die Situation ist weiß Gott nicht zum Lachen.«

»Nein, Doktor, weiß Gott nicht. Um so dankbarer bin ich

Ihnen, daß Sie mir einen Moment das Gefühl gegeben haben, es gäbe doch etwas zu lachen.«

»Unverschämtheit!« knurrte MacGregor und ließ sich hart auf einen steifen, geradlehnigen Stuhl fallen.

Schon einen Augenblick später sprang er wieder auf, als Sir Robert hereinkam.

»Guten Abend, Doktor«, sagte er. »Ich bin froh, Sie zu sehen.«

»Dieser junge Mann hier hat mir eben gesagt, daß hier im Haus eine Tote liegt.«

»Ja, bedauerlicherweise.« Sir Robert setzte sich an seinen Schreibtisch. »Da ich wußte, daß Sie heute abend kommen würden, habe ich sie nur oberflächlich untersucht. Ich möchte gern, daß Sie sie untersuchen.«

»Natürlich, natürlich. Aber wer ist die Tote? Und wie ist es passiert?«

»Wir wissen nicht, wer die junge Frau ist. Sie scheint durch einen Messerstich in den Rücken getötet worden zu sein, aber sicher sind wir nicht, daß das den Tod herbeigeführt hat. Ich hoffe, Sie werden uns Genaueres sagen können.«

»Soll das heißen, daß die Frau ermordet worden ist?«

»Es scheint so«, antwortete Sir Robert. »Sie ist eigentlich noch ein junges Mädchen – achtzehn Jahre vielleicht, gut gekleidet. Sehr hübsch«, fügte er nach einer kurzen Pause hinzu.

»Und wo ist sie? Hier im Haus?«

»Ja. Sie ist in Mr. Kestrels Zimmer – in seinem Bett, ganz genau gesagt.«

MacGregor riß die Augen auf, zwinkerte, sah Julian schokkiert an.

Julian erklärte eilig: »Ich habe sie dort heute abend gefunden, als ich vom Ausreiten zurückkam. Ich habe keine Ahnung, wer sie ist oder wie sie in mein Zimmer – oder mein Bett – gelangt ist.« Er zog die Brauen zusammen. »Sie kann nicht in dem Bett gelegen haben, als sie getötet wurde, jedenfalls nicht in dieser Lage. Sie wurde ja in den Rücken gestochen. Aber als ich sie fand, lag sie auf dem Rücken im Bett, und die Decken waren bis zu ihrem Hals hinaufgezogen.«

»Wollen Sie sagen, daß jemand die Frau getötet und sie dann ins Bett gepackt hat, als hielte sie ein Nickerchen?«

»Ich weiß, das klingt seltsam, aber genau so scheint es gewesen zu sein.«

MacGregor warf ihm einen skeptischen Blick zu und richtete sich dann an Sir Robert. »Am besten sehe ich mir das Mädchen gleich mal an.«

»Kommen Sie, dann sperre ich Ihnen auf. Ich habe das Zimmer abgeschlossen, um sicher zu sein, daß dort nichts angerührt wird. Mr. Kestrel, würden Sie so freundlich sein und uns begleiten?«

Damit ich nicht auf den Kontinent fliehe, dachte Julian. »Aber gewiß«, antwortete er freundlich.

MacGregor schüttelte den Kopf. Und ich habe ihn für einen Gecken gehalten, dachte er. Bei Gott, ich hoffe, er ist nicht etwas Gefährlicheres.

Obwohl Julian wußte, was sie in seinem Zimmer finden würden, benahm es ihm einen Moment den Atem, als er die tote junge Frau in dem Bett liegen sah, in dem er in der vergangenen Nacht geschlafen hatte. Das Bettzeug war zu ihren Füßen zusammengeschoben, wie er und Sir Robert es hinterlassen hatten. Sie wirkte sehr klein und zart in der wuchtigen elisabethanischen Bettstatt.

MacGregor betrachtete sie traurig, dann fand er zu seiner etwas barschen, berufsmäßigen Sachlichkeit. »Am besten arbeite ich allein. Lassen Sie mir etwa eine halbe Stunde Zeit, dann kann ich Ihnen sagen, was ich festgestellt habe.«

»In Ordnung.« Sir Robert seufzte. »Ich fürchte, es wird langsam Zeit, daß ich die Familie unterrichte.«

»Sie wissen es noch nicht?« fragte MacGregor.

»Nein, nur wir drei und meine Frau wissen Bescheid.«

»Wie hat sie es aufgenommen?«

»Sie ist natürlich bekümmert, aber sie hat die Fassung bewahrt, wie ich es erwartet habe. Natürlich galt ihre erste Sorge Joanna und Philippas Sicherheit. Wir fanden die beiden mit Miss Pritchard beim Tee im Schulzimmer. Dort war alles ganz friedlich – sie hatten nichts Ungewöhnliches gehört oder gesehen. Wir haben Miss Pritchard gebeten, das Schulzimmer abzuschließen und darauf zu achten, daß die Mädchen es nicht ohne meine ausdrückliche Erlaubnis verlassen. Leider haben wir sie dadurch etwas nervös gemacht. Ich hoffe nur, sie tut oder sagt nichts, was die Mädchen erschrecken könnte.«

»Diese Geschichte wird die Kinder auf jeden Fall erschrecken. Das läßt sich gar nicht vermeiden«, meinte MacGregor. »Aber machen Sie sich deshalb keine Sorgen. Kinder sind sehr robust, sie vertragen einiges. Und Ihre kleinen Mädchen sind kräftiger und gesünder als die meisten.«

»Danke«, sagte Sir Robert leise. »Sie sind sehr gütig.«

MacGregor zuckte die Achseln. »Ich möchte nur Mr. Kestrel noch einige Fragen stellen, dann mache ich mich an die Arbeit. Sie hat also unter den Decken gelegen, als Sie sie fanden?«

»Ja«, antwortete Julian.

»Hm.« MacGregor strich mit den Händen über Gesicht und Hals der jungen Frau. »War sie kalt, als Sie sie fanden?«

»Kälter als ein lebender Mensch, aber nicht eiskalt. Ich dachte, daß sie noch nicht sehr lange tot sein könne.«

»Danach kann man nicht gehen. Das Bettzeug kann sie warm gehalten haben. Jetzt ist sie jedenfalls kalt. Wie lange ist es her, daß Sie ihr die Decken abgenommen haben?«

»Wann war das?« fragte Julian Sir Robert. »Um halb sieben?«

»Etwas früher, denke ich.«

»Und wann haben Sie sie gefunden?«

»Kurz vor sechs.«

MacGregor sah auf seine Uhr. Es war kurz nach sieben. »War das Fenster geschlossen, als Sie ins Zimmer kamen? Es kann den Grad der Abkühlung des Körpers beeinflußt haben, wenn das Zimmer belüftet war.«

»Ich erinnere mich, daß es geschlossen war. Ich habe extra nachgesehen, ob eventuell jemand auf diesem Weg entkommen sein könnte. Ja, es muß auf jeden Fall geschlossen gewesen sein, da es jetzt geschlossen ist, und weder Sir Robert noch ich haben es geschlossen. Außer uns war aber niemand im Zimmer, seit ich das Mädchen gefunden habe.«

»Hm, ja, das leuchtet ein.« MacGregor ging zum Fenster. »Hätte denn jemand auf diesem Weg entwischen können?«

Julian folgte ihm. »Es wäre sicher ein leichtes, an diesem Baum hinabzuklettern. Schwierig, ja unmöglich wäre es, durch das Fenster hinauszuklettern und es dann von innen zu verriegeln.«

Sie tauschten verwunderte Blicke. Das Fenster war in der Tat nicht nur geschlossen, sondern auch die Riegel waren vorgeschoben.

»Nein, der Mörder kann nicht auf diesem Weg entkommen sein«, sagte Julian dann. »Wenn ich genauer überlegt hätte, wäre mir das sofort klar gewesen. Die Person, die als letzte im Zimmer war, ehe ich zurückkam, muß durch die Tür hinausgegangen sein, sonst hätte sie das Zimmer nicht von außen absperren und den Schlüssel auf den Flurtisch legen können. Das heißt, daß der Mörder höchstwahrscheinlich durch die Tür hinausgegangen ist, aber durch Tür oder Fenster hereingekommen sein kann.«

»Und das Mädchen? Sie glauben doch nicht etwa, daß *sie* hereingekommen ist, indem sie den Baum hinaufgeklettert ist?«

»Nun, dabei könnte sie sich doch den zerrissenen Saum an ihrem Kleid geholt haben. Aber ich gebe zu, das ist wenig plausibel.«

»Ich bin froh, daß Sie wenigstens etwas zugeben«, brummte

MacGregor. »Wir haben also eine Tür, die von außen, und ein Fenster, das von innen abgesperrt ist. Mein Gott, wenn der Mörder das Zimmer durch die Tür verlassen hat, muß er ja direkt durchs Haus gegangen sein. Wie ist es möglich, daß niemand ihn gesehen hat?«

Julian wandte sich an Sir Robert. »Als ich zu Ihnen ging, nachdem ich das Mädchen gefunden habe, habe ich im ganzen Haupthaus nicht einen Dienstboten gesehen. Es war so still wie in einem Grab.« Er schnitt eine Grimasse über den unglücklichen Vergleich. »Verzeihen Sie. Ich meine, es war vielleicht überhaupt kein Problem für den Mörder, ungesehen zu verschwinden.«

»Ja, zwischen halb fünf und sechs ist häufig niemand im Haupthaus«, erklärte Sir Robert. »Um diese Zeit essen die Dienstboten zu Abend.«

»Ist das allgemein bekannt?« fragte Julian.

»Was meinen Sie mit ›allgemein bekannt‹? Es ist den Mitgliedern des Haushalts bekannt. Mr. Kestrel, ist es möglich, daß Sie andeuten, jemand, der mit den täglichen Gewohnheiten dieses Hauses vertraut ist, könne in der beruhigenden Gewißheit, ungesehen zu entkommen, das Mädchen getötet haben?«

»Diese Möglichkeit ist mir durch den Kopf gegangen, ja. Ich brauche wohl nicht zu betonen, daß ich niemand Bestimmten im Sinn hatte und sehr gern glauben möchte, daß kein Bewohner Bellegardes etwas mit der Sache zu tun hat.«

»Ich danke Ihnen«, sagte Sir Robert frostig. »Ich habe nicht den geringsten Zweifel, daß meine Angestellten an diesem Verbrechen unschuldig sind. Ich werde sie dennoch vernehmen lassen, um dafür zu sorgen, daß kein Verdacht an ihnen haftenbleibt. Wird Sie das zufriedenstellen?«

»Ich habe nie bezweifelt, daß Sie handeln würden, wie es das Gesetz verlangt«, entgegnete Julian. »Es geht nicht darum, mich zufriedenzustellen.«

Sir Robert wandte sich an MacGregor. »Glauben Sie, Sie werden uns sagen können, wann sie gestorben ist?«

»Nicht allzu exakt. Aber ich werde mein Bestes tun.«

Julian zeigte MacGregor das Blut im Waschbecken und am Handtuch. MacGregor stieß einen unterdrückten Pfiff aus. »Ein eiskalter Bursche! Hat sich hinterher die Hände gewaschen und höchstwahrscheinlich die Waffe abgespült. Bei Gott, wenn es auf Erden eine Gerechtigkeit gibt, dann werden wir den hängen, der das getan hat!«

Sir Robert schloß die Augen. Als er sie wieder öffnete, sagte er bedrückt: »Mr. Kestrel und ich überlassen Sie jetzt Ihrer Arbeit. Würden Sie so gut sein, in mein Büro zu kommen, wenn Sie fertig sind?«

»Natürlich.«

Sir Robert gab ihm den Zimmerschlüssel, damit er absperren konnte, wenn er ging. »So, Mr. Kestrel, ehe wir mit meiner Familie sprechen, sollten wir, denke ich, noch einmal ins Büro gehen und sehen, ob Senderby inzwischen eingetroffen ist. Ich möchte mit der Vernehmung der Dienstboten so bald wie möglich anfangen.«

In Sir Roberts Büro warteten zwei Männer. In dem einen erkannte Julian Rawlinson, Sir Roberts Schreiber. Er war vielleicht dreißig Jahre alt und so düster gekleidet wie ein Geistlicher. Das Gesicht unter dem glatten dunklen Haar war zart und rosig wie das eines jungen Mädchens. Feder, Tinte und Papier zur Hand, saß er an einem Tisch. Neben ihm saß ein großer, langgliedriger Mann Anfang Vierzig mit strähnigem strohgelben Haar und wäßrigen blauen Augen. Seine Schneidezähne standen ein wenig vor, und das verlieh ihm das Aussehen eines großen, unansehnlichen Hasen. Er saß stark nach vorn gebeugt, die Arme auf die Knie gestützt, den Hut lose in beiden Händen. An seinem Gürtel hingen ein kleiner Schlagstock und ein Paar Handschellen.

Als er Sir Robert erblickte, stand er auf. »Sie haben mich holen lassen, Sir?«

»Das ist Stephen Senderby, unser Constable«, sagte Sir Robert zu Julian. »Senderby, das ist Mr. Julian Kestrel, der mir ein Verbrechen gemeldet hat, das unverzüglich untersucht werden muß. Rawlinson, Sie werden mir heute abend zur Verfügung bleiben und alles mitschreiben.«

Danach berichtete Sir Robert dem Constable kurz, aber präzise, was geschehen war. Senderby hörte mit hängenden Schultern zu und drehte unaufhörlich den Hut in seinen Händen. Von Zeit zu Zeit flog sein Blick durch das Zimmer, als suche er nach einem Fluchtweg.

Rawlinson hingegen machte sich sogleich konzentriert an die Arbeit und schrieb den Bericht von dem Mord mit, als handele es sich um Pachtverträge und Erntestatistiken. Julian fiel jedoch auf, daß er bei der Beschreibung des Mädchens die Lippen zusammenpreßte und rot wurde.

Sir Robert befahl Senderby, den Angestellten die Tote genau zu beschreiben und sie zu fragen, ob sie eine Person dieses Aussehens je auf Bellegarde oder in der Nähe gesehen hätten. Weiter sollte er feststellen, ob einer von ihnen die junge Frau an diesem Tag gesehen hatte oder wußte, wie sie ins Haus gelangt war.

»Sagen Sie ihnen noch nicht, daß sie ermordet wurde«, befahl er. »Wiederholen Sie nur, was ich Ihnen über ihr Aussehen und ihre Kleidung berichtet habe. Wenn jemand etwas über die Frau weiß, dann bringen Sie ihn in mein Büro. Ich möchte ihn oder sie selbst befragen.«

Schließlich sollte Senderby noch feststellen, wo jeder der Angestellten sich am späten Nachmittag aufgehalten hatte. »Oder noch besser«, sagte Sir Robert, »stellen Sie fest, wenn Sie können, wer von den Dienstboten als letzter in Mr. Kestrels Zimmer war und wann er das Zimmer verlassen hat. Versuchen Sie dann herauszufinden, wo sich jeder der Angestellten zwischen dieser Zeit und sechs Uhr aufgehalten hat. Sie sollten vielleicht Papier und Bleistift mitnehmen, um sich die Antworten zu notieren.«

Rawlinson gab Senderby einen Stift und einen Block. Der nahm beides mit Resignation an sich. »Ich werde mein Bestes tun, Sir. Aber, Sir . . .«

»Ja?«

»Äh, Sir, entschuldigen Sie, aber werden die Leute nicht wissen wollen, warum ich ihnen alle diese Fragen stelle?«

»Sagen Sie ihnen, daß Sie auf meine Anweisung handeln – und meine Anweisung lautet, daß Sie Fragen stellen, aber keine beantworten sollen.« Er richtete das Wort an Julian. »Würden Sie mich jetzt bitte in den Salon begleiten, Mr. Kestrel?«

Schlimme Nachricht

Lady Tarleton kam als letzte zum Abendessen herunter. Mark Craddock beobachtete sie scharf, als sie den Salon betrat. Sie beachtete ihn überhaupt nicht. Maud errötete und blickte forschend von ihrem Vater zu Lady Tarleton und wieder zu ihrem Vater.

»Guten Abend, Catherine«, sagte Cecily Fontclair. »Das Abendessen hat sich leider verspätet. Robert hat mit einer lästigen geschäftlichen Angelegenheit zu tun, die keinen Aufschub duldet.«

»Was ist das für eine Angelegenheit?« fragte Catherine Tarleton.

»Ich glaube, es handelt sich um etwas, das Mr. Kestrel ihm zur Kenntnis gebracht hat.«

»Was kann Robert mit Mr. Kestrel für Geschäfte haben?«

Cecily zögerte einen Moment. »Ich bin sicher, wenn es etwas Wichtiges ist, wird Robert uns unterrichten.«

Catherine schlug sich mit ihrem Fächer auf die Hand. »Wie lange müssen wir noch auf das Abendessen warten?«

»Nicht sehr lange, hoffe ich«, antwortete Cecily lächelnd. »Ich weiß, daß einige der Herren ausgeritten waren und jetzt gewiß sehr hungrig sind.«

Wenig später gesellten sich Sir Robert und Julian zu ihnen. In diesem letzten Moment der Ruhe vor dem Sturm, der der Nachricht von dem Mord folgen würde, beobachtete Julian sie alle mit verschärfter Aufmerksamkeit. Cecily Fontclair saß auf einem Sofa neben Maud. Mark Craddock thronte wie ein Herrscher in einem hochrückigen Lehnstuhl. Hugh und Isabelle führten in einer der Fensternischen ein angeregtes Gespräch. Catherine Tarleton stand vor dem anderen Fenster und starrte hinaus, ohne etwas zu sehen. Der Colonel saß ein wenig abseits, das Gesicht im Schatten. Guy saß an einem dreibeinigen Tisch und legte eine Patience.

Alle blickten auf, als Sir Robert und Julian eintraten. Cecily ging sogleich zu ihrem Mann und legte ihm die Hand auf den Arm. Craddocks Blick war erwartungsvoll, Guys neugierig, Catherines verlangte eine Erklärung. Sonst schien keiner mehr als milde interessiert, zu erfahren, warum sich das Abendessen verspätet hatte.

»Ich habe euch allen etwas zu sagen«, begann Sir Robert. »Ich hoffe, ihr laßt euch nicht zu sehr beunruhigen. Ich versichere euch, daß bereits alle Maßnahmen ergriffen worden sind, um die Sache rasch und sicher zu klären.« Seine Stimme wurde schwächer, wie das Lied einer Spieluhr, die ausläuft. »Ich halte es für richtig, euch jetzt einzuweihen. Es ist eine schlimme Nachricht, die euch, fürchte ich, erschrecken wird...«

Alle starrten ihn an. Hugh stand auf und eilte zu ihm.

»Was ist, Robert?« stammelte der Colonel.

»Heute nachmittag wurde hier im Haus eine junge Frau tot aufgefunden. Wir wissen noch nicht, wer sie ist.«

»Was?« kreischte Catherine Tarleton in das allgemeine Stimmengewirr hinein.

Guy sprang auf und stieß dabei den dreibeinigen Tisch um. Die Spielkarten flatterten zu Boden. »Tot, sagst du? Hier ist eine Tote gefunden worden?«

»Ja«, antwortete Sir Robert. »Es ist leider wahr. Dr. MacGregor untersucht sie gerade, um festzustellen, wann und wie sie gestorben ist. Aber es scheint jetzt schon festzustehen, daß sie durch Gewalteinwirkung gestorben ist – daß sie ermordet wurde.«

Darauf trat Totenstille ein.

Die erste, die sich wieder rührte, war Maud, die zu ihrem Vater rannte. Craddock legte einen Arm um sie, und sie drängte sich an ihn – wie ein schutzsuchender kleiner Vogel, dachte Hugh.

»Mein Gott, Robert«, sagte der Colonel.

»Was soll das heißen?« rief Catherine. »Robert, was hat das zu bedeuten? Soll das heißen, daß hier im Haus – eine Fremde gefunden wurde? Tot – ermordet?«

»Bitte beruhige dich, Catherine. Denk daran, daß wir den Kindern und den Dienstboten ein Beispiel geben müssen. Wenn wir Ruhe bewahren, werden sie das auch tun.«

»Wie sollen wir Ruhe bewahren? Robert, was sollen wir denn tun? Wie sollen wir – wir ...«

»Ich habe eine Untersuchung eingeleitet.« Er berichtete von der Hausdurchsuchung, die er angeordnet hatte, und dem Verhör, das Senderby gerade durchführte.

»Aber du verdächtigst doch nicht etwa einen der Angestellten«, sagte Cecily.

»Nein, meine Liebe, natürlich nicht. Aber das ist ein Grund mehr, dafür zu sorgen, daß sie möglichst schnell von jedem

Verdacht befreit werden – damit nicht unbesonnene Beschuldigungen erhoben werden.«

»Gibt es denn jemand, den du verdächtigst?« fragte der Colonel.

Sir Robert sah ihn einen Moment lang scharf an. »Es ist noch zu früh, dazu etwas zu sagen. Ich weiß nichts über den Täter und fast nichts über die junge Frau. Sie war vielleicht achtzehn Jahre alt. Sie hat rötliches Haar und blaue Augen. Sie trug ein gelbes Kleid – und ein Tuch, glaube ich ...« Er sah Julian an, um sich die Bestätigung seiner Worte zu holen.

»Einen breiten Schal mit Fransen und einem indischen Muster in Blau und Gelb. Außerdem hatte sie einen Hut mit langen blauen Bändern und einem dicken Schleier. Sie war klein und zierlich und sehr schön.«

Sie starrten ihn alle wie gebannt an.

»Und woher wissen *Sie* das alles, Mr. Kestrel?« fragte Catherine Tarleton.

»Ich habe sie gefunden.«

»Wo?« fragte der Colonel.

»In meinem Zimmer.«

Ausrufe der Verblüffung folgten seinen Worten. Zum hundertstenmal, wie ihm schien, erklärte Julian, daß er die junge Frau bei der Rückkehr von seinem Ausritt vorgefunden hatte und keine Ahnung habe, wer sie war.

»Wie ist sie ums Leben gekommen?« fragte Guy.

»Das müßte Dr. MacGregor uns bald mit Sicherheit sagen können«, antwortete Sir Robert. »Aber es sieht so aus, als sei sie mit einem Messer in den Rücken gestochen worden.«

»Beabsichtigen Sie, in dieser Angelegenheit als Richter tätig zu werden?« fragte Craddock unvermittelt.

»Ich bin Richter, und das Verbrechen wurde in meinem Haus verübt. Es dürfte wohl auf der Hand liegen, daß die Sache in meine Zuständigkeit fällt.«

»Sie fürchten nicht, daß man Ihnen Befangenheit vorwerfen wird?«

»Glauben Sie mir, Mr. Craddock, wenn ich auch nur eine Sekunde an meiner Unvoreingenommenheit zweifelte, würde ich diese Untersuchung einem anderen Richter übergeben. Aber derartige Zweifel habe ich nicht. Sollten die Indizien einen meiner Angestellten oder Pächter belasten, so werde ich diese Person ohne Zögern dem Gericht überantworten. Aber ich halte es für weit wahrscheinlicher, daß ein Fremder in dieses Haus eingedrungen ist – ich habe keine Ahnung, warum und wozu – und die junge Frau getötet hat. Ob der Mörder mit seinem Opfer zusammen hierhergekommen ist, oder ob er die junge Frau hier vorfand – auch das weiß ich nicht. Alle haben die Beschreibung gehört. Ist sie jemandem bekannt?«

Sie verneinten alle.

Julians Blick flog zu Isabelle. Sie war bleich, und ihr Blick war ernst, aber nach dem ersten Schock hatte sie ihre Fassung wiedergewonnen. Sie war wie ein stiller See, der selbst, wenn er einmal Wellen schlägt, immer wieder in seine ruhige Beschaulichkeit zurückfindet.

Catherine Tarleton gab noch immer keine Ruhe. »Das ist ja unerhört – unglaublich! Mein Gott, der Mörder kann noch im Haus sein!«

»Es ist wahrscheinlicher, daß er längst über alle Berge ist. Aber vorsichtshalber habe ich, wie ich vorhin bereits sagte, Travis den Auftrag gegeben, das Haus zu durchsuchen.«

»Ich habe jedenfalls nicht die Absicht, auch nur einen Schritt aus diesem Zimmer hinaus zu tun, solange er nicht gefunden ist.« Catherine lief erregt hin und her. »Wie kann so etwas unter unserem Dach geschehen? Großer Gott, was werden die Leute sagen?«

»Ich hoffe, bis diese Sache an die Öffentlichkeit dringt, werden wir entdeckt haben, wer die junge Frau ist, und den Mörder gefaßt haben«, sagte Sir Robert. »Je schneller das Verbrechen aufgeklärt wird, desto weniger brauchen wir zu fürchten, daß es sich zum *cause célèbre* entwickelt.«

»Und wie soll es jetzt weitergehen, Robert?« fragte der Colonel mit heiserer Stimme. »Müssen wir etwa zusehen, wie die *Bow Street Runners* hier im Haus herumschnüffeln?«

»Ich werde alles mögliche tun, um unsere Privatsphäre zu schützen«, erwiderte Sir Robert kalt. »Ich kann dir allerdings nicht versprechen, daß ich Erfolg haben werde.«

»Wird diese Sache in irgendeiner Weise die Hochzeitspläne beeinflussen?« erkundigte sich Craddock. »Ich hoffe es in Ihrem Interesse nicht, und ich wüßte auch nicht, weshalb. Wenn doch, das sage ich Ihnen hier und jetzt, werde ich sehr unangenehm werden.«

»Aber natürlich, Mr. Craddock, Sie haben es erraten«, rief Catherine hysterisch. »Das Ganze ist nichts als eine gemeine Verschwörung, um die Heirat zu verhindern. Wir haben einen gefährlichen Irren nach Bellegarde gelockt und dazu gebracht, daß er in Mr. Kestrels Zimmer eine junge Frau tötet – und das alles nur, um zu verhindern, daß ihre Tochter Hugh heiratet. Gestehe, Robert! Du weißt genau, daß es so ist.«

Cecily lief zu ihr. »Setz dich, meine Liebe. Ich weiß, das ist ein furchtbarer Schock. Wir sind ja alle noch völlig entsetzt. Warte, ich lasse dir ein Glas Wasser bringen.«

»Ich habe das Personal angewiesen, im Dienstbotenzimmer zu bleiben«, erinnerte Sir Robert sie.

»Ich hole dir ein Glas Wasser, Tante«, sagte Hugh.

»Nimm lieber eine Flasche Wein«, rief Guy ihm hinterher. »Oder noch besser Kognak. Warte, ich komme mit.«

Sie gingen hinaus. Isabelle kam jetzt aus der Fensternische und begann, die Spielkarten einzusammeln, die Guy auf den Boden geworfen und liegengelassen hatte.

Sir Robert bat alle, bis zum Abendessen, mit dessen Zubereitung das Küchenpersonal fortfahren würde, sobald Senderby sie vernommen hatte, im Salon zu bleiben. »Und wann willst *du* zu Abend essen, Robert?« fragte Cecily.

»Ich fürchte, das wird sehr spät werden. Aber mach dir keine Sorgen. Angesichts all dieser offenen Fragen könnte ich mich jetzt sowieso nicht in Ruhe zum Abendessen setzen. Und jetzt entschuldigt mich bitte, ich will sehen, ob Senderby oder Dr. MacGregor mir etwas zu berichten haben. Mr. Kestrel, ich muß Sie leider bitten, mich wieder zu begleiten.«

Auf dem Weg hinaus suchte Julian Maud Craddocks Augen. Alles in Ordnung? fragten seine hochgezogenen Brauen. Sie sah blaß und ängstlich aus, aber sie nickte und brachte sogar ein zitterndes Lächeln zustande.

Senderby war elend zumute. Er fühlte sich seiner Aufgabe überhaupt nicht gewachsen. Er hatte niemals Constable von Alderton werden wollen. Er hatte nur dem Drängen seiner Nachbarn nachgegeben, die behauptet hatten, er habe mehr Zeit für das Amt als die meisten Männer in der Gemeinde. Und das stimmte, in seiner Schuhmacherei war wenig los, außer in den Wochen unmittelbar nach der Ernte, wenn die Leute Geld in den Taschen hatten. Und er war groß und kräftig – die ideale Figur für einen Constable, sagten alle. Aber was wußte er schon von amtlichen Vernehmungen und Mordfällen? Bisher hatte sich seine Tätigkeit darin erschöpft, Landstreicher festzunehmen und in die Besserungsanstalt zu verfrachten oder bei Prügeleien zwischen betrunkenen Feldarbeitern einzugreifen. Einmal hatte er einen kleinen Dieb eingesperrt – und das war unangenehm genug gewesen. Aber Mord! Und noch dazu Mord an einer Frau! Und dann noch in Bellegarde, direkt unter Sir Roberts Nase! Du meine Güte, dachte er, überall wäre ich heute abend lieber als hier; alles wäre ich heute abend lieber als ich selbst.

Jetzt sollte er also vierzig Dienstboten vernehmen – so viele waren es nämlich, die Dienstboten der Gäste mitgerechnet. Vierzig Leute, und er ganz auf sich gestellt. Die hatten soviel zu fragen und zu quaken, daß er kaum zu Wort kam. Mrs. Cox, die Haushälterin, bemühte sich, eine gewisse Ordnung zu bewahren, aber sie war zu sehr mit ihrer persönlichen Kränkung beschäftigt, um wirklich eine Hilfe zu sein. »Wenn Sir Robert nicht einmal mich ins Vertrauen gezogen hat, obwohl ich seit fünfzehn Jahren in seinen Diensten bin und ihm stets mit aller Loyalität und Diskretion gedient habe, dann weiß ich nicht, weshalb ihr Grund haben solltet, euch darüber zu beschweren, daß man euch nicht eingeweiht hat.«

Senderby war heilfroh, als Sir Robert und Julian Kestrel aus dem Salon zurückkehrten. Sie nahmen ihn beiseite, und Sir Robert fragte, was er bisher in Erfahrung gebracht habe.

»Bitte, Sir, keiner scheint zu wissen, wer das Mädchen ist, und keiner erinnert sich, sie heute gesehen zu haben.«

»Keiner kennt eine Frau, auf die ihre Beschreibung paßt?«

»Es scheint so, Sir. Zwei glauben, sie vielleicht zu kennen, aber als wir mehr darüber sprachen, stellte sich heraus, daß sie nicht an dieselbe Person gedacht hatten. Weiter sind wir bis jetzt nicht gekommen, Sir. Außer, daß ...«

»Außer, daß was?« fragte Sir Robert sofort.

»Soll ich Ihnen alles berichten, was sie gesagt haben?«

»Wenn es mit der Angelegenheit zu tun hat, die wir untersuchen, dann ja.«

»Also gut, Sir – einer der Stallburschen hat gesagt, das Mädchen sei höchstwahrscheinlich eine Bekannte von Master Guy.«

»Wie kam er auf die Idee?«

»Es war eigentlich mehr als Scherz gemeint, Sir, weil ich gesagt hab', das Mädchen sei jung und hübsch gewesen, und ... na ja, Sir, Master Guy ...«

»Ganz recht«, sagte Sir Robert trocken. Er wandte sich den

Dienstboten zu. »Hat einer von euch heute hier oder in der Nähe eine fremde Person bemerkt?«

Sie sahen einander an, zuckten die Achseln, schüttelten die Köpfe.

»Seid ihr sicher? Die Frage ist sehr wichtig.«

Sie taten so, als zerbrächen sie sich die Köpfe, aber die Antwort blieb die gleiche.

Sir Robert überlegte einen Moment. »Lady Fontclair hatte heute morgen mehrere Besucher. Ist es möglich, daß einer der Bediensteten dieser Besucher hier zurückgeblieben ist?«

Die Angestellten waren ganz sicher, daß niemand zurückgeblieben war. Auf die Frage, wer sonst noch an diesem Tag ins Haus gekommen sei, erklärten sie, mehrere Händler hätten Lieferungen in die Küche gebracht, der Schmied habe in den Ställen nach dem Rechten gesehen und zwei Bauern hätten Rawlinson wegen eines Grenzstreits aufgesucht. Alle diese Leute waren den Angestellten wohlbekannt. Und alle hatten sie nach Aussage der Dienstboten Bellegarde schon am frühen Nachmittag wieder verlassen.

»Wer von euch war der letzte in Mr. Kestrels Zimmer?« fragte Sir Robert als nächstes.

Die Dienstboten antworteten mit erregtem Stimmengemurmel. Neugierige Blicke flogen zu Julian.

Endlich stand Dipper auf. »Ich glaube, das war ich, Sir.«

»Und was hast du dort getan?«

»Aufgeräumt, Sir. Und die Sachen für meinen Herrn zurechtgelegt, die er zum Abendessen anziehen wollte.«

»Erinnerst du dich, um welche Zeit du das Zimmer deines Herrn verlassen hast?«

Dipper fuhr sich mit der Zunge über die Lippen. Julian kannte diese Angewohnheit. Das tat Dipper immer, wenn er nervös war und Zeit gewinnen wollte. »Das war nicht ganz halb fünf, Sir.«

»Wie kommt es, daß du dich so genau erinnerst?«

»Ich hab' auf die Uhr gesehen, Sir, weil ich sehen wollte, wieviel Zeit mir noch bis zum Abendessen blieb.«

»Und wozu wolltest du das wissen?«

Dipper senkte den Blick, sah wieder auf, schluckte. »Weil ich noch einen Spaziergang machen wollte, Sir. Ich war fast den ganzen Tag nicht rausgekommen.«

»Die Angestellten essen um halb fünf zu Abend. Da ist dir für einen Spaziergang nicht viel Zeit geblieben.«

»Nein, Sir. Ich bin zum Essen zu spät gekommen.«

Molly Dale, das hübsche Dienstmädchen, kicherte. Sir Robert warf ihr einen strengen Blick zu, und sie schlug sich mit der Hand auf den Mund.

»Du hast also einen Spaziergang gemacht«, fuhr Sir Robert fort.

»Ja, Sir.«

»Und wo?«

»Draußen – rundherum.«

»Um das Haus herum, meinst du?«

»Ja, Sir.«

»Überlege genau. Bist du ganz sicher, daß du weder in der Nähe des Zimmers deines Herrn noch außerhalb des Hauses eine rothaarige junge Frau in einem gelben Kleid gesehen hast?«

»Ja, da bin ich ganz sicher, Sir.«

»Und du hast auch keine fremde Person in das Zimmer deines Herrn gehen oder aus ihm herauskommen sehen?«

»Nein, Sir. Jeden Kerl, der im Zimmer meines Herrn rumgeschnüffelt hätte, hätte ich mir sofort geschnappt.«

»Das heißt, du hast niemanden gesehen?«

»Ja, Sir.«

»Und bei deinem Spaziergang? Hast du da vielleicht einen Fremden zum Haus gehen – oder von ihm weglaufen sehen?«

»Nein, Sir«, antwortete Dipper mit gesenkten Lidern.

»Darf ich eine Frage stellen?« fragte Julian.

Sir Robert nickte.

»Als du aus meinem Zimmer weggegangen bist, war das Fenster da geschlossen?«

»Ja, Sir. Ich hab's selbst zugemacht.«

»Und auch verriegelt?«

»Ja, Sir. Wenn man es nicht verriegelt, klappert's bei Wind. Das ist mir gestern abend aufgefallen.«

Damit können wir uns die Theorie, daß jemand durch das Fenster eingestiegen ist, an den Hut stecken, dachte Julian. »Erinnerst du dich, wo du den Schlüssel zu meinem Zimmer zuletzt gesehen hast?«

»Er wird in der Tür gesteckt haben, Sir.«

»Wird er gesteckt haben, oder *hat* er gesteckt?«

»Ich weiß nicht, Sir. Meistens steckt er innen, und ich hab' ihn nicht rausgezogen.«

»Du hast nicht zufällig die Tür abgesperrt, als du gegangen bist, und den Schlüssel dann auf den Tisch im Flur gelegt?«

»Warum hätt' ich das tun sollen, Sir?« fragte Dipper mit großen Augen.

Julian schüttelte seufzend den Kopf. »Ich habe nicht die blasseste Ahnung.«

Medizinische Erkenntnisse

»Haben Sie irgendeinen Grund, am Wort Ihres Dieners zu zweifeln?« fragte Sir Robert Julian, als sie wieder zu seinem Büro hinaufgingen.

»Nicht den geringsten.«

»Er hat sich noch nie der Lüge oder Unredlichkeit schuldig gemacht?«

»Er ist seit zwei Jahren in meinen Diensten und hat mir in dieser Zeit niemals Anlaß gegeben, ihm zu mißtrauen.« Und das ist absolut wahr, dachte Julian, wenn auch nicht absolut ehrlich. Aber, lieber Gott, ganz gleich, was Dipper früher alles getan haben mag, seit er für mich arbeitet, ist er ein wahrer Ausbund an Rechtschaffenheit, und er hat es nicht verdient, daß ausgerechnet jetzt seine Vergangenheit ans Licht gezerrt wird. Sir Robert würde sie zweifellos für bedeutsam halten – und mit Recht, das muß ich zugeben. Er kennt ja Dipper nicht so gut wie ich, und wenn ein Verbrechen geschehen ist, ist es nur normal, daß man einen abgebrühten alten Kriminellen der Tat verdächtigt. Aber zwischen Taschendiebstahl und Mord ist ein himmelweiter Unterschied. Eher würde ich glauben, daß ich selbst das Mädchen in einem Moment des Wahns umgebracht habe, als daß ich Dipper unterstellen würde, etwas mit ihrem Tod zu tun zu haben.

In Sir Roberts Büro fanden sie einen ungeduldigen MacGregor vor. Er hatte die Untersuchung der Toten abgeschlossen und schlug vor, sie sollten alle zusammen in Julians Zimmer zurückkehren. Dort wollte er ihnen seine Schlußfolgerungen zu dem Verbrechen darlegen. Sir Robert befahl Rawlinson, sie zu begleiten und alles zu protokollieren.

Unterwegs berichtete Sir Robert dem Arzt das wenige, was er von den Angestellten erfahren hatte. MacGregor zeigte besonderes Interesse an Dippers Aussage, er habe Julians Zimmer kurz vor halb fünf verlassen. »Das paßt mehr oder weniger zu meinen Überlegungen hinsichtlich der Todeszeit. Ich glaube nicht, daß sie lange vor halb fünf getötet worden sein kann. Die Leichenstarre wäre sonst weiter fortgeschritten.«

»Und wie spät kann es spätestens gewesen sein?« fragte Sir Robert.

»Nun, es ist klar, daß sie vor sechs getötet wurde. Denn wenige Minuten vor sechs hatte Kestrel sie ja gefunden. Ich würde jedoch vermuten, daß sie zu diesem Zeitpunkt bereits zwanzig oder dreißig Minuten tot war. Er hat gesagt, sie habe angefangen zu erkalten, als er sie fand; sofort kann das Erkalten des Körpers nicht begonnen haben, da sie fast ganz zugedeckt war. Sagen wir also, sie ist zwischen halb fünf und ... hm, zwanzig vor sechs spätestens gestorben. Das sind grobe Schätzungen, aber da wir nichts Besseres haben, müssen wir uns damit zufriedengeben.«

»Senderby ist dabei, festzustellen, wo die einzelnen Dienstboten sich zwischen halb fünf und sechs Uhr aufgehalten haben«, bemerkte Sir Robert. »Je schneller wir sie von jedem Verdacht befreien können, desto besser ist es.«

Sie betraten Julians Zimmer. Die Sachen der jungen Frau, Tuch, Hut und Handschuhe, lagen immer noch auf dem Sessel an der Wand. Ihre übrigen Kleider hingen über einem Stuhl. Die Bettvorhänge waren zugezogen. Julian versuchte nicht daran zu denken, daß die junge Frau jetzt nackt und kalt hinter dem scharlachroten Brokat lag.

Ihr Pompadour lag leer auf dem Tisch, sein Inhalt daneben: ein Kamm, eine Fadenspule, in der eine Nähnadel steckte, eine Handvoll Geldstücke und ein weißes Batisttaschentuch mit Schmutzflecken. Julian nahm das Taschentuch und sah es sich an.

»Kein Monogramm«, bemerkte MacGregor. »Ich habe schon nachgesehen. Sie hat nicht ein einziges Stück bei sich, das uns verraten könnte, wer sie ist. In ihrem Täschchen hatte sie nur Kleinkram, den alle Frauen mit sich herumtragen.«

Auf dem Tisch lagen außerdem die Bernsteinkette der jungen Frau und der einzelne Ohrring, den sie getragen hatte; daneben ein silbernes Schmuckstück, etwa zwei bis drei Zentimeter breit, das wie eine Kammuschel geformt war. Durch ein Loch war ein blaues Bändchen gezogen. Julian nahm den Anhänger in die Hand. »Ich kann mich gar nicht erinnern, das vorher gesehen zu haben.«

»Sie trug es unter ihrem Kleid um den Hals«, sagte MacGregor. »Ich fand es erst, als ich sie auskleidete.«

»Merkwürdig«, sagte Julian. »Ich nehme an, es hatte ideellen Wert für sie. Denn es hat keinen großen realen Wert – das Silber ist papierdünn. Es sieht aus wie Kinderschmuck. Vielleicht ist es ein Andenken – es ist recht verkratzt, obwohl sie es offensichtlich gepflegt hat.«

Sir Robert betrachtete stirnrunzelnd die silberne Muschel, dann wandte er sich an MacGregor. »Gut, Doktor, dann teilen Sie uns doch jetzt bitte mit, was Sie festgestellt haben.«

Rawlinson setzte sich an den Sekretär im Erker und zückte seinen Stift. Sir Robert stand so aufrecht, als sollte sein Porträt gemalt werden, vor dem Kamin, einen Arm auf dem Sims. Julian sah Stück für Stück die Kleider der jungen Frau durch und blickte nur auf, wenn MacGregor etwas von Interesse sagte.

»Das Mädchen«, begann MacGregor, »wurde mit einem scharfen, spitzen Gegenstand erstochen. Die Waffe traf die Aorta schräg von oben – die Aorta ist die Hauptschlagader, die vom Herzen wegführt. Der Stich muß die junge Frau beinahe auf der Stelle getötet haben. Die Wunde ist ungefähr zehn Zentimeter tief, die Klinge könnte jedoch etwas kürzer gewesen sein. Es ist nur ein Einstich vorhanden, es gibt keine Kratzer oder kleinere Verletzungen. Das heißt, daß der Mörder gleich beim ersten Mal voll getroffen hat und kein weiteres Mal zustach.«

»Können wir daraus ableiten«, fragte Julian, »daß der Mörder eine Ahnung von Anatomie hat oder vielleicht schon früher getötet hat und genau weiß, wo er ansetzen muß?«

»Wir können daraus herzlich wenig ableiten. Es sieht in der Tat so aus, als hätte der Mörder genau gewußt, was er tat, aber es besteht immer die Möglichkeit, daß der Stich blind geführt wurde und nur zufällig tödlich war. Eines ist klar: Das Messer wurde mit großer Wucht ins Fleisch gestoßen. Rund um die Einstichwunde habe ich Blutergüsse festgestellt.«

»Heißt das, daß der Mörder ein kräftiger Mensch sein muß?« fragte Julian.

»Sie stellen gute Fragen, das muß ich zugeben. Ich wollte, ich hätte bessere Antworten. Ich würde Ihnen nur zu gern sagen, daß der Mörder einen Meter achtzig groß sein und mindestens neunzig Kilo wiegen muß, aber solche Aussagen kann ich nicht machen, ohne mehr darüber zu wissen, wo die junge Frau war und was sie gerade tat, als sie starb. Mit welcher Wucht so ein Stoß trifft, hängt in hohem Maß davon ab, wie beweglich oder nachgiebig der Körper ist, den er trifft. Wenn die junge Frau in der Mitte des Zimmers gestanden und er sie von hinten angegriffen hätte, dann hätte er eine ganze Menge Kraft gebraucht, um das Messer so tief hineinzustoßen. Er hätte sie wahrscheinlich sogar um die Mitte fassen und festhalten müssen, um sie auf diese Weise zu töten. Hätte sie andererseits an einer Wand gestanden oder bäuchlings auf dem Bett oder dem Boden gelegen, so hätte es keinen sonderlichen Kraftaufwand gebraucht, um ihr das Messer hineinzustoßen. Auch ein schmächtiger Mann hätte es tun können, oder auch eine Frau.«

»Gibt es Hinweise darauf, daß sie sich gewehrt hat?« fragte Sir Robert.

»Ich habe keine gefunden. Aber ein Messerstich in den Rücken ist ja auch die Tat eines Feiglings. Der Mörder schleicht sich von hinten an sein Opfer und übertölpelt es. Diese junge Frau wurde durch einen einzigen, schnell ausgeführten Messerstich getötet. Der Mörder kann sie aufs Bett gestoßen und erstochen haben, ehe sie überhaupt dazu kam, Luft zu holen, um zu schreien, geschweige denn sich zur Wehr zu setzen. Sie war ja sehr zierlich. Sie zu überwältigen dürfte keine Mühe gekostet haben.«

In das Schweigen hinein, das folgte, fragte Julian erbittert: »Ist ihr Gewalt angetan worden?«

»Dafür gibt es keine Indizien. Kein Blut, keine Verletzungen – nichts weist darauf hin, daß sie mißbraucht wurde.«

»Auf dem Laken ist ein Blutfleck, der mich auf den Gedanken gebracht hat...«

»Ich weiß, welchen Sie meinen. Er bedeutet nicht das, was Sie vermuten. Was auch sonst ihr vielleicht angetan wurde, vergewaltigt wurde sie nicht, da bin ich ziemlich sicher.«

»Könnte es sein, daß sie mit ihrer Einwilligung genommen wurde?«

»Sie meinen, ob sie vor ihrem Tod mit einem Mann Verkehr hatte? Darauf eine entschiedene Antwort zu geben, ist schwierig, aber es sieht nicht so aus.«

»War sie unberührt?«

»Diese Fragen sind wirklich geschmacklos, Mr. Kestrel.«

»Ich bitte um Verzeihung, Sir Robert. Mir scheinen sie wichtig zu sein. Die junge Frau war sehr schön. Sie wurde in einem Bett gefunden. Sie könnte getötet worden sein, als sie ihre Ehre verteidigte. Oder sie könnte mit einem eifersüchtigen Ehemann oder einem untreuen Liebhaber gestritten haben...«

»Ich muß sagen, Sie haben scheußliche Vorstellungen.«

»Scheußlicher als dieses Verbrechen?«

Sir Robert schwieg.

MacGregor sagte: »Wenn es Ihnen nichts ausmacht, Kestrel, würde ich mich lieber nicht dazu äußern, ob sie unberührt war. Ich glaube nicht, daß eine Untersuchung in diesem Fall schlüssige Ergebnisse bringt, und ich möchte nicht ohne jeden Grund Schlechtes über diese junge Frau sagen.«

»Sie könnte ja verheiratet gewesen sein«, versetzte Julian. »Sie trug allerdings keinen Ring. Aber sie kann ihn verloren oder abgezogen haben. Es kann sogar sein, daß der Mörder ihn gestohlen hat, und ihren Ohrring auch. Wobei allerdings zu fragen wäre, warum er dann nicht auch den Rest ihres Schmucks an sich genommen hat.« Er überlegte einen Moment. »Frauen, die gewöhnlich einen Ehering tragen, haben häufig einen helleren Streifen rund um den Ringfinger ihrer linken Hand. Ich habe nicht daran gedacht, nach einem solchen Mal am Finger der jungen Frau zu suchen.«

»Ich auch nicht«, sagte MacGregor. »Aber ich werde gleich einmal nachsehen.«

Rawlinson räusperte sich. »Entschuldigen Sie, Sir Robert. Soll ich das auch mitschreiben, was eben darüber gesprochen wurde, ob die junge Dame... äh... ob sie...«

»Sie müssen alles mitschreiben, was die Untersuchung angeht. Dazu gehören auch Mr. Kestrels Nachfragen und Dr. MacGregors Antworten. Den kurzen Austausch zwischen Mr. Kestrel und mir brauchen Sie nicht zu protokollieren. Ich fürchte, ich bin ein wenig überreizt, Mr. Kestrel. Verzeihen Sie mir. Selbstverständlich müssen wir jedes mögliche Motiv für dieses Verbrechen in Erwägung ziehen.«

»Ich fühle mich nicht beleidigt deswegen. Ich bitte Sie, denken Sie nicht mehr daran.«

»Die Vorstellung, daß ein so abscheuliches Verbrechen in meinem Haus begangen wurde... Aber ich habe Sie unterbrochen, Doktor. Bitte, fahren Sie fort.«

MacGregor nickte. »Ich kann Ihnen nicht sagen, wo in diesem Raum die junge Frau getötet wurde, aber ich weiß, daß sie nach ihrem Tod bewegt wurde. Kestrel fand sie unter den Decken im Bett liegend. So kann sie aber in dem Moment des Mordes nicht gelegen haben. Und weshalb hätte sie sich voll angekleidet zu Bett legen sollen? Sie hatte nicht einmal ihre Schuhe ausgezogen.«

»Es ist mir immer noch ein Rätsel, was sie überhaupt in meinem Zimmer zu tun hatte«, warf Julian ein.

»Wissen Sie denn wirklich nichts über diese junge Frau?« fragte MacGregor.

»Nein. Ich bin absolut sicher, daß ich sie nie zuvor gesehen habe. Ich könnte nicht weniger über sie wissen, wenn sie erst heute morgen von den Antipoden gekommen wäre.«

MacGregor begann zu seinem eigenen Verdruß ihm zu glauben. »Na schön. Machen wir weiter. Meiner Ansicht nach hat der Mörder folgendes getan, nachdem er sie getötet hatte. Hm ... das läßt sich leichter erklären, wenn ich Ihnen einfach zeige, was ich meine.«

Er zog die Bettvorhänge auf. Julian, Sir Robert und Rawlinson reckten die Hälse wie an einer Schnur gezogen. Doch der Anblick der unbekleideten Leiche blieb ihnen erspart; MacGregor hatte der Toten die Bettdecke über den Kopf gezogen, und sie konnten nur die Konturen ihres Körpers darunter wahrnehmen.

Sie scharten sich um MacGregor, der sagte: »Ich glaube, der Mörder hat sie, nachdem er sie getötet hatte, rücklings auf das Bett gelegt, und zwar auf die Decken. Ich will Ihnen sagen, warum ich das glaube. Eine Wunde dieser Art würde eher nach innen bluten, höchstwahrscheinlich in den Herzbeutel – was übrigens heißt, daß der Mörder wahrscheinlich nicht mit Blut bespritzt wurde, als er sie tötete. Größere Blutungen nach außen gäbe es bei einer solchen Wunde nur, wenn das Opfer auf dem Rücken läge. Dann nämlich würde das Blut abwärts und nach außen fließen. So, und jetzt sehen Sie sich diese Decke hier einmal genau an.«

Zunächst schien es da nichts zu sehen geben; nichts als den gleichen roten Brokat wie bei den Vorhängen. Doch bei genauerem Hinsehen war ein dunklerer Fleck zu erkennen.

»Ist das Blut?« fragte Sir Robert.

»Soweit ich feststellen kann, ja.«

»Darf ich mich einen Moment setzen?« fragte Rawlinson, der ein wenig schwankte.

»Alles in Ordnung?« fragte MacGregor besorgt.

»Ja. Es tut mir leid. Ja.« Er ließ sich langsam in einen Sessel sinken und stützte den Kopf in die Hände.

»Ist Ihnen schwindlig?« fragte MacGregor. »Das wird gleich vergehen. Der Anblick von Blut wirkt auf manche Leute so.

Bleiben Sie einfach ruhig sitzen und schreiben Sie nicht, solange Sie sich so fühlen. Möchten Sie vielleicht ein Glas Wasser? Es ist noch etwas in dem Krug.«

Rawlinson blickte zum Waschtisch und schauderte. »N-nein, danke. Es geht bestimmt gleich wieder.«

Julian starrte immer noch auf den Fleck auf der Decke. »Der Blutfleck auf dem Laken ist genau an der gleichen Stelle.«

»Richtig«, bestätigte MacGregor. »Ich denke, nachdem er sie erstochen hatte, legte der Mörder sie hier nieder, auf dem Rükken. Vielleicht wollte er sehen, ob sie wirklich tot sei, oder überlegte, was er mit ihr anfangen sollte. Wie dem auch sei, aus der Wunde lief Blut auf die Decke, und etwas davon sickerte auf das Laken durch. Sie hat hier etwa ... hm, ein, zwei Minuten so auf dem Rücken gelegen, nach der Blutmenge zu urteilen. Dann hat der Mörder sie etwas hochgehoben, die Bettdecken vorgezogen und sie damit zugedeckt – Gott allein weiß, warum.«

»Können wir sicher sein, daß alles Blut hier von ihr stammt?« fragte Julian. »Es könnte doch sein, daß der Mörder auch verletzt wurde.«

»Das ist wahr. Es ist unmöglich, das Blut eines Menschen von dem eines anderen zu unterscheiden. Aber wenn hier ein Kampf stattgefunden hätte, wäre das dann nicht gehört worden?«

Julian schüttelte den Kopf. »In diesem Zimmer hier und zu der Tageszeit hätten die beiden den größten Krach schlagen können, ohne gehört zu werden. Ja, wenn jemand, der dieses Haus kennt, einen Mord begehen wollte, könnte er sich dazu kaum einen besseren Ort aussuchen als dieses Zimmer. Es war bekannt, daß ich ausgeritten war, Ihre Familie, Sir Robert, lebt vorzüglich im neuen Flügel, und die Dienstboten saßen im Dienstbotenzimmer beim Abendessen. Das Fenster geht auf einen ruhigen Hof hinaus und ist so dicht von Bäumen zugewachsen, daß der Mörder nicht einmal die Vorhänge zuziehen mußte, um sich vor fremden Blicken sicher zu fühlen.«

»Sie scheinen entschlossen, nachzuweisen, Mr. Kestrel, daß jemand in meinen Diensten dieses Verbrechen verübt hat.«

»Durchaus nicht, glauben Sie mir. Ich finde es lediglich... auffallend, daß der Mörder die ideale Zeit und den idealen Ort für sein Verbrechen wählte.«

»An diesen Raum anschließend sind zwei leerstehende Gästezimmer. Wenn wir annehmen, daß der Mörder sich im Haus auskennt, dann wäre doch zu fragen, warum er die junge Frau nicht in einem dieser Räume getötet hat. Er hätte den gleichen Vorteil der Abgeschiedenheit gehabt, ohne jedoch fürchten zu müssen, von dem Gast gestört zu werden, der das Zimmer bewohnt. Gewiß, Sie waren ausgeritten, aber Sie hätten ja jederzeit zurückkehren können.«

»Die Gästezimmer sind dem neuen Flügel näher«, sagte Julian, »und ebenso dem Korridor, an dem die Zimmer der Craddocks sich befinden. Und auch meine Heimkehr hätte eine Gefahr dargestellt, denn ich wäre ja so nahe gewesen, daß ich eventuelle Geräusche jederzeit gehört hätte, wenn...« Er brach abrupt ab. Ein Schauder überlief ihn. Es konnte, sagte er sich, einen sehr guten Grund dafür geben, daß das Verbrechen hier und nicht in einem der Gästezimmer begangen worden war: Der Mörder hatte den Verdacht auf Julian oder Dipper lenken wollen.

»Wenn der Mörder sie irgendwo an einem abgeschiedenen Ort hätte töten wollen«, drängte Sir Robert, »hätte er sie gar nicht erst nach Bellegarde gebracht. Er hätte eine einsame Stelle in der ›Jagd‹ gesucht, oder eine verlassene Scheune oder etwas in dieser Art.«

»Man weiß nie, wer unversehens in einem Wald oder einer verlassenen Scheune auftauchen kann. Aber ein Haus wie dieses unterliegt festen Gewohnheiten. Je reibungsloser der Haushalt läuft – und der Ihre scheint sehr reibungslos zu funktionieren, Sir Robert –, desto sicherer könnte ein Verbrecher vorhersagen, wann und wo er am wenigsten auffallen würde.«

Sir Robert sagte leise: »Das ist ja ein Alptraum.«

»Machen Sie mal halblang, Kestrel«, riet ihm MacGregor. »Ich will nicht behaupten, daß Ihre Argumente keinen Sinn ergeben, aber jetzt ist nicht der Moment für solche Erörterungen. Lassen Sie mich erst einmal meinen Untersuchungsbericht beenden.«

Sie sei noch sehr jung gewesen, vielleicht sogar erst sechzehn oder siebzehn, sagte er, aber er halte zwanzig für wahrscheinlicher. Wenn sie auch zart und zierlich wirke, so sei sie doch eine Frau gewesen und kein Kind mehr. Ihr Körper hatte keine besonderen Male oder Kennzeichen, mit deren Hilfe man sie leicht identifizieren könne. Soweit er habe feststellen können, sei sie bei guter Gesundheit gewesen. Sie sei sauber, gepflegt, keine grobe Arbeit gewöhnt.

»Ach, und an den Füßen hatte sie Blasen. Sieht aus, als wäre sie in diesen silbernen Flitterschuhen, die sie anhatte, viel zu weit marschiert.«

»Und das ist alles, was Sie uns über sie sagen können?« fragte Sir Robert.

»Nach der ärztlichen Untersuchung, ja. Aber es sollte nicht zu schwierig sein, jemanden aufzustöbern, der sie kannte. Sie kann ja nicht aus dem Nichts aufgetaucht sein – es sei denn, Sie glauben an Märchen. Also, irgend jemand muß sie kennen oder sie wenigstens gesehen haben – wenn nicht auf Bellegarde, dann in Alderton oder sonstwo in der näheren Umgebung. Die Leute hier achten auf das Kommen und Gehen in ihren Dörfern. Eine solche Frau wäre aufgefallen. Die Frauen hätten nach ihren Kleidern gegafft, und die Männer – na, Sie können sicher sein, daß sie diese Frau bemerkt hätten.«

»Ich habe den Verdacht, daß sie sich die größte Mühe gegeben hat, nicht aufzufallen«, warf Julian ein.

»Wie kommen Sie darauf?« fragte MacGregor.

»Es muß sie doch ein Zweck nach Bellegarde geführt haben, der nicht koscher war. Warum hätte sie sich sonst klammheimlich ins Haus geschlichen? Dabei nehme ich natürlich an, daß sie aus freien Stücken gekommen ist – aber das muß sie auch. Es ist kaum vorstellbar, daß eine unwillige oder bewußtlose Frau ins Haus geschleppt werden konnte, ohne daß ein Mensch irgend etwas bemerkt hätte. Auf jeden Fall, wenn sie etwas im Schilde führte – ich denke an einen Diebstahl oder auch ein heimliches Stelldichein –, dann wird sie sehr wohl darauf geachtet haben, in der Umgebung möglichst keine Aufmerksamkeit zu erregen. Vergessen wir den Schleier an ihrem Hut nicht. Sehen Sie, wie dicht er ist. Solche Schleier tragen Frauen nicht zur Zierde, ja, nicht einmal aus Züchtigkeit. Sie tragen so einen Schleier, wenn sie auf keinen Fall gesehen oder erkannt werden wollen.«

»Sie war aber sehr elegant angezogen für eine Frau, die nicht auffallen wollte«, bemerkte MacGregor.

»Das ist wahr. Vielleicht ging es ihr nicht darum, nicht bemerkt zu werden, sondern vielmehr darum, nicht *erkannt* zu werden.«

»Erkannt von wem?« fragte MacGregor.

»Ich habe keine Ahnung. Aber sie scheint wenigstens einen Feind gehabt zu haben.«

Ursache und Wirkung

Im Salon warteten Sir Roberts Familie und die Craddocks gespannt auf Neuigkeiten.

»Ich habe viel über diese Sache nachgedacht«, bemerkte Cecily Fontclair. »Ich bin überzeugt, keiner unserer Dienstboten hat mit dem Tod dieser unglücklichen jungen Frau etwas zu tun. Der Mörder muß ein Einbrecher gewesen sein, oder vielleicht einer dieser Radikalen, die Gewaltakte verüben, um unter der Landbevölkerung Unruhe und Aufruhr zu stiften. Aber einen Dieb halte ich für wahrscheinlicher. Wir sind hier bisher kaum mit anonymen Drohungen behelligt oder von politischem Unfrieden geplagt worden. Ich glaube wirklich, Robert wird im Dorf und auf dem Gut sehr geschätzt und geachtet.«

»Und du wirst von allen verehrt«, warf Hugh ein, der auf einem Sitzkissen zu ihren Füßen saß.

»Und du bist ein sehr dummer Junge.« Sie sah ihn lächelnd an und strich ihm leicht über das Haar. »Du unterbrichst mich, wenn ich euch allen gerade etwas sehr Ernstes sagen will. Also, meiner Meinung nach muß dieser Mann, wer immer er auch ist, irgendwo in das Haus eingedrungen sein und das junge Mädchen mitgebracht haben. Manche von diesen Räubern haben ja Komplizinnen. Ich glaube, man nennt sie Spießgesellinnen.«

Der Colonel lachte unwillkürlich. »Woher weißt du denn das?«

»Ich habe es in der Zeitung gelesen. Und einmal in so einem Räuberroman. Es muß einer von Guy gewesen sein. Weißt du noch, Guy, du hast sie als Junge immer gelesen.«

»Ja, und jetzt bin ich mitten in so einem Roman gelandet.« Guy lächelte. Er lag zurückgelehnt in einem Sessel, in einer Hand ein leeres Weinglas. Hugh überlegte, ob er betrunken sei, und sagte sich, das könnte nicht sein. Gewiß, sein Gesicht war erhitzt, und seine Augen glänzten ein wenig zu stark. Aber Guy neigte zu lautem Überschwang, wenn er angeheitert war; jetzt hingegen war er ruhig und bedacht, ganz ungewohnlich bei ihm.

»Wenn ihr mich fragt«, bemerkte Catherine Tarleton, »weiß Mr. Kestrel eine Menge mehr über dieses Verbrechen, als er eingesteht. Das Mädchen wurde schließlich in *seinem* Zimmer gefunden. Es würde mich nicht wundern, wenn sie eine ... Bekannte von ihm wäre, die ihm von London hierher gefolgt ist.«

»Du willst doch nicht etwa sagen, daß du glaubst, Kestrel habe sie getötet?« rief Hugh schockiert.

»Warum nicht? Wir wissen nichts über ihn, außer daß er tanzen und sich kleiden kann und die Gabe besitzt, sich auf Festen beliebt zu machen. Bei diesen Parvenüs weiß man doch nie, was für Menschen sie wirklich sind.«

»Also wirklich, Tante, das ist nicht fair. Kestrel war von halb vier bis sechs mit mir unterwegs. Wir sind zusammen nach Hause gekommen, und ich habe ihn allein nach oben gehen sehen. Ich weiß also, daß er das Mädchen nicht ins Haus gebracht haben kann.«

»Und es war kurz nach sechs, als er zu Robert kam, um ihm zu sagen, daß er die Tote gefunden hat«, fügte Cecily hinzu. »Da wäre ihm kaum Zeit geblieben, sie zu töten.«

»Er hätte nicht viel Zeit gebraucht«, entgegnete Catherine. »Eine halbe Minute hätte gereicht.«

»Was du nicht sagst, Tante«, warf Guy ein. »Woher weißt du denn das?«

»Sei nicht unverschämt, Guy«, sagte sein Vater verdrossen.

»Na ja, das klang doch so ungeheuer sachverständig. Ich wollte nur wissen, woher sie das weiß. Ich dachte, sie hätte vielleicht an ihren Zofen experimentiert. So wie Kleopatra, die an ihren Sklavinnen verschiedene Schlangengifte ausprobiert hat.«

»Wie kannst du es wagen!« empörte sich Catherine. »Geoffrey, dein Sohn ist ein Ungeheuer. Wenn jemand in diesem Haus fähig ist, eine Frau kaltblütig zu ermorden, dann er!«

Mit blitzenden Augen sprang Guy auf.

»Aber Catherine, nein, wie kannst du so etwas sagen?« Cecily lief zu Guy und hielt ihn sanft, aber bestimmt zurück. »Deine Tante hat unbesonnen gesprochen, im Zorn – den du sehr bewußt herausgefordert hast, und das war höchst unschön von dir. Wir stehen alle unter Schock und sind völlig überreizt. Ihr dürft es nicht schlimmer machen. Catherine, willst du dich nicht ein Weilchen setzen? Du wanderst jetzt schon seit fast einer Stunde ständig auf und ab, seit Robert es uns gesagt hat.«

»Danke, aber ich bin nicht müde. Außerdem, warum willst du deine Fürsorge an mich vergeuden, wenn die Herren sie doch so sehr zu schätzen wissen?«

»Jetzt hör mal, Tante...«, begann Hugh indigniert.

»Ach, laß nur, mein Lieber«, sagte Cecily.

»Robert sollte uns nicht derartig auf die Folter spannen!« stieß der Colonel heftig hervor. »Er muß doch inzwischen mehr über die Sache wissen. Ich werde mit ihm sprechen.« Er machte Anstalten aufzustehen.

»Nein, nein, mein Lieber, tu das nicht.« Cecily flog jetzt zu ihm und drückte ihn mit sanfter Gewalt wieder in seinen Sessel. »Es ist lieb von dir, daß du helfen willst, aber Robert hat uns ausdrücklich gebeten, den Salon vorläufig nicht zu verlassen. Du mußt hierbleiben und mir helfen, auf alle achtzugeben, solange er weg ist.«

Hugh dachte: Er wird dir nicht helfen, keiner hilft dir, du mußt alles allein machen, wie immer. Er betrachtete aufmerksam ihr Gesicht – die bleichen Wangen, die feinen Linien, die ihre Stirn durchzogen und an ihren Augenwinkeln zusammenliefen. Er stand auf und nahm sie in den Arm. »Komm und setz dich zu mir.«

Da geschah etwas, das nie zuvor geschehen war. Sie lehnte sich tatsächlich an ihn, als brauche sie seine Stütze. Es erschreckte und es rührte ihn, den feinen Druck ihres zarten Körpers an seiner Brust zu fühlen. Seine Mutter – aller Hilfe und aller Trost – suchte Kraft bei *ihm*.

»Soll ich ein paar Kerzen anzünden, Tante Cecily?« fragte Isabelle.

Eifrig bejahten alle. Das Tageslicht begann zu schwinden, ohne daß sie es bemerkt hatten. Die Dienstboten waren immer noch bei der Vernehmung, und keiner außer Isabelle hatte daran gedacht, in ihrer Abwesenheit die einfache Aufgabe zu übernehmen.

Sie holte eine Zündholzschachtel und steckte die Kerzen eines silbernen Kandelabers an, schützte jede Flamme mit ihren muschelförmig zusammengelegten Händen, bis sie ruhig brannte. Hugh beobachtete sie mit einer Mischung aus Bewunderung und Mitleid. Sie wird niemals eine Stütze brauchen, dachte er. Sie hat Nerven wie Stahl. Und wenn sie dennoch je das Bedürfnis haben sollte, sich bei einem anderen Menschen anzulehnen, würde sie es wahrscheinlich niemals zugeben können.

Er blickte von ihr zu Maud, die still neben ihrem Vater saß. Ihr Gesicht war bedrückt, ihre Brauen waren zusammengezogen. Er hatte nie ein Mädchen gekannt, dessen Aussehen so sehr von seinen Stimmungen abhing. In diesem Moment sah sie sehr schlicht aus, aber es war eine Schlichtheit, die ihn tiefer anrührte als alle Schönheit, die er je gesehen hatte.

Das ist doch völlig verkehrt, dachte er plötzlich. Ich bin ihr Bräutigam. In so einem Moment, wenn sie ängstlich und bekümmert ist, sollte sie an *meiner* Seite sein. Diese Erkenntnis trieb ihn zu ihr.

»Miss Craddock, es tut mir in der Seele leid, daß das alles geschehen ist.«

»Mir tut es auch leid.« Aber ich bin froh, daß du zu mir gekommen bist und mit mir sprichst. Ich wollte, du würdest ein Weilchen bleiben und mich bei der Hand nehmen und – Schluß! befahl sie sich selbst. Du hast versprochen, ihm seine Freiheit zu geben. Du kannst jetzt nicht anfangen, Ansprüche geltend zu machen, nur weil im Haus ein Mord verübt wurde oder weil du erschreckt und verwirrt über Papa und Lady Tarleton bist.

Sie suchte krampfhaft nach einem Wort – irgend etwas, um sich von ihren eigenen Nöten abzulenken. »Sie glauben doch nicht, daß jemand Mr. Kestrel ernsthaft verdächtigt? Ich weiß, daß er mit so einem schrecklichen Verbrechen nichts zu tun haben kann.«

Ach, darum sieht sie so bedrückt aus, dachte Hugh. »Bitte

sorgen Sie sich nicht, Miss Craddock. Ich bin überzeugt, niemand glaubt ernsthaft, daß Kestrel mit dem Mord etwas zu tun hat.«

Jetzt ist er gereizt und gelangweilt, dachte sie. Er bemüht sich, freundlich zu sein, aber in Wirklichkeit mag er mich überhaupt nicht.

Guy fragte: »Was passiert, wenn der Mörder nicht sofort gefunden wird?«

»Das Übliche, vermute ich«, sagte Cecily. »Die Gemeinde wird öffentlich um Aufklärung des Verbrechens bitten, und man wird eine Belohnung zur Ergreifung des Täters aussetzen.«

»Und wie hoch sind solche Belohnungen im allgemeinen?«

»Denkst du daran, dich als Diebesfänger zu betätigen, Guy?« fragte sein Vater.

Guy lachte kurz. »Wer weiß. Mir fehlen immer ein paar hundert Pfund. Ich könnte das Geld gut gebrauchen.«

Hugh sagte: »Als im letzten Jahr die Heuschober der Brownlows abgebrannt sind, hat die Gemeinde jedem, der zur Aufklärung beitragen konnte, hundert Guineen versprochen.«

»Nun, du weißt ja, daß die Bauern vor Brandstiftung immer besondere Angst haben«, sagte Cecily.

»Ich denke, vor Mord wird jeder noch mehr Angst haben«, bemerkte Isabelle ruhig.

»Die Gemeinde hat nicht die Zeit und nicht die Möglichkeiten, um eine langwierige Morduntersuchung durchzuführen«, sagte Craddock. »Wenn diese Sache anfängt, kompliziert zu werden, wird Sir Robert aus London Hilfe anfordern müssen. Und das heißt Bow Street.«

Maud fragte sich, warum plötzlich eine solche Spannung in der Luft lag. Die *Bow Street Runners*, das wußte sie, waren die besten – beinahe die einzigen professionellen – Polizisten in England. Sie waren häufig bestechlich, manchmal skrupellos, aber sie mußten dennoch gute Arbeit leisten, sonst wäre ihre kleine Truppe nicht überall so gefragt gewesen. Maud sah von einem zum anderen und dachte: Sie machen sich keine Sorgen wegen des Mordes. Sie machen sich Sorgen wegen dieses schrecklichen Geheimnisses, das alle außer mir kennen. Sie wollen auf keinen Fall eine Untersuchung. Sie wollen keine Polizisten hier haben, die Fragen stellen. Dann könnte ja etwas herauskommen, das mit dem Mord nichts zu tun hat, das sie aber unbedingt verheimlichen wollen.

Ihr stockte plötzlich der Atem. Aber woher weiß ich denn, daß das Geheimnis mit dem Mord nichts zu tun hat?

»Robert würde niemals zulassen, daß Polizisten aus London hierherkommen, uns mit ihren Fragen belästigen und sich in unsere Privatangelegenheiten einmischen«, rief Catherine.

»Das brauchten sie doch gar nicht zu tun«, entgegnete der Colonel unsicher. »Warum sollten sie uns befragen? Wir wissen nichts über den Mord. Die Männer von der Bow Street müßten hier in der Gegend nach Dieben und Wilderern suchen – nach solchen Leuten.«

»Wir wollen uns doch nicht vormachen, daß man uns keine Fragen stellen würde«, sagte Craddock. »Wenn der Mord nicht sofort geklärt wird, werden wir alle genauestens darüber Auskunft geben müssen, wo wir heute nachmittag waren, was wir getan, was wir gesehen und gehört haben.«

»Also, *ich* habe gar nichts gesehen oder gehört«, erklärte Catherine. »Ich war den ganzen Nachmittag in meinem Zimmer und habe keinen Schritt vor die Tür gesetzt, bis ich zum Abendessen hinuntergegangen bin.«

Craddock sah sie mit zusammengekniffenen Augen an. Sie erwiderte trotzig seinen Blick. »Dann wird die Polizei Sie gewiß in Ruhe lassen«, sagte er endlich.

Maud verschlug es schon wieder den Atem. Sie zupfte ihren Vater am Ärmel und flüsterte: »Papa, ich muß mit dir sprechen – bitte! Können wir irgendwohin gehen, wo wir allein sind?«

Sie gingen ins Musikzimmer. Es schien Maud eine Ewigkeit her zu sein, daß sie hier mit Julian Kestrel gesprochen hatte.

»Also, was gibt es?« fragte Craddock.

»Papa, bist du ...« Sie schluckte krampfhaft. »Findest du, du solltest Lady Tarleton erlauben, Dinge zu sagen, die nicht wahr sind?«

»Was redest du da?« fragte er scharf.

»Sie hat gesagt, sie hätte bis zum Abendessen ihr Zimmer nicht verlassen. Aber ich weiß, daß das nicht stimmt.«

»Was weißt du über Lady Tarletons Tun heute nachmittag?«

»Ich weiß nur, was sie gegen Ende des Nachmittags getan hat. Sie war nicht in ihrem Zimmer, Papa. Sie war bei dir.«

Er holte tief Luft, als wollte er sie anschreien, aber dann besann er sich eines Besseren. Seine Stimme war fast ein Flüstern, als er fragte: »Woher weißt du das?«

»Nun, du weißt doch, daß ich heute nachmittag mit Joanna und Pippa und Miss Pritchard einen Ausflug gemacht habe. Ich kam mit Miss Pritchard ins Gespräch, und sie hat mir einiges von sich erzählt, und ich dachte mir, wie hart sie arbeitet und was für ein eintöniges Leben sie führt. Dabei ist sie noch gar nicht so alt. Es wäre doch schön für sie, wenn sie ab und zu einmal Urlaub machen und ein bißchen Abwechslung haben könnte ...«

»Hat das etwas mit der Frage zu tun, die ich dir gestellt habe?«

»Ja, Papa. Ich habe mir nämlich gedacht, wenn Sir Robert und Lady Fontclair nichts dagegen haben, würde ich Miss Pritchard gern ein paar Tage nach London einladen. Sie könnte mir bei den Vorbereitungen für die Hochzeit helfen. Alles, was ich ihr von meiner Aussteuer und den Plänen für die Feier erzählt habe, hat sie brennend interessiert.« Sie sprach schneller, als sie sah, daß seine Geduld beinahe beendet war. »Darum bin ich, sobald wir wieder zu Hause waren, zu dir gegangen. Ich wollte dich fragen, ob es dir recht ist. Und gerade als ich bei dir klopfen wollte, habe ich von drinnen Lady Tarletons Stimme gehört. Und da war ich so verblüfft, daß ich einfach stehengeblieben bin. Ich war nicht fähig, mich von der Stelle zu rühren.«

Er starrte sie an. »Und weiter?«

»Ich habe etwas getan, das sehr unrecht ist. Ich... ich habe gelauscht. Es tut mir leid. Aber euer Gespräch war so merkwürdig. Es hat mir angst gemacht. Ich... oh, Papa, sieh mich doch nicht so an.«

»Mein Gott, was hast du gehört? Was weißt du?«

Ihre Kehle war plötzlich wie zugeschnürt, und sie konnte nicht antworten.

»Sag es mir, verdammt noch mal!« Er trat einen Schritt auf sie zu.

»Ich... ich habe nur ein paar Minuten gelauscht. Ich weiß fast gar nichts. Und das, was ich gehört habe, habe ich nicht verstanden.«

»Sag mir genau, was du gehört hast. Von Anfang an.«

Maud wiederholte es, so gut sie konnte. »Und dann habe ich Schritte gehört«, schloß sie, »und ich dachte, gleich würde Lady Tarleton herauskommen, und da bin ich in mein Zimmer gelaufen. Ich hätte ihr nicht gegenübertreten können. Ich war so durcheinander und so entsetzt.«

»Hast du mir die Wahrheit gesagt? Ist das wirklich alles, was du gehört hast?«

»Ja, Papa. Ich schwöre es.«

Er sah ihr eindringlich in die Augen. »Gut, ich glaube dir. Und jetzt hör mir gut zu. Du sagst keinem etwas davon, daß Lady Tarleton in meinem Zimmer war. Du wiederholst nicht ein einziges Wort von dem, was du gehört hast. Hast du mich verstanden?«

»Aber... aber wenn mich nun jemand fragt, was *ich* heute nachmittag getan habe? Du hast doch gesagt, daß wir alle von Sir Robert befragt werden. Oder von den *Bow Street Runners*.«

»Dann sagst du, du hast mit den jungen Damen Fontclair einen

Ausflug gemacht, und als du nach Hause kamst, bist du in dein Zimmer gegangen. Du brauchst nicht zu lügen – du brauchst nur den Teil von Lady Tarleton und mir auszulassen. Das hat mit dem Mord überhaupt nichts zu tun.«

»Ganz sicher nicht?«

»Was soll das heißen? Natürlich nicht.«

»Aber manches von dem, was ihr gesprochen habt, klang so seltsam. Und außerdem gibt es doch zwischen dir und den Fontclairs ein Geheimnis, und ich frage mich...«

»Hör auf, dich zu fragen! Was zwischen mir und den Fontclairs ist, das ist meine Sache und geht dich nichts an. Und ich warne dich, wenn du auch nur ein Wörtchen von dem, was du von dem Gespräch zwischen mir und Lady Tarleton mitbekommen hast, verlauten läßt, richtest du mehr Schaden an, als du dir überhaupt vorstellen kannst. Du weißt nicht, in was du dich da einmischst. Die Fontclairs würden es dir nicht danken, und ich auch nicht.«

»Aber wenn es zur Klärung des Mordes beitragen...«

»Es wird nicht dazu beitragen. Sei nicht albern, Maud. Du gehörst bald zu dieser Familie. Du willst doch nicht Schande über sie bringen.«

Um Hughs willen, nein, das ist das letzte, was ich möchte, dachte sie. Ich wünschte, ich wüßte, was ich tun soll. Wenn es mir nur gelungen wäre, vor dem Abendessen Mr. Kestrel aufzustöbern! Dann hätte ich ihn fragen können, was er von dem Gespräch zwischen Papa und Lady Tarleton hält und was es seiner Meinung nach bedeutet. Jetzt kann ich nicht mehr mit ihm darüber sprechen. Ich kann das Risiko nicht eingehen, solange ich nicht weiß, was für Schaden ich vielleicht anrichte, wenn ich mit jemand darüber spreche.

Sir Robert hatte zu dem Mord eine ganz ähnliche Theorie wie seine Frau. »Ich glaube, daß ein Fremder ins Haus eingebrochen ist, höchstwahrscheinlich mit der Absicht, etwas zu stehlen. Er brachte die junge Frau mit. Sie haben Streit bekommen, und er hat sie getötet und ist danach geflohen. Rawlinson, notieren Sie, daß das Haus durchsucht werden soll. Ich möchte wissen, ob etwas fehlt.«

»Ja, Sir«, antwortete Rawlinson von seinem Platz am Sekretär aus. Er hatte eine Öllampe angezündet, deren Licht das farbige Glas in seinem Rücken anstrahlte und lange, schwankende Schatten auf die Wände von Julians Zimmer zauberte.

»Ich denke, Sie werden das Haus auf jeden Fall durchsuchen lassen wollen«, sagte Julian, »um zu sehen, ob man Spuren der jungen Frau oder ihres Mörders findet. Wir wissen ja nicht einmal mit Sicherheit, ob sie überhaupt hier in diesem Zimmer getötet wurde, nicht wahr? Es könnte doch sein, daß sie ganz woanders im Haus getötet und dann hierhergebracht wurde.«

»Ich kann mir nicht vorstellen, daß der Mörder mit einer Toten im Arm im Haus herumgetappt ist«, warf MacGregor ein.

»Nein, ich auch nicht«, gab Julian zu. »Trotzdem wäre es vielleicht nicht dumm, in den Zimmern nebenan nach Blutspuren oder Anzeichen eines Kampfes zu suchen.«

»Notieren Sie auch das, Rawlinson«, sagte Sir Robert müde.

»Im übrigen glaube ich nicht, daß dieses Zimmer schon all seine Geheimnisse preisgegeben hat.« Julian zündete an der Öllampe eine Kerze an und ging in die Knie, um den Teppich in Augenschein zu nehmen. »Es ist Schmutz auf dem Teppich, und ich glaube, er war noch nicht da, als ich heute nachmittag weggegangen bin. Ich weiß, daß meine Stiefel schmutzig waren, als ich vom Pferdemarkt zurückkam; aber Dipper zog sie mir aus, um sie zu putzen, ehe ich das Zimmer betrat.« Er musterte kritisch die Füße der anderen drei Männer. »Von uns hier scheint keiner den Schmutz hereingetragen zu haben. Die Schuhe der jungen Frau sind sehr schmutzig, auch wenn sie offenbar versucht hat, den Schmutz abzukratzen.«

Er nahm ihre Schuhe. Sie waren aus blaßblauem Seidenbrokat, zerschlissen und stark verschmutzt. Auf den Sohlen und an den Rändern waren grüne Flecken. Er wies auf gewellte Linien hin, die sich durch den getrockneten Schlamm auf den Sohlen zogen, Zeichen dafür, daß sie versucht hatte, die Schuhe zu säubern.

»Wenn die junge Frau – und möglicherweise der Mörder – den Schmutz hier hereingetragen hat, läßt sich anhand der Spuren vielleicht feststellen, wo im Zimmer sie sich aufgehalten und was sie getan hat. Leider ist kein Fußabdruck zu erkennen.« Er ging mit der Kerze in der Hand im Zimmer umher und hielt dabei den Blick unverwandt auf den Teppich gerichtet. »Der meiste Schmutz scheint neben dem Bett an der Türseite zu sein. Ein bißchen was liegt auch am Fußende des Bettes – aber keine Spur beim Waschtisch, obwohl wir wissen, daß sich der Mörder dort das Blut abgewaschen hat. Kann das bedeuten, daß die Schuhe des Mörders sauber waren? Sofern man überhaupt von einer Spur sprechen kann, nimmt sie diesen Verlauf.«

Er schritt von der Tür aus dem Bett entlang und wandte sich dann nach links. An der Wand blieb er stehen, richtete sich auf und starrte verblüfft die Holztäfelung an. »Dr. MacGregor?« sagte er, ohne sich umzudrehen.

Die anderen traten näher. Im Licht der Kerze konnten sie dunkle, verschmierte Flecken an der Wand erkennen, die nur aus nächster Nähe sichtbar waren. Sie waren zwischen zwei und vier Zentimeter lang. Drei davon bildeten in Augenhöhe eine waagrechte Linie, jeweils etwa zweieinhalb Zentimeter voneinander entfernt. Zwei weitere Flecken, etwas schwächer, befanden sich ungefähr dreißig Zentimeter tiefer etwas weiter rechts.

»Was ist das Ihrer Meinung nach?« fragte Julian, obwohl er sicher war, es bereits zu wissen.

MacGregor kratzte ein wenig mit seinem Daumennagel ab. »Ich würde sagen, das ist Blut.«

Julian trat ein paar Schritte zurück und sah sich um. Zu seiner Rechten befand sich der Erker, zu seiner Linken war der offene Kamin. Das dazwischenliegende Stück Wand, auf dem sich die Flecken befanden, war ungefähr einen Meter breit. Unmittelbar daneben stand der Lehnsessel, auf dem Schal und Hut der jungen Frau gefunden worden waren.

»Glauben Sie, daß dies die Stelle ist, an der sie getötet wurde?« fragte Julian.

»Könnte sein«, sagte MacGregor. »Es gibt viele Möglichkeiten. Vielleicht hatte sie gerade auf diesem Sessel ihre Sachen abgelegt, als der Mörder sie von hinten packte, an die Wand stieß und erstach.«

»Oder vielleicht wollte sie gehen und kam zum Sessel, um sich wieder anzuziehen«, sagte Julian. »Am Sesselrücken ist ein Kratzer, was bedeuten könnte, daß der Sessel bei einem Kampf gegen die Wand gestoßen wurde. Ja, schauen Sie, an der Wand ist auf gleicher Höhe auch ein Kratzer. Und die beiden Schrammen sehen frisch aus.«

Sir Robert runzelte die Stirn. »Wenn die junge Frau mit dem Gesicht an die Wand gedrückt und dann in den Rücken gestochen wurde, wie ist das Blut dann an die Wand gekommen?«

»Vielleicht hat der Mörder die Wand berührt, als er noch Blut an den Fingern hatte«, meinte MacGregor. »Das wäre eine Erklärung für die kleinen vereinzelten Flecken.«

Julian hielt seine eigene Hand an die Wand und stellte fest, daß die drei Abdrücke in Augenhöhe sehr wohl von den leicht gespreizten Fingern einer Hand stammen konnten. »Ich glaube, Sie haben recht«, sagte er. »Es sieht so aus, als hätte sich da jemand an die Wand gestützt und dabei das Blut von links nach rechts unten verschmiert. Jeder der Flecken ist auf der linken Seite ein wenig dunkler. Wissen wir, mit welcher Hand der Mörder zugestochen hat?«

»Mit der rechten«, antwortete MacGregor.

»Er ist also Rechtshänder und hat damit wohl eher an der rechten als an der linken Hand Blut?«

»Ja, das ist anzunehmen.«

»Dann hat er die Flecken wahrscheinlich mit einer Bewegung seiner rechten Hand von links nach rechts gemacht.« Julian runzelte nachdenklich die Stirn. »Wissen Sie, die Theorie, daß der Mörder die junge Frau hier an der Wand getötet hat, wirft Fragen auf. Das ist der am besten einsehbare Platz im ganzen Raum.« Er wies zum Fenster hinaus auf den neuen Flügel, der vom Haupthaus abzweigte. »Von jedem Fenster auf dieser Seite des neuen Flügels kann man durch das Erkerfenster hier direkt auf diese Stelle sehen. Auch wenn die Bäume den Blick teilweise verhüllen, wäre es riskant gewesen, die junge Frau hier zu töten.«

»Vielleicht hatte der Mörder die Vorhänge zugezogen«, sagte MacGregor. »Vielleicht hatte er auch einfach nur den Kopf verloren, zum Donnerwetter. Vielleicht war er in Panik oder in Wut und hat sich überhaupt nicht überlegt, wer was von welchem Blickwinkel aus sehen konnte.«

»Das ist durchaus möglich«, sagte Julian so milde, daß der Doktor sich seiner Aggressivität ein wenig schämte.

»Hm, ja ... sonst noch Einwände?« fragte er.

»Eher eine Frage. Wenn ich eine Frau gegen eine Wand drücke und ihr ein Messer in den Rücken stoßen würde – was mir noch nie auch nur im Traum eingefallen ist«, fügte Julian hinzu, als er die mißtrauischen Gesichter Sir Roberts und des Doktors sah, »aber *wenn* ich es täte, dann würde sie doch wahrscheinlich zusammenbrechen, und ich würde versuchen, sie aufzufangen. Oder ich würde vielleicht zurücktreten und sie zu meinen Füßen niederfallen lassen. Ganz gleich, ich hätte keinen Anlaß, mit meiner Hand Blut an die Wand zu schmieren.«

»Verflixt!« rief MacGregor. »Sie verstehen sich wirklich darauf, alles doppelt und dreifach zu komplizieren. Auf diese Frage weiß ich keine Antwort. Vielleicht war der Mörder schockiert oder verlor das Gleichgewicht, nachdem er sie getötet hatte, und mußte sich an der Wand abstützen, um nicht zu fallen.«

»Ich nehme an, er hätte die junge Frau mit einem Arm aufgefangen und sich mit der anderen Hand an die Wand stützen können«, meinte Julian sinnend. »Man sollte allerdings nicht meinen, daß er die Hand dabei so hoch heben würde. Er kann natürlich groß sein.« Julian konnte sich nicht verkneifen, einen Blick auf Sir Robert zu werfen, der wie alle Fontclairs sehr hochgewachsen war. »Danach ist er mit der Hand tiefer gerutscht. Das würde die helleren Flecken unten rechts erklären. Da hatte er einen großen Teil des Bluts an seinen Händen schon oben an der Wand abgestreift.«

»Meine Herren«, unterbrach nun Sir Robert, »finden Sie nicht, daß wir von unserer Hauptaufgabe abgeschweift sind? Wenn wir wissen, wo genau in diesem Zimmer die junge Frau getötet wurde und ob der Mörder sich danach an der Wand abgestützt hat, bringt uns das der Lösung der Frage, wer die Frau getötet hat und wie wir dem Mörder auf die Spur kommen sollen, auch nicht näher.«

»Aber wissen wir denn in diesem Stadium überhaupt, was wichtig ist und was nicht?« fragte Julian. »Wir haben eine Anzahl zusammenhängender Erkenntnisfetzen, die keinen Sinn zu ergeben scheinen. Die Blutflecke an der Wand, die Tatsache, daß die junge Frau nach ihrer Ermordung unter die Bettdecke gelegt wurde, die von außen abgeschlossene Tür, überhaupt die Anwesenheit der jungen Frau hier im Haus – es muß für alle diese Dinge eine Erklärung geben. Und wenn wir sie wüßten, würde sich vielleicht die Identität des Mörders ganz von selbst ergeben – im Sinne von Ursache und Wirkung ...«

»Ich verstehe, worauf Sie hinauswollen, Mr. Kestrel. Danke. Dennoch bin ich der Meinung, wir sollten jetzt ins Dienstbotenzimmer gehen und sehen, wie Senderby vorankommt. Außerdem muß Travis inzwischen mit der Hausdurchsuchung fertig sein. Vielleicht hat er einen Hinweis darauf gefunden, wie der Mörder und das Mädchen hereingekommen sind.«

»Was soll mit der Toten geschehen?« fragte MacGregor.

»Der Bestattungsunternehmer aus Alderton wird sie abholen müssen. Wenn sich keine Angehörigen oder Freunde der jungen Frau finden lassen, werde ich mich selbst um das Begräbnis kümmern. Aber vorher werde ich zu meinem Bedauern alle im Haus bitten müssen, sich die junge Frau anzusehen. Ich wollte, ich könnte ihnen das ersparen. Aber da niemand sie nach der Beschreibung zu erkennen scheint, haben wir keine andere Wahl, als alle aufzufordern, sie sich anzusehen.«

»Wir könnten fragen, ob jemand das hier kennt.« Julian nahm die silberne Muschel vom Tisch. »Wenn es ein Andenken war, das der jungen Frau besonders viel bedeutete, wird es uns vielleicht helfen, sie zu identifizieren.«

»Es kann jedenfalls nicht schaden, es mitzunehmen und zu zeigen«, meinte MacGregor.

»Gut.« Sir Robert steckte das kleine Schmuckstück ein.

Als sie gehen wollten, sagte MacGregor: »Einen Augenblick. Wenn Sie nichts dagegen haben, Sir Robert, werde ich rasch noch eine von Kestrels unzähligen Fragen beantworten, ehe wir gehen.«

Er trat zum Bett und griff unter die Decke. Nachdem er einen Moment getastet hatte, zog er eine kleine weiße Hand unter der Decke hervor. Er betrachtete sie kurz, dann schob er sie wieder unter das Laken. »Kein Anzeichen dafür, daß sie je einen Ehering getragen hat.« Er zog die Bettvorhänge zu, und die vier Männer gingen schweigend hinaus.

Im Korridor blickte Julian zu Boden und runzelte die Stirn.

»Was ist denn jetzt?« fragte MacGregor.

»Hier ist kaum Schmutz zu sehen. Aber wahrscheinlich ist der Teppich in meinem Zimmer empfindlicher als der Holzfußboden. Die Hoffnung, eine Spur zu finden, können wir damit wohl aufgeben.«

»Es könnte doch auch sein, daß Ihr Diener sich getäuscht hat, als er sagte, er hätte die Fenster verriegelt«, bemerkte Sir Robert. »Wenn die Frau und der Mörder irgendwie durch das Fenster hereingekommen sind, wäre das eine Erklärung dafür, daß zwar in Ihrem Zimmer Schmutzspuren sind, hier draußen aber keine.«

Dennoch, dachte Julian, hätte der Mörder durch das Haus gehen müssen, um wieder ins Freie zu gelangen, da die Fenster von innen verriegelt und die Zimmertür von außen abgeschlossen waren. Doch dieser Tatsache wollte Sir Robert offenbar nicht ins Auge sehen.

Sie gingen nach unten. Aus dem Speisezimmer wehten Essensgerüche zu ihnen herüber, und sie hörten das Klappern von Besteck. Julian glaubte, Cecily Fontclairs melodische Stimme zu erkennen, doch die anderen schienen sich kaum am Gespräch zu beteiligen.

»Ich bin froh, daß sie endlich zu Abend essen können«, bemerkte Sir Robert.

Julian klappte seine Uhr auf. Es war kurz vor neun – fast auf die Minute genau drei Stunden waren vergangen, seit er die Tote gefunden hatte. Er war sich nicht sicher, ob die Zeit seitdem schnell oder langsam vergangen war. Dieser Abend war wie ein Traum, unmöglich, ihn in Stunden und Minuten zu messen.

»Ich brauche Ihnen wohl nicht zu sagen, meine Herren, wie dankbar ich Ihnen für Ihre Hilfe bin«, sagte Sir Robert gerade. »Aber nun braucht diese unerquickliche Episode Sie bald nicht mehr zu kümmern – abgesehen davon natürlich, daß man Sie eventuell bei der Leichenschau oder einer Verhandlung in den Zeugenstand ruft.«

Julian empfand plötzliches Bedauern. Natürlich war es nicht seine Sache, bei einer Morduntersuchung mitzuwirken. Und es war ja weiß Gott keine angemessene Beschäftigung für einen

Gentleman, herumzuschnüffeln wie ein *Bow Street Runner*. Doch er fand die Ermittlungen faszinierend, und es tat ihm leid, sie aufgeben zu müssen. Hinzu kam, daß ihm tief drinnen etwas keine Ruhe ließ. *Er* hatte die junge Frau gefunden, in seinem Zimmer, in seinem Bett. Er fühlte sich irgendwie verantwortlich.

Ein vielversprechender Verdächtiger

Als Sir Robert und seine Begleiter durch den Wandelgang zum Personalflügel gingen, trafen sie auf Travis, der mit einer Laterne in der Hand ins Haus trat. Sein Mantel und seine Mütze waren vom Regen leicht genäßt.

»Gibt es etwas Neues?« fragte Sir Robert. »Haben Sie Haus und Garten abgesucht?«

»Ja, Sir. Aber ich habe nichts gefunden.«

»Keine Anzeichen dafür, daß ein Fremder ins Haus eingedrungen ist?«

»Nein, Sir. Ich habe drinnen und draußen überall nachgesehen, aber keinerlei Spuren entdeckt. Die Fenster, die geschlossen waren, sind nicht aufgebrochen worden, und ich glaube, durch die, die offen waren, ist niemand eingestiegen. Es hatte gerade erst zu regnen angefangen, und der Boden war weich. Es hätte Fußabdrücke geben müssen und die Blumen wären niedergetrampelt, wenn jemand versucht hätte, durch ein Fenster einzusteigen.«

»Und das gilt für alle Fenster, auch das zu Mr. Kestrels Zimmer?«

»Ja, Sir.«

»Gut«, sagte Sir Robert, aber er sah nicht glücklich aus.

»Wie viele Haustüren gibt es?« fragte Julian.

»Nicht viele für ein Haus dieser Größe«, antwortete Sir Robert. Er wies zum Ende der Empfangshalle. »Das Portal. Dann die Hintertür im Personalflügel mit dem kleinen Warteraum für die Lieferanten und Handwerker. Und schließlich die Fenstertür im Wintergarten. Sie führt auf die Terrasse, von der man in den Garten und den Park hinuntergehen kann.«

»Wenn niemand durch die Fenster ein- oder ausgestiegen ist«, sagte MacGregor, »bedeutet das, daß jemand, der – sagen wir, zwischen halb fünf und jetzt – aus dem Haus verschwinden wollte, eine dieser Türen benutzt haben muß.«

»Vor sechs ist niemand durch die Fenstertür gekommen«, sagte Sir Robert. »Meine Frau und ich waren von vier bis sechs im Wintergarten; bis ich mit Mr. Kestrel zusammen hinausgegangen bin. Ich weiß nicht, wie lange meine Frau danach noch geblieben ist.«

»Sie haben noch die Tür verriegelt, ehe wir gegangen sind«, bemerkte Julian. »Erinnern Sie sich? Der Wind hatte sie aufgedrückt.« Er fragte Travis: »Haben Sie gesehen, ob sie immer noch verriegelt ist?«

»Ja, Sir. Sie ist verriegelt.«

»Dann ist es nicht wahrscheinlich, daß nach sechs Uhr jemand auf diesem Weg das Haus verlassen hat. Er hätte die Tür ja hinter sich offenlassen müssen.«

»Das ist richtig, Sir.«

Julian wandte sich an Sir Robert. »Haben Sie und Ihre Gattin den Wintergarten irgendwann zwischen vier und sechs verlassen, wenn auch nur für einen Augenblick?«

Sir Robert setzte zu einer Antwort an – hielt aber dann inne. »Ich war vielleicht zehn Minuten weg«, sagte er. »Eine Viertelstunde höchstens. Ich habe meiner Frau vorgelesen, und sie wollte dann gern etwas von Pope hören. Darum bin ich in die Bibliothek gegangen, um einen Gedichtband zu holen.«

»War Ihre Gattin während Ihrer Abwesenheit die ganze Zeit im Wintergarten?«

»Ich habe keine Ahnung, Mr. Kestrel«, antwortete Sir Robert kühl. »Ich bin natürlich bisher nicht auf den Gedanken gekommen, sie danach zu fragen.«

»Dann bleiben also nur noch das Portal und die Hintertür«, sagte MacGregor.

»Wenn Sie erlauben, Sir«, bemerkte Travis, »ich glaube, vorn konnte auch niemand hereinkommen.«

»Wieso nicht?« fragte Julian.

»Weil die Tür ab halb fünf Uhr verriegelt war. Sie bleibt geschlossen, solange das Personal zu Abend ißt, und sie ist auch nachts zugesperrt.«

»Können wir sicher sein, daß die Tür heute nachmittag verriegelt war?« fragte Sir Robert.

»Ich habe Michael gefragt, Sir.« Michael war einer der Lakaien. »Er sagte, er habe die Tür wie immer um halb vier verriegelt.«

»Aber er hat sie sicher wieder aufgemacht, als die Leute mit dem Abendessen fertig waren«, sagte Sir Robert.

»Ja, Sir, ungefähr um Viertel vor sechs. Aber er sagt, daß er danach neben der Tür gesessen hätte, um aufzumachen, wenn die Herrschaften zum Abendessen nach Hause kämen. Ich habe ihn dort mit Peter gesehen«, Peter war auch ein Lakai, »als ich die Leute auf Ihr Geheiß um halb sieben in das Dienstbotenzimmer rief. Ich glaube, sie haben gewürfelt; aber sie waren flinker als ich, und es gelang mir nicht, sie auf frischer Tat zu ertappen. Ich habe sie ins Dienstbotenzimmer geschickt und dann das Portal selbst verriegelt. Ich dachte, das wäre unter diesen Umständen das beste. Seitdem ist die Tür abgeschlossen; nur eben war sie offen, als ich draußen war, aber da hatte ich sie die ganze Zeit im Auge.«

»Das heißt«, sagte Julian, »daß das Portal von halb fünf an

entweder verschlossen war oder von einem Lakaien bewacht war.«

»Ja, Sir.«

»Es hätte also niemand auf diesem Weg das Haus verlassen können, ohne daß wir davon wüßten.«

»Richtig, Sir. Er hätte die Tür ja unverriegelt lassen müssen.« Travis warf einen Blick des Unbehagens auf Sir Robert. Kestrels Fragen schienen ihm höchst unwillkommen zu sein. Er schloß den Mund und preßte die Lippen aufeinander. Julian war klar, daß er aus ihm nichts mehr herausbekommen würde.

Sei's drum, dachte er, was er uns bisher erzählt hat, ist alarmierend genug. Wenn der Mörder ein Fremder war, so muß er das Haus nach dem Mord irgendwie wieder verlassen haben. Es sieht allerdings ganz so aus, als sei er weder durch das Portal noch durch die Fenstertür oder eines der Fenster entwischt. Bleibt also die Hintertür, und um von meinem Zimmer zur Hintertür zu gelangen, hätte er am Dienstbotenzimmer vorbeigehen müssen. Hätte er das wirklich schaffen können, ohne bemerkt zu werden? Wenn nicht, bleibt – da es einen anderen Fluchtweg nicht gibt – nur eine Schlußfolgerung: Es gibt keinen mysteriösen Fremden, sondern der Mörder ist einer der Angestellten – oder einer von uns.

Sir Robert schickte Travis ins Dienstbotenzimmer, um Senderby zu holen. Als der Constable erschien, ließ sich Sir Robert von ihm berichten, was er bisher über Tun und Lassen der Bediensteten zwischen halb fünf und sechs Uhr erfahren hatte. Sie brauchten einige Zeit, um Senderbys Notizen zu entschlüsseln – Stil und Orthographie waren nicht seine Stärken –, aber es zeigte sich, daß alle Angestellten zuverlässige Angaben darüber hatten machen können, was sie zur kritischen Zeit getan hatten.

Rawlinson, Mrs. Cox und Travis hatten das Abendessen in ihren Zimmern eingenommen, und außer den zwei Stallburschen, die sich um die Pferde gekümmert hatten, hatten die übrigen Hausangestellten im Dienstbotenzimmer gegessen. Jeder hatte für sein Alibi mindestens einen Zeugen.

Sir Robert sah mit jedem Moment finsterer drein, und Julian glaubte zu wissen, warum. Da die Angestellten nun von allem Verdacht reingewaschen waren und das Eindringen eines Fremden immer unwahrscheinlicher schien, geriet Sir Roberts Familie in ein sich langsam verdichtendes Netz des Verdachts. Mit jeder neuen Erkenntnis wurde ein neuer seidener Faden gesponnen.

Plötzlich jedoch nahm das Gespräch eine unerwartete Richtung, und Julian erschrak, als Senderby sagte: »Der einzige, der länger als ein oder zwei Minuten allein war, ist Mr. Kestrels Diener. Er ist um kurz vor halb fünf weggegangen, um einen Spaziergang zu machen.«

»Ich erinnere mich«, sagte Sir Robert. »Und wann, sagt er, ist er zurückgekommen?«

Senderby blätterte nervös in seinen Notizen. »Er konnte sich nicht erinnern, Sir, aber ein Hausmädchen namens Molly Dale wußte es. Sie sagte, er habe plötzlich im Dienstbotenzimmer gestanden. Sie sei richtig erschrocken. Sie hat ihn gescholten, weil er zu spät zum Abendessen kam. Darum hat sie auch auf die Uhr gesehen. Es war zehn vor fünf.«

»Er war also zwanzig Minuten unterwegs«, meinte Sir Robert nachdenklich.

Julian fühlte sich unwohl. Dieser verwünschte Dipper, dachte er. Ein waschechter Cockney aus dem East-End, ein Londoner Straßenjunge, und ausgerechnet heute nachmittag muß er ein Verlangen nach frischer Luft und Blumen verspüren. Aber was bedeutet das schon? Sie haben keinen Grund, ihn zu verdächtigen. Er war zwar als letzter vor der Entdeckung der Toten in meinem Zimmer, aber er hatte jedes Recht, um diese Zeit dort zu sein.

Sie gingen zum Dienstbotenzimmer. Die meisten der Angestellten waren noch um den langen Tisch versammelt. Sir Robert zeigte ihnen zuerst die silberne Kammuschel und fragte, ob jemand das Schmuckstück schon einmal gesehen habe. Es ging von Hand zu Hand und wurde neugierig begutachtet, aber niemand wußte etwas darüber zu sagen.

Sir Robert fragte, ob nach halb fünf ein Fremder unbemerkt vom Haupthaus durch den Personalflügel zur Hintertür hätte gelangen können. Alle waren sich darin einig, daß im Personalflügel die ganze Zeit über so viele Leute gewesen waren, daß ein Fremder auf keinen Fall unbemerkt geblieben wäre.

»Dann möchte ich nun Michael einige Fragen stellen«, sagte Sir Robert.

Aller Augen richteten sich auf den großen blonden Lakaien mit dem runden, sommersprossigen Gesicht. Der stand nervös auf. »Ja, Sir?«

Michael bestätigte, daß das Portal von halb fünf bis Viertel vor sechs verriegelt gewesen sei. »Um zwanzig nach fünf habe ich kurz aufgesperrt«, erinnerte er sich, »um Mr. Craddock hereinzulassen. Er kam von einem Ausritt zurück und hat geläutet, während wir beim Abendessen saßen. Ich habe auf die Uhr in der Eingangshalle gesehen, und weil es noch so früh war, habe ich die Tür wieder verriegelt.«

Als um Viertel vor sechs Miss Pritchard, Maud Craddock und die beiden Töchter des Hauses von ihrem Ausflug zurückgekehrt waren, hatte Michael auch ihnen die Tür geöffnet. »Danach haben Peter und ich uns an die Tür gesetzt und ... uns unterhalten«, schloß er hastig.

»Ihr habt wohl eher gewürfelt«, brummte Travis.

Michael errötete. »Sir, um sechs Uhr habe ich dann Master Hugh und Mr. Kestrel eingelassen, und danach Colonel Fontclair. Dann kam Mr. Travis und sagte, wir sollten in das Dienstbotenzimmer kommen, und er hat die Tür wieder verriegelt.«

MacGregor schüttelte den Kopf. Auch er, dachte Julian, sieht jetzt das Netz, das sich um die Fontclairs und Mark Craddock zusammenzieht: Craddock ist früh genug nach Bellegarde zurückgekehrt, um als Mörder der jungen Frau in Frage zu kommen. Allerdings könnte ich niemals Maud Craddock in den Kreis der Verdächtigen aufnehmen, obwohl es ebenso schwer ist, sich vorzustellen, daß einer der anderen dieses Verbrechen begangen haben soll. Aus welchem Grund? Und warum in meinem Zimmer? Und warum – ach, es gibt tausend offene Fragen. Sir Robert wird nichts anderes übrigbleiben, als herauszufinden, was die Angehörigen seiner Familie und Mark Craddock heute nachmittag zwischen halb fünf und zwanzig vor sechs getrieben haben.

»Wann ist Colonel Fontclair nach Hause gekommen?« fragte Sir Robert Michael.

»Ich erinnere mich nicht mehr genau, Sir. Ich glaube, er war ungefähr eine Stunde weg.«

»Woher weißt du, wann er das Haus verlassen hat?«

»Er ist hier hereingekommen, Sir, beim Abendessen, und wollte wissen, ob jemand im Stall sei, der sein Pferd satteln könne. Wir haben ihm gesagt, daß zwei Burschen draußen seien, und da ist er ganz aufgeregt rausgestürzt.«

»Wieso aufgeregt?« fragte Sir Robert scharf.

»Nun, er… er wirkte ganz durcheinander, Sir«, stammelte Michael. »Er hatte es eilig und nahm sich nicht mal die Zeit, uns einen guten Abend zu wünschen oder zu fragen, wie es uns geht, was er sonst immer tut. Und als wir ihm gesagt haben, daß im Stall zwei Burschen seien, die sein Pferd satteln könnten, ist er hinausgerannt, als wäre der Teufel hinter ihm her – ich meine, als ob er es eilig hätte, von hier wegzukommen.«

Die anderen Angestellten nickten.

Sir Robert war sehr blaß geworden. Er stand bewegungslos, nur seine Brust hob und senkte sich schnell. Es gelang ihm jedoch, einigermaßen ruhig zu sprechen. »Ihr werdet verstehen, daß wir auch die unerheblichsten Dinge wissen müssen. Erinnert sich einer von euch, wann genau Colonel Fontclair ausgeritten ist?«

Die Leute berieten sich miteinander und sagten, es müßte nach fünf gewesen sein – vielleicht fünf oder zehn Minuten nach fünf. Ganz sicher war es nicht vor fünf gewesen.

Sir Robert war bleich und wie erstarrt.

Das qualvolle Schweigen wurde von einer hohen, klaren Stimme gebrochen. Molly Dale, ein hübsches Hausmädchen, meldete sich zu Wort. »Dann versteh ich aber nicht, wie Sie, Mr. Dipper, wieder ins Haus gekommen sind.«

Dipper riß die Augen auf, fuhr sich mit der Zunge über die Lippen und antwortete nicht.

»Was meinst du mit dieser Frage?« wollte Sir Robert wissen.

»Na ja, wenn vorn die ganze Zeit abgeschlossen war, als wir gegessen haben, Sir, dann versteh ich nicht, wie Mr. Dipper nach seinem Spaziergang wieder reingekommen ist.« Sie sah Dipper verwundert an, den Kopf zur Seite geneigt wie ein kleiner Vogel.

Mrs. Cox drohte ihr mit dem Finger. »Hab' ich dir nicht schon oft genug gesagt, du sollst dich nicht in Dinge einmischen, die dich nichts angehen?«

»Danke, Mrs. Cox«, unterbrach Sir Robert, »aber ich würde gern hören, was Molly zu sagen hat. Woher weißt du, daß Dipper nicht durch die Hintertür gekommen ist?«

Dipper starrte auf den Tisch, als wolle er sich jeden Riß im Holz genau einprägen. Molly kaute auf ihrer Unterlippe.

»Ich warte auf eine Antwort, Molly«, mahnte Sir Robert.

»Ich ... ich weiß nicht, was ich sagen soll, Sir. Bringe ich Mr. Dipper etwa in Schwierigkeiten?«

»Hör zu, Molly. Wenn du mir jetzt antwortest, sprichst du nicht nur mit dem Herrn dieses Hauses, sondern auch mit dem Richter, der die Gesetze seiner Majestät durchsetzen muß. Du mußt deshalb alle Fragen, die ich dir stelle, ehrlich und vollständig beantworten.«

»Ja, Sir.«

»Dann frage ich dich noch einmal: Woher weißt du, daß Mr. Dipper nicht durch die Hintertür im Personalflügel ins Haus gekommen ist?«

»Weil ich ihn gesehen hab', Sir. Ich hab' da drüben an dem Schrank gestanden.« Sie zeigte auf einen großen Schrank aus Walnußholz neben der Tür, die vom Dienstbotenzimmer in den Wandelgang führte. »Ich wollte einen Lappen holen, weil Peter sein Bier umgestoßen hatte und alles auf den Boden unter meinem Stuhl lief. Auf einmal kam Mr. Dipper zur Tür herein und entschuldigte sich für seine Verspätung. Ich bin erschrocken, weil ich ihn gar nicht gehört hatte. Ich bin richtig zusammengefahren. ›Mein Gott, Mr. Dipper‹, hab ich zu ihm gesagt, ›Sie sollten sich schämen, ein Mädchen so zu erschrecken.‹ Und dann hab' ich ihn ein bißchen geneckt, weil er zu spät dran war. Daher weiß ich, daß er vom Haupthaus rübergekommen ist. Das ist wirklich alles, was ich weiß, Sir.«

»Das hast du sehr gut gemacht. Vielen Dank.« Sir Roberts Wangen bekamen wieder etwas Farbe, und seine Stimme klang klar und fest.

»Also, das ist mir ein Rätsel, Dipper. Du hast gesagt, du seist kurz vor halb fünf zu einem Spaziergang aufgebrochen. Molly erzählt uns, du seist etwa zwanzig Minuten später vom Haupthaus her zum Abendessen zurückgekommen. Es würde mich wirklich interessieren, wie du in das Haupthaus gekommen bist. Vorn kannst du nicht hereingekommen sein, weil das Portal verriegelt war. Und durch den Wintergarten bist du auch nicht gekommen, sonst hätten meine Frau oder ich dich gesehen.«

Dipper stand auf und sah Sir Robert mit großer Anstrengung in die Augen. »Ich bin gar nicht spazierengegangen, Sir.«

Die anderen Dienstboten starrten ihn ungläubig an.

»Wohin bist du dann gegangen, nachdem du heute nachmittag Mr. Kestrels Zimmer verlassen hattest?«

Dipper warf seinem Herrn einen zerknirschten Blick zu, dann sagte er hastig: »Ich bin nach unten gegangen, in das Zimmer mit den Gewehren und den Messern.«

Die Dienstboten tuschelten erregt.

»Bringen Sie ihn in mein Arbeitszimmer. Ich möchte ihn vernehmen«, befahl Sir Robert Senderby knapp. »Rawlinson, Sie protokollieren seine Aussage. Mr. Kestrel, wenn Sie möchten, können Sie mitkommen, er ist ja Ihr Diener.«

Senderby schob sich nervös an Dipper heran. An Größe und Stämmigkeit war er dem geschmeidigen kleinen Diener weit überlegen; es sah aus, als näherte sich ein Löwe furchtsam einer Maus. Aber woher hätte Senderby wissen sollen, wozu Dipper vielleicht fähig war? Bisher hatte er noch nie mit einem Mörder zu tun gehabt.

Aber Dipper folgte ihm kleinlaut. Sir Robert sagte, er werde nachkommen, sobald er noch ein Wort mit Travis und Mrs. Cox gesprochen habe.

MacGregor überlegte, was er nun tun solle. Er konnte bleiben und dabei helfen, die aufgeregten Dienstboten zu beruhigen. Er konnte sich zu den Herrschaften im Speisezimmer setzen und sehen, ob er noch etwas zu essen bekam. Oder er konnte Sir Robert in sein Büro folgen, um zu hören, was Kestrels Diener zu seiner Entschuldigung vorzubringen hatte. Während er noch überlegte, schloß sich plötzlich eine Hand um seinen Arm. Er blickte sich um und sah in ein Paar brennender, ernster Augen, die er kaum als die Kestrels erkannte.

»Er hat es nicht getan«, flüsterte der junge Mann. »Er kann es nicht getan haben. Ich kenne ihn.«

MacGregor dachte daran, daß er Julian Kestrel nie recht getraut hatte. Nun, da sein Diener sich als Lügner erwiesen hatte und vielleicht auch noch als Mörder entpuppen würde, gab es noch weniger Grund, ihm zu trauen. Aber MacGregors Vertrauen in die Menschen entsprang seinem Instinkt und nicht vernünftiger Überlegung, und sein Instinkt konnte Kestrel im Augenblick nicht genau einordnen. Er wußte nur, daß er diesem Mann nicht in die Augen sehen und sagen konnte, er solle sich zum Teufel scheren.

»Wenn er unschuldig ist«, sagte er deshalb, »wird Sir Robert das sicher schnell herausfinden.«

»Warum sollte er, da er doch allen Grund hat, ihn schuldig zu finden?«

»Sir Robert ist ein redlicher Mann. Und er ist Richter! Sie glauben doch nicht, daß er einen Menschen ohne berechtigten Grund des Mordes anklagen würde.«

»Ich weiß nicht, was ›berechtigter Grund‹ heißt. Aber ich weiß, wenn Dipper von diesem Verdacht befreit wird, muß Sir Robert in seiner eigenen Familie nach dem Schuldigen suchen. Wie kann er um Himmels willen von sich glauben, unparteiisch zu sein? Bedenken Sie doch, was für einen bequemen Schuldigen Dipper abgeben würde – ein Londoner, ein Außenseiter, ein Diener, der nicht im Dienst der Fontclairs steht. Sir Robert braucht ihn nur dem Gericht zu übergeben und die Untersuchung abzuschließen, ohne weiter zu prüfen, wer außer ihm das Verbrechen begangen haben könnte.«

»Ich kenne Sir Robert seit Jahren. Er ist der ehrenwerteste Mann der Welt. Er wird Ihrem Diener die Möglichkeit geben, alles zu erklären, und wenn die Beweise nicht ausreichen, um ihn festzuhalten, wird er ihn wieder auf freien Fuß setzen und die Untersuchung weiterführen, ohne Rücksicht auf seine Familie. So ein Mensch ist er.«

»Gott gebe, daß Sie recht haben.«

MacGregor beobachtete Julian, der besorgt auf und ab ging, und grinste plötzlich. »Ich freue mich zu sehen, daß sogar Sie Nerven haben. Ich dachte schon, Sie wären nicht mehr als ein Modegeck aus einem Londoner Magazin.«

Sir Robert rief: »Kommen Sie nun, Mr. Kestrel?«

»Sie auch?« fragte Julian MacGregor.

»Ja, ich denke, ich komme mit«, brummte MacGregor. »Man kann ja nicht wissen, welchen Irrsinn Sie in Ihrem momentanen Zustand brabbeln, wenn ich nicht dabei bin, um Sie ein wenig an die Kandare zu nehmen.«

»Oh, ich verliere den Kopf schon nicht. Das kann ich mir gar nicht leisten. Ich muß alle fünf Sinne beisammenhaben und mich eisern beherrschen, sonst bin ich Dipper nicht die geringste Hilfe.« Ein Lächeln überflog sein Gesicht. »Kaum zu glauben, daß ich in London für meine Kaltblütigkeit bekannt bin.«

»Ich weiß nicht, ob ich Sie nicht ohne besser leiden könnte. Aber Sie haben recht – wenn Sie jemals einen kühlen Kopf gebraucht haben, dann jetzt.«

Vor dem Gesetz sind alle gleich

In Sir Roberts Arbeitszimmer brannten zwei Öllampen, die eine auf seinem Schreibtisch, die andere auf dem Pult in der Ecke, an dem Rawlinson saß und schrieb. Sir Robert saß an seinem Schreibtisch und musterte Dipper, der ihm gegenüber in der Mitte des Raums stand. Julian stellte seinen Stuhl so, daß er sie beide im Auge hatte. MacGregor ging, von seinem huschenden Schatten gefolgt, auf und ab. Draußen wehte ein starker Wind und trieb prasselnden Regen gegen die Fensterscheiben.

Sir Robert wandte sich Dipper zu. »Ich muß dich darauf hinweisen, daß du auf meine Fragen nicht antworten mußt. Ich kann dich nicht zwingen, dich selbst zu belasten. Ich lege dir aber sehr ans Herz, alles, was dein Verhalten entschuldigen oder erklären kann, jetzt vorzubringen. Sonst muß ich Schlimmes von dir annehmen. Hast du das verstanden?«

»Ja, Sir, ich denke, schon.«

»Wie lautet dein voller Name?«

»Thomas Stokes, Sir.«

Sir Robert sah ihn scharf an. »Ich dachte, dein Name sei Dipper.«

»Dipper ist ein Spitzname, Sir.«

»Wußten Sie, daß Dipper nicht sein richtiger Name ist?« fragte Sir Robert Julian.

Julian wußte sehr wohl, daß Dipper diesen Spitznamen seiner Geschicklichkeit zu verdanken hatte, in anderer Leute Taschen zu »dippen«. »Er hat mir seinen richtigen Namen genannt, als ich ihn engagiert habe. Er meinte aber, er sei an Dipper gewöhnt, und da ich fand, der Name passe zu ihm, habe ich ihn beibehalten.« Ganz bewußt fügte er hinzu: »Ich habe nicht die leiseste Ahnung, was er bedeutet.«

Dipper blieb der Mund offenstehen. Er wollte gerade protestierend den Kopf schütteln, da fing er Julians warnenden Blick auf: Sei kein Narr. Ich habe für dich gelogen, und ich werde weiter für dich lügen. Wenn du jetzt versuchst, mir dazwischenzufahren, bringst du uns beide in die Bredouille.

»Nun, was bedeutet er denn?«

»Ich habe keine Ahnung, Sir. Mein Vater nannte mich schon so, als ich noch ein Kind war.«

»Wie alt bist du?«

»Zwanzig, Sir.«

»Wie lange stehst du in Mr. Kestrels Diensten?«

»Zwei Jahre, Sir.«

Sir Robert wandte sich wieder an Julian. »Sie haben ihn engagiert, als er erst achtzehn Jahre alt war? Hatte er Erfahrung?«

»Nein, keine. Er war sozusagen ein unbeschriebenes Blatt. Ich konnte ihn mir so heranziehen, wie es meinen Wünschen entsprach.«

»Was hast du vor deiner Anstellung bei Mr. Kestrel getan?«

»Ich hatte keine geregelte Arbeit, Sir.«

»Wie hast du für dich gesorgt?«

»Nicht gut, Sir.«

»Hast du Familie?«

»Nein, Sir. Das heißt, meine Eltern sind tot, und was aus meinen Geschwistern geworden ist, weiß ich nicht.«

»Wie hast du die Anstellung bei Mr. Kestrel bekommen?«

Dippers Antwort ließ auf sich warten. »Ich hab' seine Uhr gefunden, Sir, und sie ihm zurückgegeben.«

MacGregor dachte, das ist schon eine verdammt seltsame Art, sich einen Diener zu suchen. Besonders für einen jungen Stutzer, der soviel Wert auf Kleidung legt wie Kestrel. Teufel auch, der Mann wird von Minute zu Minute rätselhafter.

»Kommen wir auf die Ereignisse des heutigen Nachmittags zurück«, sagte Sir Robert. »Behauptest du immer noch, dich bis kurz vor halb fünf in Mr. Kestrels Zimmer aufgehalten zu haben?«

»Ja, Sir.«

»Warst du die ganze Zeit allein dort?«

»Ja, Sir.«

»Ich habe dir diese Frage schon einmal gestellt, aber da du vorhin gelogen hast, muß ich meine Frage erneut stellen. Ich hoffe, du wirst dieses Mal ehrlich antworten.«

»Ja, Sir, aber ich habe nur mit dem Spaziergang gelogen.«

»Dazu kommen wir gleich. Hast du heute eine junge Frau mit rotblondem Haar, blauen Augen und einem gelben Kleid gesehen?«

»Nein, Sir.«

»Kennst du jemanden, auf den diese Beschreibung paßt?«

»Nicht daß ich wüßte, Sir.«

»Bist du früher schon einmal mit dem Gesetz in Konflikt geraten, Stokes?«

Dipper befeuchtete seine Lippen. »Nein, Sir.«

»Warum hast du vorhin erklärt, du hättest einen Spaziergang gemacht, nachdem du das Zimmer deines Herrn verlassen hattest?«

»Ich hab's nicht genommen, Sir!« platzte Dipper heraus.

»Was hast du nicht genommen?«

»Ich weiß nicht, Sir. Was eben geklaut worden ist. Ich hab's nicht genommen. Ich schwör's.«

»Unseres Wissens ist nichts gestohlen worden. Es wurde jemand ermordet.«

»O Gott!« Dipper sah Julian an. »Glauben die, daß ich das getan hab'?«

»Du hast mit deiner Behauptung, einen Spaziergang gemacht zu haben, obwohl du dich in Wahrheit in einem Zimmer voll möglicher Mordwaffen aufgehalten hast, die ganze Geschichte etwas kompliziert.«

»O Sir, ich wußte ja nicht ... Sie müssen mir glauben, so was würd' ich niemals tun.«

»Warum hast du behauptet, spazierengegangen zu sein, wenn du in Wirklichkeit im Waffenzimmer warst?« fragte Julian ruhig.

»Ich hatte Angst, Sir. Ich weiß doch, daß ich da drin nichts zu suchen hab', aber ich wollte die Waffen doch mal sehen. Sie haben mir gestern abend davon erzählt, Sir. Wissen Sie noch? Von den vielen verschiedenen Schießeisen und den Landkarten und Flaggen und den eisernen Harnischen oder wie das heißt, was die Ritter früher immer ihren Gäulen drangemacht haben. Ich wollt das mal mit eigenen Augen sehen, und als ich gesehen hab', daß vor dem Abendessen noch 'n bißchen Zeit war, hab' ich mich runtergeschlichen und reingelinst. Eine Pracht war das, Sir. So was hab' ich noch nie vorher gesehen. Ich hatte soviel zu gucken, daß ich das Abendessen ganz vergessen hab'. Bis ich die Uhr gehört hab'. Da bin ich wie der Blitz rüber ins Dienstbotenzimmer.«

»Hör mal, Junge«, mischte sich MacGregor ein. »So geht das

nicht. Wenn du nichts Böses im Sinn gehabt hast, warum hast du dann nicht gleich zugegeben, daß du in der Waffenkammer warst? Du kannst doch nicht geglaubt haben, daß du ernsthafte Schwierigkeiten bekommen würdest, nur weil du einmal einen Blick riskiert hast.«

»Das war's ja gar nicht, Sir. Ich hab's mit der Angst zu tun gekriegt, als ich gesehen hab', daß wir von einem Constable verhört werden. Da hab' ich mir gedacht, daß bestimmt was weggekommen ist, und wollte nicht reingezogen werden. Ich dachte, wenn ich sagen würde, daß ich im Waffenzimmer war, würden gleich alle auf mich losgehen und mir ein Loch in den Bauch fragen. Da hab' ich eben einfach gesagt, ich wär spazierengegangen. Das war das Sicherste.« Er sah Julian an. »Tut mir leid, Sir.«

Sir Robert sagte: »Ich muß dich warnen, Stokes. Das sieht nicht gut aus für dich. Du hast mich, den Richter, belogen und hättest offensichtlich an deiner Lüge festgehalten, wenn Molly nichts gesagt hätte. Woher soll ich wissen, ob du nicht noch mehr Lügen erzählt hast? Du gibst zu, als letzter vor Auffindung der Leiche in Mr. Kestrels Zimmer gewesen zu sein. Du gibst ferner zu, daß du etwa um die Zeit, als das Opfer erstochen wurde, in einem Zimmer warst, in dem es sehr viele Messer gibt.«

»Haben Sie die Leiche im Zimmer von meinem Herrn gefunden?«

»Ja.«

»Also, Sir, so was würd' ich niemals tun. Einen Kerl abmurksen und dann im Zimmer von meinem Herrn liegenlassen. Meinen Herrn so in Schwierigkeiten bringen! Nie im Leben, Sir.«

»Das Opfer war kein Mann«, sagte Sir Robert. »Es war die junge Dame, die ich dir vorhin beschrieben habe.«

»Wie? Sie meinen den kleinen Käfer mit den rotblonden Haaren und dem gelben Kleid? Wer is'n das?«

»Wir konnten sie bisher nicht identifizieren. Ich will dir noch eine zweite Chance geben, sie zu identifizieren, wenn du kannst.«

»Ich würd' Ihnen ja gern helfen, Sir, aber ich hab' keinen Schimmer, wer sie ist.«

»Gut. Senderby, sehen Sie bitte nach, ob er eine Waffe trägt oder etwas bei sich hat, was gestohlen sein könnte.«

Dipper stand sofort auf, und Julian wünschte, er würde nicht so sehr den Eindruck machen, derartige Untersuchungen gewöhnt zu sein. Senderby tastete Dipper ab und kehrte seine Jackentaschen nach außen. Lediglich eine Handvoll Münzen, ein Taschenmesser, ein Taschentuch, eine kleine Kleiderbürste, Nadel und Faden, ein Stecknadelheft und einige Bonbons kamen zum Vorschein.

»Welches Zimmer hat man dir zugewiesen?« fragte Sir Robert.

»Ich schlafe bei Michael und Peter, Sir.«

Sir Robert befahl Senderby, Dippers Zimmer zu durchsuchen. In der Zwischenzeit sollte Dipper in Rawlinsons Büro am anderen Ende des Flurs eingesperrt werden.

»Muß das wirklich sein?« fragte Julian.

»Er ist eines Verbrechens verdächtig«, antwortete Sir Robert. »Er muß hinter Schloß und Riegel, bis ich entscheide, ob für eine Festnahme ausreichende Gründe vorliegen. Rawlinson, seien Sie so gut, und zeigen Sie Senderby, wo Ihr Büro ist. Dann sagen Sie Travis, er soll im Waffensaal nachsehen, ob ein Messer fehlt oder Spuren dafür vorhanden sind, daß kürzlich eines benutzt wurde.«

Rawlinson und Senderby nahmen Dipper in die Mitte und gingen hinaus. Dipper streifte Julian mit einem reuigen Blick; Julian zwinkerte ihm zu. Da erschien ein Grinsen auf Dippers Gesicht, und er zwinkerte zurück.

»Nun, Mr. Kestrel«, sagte Sir Robert, »haben Sie etwas zur Verteidigung Ihres Dieners zu sagen?«

»Ich entschuldige seine Unaufrichtigkeit nicht. Er hätte Ihnen die Wahrheit sagen müssen. Aber diese Lüge ist kein ausreichender Beweis dafür, daß er einen Menschen getötet hat. Er hat ja nur gelogen, um nicht aufzufallen; weil schon der Gedanke, von einem Constable verhört zu werden, ihn in Panik gestürzt hat. In London betrachten viele Leute von Dippers Stand einen Constable als furchterregendes Ungeheuer. Ein Gemüsehändler oder Straßenfeger sieht das Gesetz nicht unbedingt als seinen Freund.«

»Und das ist gut so«, erklärte Sir Robert. »Denn das Gesetz ist niemands und jedermanns Freund. Vor dem Gesetz sind alle gleich.«

»Nun, wie auch immer. Leute wie Dipper wollen jedenfalls mit dem Gesetz am liebsten gar nichts zu tun haben.«

»Was wissen Sie über seine Vergangenheit? Ausdrücke benutzt er ja teilweise wie ein Gauner.«

»Das ist im East-End nichts Besonderes; im übrigen ist der Jargon ja auch bei den jungen Leuten der gehobenen Kreise recht beliebt. In dieser Hinsicht hat sich Dipper vielleicht über seinen Stand erhoben.«

»Was sagen Sie zu alldem, MacGregor?«

»Ich glaube, daß der Junge uns eine ganze Menge Unsinn aufgetischt hat. Aber eines nehme ich ihm ab: Seine Beteuerung, daß er niemals eine Leiche im Zimmer seines Herrn liegenlassen und ihn damit in Schwierigkeiten bringen würde, schien mir aus ehrlichem Herzen zu kommen.«

»Hat er je Anzeichen von nervöser Labilität oder eine Neigung zu Gewalt gezeigt?« wandte sich Sir Robert wieder an Julian.

»Verzeihen Sie, wenn ich lache, Sir, aber wir sprechen hier von Dipper. Er hat ein Herz aus Gold. Er kann keiner Fliege etwas zuleide tun. Er könnte vielleicht einen Mord begehen – jeder von uns wäre unter besonderen Umständen vielleicht dazu fähig –, aber dieses Verbrechen hat er niemals begangen. Eine junge Frau kaltblütig zu ermorden, sie dann in ein Bett zu legen und sich unbekümmert zum Abendessen zu setzen, als sei nichts geschehen – nein, Sir Robert, ich wette meinen Kopf darauf, daß er so etwas niemals tun würde.«

»Darf ich Ihnen eine offene Frage stellen?«

»Bitte, Doktor. Sie nehmen doch sonst kein Blatt vor den Mund.«

»Gut. Also, Ihr Diener scheint Ihnen gegenüber absolut loyal zu sein, und wenn Sie wirklich soviel für ihn getan haben, wie er sagt, hat er auch guten Grund dazu.«

»Ich tue herzlich wenig für ihn: Ich bezahle ihn schlecht, und dafür ist er mir Tag und Nacht zu Diensten.«

»Unsinn. Ich höre doch die Zwischentöne. Er hat in London offensichtlich von der Hand in den Mund gelebt, und Sie haben ihn als Diener engagiert, obwohl er ein Mundwerk wie ein Gassenjunge hat und sicher nicht die blasseste Ahnung, wie man Hemdrüschen plättet oder was Sie eben sonst von einem Diener erwarten. Aha, ich glaube, ich habe ins Schwarze getroffen, sonst würden Sie nicht so angelegentlich zum Fenster hinausschauen, anstatt mich anzusehen. Er ist Ihnen ergeben, und er hat allen Grund dazu. Meine Frage ist, wie weit würde er gehen, um Ihnen einen Dienst zu erweisen? Würde er auch einen Menschen aus dem Weg räumen, wenn er glaubte, Ihnen damit helfen zu können?«

»Das weiß ich nicht. Ich weiß nur, daß er ein unglaublich tüchtiger und begabter Junge ist, und wenn er es sich wirklich in den Kopf setzen sollte, einen Mord für mich zu begehen, möchte ich gern glauben, daß er es geschickter anfangen würde. Daß er eine Frau von hinten erstechen würde, kann ich mir einfach nicht vorstellen. Und außerdem – wie könnte er mir damit einen Gefallen tun, daß er eine Frau tötet, die ich nie im Leben gesehen habe?«

»Wir müssen sie identifizieren«, sagte Sir Robert. »Daran

hängt die ganze Untersuchung. Nur wenn wir wissen, wer sie ist, werden wir auch wissen, wer Grund gehabt haben könnte, sie zu töten.«

Julian holte einmal kurz Atem und wagte es. »Setzen Sie die Vernehmung jetzt fort, Sir Robert?« fragte er.

»Ich dachte, ich wäre damit fertig, Mr. Kestrel.«

»Aber Sie haben noch nicht geklärt, wo Ihre Familie und Mr. Craddock zum Zeitpunkt des Verbrechens waren.«

»Soll ich etwa meine Familie und meine Gäste behandeln, als stünden sie unter Verdacht?«

»Ich bin auch Ihr Gast, Sir Robert, und stehe vom ersten Moment an, seit der Entdeckung der Toten, unter Verdacht. Angenehm ist das nicht, glauben Sie mir. Darum verstehe ich Ihr Zögern, das gleiche Ihrer Familie zuzumuten. Wie aber kann ein Mordfall umfassend und fair untersucht werden, wenn nicht jeder, auch wenn er noch so unverdächtig erscheint, über sein Tun zur Tatzeit befragt wird?«

»Sie können doch nicht meinen, daß selbst meine Frau – und meine Schwester – zu diesem Verbrechen befragt werden sollen?«

»Vor dem Gesetz sind alle gleich«, antwortete Julian ruhig.

Sir Robert holte tief Luft. »Also gut, Mr. Kestrel. – Wenn Sie mich begleiten wollen, meine Herren, so werden wir jetzt meine Familie und Mr. Craddock befragen, was Sie zwischen halb fünf und zwanzig vor sechs getan haben.«

Eine heikle Aufgabe für einen Richter

Ehe Sir Robert sich in den Salon begab, um seine Familie zu vernehmen, klärte er die Dienstboten endlich über den Mord auf. Die waren inzwischen so erschöpft von ihren Spekulationen, daß die Nachricht beinahe eine Erleichterung war. Als sie hörten, daß Mr. Kestrels Diener sich in Untersuchungshaft befinde, versicherten sie einander, sie hätten ja gleich gewußt, daß Dipper ein übler Bursche sei.

»Stell dir nur mal vor«, sagte Dorcas zu Molly Dale. »Er hat den ganzen Abend neben dir gesessen, und du hast nicht gewußt, daß er Blut an den Händen hatte.«

Aber Molly weinte zum Erbarmen und antwortete nicht.

Travis kehrte aus dem Waffenzimmer zurück und meldete Sir Robert, daß dort alles in Ordnung sei. Julian war erleichtert; jeder Hinweis darauf, daß die Mordwaffe aus diesem Raum stammen könnte, hätte Dipper noch tiefer in Verlegenheit gebracht. Leider wirkte sich dieser Mangel an Beweisen dennoch nicht zu Dippers Gunsten aus. Julian erkannte, daß es weit schwieriger ist, die Unschuld zu beweisen als die Schuld.

Sir Robert beauftragte Travis, die Tote in ein kleines Arbeitszimmer im Erdgeschoß bringen zu lassen. Dort sollten die Dienstboten sie sich später ansehen. Travis und Mrs. Cox sollten dabei die Aufsicht führen und Sir Robert Bescheid geben, wenn jemand die junge Frau erkannte. Julians Zimmer sollte bis zum nächsten Morgen abgesperrt bleiben. Erst dann würde man bei Tageslicht eine gründliche Durchsuchung durchführen.

Julian mußte natürlich in ein anderes Zimmer umziehen. Er fragte Sir Robert, ob er das leere Gästezimmer haben könnte, das an sein altes Zimmer anschloß. Sir Robert war einverstanden.

»Was, zum Teufel, haben Sie denn jetzt wieder vor?« fragte ihn MacGregor.

»Ich wollte, ich wäre soweit, daß ich etwas ›vorhaben‹ könnte. Ich habe in bezug auf diesen Teil des Hauses nur einfach ein Gefühl. Ich glaube, wenn wir das ›Wo‹ dieses Verbrechens verstünden, würden wir vielleicht auch das ›Wer‹ und das ›Warum‹ verstehen.«

»Ist das dein Ernst? Du willst von uns eine Aussage darüber, was wir zur Zeit des Mordes getan haben? Und dieser Mensch soll das alles aufschreiben?«

Catherine Tarleton deutete mit spitzem Finger auf Rawlinson. Der zog den Kopf ein und tat so, als sei er ganz mit seinen Aufzeichnungen beschäftigt.

»Ich brauche die Aussagen aller, die zur Zeit des Mordes im Haus oder in seiner Nähe waren«, erklärte Sir Robert. »In eurem Fall betrachte ich die Vernehmung natürlich als eine reine Formalität. Aber wenn ich aus Rücksicht auf Namen oder Stand auf eine Aussage von euch verzichten würde, könnte das den Anschein erwecken, es steckten andere, unehrenhafte Motive dahinter. Ihr würdet doch gewiß nicht wollen, daß man mir nachsagt, ich hätte mich gefürchtet, meinen Familienangehörigen die gleichen Fragen zu stellen wie meiner Dienerschaft?«

»Aber es besteht doch überhaupt kein Anlaß, uns derart zu demütigen«, wandte Catherine Tarleton ein, »wenn auf der Hand liegt, wer die junge Frau getötet hat. Diese Kreatur, die Mr. Kestrel uns ins Haus geschleppt hat, muß es getan haben. Weshalb wäre der Bursche sonst in den Waffensaal gegangen? Weshalb hätte er es sonst später geleugnet?«

»Ich gebe zu, es liegt einiges gegen Mr. Kestrels Diener vor. Aber solange wir nicht handfestere Beweise haben, muß die Untersuchung weitergeführt werden. So unangenehm es mir ist, ich muß jeden von euch bitten, mir zu sagen, was er in der Zeit von halb fünf bis zwanzig vor sechs getan und wo er sich aufgehalten hat. Ich will es ganz unverblümt sagen: Wenn ihr nicht bereit sein solltet, meine Fragen zu beantworten, wird mir nichts anderes übrigbleiben, als die Leitung dieser Ermittlungen einem anderen Richter zu übergeben, an dessen Unvoreingenommenheit nicht gezweifelt werden kann.«

Das wollte keiner der Fontclairs; das verriet Julian das bedrückte Schweigen, das Sir Roberts Worten folgte. Hatten sie Angst, ein Außenseiter könnte durch Zufall auf das Geheimnis stoßen, das Craddock als Druckmittel gegen sie benutzte? Oder hatten sie vielleicht einen noch finstereren Grund, vor einer umfassenden und unvoreingenommenen Untersuchung des Mordes zurückzuschrecken?

Hugh stand auf. »Wenn du gestattest, Vater, würde ich gern als erster meine Aussage machen.«

Seine Mutter schenkte ihm ein warmes Lächeln. Sir Roberts Lächeln war zurückhaltender, aber seine Augen leuchteten vor Stolz. »Bitte, fang an.«

»Nun, viel zu berichten gibt es eigentlich nicht. Mr. Kestrel und ich sind ausgeritten. Das muß so... hm, gegen halb vier gewesen sein. Ich habe ihm den Park und die Musterhöfe gezeigt. Wir sind ungefähr um zehn oder fünf vor sechs zurückgekommen. Soll ich weiter berichten?«

»Beziehen wir doch gleich die Zeitspanne bis sechs Uhr mit ein, als Mr. Kestrel die Tote fand. Aber sag mir zuerst: Warst du auf dem Ausritt die ganze Zeit mit Mr. Kestrel zusammen?«

»Ja. O ja.«

»Habt ihr in der Nähe von Bellegarde Fremde gesehen oder sonst etwas Ungewöhnliches?«

»Nein, Vater.«

»Und was geschah, als ihr zurückkamt?«

»Michael ließ uns ein, und wir gingen in die Empfangshalle. Dann tauschten wir noch ein paar höfliche Worte, daß uns der

Ausritt gefallen habe – so in der Art –, und Mr. Kestrel ging nach oben. Ich bin in der Halle geblieben, und nach einer kleinen Weile kam Miss Craddock herunter und fragte …« Ach, verteufelt, dachte er. Ich mag nicht sagen, daß sie nach Kestrel gefragt hat. Das wird höchst merkwürdig klingen und sie womöglich in Verlegenheit bringen, zumal der Mord in Kestrels Zimmer begangen worden ist. »Sie hat gefragt, ob der Ausritt schön gewesen sei«, endete er lahm.

Maud sah ihn verdutzt an. Weshalb hatte er verschwiegen, daß sie Mr. Kestrel gesucht hatte? Fand er es ungehörig von ihr, daß sie sich so um Mr. Kestrel bemühte? Wenn ja, dann war das wirklich unfair von ihm. Was hatte sie denn sonst für einen Freund auf Bellegarde? Er jedenfalls hatte sie nie ins Vertrauen gezogen oder sie gebeten, ihm das ihre zu schenken.

Sie merkte plötzlich, daß Sir Robert das Wort an sie gerichtet hatte. »Miss Craddock, wären Sie so nett, hier fortzufahren?«

Sie stand unsicher auf. Sie spürte den harten, intensiven Blick ihres Vaters auf sich und hatte das Gefühl, in einem heißen, gleißenden Licht zu stehen. So leise, daß Sir Robert sie mehrmals bitten mußte, lauter zu sprechen, schilderte sie den Ausflug mit Miss Pritchard und den Mädchen. »Wir kamen gegen Viertel vor sechs nach Hause. Und ich … ich bin in mein Zimmer gegangen, um mich zum Abendessen umzukleiden.«

»Und wie kam es, daß Sie zehn oder fünfzehn Minuten später wieder hinuntergingen – als mein Sohn dann mit Ihnen sprach?«

»Ich … ich dachte, ich hätte meinen Sonnenschirm in der Halle stehengelassen. Aber da war er nicht. Es war ein Irrtum. Er war die ganze Zeit in meinem Zimmer gewesen.«

So, dachte Maud, nun habe ich gelogen, um Papa gefällig zu sein, und habe gelogen, um Hugh nicht zu widersprechen. Und warum ich so etwas für diese beiden tue, verstehe ich selbst nicht.

Und Hugh dachte, sieh an, wie rasch sie die Chance genutzt hat, zu verschweigen, daß sie Kestrel gesucht hatte. Wenn an ihren Gefühlen für ihn nichts Heimliches wäre, würde sie dann nicht ganz offen sagen, daß sie mich nach ihm gefragt hatte?

Und Julian dachte, zum Teufel, das ist ja zum Verrücktwerden. Jedes von diesen beiden infernalischen Unschuldslämmern verschweigt etwas, und es ist unmöglich zu sagen, ob es etwas mit dem Mord zu tun hat oder ob es sich um irgendwelche romantischen Wirrnisse handelt, die nur sie betreffen.

»Soll ich als nächste meine Aussage machen?« fragte Cecily Fontclair. Sie sah ihren Mann mit einem zuversichtlichen Lächeln an. »Ich war in der ganzen Zeit, von der wir sprechen, im Wintergarten. Ich habe nach den Pflanzen gesehen, dann habe ich genäht und mir von dir vorlesen lassen. Ich habe keinen fremden Menschen oder sonst irgend etwas Ungewöhnliches bemerkt.«

»Aber einmal«, sagte Sir Robert, »bin ich hinausgegangen.«

Zum erstenmal glitt ihr Blick von ihm weg. »Ja. Ja, das ist wahr. Ich glaube, du hast in der Bibliothek ein Buch geholt – einen Gedichtband von Pope. Ein paar Minuten später kam Isabelle von der Terrasse herein. Das war um zwanzig nach fünf – ich erinnere mich daran, weil sie fragte, wie spät es sei. Du bist fünf oder zehn Minuten später wiedergekommen. Du kannst nicht länger als eine Viertelstunde weggewesen sein.«

»Danke dir, meine Liebe. Isabelle, würdest du fortfahren?«

Isabelle stand anmutig auf. »Ich war heute nachmittag in der Rosenlaube, das ist mein Lieblingsplätzchen. Ich weiß nicht mehr genau, wann ich losgegangen bin, aber es war näher an drei als an vier. Ich hatte meinen Block und meinen Federkasten mitgenommen, um eine Stickerei für Miss Craddocks Brautschuhe zu entwerfen. Das soll mein Hochzeitsgeschenk für sie werden. Als ich fertig war, dachte ich mir, es müßte bald Zeit sein, sich zum Abendessen umzukleiden, darum bin ich über die

Terrasse ins Haus gegangen. Im Wintergarten war Tante Cecily. Ich habe sie nach der Zeit gefragt, und sie sagte, es sei zwanzig nach fünf. Ich dankte ihr und ging nach oben.

Als ich oben war, beschloß ich, auf einen Sprung zu Miss Craddock zu gehen und ihr meinen Entwurf zu zeigen. Ich klopfte bei ihr, aber sie war nicht da. Daraufhin bin ich in mein Zimmer gegangen und habe eine Zeitlang an einigen anderen Zeichnungen gearbeitet. Dann läutete ich dem Mädchen und kleidete mich zum Abendessen um.«

Julian sagte: »Miss Fontclair, wenn Sie vom ersten Stockwerk des neuen Flügels zu Miss Craddocks Zimmer im Haupthaus hinübergegangen sind, müssen Sie durch den Korridor gegangen sein, an dem mein Zimmer liegt.«

»Ja, ich bin ein Stück durch diesen Korridor gegangen. Dann bin ich links abgebogen, zu Miss Craddocks Zimmer.«

Im Geist folgte Julian ihrem Weg. Sein Zimmer lag am Ende eines Korridors. Sie mußte von der anderen Seite diesen Korridor heruntergekommen sein. Von der Stelle, an der sie links abgebogen war, war sein Zimmer nur wenige Türen entfernt. Konnte man hoffen, daß sie etwas gesehen oder gehört hatte, ehe sie abgebogen war? Natürlich konnte der Mörder, als sie um zwanzig nach fünf dort oben vorbeigekommen war, die junge Frau längst getötet und das Weite gesucht haben. Aber dennoch ...

Sir Robert hatte offensichtlich den gleichen Gedanken. »Es kann sein, daß du gerade zur Zeit des Mordes nahe an Mr. Kestrels Zimmer vorbeigekommen bist. Ich möchte dir mit dieser Vorstellung nicht das Herz schwermachen, aber du mußt wissen, daß es sehr bedeutsam sein kann, wenn du in diesem Teil des Hauses um diese Zeit etwas Ungewöhnliches bemerkt hast.«

Isabelle nahm sich Zeit zum Nachdenken. »Ich habe leider nichts Besonderes bemerkt. Ich war ja auch nur sehr kurze Zeit dort, und ich dachte nur daran, mit Miss Craddock zu sprechen. Als ich sie nicht antraf, bin ich direkt in mein Zimmer weitergegangen. Ich habe nicht haltgemacht, um mich umzusehen, da alles wie sonst zu sein schien.«

»Und du hast auch nichts Ungewöhnliches gehört?«

»Nein, Onkel Robert.«

»Wenn dir später noch etwas einfallen sollte – irgendein Detail, gleich, wie geringfügig, das anders war als sonst –, wirst du es mir dann sagen?«

»Aber ja.«

»Geoffrey?« Sir Robert wandte sich seinem Bruder zu.

»Ich habe leider herzlich wenig beizusteuern. Ich bin bis nach sechs geritten, danach habe ich mich zum Abendessen umgezogen. Das ist so ziemlich alles.«

Sir Robert sah ihn erwartungsvoll an.

»Was ist?« fragte der Colonel nervös. »Was möchtest du denn noch wissen?«

»Die Dienstboten sagten, du wärst erst nach fünf ausgeritten. Ich muß dich deshalb fragen, wo du dich zwischen halb fünf und fünf aufgehalten hast.«

»Um Himmels willen, Robert! Ist es so weit gekommen, daß du hinter meinem Rücken die Dienstboten über mich ausfragst?«

»Ich habe die Dienstboten über jedermanns Kommen und Gehen heute nachmittag ausgefragt. Wärst du also bitte so freundlich und würdest deine Aussage vervollständigen?«

»Ich war in meinem Zimmer. Zufrieden? Erst habe ich gar nichts getan, dann habe ich meine Reitstiefel angezogen. Und danach bin ich ausgeritten.«

»Hat dein Diener dir mit den Stiefeln geholfen?«

»Mein Gott, brauchst du einen Zeugen? Er war beim Essen. Ich wollte ihn nicht stören. Ein Paar Stiefel kann ich mir gerade noch selbst anziehen.« Er warf sich in seinem Sessel zurück. »Ich kann mich leider nicht erinnern, mit welchem Bein ich angefangen habe.«

Sir Robert sagte nichts. Julian merkte, daß er um seine Beherrschung rang. Schließlich stieß er hervor: »Einige der Dienstboten meinten, du hättest den Anschein gemacht, als wärst du über irgend etwas verstört gewesen, als du weggingst.«

»Ich war jedenfalls nicht darüber verstört, eine Tote in Kestrels Zimmer hinterlassen zu haben.«

»Das habe ich auch nicht vermutet. Ich bemühe mich nur, diese Untersuchung mit aller Gründlichkeit zu führen.«

»Ich habe nichts weiter zu sagen.«

»Nun gut. Catherine, darf ich dich bitten fortzufahren?«

»Aber bitte! Wenn alle diese sinnlose Demütigung über sich ergehen lassen müssen, will ich selbstverständlich nicht zurückstehen. Zum Glück kann ich mich sehr kurz fassen. Ich habe meine Räume, mein Schlafzimmer und mein Boudoir, den ganzen Nachmittag nicht verlassen. Irgendwann kam mein Mädchen, um mir beim Ankleiden zum Abendessen zu helfen. Sonst war ich allein.«

»Darf ich fragen, was du die ganze Zeit getan hast?«

»Ich finde es beleidigend, daß du das fragst, aber ich muß natürlich antworten. Ich habe genäht – an meiner Stickerei gearbeitet. Möchtest du sonst noch etwas wissen?«

»Danke, das genügt. Guy?«

»Zwischen halb vier und halb sechs habe ich geschlafen. Als ich aufwachte, habe ich meinem Diener geläutet und mich zum Abendessen angekleidet. Zwischen sechs und halb sieben bin ich nach unten gegangen.«

»Du hast in deinem Zimmer geschlafen?«

»Ja, Onkel. Ich war heute nachmittag völlig erledigt. Ich bin gestern nacht erst spät zu Bett gegangen und heute morgen früh aufgestanden, weil wir auf den Pferdemarkt wollten. Da ich am Nachmittag nichts anderes vorhatte, habe ich mich zwei Stunden aufs Ohr gelegt. Der Col … mein Vater wird sich daran erinnern. Ich habe mit ihm gesprochen, kurz bevor ich in mein Zimmer hinaufging.«

Der Colonel nickte. »Ich fragte Guy, ob er Lust hätte, mit mir Pikett zu spielen. Aber er sagte, er sei müde und sei auf dem Weg nach oben, um sich hinzulegen.«

»Wann war das?« fragte Sir Robert.

»Daran erinnere ich mich nicht genau«, antwortete der Colonel.

»Es war kurz bevor ich auf mein Zimmer ging«, warf Guy ein. »Um halb vier.«

»Und wo hat dieses Gespräch stattgefunden?«

»Ich traf Guy in der Bibliothek an«, antwortete der Colonel. »Er ist dann gegangen, und ich bin geblieben.«

»Habt ihr euch vor dem Abendessen noch gesehen?«

»Das ist wohl nicht gut möglich«, entgegnete der Colonel.

»Ich habe dir doch gesagt, Onkel, ich habe geschlafen«, sagte Guy.

»Mr. Craddock, Sie sind der einzige, der noch keine Aussage gemacht hat. Wenn Sie so gütig wären ...«

»Ich bin heute nachmittag ausgeritten, um mein Pferd etwas zu bewegen. Als ich zurückkam, war es noch relativ früh – ich würde sagen, es war zwischen halb fünf und Viertel vor fünf. Ich übergab mein Pferd dem Burschen und machte einen Spaziergang. Um zwanzig nach fünf war ich wieder hier. Das weiß ich, weil ich auf die Uhr gesehen habe. Ich bin in mein Zimmer hinaufgegangen und habe mich umgezogen. Das ist alles.«

»Waren Sie auf Ihrem Spaziergang allein?«

»Ja.«

»Und wo waren Sie spazieren?«

»In der ›Jagd‹. Es gibt dort eine kleine Lichtung, die ich gern wiedersehen wollte.«

Catherine Tarleton wirbelte herum und sah ihn mit sprühenden Blicken an. Er mied ihren Blick. Sir Robert, der mit dem Rücken zu ihr stand, bemerkte ihre Reaktion nicht. »Haben Sie in der ›Jagd‹ jemanden gesehen?« fragte er Craddock.

»Nein.«

»Michael hat uns gesagt, daß er Sie etwa um zwanzig nach fünf vorn ins Haus gelassen hat.«

»Das ist richtig.«

»Sind Sie auf dem Weg in Ihr Zimmer jemandem begegnet, oder haben Sie irgend etwas Ungewöhnliches bemerkt?«

»Nein. Und ich glaube nicht, daß *mich* jemand gesehen hat. Mein Diener kam nach oben, um mir beim Ankleiden zum Abendessen behilflich zu sein, aber das war erst nach sechs Uhr. Das, was die Advokaten ein Alibi nennen, kann ich also nicht vorweisen. Aber das kann ja keiner von uns, nicht wahr?«

Lady Tarleton gestellt

»Wenn Sie schon von Alibis sprechen müssen«, sagte Sir Robert kalt, »dann gestatten Sie mir darauf hinzuweisen, daß meine Frau während der fraglichen Zeit in meiner Gesellschaft war. Abgesehen von der kurzen Zeitspanne, als ich in der Bibliothek war. Und mein Sohn, Mr. Kestrel und Miss Craddock sind von jedem Verdacht frei, wenn es stimmt, was Dr. MacGregor sagt, daß nämlich die junge Frau nicht nach zwanzig Minuten vor sechs getötet wurde. Wir wissen aus ihren Aussagen, die Michael bestätigt hat, daß keiner von ihnen vor dieser Zeit hierher zurückkam.«

»Wenn ich Dr. MacGregor richtig verstehe«, warf Catherine Tarleton ein, »dann glaubt er doch einzig deshalb, das Mädchen müsse spätestens um zwanzig vor sechs tot gewesen sein, weil Mr. Kestrel erklärt, sie sei kalt gewesen, als er sie fand. Und dafür haben wir lediglich Mr. Kestrels Wort.«

»Ich habe die junge Frau ebenfalls berührt und festgestellt, daß sie kalt war. Das war nur wenige Minuten, nachdem Mr. Kestrel sie gefunden hatte«, bemerkte Sir Robert.

»Und ich habe neben der Körperkälte andere Faktoren berücksichtigt, als ich meine Meinung über die Todeszeit abgegeben habe«, sagte MacGregor. »Aufgrund des Stadiums der Leichenstarre und des Blutverlusts würde ich sagen, daß sie aller Wahrscheinlichkeit nach zwischen halb fünf und halb sechs getötet wurde.«

Catherine Tarleton warf den Kopf zurück. »Da wir gerade dieses Frage-und-Antwort-Spiel machen, würde ich Mr. Kestrel gern fragen, ob er nicht vielleicht die Gelegenheit günstig fand, sich einer ... Kreatur zu entledigen, die ihm lästig geworden war, indem er sie – mit dem Ziel, den Verdacht auf uns zu lenken – in unserem Haus von seinem Diener töten ließ.«

»Ich darf doch sehr hoffen, daß Sie mir dergleichen ebensowenig zutrauen würden, Lady Tarleton, wie ich es einem von Ihnen zutrauen würde, daß er die junge Frau in meinem Zimmer getötet hat, um den Verdacht auf *mich* zu lenken.«

»Keiner von Ihnen steht unter Verdacht«, mischte sich Sir Robert ein. »Ich kann Sie nur bitten, eine schwierige Situation durch gegenseitige Beschuldigungen nicht noch schwieriger zu machen.«

»Robert, du bist schon richtig heiser«, sagte Cecily. »Und du hast noch nichts gegessen. Dabei ist es fast Mitternacht. Warum nehmt ihr, du, Dr. MacGregor und Mr. Kestrel, jetzt nicht euer Abendessen ein? Wir haben alle unsere Aussagen gemacht. Heute abend kann man nun wirklich nichts mehr tun.«

»Da irrst du dich leider. Es gibt noch einiges zu tun.« Er sah sie mit einem flüchtigen, gequälten Lächeln an. »Ich muß euch beispielsweise alle bitten, euch diesen Gegenstand hier anzusehen und mir zu sagen, ob er euch bekannt ist.«

Er griff in seine Westentasche und holte die silberne Muschel heraus. Sie glänzte im Kerzenlicht.

»Was ist das?« fragte Hugh, das Schmuckstück betrachtend, das sein Vater auf der flachen Hand hielt.

»Ein Schmuckstück, das die junge Dame um den Hals trug.«

»Wie ekelhaft!« Catherine wich zurück. »Du erwartest doch nicht von uns, daß wir das Ding anrühren.«

»Ich bitte euch lediglich, es genau anzusehen und mir zu sagen, ob ihr es kennt.«

Cecily streckte ihm die Hand hin. »Darf ich?« fragte sie.

Er gab ihr die Muschel, die immer noch an dem blauen Band hing. Sie betrachtete sie sehr eingehend, dann schüttelte sie den Kopf und reichte sie an Hugh weiter. Bekümmert sah er sich das Schmuckstück erst von der einen, dann von der anderen Seite an und gab es dann Isabelle mit einem bedauernden Blick, als hätte er ihr dies gern erspart. Doch Isabelle nahm das Schmuckstück mit ruhiger Hand und inspizierte es so sachlich, als hätte jemand sie um ihre Meinung über seinen ästhetischen Wert gebeten.

Und so wanderte das kleine Schmuckstück nun im Kreis. Als nächster Gutachter war der Colonel an der Reihe. Als Isabelle ihm die Muschel brachte, wich er in seinem Sessel ein wenig zurück, den Blick starr auf das silbern glänzende Ding in ihrer Hand gerichtet. Dann hob er langsam einen Arm und nahm die Muschel, sah sie sich an, reichte sie dann seinem Sohn. Guy warf nur einen kurzen Blick darauf und drückte sie Maud in die Hand, die neben ihm saß. Sie betrachtete das Schmuckstück einen Moment verwundert und reichte es dann ihrem Vater.

Craddock musterte es mit seinem scharfen, harten Blick und brachte es Catherine Tarleton. Es hatte etwas Bedrohliches, wie er vor sie hintrat, und ihre stolze, hochgewachsene Gestalt wirkte plötzlich erstaunlich zart und verletzlich. »Soll ich es für Sie halten, oder wollen Sie es selbst in die Hand nehmen?«

Mit herrischer Gebärde streckte sie die Hand aus. Er gab ihr die Muschel. Sie drehte sie kurz von einer Seite auf die andere. »Sie sagt mir gar nichts. Hier, Robert. Nimm sie wieder.«

Sir Robert starrte auf ihre ausgestreckte Hand. Cecily und Julian, die neben ihm standen, starrten ebenfalls.

Auf ihrem weißen Handschuh, auf der dem Daumen zugewandten Seite ihres Zeigefingers, breitete sich ein roter Fleck aus. Als sie es selbst bemerkte, schleuderte sie die silberne Muschel auf den Tisch und riß ihre Hand zurück.

»Catherine, du hast dich verletzt!« rief Cecily.

»Ach, eine Bagatelle. Ich dachte, es hätte längst zu bluten aufgehört. Ich habe es mit einem Stück Leinen eingebunden, und das schien sehr gut zu gehen.«

MacGregor trat näher. »Lassen Sie mich die Verletzung sehen.«

Sie umschloß ihre rechte Hand mit der linken und drückte beide Hände auf die Brust. »Ich sage Ihnen doch, es ist nichts.«

»Lassen Sie mich das beurteilen. Bitte, Madam, geben Sie mir Ihre Hand.«

Sie gab einen Laut von sich, der wie ein Zwischending zwischen einem Seufzen und einem verächtlichen Prusten klang, und streckte dem Doktor ihre rechte Hand hin. Er entfernte die schmalen Leinenstreifen, mit denen sie die Verletzung verbunden hatte.

»Nichts Ernstes, aber eine häßliche Schnittwunde. Wie ist das passiert?«

»Ich habe mich an meiner Handarbeitsschere geschnitten. Als ich heute nachmittag in meinem Zimmer gearbeitet habe. Ich verstehe gar nicht, wieso es jetzt auf einmal wieder zu bluten anfängt.«

»Es hat wieder zu bluten angefangen, weil es nicht richtig verbunden war. Sie hätten zu Lady Fontclair gehen sollen. Sie kennt sich in diesen Dingen aus.«

Er tupfte das Blut mit seinem Taschentuch ab. Julian sah, daß die Verletzung vom Ansatz ihres Zeigefingers bis zum mittleren Gelenk reichte. Er versuchte, sich zu erinnern, ob sie Rechtshänderin war. Ja: Er sah sie vor sich, wie sie am vergangenen Abend Sir Roland Fontclairs Schwert gehalten hatte. Sie hatte die rechte Hand dazu benutzt, das war sicher.

Er sagte: »Ich verstehe nicht ganz, wie Sie sich in den Finger geschnitten haben, Lady Tarleton.«

»Und *ich* verstehe nicht, was Sie das angeht.«

»Verzeihen Sie. Ich habe mir nur vorzustellen versucht, wie eine Rechtshänderin sich mit einer Schere in den unteren Teil des Zeigefingers ihrer rechten Hand schneiden kann. Wenn Sie mit der Schere gearbeitet haben, dann hätte dieser Finger doch in einem der Löcher gesteckt und wäre gar nicht in die Nähe der Klingen gekommen.«

»Das ist doch eine Unverschämtheit sondergleichen. Wie können Sie sich unterstehen, mich auf diese Art und Weise ins Verhör zu nehmen? Gleich werden Sie erklären, ich hätte mich geschnitten, als ich dieses elende Mädchen getötet habe! Sie schrecken wohl vor nichts zurück, um die Schuld Ihres Dieners zu vertuschen. Und ihr!« Sie richtete ihren zornigen Blick auf die Männer der Familie. »Ihr steht dabei und hört euch tatenlos an, wie dieser Niemand – dieser Parvenü mit seinem gelackten Getue – vor aller Öffentlichkeit meine Ehre angreift und mein Wort in Zweifel zieht. Wenn auch nur einer von euch unseres Namens würdig wäre, würdet ihr in meinem Namen Satisfaktion verlangen. *Er* hätte das ganz gewiß getan.« Sie warf einen sehnsüchtigen Blick auf das Porträt Sir Roland Fontclairs.

Ihren Worten folgte schockiertes Schweigen. Die Männer der Familie Fontclair sahen einander an, sichtlich gespannt und unsicher. Julian fragte sich, ob Dipper daran gedacht hatte, seine Duellpistolen einzupacken.

»Moment mal«, sagte MacGregor, »hier gibt niemand irgend jemand diese Art der Satisfaktion. Es ist nicht meine Absicht, Sir Robert in dieser Angelegenheit die Zügel aus der Hand zu nehmen, aber das Duell ist ein barbarischer, heidnischer Brauch und

– ich bin überzeugt, da stimmt Sir Robert als Richter mit mir überein – kein Mittel, um einen Streit zwischen zivilisierten Engländern auszutragen. Tatsache ist, daß es an Kestrels Frage, wie Sie sich die Hand verletzt haben, überhaupt nichts auszusetzen gibt, Lady Tarleton. Wir sind hier mitten in der Untersuchung eines Mordfalls. Wenn Mißverständnisse darüber bestehen, wer was heute nachmittag getan hat, müssen sie aufgeklärt werden. Im übrigen muß auch ich wissen, wie Sie sich die Verletzung zugezogen haben, wenn ich sie angemessen behandeln soll. Erklären Sie es uns also und bringen Sie es hinter sich.«

Sir Robert stieß einen tiefen Seufzer aus. Hugh und Guy ließen sich in ihren Sesseln zurückfallen. Julian machte eine Geste, als zöge er den Hut vor MacGregor. MacGregor bemühte sich halbherzig, ihn zornig anzufunkeln.

»Wenn alle gegen mich sind«, sagte Catherine, »wenn ich ins Kreuzverhör genommen werden soll wie eine gemeine Diebin, dann muß ich mich natürlich fügen. Ich habe nichts zu verbergen. Ich fürchte allerdings, das, was ich zu berichten habe, wird kaum der Mühe wert sein, die ihr euch gegeben habt, um es herauszubekommen. Ich habe die Schere bei der Arbeit fallen lassen. Dabei ist sie auseinandergebrochen. Ich habe sie zu hastig aufgehoben und mich dabei in den Finger geschnitten. So einfach ist das.«

Es ist alles andere als einfach, dachte Julian. Wie konntest du eine auseinandergebrochene Schere in einer Weise vom Boden aufheben, auch wenn du noch so achtlos warst, daß du dir dabei einen solchen Schnitt geholt hast, der vom Knöchel bis zum mittleren Gelenk reicht? O nein, Lady Tarleton, so geht das nicht!

Die Dienstboten hatten sich die Tote angesehen. Sir Robert fand sie in fieberhafter Erregung vor – schauderndes Entsetzen, in das sich Faszination und ein Gefühl eigener Wichtigkeit mischten.

Die meisten waren voller Mitleid mit der jungen Frau; nur einige meinten, sie habe ihr Schicksal wahrscheinlich verdient. Aber keiner hatte auch nur die leiseste Ahnung, wer sie war.

Sir Robert blieb nichts anderes übrig, als in den Salon zurückzukehren und seine Familie und die Gäste zu bitten, sich die junge Frau ebenfalls anzusehen. Zu ihnen gesellte sich eine zitternde Miss Pritchard, die zuvor Joanna und Philippa zu Bett gebracht und die Tür ihres Zimmers abgeschlossen hatte. Es war ausgemacht, daß Sir Robert und seine Frau ihnen die Nachricht von dem Mord so schonend wie möglich beibringen würden, um sicherzustellen, daß sie es nicht durch den Klatsch der Dienstboten erfuhren.

Inzwischen nahm Julian MacGregor beiseite. »Ich möchte Ihnen danken, daß Sie da eben eingegriffen haben. Das hätte sich zu einem sehr häßlichen Streit zwischen mir und den Fontclairs auswachsen können. Ein Ehrenhandel wäre gerade jetzt verflixt ungelegen gekommen.«

»Dazu wäre es nicht gekommen. Sir Robert ist ein vernünftiger Mann. Er hätte das, was ihr jungen Dachse verdrehterweise einen Ehrenhandel nennt, niemals zugelassen. Ich habe ihm durch mein Eingreifen nur die Möglichkeit gegeben, nachzudenken und auf sein Gewissen zu hören, statt auf seinen Familienstolz. Das ist die Fontclairsche Erbsünde – sie sind alle nicht ganz frei davon. Aber die Schlimmste ist Lady Tarleton – sie bildet sich ein, mit jedermann umspringen zu können, wie sie will, nur weil sie eine Fontclair ist. Der Colonel ist zu indolent und sein Sohn, dieser Taugenichts, zu egoistisch, um viel an den guten Namen der Familie zu denken. Aber lassen Sie sich nicht täuschen: Wenn er wirklich bedroht wäre, würden sie ihn sehr schnell verteidigen, und sie wären wahrscheinlich weit gefährlicher als Lady Tarleton; die hat nämlich immerhin noch gewisse Skrupel, während diese beiden keine haben. Sir Robert ist von anderem Schlag – er bemüht sich redlich, recht zu handeln und seine Ehre nicht über die Gesetze Englands oder Gottes zu stellen. Aber es ist ein harter Kampf für ihn – er ist ja das Familienoberhaupt und der Stolzeste von allen. Sie haben keine Ahnung, was es ihn kostet, ruhig zuzuhören, wenn Sie sagen, jemand aus seiner Familie könnte mit diesem Mord etwas zu tun haben.«

»Und Miss Fontclair? Ist sie in ihrem Stolz auch so fanatisch wie die anderen?«

»Isabelle? Sie ist ein Rätsel. Aber wenn ich einen Tip abgeben sollte, würde ich sagen, sie hält soviel auf den Namen der Familie wie Lady Tarleton. Nur besitzt sie im Gegensatz zu Lady Tarleton Selbstbeherrschung. Sie ist diszipliniert wie Sir Robert. Ob sie auch über seine hohe Moral verfügt, ist eine andere Frage.«

Die junge Tote lag auf einem Diwan in einem kleinen Raum. Man hatte sie mit einer gesteppten Decke bis zum Hals zugedeckt. Schweigend schritten die Fontclairs und ihre Gäste an dem Totenlager vorbei. Jeder, der an ihr vorüberkam, hielt eine Kerze an ihr Gesicht, betrachtete sie, reichte die Kerze dem Nachfolgenden weiter und zog sich in die Schatten zurück.

Julian stand unauffällig hinter dem Kopfende des Diwans, um ihre Gesichter beobachten zu können, wenn sie die Tote betrachteten. Er hoffte, ihren Reaktionen irgendeinen Hinweis entnehmen zu können; denn ihm schien es immer wahrscheinlicher, daß einer von ihnen die junge Frau getötet hatte. Lady Tarleton, Craddock, Colonel Fontclair, Guy, Isabelle – keiner hatte für die Tatzeit ein überzeugendes Alibi, und ihre Aussagen reichten von zweifelhaft bis unglaubhaft. Selbst Sir Robert und Cecily Fontclair waren zwischen halb fünf und sechs jeder eine Viertelstunde allein gewesen – Zeit genug, um die junge Frau in Julians Zimmer niederstechen und in den Wintergarten zurückkehren zu können.

Es fiel ihm schwer, diese Parade mit der nötigen wachsamen

Distanziertheit zu beobachten. Es war einfach, den logischen Schluß zu ziehen, daß einer von diesen Menschen die junge Frau getötet haben mußte. Es war etwas ganz anderes, sie langsam vorbeidefilieren zu sehen und sich bei jedem vorzustellen, wie er ihr ein Messer in den Rücken gestoßen hatte. Doch er durfte sich in seinem Urteil nicht von seinen Gefühlen beeinflussen lassen. Mitgefühl war gut, Entsetzen war nur natürlich, aber weder das eine noch das andere konnte der jungen Frau jetzt noch helfen. Das einzige, was man noch für sie tun konnte, war, ihr Gerechtigkeit widerfahren zu lassen. Und das war ein weiterer Grund – als wäre Dippers Dilemma nicht schon ausreichend! –, weshalb er alles tun mußte, was in seiner Macht stand, um dieses Verbrechen aufzuklären.

Keiner gab zu, die junge Frau zu kennen. Sie brachten das Ritual mit Anstand hinter sich – alle außer Guy, der sich das Taschentuch an den Mund preßte und aus dem Zimmer stürzte. Das konnte eine Bedeutung haben oder auch nicht, und das gleiche ließ sich über die Reaktionen aller Verdächtigen sagen. Craddocks Härte, Lady Tarletons Abscheu, Colonel Fontclairs Grauen – das alles konnte als Symptome der Schuld oder als die natürlichen Reaktionen Unschuldiger auf den Anblick eines Mordopfers interpretiert werden. Julian hätte allerdings keinen dieser drei als unschuldig bezeichnet. Sie hatten vielleicht keinen Mord auf dem Gewissen, aber jeder von ihnen verheimlichte etwas, da war er sicher.

Bei dem Gedanken an Verheimlichung fielen ihm Hugh und Maud Craddock ein. Er würde herausbekommen müssen, was sie Sir Robert verheimlicht hatten, als dieser sie befragt hatte. Nun, da sie die Tote mit eigenen Augen gesehen hatten, waren sie vielleicht eher bereit, aufrichtig zu sein, wenn sie tatsächlich etwas wußten, das Licht ins Dunkel dieses Mordfalls bringen konnte. Maud war besonders angegriffen; sie weinte. Zu Julians Verwunderung ging sie sowohl Hugh als auch ihrem Vater aus dem Weg, obwohl Hugh ihr sein Taschentuch anbot und Craddock versuchte, sie in den Arm zu nehmen. Nur von Cecily Fontclair nahm sie Trost an. Aber sie nahm sich die Zeit, zu Julian zu treten und leise zu sagen: »Es tut mir leid, daß die anderen sagen, Sie hätten mit dieser Sache etwas zu tun. Ich weiß, daß es nicht so ist. Das wollte ich Ihnen nur sagen.« Julian konnte nur froh sein, daß er Maud Craddock nicht zu den Verdächtigen rechnen mußte.

Isabelle wirkte erschüttert. Julian hatte sie nie zuvor so gesehen. Sie saß stumm in einer Ecke des kleinen Zimmers, die Hände ineinandergekrampft, und rang sichtlich um ihre Selbstbeherrschung. Er ging zu ihr und sagte freundlich: »Sie brauchen nicht länger hierzubleiben. Die Tote wird bald abgeholt werden.«

Sie holte tief Atem und stand auf. Er bot ihr seinen Arm, aber sie schüttelte den Kopf. »Nein, danke. Es geht schon.«

Sie gingen zusammen hinaus. Nach einer Weile sagte sie: »Verdächtigen Sie Tante Catherine?«

»Ich weiß überhaupt nicht, was ich denken soll. Ich wollte, sie hätte über diese Verletzung an ihrer Hand die Wahrheit gesagt.«

»Sind Sie denn so sicher, erkennen zu können, wann jemand die Wahrheit sagt?«

»Nein, aber manchmal erkennt man es ziemlich deutlich, wenn jemand ... sich irrt.«

»Und wieso ist es Ihnen nicht aufgefallen, daß Ihr Diener – sich irrte, als er sagte, er sei spazieren gewesen?«

»Menschen, denen man vertraut, können einen viel leichter belügen. Man erwartet es nicht. Darum ist es vielleicht ganz gut, wenn man nicht allzu vielen Menschen traut.«

»Es besteht wohl keine Gefahr, daß sie einem von uns trauen.«

»Kann ich es mir denn erlauben?«

Sie sah ihn an, kühl und direkt. »Ich an Ihrer Stelle würde es lieber lassen.«

Ein Schlachtplan

Es war nach ein Uhr morgens, als sich Sir Robert, Dr. MacGregor und Julian endlich zum Abendessen setzten. Fast das ganze Haus schlief, nur einige Dienstboten waren noch auf, um sie zu bedienen. Rawlinson und Senderby waren nach Alderton zu dem Bestattungsunternehmer geritten. Sir Robert hielt es für das beste, die Tote in aller Stille noch in dieser Nacht nach Alderton bringen zu lassen, ehe die Nachricht von dem Mord im Dorf Aufsehen erregte.

Rawlinson und Senderby hatten außerdem Anweisung, zwei Männer aus dem Dorf mit nach Bellegarde zu bringen, einen Zimmermann und einen Schreibwarenhändler. Sie sollten als Sonderbeamte vereidigt werden und Senderby bei den Ermittlungen zur Hand gehen. Es bereitete Senderby eine gewisse Genugtuung, sich vorzustellen, daß er mitten in der Nacht seine Nachbarn aus dem Schlaf reißen würde, um sie als Hilfspolizisten in seine Dienste zu nehmen. Ganz Alderton hatte es so eilig gehabt, ihm das Amt des Constable aufzubrummen! Nun würden wenigstens zwei von ihnen am eigenen Leib erfahren, wie es war, wenn man andere Leute mit Fragen belästigen und ihre Zimmer durchsuchen mußte und Sir Robert einem dabei ständig auf die Finger sah.

Nur hinsichtlich Dippers Schicksal war noch keine Entscheidung gefallen. Senderby hatte sein Zimmer und seine Habseligkeiten durchsucht, aber nichts von Interesse gefunden. Dipper war seit mehreren Stunden in Rawlinsons Büro eingesperrt, aber dort konnte er nicht die ganze Nacht bleiben. Sir Robert gab Julian und MacGregor seine Entscheidung nach dem Abendessen bekannt, als die Dienstboten sich zurückgezogen hatten.

»Ich habe die Absicht, ihn ins Gefängnis bringen zu lassen – nicht in das Gemeindegefängnis, nur in die Arrestzelle in Alderton. Ich werde ihn vorläufig nicht wegen Mordes unter Anklage stellen. Dazu reichen die Beweise nicht aus, zumal wir ja immer noch nicht die Identität des Opfers kennen. Aber es liegt in meiner Befugnis, ihn drei Tage festzuhalten. Danach werde ich erwägen, ihn auf freien Fuß zu setzen, wenn keine weiteren Beweise gegen ihn ans Licht gekommen sind.«

»Würden Sie mich für ihn bürgen lassen, anstatt ihn einzusperren?« fragte Julian. »Sie brauchen nur den Betrag zu nennen, und ich werde ihn hinterlegen.«

»Bei einem so schweren Verbrechen kommt eine Bürgschaft leider nicht in Frage. Da kann es nichts anderes geben, als den Beschuldigten in Gewahrsam zu nehmen.«

»Wenn er fliehen würde, käme das einem Schuldgeständnis gleich. Und er käme sowieso nicht weit.«

»Sie zwingen mich, kein Blatt vor den Mund zu nehmen, Mr. Kestrel. Ich kann nicht gestatten, daß Sie für Stokes bürgen, weil ich nicht völlig überzeugt bin, daß Sie nicht selbst etwas mit dem Verbrechen zu tun haben.«

»Ich verstehe«, sagte Julian gedämpft. »Wenn das so ist, Sir Robert, habe ich eine andere Bitte. Ich würde gern bei der Untersuchung dieses Verbrechens mitarbeiten.«

»Wie stellen Sie sich das vor?«

»Ich würde gern von Ihren Erkenntnissen unterrichtet werden und Ermittlungen auf eigene Faust anstellen.«

»Zweifeln Sie an meiner Fähigkeit, diese Untersuchung zu führen?«

»Keineswegs. Ich möchte Ihnen einfach assistieren. Ich weiß, daß es die Pflicht jedes Engländers ist, das Gesetz durchzusetzen. Darum brauchen wir ja angeblich keine Polizei, und darum kann auf Befehl eines Richters jeder Bürger dazu aufgerufen werden, bei der Erhaltung des Friedens mitzuwirken.«

»Ich habe Sie nicht dazu aufgerufen, mir zu helfen, Mr. Kestrel.«

»Ich habe mich freiwillig gemeldet, Sir Robert. Ich denke, es ist nicht nur meine Pflicht, sondern auch mein Recht. Mein Diener wird des Mordes beschuldigt, und wenn ich auch keinen Augenblick glaube, daß Sie weitere Indizien gegen ihn finden werden, so weiß ich doch auch, daß Geschworene nur zu gern einen Schuldigen finden, wenn sie sich mit einem besonders abscheulichen Verbrechen konfrontiert sehen. Die Vorstellung, daß Dipper gehängt wird, weil kein besserer Verdächtiger aufzutreiben war, behagt mir nicht. Abgesehen davon wurde angedeutet, ja, mehr als angedeutet, ich selbst hätte bei diesem Mord die Hand im Spiel gehabt. Es geht um meine Ehre. Bei allem Respekt, ich finde, Sie können meine Bitte nicht abschlagen.«

»Ich gebe zu, Sie haben nicht ganz unrecht mit ihrer Argumentation. Nun gut. Sie können sich an den Ermittlungen beteiligen und selbst Nachforschungen anstellen, vorausgesetzt allerdings, Sie gehen mit Diskretion vor und ohne Anstoß zu erregen.«

»Ich danke Ihnen, Sir Robert.«

»Mir ist klar, daß Ihr erstes Ziel sein wird, festzustellen, ob ein Mitglied meiner Familie schuldig ist. Daß Sie oder andere so etwas denken können, schmerzt und kränkt mich mehr, als ich sagen kann. Aber ich sehe ein, daß der Möglichkeit nachgegangen werden muß, und mir ist es lieber – Sie gehen ihr inoffiziell und mit Diskretion nach, als daß die Londoner Polizei in mein Haus kommt und meine Familie und meine Gäste ins Verhör nimmt. Wenn wir innerhalb einer Woche der Aufklärung dieses Verbrechens nicht näher gekommen sind, werde ich keine andere Wahl haben, als mich an die Bow Street zu wenden. Aber ich hoffe und vertraue darauf, daß wir mit Gottes Hilfe die Sache aus eigener Kraft klären können.«

Er stand auf und empfahl sich mit der Entschuldigung, daß er nachsehen müsse, ob Rawlinson und Senderby inzwischen mit den Hilfspolizisten zurückgekehrt seien. Nachdem er gegangen war, sagte Julian zu MacGregor: »Er könnte sich eine Menge

Kummer ersparen, wenn er diese Untersuchung einem anderen Richter übergeben würde.«

»Das hier ist sein Schiff, und er ist der Kapitän. Er wird das Kommando nur abgeben, wenn sich klare Beweise finden, daß ein Mitglied seiner Familie in den Mord verwickelt ist.«

»Und er hat mich aufgefordert, diese Beweise zutage zu fördern, wenn es sie gibt. Ein schönes Amt hat er mir da aufgebürdet. Ich wollte, ich könnte daran glauben, daß der Mörder ein Fremder war, ein Einbrecher oder ein unzufriedener Arbeiter, der es darauf anlegt, den Adel zu terrorisieren. Aber was wir bis jetzt an Indizien haben, weist nicht in diese Richtung.«

Er machte MacGregor noch einmal deutlich, daß ein Fremder unmöglich das Haus hätte verlassen können, ohne gesehen zu werden oder eine Tür hinter sich unabgesperrt zu lassen.

»Hm, das ist eine harte Nuß«, gab MacGregor zu. »Aber was die Frage angeht, wie der Mörder *herein*gekommen ist, könnte er doch mit der jungen Frau gekommen sein. Wir wissen, daß sie sich irgendwann am späten Nachmittag ins Haus geschlichen hat. Wenn einer das schaffte, warum dann nicht zwei?«

»Sie vermuten, sie kam erst kurz bevor sie getötet wurde. Aber das wissen wir nicht. Sie kann ebensogut schon Stunden hier gewesen sein, vielleicht sogar Tage.«

»Ohne daß jemand sie bemerkt hat?«

»Das Haus ist groß. Sie könnte sich in einem unbewohnten Zimmer versteckt haben – oder jemand könnte sie versteckt haben.«

»Zum Teufel, Kestrel, Bellegarde ist ein anständiges englisches Haus – nicht so ein Gespensterschloß aus einem Roman von Mrs. Radcliffe.«

»Ich weiß nicht. Ich komme mir jedenfalls langsam vor wie eine Figur aus einem ihrer Romane. Also schön: Nehmen wir an, die junge Frau kam innerhalb der letzten vierundzwanzig Stunden ins Haus. Wie kann sie das bewerkstelligt haben, ohne gesehen zu werden? Travis ist absolut sicher, daß durch keines der Fenster jemand eingestiegen ist. Damit bleiben das Portal, die Hintertür und die Fenstertür zum Wintergarten. Jede kann so lange abgesperrt und unbewacht gewesen sein, daß die junge Frau ungesehen hereinkommen konnte. Aber woher könnte sie den richtigen Zeitpunkt gewußt haben? Es wäre doch ein ungeheures Risiko gewesen, durch eine dieser Türen zu schlüpfen und zu hoffen, es werde niemand sie bemerken.«

»Ja, aber, Mann, irgendwie ist sie hereingekommen!«

»O ja, zweifellos. Aber ich glaube, jemand aus dem Haus hat ihr dabei geholfen. Ich glaube, jemand hat auf sie gewartet und sie hereingelassen, als die Luft rein war. Das wird nachts einfacher gewesen sein als bei Tag – nein, vielleicht täusche ich mich da. Guy hat mir erzählt, daß das Haus nachts von Hunden bewacht wird. Sie hätten angeschlagen, wenn sie in ihre Nähe gekommen wäre.«

»Nicht, wenn sie in Begleitung einer Person gewesen wäre, die die Hunde kannten«, sagte MacGregor widerstrebend.

»Das ist wahr.« Julian machte ein nachdenkliches Gesicht. »Guy kam gestern um ein oder zwei Uhr morgens nach Hause. Ich weiß es, weil er mir eine Stippvisite machte. Er war angeheitert, aber nicht betrunken. Er hat gesagt, wenn er zu ungewöhnlichen Zeiten ein und aus geht, benutze er immer die Hintertür.«

»Sie glauben, er könnte die junge Frau mitgebracht haben?«

»Gestern abend hat er sich beschwert, daß keine Frauen im Haus seien. Das kann natürlich ein Täuschungsmanöver gewesen sein.«

»Ihm würde ich so ziemlich alles zutrauen. Hier, direkt unter Sir Roberts Nase, ein Mädchen einzuschmuggeln – dazu wäre er durchaus fähig.«

»Aber warum hat er sie eingeschmuggelt? Um sich mit ihr zu vergnügen oder um sie zu töten?«

»Hm ... ich glaube, er wäre auch eines Mordes fähig.«

»Aber warum? Und warum in meinem Zimmer?«

»Vielleicht um den Verdacht von sich abzulenken. Nehmen wir an, das Mädchen ist die ganze Nacht bei ihm im Zimmer und ist auch am folgenden Nachmittag noch bei ihm, zu der Zeit, zu der er angeblich sein Nickerchen gemacht hat. Irgendwie macht sie ihn wütend, oder sie droht ihm . . .äh . . . ich weiß es! Sie droht ihm, zu Sir Robert und Lady Fontclair zu gehen und ihnen zu sagen, daß er sie hier bei sich gehabt hat.«

»Ich kann mir nicht vorstellen, daß er so weit gehen würde, sie zu töten, nur um einen Zusammenstoß mit seinem Onkel zu vermeiden.«

»Ich weiß nicht. Es liegt in seinem Interesse, sich gut mit Sir Robert zu stellen. Er steckt ja dauernd bis über beide Ohren in Schulden, und Sir Robert hat ihm nicht nur einmal aus der Patsche geholfen. Aber schön, sagen wir, er beschließt aus irgendeinem anderen Grund, sich des Mädchens zu entledigen. Er denkt sich also einen Vorwand aus, um sie zwischen halb fünf und halb sechs in Ihr Zimmer zu locken, da er weiß, daß um diese Zeit kein Mensch in diesem Teil des Hauses ist. Er hat sich irgendwo ein Messer besorgt und tötet sie. Dann packt er sie ins Bett, weiß der Himmel, warum. Vielleicht ist es einfach seine üble Art von Humor. Und als man die Tote findet, tut er so, als wüßte er von nichts.«

»Keine schlechte Theorie. Die Geschichte vom Nachmittagsschläfchen ist ja wirklich ein bißchen fadenscheinig. Und ich könnte mir vorstellen, daß er es amüsant fände, mir eine Leiche ins Bett zu legen, um zu sehen, was ich tue. Aber da bleiben doch noch eine Menge offener Fragen. Wenn er die junge Frau gestern nacht mit nach Hause gebracht hat, warum suchte er mich dann in meinem Zimmer auf und schwatzte mit mir, als hätte er nichts Besseres zu tun? Und was hat er am Morgen mit ihr gemacht, als er auf dem Pferdemarkt war? Dann haben wir seine Reaktion auf die Nachricht von dem Mord. Er schien so entsetzt zu sein wie wir alle. Er mag ja ein ausgezeichneter Schauspieler sein, aber ...« Julian schüttelte den Kopf.

»Vielleicht war das, was ihn entsetzte, seine Schuld. Oder die Furcht, ertappt zu werden.«

»Vielleicht. Obwohl ich mir schwer vorstellen kann, daß die Person, die die Tote kaltblütig in mein Bett legte, später sonderliches Bedauern über die Tat verspürt.«

»Also wirklich, je mehr wir über diese Sache reden, desto verwirrender und komplizierter wird sie. Ich weiß gar nicht mehr, wie Sie mich überhaupt dazu gebracht haben, diese Spekulationen über Guy anzustellen. Ich kenne die Fontclairs seit über dreißig Jahren, und ich will einfach nicht glauben, daß einer von ihnen dieses Verbrechen verübt hat. Ich sage es ganz offen, viel lieber sähe ich Ihren Diener schuldig als ein Mitglied der Familie Fontclair.«

»Das kann ich verstehen. Ich finde es bemerkenswert, daß Sie dennoch objektiv bleiben können. Sie hätten sich doch leicht einreden können, Dipper wäre der Mörder, und vor allen Indizien gegen die Fontclairs einfach die Augen verschließen können.«

»Ja, das würde ich am liebsten tun, das können Sie mir glauben. Aber ich muß der Wahrheit die Ehre geben: Ich glaube nicht, daß Ihr Diener ein Mörder ist. Er hat so etwas an sich – sein Gesicht, seine Art zu sprechen, sein ... ich weiß auch nicht, es ist etwas Liebenswertes, auch wenn das ein merkwürdiges Wort ist, um einen jungen Mann zu beschreiben.«

»Ich weiß genau, was Sie meinen. Genau das gleiche Gefühl hatte ich, als ich Dipper das erstemal begegnete – und damals war er bestimmt das schmutzigste und unerquicklichste Subjekt, das je aus dem East End herausgekrochen ist. Er hat eine Gabe dafür, sich über seine Verhältnisse hinauszuheben. Ganz gleich, wie tief er im Elend oder in Schwierigkeiten steckt, es scheint immer so, als handle es sich um ein Mißverständnis, das sogleich aufgeklärt werden wird. Er ist seit zwei Jahren bei mir, und in dieser Zeit hat er sich hundertfach bewährt. Um es ganz schlicht zu sagen, Dipper ist einem Engel ähnlicher als jeder, den ich je gekannt habe.«

MacGregor sah ihn nachdenklich an. »Sie sind ein Rätsel, Julian Kestrel.«

»Ich dachte, wir sprächen über Dipper.«

»Das tun wir, ja. Aber wenn Sie von ihm sprechen oder über den Mord, bekomme ich eine Ahnung davon, wie Sie wirklich sind. Wenn Sie über sich selbst sprechen, ist alles, was Sie sagen, Schwulst. Hätte ich Sie beim Dinner kennengelernt, unter ganz normalen Umständen, so würde ich jetzt noch das gleiche denken wie in dem Moment, als ich Sie das erstemal sah – daß Sie ein Geck sind, eitel und oberflächlich und schlauer, als Ihnen und anderen guttut.«

»Und jetzt?« fragte Julian beinahe schüchtern.

»Jetzt bin ich mir nicht sicher.« MacGregor grinste. »Wenn ich mir je eine feste Meinung über Sie bilden sollte, werde ich es Sie wissen lassen. Bis dahin könnten Sie mir vielleicht sagen, wie Sie bei Ihren Ermittlungen vorgehen wollen?«

»Ich werde versuchen, einige kleinere Geheimnisse zu lüften, in der Hoffnung, damit etwas Licht in das Dunkel zu bringen. Ich möchte Mr. Craddock fragen, warum seine Erwähnung einer Waldlichtung Lady Tarleton dermaßen aus der Fassung bringt. Ich möchte mit Miss Fontclair sprechen, weil es mir schwerfällt zu glauben, daß sie, die Malerin, so unaufmerksam sein kann, wie sie ihrer Behauptung nach war, als sie heute nachmittag in der Nähe meines Zimmers war. Und ich möchte Guy fragen ... oh, ich habe eine ganze Reihe von Fragen an ihn. Aber am meisten interessiert mich, wie Lady Tarleton sich wirklich die Hand verletzt hat. Leider habe ich keine Ahnung, wie ich dieses Thema aufs Tapet bringen soll, ohne daß sie sich sofort auf ihr hohes Roß schwingt.

Ferner würde ich sehr gern wissen, wie die junge Frau ihre Kleider so schmutzig gemacht und ihre Schuhe so zerschlissen hat. Ich denke, morgen werde ich einmal einen Spaziergang machen und sehen, ob ich nicht eine Spur von ihr finden kann. Irgendwo liegt oder hängt ein Fetzchen gelber Musselin vom Saum ihres Kleides. Die Chancen, daß es sich findet, sind gering – trotzdem, man weiß nie.«

»Sie kann sich das Kleid schon vor Wochen zerrissen haben.«

»Das bezweifle ich. Ich habe den Eindruck, daß sie sehr auf ihre Erscheinung geachtet hat. Sie war sehr hübsch, und ihre Kleider haben ein ordentliches Sümmchen gekostet. Außerdem hatte sie Nadel und Faden in ihrem Pompadour. Sie hätte den Saum im Nu flicken können – Frauen können so etwas blind. Wenn sie sich aber das Kleid nicht lange vor ihrem Tod zerrissen hat, dann hat sie wahrscheinlich keine Gelegenheit mehr gehabt, es zu reparieren.«

»Ich möchte Sie ja nicht beleidigen, aber ich gewinne allmählich den Eindruck, Sie hätten einen guten Advokaten abgegeben.«

»Ich kann diese Perücken nicht ausstehen. Immer wenn ich Advokaten vor Gericht sehe, muß ich an Drahthaarterrier denken.«

MacGregor lachte und stand auf. »Na schön, ich wünsche Ihnen Glück bei Ihrer Arbeit. Ich denke, ich werde Sie spätestens bei der Leichenschau sehen.«

»Eigentlich hatte ich vor, Sie morgen aufzusuchen.«

»Wozu?«

»Nun, mindestens zu einer weiteren Diskussion. Ich finde die Gespräche mit Ihnen sehr erfrischend. Nein, im Ernst, ich möchte mit Ihnen über den Mord und die Untersuchung und die Fontclairs im allgemeinen sprechen.«

»Hören Sie, Sie werden mich nicht dazu kriegen, gegen die Fontclairs Partei zu ergreifen.«

»Ich möchte gar nicht, daß Sie Partei ergreifen. Gerade Ihre Objektivität schätze ich am meisten. Jeder hier hat etwas zu verbergen oder jemanden zu schützen. Die Fontclairs haben irgendein Geheimnis, und Craddock kennt es und nutzt dieses Wissen aus, um eine Heirat zwischen seiner Tochter und Hugh zu erzwingen. Ich weiß nicht, ob dieses Geheimnis mit dem Mord zu tun hat – es würde mich aber nicht wundern, wenn es so wäre. Auf jeden Fall weiß ich, daß meine Chancen, diesen Mord aufzuklären, steigen, wenn ich soviel wie möglich über die Familie Fontclair in Erfahrung bringe – über ihre Geschichte, die Charaktere der einzelnen Familienmitglieder und ihre Verbindungen und Beziehungen. Sie kennen sie seit langem, und Sie scheinen einen guten Einblick zu haben. Ihre Hilfe wäre mir viel wert.«

»Nennen Sie mir nur einen guten Grund, weshalb ich mich mit Ihnen gegen meine Nachbarn und Freunde zusammentun sollte.«

»Die Fontclairs brauchen Sie nicht«, antwortete Julian schlicht. »Aber ich brauche Sie.«

MacGregor machte ein brummiges Gesicht. »Sie können gegen Abend kommen. Dann bin ich mit meinen Patienten fertig, es sei denn, es kommt ein Notfall dazwischen. Aber bitte, das heißt noch lange nicht, daß ich mich entschlossen habe, Ihnen zu trauen. Im Gegenteil, mir geht's vor allem darum, Sie im Auge zu behalten, weil man ja nicht weiß, was für Dummheiten Sie womöglich machen, wenn man Sie sich selbst überläßt.«

»Danke, Doktor. Ich werde mich bemühen, inzwischen kein allzu großes Unheil anzurichten.«

»Schon recht. Sie brauchen gar nicht so ein selbstzufriedenes Gesicht zu machen.«

Rawlinson und Senderby waren mit den Hilfspolizisten zurückgekehrt. Sir Robert gab ihnen seine Anweisungen. Sie sollten herausfinden, ob die Ermordete auf dem Gut oder in einem der benachbarten Dörfer bekannt oder gesehen worden war. Insbesondere sollten sie in allen Gasthäusern und Posthaltereien nach ihr fragen. Schließlich sollten sie noch in Erfahrung bringen, ob in den letzten Tagen Fremde in der Umgebung bemerkt worden waren. Senderby sollte Flugblätter mit einer Beschreibung der jungen Frau und der Bitte um Auskunft über sie drucken lassen. Sir Robert persönlich würde jedem, der zur Aufklärung des Verbrechens beitragen könnte, hundert Pfund aussetzen.

Dann traf der Bestattungsunternehmer ein. Während er und Sir Robert die Formalitäten der Beerdigung besprachen, durfte Julian mit Dipper sprechen. Er ging mit Senderby zu Rawlinsons Büro, in dem Dipper noch immer eingesperrt war. Unterwegs fragte er: »Weiß er, daß er in die Arrestzelle gebracht werden soll?«

»Ja, ich habe es ihm gesagt, Sir. Er hat es recht gut aufgenommen.«

»Wie ist denn das Dorfgefängnis?«

»Gar nicht so übel, Sir. Ein bißchen dunkel, weil die Fenster klein und so hoch oben sind. Vielleicht ein bißchen feucht. Ein bißchen kalt auch, aber das spielt um diese Jahreszeit ja keine Rolle.«

Julian, der davon gehört hatte, was für grauenvolle Zustände in manchen dieser Dorfgefängnisse herrschten, argwöhnte das Schlimmste. Er hielt Senderby im Korridor an. »Hier. Sorgen Sie dafür, daß er eine angenehme Unterkunft und gut zu essen bekommt. Und daß er ein Feuer hat, wenn er eines braucht. Und Sie brauchen ihm von diesem Gespräch nichts zu sagen.«

»Das ist eine Menge Geld, Sir – ich weiß gar nicht, was ich mit soviel Geld anfangen soll.«

»Tun Sie damit, was Sie wollen. Meinetwegen können Sie ihn mit Champagner und Hummersalat ernähren, und sich selber dazu. Sie sollen nur dafür sorgen, daß es ihm an nichts fehlt. Ich werde ihn morgen besuchen, und wenn ich feststellen sollte, daß er schlecht behandelt wird, werde ich äußerst unangenehm werden. Haben Sie mich verstanden?«

»Ja, Sir.«

Sie traten in Rawlinsons Büro – einen engen, kleinen Raum voller Bücherschränke und mit einem großen Schreibtisch in der Mitte. Dipper war am Schreibtisch eingeschlafen. Als Julian und Senderby hereinkamen, hob der blinzelnd den Kopf. Sein Gesicht leuchtete auf. »Sir!«

Julian spürte, daß er als Retter willkommen geheißen wurde, und hatte doch nichts getan, um dies zu verdienen. Scharf sagte er zu Senderby: »Das ist alles.«

»Sir Robert hat nicht gesagt, daß ich Sie beide allein lassen soll.«

»Hat er gesagt, daß Sie bei uns bleiben sollen?«

»Äh... nein, das hat er auch nicht gesagt.«

»Dann können Sie jetzt gehen. Wenn Sie Angst haben, ich wollte Dipper zur Flucht verhelfen, dann können Sie uns beide einsperren.«

Unter Julians herausforderndem Blick wich Senderby zur Tür zurück. »Das ist schon in Ordnung, Sir. Ich... das ist nicht nötig.«

Damit ging er hastig hinaus. Julian ging zur Tür und sah ihm nach, um sich zu vergewissern, daß keine Lauscher draußen warteten. Kaum hatte er die Tür geschlossen, platzte Dipper heraus: »Ich kann Ihnen nicht sagen, wie leid's mir tut, Sir. Ich mein, daß ich Sir Robert so auf den Leim geführt hab'. Aber das kommt nur, weil man so ein Gaunerleben führt, wie ich's geführt hab', eh ich Sie gekannt hab', Sir, dann sagt man keinem Richter die Wahrheit – nicht mal, wenn er einen fragen würde, ob die Sonne scheint oder ob die London Bridge in London ist. Es ist lang her, daß ich in der Zunft war, aber wie Sir Robert angefangen hat, mich auszuquetschen, da hat's mich ganz plötzlich alles wieder überkommen. Ich hab' gedacht, aus Ihrem Zimmer wär was geklaut worden, und Sie hätten Sir Robert vielleicht erzählt, daß ich früher mal lange Finger gemacht hab', und daß er darum glauben würde, ich wär's gewesen – und daß Sie das womöglich auch glauben würden, was noch viel schlimmer gewesen wäre. Wenn Sie glauben können, daß ich Ihnen je was stehlen würde – also ehrlich, Sir, ich würd' mich hinlegen und sterben. Na ja, und drum hab' ich gesagt, ich wär draußen gewesen, weit weg vom Haus, bis ich zum Abendessen reingekommen bin. Ich hab' nicht gewußt, daß die mir nachweisen können, daß ich geschwindelt hab'. Und jetzt glauben sie, daß ich diese Kleine umgelegt hab', die sie in Ihrem Zimmer gefunden haben, und für Sie ist das bestimmt nicht gut, Sir.«

»Ja, ich fürchte, es wird den Enthusiasmus der Leute, mich auf Ihre Landgüter einzuladen, erheblich dämpfen. Es gibt nur ein Mittel, uns beide von allem Verdacht reinzuwaschen: Ich muß herausbekommen, wer die junge Frau wirklich getötet hat.«

»Und wie wollen Sie das anstellen, Sir?«

»Indem ich ganz ungeniert neugierig bin. Indem ich durch Schlüssellöcher gucke und hinter verschlossenen Türen lausche. Aber du kannst dich darauf verlassen – ich werde es schaffen. Du wirst dich noch nicht an die Zelle gewöhnt haben, in die sie dich stecken werden, da habe ich dich schon wieder draußen. Selbst wenn der Mörder nicht sofort gefaßt werden sollte, kann Sir Robert dich nicht länger als drei Tage festhalten, ohne dich unter Anklage zu stellen; und da er keine weiteren Beweise gegen dich aufstöbern wird, muß er dich auf freien Fuß setzen.«

»Das sollte mich freuen, Sir. Aber so übel ist es im Kittchen gar nicht. In der Stadt war ich da oft drin, und jetzt lern ich eben mal ein Dorfkittchen kennen. Ist auch 'ne Art von Bildung.«

»Also, das ist ja nun wirklich Quatsch. Außerdem ist es unverschämt von dir, mich trösten zu wollen, wenn ich mich doch bemühe, dich zu trösten.«

»Verzeihen Sie, Sir. Sir?«

»Ja?«

»Verzeihen Sie mir, Sir? Daß ich Sir Robert angeschmiert hab', mein ich.«

»Ich verzeihe dir alles, wenn du nur endlich aufhörst, ein Gesicht zu machen wie ein Lamm, das zur Schlachtbank geführt wird. Meinst du, du kannst, wenn dir das nächstemal ein Richter eine Frage stellt, daran denken, daß du jetzt ein gesetzestreuer Bürger bist und keinen Grund hast zu lügen?«

»Bestimmt, Sir. Die Augen sollen mir rausfallen, wenn ich nicht dran denk.«

»Was mir Sorgen macht, ist, daß Sir Robert vorhat, Hilfe aus London anzufordern, wenn das Verbrechen nicht innerhalb einer Woche aufgeklärt werden kann. Das brauchen wir nun wirklich nicht, daß einer von der Bow Street dich als berüchtigten Dieb wiedererkennt.«

»Ich weiß nicht, ob ich je als Dieb berüchtigt war«, sagte Dipper mit bescheidener Miene. »Aber von den Rotjacken würden viele mich wiedererkennen, wenn ich ihnen unter die Augen käme.«

»Dann müssen wir den Mörder so schnell wie möglich finden – ehe deine Rotjacken aus London hier antanzen.« Er sah die Männer aus der Bow Street schon vor sich – kräftige, kampflustige Burschen, die Daumen in die Armlöcher ihrer roten Westen gehakt. »Bist du ganz sicher, daß dir in meinem Zimmer, ehe du es heute nachmittag verlassen hast, nichts Ungewöhnliches aufgefallen ist? Es spielt keine Rolle, wie nebensächlich es dir vielleicht erschienen ist.«

»Ich hab' mir wirklich den Kopf zerbrochen, Sir. Aber ich hab' nichts gehört und nichts gesehen.«

Senderby streckte den Kopf herein. »Sir Robert hat gesagt, ich soll Mr. Stokes jetzt mitnehmen.«

Dipper wandte sich an Julian. »Ihre Kleider sind alle in Ordnung. Michael hat die Wichse für Ihre Stiefel. Auf Wiedersehen und glückliches Jagen, Sir.«

»Auf Wiedersehen. Keine Sorge, wir erwischen den Fuchs.«

In dieser Nacht konnte man nichts mehr tun. Julian legte sich in dem Gästezimmer neben seinem früheren Zimmer zu Bett. Ihm fiel ein, was Philippa über die renovierten Gästezimmer in diesem Korridor gesagt hatte: »Man könnte genausogut in einem Stück Wedgwood wohnen.« Das war eine angemessene Beschreibung dieses Zimmers mit seinen pastellfarbenen Wänden und den zartesten Stuckverzierungen von Bändern und Rosetten.

Es war fast drei Uhr, als er sich endlich im Bett ausstreckte. Wenigstens habe ich jetzt Muße, die ganze Sache von Anfang bis Ende zu durchdenken, sagte er sich. Und schlief sofort ein.

Messer und andere Dinge

Julian träumte, er höre eine Frau schreien, und als er aus dem Schlaf hochfuhr, hörte er den Schrei wirklich. Er kam aus der Richtung des Personalflügels. Er sprang aus dem Bett, schlüpfte in Hemd und Hose und zog seinen Morgenrock über. Er rannte durch den Flur, durch den Großen Saal, die Freitreppe hinunter. Auf der unteren Treppe blieb er stehen. Sein Blick begegnete dem Guy Fontclairs.

Guy kam gerade aus der Richtung des Wandelgangs durch die große Eingangshalle. Er war in Reitkleidung und trug über dem Arm einen vom Regen durchnäßten Mantel mit einem kurzen Cape daran. Seine Stiefel waren voller Schlamm, und sein welliges Haar klebte in kleinen Löckchen an seinem Kopf. Der durchdringende Geruch feuchter Wolle umgab ihn.

Julians Anblick brachte ihn aus der Fassung. »Ich hätte mir ja denken können, daß Sie hier nachts umherwandeln würden wie Hamlets Geist oder der von Macbeth oder wer es sonst war.«

»Ich habe eine Frau schreien gehört.«

»Das war Dorcas – die dumme kleine Gans. Man könnte meinen, sie hätte noch nie zuvor einen Mann mit einem Cape über dem Kopf gesehen.«

»Dann hat sie Ihretwegen geschrien.«

»Sagen Sie das nicht so, als hätte ich mich mit einem Messer von hinten an sie rangemacht. Ich bin ganz einfach durch die Hintertür gekommen und im Dienstbotenzimmer mit ihr zusammengestoßen. Ich hatte das Cape über dem Kopf, um nicht naß zu werden, darum hat sie mich nicht gleich erkannt. Sofort fing sie an zu kreischen wie am Spieß. Ich mußte sie erst einmal kräftig schütteln, ehe sie endlich aufhörte. Und natürlich kamen die Dienstboten von allen Seiten angerannt und gafften uns an, als säßen sie im Theater.«

»Sie können es ihnen nicht übelnehmen, daß sie nervös sind.«

»Aber sie hatten keinen Grund, sich gleich so auf mich zu stürzen. Ich komme doch immer um diese Zeit durch die Hintertür herein.«

»Wahrscheinlich haben sie nicht erwartet, daß Sie an einem solchen Abend ausgehen würden.«

»Ich geh bei jedem Wetter aus, verdammt noch mal! Ich bin doch noch keine Großmutter.«

»Ich auch nicht, aber mich hätte bei so einem Unwetter nur ein verflixt guter Grund aus dem Haus locken können.«

»Ich hatte einen guten Grund. Ich wollte hier raus. Ich konnte nicht schlafen. Dauernd mußte ich daran denken, wie wir einer nach dem anderen an diesem Mädchen vorbeigezogen sind und ihr mit der Kerze ins Gesicht geleuchtet haben.«

»Ja, das scheint Sie sehr mitgenommen zu haben.«

»Mir war übel, falls Sie das meinen sollten. Ich schau mir nicht gern Tote an. Nicht, daß ich bisher viele gesehen habe, falls Sie glauben sollten, ich lege sie anderen Leuten in die Betten.«

Er kam zur Treppe und setzte sich müde auf die unterste Stufe. Julian setzte sich neben ihn.

»Das ist einer der Gründe, warum ich nie zum Militär gegangen bin«, fügte er hinzu, »obwohl ich glaube, daß der Colonel gehofft hat, ich würde einmal die Farben seines Regiments tragen. Die Familientradition verlangt, daß in jeder Generation mindestens ein Fontclair Uniform tragen muß. Ich bin kein Feigling. Gegen einen guten Kampf habe ich überhaupt nichts einzuwenden. Aber mit dem Tod ist das etwas anderes.«

Kann das Theater sein? dachte Julian. Es klingt absolut aufrichtig. Und doch, würde nicht genau so ein Mörder sprechen, um seine Empfindlichkeit bei der Konfrontation mit seinem toten Opfer zu rechtfertigen?

Er sagte: »Der Tod einer Frau ist ganz gewiß etwas anderes. Auch ich fand ihn sehr schmerzlich, vor allem, da sie so jung und so zart war und so schön.«

Guy stand unvermittelt auf und ging ein paar Schritte. »Es ist eine verdammt üble Geschichte«, murmelte er.

»Der Mörder muß gefunden werden.«

»Das weiß ich. Jeder weiß das.«

»Sir Robert ist damit einverstanden, daß ich mich an der Untersuchung beteilige. Mein Diener sitzt im Gefängnis und wird vielleicht unter Anklage gestellt werden – ich habe ein großes Interesse daran, herauszufinden, wer die junge Frau wirklich getötet hat. Würden Sie mir eine Frage beantworten?«

»Kommt darauf an.«

»Sie haben mir erzählt, daß das Zimmer, in dem die Frau getötet wurde, früher Ihres war.«

»Was, zum Teufel, spielt das für eine Rolle?«

»Ich dachte, Sie hätten vielleicht eine Ahnung, warum die Frau und der Mörder dieses Zimmer aufgesucht haben.

»Woher soll ich das wissen? Es ist zu früh zum Rätselraten. Ich bin erledigt und gehe jetzt zu Bett.«

»Ich habe nur noch eine Frage. Ich wollte, ich wüßte, wie ich das subtiler ausdrücken könnte, aber... tragen Sie gewöhnlich ein Messer bei sich?«

»Nein, tue ich nicht! Ich habe ein Taschenmesser, aber ich habe es nicht nach Bellegarde mitgenommen. Das kann ich beweisen, wenn es sein muß.«

Julian stand auf. »Danke, daß Sie mir meine Fragen beantwortet haben. Wenn Ihnen zu dem Zimmer irgend etwas Besonderes oder Bemerkenswertes einfallen sollte, würden Sie es mich dann wissen lassen?«

»Wieso reiten Sie dauernd auf dem Zimmer herum?«

»Weil ich glaube, daß es von Bedeutung ist, auch wenn wir das im Moment nicht durchschauen.« Er gähnte. »Ach, das ist eine scheußliche Tageszeit. Die schwärzeste Nacht ist heller als ein regnerischer Tagesanbruch in England.«

Er ging wieder in sein Zimmer. Im Haus war es sehr still. Dorcas' Schrei hatte offenbar niemand von den Fontclairs oder Craddocks geweckt. Das war nicht verwunderlich; Julians Zimmer war dem Personalflügel näher als die anderen Räume. Sein früheres Zimmer war ihm sogar noch näher. Soweit er sich überhaupt ein Bild machen konnte, mußte es an Rawlinsons Büro im oberen Stockwerk des Personalflügels anstoßen. Er wünschte, er hätte einen Grundriß des Hauses gehabt. Vielleicht konnte Rawlinson ihm einen beschaffen.

Er legte sich wieder zu Bett, jedoch ohne große Hoffnung, noch einmal einschlafen zu können. Aber die Erschöpfung kam ihm zu Hilfe; als er das nächstemal die Augen öffnete, war es neun Uhr.

Maud Craddock kam mit den anderen zum Frühstück herunter, aber sie konnte nichts essen. Sobald die Höflichkeit es gestattete, stand sie vom Tisch auf und ging in die Bibliothek. Julian folgte ihr. Hugh, der sie nacheinander verschwinden sah, fühlte sich grausam hintergangen. Dieser verdammte Kerl, dachte er. Hätte ich ihn doch nie eingeladen.

»Oh«, sagte Maud. »Mr. Kestrel.«

»Störe ich Sie?«

»Nein.«

»Ich war betroffen, als ich Sie beim Frühstück sah. Ich hatte den Eindruck, Sie sehen gequält aus. Ich finde das auch jetzt noch.«

»Nun ja, ich bin natürlich wegen des Mordes beunruhigt. Das sind wir ja alle.«

»Niemand stärker als ich. Dennoch konnte ich gestern nacht ein wenig schlafen.« Sein Blick verweilte auf den Schatten unter ihren Augen. Es war beinahe so, als berührte er sie mit seinen Fingern.

»Ja, es ist wahr, ich bin sehr beunruhigt.« Sie stockte. »Aber... ich kann Ihnen nicht sagen, warum. Ich wollte, ich könnte es.«

»Gestern haben Sie mir noch vertraut. Sie nahmen mich in Ihre Dienste – als außerordentlicher Ritter.«

»Gestern war noch kein Mord geschehen, und vieles andere war noch nicht passiert.«

»Miss Craddock, wenn Sie etwas wissen – ganz gleich, was es ist –, das vielleicht zur Aufklärung dieses Mordes beitragen kann, dann sollten Sie es sagen. Ich kann Ihnen nicht dringend genug dazu raten. Ein Mann, von dessen Unschuld ich absolut überzeugt bin, steht unter Verdacht. Ein Schuldiger wird vielleicht ungeschoren davonkommen.«

Sie faltete ihre Hände und ging zerstreut auf und ab. »Niemals würde ich etwas für mich behalten, was die Unschuld Ihres Dieners beweisen oder dazu beitragen könnte, den wahren Mörder zu fassen. Aber sehen Sie, dies hat möglicherweise gar nichts mit dem Mord zu tun. Und es ist nicht mein Geheimnis. Wenn es das wäre, würde ich Sie ohne Überlegung einweihen. Ich vertraue Ihnen, Mr. Kestrel – ja, wirklich.«

»Überlegen Sie genau, ob Sie das wirklich für sich behalten wollen. Bei einer Untersuchung dieser Art können die obskursten, unwahrscheinlichsten Dinge von Bedeutung sein, ohne daß wir es ahnen.«

Sie schüttelte den Kopf. »Wenn man etwas sagt, dann ist es für immer gesagt. Man kann es nicht zurücknehmen. Wenn ich mich täuschen sollte ...«

»Jede Verheimlichung ist jetzt gefährlich. Mein Diener sitzt im Gefängnis, weil er etwas verheimlicht hat. Er glaubte, es würde ihm schaden, wenn er die Wahrheit sagte. Aber am Ende hat seine Verschleierung der Wahrheit ihm weit mehr geschadet als die Wahrheit selbst.«

»Ich weiß nicht. Ich muß nachdenken. Ich werde nachdenken.« Sie nickte mit Entschiedenheit. »Ich verspreche es Ihnen.«

Am späten Vormittag hatte das Wetter aufgeklart, und das Haus lag in strahlendem Sonnenschein. Sir Robert beauftragte Travis und einen der Hilfspolizisten, Julians früheres Zimmer, den Korridor und die umliegenden Zimmer nach Indizien zu durchsuchen, die am vergangenen Abend vielleicht übersehen worden waren. Julian beobachtete die Nachforschungen eine Weile, doch er fand die ganze Angelegenheit ziemlich stur und methodisch und hielt es für unwahrscheinlich, daß aus ihr irgendwelche Offenbarungen folgen würden. Er ging darum zu Rawlinson, der in seinem engen, kleinen Büro saß.

Rawlinson sah müde und abgespannt aus. Er gehört zu den Leuten, dachte Julian, die dringend die Sicherheit vertrauter Aufgaben und alter Gewohnheiten brauchen. Durch den Mordfall war ein fremdes Element in seine Welt eingedrungen, und daher war er unruhig, verwirrt und ein wenig vergrätzt.

»Was kann ich für Sie tun, Mr. Kestrel?«

»Wären Sie so freundlich, mir das Protokoll auszuleihen, das Sie von den Ermittlungen des gestrigen Abends gemacht haben?«

»Das sind amtliche Dokumente. Ich glaube nicht, daß ich sie aus der Hand geben sollte.«

»Könnten wir nicht einen Kompromiß schließen und sagen, Sie sollten sie nicht aus Ihrem Büro herausgeben? Ich kann mir die Aufzeichnungen hier ansehen.«

»Hm ... ich denke, daran wäre nichts auszusetzen. Sir Robert sagte mir, daß Sie an den Ermittlungen beteiligt sind.«

»Das ist richtig. Danke. Ach, und noch etwas. Ich wäre Ihnen sehr dankbar, wenn Sie mir einen Plan des Hauses beschaffen könnten – je detaillierter, desto besser.«

»Ich glaube, es wurden Pläne gezeichnet, als der neue Flügel gebaut wurde. Ich werde sehen, ob ich sie finden kann.«

»Vielen Dank.«

Julian setzte sich an Rawlinsons Schreibtisch, und Rawlinson gab ihm seine Protokolle. »Da sind Feder und Papier«, sagte er, »falls Sie sich selbst Notizen machen wollen.« Er hüstelte. »Hätten Sie etwas dagegen, wenn ich Sie allein lasse? Ich habe viel zu tun. Diese Mordsache beansprucht ungeheuer viel Zeit.«

»Aber keinesfalls«, sagte Julian bereitwillig. Das Zimmer war für zwei Personen sowieso zu klein. Rawlinson mußte das Wesen eines Maulwurfs haben, um hier arbeiten zu können.

Nachdem Rawlinson gegangen war, nahm Julian sein Federmesser heraus, um eine Feder zu spitzen, und sah es sich dann nachdenklich an. Die Klinge eines gewöhnlichen Federmessers war natürlich zu kurz, um als Mordwaffe in Frage zu kommen. Aber was für eine Menge von Messern wir doch im täglichen Leben benutzen, dachte er. Dutzende mußte es in Bellegarde geben, die der Mörder hatte benutzen können. Messer in der Küche, Messer in den Stallungen zum Abschneiden von Strikken und zur ärztlichen Behandlung der Pferde, Messer zum Beschneiden der Pflanzen im Wintergarten. Jagdmesser in der Waffenkammer. Die Männer tragen Taschenmesser – Guy behauptet allerdings mit einer Menge überflüssiger Vehemenz, er habe seines nicht mitgebracht. Die Frauen haben wahrscheinlich alle Scheren – wir wissen, daß Lady Tarleton eine hat –, und diese Scheren, die die Frauen für ihre feinen Handarbeiten benutzen, haben infernalisch dünne, scharfe Klingen. Außerdem hat Dr. MacGregor Lady Fontclair in der Heilkunst unterwiesen, und das heißt, daß sie möglicherweise ein Messer zum Entfernen von Splittern und zur Öffnung von Geschwüren hat. Und eine Malerin braucht etwas, um ihre Stifte zu spitzen; aber wahrscheinlich benutzt sie ein Federmesser wie dieses hier.

An dieser Stelle schloß er seine Überlegungen zur Frage der Mordwaffe zunächst einmal ab. Er tauchte seine Feder in die Tinte und schrieb oben auf ein Blatt Papier: »Tag des Mordes: Chronologie.« Dann schrieb er mehrere Minuten lang und warf immer wieder einen Blick in Rawlinsons Protokolle, um seine Erinnerungen zu bestätigen.

Morgen	Hugh, Guy, Colonel Fontclair und ich auf dem Pferdemarkt Lady Fontclair empfängt Besuch Aufenthalt von Sir Robert, Miss Fontclair, Lady Tarleton und Mr. und Miss Craddock unbekannt
1 Uhr	Mittagessen
Etwa 2 Uhr 30	Miss Craddock und ich sprechen im Musikzimmer miteinander Sir Robert, Lady Fontclair und Hugh sehen rechtliche Unterlagen durch Aufenthalt von Miss Fontclair, Guy, Colonel Fontclair und Mr. Craddock unbekannt

Etwa 3 Uhr	Miss Fontclair geht in die Rosenlaube, um an einer Stickerei zu arbeiten
	Mr. Craddock reitet aus: Zeitpunkt des Aufbruchs unbekannt
Etwa 3 Uhr 30	Hugh und ich reiten aus
	Dipper bringt meine Stiefel ins Zimmer und bleibt, bis ich gegangen bin
	Miss Craddock unternimmt einen Botanisierausflug mit Miss Pritchard und den jungen Damen Fontclair
	Colonel Fontclair trifft Guy in der Bibliothek an
	Guy geht in sein Zimmer hinauf und macht ein Nickerchen
	Colonel Fontclair geht in sein Zimmer
Etwa 4 Uhr	Sir Robert und Lady Fontclair setzen sich in den Wintergarten
Etwa 4 Uhr 25	Dipper verläßt mein Zimmer und geht in die Waffenkammer, um sich umzusehen
Etwa 4 Uhr 30	Michael verriegelt das Portal
	Dienstboten essen zu Abend
Zwisch. 4 Uhr 30 und 4 Uhr 45	Mr. Craddock geht zur Lichtung im Wald
Etwa 4 Uhr 50	Dipper kommt zum Abendessen ins Dienstbotenzimmer
Kurz nach 5 Uhr	Colonel Fontclair kommt in erregtem Zustand aus seinem Zimmer in das Dienstbotenzimmer und fragt, ob im Stall jemand sei, der ihm sein Pferd satteln könne; dann geht er durch die Hintertür hinaus und reitet aus
Zwisch. 5 Uhr 15 und 5 Uhr 30	Sir Robert geht in die Bibliothek, um einen Band Pope zu holen; Lady Fontclair bleibt im Wintergarten

Etwa 5 Uhr 20	Miss Fontclair kommt durch die Fenstertür in den Wintergarten, fragt Lady Fontclair, wie spät es ist, geht im neuen Flügel nach oben und von dort ins Haupthaus hinüber, um Miss Craddock zu suchen, geht den Korridor hinunter, der zu meinem Zimmer führt, wendet sich dann in Richtung zu Miss Craddocks Zimmer und kehrt, da sie Miss Craddock nicht antrifft, in ihr eigenes Zimmer zurück
Etwa 5 Uhr 30	Sir Robert kehrt in den Wintergarten zurück Guy erwacht und läutet seinem Diener
Etwa 5 Uhr 45	Maud Craddock kehrt von ihrem Ausflug zurück und geht in ihr Zimmer
Etwa 5 Uhr 55	Hugh und ich kommen vom Ausritt zurück, ich gehe in mein Zimmer und finde die Tote Maud Craddock kommt nach unten, spricht mit Hugh in der Empfangshalle, geht wieder in ihr Zimmer

Alles schön sauber und ordentlich, dachte er, aber von begrenzter Nützlichkeit. Denn seine Chronologie sagte nichts darüber aus, welche dieser Angaben wahr und welche gelogen waren, und er hatte das Gefühl, daß einige, wenn nicht gar die meisten, gelogen waren. Dennoch konnte es nicht schaden, sich mit der Geschichte jedes einzelnen vertraut zu machen; dann würde er wenigstens auf Diskrepanzen und Widersprüche schnell aufmerksam werden.

Als nächstes wandte er sein Augenmerk der Kleidung der einzelnen Verdächtigen zu. Beide Craddocks und alle Fontclairs bis auf Sir Robert hatten sich am gestrigen Abend zum Dinner umgezogen. Das hieß, wenn tatsächlich einer von ihnen die junge

Frau getötet hatte, so war ihm danach noch Zeit geblieben, sich umzuziehen und vielleicht die Blutspritzer aus seiner oder ihrer Kleidung zu entfernen. Die Kleider der jungen Frau waren schmutzig gewesen, aber das bedeutete nicht, daß es die des Mörders ebenfalls gewesen waren. Im Gegenteil, die Tatsache, daß beim Waschtisch keine Schmutzspuren gewesen waren, deutete daraufhin, daß zumindest die Schuhe des Mörders sauber gewesen waren. Und wenn die Kleidung eines oder mehrerer Verdächtiger beschmutzt war, so konnte es dafür eine völlig harmlose Erklärung geben. Der Colonel und Craddock waren vor dem Abendessen ausgeritten. Isabelle hatte draußen im Garten gesessen. Guy hatte seine Reitkleidung wieder angezogen und war bei einem heftigen Unwetter noch einmal außer Haus gegangen.

Insgesamt, glaubte Julian, würde eine Besichtigung der Kleider der verschiedenen Personen nicht sehr erhellend sein – was nicht weiter schlimm war, da Sir Robert das wahrscheinlich sowieso nicht gestatten würde. Und wenn jemandes Kleider eine Geschichte zu erzählen hatten, würde sie früher oder später wahrscheinlich sowieso herauskommen. Die Garderobe der einzelnen Verdächtigen wurde jeweils von einer Zofe oder einem Diener betreut; diesen würde es auffallen, wenn ein Kleidungsstück besonders verschmutzt oder zerrissen oder auf geheimnisvolle Weise verschwunden war. Sicher würde jeder Dienstbote, der so etwas entdeckte, dies sagen, sei es nun aus Pflichtbewußtsein oder Furcht, Wichtigtuerei oder Hoffnung auf eine Belohnung. Es sei denn, die Loyalität zur Familie Fontclair triumphierte über alle anderen Erwägungen. Die Loyalität – sie war der Fluch dieser Untersuchung. Man konnte einfach nicht wissen, wer zu lügen bereit war, um einen anderen vor der Verfolgung zu schützen oder die Ehre der Familie zu retten.

Vielleicht lag es an der Loyalität, daß die Dienstboten sich so sehr zierten, mit Julian zu sprechen, wenn Sir Robert nicht in der Nähe war. Vielleicht aber glaubten sie auch, er habe den Mord verübt oder mit Dipper gemeinsame Sache gemacht.

Schon die einfachste Frage reichte aus, um Michael, den Lakaien, einsilbig werden zu lassen.

»Wissen Sie, wo Miss Fontclair ist?« fragte ihn Julian.

»Nein, Sir.«

»Wissen Sie, ob sie im Haus ist?«

»Nein, Sir.«

»Nein, Sie wissen es nicht, oder nein, sie ist nicht im Haus?«

»Sie ist ausgegangen, Sir.«

»Wir fangen an, Fortschritte zu machen. Haben Sie eine Ahnung, was sie vorhatte?«

»Nein, Sir.«

»Ist sie ausgeritten, ist sie weggefahren, oder war sie zu Fuß?«

»Zu Fuß, Sir.«

»Soviel ich weiß, sitzt sie häufig in der Rosenlaube.«

»Das weiß ich nicht, Sir. Meine Pflichten führen mich nicht in den Garten.«

»Wo im Garten ist denn die Rosenlaube?«

»Das weiß ich nicht, Sir. Meine Pflichten ...«

»... führen Sie nicht in den Garten. Das sagten Sie schon. Sie können es mir ruhig sagen, Michael. Ich werde einfach so lange fragen, bis es mir jemand sagt.«

Der Junge sah ihn von der Höhe seiner hochaufgeschossenen Gestalt herab mit gereizter, rebellischer Miene an. Schließlich jedoch gab er seufzend klein bei. »Sie gehen vom Wintergarten aus hinaus, Sir, die Terrassentreppe hinunter und den Hauptweg entlang bis zum alten, verwilderten Teil des Gartens. Da ist die Rosenlaube.«

»Vielen Dank.«

Mit dem Spazierstock in der Hand stieg Julian die Terrassentreppe hinunter und folgte dem Mittelgang durch den Garten. Er führte zwischen ordentlichen Blumenbeeten und unter Torbögen aus grünen Hecken hindurch, an kleinen Springbrunnen vorbei, auf denen Wassermänner mit Nixen ihr Spiel trieben. Jenseits einer hohen Hecke jedoch hatte die Natur alle ihr von Menschenhand auferlegten Zwänge abgeschüttelt. Hier wuchs der Rhododendron in prachtvoller Fülle, Apfelbäume boten den Vögeln ihre kleinen, wilden Früchte dar, Magnolienblüten prangten vor strengen Birken, Mohn färbte die Wiesen. Julian beschattete mit der Hand seine Augen und sah sich nach der Rosenlaube um.

Er fand sie schließlich nur durch Zufall. Sie stand unversehens an der Biegung seines Wegs vor ihm: ein Laubengang aus filigranem Gitterwerk, von rosafarbenen, weißen und roten Rosen überwuchert, in dem eine Marmorbank stand.

Hier saß Isabelle, den Skizzenblock auf dem Schoß. Ihr perlgraues Kleid war vom Sonnenlicht gesprenkelt, ihr Hut lag nicht weit entfernt auf dem Boden. Sie mußte ihn kommen gehört haben, denn sie sah ihm erwartungsvoll entgegen. Isabelle Fontclair, dachte Julian, konnte man nicht so leicht überraschen.

»Guten Morgen«, sagte er. »Ich bin hergekommen, weil ich hoffte, Sie hier zu finden.«

»Sie haben Fragen an mich, nehme ich an.«

»Ja, die hatte ich. Aber bei Ihrem Anblick, mit Sonnenglanz im Haar und von Rosen umgeben, sind sie mir entfallen.«

»Müssen Sie schon wieder anfangen, Mr. Kestrel?«

»Es tut mir leid. Ich weiß, Sie haben mich gebeten, es zu lassen. Aber wenn Sie hier an diesem idyllischen Fleckchen sitzen, von Sonnenschein umflossen, wie können Sie da erwarten, daß ich einen kühlen Kopf behalte? Jeder Dichter würde ins Schwärmen geraten – jeder warmblütige Mann wäre heftig versucht, sich Ihnen zu Füßen zu werfen. Ich finde, mein Verhalten Ihnen gegenüber ist ein wahres Wunder an Zurückhaltung.«

»Und ich finde, Sie könnten sich noch etwas mehr zurückhalten. Würden Sie mir bitte meinen Hut reichen? Ich nehme ihn nur zur Arbeit ab.«

»Wenn Sie wirklich die Seele einer Künstlerin besäßen, würden Sie der Natur nicht solche Gewalt antun und Ihr Haar mit einem Hut bedecken, dessen Schatten ihr Gesicht verdunkelt.«

»Mr. Kestrel, dies hier ist mein Lieblingsplatz. Seien Sie nicht so herzlos, mich von ihm zu vertreiben.«

»Gott bewahre! Niemals würde ich zu Ihnen herzlos sein. Ich wäre die Aufmerksamkeit selbst, wenn Sie es mir nur gestatteten.«

»Wollen Sie mir nun meinen Hut geben, oder muß ich ihn mir selbst holen?«

Er brachte ihn ihr. Sie setzte ihn auf. Die breite Krempe fiel gekrümmt über ihre Stirn und ließ ihr ziemlich langes Gesicht herzförmig erscheinen. »Danke.«

Sein Blick fiel auf ihre Zeichnung. »Ist das der Entwurf für Miss Craddocks Schuhe?«

»Ja. Ich habe ihn ihr heute morgen gezeigt. Er schien ihr zu gefallen. Möchten Sie ihn sich ansehen?« Sie hielt ihm den Block hin. »Es soll weißer Seidenfaden auf weißem Satin werden.«

Es war ein Muster aus sternähnlichen Blüten – Myrte, vermutete er. Die Blumen wirkten wunderbar natürlich und waren doch in bewußter Symmetrie angeordnet. Wie typisch für sie, dachte er, soviel Sorgfalt und virtuoses Geschick an ein Detail von Mauds Hochzeitskostüm zu verwenden, das kaum bemerkt werden würde. Er erinnerte sich plötzlich an Guys Behauptung, Isabelle selbst habe Hugh heiraten wollen. Wenn das wahr war, wie mußte ihr dann dabei zumute sein, wenn sie an dem Hochzeitsgeschenk für ihre erfolgreichere Rivalin arbeitete?

»Ich muß so bald wie möglich mit der Arbeit beginnen«, sagte sie, »sonst werden sie nicht mehr rechtzeitig fertig. Oder glauben Sie, man wird die Hochzeit wegen des Mordes verschieben?«

»Ich habe keine Ahnung. Möglich ist es.«

Sie wollte ihren Block wieder an sich nehmen, doch er sagte: »Darf ich mir Ihre anderen Zeichnungen ansehen?«

Sie nickte. Er hätte sich gern zu ihr auf die Bank gesetzt, aber sie machte ihm keinen Platz, darum blieb er neben ihr stehen. Er begann den Block von Anfang an durchzublättern. Ihre Arbeit war sehr fein und zart. Eine Ahnung von Licht und Schatten lag über ihren Landschaften, die keine Farbe brauchten. Architektonische Details Bellegardes waren mit Können und Verständnis skizziert. Menschen, insbesondere ihre Familie, fing sie mit leichtem, gekonntem Strich ein. Eine Zeichnung, die Julian besonders bewunderte, zeigte die Fontclairs in ihrem Salon: Sir Robert las, Cecily Fontclair lächelte dem Colonel über den Kartentisch zu, Catherine Tarleton nähte mit einem Ausdruck grimmiger Konzentration in ihren Zügen. Hugh hing Tagträumen nach, Joanna sah sich Modebilder an, und Philippa baute an einem Kartenhaus. Es war, als hätte Isabelle jeden bei einer Tätigkeit abbilden wollen, die für ihn oder sie typisch war. An anderer Stelle hatte sie Studien ihrer Gesichter gemacht, die zeigten, wie die für die Familien typischen Züge bei jedem variierten: Bei Sir Robert wirkten sie streng, ausgeprägt und dramatisch bei Catherine Tarleton; beim Colonel verrieten sie Unbekümmertheit und eine gewisse Schwäche, bei Hugh Offenheit und Ernsthaftigkeit. Sie hatte wahrheitsgetreu den Kontrast zwischen Joannas konventioneller Schönheit und Philippas schmalem, reizlosem, aber lebendigem Gesicht herausgearbeitet.

Er öffnete den Mund, um eine Frage zu stellen, und überlegte es sich anders. Er gab seiner Bewunderung ihrer Arbeit Ausdruck, und sie unterhielten sich über ihre Ausbildung und ihre Technik.

»Aber Sie sind nicht hierhergekommen, um mit mir über Kunst zu sprechen«, sagte sie schließlich. »Wenn Sie mir wegen des Mordes Fragen stellen möchten, würde ich das gern so rasch wie möglich hinter mich bringen.«

»Natürlich. Miss Fontclair, Sie sind Zeichnerin, und Ihre Arbeit beweist, daß Sie einen Blick für Nuancen haben – für Details, die die meisten von uns übersehen würden. Ich finde es faszinierend, daß Sie gegen zwanzig nach fünf so dicht an meinem Zimmer vorbeigekommen sind. Natürlich kann der Mord schon vorher verübt worden sein – bis zu fünfzig Minuten früher, genau gesagt. Er kann auch innerhalb einer Viertelstunde später verübt worden sein; dann allerdings könnten die junge Frau und der Mörder zu dem Zeitpunkt, als Sie vorbeikamen, schon in meinem Zimmer gewesen sein.«

»Übersehen Sie nicht die Möglichkeit, daß *ich* die Mörderin sein könnte?«

Er war bestürzt. »Ja, da haben Sie wohl recht. Und sind Sie es?«

»Nein. Aber ich wüßte keinen Grund, weshalb Sie mir glauben sollten.«

»Sie sind wirklich eine äußerst bemerkenswerte Frau.«

»Schon wieder, Mr. Kestrel?«

»Ich wollte nicht mit Ihnen flirten – nicht in diesem Moment jedenfalls. Ich bin beeindruckt, das ist alles.«

»Danke. Was wollen Sie denn nun wirklich wissen?«

»Sind Sie sicher, daß Ihnen in der Zeit, die Sie brauchten, um vom Wintergarten in Ihr Zimmer zu gelangen, nichts Ungewöhnliches aufgefallen ist?«

»Ich denke schon seit gestern abend über diese Frage nach, aber bis jetzt ist mir nichts eingefallen. Ich glaube allerdings, wenn etwas anders gewesen wäre als sonst, dann hätte ich es bemerkt. Ich bin eine gute Beobachterin, da haben Sie recht, und ich kenne das Haus. Nein, gesehen habe ich nichts. Und was das Hören angeht – ich muß gestehen, ich war in Gedanken. Wenn in Ihrem Zimmer Lärm war, so habe ich es nicht bemerkt. Es waren sicher keine lauten Stimmen oder ein Streit. Das hätte ich gehört.«

»Eine Frage habe ich noch. Sie ist leider unangenehm.«

»Manche Fragen haben das nun einmal so an sich.«

»Womit spitzen Sie Ihre Bleistifte?«

Sie sah ihn erstaunt an. »Sie sind wirklich gründlich.«

»Nun ja, es wäre eine große Hilfe, wenn sich die Mordwaffe identifizieren ließe. Leider habe ich da keine große Hoffnung. Wenn ich der Mörder wäre, hätte ich sie wahrscheinlich in einen Brunnen geworfen oder unter einem losen Pflasterstein verscharrt oder etwas in der Art. Dennoch versuche ich herauszufinden, ob irgendwo ein Messer verschwunden ist.«

»Mein Messer ist nicht verschwunden. Ich habe es hier.«

Sie öffnete ihren Federkasten. Drinnen lagen sauber geordnet ihre Bleistifte und Radiergummis. Das Messer lag in einem eigenen kleinen Fach, ein Messer mit Perlmuttgriff. Sie reichte es Julian.

»Damit spitzen Sie Ihre Stifte?« Er zog das Messer aus der schwarzen Samtscheide. Die Klinge war zwischen acht und zehn Zentimeter lang.

»Sehr praktisch ist es nicht«, gab sie zu. »Mit einem Federmesser wäre es einfacher und sicherer. Tante Catherine unkt ständig, daß ich mich mit diesem hier demnächst kräftig in den Finger schneiden werde. Aber das Messer hat meinem Vater gehört. Es ist eines der wenigen Dinge, die ich noch von ihm habe. Die meisten seiner Sachen wurden bei seinem Tod verkauft. Er hatte hohe Schulden.«

»Wer waren Ihre Eltern?«

»Mein Vater war Simon Fontclair. Sein Vater und der Onkel Roberts waren Brüder. Onkel Robert ist also eigentlich gar nicht mein Onkel. Meine Eltern sind an der Influenza gestorben, als ich drei Jahre alt war, und Onkel Robert und Tante Cecily haben mich zu sich genommen. Das war sehr gut von ihnen. Mein Vater hat mir nichts hinterlassen. Er hatte immer irgendwelche Pläne, wie er reich werden wollte – eine halbfertige Erfindung, eine Plantage auf Barbados –, aber es ging immer alles schief. Er war ein schwacher Mann«, schloß sie kurz, »aber er war ein Fontclair.«

Julian gab ihr das Messer zurück. »Haben Sie gestern zwischen vier und sechs Ihren Federkasten einmal unbeaufsichtigt gelassen?«

»Nein. Ich hatte ihn immer bei mir. Niemand kann mein Messer genommen haben, um die junge Frau zu töten. Außer mir natürlich.«

Er fragte unverblümt: »Miss Fontclair, wenn Sie etwas gesehen oder gehört hätten, was ein Mitglied Ihrer Familie belasten würde, würden Sie mir das dann mitteilen?«

Isabelle sah ihm ruhig ins Gesicht. »Nein, Mr. Kestrel.«

Dick Feltons Zeugnis

Bei seiner Rückkehr ins Haus wurde Julian in Sir Roberts Büro zitiert. Er hörte, daß die Durchsuchung des Zimmers, in dem die Tote gefunden worden war, und der anschließenden Räume nichts von Interesse erbracht hatte. Es fehlte nichts, es gab keine Spuren eines Kampfes, nicht den kleinsten Hinweis darauf, wie die junge Frau und der Mörder ins Haus gekommen waren. Die Durchsuchung sollte nun auf den Rest des Hauses ausgedehnt werden.

»Haben Sie schon von Senderby gehört?« fragte Julian Sir Robert.

»Nein, aber er müßte eigentlich bald kommen, um über seine Nachforschungen in der Umgebung zu berichten.« Er fügte hinzu: »Der Pastor und seine Frau haben uns vor einer kleinen

Weile ihren Besuch gemacht. Sie haben uns erzählt, daß man bereits in ganz Alderton von nichts anderem als dem Mord spricht. Die Sache erregt natürlich großes Aufsehen. Wir können nur hoffen, daß es uns gelingt, das Verbrechen schnellstens aufzuklären, um der Panik und den morbiden Spekulationen, die es ausgelöst hat, ein Ende zu machen.«

Und ich glaube, damit ist es ihm wirklich ernst, dachte Julian. Er kann sich überhaupt nicht vorstellen, daß ein Mitglied seiner Familie schuldig sein könnte.

Sir Robert reichte Julian einige große Pergamentbögen. »Rawlinson hat mir gesagt, sie wollten gern einen Plan des Hauses haben. Das sind die Pläne für den neuen Flügel, der zur Zeit meines Vaters erbaut wurde. Die Architekten machten diese Zeichnungen des Haupthauses und des Personalflügels dazu, obwohl diese Teile des Hauses von der Renovierung unberührt blieben.«

Julian breitete die drei Erdgeschoßpläne auf einem Tisch aus: der Personalflügel, daneben das Haupthaus und der neue Flügel, der sich an der hinteren Ecke des Haupthauses im Winkel anschloß. Die Pläne für die erste Etage legte er in der gleichen Manier aus. Das Haus wirkte fremd und unvertraut aus dieser Vogelperspektive. Säle von beeindruckender Größe, wie der Große Saal und die große Empfangshalle, waren nicht mehr als kleine viereckige Kästchen, während eine Kammer wie Rawlinsons Büro weit größer wirkte, als sie tatsächlich war.

Er sagte: »Ich kann mir nicht vorstellen, daß jemand sich dem Portal ungesehen nähern kann. Der Vorplatz und die Auffahrt liegen völlig offen. Der Weg durch den Garten zum Wintergarten ist geschützter, aber am ehesten gelangt man unbemerkt ins Haus, wenn man von hinten kommt, durch das Silberlindenwäldchen oder den Küchengarten.« Er wies auf den kleinen Raum mit der Hintertür. »Sagten Sie mir nicht, daß dieser Raum hier als Wartezimmer fungiert?«

»Doch. Für Lieferanten und andere Personen, die im Personalflügel zu tun haben.«

»Er scheint sich direkt unter Rawlinsons Büro zu befinden, das an mein früheres Zimmer anschließt. So nah und doch so fern.«

Sir Robert nickte. »Jeder, der an der Hintertür steht, kann zu Ihrem Zimmer hinaufsehen, aber um hineinzukommen, müßte er entweder an der Mauer emporklettern und durch das Fenster einsteigen oder durch die Hintertür ins Haus, durch den Personalflügel, den Wandelgang, die große Empfangshalle und dann die Freitreppe hinaufgehen.«

»Die Idee, daß einer die Mauer hinaufklettern könnte, ist interessant. Es ist ja nicht wahrscheinlich, daß jemand den Baum vor dem Fenster hinaufgeklettert ist; der Boden darunter war unberührt. Aber unter dem Fenster, ein paar Schritte von der Mauer entfernt, ist ein gepflasterter Weg, auf dem weder Fußabdrücke noch die Abdrücke einer Leiter erkennbar wären. Es ist allerdings schwer vorstellbar, daß jemand so dreist wäre, am hellichten Tag dort eine Leiter aufzustellen, auch wenn er gewußt haben sollte, daß die Dienstboten alle beim Abendessen sitzen und die Familie im Haus und auf dem Gelände verstreut ist. Außerdem – wenn eine Leiter benutzt wurde, wo ist sie hingekommen? Der Mörder kann sie nicht benutzt haben, um wieder zu verschwinden, denn die Fenster waren ja von innen verriegelt.«

Man kann es betrachten, wie man will, dachte er, es ergibt sich immer die gleiche Schlußfolgerung. Der Mörder muß zum Haushalt gehören; es muß jemand sein, der die junge Frau heimlich hereinlassen, sie in mein Zimmer führen und dort töten konnte, anschließend ging er wieder seinen Geschäften nach, als wäre nichts geschehen. Er hätte ein Akrobat oder ein Zauberkünstler sein müssen, um als Fremder ins Haus zu gelangen, die junge Frau zu töten und spurlos zu verschwinden.

»Mr. Kestrel!«

»Ja, Lady Tarleton?«

»Ich möchte mit Ihnen sprechen. Kommen Sie in die Bibliothek.«

Drinnen wandte sie sich ihm hocherhobenen Hauptes mit blitzenden blauen Augen zu. »Mein Bruder sagte mir, daß Sie hier weiterhin den Polizisten spielen und mit unverschämten Fragen in unsere Intimsphäre eindringen wollen. Ich weiß nicht, aus was für einem Stall Sie kommen, aber zivilisierte Menschen, die zu Gast in fremden Häusern weilen, würden es sich nicht einfallen lassen, ihre Gastgeber der Lüge und des Verbrechens zu bezichtigen.«

»Ich habe niemanden bezichtigt. Ich stelle lediglich Fragen. Einige der Antworten, die ich bekommen habe, haben eher zu weiterer Verwirrung als zur Klärung der Dinge beigetragen. Das heißt, daß ich neue Fragen stellen muß – auch auf das Risiko hin, das ist mir klar, mich als Gast sehr unbeliebt zu machen.«

»Sie haben sich nicht darauf beschränkt, Fragen zu stellen, Mr. Kestrel. Gestern abend haben Sie mich praktisch beschuldigt, die blanke Unwahrheit zu erzählen.«

»Ich war einfach über einiges, was Sie sagten, verwundert. Das ist etwas ganz anderes, als Sie als Lügnerin anzuprangern.«

»Wie können Sie es wagen!«

»Lady Tarleton, ich bitte um Verzeihung, wenn ich Sie beleidigt habe. Glauben Sie mir, wenn es nicht um das Leben meines Dieners und meine eigene Ehre ginge, würde ich Ihnen lieber glauben, als mich rücksichtslos über Ihre Gefühle hinwegsetzen.«

»Sie messen sich zuviel Bedeutung bei, Mr. Kestrel. Seien Sie versichert, daß ein impertinenter Emporkömmling wie Sie meinen Gefühlen nichts anhaben kann. Ich verstehe sowieso nicht, wieso Sie sich in diese Untersuchung einmischen müssen. Warum können Sie das nicht Senderby und seinen Hilfspolizisten überlassen? Was denken Sie denn, wozu wir sie gerufen haben, wenn nicht dazu, diese notwendige und unerquickliche Arbeit zu leisten, zu der ein echter Gentleman sich niemals herablassen würde?«

»Wenn ich einen Ertrinkenden sähe oder einen Menschen, der Gefahr läuft, von einer Horde Pferde überrannt zu werden, würde ich keinen Moment darüber nachdenken, ob es Aufgabe eines Gentleman ist, in den Fluß zu springen oder die Pferde zu zügeln.«

»Ach so ist das. Wir sollen Sie als Helden feiern.«

»So habe ich das nicht gemeint«, entgegnete er zornig. Aber sogleich hatte er sich wieder in der Hand und lächelte. *Touché*, Lady Tarleton, gab er zu, aber der Kampf ist noch lange nicht vorbei. Seien Sie also auf der Hut.

Als er sich ihr wieder zuwandte, fiel sein Blick auf den Gürtel. Er erinnerte sich, daß sie ihn auch gestern getragen hatte, ehe sie sich zum Abendessen umgezogen hatte. An ihm hingen fünf dünne Kettchen, jedes mit einem Ring am Ende, an dem ein Gegenstand des täglichen Gebrauchs befestigt war: eine Geldbörse, ein Fingerhut, ein Nadelkissen, ein kleines Notizbüchlein.

»Was starren Sie mich so an?« fragte sie scharf.

»Ich sehe gerade, daß eines Ihrer Kettchen leer ist. Haben Sie daran Ihre Handarbeitsschere getragen?«

»Ach, da sind wir endlich wieder bei der Schere. Ist es etwa ein Verbrechen, Mr. Kestrel, eine Handarbeitsschere fallen zu lassen und sich in den Finger zu schneiden, wenn man sie aufhebt?«

»Von einem Verbrechen habe ich nie etwas gesagt, Lady Tarleton. Das waren Sie.«

»Sie erwarten wohl, daß ich Ihnen die zerbrochene Schere zeige. Soll ich sie holen, um Ihnen zu beweisen, daß ich die Wahrheit sage?«

»Das wäre sehr liebenswürdig von Ihnen. Danke.«

Sie starrte ihn offenen Mundes an. Ihre Frage war ironisch gemeint gewesen; nicht im Traum hätte sie sich einfallen lassen, er könnte die Unverschämtheit besitzen, so etwas von ihr zu verlangen. Doch sie brachte es auch nicht fertig, das einmal gemachte Angebot zurückzuziehen. »Sie hat immerhin gewisse Skrupel«, hatte MacGregor über sie gesagt, und es war wahr.

»Nun gut, Mr. Kestrel. Ich kann Ihnen nicht sagen, wie verächtlich ich Sie finde – von einer Dame Beweise dafür zu verlangen, daß ihre Worte wahr sind! Aber wenn ich Ihnen meine Schere in die Hand legen muß, damit Sie mir glauben – bitte sehr. Warten Sie hier auf mich.« Sie rauschte hinaus.

Während sie weg war, wanderte er in der Bibliothek umher, drehte die beiden großen Globen, der eine eine Abbildung der Erde, der andere des Himmels, und sah sich die Bücher in den Schränken an. Sie standen, nach Autor und Thema geordnet, in Reih und Glied wie die Soldaten. Der Band mit Popes Gedichten war wieder an seinem Platz bei Popes anderen Werken. Es hätte ihn interessiert, wie Sir Robert es gestern fertiggebracht hatte, eine Viertelstunde lang das Buch herauszusuchen.

»Bitte sehr, Mr. Kestrel!« Catherine Tarleton warf die Schere auf einen der langen, glänzend polierten Tische. »Wenn Sie sonst noch Besorgungen für mich haben, tun Sie sich nur bitte keinen Zwang an.«

»Danke.« Er nahm die Schere zur Hand. Sie war stark beschädigt. Die beiden Teile waren auseinandergebrochen, und die dünnere, schärfere Klinge war verbogen und verkratzt. Reste eines dunklen Flecks, die wie Blutspuren aussahen, waren noch zu erkennen. Höchstwahrscheinlich war es Catherine Tarletons Blut – aber das ließ sich, wie MacGregor gesagt hatte, nicht feststellen. Zweifellos hätte die junge Frau mit dieser kleinen scharfen Klinge getötet werden können. Nur – die Kratzer auf der Klinge stammten gewiß nicht daher. Allerdings waren sie auch nicht damit zu erklären, daß die Schere heruntergefallen war.

»Sie sind immer noch argwöhnisch, nicht wahr?« fragte sie.

»Sie sind entschlossen, uns alle mit ihren Fragen und Unterstellungen zu quälen und zu verfolgen, obwohl der wahre Mörder längst hinter Schloß und Riegel ist. Ich jedenfalls werde mit größter Genugtuung zusehen, wenn er gehängt wird.«

»Das glaube ich nicht, Lady Tarleton. Ehe es nämlich dazu kommt, werde ich dieses Haus Stein um Stein auseinandernehmen und den Menschen in ihm keinen Moment Ruhe lassen, bis ich weiß, wer die junge Frau wirklich getötet hat.«

Sie griff sich mit beiden Händen an den Hals. »Was ... was haben Sie jetzt vor?«

»Unter anderem werde ich mich mit Mr. Craddock unterhalten. Ich würde gern mehr über diese Waldlichtung wissen, die er gestern aufgesucht hatte.«

Sie zitterte. Ihre Hände verkrampften sich. »Es gibt auf Bellegarde Dinge, an die Sie nicht rühren dürfen.«

»Das mag sein. Aber es gibt andere Dinge, an die ich rühren *muß*, und leider weiß ich nicht, welche zu welcher Kategorie gehören.«

»Sie werden schlimmeren Schaden anrichten, als Sie sich überhaupt vorstellen können. Aber das kümmert Sie nicht, nicht wahr?« Sie lachte bitter. »Sie sind rücksichtslos, Mr. Kestrel.«

Das Mittagessen wurde serviert, ehe Julian Gelegenheit hatte, mit Mark Craddock zu sprechen. Während der Mahlzeit meldete ein Dienstbote, daß Senderby eingetroffen sei. Sir Robert und Julian entschuldigten sich hastig und gingen in Sir Roberts Büro.

Senderby war in Begleitung von zwei Personen. Die eine war ein Junge von vielleicht siebzehn oder achtzehn Jahren mit frischem, rotwangigem Gesicht, widerspenstigem braunen Haar und einer Stupsnase. Er trug einen kurzen Kittel, eine schmutzige Hose und Stiefel. Die andere war eine Frau mittleren Alters in einem verblichenen braunen Kattunkleid, dessen Ärmel über ihren knochigen Ellbogen hochgekrempelt waren. Auf dem glatt zurückgekämmten, von Grau durchzogenen Haar trug sie einen weichen Strohhut.

»Sie kennen Mrs. Warren, Sir«, sagte Senderby zu Sir Robert, »und Dick Felton vom *Blue Lion*. Diese beiden sind die einzigen, die ich auftreiben konnte, die mit der jungen Frau vor ihrem Tod gesprochen haben.«

Mrs. Warren zupfte an ihrer Schürze. Sie machte ein Gesicht, als erwartete sie, jeden Moment des Mordes beschuldigt zu werden. Felton schien die Situation Vergnügen zu bereiten. Er wippte lässig auf den Fersen und sah sich mit scharfen, interessierten Blicken im Zimmer um.

Sir Robert sagte zu beiden: »Constable Senderby hat euch hierhergebracht, damit ihr über die junge Frau Auskunft gebt, die gestern abend hier im Haus tot aufgefunden wurde. Mein Schreiber«, er wies auf Rawlinson, »wird eure Aussagen zu Protokoll nehmen und sie dann von euch unterzeichnen lassen. Ich bitte euch, seid so gründlich, genau und aufrichtig wie überhaupt möglich. Wir haben es hier mit einem schweren Verbrechen zu tun, aber ich zweifle nicht, daß wir mit der Hilfe gewissenhafter Zeugen den Mörder bald seiner gerechten Strafe zuführen können.« Er setzte sich an seinen Schreibtisch. »Felton, bitte tritt vor. Zunächst einmal, dein Name ist Richard Felton, und du bist Stallbursche in der *Blue Lion*-Posthalterei in Alderton. Ist das richtig?«

»Ja, Sir.« Der Junge trat eifrig vor. Senderby gab ihm einen leichten Puff, und er nahm die Hände aus den Taschen.

»Wann hast du die junge Frau, um die es geht, das erstemal gesehen?«

»Vorgestern. Sie kam in einer gelben zweispännigen Kalesche vorgefahren.«

»In einem gemieteten Wagen also.«

»Ja, Sir. Sie hat ihn in Hammersley gemietet. Ich hab' den Postkutscher und die Pferde erkannt.«

»Hammersley ist ein Dorf etwa zehn Meilen südlich von Alderton«, sagte Sir Robert zu Julian.

»Ja, ich erinnere mich. Ich habe dort auf dem Weg von London hierher die Pferde gewechselt.«

»Kam die junge Frau aus London?« fragte Sir Robert.

»Wo sie losgefahren ist, weiß ich nicht, Sir. Ich weiß nur, daß sie zuletzt in Hammersley die Pferde gewechselt hat.«

»Hattest du sie vorher schon einmal gesehen?«

»Ich hab' sie überhaupt nicht gesehen, Sir – jedenfalls nicht richtig. Sie hatte nämlich einen Schleier vorm Gesicht. Aber ich hab' ihre Leiche gesehen, und es ist dieselbe junge Dame. Da hab' ich überhaupt keinen Zweifel.«

»Hatte sie Gepäck bei sich?«

»Die Tasche da.« Er wies auf eine Reisetasche aus blauem Kammgarn mit Holzgriffen, die auf einem Tisch hinter ihm stand.

»Haben Sie die schon durchgesehen?« fragte Sir Robert Senderby.

»Ja, Sir. Ich habe eine Liste von allem gemacht, was drin ist.« Er kramte in seinen Taschen, bis er einen Zettel fand, von dem er stockend vorlas: »Ein blaues Kleid, ein Taschentuch, eine Haarbürste, ein Spiegel, ein Nachtgewand, eine Haube, eine ... äh ... Damenwäsche, eine Holzperlenkette mit einem Kreuz daran.«

»Ein Rosenkranz?« fragte Julian überrascht.

»Ja, Sir, ich glaub', es ist einer. Ich hab' vorher noch nie einen gesehen.«

»Die Ausländer beten alle mit diesen Dingern«, sagte Felton. »Die wissen's nicht besser.«

»War die junge Frau Ausländerin?« fragte Sir Robert.

»Ja, Sir.«

»Woher weißt du das?«

»Weil sie so komisch geredet hat, Sir.«

»Du meinst, sie hat mit Akzent gesprochen?« fragte Julian.

»Stimmt haargenau, Sir.«

»Und was für ein Akzent war es?«

»Ein ausländischer Akzent«, antwortete Felton ungeduldig.

»Ich meine, von welchem Land?«

»Das weiß ich nicht, Sir.«

»Weiß es irgend jemand?« wandte sich Sir Robert an Senderby.

»Nein, Sir«, antwortete der Constable. »Sie hat niemandem ihren Namen genannt und hat auch kaum was über sich selbst gesagt.«

»Haben Sie in ihrer Tasche etwas gefunden, das ihren Namen trug?« fragte Julian.

»Nein, Sir.«

»Wie steht es mit Papieren, Schlüsseln, Etiketten in ihren Kleidern?«

»Nichts, Sir.«

Sir Robert und Julian tauschten verblüffte Blicke.

Julian versuchte es mit etwas Französisch, Italienisch und Deutsch, aber es war zwecklos: Felton konnte den Akzent der jungen Frau nicht bestimmen.

Sir Robert bat ihn, in seinem Bericht fortzufahren.

»Ich hab' ihr aus dem Wagen geholfen und ihre Reisetasche aus dem Kofferraum geholt. Sie hat mir ein gutes Trinkgeld gegeben, und ich bin ein Weilchen geblieben, weil ich gehofft hab', ich könnt' noch ein bißchen was an ihr verdienen. Außerdem war ich neugierig. Sie war ja eine Fremde und Ausländerin dazu und angezogen wie eine feine Dame. Hübsch auch noch. Ihr Gesicht hab' ich nicht richtig erkennen können, aber die Figur war gut, eine bessere hätte man sich nicht wünschen können.«

»Das interessiert die Herren nicht«, warf Senderby tadelnd ein.

»Sir Robert hat aber gesagt, ich soll aufrichtig und gründlich sein«, entgegnete der Junge. »Na ja, ich hab' sie jedenfalls gefragt, ob sie ins Gasthaus will und ob ich ihr ihre Taschen tragen soll. Aber sie hat sie nicht hergegeben und hat sich irgendwie so verstohlen umgeschaut. Sie würde lieber irgendwo absteigen, wo's ruhig ist, hat sie gesagt, nicht in so einem öffentlichen Gasthaus wie dem *Lion*. Sie hat mich gefragt, ob ich in der Nähe was wüßte. Da hab' ich ihr Mrs. Warren empfohlen – daß sie in ihrem Häuschen ein Zimmer vermietet. Ich hab' ihr gesagt, daß es einfach ist, für jemanden wie sie bestimmt nicht das Richtige – wenn Sie entschuldigen, Mrs. Warren. Aber sie meinte, das mache ihr nichts aus, Hauptsache, es sei ein anständiges Haus. Sie hat das so betont, daß ich angefangen hab' zu glauben, sie wär eine Dame und kein«, er zwinkerte, »Dämchen, wenn Sie verstehen, was ich meine.

Na, am Ende hat sie gesagt, sie würde das Zimmer gern nehmen und ob's weit wär. ›Nur ein Katzensprung, Miss‹, hab' ich gesagt. ›Ich führ Sie gern hin.‹ Aber da ist sie gleich kopfscheu geworden, sagte, nein danke, sie wolle mir keine Umstände machen, ich solle ihr nur den Weg beschreiben. Das hab'ich getan, und sie hat mir noch mal ein Trinkgeld gegeben – die muß gut bei Kasse gewesen sein, wenn Sie mich fragen –, dann hat sie ihre Reisetasche genommen und ist davongegangen. Ich wär ihr gern nachgegangen, um zu sehen, was es mit ihr auf sich hat, aber da kam gerade die Postkutsche, und da mußte ich mich um die Pferde und die Reisenden kümmern und so. Danach hab' ich sie lebend nicht wiedergesehen«, schloß er bekümmert.

»Um welche Tageszeit kam sie an?« fragte Julian.

»Wenn die Postkutsche pünktlich war, was ich glaube, dann muß die junge Dame kurz vor sieben angekommen sein.«

»Wenn sie zu Fuß durch das Dorf gegangen ist, muß sie von anderen auch gesehen worden sein«, meinte Sir Robert.

»Die meisten Dorfbewohner waren zu Hause«, sagte Senderby. »Oder sie waren bei der Postkutsche. Wenn die kommt, hat im Dorf keiner Augen für was anderes. Trotzdem haben ein paar Leute sie von der Hauptstraße in den südlichen Fußweg einbiegen sehen, der zu Mrs. Warrens Haus führt. Danach hat sie niemand mehr gesehen, außer Mrs. Warren – bis sie hier tot aufgefunden wurde.«

Mrs. Warrens Zeugnis

Nun war Mrs. Warren an der Reihe, ihre Aussage zu machen. Auf Befragen erklärte sie, sie heiße Deborah Warren, lebe allein in einem Häuschen eine halbe Meile westlich von Alderton, ihr Mann sei vor einigen Jahren gestorben, und sie verdiene sich ihr Leben mit dem Anbau von Gemüse und als Weißnäherin. In ihrem Haus, das sie von Sir Robert gepachtet hatte, gab es ein leeres Zimmer, das sie gelegentlich an Damen vermietete.

»Ach, und Sir, ich hatte schon seit Wochen keine Mieterin mehr gehabt, und ich brauchte das Geld wirklich dringend, sonst hätte ich sie niemals aufgenommen. Gleich von Anfang an hab' ich befürchtet, daß sie keine anständige Person ist, ich meine, da sie doch Ausländerin war und so ganz allein reiste. Hübsch war sie auch, das muß ich sagen, und vornehm gekleidet – und kein Ring an ihrem Finger. Aber sie hat ausgesehen, als könnte sie für Kost und Logis bezahlen, und da habe ich's einfach nicht über mich gebracht, sie wegzuschicken. Aber mein Geld hab' ich nie bekommen.« Mrs. Warrens Stimme bekam einen weinerlichen Ton. »Das ist meine Strafe dafür, daß ich so eine schlechte junge Person in meinem Haus aufgenommen habe. Gott verzeih mir, wenn ich schlecht über die Toten spreche, aber bei ihr muß was nicht gestimmt haben, sonst wär sie doch nicht umgebracht worden.«

»Wieviel hat sie Ihnen geschuldet?« fragte Sir Robert.

Mrs. Warren, die sich mit ihrer Schürze die Augen tupfte, sah auf und zwinkerte hoffnungsvoll. »Ich hab's mir genau ausgerechnet, Sir, zwei Shilling und neun Pence.«

»Ich übernehme die Schuld. Rawlinson, seien Sie so gut und bezahlen Sie Mrs. Warren, ehe sie geht.«

»Oh, Gott segne Sie, Sir, vielen Dank.« Sie schneuzte sich. »Ich will der jungen Dame gegenüber nicht ungerecht sein, und ich kann nicht behaupten, daß sie nicht die Absicht gehabt hätte zu zahlen. Denn als sie gestern morgen weggegangen ist, hat sie ihre Tasche mit allen ihren Sachen dagelassen, als wollte sie wiederkommen, nur ... nur ...« Ihre Stimme verlor sich.

»Wann sind Sie ihr zum erstenmal begegnet?« fragte Sir Robert.

»Sie hat vorgestern abend ungefähr um halb acht bei mir geklopft. Sie hat keinen Namen genannt, und ich hab' auch nicht danach gefragt. Sie schien überhaupt nicht viel über sich sagen zu wollen, und ich wollte nicht fragen, weil ich sie, wie ich schon sagte, Sir, gar nicht mit gutem Gewissen bei mir aufgenommen habe. Da wollte ich nicht mehr über sie wissen als unbedingt nötig. Ich hab' sie einfach ›Miss‹ genannt. Ich hab' ihr das Zimmer gezeigt, und sie sagte, sie würde es nehmen. Wegen dem Preis hat sie kein Theater gemacht.« Mrs. Warren krauste die Stirn. »Ich weiß nicht, was ich Ihnen sonst noch sagen kann. Ich hab' sie gefragt, ob sie bei mir essen wollte, und sie hat ja gesagt.«

»Hat sie Ihnen erzählt, warum sie nach Alderton gekommen war?« fragte Sir Robert.

»Nein, Sir.«

»Haben Sie sie gefragt, wie lange sie bleiben wollte?« erkundigte sich Julian.

»Ja, Sir, jetzt, wo Sie's erwähnen – ja, danach hab' ich sie gefragt, und sie sagte ... sie sagte ... Ich kann mich so schlecht erinnern. Mir kommt's jetzt erst so richtig, was da passiert ist.

Ich bin mein ganzes Leben lang noch nie mit dem Gesetz in Schwierigkeiten geraten.«

»Sie sind nicht in Schwierigkeiten mit dem Gesetz«, beruhigte Julian sie. »Sie helfen bei der Lösung eines sehr verzwickten Problems, und dafür sind wir Ihnen sehr dankbar.«

Sie warf ihm einen zaghaften Blick zu. »Ich möchte natürlich meine Pflicht tun, Sir. Es ist nur so schwer. Es... es war ein schwerer Tag.«

Wir packen das ganz falsch an, dachte Julian. Sie kann doch eigentlich nur verwirrt und ängstlich sein – hier im Haus des Gutsherrn, wo Rawlinson jedes ihrer Worte aufschreibt und sie sich mutterseelenallein mit der Autorität des Gesetzes in seiner ganzen Majestät konfrontiert sieht. Wir hätten sie in ihrem Häuschen aufsuchen sollen, wo sie sich zu Hause fühlt und nicht so hilflos: Ich glaube, genau das werde ich später tun. Ich werde sie in ihrem Häuschen aufsuchen und sehen, ob es ihr dort leichter fällt, meine Fragen zu beantworten.

Mrs. Warren versuchte immer noch, sich zu erinnern, wie lange die junge Frau gesagt hatte, daß sie bleiben würde. »Ich glaube, sie hat gesagt, sie wüßte es selbst noch nicht. Wir haben's dann dabei belassen, daß sie erst mal die Nacht bleibt und mir am nächsten Tag Bescheid geben würde, wenn sie das Zimmer noch länger brauchen sollte.«

»Was hat sie dann an diesem Abend getan?« fragte Sir Robert.

»Sie ist in die Küche heruntergekommen und hat gegessen – aber eigentlich hat sie nur in ihrem Essen herumgestochert. Danach ist sie wieder in ihr Zimmer gegangen. Erst am nächsten Morgen ist sie wieder rausgekommen.«

»Woher wissen Sie das?«

»Mein Zimmer ist genau gegenüber vom Gästezimmer, Sir, und ich hab' einen sehr leichten Schlaf. Ich hätt's gemerkt, wenn sie in der Nacht aus ihrem Zimmer gekommen wäre.«

»Und was geschah am nächsten Morgen?«

»Sie ist zum Frühstück runtergekommen – so gegen sieben, glaub' ich. Dann hat sie ihren großen Schal umgelegt und den Hut mit dem Schleier aufgesetzt und ist ausgegangen. Und – danach hab' ich sie nicht wiedergesehen.«

»Sagte sie, wohin sie wollte oder wann sie zurück sein würde?«

»Nein, Sir.«

»In welche Richtung ist sie gegangen?«

»Den Fußweg runter zum Dorf. Nach der Kurve hab' ich sie dann nicht mehr sehen können.«

»Aber sie ist nie in Alderton angekommen«, bemerkte Senderby. »Jedenfalls kann ich niemand auftreiben, der sie dort gesehen hat. Nachdem sie von Mrs. Warren weggegangen war, hat überhaupt niemand sie mehr gesehen – bis sie hier tot aufgefunden wurde.«

»Wohin, außer ins Dorf, führt dieser Fußweg noch?« fragte Julian.

»Eine Abzweigung führt zur Hauptstraße, die im Westen aus Alderton hinausführt, in Richtung Whitford. Wenn sie auf dieser Straße gegangen ist, werden wir jemand finden, der sie gesehen hat. An dem Morgen war der Pferdemarkt; da war eine Menge Verkehr nach Whitford unterwegs.«

»Sie müssen weiterforschen«, sagte Sir Robert und fügte nach einer kleinen Pause hinzu: »Dieselbe Straße führt in südöstlicher Richtung durch Alderton nach Bellegarde.«

Mrs. Warren nickte. »Das hab' ich ihr gesagt, Sir.«

Es war einen Moment ganz still, und alle starrten sie an. »Wieso haben Sie ihr das gesagt?« fragte Sir Robert dann.

»Sie ... sie hat gefragt, Sir«, stammelte Mrs. Warren.

»Sie hat Sie nach Bellegarde gefragt?«

»Ja, Sir.«

»Warum haben Sie uns das nicht gleich erzählt?«

»Ich hab' nicht mehr dran gedacht, Sir.« Ihr Gesicht verzog sich, und sie drückte ihr Taschentuch an den Mund.

Julian fragte behutsam: »Wie kam sie denn auf Bellegarde zu sprechen?«

»Ich hab' ihr das Zimmer gezeigt, und sie hat zum Fenster rausgeschaut und in ihrer komischen Sprache gesagt: ›Bitte, können Sie mir sagen, wo das Haus ist, das sich Bellegarde nennt?‹ Ich hab' ihr gesagt, es sei ein bis zwei Meilen im Südosten. Und ich hab' gefragt: ›Was wollen Sie denn auf Bellegarde, Miss?‹ Da ist sie erschrocken, jedenfalls hatte ich den Eindruck, und hat gesagt, sie wolle gar nichts dort, sie hätte nur gehört, es sei ein sehr schönes Haus, und sie würde vielleicht hingehen und es sich anschauen. Aber ich muß Ihnen gestehen, Sir, ich hatte so ein Gefühl, daß das nicht wahr war. Ich hab' gedacht, das hätte sie sich in dem Moment ausgedacht. Ach Gott, danach hätte ich sie ausquartieren müssen, ich weiß. Es kann ja nicht gut enden, wenn man jemand in seinem Haus aufnimmt, bei dem man nie weiß, ob er einem nicht Märchen erzählt.«

»Hat sie Ihnen sonst noch etwas darüber gesagt, warum sie nach Alderton gekommen war oder warum sie sich für Bellegarde interessierte?« Ein Unterton der Verzweiflung schwang in Sir Roberts Stimme.

»Ich glaube, nicht, Sir. Nein... nein, ich bin ziemlich sicher, daß sie sonst nichts gesagt hat.«

»Haben Sie uns jetzt wirklich alles berichtet, was Sie mit der jungen Frau gesprochen haben, sowohl am Abend ihrer Ankunft als auch am folgenden Morgen?«

»Äh, ja, ich glaub schon, Sir – aber ich kann mich nicht so gut erinnern, wie ich schon gesagt habe.«

Julian dachte, wenn wir annehmen, daß jemand auf Bellegarde die junge Frau getötet hat, wußte die betreffende Person dann im voraus, daß sie nach Alderton kommen würde? Oder tauchte die junge Frau ganz unerwartet auf Bellegarde auf und bereitete dem Mörder eine böse Überraschung? Er fragte Mrs. Warren: »Erhielt die junge Frau irgendwelche Botschaften?«

»Nicht daß ich wüßte, Sir.«

»Hat jemand versucht, sie zu sprechen?«

Mrs. Warren schüttelte den Kopf.

»Erschienen Fremde bei Ihnen, am Tag ihrer Ankunft oder am folgenden Tag?«

»Nein, Sir. Und ich achte sehr auf Fremde. Wenn man allein lebt wie ich und noch dazu ein bißchen abgelegen, muß man vor Dieben immer auf der Hut sein.«

Sir Robert dankte Felton und Mrs. Warren, und Rawlinson führte sie beide hinaus. Der Junge ging nur widerstrebend, Mrs. Warren mit merklicher Erleichterung.

Sir Robert stand auf und kam um seinen Schreibtisch herum. »Diese Untersuchung ist in jeder Hinsicht ungewöhnlich. In der Regel würden die Familie oder die Freunde des Opfers sich vor allen anderen bemühen, den Mörder zu fassen. Aber da wir noch immer nicht wissen, wer die junge Frau war, muß ich wohl weiterhin die alleinige Verantwortung für die Untersuchung tragen.«

Er wandte sich an Senderby. »Sie müssen Ihre Bemühungen, Leute zu finden, die mit ihr gesprochen oder sie gesehen haben, verdoppeln. Und vernehmen Sie noch einmal meine Dienstboten. Wir wissen jetzt, daß die Frau einen ausländischen Akzent hatte; vielleicht weckt das bei jemanden eine Erinnerung.«

»Wir wissen ferner, daß sie in Hammersley, an der Londoner Straße, die Pferde gewechselt hat«, warf Julian ein. »Wenn sie ihre Reise in London begonnen hat, muß sie schon mindestens zweimal zuvor die Pferde gewechselt haben. Postkutscher und Stallburschen werden sich vielleicht an sie erinnern. Vielleicht hat sie sogar mit einem Gastwirt oder einem Mitreisenden gesprochen. Oder vielleicht ist sie an einer Zollstelle gesehen worden.«

Sir Robert nickte. »Einer der Hilfspolizisten muß ihre Reise bis zum Ausgangspunkt zurückverfolgen. Er muß jede Posthalterei und Zollstelle aufsuchen, die sie passiert hat, und sehen, ob er über ihre Identität, den Anlaß ihrer Reise und Personen, die eventuell in ihrer Begleitung waren, etwas in Erfahrung bringen kann. Wenn wir erst einmal wissen, woher sie gekommen ist, können wir wenigstens dort Erkundigungen über sie einholen.«

Julian hatte wenig Hoffnung, daß sie Spuren hinterlassen hatte. Es lag auf der Hand, daß sie ihre Identität und den Zweck ihrer Reise hatte geheimhalten wollen. Sie hatte keinem Menschen in Alderton ihren Namen genannt, sie hatte die Nacht in einem abgelegenen Haus verbracht und war dort am nächsten Morgen in aller Frühe weggegangen, nur um am späten Nachmittag gewissermaßen aus dem Nichts in Bellegarde aufzutauchen. Dennoch – ihre Erscheinung war auffallend genug gewesen, um Aufmerksamkeit zu erregen. Irgendwo hatte vielleicht irgend jemand etwas bemerkt, was jetzt für die Ermittlungen von Nutzen sein konnte. Aber wenn sie tatsächlich aus London gekommen war, war die Fahndung nach ihr dort etwa ebenso erfolgversprechend wie die Suche nach der berühmten Stecknadel im Heuhaufen. Sie würden öffentlich annoncieren und Belohnungen aussetzen müssen, und mit Sicherheit würde die Bow Street die Ermittlungen übernehmen.

Er schob all diese Sorgen zunächst einmal beiseite. Seine nächste Aufgabe war es, in Alderton nach Dipper zu sehen. Er beschloß, Mrs. Warren erst am folgenden Tag aufzusuchen; sie brauchte Zeit, um sich von der heutigen Vernehmung zu erholen. Statt dessen wollte er Dr. MacGregor den angekündigten Besuch abstatten. Er konnte jetzt ein langes, eingehendes Gespräch über die Fontclairs gebrauchen.

Julian beschloß, nicht auf der Hauptstraße nach Alderton zu reiten, sondern lieber durch die »Jagd« zu Fuß zu gehen – jenen Trakt dichten Waldes, der nordnordwestlich von Bellegarde war. Auf diesem Weg war die junge Frau vermutlich nach Bellegarde gekommen. Wäre sie auf der Hauptstraße gekommen, so hätte sie mitten durch Alderton gemußt, wo ganz sicher jemand sie gesehen hätte. Es war natürlich auch möglich, daß sie das Dorf südlich umrundet und sich Bellegarde durch den Park genähert hatte. Von dort hätte sie ohne Mühe durch den französischen Garten zur Terrasse gelangen und das Haus durch die Fenstertür des Wintergartens betreten können. Aber der Wald bot mehr Deckung und Einsamkeit, und das hätte einer Person, die so auf Geheimhaltung aus war wie diese junge Frau, wahrscheinlich am meisten zugesagt.

Er fragte sich, woher sie den Weg wußte, ganz gleich, welchen sie nun eingeschlagen hatte. Sie hatte Mrs. Warren nach Bellegarde gefragt, als sei ihr die Gegend unbekannt. Vielleicht hatte der Mörder sie irgendwo erwartet und ihr den Weg gezeigt, oder sie hatte jemand gefragt. Doch wenn das letztere zutraf, wer war dann diese Person gewesen, und wo hatte sie sie getroffen?

Er brauchte fast eine Stunde, um durch die »Jagd« nach Alderton zu gelangen, aber er ging langsam, ließ sich Zeit, um den Weg genau zu erkunden. Zum Glück blieb das Wetter freundlich, so daß er mit Hilfe der Sonne in diesem Gewirr gewundener Wege gut vorwärts kam. Er stieß auf abgeknickte Äste und flachgetretenes Laub, Anzeichen dafür, daß erst vor kurzem jemand diesen Weg gegangen war; der Regen der vergangenen Nacht jedoch hatte Fußabdrucke, wenn überhaupt welche vorhanden gewesen waren, verwischt. Von Zeit zu Zeit öffneten sich die Bäume zu einer Lichtung, die vom Rest des Waldes abgeschirmt war. Gut möglich, daß es eine dieser Lichtungen war, die Craddock gestern aufgesucht hatte.

Neben einem Bach, der parallel zur Hauptstraße floß, kam er aus dem Wald heraus. Nahe einem verlassenen alten Gebäude, einer ehemaligen Mühle vermutlich, war ein Steg. Er überquerte ihn und mußte noch etwa eine Viertelmeile bis zur Hauptstraße gehen. Dort wandte er sich nach Südosten und gelangte bald nach Alderton.

Von diesem Moment an hatte er ständig neugierige Gaffer auf den Fersen. Die Leute kamen aus ihren Häusern und hielten in ihrer Arbeit inne, um ihn aus sicherer Entfernung anzustarren – für den Fall, vermutete er, daß er plötzlich gewalttätig werden oder außer Rand und Band geraten sollte. Denn natürlich wußte mittlerweile das ganze Dorf, daß die geheimnisvolle Fremde in seinem Bett gefunden worden war und daß sein Diener unter Mordverdacht im Dorfgefängnis saß. Er ignorierte die Gaffer, so gut es eben ging, begab sich zu Senderbys Schuhmacherei und sagte ihm, er wünsche Dipper zu sehen.

Dipper hatte die Zelle für sich allein, und das war gut so; sie war ja kaum drei Meter breit. Sie hatte die Form eines Bienenkorbs, mit einer gewölbten Decke und einer Tür, die mit einem Vorhängeschloß gesichert war. Licht fiel einzig durch zwei schmale Fensterschlitze hoch oben in der Backsteinmauer. Auf der einen Seite stand eine Pritsche, auf der anderen war ein provisorischer Abort. Es roch ekelhaft in der Zelle.

»Sie hätten nicht herkommen sollen, Sir«, sagte Dipper zu Julian.

»Hier sollte überhaupt kein Mensch herkommen müssen. Aber da du es hier eine Nacht und einen Tag aushalten kannst, werde ich es wohl ein paar Minuten ertragen können.«

»So übel ist es gar nicht, Sir. Ich hab' schon in schlimmeren Löchern gesessen. Gestern abend hab' ich sogar ein Feuer gehabt, und das Essen ist erstklassig.« Er fügte hinzu: »Ich finde, Sie sollten's mir vom Lohn abziehen, Sir.«

»Was soll ich dir vom Lohn abziehen?« fragte Julian kalt.

»Na, was Sie geblecht haben, damit ich hier gut behandelt werde. Ich bin nicht blöd, Sir – seit meiner Kindheit bin ich in Gefängnissen rumgesessen, und ich weiß, daß man nirgends so anständig bedient wird, wenn da nicht einer die Börse gezückt hat. Und drum find ich, Sie sollten's mir vom Lohn abziehen. Weil ich nämlich gar nicht hier wär, wenn ich nicht versucht hätte, Sir Robert einzuseifen.«

»Es ist mir gleich, wie du den Weg in dieses Paradies gefunden hast. Ich möchte jedenfalls nicht, daß du krank wirst und für mich dann nicht mehr zu gebrauchen bist. Deshalb muß ich dafür sorgen, daß du hier halbwegs anständig lebst.«

»Deswegen brauchen aber doch Sie nicht dafür zu bezahlen, Sir.«

»Ich lehne es ab, mich mit dir darüber zu streiten. Das ist lächerlich und würdelos, ich will nichts mehr davon hören.«

Dipper gab klein bei. »Und wie entwickelt sich die Jagd, Sir?«

Julian berichtete ihm, was man bisher über die Ermordete in Erfahrung gebracht hatte. »Und sie hat mit einem ausländischen Akzent gesprochen«, schloß er. »Aber das kann natürlich eine Finte gewesen sein. Wenn sie ihr Gesicht hinter einem Schleier verborgen hat, warum dann nicht ihre Stimme hinter einem falschen Akzent?«

»Das ist ein alter Trick, ja«, stimmte Dipper zu.

Dann kam Senderby und teilte ihnen mit, er müsse die Zelle jetzt absperren, damit er sich wieder den Ermittlungen widmen könne. Julian sagte zu Dipper: »Ich sehe morgen wieder nach dir.«

»Mir wär's lieber, Sie würden das nicht tun, Sir. Ich werd' Ihre Kleider ja wochenlang lüften müssen.«

»Oh, ich denke, Molly wird dir gern dabei helfen. Sie sieht ganz vergrämt aus, seit du weg bist.«

Blinzelnd trat er aus dem Dunkel der Zelle ins Tageslicht hinaus. Eine kleine Menge erwartete ihn mit neugierigen Blikken. Er lüftete seinen hohen seidenen Zylinder und machte eine kleine Verbeugung. Sie liefen verwirrt auseinander. Er lächelte ironisch und wandte sich Senderby zu, um zu fragen, wie er zu Dr. MacGregor komme.

Eine Liste von Verdächtigen

»Also, heraus mit der Sprache«, sagte MacGregor und ließ sich in einen bequemen, alten Sessel sinken. »Wer von den Fontclairs ist nun Ihrer Überzeugung nach ein kaltblütiger Mörder?«

Sie saßen in seinem Wohnzimmer, einer richtigen Junggesellenbude, klein und gemütlich, mit Möbeln, die so abgewetzt waren, daß man sich straflos in ihnen rekeln und ruhig auch die Füße hochlegen konnte. Julian lehnte sich in einem Ohrensessel zurück und streckte die Beine aus.

»Ich bin noch zu keiner festen Überzeugung gekommen. Ich bin nach allen Seiten offen und gänzlich unvoreingenommen. Meiner Meinung nach ließe sich gegen jeden der Familie Fontclair, außer Hugh, ein Fall konstruieren.«

»Ist Ihnen klar, was Sie da sagen? Sie sagen, daß eine Person aus einer hochgeachteten alten Familie, die Kriegshelden, Parlamentsmitglieder und Führer unserer Gesellschaft hervorgebracht hat, ein Mörder ist. Ein feiger, heimtückischer Mörder und ein Lügner. Ich kenne die Familie Fontclair seit mehr als dreißig Jahren. Sir Robert ist einer der gerechtesten, gewissenhaftesten Gutsherren, die es gibt. Und Lady Fontclair wird von allen verehrt. Es gibt nicht einen Menschen in Alderton, den sie nicht mit Namen kennt, und wenn jemand in Not ist, dann ist sie immer mit einem guten Wort und offener Börse zur Stelle. Die anderen – nun, die haben sicher ihre Fehler, aber ich werde nicht glauben, daß einer von ihnen ein Mörder ist – jedenfalls nicht, solange ich keinen unwiderlegbaren Beweis dafür gesehen habe.«

»Ich wollte, den hätte ich zur Hand. Aber das wenige, was wir bisher aufgedeckt haben, wirft nur neue Fragen auf.« Er berichtete MacGregor, was Felton und Mrs. Warren erzählt hatten.

»Das ist herzlich wenig für soviel Aufwand. Und dennoch sind Sie überzeugt, daß einer der Fontclairs schuldig ist.«

»Oder Mr. Craddock.«

»Nun, dann tragen Sie einmal Ihre Argumente gegen jeden einzelnen von ihnen vor. Ich bin gern bereit, sie mir anzuhören.«

»Mit höchst angriffslustiger Einstellung, jederzeit bereit, sich wie ein wütender Terrier auf jede Schwäche in meinen Überlegungen zu stürzen.«

»Wenn Sie meine ehrliche Meinung nicht hören wollen, können Sie Ihre Überlegungen für sich behalten.«

»Aber ja, natürlich will ich sie hören. Darum bin ich hier.«

»Dann legen Sie endlich los«, knurrte MacGregor.

»Hm, es ist wahrscheinlich gleich, wo ich anfange. Ich nehme zuerst Lady Tarleton – eine Ehre, die sie wohl kaum würdigen würde, wenn sie hier wäre. Es gibt niemand, der uns bestätigen kann, wo sie sich gestern zwischen halb fünf und sechs Uhr aufgehalten hat. Sie hat eine böse Schnittverletzung an der Hand, die sie sich zugezogen haben will, als ihr ihre Handarbeitsschere hinunterfiel und zerbrach. Ich habe mir die Schere angesehen. Sie ist gründlich mitgenommen und müßte meiner Ansicht nach schon von einem Berggipfel in die Tiefe gestürzt sein, um derart ramponiert zu werden.«

»Wollen Sie unterstellen, daß sie sich die Hand in Wirklichkeit verletzt hat, als sie dieser jungen Frau die Schere in den Rücken stieß?«

»Ich sage nur, daß es möglich ist. Sie haben selbst gesagt, Ihrer Meinung nach könnte auch eine Frau die Tat begangen haben. Und Sie haben weiter gesagt, es gäbe keine Möglichkeit festzustellen, ob alles Blut auf dem Bettzeug und im Waschbecken von der jungen Frau stammte.«

»Haben Sie auch einen Grund dafür, weshalb Lady Tarleton den Verstand verloren und eine junge Frau mit einer Handarbeitsschere angegriffen haben soll?«

»Hm, das Motiv ist meine Achillesferse. Da ich rein gar nichts über diese junge Frau weiß, kann ich nicht einmal Vermutungen darüber anstellen, warum jemand ihren Tod gewünscht haben sollte. Lady Tarleton ist eine sehr jähzornige Frau, und sie ist sichtlich außer sich über Hughs geplante Heirat mit Miss Craddock. Ich könnte mir vorstellen, daß sie zur Gewalt greift, um diese Heirat zu verhindern – aber wie würde sie das mit dem Tod dieser jungen Frau erreichen? Der würde doch höchstens zur Folge haben, daß die Heirat einige Zeit aufgeschoben wird.«

»Sie haben recht, Lady Tarleton ist so wütend wie eine aufgescheuchte Hornisse über Hughs geplante Heirat. Aber bei ihrem Familienstolz ist das nur zu erwarten. Craddock war vor Jahren Stallbursche auf Bellegarde, wissen Sie. Und das können sie natürlich alle nicht vergessen.«

»Guy hat mir erzählt, daß Craddock auf Lady Tarletons Betreiben damals entlassen wurde. Haben Sie eine Ahnung, was der Grund war? Sie haben doch damals sicher schon in Alderton gelebt, nicht wahr?«

»Ich erinnere mich, gehört zu haben, daß er an die Luft gesetzt worden sei, aber über den Grund hat mir niemand etwas gesagt, und ich habe nicht danach gefragt. Die Fontclairs tun auf Bellegarde mehr oder weniger, was ihnen beliebt, und auch im weiteren Umkreis. Sie sind eine Macht, mit der man rechnen muß, Kestrel. Es gibt wenig Leute, ob hohen oder niedrigen Standes, die es wagen würden, einen von ihnen des Mordes zu beschuldigen. Das werden Sie bei der Leichenschau erleben. Der Coroner wird sie allesamt mit Samthandschuhen anfassen. *Er* wird Lady Tarleton bestimmt nicht drängen, ihm zu erklären, wie sie sich die Verletzung an ihrer Hand zugezogen hat.«

»Es lebe die Gerechtigkeit«, sagte Julian ironisch.

MacGregor konnte ihm nicht verübeln, daß er so dachte. Keiner konnte mit gutem Gewissen behaupten, in England trüge Justitia eine Augenbinde. Wenn es je soweit kommen sollte, daß Kestrel einen der Fontclairs beschuldigte, dann würde er seine Beschuldigung mit Beweisen untermauern müssen, die nicht den geringsten Zweifel zuließen.

Julian brach das Schweigen. »Wissen Sie eigentlich etwas über den Ehemann Lady Tarletons? Soviel ich weiß, lebt er im Ausland.«

»Ja, schon seit langem. Und er scheint ihr nicht zu fehlen. Sie hat Geld wie Heu und sein Haus in Suffolk – obwohl sie sich dort praktisch nie aufhält. Meiner Ansicht nach hat sie sich immer zuerst als eine Fontclair gesehen und dann erst als Sir Bertrands Ehefrau. Nachdem er gegangen war, und auch vorher schon, lebte sie die meiste Zeit auf Bellegarde. Nur zur Saison geht sie nach London. Sie glaubt, Bellegarde besser führen zu können als Lady Fontclair. Sie schreibt ihr dauernd vor, was sie zu tun und zu lassen hat, und Lady Fontclair, die gute Seele, tut wenigstens so, als hörte sie auf sie.«

»Hat es zwischen Lady Tarleton und Sir Bertrand Streit gegeben?«

»Ach, die beiden haben immer gestritten. Sie hat ihn vor anderen als einen feigen Schwächling hingestellt. Und der war er zweifellos auch, sonst hätte er sich nicht von ihr alles gefallen lassen. Sie ist verschwendungssüchtig. Tarleton war ein reicher Mann, aber sie hat ein ganz schönes Loch in seine Börse gerissen, und er hat nie herausbekommen, wofür sie das Geld eigentlich ausgab. Ich würde es ihr zutrauen, daß sie es nur ausgegeben hat, um ihn zu ärgern. Aber es gibt einen Hang zur Verschwendungssucht in der Familie Fontclair. Sie können ihn bei Guy sehen. Und Isabelles Vater war auch so.«

»Er hieß Simon?«

»Richtig. Er war Sir Roberts Vetter und das genaue Gegenteil von ihm. Simon konnte nicht sparen. Er hat immer über seine Verhältnisse gelebt. Und er hat eine Frau geheiratet, die genauso verantwortungslos war wie er. Sie hatten riesige Rosinen im Kopf und wollten auf Barbados mit einer Plantage ihr Glück machen. Aber es ging völlig schief. Daraufhin kehrten sie arm wie die Kirchenmäuse und mit einer kleinen Tochter nach London zurück. Weiß der Himmel, wie sie danach durchgekommen sind. Sie haben in London gelebt, ich habe sie selten gesehen. Ich nehme an, sie liehen sich Geld von Sir Robert. Obwohl ich Simon durchaus zutraue, daß er... äh... Geschäfte machte, die... äh...«

»... nicht ganz sauber waren?«

»Möglicherweise, ja. Große Skrupel kannten sie nicht, Simon und seine Frau. Ich rede nicht gern schlecht über die Toten, aber für Isabelle war es ein Glück, daß sie bei Sir Robert und seiner Frau aufwachsen konnte.«

»Hm, ob an dieser Sache wohl etwas ist, das das Geheimnis um diesen Mord ein wenig aufhellen könnte?«

»Ach, das sind doch alte Geschichten. Ich kann mir nicht vorstellen, was die mit einem Verbrechen zu tun haben sollten, das gestern begangen wurde.«

»Manche Verbrechen wurzeln in Ereignissen, die Jahrzehnte, manchmal sogar Jahrhunderte zurückliegen. In Italien, wo ich eine Weile gelebt habe, überleben Streitigkeiten oft die Streitenden und werden wie das Familiensilber an die nächste Generation vererbt. Aber lassen wir das, kehren wir zu meiner Beweisführung gegen die Fontclairs zurück. Von Guy haben wir bereits gesprochen. Er hat für die fragliche Zeit kein Alibi. Das Zimmer, in dem der Mord verübt wurde, war früher, als er noch ein Junge war, seines, und er pflegte häufig durch das Fenster heimlich ein- und auszusteigen. Ihm wurde übel, als er die Tote sah. Und ich weiß nicht, ob das etwas zu bedeuten hat, aber er ist gestern bei einem schweren Unwetter ausgegangen und war ganz schön betreten, als er bei der Heimkehr im Morgengrauen ertappt wurde. Wiederum fehlt das Motiv, aber man könnte an einen Streit mit einer Frau oder an einen vereitelten Verführungsversuch denken. Man brauchte sich allerdings mit diesem Verdacht nicht auf Guy zu beschränken, denke ich. Von Colonel Fontclair ist bekannt, daß er eine Schwäche für junge Mädchen hat.«

»Colonel Fontclair ist ein hervorragender Soldat, ein Held des Pyrenäenkriegs.«

»Mit anderen Worten, er war im Geschäft des Tötens sehr erfolgreich.«

»Eine Frau kaltblütig zu ermorden ist etwas ganz anderes, als einen Gegner in der Schlacht zu töten.«

»Das ist mir klar. Aber ein Mann, der in einem langen, grausamen Krieg gekämpft hat, ist gegen das Töten sicher stärker abgestumpft als wir anderen. Colonel Fontclair macht auf mich einen grüblerischen und nachdenklichen Eindruck. Er hat für die Zeit zwischen halb fünf und fünf kein Alibi. Er sagt, er sei ausgeritten. Die Dienstboten, die ihn gesehen haben, erklärten, er habe ausgesehen, als säße ihm der Teufel im Nacken.«

»Er ist lahm«, sagte MacGregor.

»Er kann gehen. Und er hätte mit Leichtigkeit eine zierliche junge Frau überwältigen können. Wir haben uns doch überlegt, woher die blutigen Fingerabdrücke an der Wand kommen könnten. Bei einem Lahmen ist am ehesten anzunehmen, daß er sich stützen mußte.«

MacGregor stand auf und begann, im Zimmer auf und ab zu gehen. »Lieber Gott, es gibt tausend Möglichkeiten, wie das Blut an die Wand gekommen sein kann.«

»Sicher, aber da ist noch etwas anderes. Vorgestern abend, nach dem Abendessen, hat Lady Tarleton mich in die Waffenkammer mitgenommen, um sie mir zu zeigen. Wir stießen dort auf den Colonel und Lady Fontclair. Sie hatte ihren Arm um seine Schultern gelegt und sagte gerade: ›Das ist böse und unrecht. Versprich mir, daß du nie wieder daran denken wirst.‹«

MacGregor starrte ihn an. »Aber ... aber das kann doch alles mögliche bedeuten. Sie können doch nicht glauben, daß er ihr gerade erzählt hatte, er habe an Mord gedacht.«

»Ich weiß nicht, was er ihr erzählt hat.«

»Es kann alles mögliche gewesen sein«, sagte MacGregor wieder. »Die beiden stecken doch immer zusammen. Sie sind die besten Freunde – seit Jahren schon. Er wollte sie früher einmal heiraten.«

»Ach?«

»Jetzt schauen Sie mich nicht an, als hätte ich für Sie einen versteckten Schatz gehoben. Das ist keine große Sache. Der Colonel hat sie vor Sir Robert kennengelernt und ihr den Hof gemacht. Er war damals ein schneidiger junger Offizier und hat viele Herzen gebrochen. Ich weiß nicht, ob er ihr je einen Antrag gemacht hat. Eines Tages erschien Sir Robert auf der Bildfläche, verliebte sich in sie und gewann sie für sich. Der Colonel hat dann Guys Mutter geheiratet, die starb, als Guy noch ein kleiner Junge war. Das ist alles, was es darüber zu sagen gibt.«

Julian war sich da nicht so sicher. Er sah wieder den Colonel und Lady Fontclair vor sich, wie sie Arm in Arm aus dem Waffenzimmer hinausgegangen waren. Und Lady Tarletons ironische Stimme klang ihm in den Ohren: Rührend, nicht wahr, wie gern die beiden einander haben.

»Hören Sie«, sagte MacGregor, »als Sie vorhin sagten, Sie könnten gegen jeden der Fontclairs außer Hugh einen Fall konstruieren, da haben Sie doch wohl Lady Fontclair nicht eingeschlossen?«

»Doch. Aber wir können sie auslassen, wenn Ihnen das lieber ist.«

»Nein, nein, ich möchte hören, was Sie zu sagen haben. Lieber weiß ich gleich das Schlimmste.«

»Sie wissen, daß auch ich sie schätze.«

»Sie schätzen gar niemand, und Sie trauen auch keinem.«

»Ich kann es mir nicht leisten – ach, was hat das für einen Sinn?« Er stand auf. »Wäre es Ihnen lieber, ich würde diese Diskussion und diesen Besuch abbrechen?«

»Hat etwa jemand Sie aufgefordert zu gehen?«

»Nicht direkt.«

»Dann setzen Sie sich und führen Sie sich nicht so auf. Sie sollten wirklich gescheiter sein, als sich Dinge zu Herzen zu nehmen, die ich in der Aufregung sage.«

Lächelnd setzte sich Julian wieder. »Also, kommen wir zu den Argumenten, die gegen Lady Fontclair sprechen. Stark sind sie nicht. Wenn Sir Robert die Wahrheit gesagt hat, hat er sie in der Zeit zwischen halb fünf und sechs nur ungefähr eine Viertelstunde allein gelassen. Und selbst während dieser kurzen Spanne war sie nicht die ganze Zeit allein: Miss Fontclair kam vom Garten in den Wintergarten und hat mit ihr gesprochen. Lady Fontclair könnte dennoch gerade genug Zeit gehabt haben, die unbekannte junge Frau durch die Fenstertür ins Haus zu lassen, sie in mein Zimmer zu führen und dort zu töten. Aber selbst wenn wir annehmen, daß sie das tun *konnte*, finde ich die Vorstellung, daß sie es tun *würde*, praktisch absurd.«

»Warum lassen Sie sie dann nicht gleich ganz weg?«

»Nun, es gibt da einige beunruhigende Fakten. Lady Fontclair hat mir erzählt, daß Sie ihr einige medizinische Kenntnisse vermittelt haben – wie man Verletzungen behandelt, Splitter entfernt und dergleichen mehr. Das bedeutet, daß sie über gewisse anatomische Kenntnisse verfügt und es ihr wahrscheinlich nicht soviel ausmachen würde wie den meisten von uns, mit einem Messer in einen menschlichen Körper zu schneiden. Außerdem kennt sie das Haus und seine Gewohnheiten besser als jeder andere. Wahrscheinlich hat sie bestimmt, welches Zimmer man mir geben würde. Und sie hat Hugh wiederholt gedrängt, mir an diesem Nachmittag die Ländereien zu zeigen.«

»Damit sie in Ihrer Abwesenheit die junge Frau in Ihrem Zimmer töten konnte? Kestrel, ich kenne sie so gut, wie Sie Ihren Diener kennen. Niemals würde sie so etwas tun. Ich könnte mir vorstellen, daß sie mit einer Waffe auf einen Einbrecher losgeht, der ihre Kinder bedroht. Aber niemals könnte sie einen Mord begehen, und niemals würde sie einen Mord in Bellegarde planen und das Risiko eingehen, daß jemand von ihrer Familie oder auch nur einer ihrer Dienstboten dafür büßen muß.«

»Das war vielleicht kein geplantes Verbrechen. Aber ich gebe zu, was Sie sagen, überzeugt mich.«

»Was ist mit Sir Robert? Steht er auch auf Ihrer Liste?«

»Ja, aber ich gebe zu, es spricht so ziemlich alles dafür, daß er mit dem Mord nichts zu tun hat. Er hat für den größten Teil der fraglichen Zeit ein Alibi – immer vorausgesetzt, er und Lady Fontclair lügen nicht, um sich gegenseitig zu decken. Und angesichts seines Sinns für Recht und Gerechtigkeit ist es sehr schwer vorstellbar, daß er ein solches Verbrechen begehen würde. Weniger schwer vorstellbar ist, daß er glaubt oder fürchtet, einer aus seiner Familie könnte schuldig sein. Die Frage ist, denkt er an eine bestimmte Person? Und wie weit würde er gehen, um diese Person zu schützen?«

»Was für ein schreckliches Dilemma, wenn er denken müßte, daß der Mörder ein Mitglied seiner Familie ist!«

»Es ist vielleicht sogar noch schlimmer.«

»Wie könnte es noch schlimmer sein?«

»Es ist vielleicht nicht nur einer aus der Familie. Das Verbrechen kann von zwei oder mehreren Familienmitgliedern geplant und ausgeführt worden sein.«

MacGregor raufte sich die Haare. »Aber Kestrel, kann dieser Mord nicht auch schlicht und einfach das Werk eines unzufriedenen Arbeiters sein, der den Gutsherrn in Schwierigkeiten bringen möchte? So etwas kommt vor, auch wenn es in Alderton seit Jahren nicht mehr passiert ist.«

»Ich weiß nicht viel über diese ländlichen Konflikte, aber hätte man dann nicht einen Drohbrief hinterlassen – eine Liste mit Forderungen?«

»Hm, wahrscheinlich.« MacGregor nahm seufzend seine Wanderungen durch das Zimmer wieder auf.

»Schließlich haben wir noch Miss Fontclair. Gegen sie gibt es eine ganze Reihe von Indizien. Sie gibt zu, etwa um zwanzig nach fünf ganz in der Nähe meines Zimmers gewesen zu sein. Sie hatte ihren Federkasten bei sich, in dem sie ein kleines, aber sehr scharfes Messer hat, mit dem sie ihre Bleistifte zu spitzen pflegt. Sie hat das alles sehr freimütig zugegeben. Das kann bedeuten, daß sie nichts zu verbergen hat – es kann aber auch bedeuten, daß sie uns mit scheinbarer Aufrichtigkeit entwaffnen möchte. Und es gibt noch eine dritte Möglichkeit – es kann sein, daß sie den Verdacht von einer anderen Person ablenken möchte.«

»Von wem denn?«

»Das weiß ich nicht.« Lady Fontclair schien ihm am ehesten in Frage zu kommen. Isabelle hatte gesagt, sie habe sie im Wintergarten angetroffen, als sie aus dem Garten gekommen war. Aber angenommen, sie hatte gelogen, und Lady Fontclair war in der Zeit, als Sir Robert hinausgegangen war, gar nicht im Wintergarten gewesen? Angenommen, Isabelle hatte sie dort nicht angetroffen, sondern später im Korridor vor Julians Zimmer?

»Wenn wir Miss Fontclair als Verdächtige sehen«, fuhr er fort, »ergeben sich allerdings einige Probleme. Sie war fast die ganze fragliche Zeit draußen im Garten. Sie könnte die junge Frau durch den Wintergarten mit ins Haus gebracht haben, aber dann würden wir eine Art Verschwörung zwischen ihr und Lady Fontclair, die sagte, sie sei allein hereingekommen, unterstellen müssen. Sie könnte die junge Frau durchs Portal hereingelassen haben, aber etwa zur gleichen Zeit ließ Michael Mr. Craddock dort ins Haus. Natürlich kann es sein, daß sie sich alle verfehlt haben, aber das ist doch sehr unwahrscheinlich. Und immer wieder stellt sich die Frage nach dem Motiv. Warum, zum Teufel, glaubte einer oder glaubten mehrere von diesen Leuten, die junge Frau töten zu müssen?

Aber kommen wir zu Mr. Craddock. Er sagt, er habe nach dem Ausritt einen Spaziergang in der ›Jagd‹ gemacht. Er könnte die junge Frau dort angetroffen haben – zufällig oder auf Verabredung – und mit ihr vereinbart haben, daß sie ihm ins Haus nachkommt. Er kehrt nach Bellegarde zurück, läutet und wird von Michael eingelassen, der dann wieder ins Dienstbotenzimmer verschwindet. Craddock geht nach oben in sein Zimmer. Von seinem Fenster aus, das nach vorn hinausgeht, hält er nach der jungen Frau Ausschau. Sobald sie kommt, schleicht er die Treppe hinunter und läßt sie ein. Da er weiß, daß ich ausgeritten bin und die anderen Räume in diesem Teil des Hauses leer sind, geht er mit ihr in mein Zimmer. Aber wieder ...«

»Ich weiß schon«, unterbrach MacGregor verdrossen. »Kein Motiv.«

»Richtig. Aber eines werde ich auf jeden Fall herausfinden: Warum er diesen Spaziergang in der ›Jagd‹ gemacht hat und warum sich Lady Tarleton darüber so aufregen mußte. Ich würde einiges darum geben, wenn ich über die Geschichte zwischen den beiden mehr wüßte.«

»Hm. Damit sind wir am Ende Ihrer Verdächtigenliste angelangt. Aber letzten Endes bleibt doch Ihr Diener der heißeste Kandidat, ob Ihnen das nun gefällt oder nicht.«

»Ich weiß. Der Teufel soll Dipper holen! Warum mußte er dieses Lügenmärchen erzählen.«

»Hoffen wir, daß es die einzige Lüge ist, die er erzählt hat.«

»Darauf können Sie sich verlassen. Ich frage mich allerdings ...«

»Immer wenn Sie sagen ›Ich frage mich‹, weiß ich, daß neue Komplikationen ins Haus stehen. Was ist es denn jetzt wieder?«

»Ist es möglich, daß ich irgendwie in den Mord verwickelt bin, ohne es zu wissen? Er wurde in meinem Zimmer verübt. Und ich fand es von Anfang an merkwürdig, daß ich nach Bellegarde eingeladen wurde. Hugh und ich kennen einander kaum.«

»Wieso hat er Sie dann gebeten, sein Brautführer zu sein?«

»Er behauptet, er habe mit Krach zwischen seiner Familie und den Craddocks gerechnet und gehofft, ich würde einen mäßigenden Einfluß ausüben. In Wahrheit hat er mich mit einem Ritter ohne Furcht und Tadel aus einem Roman von Sir Walter Scott verwechselt, weil ich ihm am Spieltisch einmal aus der Patsche geholfen habe. Das gehört zum Risiko, wenn man in der Londoner Gesellschaft eine Rolle spielt. Es stört mich nicht, wenn man den Schnitt meines Rockes imitiert oder meine Sprechweise, aber ich hasse es wie die Pest, als Held verehrt zu werden.«

»Ja, es ist eine schwere Verantwortung, der Bewunderung irgendeines jungen Grünschnabels gerecht zu werden. Da ist es einfacher, die Leute mit der Pose des Dandys und eleganten Kleidern abzuwimmeln. Man braucht sie nur mit ein wenig äußerem Schein zu blenden, dann versuchen sie gar nicht erst, hinter die Fassade zu sehen.« Er wurde ein wenig freundlicher, als er das bestürzte Gesicht des jungen Mannes sah. »Da hab' ich wohl einen wunden Punkt getroffen, wie? Tut mir leid, ich muß sagen, was ich denke. Ich kann Verschwendung nicht ausstehen, und mir scheint, Sie verschwenden bei dem Leben, das Sie führen, eine Menge guter Gaben, die Sie mitbekommen haben. Bei Ihrem Intellekt könnten Sie Anwalt sein, ein Gelehrter – auch ein Arzt. Wäre das für einen jungen Mann von Ihrem Verstand nicht eine lohnendere Aufgabe, als sich als Erfinder neuer Krawattenknoten hervorzutun?«

»Das kann sein. Aber ich besitze keine Bildung. Mein Vater war ein Gentleman, aber er heiratete eine Schauspielerin, und seine Familie hat sich von ihm losgesagt. Ich habe praktisch kein Geld und keine Verbindungen. In unserem gesegneten Land gibt es für einen Mann wie mich keinen ehrenwerten Beruf. Wenn ich mich nicht mit höchster Eleganz kleidete, wäre ich unsichtbar.«

Er stand auf. Es war Zeit, nach Bellegarde zurückzukehren; er hatte sich für das Abendessen sowieso schon verspätet. Er ging von MacGregor gefolgt in den Vorsaal hinaus, um Hut und Stock an sich zu nehmen. Gerade als er gehen wollte, hielt MacGregor ihn am Arm fest.

»Kestrel!«

»Was ist?«

»Kommen Sie sich nicht vor wie Daniel auf dem Weg zur Löwengrube, wenn Sie jetzt dorthin zurückkehren? Wenn Sie wirklich einen der Familie Fontclair für einen Mörder halten, wie können Sie sich dann zum Abendessen mit diesen Leuten an einen Tisch setzen, wie können Sie mit ihnen unter einem Dach schlafen?«

»Soweit ich sehe, habe ich keine Wahl. Der Mittelpunkt der Untersuchung befindet sich auf Bellegarde, und dort muß auch ich sein. Außerdem möchte ich die Fontclairs im Auge behalten. Früher oder später wird der Mörder die Maske fallen lassen, wenn auch vielleicht nur ganz flüchtig. Und wenn das geschieht, will ich zur Stelle sein.«

»Haben Sie keine Angst, daß die Person, die es fertigbrachte, eine arglose junge Frau heimtückisch zu töten, auch Ihnen etwas antun wird, wenn sie fürchten muß, daß Sie ihr auf die Schliche gekommen sind?«

»Wenn das so sein sollte, bin ich auf Bellegarde sicherer als überall sonst. Denn ein weiteres Verbrechen im Hause Fontclair würde den Verdacht unabwendbar auf die Familie konzentrieren.«

»Um Gottes willen, mein Junge! Wollen Sie denn unbedingt der nächste sein, der mit einem Messer im Rücken in einem fremden Bett gefunden wird?«

Julian begriff endlich, daß MacGregor sich echte Sorgen um ihn machte. Er war gerührt. »Lieber Doktor, machen Sie sich keine Sorgen.«

»Ich mache mir keine Sorgen«, knurrte MacGregor. »Ich habe lediglich Angst, daß Sie tot womöglich noch lästiger sind als lebendig.«

Verloren, gefunden

Am folgenden Morgen gingen die Fontclairs und ihre Gäste in Alderton zur Kirche. Einige der Familienmitglieder, insbesondere der Colonel und Lady Tarleton, wollten sich so bald nach dem Mord nicht in der Öffentlichkeit zeigen, aber Sir Robert gab nicht nach. Die Fontclairs müßten der Welt gelassene und zuversichtliche Mienen zeigen, sagte er, das verlange der Stolz, und es diene dazu, die Unruhe im Dorf zu dämpfen. Der Sonntagsgottesdienst sei für sie alle eine ausgezeichnete Gelegenheit, sich in der Öffentlichkeit zu zeigen und zu beweisen, daß sie nichts zu fürchten hatten und keinen Grund, sich zu schämen.

Als sie die Kirche betraten, ging ein Raunen durch das Schiff. Die Leute drehten die Köpfe; Eltern ermahnten ihre Kinder hastig, nicht mit dem Finger zu zeigen. Aller Augen folgten den Fontclairs und ihren Gästen, als diese ihre Plätze einnahmen. Der Pastor hatte die größte Mühe, die Aufmerksamkeit seiner Schäfchen zu gewinnen.

Er schien unsicher, mit welchem Grad an Offenheit er über den Mord sprechen sollte. Als er die Gemeinde aufforderte, für die Seele der Toten zu beten, warf er einen Blick voller Unbehagen auf die Fontclairs, als fürchtete er, sie damit zu beleidigen, daß er die Aufmerksamkeit auf den Skandal lenkte, der sie so unmittelbar anging. Zweifellos wollte er bei Sir Robert nicht in Ungnade fallen; wahrscheinlich hatte der ihm die Pfründe in Alderton gegeben.

Julian, der selten zur Kirche ging und dann in erster Linie der Musik wegen, war überrascht, wie tröstlich der Gottesdienst war. Die klangvollen alten Worte besaßen eine ungeheuer beruhigende und erhebende Kraft. In diesem Moment, da er vor einer schwierigen Aufgabe stand und schwere Verantwortung trug, ließ er gern seinen eigenen Willen fahren, um sich von einer Macht, die außerhalb seiner selbst lag, stärken und nähren zu lassen.

Einigen der Fontclairs fiel es angesichts der neugierigen Blicke und des Geflüsters der Dorfbewohner schwer, sich auf den Gottesdienst zu konzentrieren. Lady Tarleton gab sich zwar größte Mühe, hochmütige Gleichgültigkeit zur Schau zu tragen, innerlich jedoch kochte sie vor Zorn und Verlegenheit. Der Colonel wirkte beschämt und bedrückt. Guy war so nervös, daß er kaum still sitzen konnte.

Maud hatte die Augen geschlossen und hielt den Kopf über ihre gefalteten Hände geneigt. Bat sie Gott um Rat, ob sie ihr heimliches Wissen preisgeben sollte oder nicht? Julian hatte plötzlich nicht mehr den geringsten Zweifel daran, daß sie es preisgeben würde. Sie war zu ehrlich und zu gewissenhaft, um es noch länger geheimzuhalten. Maud Craddock war eine Schwiegertochter nach Sir Roberts Herzen, auch wenn er es nicht wußte.

Nach dem Mittagessen, bei dem sich Catherine Tarleton besonders schlechtgelaunt zeigte, machte sich Julian auf den Weg, um Mrs. Warren aufzusuchen. Er hatte sie am Morgen in der Kirche gesehen, und sie schien in besserer Stimmung zu sein als am Vortag. Nach dem Gottesdienst war sie von Dorfbewohnern belagert worden, die sie mit Fragen über ihre geheimnisvolle Mieterin überschüttet hatten. Julian, der sah, daß sie sich vergeblich bemühte, sie abzuwehren, war hinübergegangen und hatte sich ganz in der Nähe der Gruppe aufgestellt, und während sie alle die Köpfe gedreht hatten, um ihn fasziniert anzustarren, hatte sich Mrs. Warren still und leise davongemacht.

Jetzt ritt er südlich am Park von Bellegarde entlang nach Alderton. Mrs. Warren wohnte in einem kleinen, weißgetünchten Häuschen mit einer blauen Tür und blauen Fensterstöcken. Die Farbe blätterte ab, das Reetdach hatte schüttere Stellen, aber der Gemüsegarten neben dem Haus war liebevoll gepflegt. Haus und Garten waren von einem weißen Zaun umgeben.

Als Julian sein Pferd festmachte und zur Haustür ging, spähte Mrs. Warren durch eine Ritze zwischen den Vorhängen in einem der Erdgeschoßfenster. Sie schien eher ängstlich als erfreut, ihn zu sehen. Doch sie öffnete ohne Zögern die Tür und ließ ihn ein. Nervös strich sie sich ein paar widerspenstige Haarsträhnen unter ihre Haube.

»Normalerweise würde ich die Tür an so einem schönen Tag offenlassen, aber wenn da draußen ein Mörder rumschleicht, trau ich mich das nicht. Glauben Sie, daß sie ihn bald fassen werden, Sir?«

»Davon bin ich überzeugt. Je mehr man über das Opfer weiß, desto einfacher wird es werden – und das ist auch der Grund, warum ich hergekommen bin. Um Sie noch einmal mit Fragen über die junge Frau zu belästigen, in der Hoffnung, daß Ihnen seit gestern noch etwas Neues eingefallen ist.«

»Ja, wenn dem so wäre, dann würd' ich's Ihnen gleich erzählen, das können Sie mir glauben. Ach herrje, ich wollte, ich könnte mir die Dinge besser merken.«

»Ich könnte mir vorstellen, daß Sie sich sehr lebhaft an die Dinge erinnern, wenn Ihr Gedächtnis erst einmal einen Anstoß bekommen hat, sich auf sie zu konzentrieren. Ich habe eine Idee. Ich klopfe jetzt an die Tür, wie das die junge Dame getan hat, und Sie lassen mich herein und handeln genauso wie an dem Abend, als sie zu Ihnen kam, ja?«

»Sie meinen, wir sollen das spielen, Sir?«

»Genau. Keine Angst, ich erwarte keine zweite Mrs. Siddons. Sie sollen mich nur überall hinführen, wo Sie sie hingeführt haben, und versuchen, sich daran zu erinnern, worüber Sie beide gesprochen haben und was Sie getan haben.«

Sie sah ihn einen Moment unsicher an, dann nickte sie. »Ich will's versuchen, Sir.«

Er ging wieder hinaus und klopfte an die Tür. Mrs. Warren sagte von der anderen Seite: »Ich hab sie klopfen gehört, Sir, und hab' gerufen: ›Wer ist da?‹ Sie hatte eine hohe Stimme, wie ein kleines Mädchen, und einen komischen Akzent. Sie hat gesagt, sie hätte gehört, daß ich ein Zimmer zu vermieten hätte. Da hab' ich die Tür aufgemacht, aber nur einen Spalt.« Mrs. Warren ließ den Worten die Tat folgen. »Und dann hab' ich sie mir angesehen. Es war genau so, wie ich's Sir Robert erzählt hab': Sie hat mir nicht so recht gefallen, so jung und ganz allein und so fein gekleidet – aber ich hab' das Geld gebraucht, und drum dachte ich mir, ich könnte sie ja wenigstens mal reinlassen und hören, was sie zu sagen hat.«

Sie zog die Tür ganz auf, und Julian trat ein.

»Zuerst bin ich mit ihr in die Küche gegangen.« Sie öffnete eine Tür auf der rechten Seite des Flurs. Links war ebenfalls eine Tür, und am Ende des Gangs war eine Treppe. Wahrscheinlich hatte das Haus insgesamt nur vier Räume: zwei unten und zwei oben.

Die Küche war schäbig, aber sauber, mit einem großen Kessel auf dem Herd, einem breiten Tisch aus rohem Kiefernholz und einem Küchenschrank, in dem das Geschirr untergebracht war. An den Wänden hingen blankgeschrubbte Küchengeräte, und am Feuer stand ein Schaukelstuhl, über den ein großes Tuch gebreitet war.

Mrs. Warren erzählte, wie sie der jungen Frau erklärt hatte, was Kost und Logis kosten würden, und sie dann mit ihr nach oben gegangen war, um ihr das Zimmer zu zeigen. Sie führte nun auch Julian nach oben.

»Das ist mein Zimmer, Sir«, sagte sie, zu einer Tür auf der einen Seite des Flurs weisend. »Und das war ihrs.«

Sie öffnete die Tür gegenüber. Das Zimmer war klein und ordentlich, mit einem Bett, Tisch und Stuhl und einer alten Truhe für die Sachen des Gasts. An den Fenstern hingen helle Kattunvorhänge.

Julian sah sich das Zimmer an. Es war blitzsauber. Nirgends gab es ein Anzeichen dafür, daß hier vorgestern noch jemand übernachtet hatte. Mrs. Warren war eine zu gute Hausfrau – sie hatte alle Spuren, die die junge Frau vielleicht hinterlassen hatte, mit Lappen und Schrubber entfernt. Er war entmutigt. Was wollte er hier noch? Warum Mrs. Warrens und seine Zeit verschwenden, wenn es hier nichts zu erfahren gab?

Mrs. Warren erzählte derweilen, wie sie der jungen Frau das Zimmer gezeigt und diese zum Fenster hinausgesehen und gefragt hatte, wo Bellegarde liege. »Dann hat sie angefangen, ihre Sachen auszupacken, und ich bin runtergegangen, weil ich das Essen machen wollte. Beim Essen haben wir nichts geredet, und danach ist sie raufgegangen und hat sich fürs Bett fertiggemacht...« Sie brach plötzlich ab. »Na bitte, Sir. Das kommt davon, wenn man sich so durcheinanderbringen läßt wie ich. Das hatte ich bis jetzt ganz vergessen.«

»Was denn, Mrs. Warren?« Er zwang sich, ruhig zu sprechen. Er wollte sie nicht durch übermäßigen Eifer nervös machen.

»Wie sie ihr Nachtgewand angezogen hat, hat sie gemerkt, daß sie das Ding verloren hatte, das sie um den Hals hatte. Es hat ausgesehen wie eine Muschel, und es war aus Silber. Sie war ganz durcheinander, als sie gemerkt hat, daß es weg ist. Sie kam im Nachthemd runtergelaufen und sagte, sie hätte das Teuerste verloren, was sie besäße, und sie müßte es unbedingt sofort wiederfinden. Ich hab' sie gefragt, ob es viel wert sei, weil ich Angst hatte, sie würde vielleicht behaupten, ich hätt's gestohlen, obwohl ich doch überhaupt nicht gewußt hab', daß sie so was hatte. Sie hat es unter ihrem Kleid getragen, wissen Sie, drum hatte ich es vorher nicht gesehen. Aber sie sagte, es hätte keinen Wert, außer für sie. Es sei ihr von jemand geschenkt worden, den sie liebhätte und der sie verlassen mußte, als sie noch sehr klein war.«

»Sagte sie, wer diese Person war?«

»Nein, Sir. Ich hab' zuerst gedacht, es wär so ein Liebespfand, aber als ich das gesagt hab', wurde sie ganz hochnäsig. Das wäre keine Liebe, für die sie sich schämen müßte, hat sie gesagt. Sie wär rein und gut. Die Liebe einer Tochter. Ja, das hat sie gesagt.«

»Sie hat dieses Wort gebraucht – Tochter?«

»Ja, Sir. Es kann also ein Geschenk von ihrem Vater oder ihrer Mutter gewesen sein. Sie hat's nicht klar gesagt. Sie war ziemlich durcheinander, wissen Sie, ist rumgerannt und hat in so einer fremden Sprache vor sich hin gejammert. Und die ganze Zeit hat sie überall nach ihrem Schmuck gesucht. Wenn ich sie nicht daran gehindert hätte, wär sie tatsächlich auf die Straße rausgelaufen, um zu sehen, ob sie's dort verloren hatte, und das wär um die Zeit doch dumm gewesen. Ich hab' gesagt: ›Haben Sie Geduld, wir durchsuchen das Haus von oben bis unten, da finden wir's bestimmt.‹ Und so war's auch. Unter ihrem Bett hat's gelegen. Das Band war abgerissen, und die Muschel anscheinend runtergefallen und unters Bett gerollt, ohne daß sie es gemerkt hatte.«

»Hat sie irgend etwas über die Person gesagt, die ihr den Schmuck geschenkt hatte?«

»Nein, Sir. Ich weiß nicht mal, ob's ein Mann oder eine Frau war. Aber jetzt, wo ich drüber rede, fällt mir noch was ein. Sie hat gesagt, gerade jetzt könnte sie es nicht ertragen, die Muschel zu verlieren, wo sie sich doch so bald schon wiedersehen würden – sie und die Person, die ihr das Ding geschenkt hatte.«

»Wiedersehen«, wiederholte er langsam.

»Ja, Sir. Aber sie hat nicht gesagt, wo oder wann, und ich

wollt's auch gar nicht wissen. Mir war diese ganze Heimlichtuerei zuwider.«

»Was geschah, nachdem Sie die Muschel wiedergefunden hatten?«

»Sie hat sie geküßt und an ihre Brust gedrückt. Die Person, die sie ihr geschenkt hatte, muß wirklich ihr ein und alles gewesen sein. Sie hatte viel schönere Sachen, aber um die hat sie lang nicht so ein Getue gemacht.«

»Dabei fällt mir ein – einer ihrer Ohrringe fehlte, als sie gefunden wurde. Haben Sie ihn vielleicht irgendwo entdeckt?«

»Aber, Sir, glauben Sie vielleicht, ich hätte ihn nicht sofort abgegeben, wenn ich ihn gefunden hätte? Ich würde niemals was behalten, was nicht mir gehört, Sir.«

»Das habe ich auch nie von Ihnen gedacht«, versicherte er hastig. »Aber in der ganzen Aufregung hätte Ihnen doch so eine Kleinigkeit vorübergehend entfallen können.«

»Nein, Sir, ich hab' keinen Ohrring gefunden. Na, die hatte aber wirklich ein Talent, ihr Zeug zu verlieren.«

Die junge Frau hatte sich die silberne Muschel wieder um den Hals gebunden, erzählte Mrs. Warren. Sie hatte ein Band von ihrem Hut dafür hergenommen und statt dessen das abgerissene Band angenäht. »Sie war sehr geschickt mit der Nadel, das muß ich sagen. Im Nu hatte sie das Band angenäht, sehr sauber und ordentlich.«

Mehr hatte sie ihm nicht zu berichten. Ehe er sich verabschiedete, bot sie ihm schüchtern ein Glas von ihrem selbstgemachten Brombeerwein an. Er nahm dankend an, obwohl er argwöhnte, daß der Wein ihm nicht schmecken würde. Und er hatte recht. Er dankte ihr aufrichtig für ihre Hilfe und ritt davon.

In seinem Kopf überstürzten sich die Spekulationen. Eine silberne Muschel, die dem jungen Mädchen von einem Menschen geschenkt worden war, dem sie die Liebe einer Tochter entgegenbrachte. Jemand, den sie viele Jahre nicht gesehen, nun aber bald wiederzusehen gehofft hatte. Auf Bellegarde? Wenn ja, war sie dann vielleicht getötet worden, um sie daran zu hindern, mit diesem Menschen Kontakt aufzunehmen? Oder hatte dieser Mensch, den sie liebte, sie getötet?

Julian ritt ins Dorf, um Dipper zu besuchen und von Senderby zu hören, ob er Neues zu berichten habe. Sonntägliche Ruhe lag über Alderton, doch auf der Hauptstraße flanierten Spaziergänger, vor allem junge Paare. Julians Erscheinen erregte das Aufsehen, an das er nun schon gewöhnt war. Dennoch fuhr er ein wenig zusammen, als jemand direkt auf ihn zutrat und ihn ansprach.

»Mr. Kestrel, Sir!«

»Oh, Mr. Felton. Guten Tag.«

»Ich heiß Dick, Sir. Wie geht die Untersuchung vorwärts? Wissen Sie jetzt schon, wer das Mädchen abgemurkst hat? ›Abmurksen‹ ist Räubersprache, Sir. Das hab' ich in einem Buch über die *Bow Street Runners* gelesen. Kommen die jetzt hierher, Sir, die *Runners*? Die würd' ich doch zu gern mal in Fleisch und Blut sehen.«

»Die Untersuchung geht einigermaßen voran, wir wissen noch nicht, wer den Mord begangen hat; ›abgemurkst‹ ist ein recht plastischer Ausdruck, aber ich persönlich ziehe ›kaltmachen‹ vor; und soviel ich weiß, hat Sir Robert nicht die Absicht, die *Runners* zuzuziehen.«

Felton musterte ihn mit respektvollem Blick. »Sie sind wirklich mit allen Wassern gewaschen, Sir.«

»Danke. Ihnen ist wohl sonst nichts mehr über die ermordete junge Frau eingefallen?«

»Nein, Sir.« Felton stieß mit der Schuhspitze mißmutig ein Steinchen über die Straße. »Ich hab' gehofft, daß mir noch was einfallen würde. Dann hätt' ich noch mal ins Gutshaus kommen und sehen können, wie's mit der Untersuchung vorangeht. Vielleicht hätt' ich sogar was helfen können. Aber warten Sie nur, wenn ich erst älter bin und ein bißchen Geld auf der Seite hab'. Dann hau ich ab nach London und geh selbst zu den *Runners*. Das ist das richtige Leben für einen Mann. Das ist was anderes, als sich den ganzen Tag um die Gäule von anderen Leuten zu kümmern.« Er warf einen giftigen Blick zum *Blue Lion* auf der anderen Straßenseite hinüber.

»Haben Sie denn nicht zuviel Arbeit, um bei der Untersuchung zu helfen?«

»Warum? Haben Sie vielleicht was für mich zu tun, Sir? Ich hab' nämlich 'nen Bruder, der Landarbeiter ist und gerade keine Arbeit hat, und der könnte im *Lion* ein paar Tage für mich einspringen, wenn Sie mich für wichtige Polizeiarbeit brauchen sollten.«

»Ich weiß noch nicht, ob wir Sie brauchen werden. Wenn ich Ihnen einen Auftrag gäbe, der in aller Stille erledigt werden muß, könnte ich mich dann darauf verlassen, daß Sie nicht mit Ihren Freunden darüber sprechen und so die Katze aus dem Sack lassen?«

»Ich würd' schweigen wie ein Grab, Sir. Kein Sterbenswörtchen würd' ich sagen, nicht mal, wenn die mörderischsten Halsabschneider mir drohen würden, mich bei lebendigem Leib am Spieß zu braten.«

»Nun, soweit wird es sicher nicht kommen. Aber ich bin froh, daß ich auf Sie zählen kann, wenn ich Hilfe brauche – inoffiziell.«

Felton versicherte ihm, er könnte hundertfach auf ihn zählen. Er war inzwischen überzeugt, daß Mr. Kestrel selbst ein *Bow Street Runner* war, der sich in der Maske eines Gentleman unter das Volk mischte.

Senderby hatte Neuigkeiten. Er hatte jemanden aufgestöbert, der die junge Frau am Tag ihres Todes, nachdem sie bei Mrs. Warren weggegangen war, noch gesehen hatte. »Fred Morley war's, Sir, er ist der Sohn von einem von Sir Roberts Pächtern, der den Hof südlich von Bellegarde hat. Fred war am Freitag morgen in aller Frühe auf dem Weg zum Pferdemarkt. Er ritt auf der Hauptstraße nach Whitford und hatte Alderton gerade hinter sich gelassen, als er sie sah.«

»Und was tat sie?«

»Sie stand auf der Straße, Sir, und hat mit Bliss geredet. Das ist ein alter Bettler und Hausierer – ein bißchen dumm im Kopf, aber geschickt mit den Händen. Der kommt immer wieder mal durchs Dorf. Höchstwahrscheinlich hatte ihn diesmal der Pferdemarkt angelockt.«

»Ja, ich habe ihn dort gesehen.« Er erinnerte sich des Alten mit seinen schäbigen Kleidern und dem farbenfrohen Flickensack.

»Ach, dann wissen Sie ja, wer's ist. Tja, also Fred sagt, er hätte gesehen, wie Bliss mit der jungen Dame geredet und dann die Straße runter den Arm ausgestreckt hat, als wollte er ihr die Richtung weisen. Zuerst dachte er, Bliss zeige auf ihn, aber als er näher kam, war er ziemlich sicher, daß er der jungen Dame den Weg erklärte.«

»Wenn er auf Morley zeigte, dann muß er nach Osten gewiesen haben, in Richtung auf Bellegarde.«

»Das ist richtig, Sir.«

»Hat er gehört, was die beiden miteinander sprachen?«

»Nein, Sir. Als er näher kam, hat die junge Dame ihn gesehen und hat Angst bekommen. Jedenfalls ist sie von der Straße weggelaufen, und Bliss hat dagestanden und zwischen ihr und Fred hin und her geschaut, als wüßte er nicht, was er als nächstes tun soll.«

»Und was geschah dann?«

»Das war alles, was Fred mir berichtet hat. Er hat sich natürlich gefragt, wer die junge Dame sein könnte – ganz allein unterwegs und so fein angezogen, und dann redet sie mit einem wie Bliss. Aber er hatte es eilig, zum Pferdemarkt zu kommen, und fürchtete, wenn er anhalten würde, dann würde Bliss ihn anbetteln oder ihm was andrehen wollen, was er gar nicht haben wollte. Darum ist er einfach weitergeritten, an der jungen Dame und Bliss vorbei, und das war alles.«

»Hm, als nächstes müßte man wohl Bliss befragen.«

»Leichter gesagt als getan, Sir. Seit Freitag morgen, als er seine Waren auf dem Pferdemarkt verhökert hat, hat ihn niemand mehr gesehen. Wahrscheinlich war er auf dem Weg dorthin, als die junge Dame ihn nach dem Weg gefragt hat. Ich glaube nicht, daß er uns viel über sie sagen kann. Außerdem wird's nicht einfach werden, ihn zu finden. Wenn er hier am Freitag nach dem Pferdemarkt weggezogen ist, kann man überhaupt nicht sagen, wo er inzwischen gelandet ist.«

»Hat er eine feste Route?«

»Er geht immer dahin, wo gerade Jahrmärkte oder Hochzeiten sind oder irgendwelche anderen Feste, wo er damit rechnen kann, daß die Leute es mit dem Geld nicht so genau nehmen. Ich bin eben auf dem Weg zu Sir Robert, und wenn er es erlaubt, leite ich sofort die Fahndung nach Bliss ein. Ich vermute, er wird schnell wieder auftauchen, wenn er hört, daß auf Auskünfte über die junge Dame eine Belohnung ausgesetzt ist. Es gibt kaum was, was er nicht tun würde, wenn damit Geld zu machen ist und er nicht viel riskieren muß.«

»Hat er Stammplätze hier in der Gegend, wo man nach ihm suchen könnte?«

»Wenn er in der Nähe von Alderton wäre, wüßten wir's, Sir. Er macht kein Geheimnis draus, wenn er hier ist. Im Gegenteil, er bettelt die Leute dauernd an oder belästigt sie, damit sie ihm sein Zeug abkaufen. Aber wenn ich bei Sir Robert war, schau ich mal bei der alten Mühle vorbei. Da nächtigt Bliss meistens, wenn er in der Gegend ist.«

»Die alte Mühle – steht die drüben am Bach nordwestlich von Alderton?«

»Richtig, Sir. Sie wird nicht mehr benutzt, seit die neue Mühle gebaut worden ist, und sie verfällt langsam. Immer heißt es, sie soll abgerissen werden, aber bis jetzt ist es noch nicht dazu gekommen, und mittlerweile wird sie ab und an von Zigeunern und Landstreichern als Unterkunft genutzt.«

»Hat sich dort in jüngster Zeit jemand aufgehalten?«

»Soviel ich weiß, nicht. Es sei denn, Bliss hat in der Nacht vor dem Pferdemarkt dort geschlafen.«

Julian kam der Gedanke, daß er selbst zur alten Mühle reiten und sich dort umsehen könnte, während Senderby Sir Robert berichtete. Obwohl er wußte, daß es richtig gewesen wäre, Senderby zu sagen, was er vorhatte, tat er es nicht. Wenn er wirklich etwas von Interesse fand, konnte er es Sir Robert auch hinterher noch mitteilen.

In Wahrheit bedauerte er jetzt, Sir Robert das Versprechen gegeben zu haben, ihm alle neuen Erkenntnisse mitzuteilen. Er hatte das Gefühl, keinem der Fontclairs trauen zu können, und es drängte ihn, auf eigene Faust zu handeln. Wenn das hieß, zu Heimlichkeiten zu greifen, die sich mit seiner Ehre schlecht vertrugen, so war es eben nicht zu ändern.

Ehe Julian Alderton verließ, sah er noch nach Dipper, der seine enge, übelriechende Zelle jetzt mit einem Schafdieb teilte. Die beiden schienen glänzend miteinander auszukommen. Dipper begegnete dem Schafdieb mit Hochachtung und großer Neugier. Er selbst hatte nie etwas gestohlen, das größer gewesen war als eine Handtasche, und schon gar nichts Lebendiges.

Julian ließ sein Pferd vor dem *Blue Lion* stehen und machte sich zu Fuß auf den Weg zur alten Mühle. Es war schwül und drückend, ein träger weißer Dunst verschleierte langsam, aber sicher die Sonne. Es würde Regen geben. Julian ärgerte sich jetzt, daß er sich nach dem Kirchgang nicht umgezogen hatte. Ein Rock, der hauteng saß, ein hoher Hemdkragen und ein gestärktes Halstuch waren wahrhaftig nicht die passende Aufmachung, um bei Regen über Land zu wandern und verlassene, alte Mühlen zu inspizieren.

Er überquerte die Hauptstraße und nahm Kurs auf den Bach, der sich parallel zu ihr durchs Land zog. Das Gras war weich unter seinen Füßen und wuchs in üppigen Büscheln. Er fand den Steg, den er am Vortag überquert hatte. Auf der anderen Seite stand die alte Mühle, halb verfallen, von wohlgenährten Tauben bevölkert.

Drinnen war die Luft kühl und feucht. Die Fenster ließen kaum Licht herein, aber durch Risse in den Wänden und im Dach schimmerte der Tag und erhellte die Düsternis ein wenig. Nachdem seine Augen sich an die Beleuchtung gewöhnt hatten, sah er, daß er in einem Raum stand, in dem sich die Räder und das Mahlwerk befanden. Der Boden war mit einer dicken Schmutzschicht bedeckt. Mehrere Bretter waren lose, die feuchte Erde quoll durch die Ritzen. Auch die Wände waren schmutzig und voller Spinnweben. Ein unaufhörliches Gurren verriet ihm, daß das obere Stockwerk von den Tauben belegt war.

Er setzte seine Füße vorsichtig, weil er das Muster von Fußabdrücken im Schmutz nicht zerstören wollte. Viele Abdrücke waren so verwischt, daß er ihre Form nicht ausmachen konnte, aber er glaubte, wenigstens zwei Paar Füße erkennen zu können, das eine viel größer als das andere.

Mehrere Bodendielen waren herausgerissen und auf die Seite gelegt worden. Auf der nackten Erde lag ein Kreis von Steinen rund um einen Haufen Asche und geschwärzter Holzreste. Julian zog seine Handschuhe aus und berührte die Asche; sie war kalt. Das Feuer war wahrscheinlich in den letzten Tagen gemacht worden, aber wann, ließ sich nicht sagen. Und es hatte jemand am Feuer geschlafen; er hatte einen langen Abdruck im Schmutz auf dem Boden hinterlassen.

Er suchte weiter. An einer Wand entdeckte er eine Menge

Fußabdrücke, die nirgendwohin führten und sich kreuzten und überlappten, so daß er weder ihre Form noch ihre Größe erkennen konnte. Es sah aus, als sei da jemand an der Wand auf und ab gegangen, wahrscheinlich längere Zeit.

An einem Ende dieses Pfads von Fußabdrücken befand sich ein einziger großer Abdruck. Hier hatte sich der Wanderer vielleicht niedergesetzt – mit dem Rücken an die Wand gelehnt, höchstwahrscheinlich, da auch dort ein Abdruck zu sehen war. Es war ein Glück, daß der Raum so verdreckt war: Jede Spur war so deutlich wie in frisch gefallenem Schnee. Aber was konnte er aus allen diesen Spuren schließen? Nur, daß in den letzten Tagen jemand hier genächtigt hatte, wahrscheinlich Bliss, und daß mindestens noch eine Person hier gewesen war.

Da sah er es plötzlich – das Blitzen von Metall durch eine Ritze zwischen dem Boden und der Wand. Er riß eine Bodendiele in die Höhe und schob seine Hand darunter. Seine Finger schlossen sich um einen kleinen, kalten Gegenstand. Es war ein tropfenförmiger goldener Ohrring mit einem Aquamarin.

Die junge Frau war also hiergewesen. Wahrscheinlich war sie es gewesen, die hier an der Wand auf- und abgegangen war und sich schließlich niedergesetzt hatte. Er erinnerte sich, daß die Rückseite ihres Kleides und ihres Schultertuchs Schmutzflecken hatten.

Er hüllte den Ohrring in sein Taschentuch und steckte das Taschentuch ein.

Ehe er ging, erwog er, noch zum Boden hinaufzusteigen und sich dort umzusehen. Aber die Holztreppe war verrottet, und die Spinnweben, die sie bedeckten, verrieten ihm, daß sie lange nicht mehr benützt worden war. Er sagte sich erleichtert, daß er die Tauben nicht zu stören brauche.

Mit der Hand die Augen beschattend, trat er ins Licht hinaus. Warum war die junge Frau hierhergekommen? War die alte Mühle ihr Ziel gewesen, als sie am Morgen von Mrs. Warren weggegangen war? Er glaubte es nicht. Als Bliss mit ihr gesprochen hatte, hatte er, Fred Morleys Aussage zufolge, nach Osten in Richtung Alderton und Bellegarde gewiesen, nicht nach Norden in Richtung zur Mühle.

Das Stück Straße, auf dem Fred Morley sie mit Bliss hatte stehen sehen, war ganz in der Nähe. Morley hatte erzählt, sie sei eilig von der Straße weggelaufen, als sie ihn hatte kommen sehen; vielleicht war sie durch Zufall auf die Mühle gestoßen und hatte dort Zuflucht gesucht. Das Gras am Bach konnte die grünen Flecken am Saum ihres Kleides hinterlassen haben. Und die Mühle war dicht bei der »Jagd«, durch die sie vielleicht nach Bellegarde gegangen war. Aber wenn sie es so eilig hatte, Bellegarde zu sehen, warum war sie dann erst in die Mühle gegangen und hatte dort, wie es schien, längere Zeit verbracht? Hatte sie auf etwas gewartet – den richtigen Moment, eine Botschaft, einen Gefährten?

Vielleicht hatte sie die Mühle gar nicht selbst gefunden. Bliss konnte sie ihr gezeigt haben. Morley wußte ja nicht, ob Bliss bei ihr geblieben war, nachdem er vorübergekommen war. Zwar war Bliss später an diesem Morgen auf dem Pferdemarkt gewesen, aber vorher konnte er die junge Frau zur Mühle gebracht haben. Und dann konnte er auch derjenige gewesen sein, der ihr den Weg durch die »Jagd« nach Bellegarde gezeigt hatte. Für Geld, hatte Senderby behauptet, würde er alles tun. Und die junge Frau hatte offensichtlich über die Mittel verfügt, ihn großzügig zu bezahlen.

Das konnte eine Erklärung dafür sein, daß er seit dem Pferdemarkt nicht mehr in Alderton gesehen worden war. Er hatte vielleicht gewußt oder geargwöhnt, daß die junge Frau nichts Gutes im Sinn hatte, und hatte es für klug gehalten zu verschwinden, ehe jemand herausfand, daß er ihr geholfen hatte. Und wenn er inzwischen gehört hatte, daß sie ermordet worden war, dann war er vielleicht noch mehr darauf bedacht, seine Verbindung zu ihr zu verheimlichen. Oder hätte er sich mit Auskünften über sie gemeldet, um die Belohnung einzustreichen?

Es war alles Spekulation. Nur eines stand fest: Bliss mußte gefunden werden. So bald wie möglich.

Julian prüft eine Theorie

Auf dem Rückweg nach Bellegarde überlegte Julian, ob er Sir Robert von seinen Entdeckungen in der alten Mühle berichten sollte. Wenn man ihn dabei ertappte, daß er neue Erkenntnisse verschwiegen hatte, würde man ihn von der Untersuchung ausschließen – vielleicht sogar der Beteiligung an dem Verbrechen verdächtigen. Als er in sein Zimmer hinaufging, um sich zum Abendessen umzuziehen, war er immer noch unschlüssig.

Oben erwartete ihn ein Mädchen mit spitzer Nase. »Verzeihen Sie, Sir, ich bin Miss Craddocks Mädchen. Meine Herrin bat mich, nach Ihnen Ausschau zu halten und Sie zu fragen, ob Sie so freundlich wären, sie im Musikzimmer zu treffen.«

Julian dankte ihr und ging wieder nach unten. Ihr pfiffiges Lächeln verriet ihm, daß sie dachte, zwischen ihm und Maud Craddock entwickle sich eine heimliche Liebesgeschichte. Hugh war offensichtlich zu der gleichen voreiligen Überzeugung gelangt. Das war ein wenig peinlich, aber für Maud Craddock vielleicht gar nicht so schlecht. Ein Romantiker wie Hugh würde sich kaum in ein Mädchen verlieben, das ihm mir nichts, dir nichts zugewiesen wurde. Er würde die Geliebte umwerben, für sie kämpfen, Hindernisse überwinden wollen, um sie zu erobern. Und es war nicht zu leugnen, daß ein Rivale ein hervorragendes Hindernis abgab.

Als er ins Musikzimmer kam, wartete Maud Craddock schon

auf ihn. Sie ging in offenkundiger Verzweiflung hin und her. »Ich hoffe, es hat Ihnen nichts ausgemacht, daß ich Alice gebeten habe, nach Ihnen Ausschau zu halten. Ich hoffte, Sie würden nichts dagegen haben, sich hier mit mir zu treffen, wenn Sie hören, was ich zu sagen habe.«

»Ich würde mich überall mit Ihnen treffen, auch wenn Sie gar nichts zu sagen hätten.«

»Sie sind so liebenswürdig zu mir, und ich habe Ihre Geduld so hart auf die Probe gestellt, indem ich Ihnen ein Geheimnis vorenthalten habe, das vielleicht mit dem Mord zu tun hat. Ich sagte Ihnen ja, ich würde mir alles noch einmal gründlich überlegen, und ich habe überlegt. Ich habe meinen Entschluß gefaßt. Ich werde Ihnen alles sagen.«

Ärgerliche Skrupel veranlaßten ihn zu sagen: »Sie wissen, daß meine Beteiligung an der Untersuchung inoffizieller Natur ist. Eigentlich müßten Sie Ihre Aussage vor Sir Robert machen.«

»Das habe ich bedacht. Aber sehen Sie, was ich zu sagen habe, betrifft seine Schwester – wo sie zur Zeit des Mordes war. Und sie sind untereinander alle so loyal, die Fontclairs. Ich glaube, daß Sir Robert sich bemüht, recht zu handeln, aber ich kann mir nicht vorstellen, daß er unvoreingenommen sein kann. Es tut mir leid, das über Hughs Vater zu sagen, aber ich vertraue ihm nicht. Ich spreche lieber mit Ihnen.«

»Gut, dann sprechen Sie.«

Sie setzten sich zusammen auf das Sofa. »Ich habe in meiner Aussage darüber, was ich am Nachmittag des Mordes getan habe, etwas ausgelassen«, gestand sie. »Es ist wahr, daß ich mit Miss Pritchard und den beiden Mädchen einen Ausflug gemacht habe. Aber ich habe unterschlagen, daß ich bei meiner Rückkehr gegen Viertel vor sechs zum Zimmer meines Vaters gegangen bin. Ich wollte ihn fragen, ob ich Miss Pritchard zu einem kurzen Urlaub nach London einladen dürfe. Gerade als ich bei ihm anklopfen wollte, hörte ich auf der anderen Seite der Tür Stimmen. Mr. Kestrel, Lady Tarleton war bei meinem Vater! Sie hat nicht die Wahrheit gesagt, als sie behauptete, sie sei den ganzen Nachmittag in ihrem Zimmer gewesen.«

»Wissen Sie, was sie bei Ihrem Vater zu tun hatte?«

»Sie hat sich mit ihm gestritten. Ich muß gestehen, ich habe gelauscht. Ich wollte es nicht, aber ich war so perplex, als ich ihre Stimme hörte. Sie sagte: ›Mehr als zwanzig Jahre lang habe ich das bereut, habe mich dafür gegeißelt.‹«

Ihre Blicke trafen sich voll düsterer Ahnung.

»Hat er darauf etwas geantwortet?«

»Sie sagten beide etwas, aber ich war so durcheinander, daß ich es nicht richtig gehört habe. Ich wollte gerade wieder gehen, als mein Vater sie plötzlich anschrie. Es war schrecklich. Er sagte, in ihr sei kein Funken Wahrheit – nichts als ein monströser, aufgeblähter Stolz, der alles, was ihm in den Weg käme, erdrücke. Er sagte, ihr guter Name bedeute ihr alles; es gäbe nichts, was sie nicht dafür opfern würde, das wüßte sie doch so gut wie er. Und dann sagte er: ›Soll ich dir sagen, wie ihr seid, ihr Fontclairs alle miteinander? Ihr seid wie diese Früchte, die von außen reif und appetitlich aussehen, während sie innen so verfault sind, daß sie stinken. Ich wünschte nur, die ganze Welt hätte sehen können, was ich gesehen habe, als ich hereinkam und dich dabei fand ...‹

Aber ich weiß nicht, wo er sie gefunden hat, weil sie an dieser Stelle laut rief: ›Jetzt reicht es!‹ Sie sagte, er solle leise sprechen. Sie sagte, sie könne das nicht mehr ertragen. Und dann sagte sie: ›Wenn Sie auch nur zu einem Menschen hierüber etwas sagen! Sie glauben vielleicht, ich stoße nur leere Drohungen aus, aber Sie wissen nicht – Sie haben überhaupt keine Ahnung –, wie sehr ich Sie hasse. Sie glauben, ich würde es nicht wagen, Sie zu verraten. Nun, wir werden sehen, Mr. Craddock. Wir werden sehen.‹«

Mit einem unterdrückten Aufschrei erwachte Maud aus dem Trancezustand der Erinnerung und preßte ihre Hand auf den

Mund. Julian nahm ihre andere Hand in die seine. »Haben sie sonst noch etwas gesprochen?«

»Ich weiß nicht. Ich hörte sie zur Tür kommen, und da bin ich davongelaufen. Ich habe mich in mein Zimmer eingesperrt. In meinem Kopf wirbelte alles durcheinander. Ich konnte immer nur denken, daß mein Vater irgend etwas Schändliches über Lady Tarleton wissen muß – etwas, das sie seit mehr als zwanzig Jahren bedauert. Vielleicht ist das das Geheimnis, das ihm Macht über die Fontclairs gibt. Aber wieso war er so wütend auf sie? Wieso war er so außer sich? Und was will sie über ihn verraten, wenn er über diese Szene nicht schweigt?

Ich habe gegrübelt und gegrübelt, und das einzige, was mir einfiel, war, mit Ihnen zu reden. Sie kennen sich in der Welt besser aus als ich. Sie verstehen vielleicht, was dieses Gespräch zu bedeuten hat. Ich habe Sie gesucht, als Sie nach Hause kamen, aber da waren Sie schon nach oben gegangen, um sich umzuziehen. Nach dem Mord dann, als ich meinem Vater sagte, was ich gehört hatte, befahl er mir, mit keinem Menschen darüber zu sprechen. Er sagte, ich würde die Fontclairs in schreckliche Schwierigkeiten bringen, wenn ich nicht schweigen würde. Ich wußte überhaupt nicht mehr, was ich tun sollte. Ich wollte den Fontclairs nicht schaden oder meinen Vater als Lügner bloßstellen. Und ich hatte Angst – nur ein bißchen –, daß sein Streit mit Lady Tarleton vielleicht doch etwas mit dem Mord zu tun haben könnte, obwohl er behauptete, das sei nicht so. Natürlich glaube ich keine Sekunde lang... Mr. Kestrel, niemals würde mein Vater jemanden töten! Das heißt, er würde vielleicht einen Mann töten, der ihn angreift, aber niemals ein junges Mädchen. Sie kann nicht viel älter gewesen sein als ich.«

»Ich verstehe.« Aber er dachte an all die Schuldner, die Craddock ins Gefängnis gebracht hatte – all die Geschäftsrivalen, die er vernichtet hatte. Würde ein solcher Mensch vor kaltblütigem Mord zurückschrecken?

»Schließlich mußte ich einfach mit Ihnen reden«, schloß sie. »Ich mußte dauernd an das denken, was Sie gesagt haben – daß man unmöglich vorhersagen kann, was für die Untersuchung von Bedeutung ist. Ich dachte, und wenn nun ein Unschuldiger gehängt wird, weil ich etwas zurückgehalten habe, was ihn hätte retten können? Das hätte ich mir niemals verzeihen können.«

»Sie haben richtig gehandelt. Ich verspreche Ihnen, daß ich alles, was Sie mir erzählt haben, streng vertraulich behandeln und nur so weit preisgeben werde, wie unbedingt nötig. Aber ich werde vielleicht Lady Tarleton damit konfrontieren müssen, um von ihr die Wahrheit darüber zu erfahren, was sie am Nachmittag des Mordes wirklich getan hat.«

»Und wenn sie es Ihnen nicht sagt?«

»Oh, sie wird es mir sagen. Ich werde ihr nämlich keine Ruhe lassen, bis sie es sagt.«

Beim Umziehen zum Abendessen überdachte Julian alles, was er an diesem Tag herausgefunden hatte. Er ordnete und verglich, er suchte nach Zusammenhängen und nach Widersprüchen. Mit neuem Interesse erinnerte er sich der Familiengeschichte, mit der Guy ihn am Abend vor dem Mord unterhalten hatte. Und in seinem Hirn bildete sich eine Theorie heraus, die erstaunlicherweise zu allen Fakten paßte.

Sie mochte vielleicht nicht zutreffen, aber sie konnte sich als nützlich erweisen – als Mittel oder auch als Waffe. Wenn er Lady Tarleton seinen Verdacht auch nur andeutete, würde das genauso wirken, als lege er Feuer an eine Lunte. Aber wenn er eine Explosion auslösen mußte, um die Wahrheit aus ihr herauszuholen, so würde er auch das tun.

Erst nach dem Abendessen, als die Herren sich im Salon zu den Damen gesellten, bot sich ihm Gelegenheit, mit ihr zu sprechen. Sie hatte sich in eine Fensternische zurückgezogen, und er folgte ihr dorthin.

Er sprach gedämpft, aber er flüsterte nicht. Flüstern erregt nur Aufmerksamkeit. »Lady Tarleton, ich muß über etwas sehr Wichtiges mit Ihnen sprechen. Würden Sie mit mir in einen anderen Raum kommen – die Bibliothek vielleicht?«

»Was bilden Sie sich ein! Nein, Mr. Kestrel, ich werde nicht mitkommen. Halten Sie mich etwa für Ihren Lakaien, den Sie herumkommandieren können, wie Sie wollen?«

»Ich dachte mir nur, Sie würden vielleicht lieber unter vier Augen mit mir sprechen. Aber wenn Sie es vorziehen, sage ich Ihnen auch hier, was ich zu sagen habe.«

»Es interessiert mich nicht, was Sie zu sagen haben!« zischte sie ihn an.

»Ich werde es Ihnen trotzdem sagen. Ich möchte gern wissen, was Sie am Nachmittag des Mordes in Mr. Craddocks Zimmer zu tun hatten. Und bei Gott, Sie werden mir antworten!«

Sie schnappte nach Luft. Sie griff sich an den Hals.

»In der Bibliothek vielleicht?« wiederholte er.

Sie nickte zitternd, mit geschlossenen Augen. Er nahm einen Leuchter, und sie gingen.

In der Bibliothek war es dunkel und still. Julian stellte den Leuchter auf einen Tisch und drehte sich nach Catherine Tarleton um. Sie hob das Kinn und sagte herausfordernd: »Wie kommen Sie auf den Gedanken, ich sei im Zimmer dieses Menschen gewesen?«

»Ich weiß es.«

»Wenn Mr. Craddock Ihnen das erzählt hat, hat er gelogen. Und bei Robert gilt mein Wort mehr als seines, Sie werden sehen.«

»Es war nicht Mr. Craddock, der es mir gesagt hat. Es war jemand, der ihr Gespräch mit ihm mitgehört hat.«

»Nein!« Sie stürzte sich auf ihn, riß ihm beinahe die Revers vom Rock. »Wer hat uns belauscht? Was wissen Sie?«

»Nur daß Sie in Mr. Craddocks Zimmer waren und sie beide

Streit hatten. Ich weiß nicht, worum es ging – ich hoffte eigentlich, Sie würden es mir erklären ...«

Immer noch hielt sie ihn fest, starrte ihn aus weitaufgerissenen Augen an wie eine Irre. »Dann wissen Sie also nicht ... Sie haben nicht erfahren ...«

Er löste behutsam ihre Hände von seinen Revers und führte sie zu einem Sessel. »Kann ich Ihnen ein Glas Wasser holen – oder Wein vielleicht?«

»Ich will nichts. Außer einer Erklärung. Warum tun Sie mir das an? Was wollen Sie von mir?«

»Das gleiche, was ich von allen hier im Haus will: einen wahrheitsgetreuen Bericht darüber, was Sie am Nachmittag des Mordes getan haben. Sie sagten, Sie hätten Ihr Zimmer nicht verlassen. Ich weiß aber jetzt, daß das nicht stimmt. Ich möchte wissen, wann Sie Ihr Zimmer verlassen haben, ob Sie außer bei Mr. Craddock noch woanders waren, wie lange Sie bei ihm waren und warum Sie ihn aufgesucht haben.«

»Warum ich ihn aufgesucht habe, geht Sie gar nichts an!«

»Wenn es für den Mord von Bedeutung ist ...«

»Ist es nicht!«

»Das kann ich erst mit Gewißheit wissen, wenn Sie mir gesagt haben, worum es sich handelt.«

Sie warf hochmütig den Kopf zurück. »Versuchen Sie doch, es herauszufinden, Mr. Kestrel. Ich werde Ihnen nichts sagen. Ich war bei Mr. Craddock – gut. Warum fragen Sie denn nicht Ihren geheimnisvollen Zuträger, was ich dort getan habe? Ich glaube nicht, daß diese Person irgend etwas weiß, und meiner Ansicht nach wissen Sie ebensowenig. Zeigen Sie sich ruhig von Ihrer schlimmsten Seite. Sagen Sie es Robert – sagen Sie es allen! Aus mir werden Sie kein Wort herausbekommen. Aber wenn das hier alles vorbei ist – wenn Ihr Diener, dieses brutale Ungeheuer, verurteilt und gehängt ist –, dann werde ich sprechen. Ganz London werde ich wissen lassen, wie Sie versucht haben, seine

Schuld auf uns abzuwälzen. Und das wird Ihr Ende sein, Mr. Kestrel. Man wird Sie aus der guten Gesellschaft ausstoßen – selbst die Dienstboten werden nichts mehr mit Ihnen zu tun haben wollen.«

Er hatte es allein sich selbst zuzuschreiben, dachte er. Weil sie eine Frau war und so bestürzt reagiert hatte, war er zu weich mit ihr gewesen – hatte argumentiert, wo er hätte insistieren müssen. Jetzt hatte sie die Oberhand, und er konnte zusehen, wie er jetzt noch etwas aus ihr herausbekam. Bewußt fachte er seinen Zorn an und unterdrückte seine ritterlichen Instinkte.

»Wenn Sie mir nicht sagen wollen, was ich wissen muß«, erklärte er, »werde ich meine eigenen Schlußfolgerungen ziehen müssen. Und ich werde Sir Robert darüber unterrichten, wie diese Schlußfolgerungen aussehen.«

»Was soll das heißen? Was für Schlußfolgerungen?«

»Diese Untersuchung gleicht einem Puzzlespiel. Man verfügt über eine Anzahl beliebiger Fakten und bemüht sich, sie zu einem Muster zusammenzufügen. Eben das habe ich getan. Kann sein, daß es von A bis Z falsch ist, aber es ist das einzige Muster, das ich entdeckt habe. Eine junge Frau, eine Ausländerin, erschien vor drei Tagen unversehens in Alderton. Sie muß etwa zwanzig Jahre alt gewesen sein. Sie hatte rötliches Haar und blaue Augen.«

Er war auf und ab gegangen beim Sprechen, jetzt aber machte er halt und fixierte sie scharf. Aus ihrem Chignon hatten sich einige rote Haarsträhnen gelöst. Ihre blauen Augen blitzten, als sie ihn stumm anstarrte.

»An dem Abend, an dem die junge Frau in Alderton eintraf, fragte sie Mrs. Warren, wo Bellegarde sei. Und sie erzählte Mrs. Warren, sie würde bald jemanden wiedersehen, den sie sehr liebte – einen Menschen, der sie verlassen mußte, als sie noch sehr klein gewesen war. Diese Person hatte ihr die silberne Muschel geschenkt, die sie stets an einem Band um den Hals trug – das kleine Schmuckstück, das Sie mit solchem Widerwillen berührt haben.

Nehmen wir an, die Person, die wiederzusehen sie sich so sehr freute, lebt auf Bellegarde. Und nehmen wir weiter an, diese Person sei ihre – Mutter.«

Catherine Tarleton war wie erstarrt. Nur in ihrem Gesicht zuckte ein Muskel.

»Jetzt ein Stück Familiengeschichte. Mr. Craddock war vor etwa zwanzig Jahren Stallknecht auf Bellegarde. Sie waren eine leidenschaftliche Reiterin. Wenn Craddock der Knecht war, der Sie auf Ihren Ausritten begleitet hat, könnten Sie, weitab von Bellegarde, sehr viel mit ihm allein gewesen sein.

Eines Tages verlangten Sie von Sir Robert, Craddock zu entlassen. Niemand scheint den Grund dafür zu kennen. Craddock ist heute noch voller Wut gegen Sie, und Sie erwidern seinen Haß mit Zinsen. Aber Sie empfinden auch noch etwas anderes – Schuld und bittere Reue. Sie sagten zu ihm: ›Ich habe mich dafür mehr als zwanzig Jahre selbst gegeißelt.‹

Noch eine bedeutsame Tatsache: Als junges Mädchen haben Sie gegen den Willen Ihrer Familie eine Reise auf den Kontinent unternommen. Sie nutzten eine Kampfpause in den Napoleonischen Kriegen. Es muß der Friede von Amiens gewesen sein. Das war 1802– also vor zweiundzwanzig Jahren.«

»Was... was wollen Sie mit all dem sagen?«

»Haben Sie in Frankreich eine Tochter zurückgelassen, Lady Tarleton?«

Sie sprang aus ihrem Sessel auf und schlug ihm ins Gesicht. »Wie können Sie es wagen! Wie können Sie! Nein! Dieses Mädchen war nicht meine Tochter. Wie können Sie so etwas überhaupt denken?« Am ganzen Körper heftig zitternd, entfernte sie sich schwankend von ihm. »Sie sind durch Zufall auf ein Stück – ein sehr kleines Stück Wahrheit gestoßen. Mr. Craddock hat in der Tat in seiner unglaublichen Dreistigkeit einmal versucht, mir zu nahe zu treten. Wir waren zusammen ausgeritten. Wir befanden uns in der ›Jagd‹, und ich war in einer kleinen Lichtung abgesessen – richtig, Mr. Kestrel, es war die Lichtung, auf die Mr. Craddock neulich abend so taktlos anspielte. Er wollte sich Freiheiten herausnehmen – er, ein Dienstbote, dem ich vertraute, dem ich so viele Freundlichkeiten erwiesen hatte – weit mehr, als er verdiente! Ich bin vor seinen widerwärtigen Annäherungsversuchen geflohen und berichtete Robert, was geschehen war. Der hat Craddock dann, ganz wie es sich geziemt, auf der Stelle entlassen. Um meines Rufes willen verschwiegen wir die Gründe seiner Entlassung. Wäre bekanntgeworden, daß eine Kreatur wie Craddock mich mit seinen Stallknechtshänden anrühren wollte, so wäre ich für immer ruiniert gewesen. Ein Stallknecht! Und ich, eine Fontclair!

Natürlich hat Mr. Craddock uns niemals verziehen. In seiner Aufgeblasenheit konnte er nicht sehen, welch ein himmelweiter Abstand zwischen mir und ihm besteht. Er glaubte allen Ernstes, ich könnte seine Gefühle erwidern. Sie hätten ihn sehen sollen – eingebildet und prahlerisch! Er meinte, nur weil ihm sämtliche Dienstmädchen nachliefen, würde Catherine Fontclair das gleiche tun. Aber von dieser Illusion habe ich ihn schnell geheilt. Dafür hat er mich und meinen Bruder lebenslänglich gehaßt, und jetzt hat ihm das Schicksal eine Chance gegeben, sich zu rächen. Er ist entschlossen, seine Tochter, diese Maus, mit Hugh zu verheiraten – sein Blut mit dem unseren zu mischen. Ich würde *alles* tun, um ihn daran zu hindern. Alles! Darum bin ich in sein Zimmer gegangen. Ich wußte, daß er ausgeritten war, und hoffte, längst wieder fort zu sein, wenn er zurückkehrte. Aber dieses Glück hatte ich nicht. Er kam zurück und ertappte mich.«

»Was versprachen Sie sich denn von einem Besuch in seinem Zimmer?«

»Ich muß es Ihnen sagen, nicht wahr? Wenn ich es nicht tue, werden Sie unaufhörlich weiter graben und bohren und nach finsteren Geheimnissen suchen – Nein! Ich lasse mich nicht länger von Ihnen demütigen. Sie glaubten, ich hätte mich einem Stallknecht hingegeben und sein Kind zur Welt gebracht. Vielleicht haben Sie sogar geglaubt, ich hätte dieses Kind getötet, um meine Schande geheimzuhalten. Nun, Sie haben sich getäuscht. Nicht ich habe unsere Familie in Schande gestürzt und sie Craddock ausgeliefert. Geoffrey – Geoffrey ist der Verbrecher in unserer Mitte. Und er ist nicht etwa ein schlichter Mörder, Mr. Kestrel. Mörder hängt man nur. Verräter werden von Pferden geschleift und gevierteilt, und ihr Vermögen fällt an die Krone. Das wäre Geoffrey zugestoßen, hätten wir uns nicht mit Craddock zusammengetan, um seine Schuld zu verheimlichen. Und wäre nicht die Schande, die es über unseren guten Namen bringen würde, so könnte ich es geschehen lassen, ohne eine Träne zu vergießen.«

Nemesis

»Colonel Fontclair hat Verrat begangen?« fragte Julian wie vor den Kopf geschlagen.

»Es war während des Pyrenäenfeldzugs.« Catherine Tarleton setzte sich wieder. Sie strich sich glättend über ihre Röcke, plötzlich wieder ruhig und entschlossen. »Sie wissen natürlich, daß er in Portugal und Spanien unter Wellington gedient hat. Er wurde viele Male für seine Tapferkeit vor dem Feind ausgezeichnet. Bis vor wenigen Monaten waren wir alle stolz auf seine Leistungen. Wir glaubten, er sei ein würdiger Nachfolger der Kriegshelden, die unseren Namen getragen haben.

Wir wußten nicht, daß er einer bonapartistischen Spionin in die Fänge geraten war – einer Kreatur namens Gabrielle Deschamps. Er lernte sie nach der Belagerung von Badajoz kennen. Sie hatte sich in einer Kirche versteckt – ausgerechnet! –, und er nahm sie in seinen Schutz. Zu schade, daß niemand ihn vor ihr geschützt hat. Als das Heer weiterzog, bildete sich Geoffrey ein, diese Frau zu lieben. Wann immer und wo immer möglich, traf er sich mit ihr. Und er schrieb ihr Briefe, ein gutes halbes Dutzend. Ich weiß nicht, was darin steht; keiner von uns hat sie gesehen. Aber in diesen Briefen verriet er ihr Kriegsgeheimnisse, die sie an die Franzosen verkaufte! Er hat in Kriegszeiten den Feind unterstützt, Mr. Kestrel. Nur damit ihn eine Hure in ihr Bett nahm. Gibt es etwas Verächtlicheres? Ich kann kaum glauben, daß er wirklich mein Bruder und ein Fontclair ist.

Er glaubte, man würde seinen Verrat nie entdecken. Er verlor die Person aus den Augen, nachdem er wegen seiner Verwundung aus dem Dienst ausschied. Er hörte nichts mehr von ihr. Aber es gibt immer eine göttliche Strafe, Mr. Kestrel, und Gott hielt es für richtig, uns alle zu strafen, nicht nur den, der die Strafe verdient. Im vergangenen April, kurz nachdem Hugh volljährig geworden war, erschien Mr. Craddock auf Bellegarde und verlangte, Geoffrey, Robert und mich zu sprechen. Irgendwie waren ihm Geoffreys Briefe in die Hände gefallen, und er drohte, sie an die Öffentlichkeit zu bringen, wenn Robert sich nicht mit einer Heirat zwischen Hugh und Craddocks Tochter einverstanden erklärte.

Ja, Rache ist süß, nicht wahr? Ich hatte ihm vor Jahren einen Korb gegeben; und nun würde seine Tochter meinen Neffen heiraten, Mutter der nächsten Generation von Fontclairs werden. Und Sie können sich wohl vorstellen, welchen Genuß es ihm bereitete, uns vor Augen zu halten, welche Schande Geoffrey über uns gebracht hatte. Wir waren stets so stolz auf die kriegerischen Heldentaten unserer Vorfahren gewesen, und da mußten wir nun so tief fallen! Ich kann es nicht fassen, daß Geoffrey noch am Leben ist. Wenn er auch nur einen Funken

Ehrgefühl im Leib hätte, dann hätte er seinem Leben lieber ein Ende gemacht, als diese Demütigung hinzunehmen. Aber er hat an seinem vertanen Leben festgehalten – ja, mehr als das, er flehte Robert an, auf Craddocks Forderungen einzugehen, um ihn vor Schande und Strafverfolgung zu schützen. Natürlich willigte Robert ein – nicht um Geoffreys willen, denke ich, sondern um die Ehre der Familie zu schützen und unseren Nachkommen einen fleckenlosen Namen vererben zu können.«

Julian erinnerte sich, wie der Colonel an seinem ersten Abend in Bellegarde aus dem Salon gestürzt war, als Catherine Tarleton angefangen hatte, von den Kriegshelden ihrer Familie zu erzählen. Kein Wunder. Jedes ihrer Worte war ein Vorwurf gewesen, hatte den Gegensatz zwischen vergangenem Heldentum und seinem schändlichen Versagen herausgestellt.

»Aber wie sind Colonel Fontclairs Briefe denn Craddock in die Hände gelangt?«

»Durch Umstände, die einige Zufall nennen würden, die ich aber als Nemesis bezeichne. Zu Mr. Craddocks schnöden geschäftlichen Unternehmungen gehört eine Reihe von Pfandleihen in London. Er machte gerade einem dieser Pfandhäuser einen Besuch, als er ein Schmuckkästchen entdeckte, ein japanisches Lackkästchen mit Gold, das ihm gefiel. Die Person, die es beliehen hatte, hatte es nicht wieder ausgelöst, und der Mann, der die Pfandleihe für Craddock führt, hatte es zum Verkauf angeboten. Craddock gefiel es, wie gesagt. Er wollte es seiner Tochter schenken. Als er es sich näher ansah, entdeckte er, daß es einen doppelten Boden hatte. Er warf einen Blick in das Geheimfach – und dort fand er die Briefe. Jedenfalls ist das die Geschichte, die er uns erzählt hat.«

»Und dieses Schmuckkästchen hat der Frau gehört, Gabrielle Deschamps?«

»Ich habe keine Ahnung. Geoffrey behauptet, er könnte sich nicht erinnern, daß sie ein solches Kästchen besessen hat. Aber warum sollte man jetzt noch irgend etwas glauben, was Geoffrey sagt?«

»Wer hat das Kästchen versetzt?«

»Das wissen wir nicht.«

»Aber wollen Sie es denn nicht herausfinden? Wenn Mademoiselle Deschamps selbst es versetzt hat, dann hält sie sich vielleicht in England auf. Dann könnte es geschehen, daß Colonel Fontclair sich Craddocks Schweigen erkauft, nur um sich dann einer Erpressung von ihr ausgesetzt zu sehen.«

»Daran haben wir auch gedacht. Wir sind keine Narren, Mr. Kestrel. Wir haben Craddock gefragt, wer das Kästchen gebracht habe, aber er sagte, der Pfandleiher wüßte es nicht. Der dumme Kerl erinnerte sich überhaupt nicht an die Transaktion.«

»Aber es ist doch gesetzlich vorgeschrieben, daß Pfandleiher Namen und Adresse eines jeden aufbewahren, der bei ihnen einen Gegenstand beleiht.«

»Kann sein, aber dieser Pfandleiher hatte Namen und Adresse der Person verloren, die das Kästchen beliehen hatte. Das behauptet jedenfalls Craddock. Wir konnten nicht gut hingehen und den Mann selbst fragen. Wir wollten keinesfalls bekanntwerden lassen, daß wir an dem Kästchen oder an der Person, die es beliehen hatte, interessiert sind. Ich kann mir nicht vorstellen, daß es diese Deschamps selbst war. Weshalb hätte sie das Kästchen mitsamt den Briefen versetzen sollen? Sie waren doch wertvoll für sie – sie hätte sie Geoffrey für viel Geld verkaufen können. Höchstwahrscheinlich ist sie gestorben, oder das Kästchen wurde ihr gestohlen. Es muß jemand in die Hände gefallen sein, der entweder nicht wußte, daß die Briefe darin waren, oder ihre Bedeutung nicht erkannte. Aber als Craddock sie las, erkannte er sofort ihren Wert und wie er sie gegen uns verwenden konnte.

Begreifen Sie jetzt, warum ich sein Zimmer aufgesucht habe, solange er außer Haus war? Ich habe diese verwünschten Briefe gesucht. Ich hoffte wider alle Hoffnung, er könnte sie nach Bellegarde mitgenommen haben. Ich wartete bis kurz vor fünf in meinem Zimmer. Als ich sicher sein konnte, daß die Dienstboten alle beim Abendessen saßen, habe ich mich in sein Zimmer geschlichen und es durchsucht. So widerwärtig es mir war, seine Kleider, sein Rasierzeug, sein Bett zu berühren – ich habe überall gesucht. Mit den Briefen in meiner Hand hätte ich seine Macht über uns brechen können. Wir hätten ihn aus Bellegarde hinauswerfen können wie damals. Und seine Tochter dazu.

Nun kann ich Ihnen ja auch gleich sagen, was es mit meiner Handarbeitsschere auf sich hat. Die Frage fasziniert Sie doch so. Auf dem Boden in Craddocks Zimmer stand eine Stahlkassette. Ich wollte sie öffnen, aber sie war abgeschlossen. Ich war überzeugt, in ihr wären die Briefe, und es machte mich wütend, daß ich nicht an sie herankommen konnte. Ich versuchte, die Kassette mitzunehmen, aber sie war viel zu schwer. Ich konnte sie nicht einmal ziehen. Dann versuchte ich, mit einer Klinge meiner kleinen Schere das Schloß zu öffnen. Aber das klappte auch nicht. Schließlich habe ich die Schere in den Spalt zwischen Kasten und Deckel geschoben und versucht, die Kassette aufzustemmen. Dabei habe ich mich in den Finger geschnitten. Und natürlich kam genau in dem Moment Craddock herein. Es war eine unglaubliche Demütigung. In seinem Zimmer von ihm bei der Durchsuchung seiner Sachen ertappt zu werden!«

Was sie erzählte, klang wahr. Die Kratzer auf der Schere konnten gut entstanden sein, als sie sich damit an der Kassette zu schaffen machte. Und es fiel Julian auch nicht schwer, sich vorzustellen, daß sie die Kassette mit so viel wütender Verbissenheit attackiert hatte, daß sie sich dabei in den Finger geschnitten hatte. Er begriff, warum sie gelogen hatte: Sie hätte es natürlich erniedrigend gefunden, zugeben zu müssen, daß Craddock sie bei der Durchsuchung seines Zimmers erwischt hatte. Vor allem aber hätte sie erklären müssen, was sie gesucht hatte, und dann wäre die Geschichte von Colonel Fontclairs Briefen herausgekommen. Craddock hatte sie in ihrer Lüge unterstützt, um nicht seine Macht über die Fontclairs zu verlieren – denn der Erpresser hat ja kein Druckmittel mehr in der Hand, wenn das wohlgehütete Geheimnis, um das er weiß, öffentlich wird. Craddock und die Fontclairs hatten aus unterschiedlichen Motiven gehandelt, aber ihr Ziel war das gleiche gewesen: Geoffreys Schandtat um jeden Preis geheimzuhalten.

»Craddock kam um zwanzig nach fünf von seinem Ausritt zurück«, sagte er. »Meiner Quelle zufolge waren Sie eine halbe Stunde später immer noch in seinem Zimmer. Haben Sie die ganze Zeit miteinander gestritten?«

»Wer ist diese ›Quelle‹?«

»Das möchte ich lieber für mich behalten.«

»Irgendein hinterhältiger Dienstbote zweifellos. Wenn ich je dahinterkomme, wer es war, werde ich diesen gemeinen Menschen ohne Zeugnis entlassen. An Türen zu lauschen!«

»Lady Tarleton«, sagte er ruhig, »was haben Sie mehr als zwanzig Jahre lang bedauert?«

Sie warf ihm einen scharfen Blick zu. Dann sagte sie: »Es hat mir immer leid getan, daß wir Craddock für seine Dreistigkeit mir gegenüber nicht bestraft haben. Aber Robert und ich wollten meinen Ruf schützen. Selbstverständlich hatte ich mir nichts zuschulden kommen lassen, aber es hätte womöglich dennoch einen Skandal gegeben. Böswillige Menschen hätten vielleicht behauptet, ich hätte Craddock ermutigt. Darum gab Robert ihm ein ordentliches Zeugnis und den Lohn, der ihm zustand, und ließ sich dafür von ihm versprechen, daß er mit niemand darüber sprechen würde, warum er entlassen worden war. Aber später hat es mir, wie gesagt, leid getan, daß wir so nachsichtig mit ihm waren. Er... er versuchte praktisch, mich zu überfallen. Wir hätten ihn verhaften lassen sollen. Das ist es, was ich all die Jahre bedauert habe.«

Julian nahm die Geschichte mit einem Stirnrunzeln auf, sagte aber nichts. »Bei Ihrem Streit mit Craddock drohten Sie, etwas über ihn zu verraten, wenn er etwas Bestimmtes über Sie verraten sollte. Was hat das zu bedeuten?«

»Ich wollte nicht, daß er der Familie erzählte, daß er mich in seinem Zimmer ertappt hatte. Die ganze Sache war mir sowieso schon peinlich genug. Ich sagte ... ich drohte ihm, es allen zu erzählen, daß er uns mit Geoffreys Briefen erpreßte. Er glaubte mir nicht. Er weiß, wieviel mir daran liegt, daß Geoffreys Schande niemals an den Tag kommt.« Sie kniff die Augen zusammen. »Was sonst hat Ihr Spitzel gehört?«

»Mr. Craddock hat gesagt, Sie würden für Ihren guten Namen alles opfern. Und er sagte, er wünschte, die ganze Welt hätte sehen können, was er sah, als er kam und Sie fand – wo fand er Sie, Lady Tarleton?«

»In seinem Zimmer, vor seiner Geldkassette«, antwortete sie ungeduldig. »Was denken Sie denn, daß er gemeint hat? In Ihrem Zimmer, damit beschäftigt, dieses Mädchen zu töten?«

Das eben war der Kern der Sache, dachte er. Was hatte dies alles mit dem Mord zu tun? Nun, wenigstens wußte er jetzt endlich, wie Craddock sich die Fontclairs gefügig gemacht hatte. Und da es nur natürlich war, zwischen Erpressung und Mord eine Verbindung zu argwöhnen, würden sowohl Geoffrey Fontclair als auch Mark Craddock nun einiges erklären müssen.

Nach seiner Rückkehr in den Salon bat Julian Sir Robert um eine Unterredung unter vier Augen. Sie zogen sich in das kleine Arbeitszimmer im rückwärtigen Teil des Haupthauses zurück, in dem vor zwei Tagen die Mitglieder des Haushalts an der ermordeten jungen Frau vorbeidefiliert waren. Julian fragte sich, ob sich je wieder jemand unbefangen auf das Sofa setzen würde.

»Senderby war heute nachmittag hier«, begann Sir Robert. »Er hat mir erzählt, daß Morley Bliss mit der jungen Frau gesehen hat. Er sagte, Sie wüßten bereits davon.«

»Ja. Hat man Bliss schon gefunden?«

»Nein. Einer unserer Hilfspolizisten hört sich um. Es sollte nicht schwer sein, ihn aufzustöbern. Er hat nicht die Mittel und ist zu alt, um im Eiltempo zu reisen. Außerdem legt er unterwegs immer wieder Pausen ein, um zu betteln und seine Waren an den Mann zu bringen. Aber ich kann mir nicht vorstellen, daß er zu unseren Ermittlungen viel beizusteuern hat. Er hat ja offenbar nur kurz mit der jungen Frau gesprochen, um ihr eine Wegbeschreibung zu geben.«

Julian dachte an den Ohrring, den er in Papier eingewickelt und in einem Behälter mit Zahnpulver in seinem Reisenecessaire versteckt hatte. Dieses Indiz deutete darauf hin, daß die Begegnung zwischen der jungen Frau und Bliss nicht ganz so flüchtig gewesen war. Aber er brachte es nicht über sich, Sir Robert von seinen Nachforschungen in der alten Mühle zu berichten.

»Ich wollte eigentlich nicht über Morleys Aussage mit Ihnen sprechen«, sagte er. »Ich bedaure, wenn ich ein Thema ansprechen muß, das für Sie äußerst peinlich sein muß, aber Lady Tarleton hat mir von den Briefen Colonel Fontclairs berichtet.« Er wiederholte, was sie ihm über Craddocks Erpressungsmanöver und ihren Versuch, die Stahlkassette zu erbrechen, erzählt hatte.

Sir Robert hörte ihm erstaunlich ruhig bis zum Ende zu. »Wissen Sie, im Grund ist es eine Erleichterung«, sagte er leise. »Es wurde immer schwieriger für uns, Geoffreys Geheimnis vor Ihnen zu bewahren. Manchmal frage ich mich, ob uns dieser Mord nicht als Strafe dafür gesandt wurde, daß wir seine Schuld verborgen haben. Gerade als wir jegliches Aufsehen unbedingt vermeiden wollten, wurde durch die Untersuchung ein Lichtstrahl auf uns gerichtet, der all unser Tun, all unsere Gedanken und Gefühle hell erleuchtet. Unsere ganze Geheimniskrämerei und Craddocks Drohungen sind dadurch zur Farce geworden. Mr. Kestrel, mein Bruder ist ein Verbrecher, und ich bin Richter. Es ist unverzeihlich, daß ich sein Verbrechen verborgen habe. Wenn Sie sich dafür entscheiden sollten, dies an den Tag zu bringen, so handeln Sie, wie es sich für einen britischen Untertan geziemt. Ich ... ich werde der erste sein, der Ihnen dafür Lob zollt.«

Julian dachte, was muß es diesen Mann gekostet haben, für seinen Bruder zu lügen, sich den erpresserischen Forderungen eines ehemaligen Dienstboten zu beugen, Wissen zu unterdrükken, das möglicherweise notwendig war, um einen Mörder zu fassen? Zweifellos hat er teilweise aus dem Wunsch heraus gehandelt, die Haut seines Bruders zu retten, aber vor allem treibt ihn sein Ehrgefühl – der Wille, den Namen zu schützen, der ihm teuer ist. Er denkt an seine Vorfahren und an seine Nachkommen. Ihr Anspruch gegen ihn ist sogar stärker als sein Sinn für Gerechtigkeit.

Er sagte: »Das einzige Verbrechen, das mich betrifft, ist der Mord, der hier vor zwei Tagen verübt wurde. Wenn Colonel Fontclairs Briefe damit nichts zu tun haben, sehe ich sie nicht als meine Angelegenheit an.«

»Glauben Sie denn, daß zwischen dem Mord und dieser Geschichte mit den Briefen eine Verbindung besteht?«

»Möglich ist es. Haben Sie Ihren Bruder und Mr. Craddock gefragt, ob die junge Frau irgendwie mit Gabrielle Deschamps oder den Briefen zu tun gehabt haben könnte?«

»Nein, ausdrücklich danach gefragt habe ich nicht. Ich muß leider zugeben, daß ich allein dem Gedanken ausgewichen bin.«

»Ich verstehe. Aber ich denke, dann sollten wir sie jetzt fragen.«

»Sie haben natürlich ganz recht.« Sir Robert läutete und schickte einen Dienstboten, den Colonel zu holen. »Mr. Kestrel, ich glaube nicht, daß mein Bruder etwas mit dem Tod dieser jungen Frau zu tun hatte. So tapfer er sich im Krieg auch geschlagen hat, er ist von Natur aus nicht grausam oder gewalttätig. Seine Sünden sind die des Leichtsinns und der Schwäche. Bei Mr. Craddock kann ich da nicht so sicher sein. Aber eines verspreche ich Ihnen: Wenn sich herausstellen sollte, daß der Mord irgendwie mit dem Fehlverhalten meines Bruders zu tun hat, kann nichts auf der Welt mich dazu bewegen, es länger geheimzuhalten. Ich habe die Justiz schon betrogen, indem ich einwilligte, die Briefe zu unterdrücken. Weiter kann ich nicht gehen.«

»Ich wollte, ich könnte erklären, wie sie war.« Der Colonel wedelte hilflos mit den Händen. »Sie konnte einen zu allem bringen. Es war ... es war, als wäre man behext. Sie konnte einen quälen, bis man von Sinnen war. Man konnte ihrer niemals sicher sein. Selbst wenn sie in meinen Armen lag, schien sie immer irgendwo weit weg zu sein. Lachte mich vielleicht aus. Dachte an einen anderen.

Zum Teil war es dieser Feldzug. Der machte auch die Härtesten von uns mürbe. Er zog sich Jahre dahin, ein Scharmützel nach dem anderen, einen Tag waren wir im Vorteil und am nächsten die Franzosen. Die Hitze war erstickend, die Gegend war rauh und unwirtlich, der Nachschub war schlecht. Die Spanier waren wie wilde Tiere, unsere eigenen Truppen nicht viel besser. Ich war gelangweilt und rastlos. Aber letztlich war es diese Frau. Ich habe nie eine andere gekannt, der ich so ausgeliefert war.

Ich habe ihr nie etwas von Wichtigkeit erzählt. Keinesfalls habe ich meine eigenen Kameraden verkauft, sie den Franzosen preisgegeben. Kleinigkeiten waren es, die ich ihr erzählt habe. Mehr nicht. Kleinigkeiten, die die Franzosen wahrscheinlich sowieso schon wußten. Ich habe sie oft lange Zeit nicht gesehen, und wenn ich nicht mit ihr zusammen war, hatte ich immer

Angst, sie könnte sich anderen zuwenden. Ich war wahnsinnig vor Eifersucht. Ich bildete mir ein, sie würde mir treu sein, wenn ich ihr Nachrichten lieferte. Ich habe ihr nie etwas von Bedeutung erzählt, das müßt ihr mir glauben. Aber diese Briefe – ich denke, sie würden sich ziemlich schlecht machen, wenn sie jetzt ans Licht kämen.«

Sir Roberts schmales, patrizisches Gesicht wirkte verkniffen vor Widerwillen. Er hatte dies alles offensichtlich schon früher gehört. »Weder Mr. Kestrel noch mich interessieren deine Erklärungen. Wir möchten lediglich wissen, ob deine Briefe mit dem Mord in Zusammenhang stehen könnten.«

»Das kann ich mir nicht vorstellen.«

»Sie sehen also keinen Grund, diese junge Frau mit Mademoiselle Deschamps in Verbindung zu bringen?« fragte Julian.

»Was für einen Grund könnte es dafür geben?«

»Die junge Frau war Ausländerin. Sie könnte eine Verwandte oder eine Angestellte gewesen sein.«

»Dazu kann ich nichts sagen«, murmelte der Colonel.

»Wann haben Sie das letztemal von Mademoiselle Deschamps gehört?«

»Ich habe sie aus den Augen verloren, nachdem die Franzosen über die Pyrenäen zurückgetrieben worden waren. Ich wurde etwa um diese Zeit verwundet und nach England zurückgeschickt. Es kann sein, daß Gabrielle umgekommen ist – das war das Schicksal vieler Franzosen in Spanien. Aber vielleicht ist es ihr auch gelungen, sich nach Frankreich durchzuschlagen. Ich habe jedenfalls nie wieder von ihr gehört. Bis Craddock auftauchte und sagte, er habe meine Briefe in Händen.«

»Haben Sie sich nie Gedanken darüber gemacht, was Gabrielle mit den Briefen hätte anfangen können?« fragte Julian.

»Ich wollte nicht darüber nachdenken. Es hätte Gabrielle ähnlich gesehen, sie aufzubewahren. Sie ließ sich nie etwas entgehen, woraus vielleicht einmal Kapital zu schlagen war. Aber wie die Briefe in dieses Schmuckkästchen gelangt sind, ist mir ein Rätsel.«

Julian überlegte. »Wenn Gabrielle gestorben wäre, wer hätte dann geerbt?«

»Das weiß ich nicht.«

»Hat sie je von Familie gesprochen?«

»Nein.« Er bewegte sich nervös in seinem Sessel und sah Sir Robert gequält an. »Was geschieht jetzt?«

»Mr. Kestrel und ich werden weiter nach einer Verbindung zwischen dem Mord und der Sache mit den Briefen suchen. Wenn eine solche Verbindung besteht, dann kann ich dich nicht länger decken, das mußt du verstehen. Dann muß die ganze Geschichte ans Licht.«

»Und wenn es keine Verbindung gibt?« Der Blick des Colonel flog von Sir Robert zu Julian.

»Ich versichere Ihnen, Colonel, ich habe kein Interesse daran, irgend etwas von dem, was ich über Ihre Familie weiß, an die Öffentlichkeit zu bringen, wenn es nicht mit dem Mord zu tun hat.«

Der Colonel stand schwerfällig auf. »Wenn das alles ist, gehe ich jetzt.«

»Ich habe noch einige Fragen«, sagte Julian. »Am Donnerstag abend trafen Lady Tarleton und ich Sie zusammen mit Lady Fontclair im Waffenzimmer an. Sie sagte zu Ihnen: ›Es ist böse und unrecht. Versprich mir, daß du daran nie wieder denken wirst.‹ Was meinte sie?«

Das Gesicht des Colonel rötete sich. »Ich dachte daran, einfach eines der Gewehre zu laden und … Schluß zu machen. Ich mußte Cecily versprechen, das nicht zu tun. Sie sagte, es sei mutiger, den Dingen ins Auge zu sehen. Und sie sagte, mein Tod würde Craddock nicht daran hindern, meine Briefe gegen die Familie zu verwenden.« Er schwieg einen Moment und fragte dann heiser: »Sonst noch etwas?«

»Es würde mich interessieren, ob Sie gewöhnlich ein Messer bei sich tragen.«

»Ich habe ein Taschenmesser«, stammelte der Colonel.

»Hatten Sie es am Tag des Mordes bei sich?«

»Ich ... ich weiß nicht.«

Sir Robert trat beiseite, als könnte er es nicht länger ertragen, seinen Bruder anzusehen. »Wenn es Ihnen recht ist, Mr. Kestrel, können wir, denke ich, meinem Bruder jetzt gestatten zu gehen.«

Der Colonel ging zur Tür. Doch dann drehte er sich noch einmal um und fragte in mitleiderregendem Ton: »Mußt du es Guy sagen, das mit den Briefen?«

»Wir haben es Guy verschwiegen«, erklärte Sir Robert Julian. »Geoffrey wollte nicht, daß er es erfährt, und ich sah keinen Grund, den Jungen damit zu belasten.«

»Weiß Hugh Bescheid?«

»Ihm mußten wir es sagen. Wir hätten von ihm nicht verlangen können, Craddocks Forderungen zu erfüllen, ohne ihm zu sagen, was auf dem Spiel steht.«

»Und Miss Fontclair?«

»Ihr haben wir nichts gesagt. Sie ist so stolz auf unseren Namen und unsere Familie, daß ich ihr das Wissen um diese Schande ersparen wollte.«

Der Colonel wandte sich ab und hinkte schwerfällig aus dem Zimmer. Sir Robert sah ihm mit steinerner Miene nach, dann läutete er einem Lakaien und trug ihm auf, Mark Craddock zu sagen, daß er ihn zu sprechen wünsche.

Manöver

»Soso, sie hat Ihnen also von den Briefen erzählt, wie?« sagte Craddock zu Julian. »Ich weiß nicht, was sie sich davon erhofft hat. Vielleicht glaubte sie, wenn sie mich in ein schlechtes Licht setzt, könnte sie Verdacht auf mich lenken. Aber sie wird einen hohen Preis zahlen, wenn die Geschichte mit den Briefen publik wird. Die Fontclairs können die Heirat abblasen, aber dafür werden sie den Ruin des Colonels in Kauf nehmen müssen. Ich hatte keine Ahnung, daß sie mich so abgrundtief haßt, daß sie bereit ist, ihren eigenen Bruder zu opfern, um mir eins auszuwischen.«

»Das ist nicht merkwürdiger«, versetzte Julian, »als daß Sie bereit sind, Ihre eigene Tochter zu opfern, um ihr eins auszuwischen.«

»Was soll das heißen?« fragte Craddock scharf.

»Das will ich Ihnen sagen: Ganz gleich, was die Fontclairs Ihnen angetan haben, Ihre Tochter hat keine Schuld daran, und ich finde, sie hat Besseres verdient, als von ihrem Vater als Werkzeug seiner Rache benutzt zu werden.«

»Mischen Sie sich nicht in Dinge, die Sie nichts angehen, junger Mann! Das lasse ich mir nicht bieten. Ich habe Ihr Spiel längst durchschaut: Sie wollen die Heirat zwischen meiner Tochter und Hugh Fontclair vereiteln, damit Sie Maud und ihre hunderttausend Pfund für sich selbst gewinnen können. Seit dem Moment Ihrer Ankunft tun Sie ihr schön – denken Sie nur ja nicht, ich hätte es nicht bemerkt. Aber eines können Sie sich von Anfang an hinter die Ohren schreiben, und Maud werde ich das gleiche sagen: Sie wird niemals auch nur einen Penny meines Geldes zu sehen bekommen, wenn sie einen anderen als Hugh Fontclair heiratet.«

»Werter Herr, ich spekuliere weder auf Ihre Dukaten noch auf

Ihre Tochter. Aber ich habe große Achtung vor Ihrer Tochter, und ich werde nicht tatenlos zusehen, wie sie einem unwilligen Bräutigam mit Hilfe eines Erpressungsmanövers aufgezwungen wird, das ihr Leben lang ihre Beziehungen zu ihm und seiner Familie vergiften wird.«

»Ich habe sie nicht gezwungen, ihn zu nehmen. Diese Entscheidung hat sie selbst getroffen.«

»Sie tappte völlig im dunkeln bei dieser Entscheidung. Sie wußte nicht, was auf dem Spiel stand – wie sehr sie den Fontclairs hätte schaden können, wenn sie abgelehnt hätte.«

»Es gab keinen Grund, sie darüber aufzuklären. Sie brauchte einzig zu wissen, daß ich eine hervorragende Partie für sie gefunden hatte – einen Mann aus guter Familie, von gutem Ruf und mit eigenem Geld. Kein Vater hätte besser für seine Tochter sorgen können. Wie ich diese Heirat arrangiert hatte, war eine geschäftliche Angelegenheit, die sie nichts anging.«

»Ich an Ihrer Stelle«, warf Julian ein, »hätte mich auch geschämt, es ihr zu sagen.«

»Bei Gott, Sir, Sie gehen zu weit!«

Er hob die Faust. Julian wappnete sich, den Schlag zu parieren. Aber Sir Robert trat zwischen die beiden Männer.

»Mr. Craddock, ich muß Sie daran erinnern, daß ich Sie wegen tätlichen Angriffs festnehmen kann. Und was Sie angeht, Mr. Kestrel, so behalten Sie bitte im Gedächtnis, daß ich Mr. Craddock nicht habe holen lassen, damit Sie mit ihm streiten, sondern damit Sie ihn wegen einer möglichen Verbindung zwischen dem Mord und den Briefen meines Bruders befragen.«

Craddock warf Julian einen grimmigen und mißtrauischen Blick zu. »Was wollen Sie wissen?«

Auf Befragen berichtete er, wie er durch Zufall auf die Briefe gestoßen war, als er bei einer seiner Pfandleihen einen Inspektionsbesuch gemacht hatte. »Das war im März, ungefähr vor drei Monaten. Der Schmuckkasten fiel mir ins Auge. Ich dachte, er könnte Maud gefallen. Vorpe – Silas Vorpe, der die Geschäfte des Pfandhauses für mich führt – sagte, er habe ihn im Monat zuvor zum Verkauf freigegeben, weil er bereits seit einem Jahr bei ihm stünde und der Eigentümer ihn nie wieder eingelöst und auch die Zinsen nicht bezahlt habe.«

Craddock hatte sich den Schmuckkasten angesehen und dabei das Geheimfach mit den Briefen entdeckt. »Ich habe sie gelesen. Eine nette Mischung aus Liebesgeflüster und Kriegsgeheimnissen war das. Mir ist richtig übel geworden bei der Lektüre. Mein erster Gedanke war, sie der Regierung und den Zeitungen zu übergeben. Aber zufällig hatte ich kurz zuvor in den Gesellschaftsnachrichten von einer bevorstehenden Feier zu Hugh Fontclairs einundzwanzigstem Geburtstag gelesen. Tja, und da geriet ich ins Nachdenken. Ich erkannte, daß es für die Briefe eine bessere Verwendung gab. Den Rest wissen Sie.«

»Hat es Sie nicht interessiert, wer den Schmuckkasten beliehen hatte?« fragte Julian.

»Aber natürlich. Ich fragte Vorpe danach, aber er konnte es mir nicht sagen.«

»Muß er denn nicht eine Liste mit Namen und Adressen aller Kunden haben, die bei ihm etwas beleihen?«

»Er konnte die Unterlagen für dieses Geschäft nicht finden. Der Mann ist nicht gerade der Hellste. Ich behalte ihn, weil er tut, was man ihm sagt, und nicht meckert. Und weil ich glaube, daß er mich nicht betrügt – jedenfalls nicht mehr als meine anderen Angestellten auch.«

Julian war skeptisch. »Wenn er die Unterlagen verloren hatte, woher wußte er dann, daß ein Jahr vergangen war, seit man ihm den Schmuckkasten gebracht hatte, und er ihn nun zum Verkauf freigeben konnte?«

»Er versieht jeden Gegenstand, der bei ihm beliehen wird, mit einem Zweitetikett, aus dem hervorgeht, was er dafür bezahlt hat und wann es zur Einlösung oder Verlängerung fällig ist. Ich habe ihm gesagt, daß diese Zettelwirtschaft zu unübersichtlich ist. Das ist nicht das erstemal, daß er Geschäftsunterlagen verloren hat. Ich habe ihm gesagt, daß ich ihn an die Luft setze, wenn das noch einmal passiert.«

»Konnte er sich an die Person erinnern, die den Kasten gebracht hatte?«

»Nein. Ich sage Ihnen doch, der Mann ist nicht mit Grips gesegnet. Aber der Fairneß halber muß man sagen, daß bei ihm jeden Tag ordentlich Betrieb ist. Die Kunden geben sich die Klinke in die Hand. Da kann man nicht erwarten, daß er sich an einen Bestimmten erinnert, der vor mehr als einem Jahr bei ihm war.«

»Weiß er von den Briefen?«

»Soviel ich weiß, nicht. Ich habe ihm jedenfalls nichts gesagt.«

»Haben Sie selbst eine Ahnung, wer den Kasten versetzt hat?«

»Nein. Aber der Betreffende kann von den Briefen nichts gewußt haben oder verkannte ihren Wert.«

»Ja«, meinte Julian nachdenklich, »das hat Lady Tarleton auch gesagt.«

»Ich würde trotzdem gern wissen, warum sie Ihnen von den Briefen erzählt hat.«

Aus Neugier auf Craddocks Reaktion antwortete Julian: »Ich glaube, sie wollte mich davon abhalten, weitere Fragen darüber zu stellen, was zwischen Ihnen beiden vor zwanzig Jahren vorgefallen ist.«

»Sie stecken Ihre Nase wirklich in alles hinein, wie? Was zwischen mir und Lady Tarleton vorgefallen ist, geht Sie überhaupt nichts an.«

»Das stimmt. Es gibt keinen Grund, diese Angelegenheit von neuem aufzurühren«, sagte Sir Robert. »Sie wurde damals gründlich untersucht...«

Craddock lachte kurz auf.

»Ich habe Ihnen eine faire Chance gegeben, gehört zu werden«, beharrte Sir Robert, »und Sie hatten nichts zu Ihrer Verteidigung zu sagen.«

»Ich habe auf die Beschuldigungen Ihrer Schwester nichts erwidert, weil ich wußte, daß nicht die geringste Chance bestand, daß Sie mir glauben würden.«

»Wollen Sie behaupten, daß meine Schwester gelogen hat?«

»Ja. Sie hat gelogen.«

»Sie haben niemals versucht, sich ihr mit Gewalt zu nähern?«

»Sie hat gelogen«, sagte Craddock steinern.

»Ich werde mich nicht dazu herablassen, auf eine solche Anschuldigung zu antworten.«

»Natürlich nicht. Ich weiß, daß ich nicht Gentleman genug bin, um mit einem Fontclair zu streiten.«

»Uns allen steht es schlecht an, jetzt, da wir bald durch eine Heirat miteinander verbunden sein werden, zu streiten. Wir schulden einander wenigstens einen Anschein von Loyalität und Respekt.«

»Wenn Sie nur einen Anschein verlangen – da kann ich Sie zufriedenstellen.« Er wandte sich Julian zu. »Was haben Sie nun vor, da Sie von Colonel Fontclairs Verrat wissen?«

»Ich beabsichtige herauszufinden, ob die Sache etwas mit dem Mord zu tun hat. Wenn nicht, soll sie mich nicht weiter interessieren.«

»Ich nehme an, Sie werden meiner Tochter von den Briefen erzählen?«

»Nur wenn es sich nicht vermeiden läßt. Ich dachte, das würden Sie ihr lieber selbst erzählen.«

Craddock musterte ihn mit finsterem Blick. »Meinetwegen, ich sage es ihr. Aber glauben Sie ja nicht, daß sie mich umstimmen kann. Solange ich die Briefe habe, entbinde ich die Fontclairs nicht von unserer Abmachung. Und wenn sie sie nicht einhalten, wird es nur um so schlimmer für sie werden.«

Er ging hinaus. Sir Robert seufzte. »Wir sollten jetzt besser zu Bett gehen. Morgen wartet die Leichenschau auf uns.«

»Einen Augenblick.« Julian berichtete ihm von seinem Besuch bei Mrs. Warren und dem, was er von ihr erfahren hatte. Es würde wahrscheinlich bei der morgigen Leichenschau sowieso herauskommen, und er wollte sich keine Vorwürfe dafür einhandeln, daß er nicht über seine Nachforschungen berichtet hätte.

Doch über seine Entdeckungen in der alten Mühle bewahrte er weiterhin Schweigen. Auf seinem Weg nach oben fiel ihm Dick Felton ein, der so gern bei den Ermittlungen behilflich sein wollte. Der Junge war ein aufmerksamer Beobachter; er hatte vielleicht Talent für eine derartige Aufgabe. Julian beschloß, ihn auf jeden Fall auf die Probe zu stellen. Er hatte genau den richtigen Auftrag für einen zukünftigen *Bow Street Runner*.

Cecily Fontclair saß an ihrem Toilettentisch, als das Bild ihres Mannes im Spiegel erschien. Lächelnd drehte sie sich zu ihm um. Er kam und setzte sich zu ihr, in den Sessel, der immer für ihn bereitstand. Das Mädchen verschwand diskret aus dem Zimmer.

Er war gekommen, um ihr von den neuesten Entwicklungen seiner Untersuchung zu berichten. Und er war gekommen, um ihr zuzusehen, wie sie ihr Haar löste. Er genoß diesen Anblick immer wieder, der stets eine feierliche Erregung in ihm wachrief. Während er sprach, zog sie eine nach der anderen die Nadeln aus ihrem Haar, bis es sich in seidiger Fülle dunkel über ihren Hals und ihre Schultern ergoß.

Sie hörte ihm aufmerksam zu, unterbrach ihn nur ab und zu, um eine Frage zu stellen. Als er geendet hatte, schwieg sie eine Weile. Dann sagte sie: »Mr. Kestrel scheint überzeugt zu sein, daß Geoffreys Geheimnis und der Mord irgendwie miteinander in Verbindung stehen.«

»Er argwöhnt es, ja.«

»Glaubt er, Geoffrey habe die junge Frau getötet?«

»Ich bin überzeugt, er zieht die Möglichkeit in Betracht.«

»Aber Robert, du und ich, wir wissen, daß das nicht sein kann.«

»Liebste, ich bin mir nicht so sicher, daß ich das weiß. Noch vor kurzem hätte ich geschworen, Geoffrey sei unfähig, Kriegsgeheimnisse an den Feind weiterzugeben. Ich traue ihm nicht mehr.«

»Aber du kannst doch nicht glauben, er würde ein junges Mädchen kaltblütig töten!«

»Nein, ich glaube es nicht. Aber ich kann nicht – wie ich das einst getan hätte – mit Überzeugung sagen, daß ich es für unmöglich halte.«

»Ach, Liebster, du siehst aus, als trügst du das Gewicht der Welt auf deinen Schultern.« Sie trat hinter ihn und drückte behutsam seinen Kopf an ihre Brust. Er schloß die Augen. »Du darfst dir Mr. Kestrels Verdächtigungen nicht so zu Herzen nehmen. Er ist besorgt, weil sein Diener im Gefängnis sitzt, und darum bemüht er sich mit Übereifer, diesen Mord aufzuklären. Ich kann es ihm nicht verübeln. Diese Zelle ist ein schrecklicher Ort. Robert – du weißt, ich mische mich niemals in deine Amtsgeschäfte ein ...«

Er drehte sich nach ihr um und sah sie an. »Was gibt es, Liebe?«

»Es liegen doch eigentlich gar keine Beweise gegen Mr. Kestrels Diener vor. Mußt du ihn denn weiter eingesperrt lassen?«

Wie typisch für sie, dachte er. Trotz der Turbulenzen in ihrem eigenen Haus hatte sie noch Zeit, an einen Fremden zu denken. »Morgen muß ich ihn entweder auf freien Fuß setzen oder wegen Mordes unter Anklage stellen. Ich kann ihn nicht länger als drei Tage festhalten, ohne ihn dem Gericht zu übergeben.«

»Und was wirst du tun?«

»Ich habe noch keine Entscheidung getroffen. Ich habe immer noch nichts von John Reeves gehört, dem Hilfspolizisten, den ich beauftragt habe, die Reiseroute der jungen Frau zurückzuverfolgen. Wenn sie aus London kam, könnten sie und Stokes miteinander bekannt gewesen sein.«

»In London gibt es viele Menschen. Das scheint mir keine zwingende Verbindung zu sein.«

»Nein. Ich gebe zu, es liegt nichts Handfestes gegen ihn vor. Die Schwierigkeit ist nur, es liegt auch gegen niemand anderen etwas vor.«

»Mr. Kestrel hat sich für ihn verbürgt, und Mr. Kestrel scheint mir ein Mensch zu sein, der darauf achtet, wen er als Diener in sein Haus nimmt. Und ich habe Stokes vor dem Mord ein wenig kennengelernt, Robert – du weißt ja, ich beobachte jeden Fremden, der zu uns ins Haus kommt mit besonderer Aufmerksamkeit, auch Dienstboten –, er machte auf mich einen sehr angenehmen Eindruck. Ich kann nicht glauben, daß er einen Menschen töten würde.«

»Du glaubst also wirklich, daß er unschuldig ist?«

»Ja.« Sie sah ihn mit großen Augen ernst an.

»Nun, wenn sich bei der Leichenschau nichts Neues gegen ihn ergibt, werde ich seine Freilassung anordnen.«

»Ach, da bin ich froh.«

Sie umarmte ihn. Er drückte sie an sich, küßte ihre Lippen, ihre Wangen, ihren Hals. Nach mehr als zwanzig Jahren Ehe erfüllte es ihn immer noch mit beinahe ehrfürchtiger Ungläubigkeit, daß sie seine Frau war – daß ein so schönes, lauteres Wesen ihm gehören konnte. Er dachte an Geoffreys Affäre mit Gabrielle Deschamps und schauderte. Einer skrupellosen Frau verfallen zu sein, der man nicht vertrauen konnte – entsetzlich!

Sie entzog sich ihm schließlich lächelnd, setzte sich wieder an ihren Toilettentisch und nahm den Kamm zur Hand. »Wenigstens braucht sich der arme Mr. Kestrel nun nicht länger mit der Untersuchung zu beschäftigen. Er war ja überhaupt nur beteiligt, weil sein Diener unter Verdacht geriet.«

»Ich glaube, er ist an der Sache an sich interessiert.«

»Er ist ein sehr gescheiter junger Mann, und gescheite junge Männer brauchen Unterhaltung. Aber wir können sicher etwas weniger Gefährliches und dafür Amüsanteres für ihn finden als eine Morduntersuchung.«

Am nächsten Morgen gelang es Maud, Julian vor dem Frühstück allein zu sprechen. »Ich möchte Ihnen dafür danken, daß Sie meinen Vater veranlaßt haben, mir die Sache mit den Briefen Colonel Fontclairs zu erzählen.«

Er zuckte die Achseln. »Ich denke, er hat es Ihnen gesagt, weil er eingesehen hat, daß Sie ein Recht darauf haben, es zu wissen.«

»Und ich denke, jemand hat ihn zu dieser Erkenntnis gebracht«, versetzte Maud.

Darauf hatte er keine Antwort.

»Muß das Geheimnis nun öffentlich bekanntwerden?« fragte sie.

»Das kommt darauf an, ob es eine Verbindung zu dem Mord gibt.«

»Glauben Sie das?«

»Ich halte es für sehr wahrscheinlich.«

»Nun, wenn es schon herauskommen muß, dann verliert wenigstens mein Vater sein Druckmittel gegen die Fontclairs. Was er tut, ist schrecklich. Es ist für die Fontclairs und mich ja gleichermaßen demütigend. Ich wünschte, Lady Tarleton hätte die Briefe gefunden, als sie sein Zimmer durchsuchte. Aber er behauptet, sie seien gar nicht hier. Er habe sie nicht nach Bellegarde mitgebracht.«

»Hat er gesagt, wo sie sind?«

»Nein. Ich habe ihn gefragt, aber er wollte es mir nicht sagen. Ich vermute, sie sind im Schrank in seinem Arbeitszimmer zu Hause. Es ist ein Stahlschrank, den er extra für wichtige Papiere hat anfertigen lassen. Das Schloß wurde vom besten Schlosser

Londons hergestellt. Mein Vater trägt den Schlüssel an einer Kette um seinen Hals, zusammen mit anderen wichtigen Schlüsseln. Er nimmt die Kette niemals ab, nicht einmal nachts. Wenn also die Briefe in dem Stahlschrank liegen, dann gibt es keine Möglichkeit, an sie heranzukommen. Aber es muß ein anderes Mittel geben, wie ich ihn dazu bringen kann, von seinen Drohungen gegen die Fontclairs abzulassen. Es muß ein Mittel geben!«

Die Leichenschau dauerte bis zum Nachmittag. Sie fand im *Blue Lion* statt, in einem großen Hinterzimmer, wo sonst Vereine ihre Sitzungen abhielten und Tanzveranstaltungen stattfanden. Der Saal war zum Brechen voll mit Neugierigen aus Alderton und der Umgebung. Julian fielen drei junge Männer auf, die so dünn und wendig wie Windhunde waren. Ihre schäbigen Kleider waren vom Ruß der Stadt beschmutzt, ihre Finger hatten Tintenflecken. Wenn sie sich nicht gerade mit scharfen Blicken umsahen, kritzelten sie in kleine Notizbücher. Der Mord hatte selbst das Interesse der Londoner Zeitungen erregt.

Julian machte als erster seine Aussage und schilderte, wie er die junge Frau tot in seinem Bett gefunden hatte. Obwohl die Geschichte sich mittlerweile herumgesprochen hatte, erregte sie nun, in der Öffentlichkeit erzählt, neues Aufsehen. Danach äußerte sich MacGregor zu wahrscheinlicher Todesursache und Todeszeit.

Dick Felton und Mrs. Warren erwiesen sich als schwierige Zeugen. Felton genoß seinen öffentlichen Auftritt und zog ihn soweit wie möglich in die Länge. Mrs. Warren wiederum war so eingeschüchtert, daß sie kaum ein Wort hervorbrachte. Senderby schilderte den Ablauf der Ermittlungen. Im Publikum machte sich Unruhe bemerkbar, als offenkundig wurde, daß keinerlei Hinweise auf einen Raub oder Einbruch auf Bellegarde gefunden worden waren. Den Leuten war klar, daß damit die einfachste Erklärung für den Mord ausgeschlossen war.

Ein Schatten des Verdachts senkte sich unweigerlich über die Fontclairs. Doch genau wie MacGregor vorausgesagt hatte, rief der Coroner sie weder in den Zeugenstand noch befragte er sie nach ihrem Aufenthaltsort zur Zeit des Mordes. Er sprach mit größter Ehrerbietung von ihnen und brachte sein tiefes Bedauern darüber zum Ausdruck, daß sie in diese schmutzige Affäre hineingezogen worden waren. Ganz unverkennbar hoffte er, damit Julians Diener als mutmaßlichen Täter hinzustellen. Doch es gab einfach keine Hinweise, die Dipper mit dem Verbrechen oder seinem Opfer verbanden. Die Geschworenen konnten nur auf vorsätzlichen Mord durch Unbekannt erkennen.

Nach der Leichenschau tauchte Julian, der unbedingt den drei neugierigen Londonern mit ihren Notizbüchern entkommen wollte, in der Menge unter. Gleichzeitig hielt er nach Dick Felton Ausschau, und sobald er ihn sichtete, bat er ihn um eine Unterredung unter vier Augen.

Felton führte ihn in einen kleinen verlassenen Hof nebenan, hinter einer Gemüsehandlung. »Haben Sie Arbeit für mich, Sir?« fragte er eifrig. »Polizeiarbeit, mein ich.«

»Ich habe einen kleinen Auftrag, der erledigt werden muß, ja.«

»Ich bin Ihr Mann, Sir. Ich bin für alles zu haben.«

»Kennen Sie Bliss, den Hausierer?«

»Und ob ich den kenne. Hat er's getan, Sir? Ist er der Mörder?«

»Das bezweifle ich. Aber ich möchte ihn finden. Senderby sucht nach ihm, aber er mißt Bliss nicht die gleiche Bedeutung bei wie ich. Sie haben neulich gesagt, Sie könnten sich von Ihrer Arbeit im *Blue Lion* freimachen. Wollen Sie versuchen, Bliss für mich aufzustöbern?«

»Und ob! Ich frage in allen Dörfern, ob jemand ihn gesehen hat. Ich folge seiner Fährte wie ein echter Indianer.« Sein Gesicht verdüsterte sich plötzlich. »Aber länger als ein paar Tage könnte ich nicht wegbleiben. Mein Bruder, der im *Lion* für mich einspringen würde, fängt Ende der Woche auf einem Hof an.«

»Versuchen Sie's ein paar Tage, dann sehen wir ja, was geschieht. Vielleicht haben Sie Bliss bis dahin schon gefunden oder haben wenigstens eine Ahnung, wohin es ihn verschlagen hat.«

»Was soll ich tun, wenn ich ihn finde?«

»Versuchen Sie ihn zu überreden, hierher zurückzukommen und einige Fragen zu beantworten. Sagen Sie ihm, ich werde es ihm gut lohnen – wie ich höre, hat er nichts gegen Geld.«

»O ja, Sir, für Geld tut der alles.«

Julian zog ein Gesicht, als ihm einfiel, daß er einmal geglaubt hatte, ein Aufenthalt auf dem Land werde seine Börse entlasten. »Wenn Sie ihn finden oder wenigstens eine Spur von ihm, dann wird es sich auch für Sie lohnen. Und ich bezahle Ihnen auf jeden Fall Ihre Ausgaben, ob Sie ihn finden oder nicht. Ist das ein fairer Handel?«

»Ja, Sir.«

»Noch eines. Erzählen Sie keinem, auch Ihrem Bruder nicht, was Sie für mich erledigen.«

»In Ordnung, Sir. Ich wimmle alle ab, wenn sie fragen. Ist wohl 'ne Geheimsache?«

»Genau.«

»Sie können sich auf mich verlassen. Ich verpfeif Sie nicht, Sir. ›Verpfeifen‹ ist Gaunersprache, Sir, für ... aber *Sie* wissen das wahrscheinlich, was?« fragte Dick hinterhältig.

Julian ahnte, was der Junge vermutete. Er lächelte bei dem Gedanken, was man in der St. James Street sagen würde, wenn man hörte, daß Julian Kestrel für einen gemeinen *Bow Street Runner* gehalten worden war. Für die Londoner Lebewelt waren die *Bow Street Runners* eine Geißel Gottes – ständig störten sie mit ihren Razzien beim Spiel, fuhren bei Duellen dazwischen, verdarben den Gentlemen jegliches Amüsement. Aber wenn die

Söhne des Adels wüßten, wie aufregend es war, ein Verbrechen aufzuklären, dachte Julian, würden sie aus reiner Abenteuerlust bei den *Bow Street Runners* anfangen.

Gegen Ende des Tages kehrte John Reeves, der versucht hatte, die Reiseroute der ermordeten jungen Frau zurückzuverfolgen, nach Bellegarde zurück und berichtete Sir Robert. Julian erfuhr erst danach von seinem Besuch und war augenblicklich argwöhnisch. Warum hatte man ihn nicht holen lassen, damit er sich den Bericht des Mannes mit eigenen Ohren anhören konnte? Er suchte Sir Robert in seinem Büro auf.

»Mr. Kestrel!« begrüßte Sir Robert ihn. »Ich wollte Sie gerade aufsuchen. Sie werden sich freuen zu hören, daß ich Senderby Anweisung gegeben habe, Ihren Diener auf freien Fuß zu setzen. Meiner Ansicht nach besteht kein begründeter Verdacht gegen ihn, um ihn wegen Mordes unter Anklage zu stellen.«

»Ja, das freut mich wirklich zu hören. Ich danke Ihnen.«

»Danken Sie lieber meiner Frau. Sie hat sich sehr für Mr. Stokes eingesetzt.«

»Das war sehr gütig von ihr«, sagte Julian langsam. Natürlich war er froh über Dippers Freilassung, aber irgend etwas an der Art und Weise, wie alles ablief, war ihm nicht geheuer.

»Ich muß Sie und Ihren Diener allerdings bitten, vorläufig in der Gegend zu bleiben, da Sie vielleicht als Zeugen gebraucht werden. Aber das sollte nicht schwierig sein: Sie sind immer noch unser Gast, und ich hoffe, Sie werden trotz dieser unglückseligen Episode Ihren Aufenthalt nicht abbrechen.«

Sir Robert setzte sich hinter seinen Schreibtisch, als betrachtete er das Gespräch als beendet.

Doch Julian sagte: »Ich hörte, daß Reeves hier war. Was hatte er zu berichten?«

»Ist es Ihre Absicht, sich weiterhin an dieser Untersuchung zu beteiligen, Mr. Kestrel? Ihr Diener ist auf freiem Fuß. Damit ist doch wohl der Anlaß für Sie, an den Ermittlungen mitzuwirken, beseitigt.«

Ja, dachte Julian, du hast ihn sehr geschickt beseitigt – auf Betreiben deiner Frau. »Dipper mag auf freiem Fuß sein, aber solange der wahre Mörder nicht gefunden ist, wird er weiter unter Verdacht stehen. Und an meiner Rolle in dieser Angelegenheit scheint ja die Öffentlichkeit auch gewisse Zweifel zu haben. Wenn dieses Verbrechen nicht aufgeklärt wird, bleibt der Verdacht womöglich ein Leben lang an Dipper und mir haften.«

»Ja, glauben Sie denn, ich werde die Sache ruhen lassen, solange der Mörder nicht seiner gerechten Strafe zugeführt ist?«

»Ich glaube, daß Sie alles tun werden, was man von einem Menschen erwarten kann, der mit jeder Maßnahme, die er trifft, die Menschen bedroht, die ihm am nächsten stehen.«

»Ich weiß, Sie glauben, ich könnte nicht unvoreingenommen sein. Um ehrlich zu sein, die gleiche Befürchtung hatte ich auch. Darum habe ich eingewilligt, Sie an den Ermittlungen zu beteiligen – damit Sie mich zwingen, Möglichkeiten ins Gesicht zu sehen, vor denen ich sonst vielleicht die Augen verschlossen hätte. Dazu brauche ich Sie jetzt nicht mehr. Die Leitung der Untersuchung wird nicht mehr lange in meinen Händen liegen.«

»Ich verstehe nicht.«

»Reeves hat mir berichtet, daß die junge Frau ihre Reise nach Alderton an der Posthalterei in London angetreten hat. Sie war ohne Begleitung und ohne einen Dienstboten; alle Reisearrangements hat sie selbst getroffen. Mehr hat er nicht in Erfahrung bringen können. Nur wenige Leute haben sie gesehen oder mit ihr gesprochen. Sie hat ihren Namen genannt, aber niemand erinnert sich jetzt noch an ihn. Mir bleibt nichts anderes übrig, als in London Fahndungsblätter ausgeben zu lassen und für Auskünfte über sie eine Belohnung auszusetzen.«

»Wenn eine Untersuchung in London öffentlich durchgeführt wird, wird sich eine Einmischung der *Bow Street* gar nicht vermeiden lassen.«

»Ja. Sie können sich wohl vorstellen, wie wenig mir diese Aussicht behagt. Berufspolizisten werden die Sache mit Geoffreys Briefen und wie Craddock sie sich zunutze gemacht hat, sehr schnell entdecken und im Gegensatz zu Ihnen nicht die geringsten Skrupel haben, alle ihre Erkenntnisse publik zu machen. Aber, wie gesagt, die Angelegenheit ist mir aus den Händen genommen. Die Nachforschungen nach der jungen Frau müssen in London fortgesetzt werden. Mir scheint, es gibt jetzt keine Möglichkeit mehr, die *Bow Street* aus der Sache herauszuhalten.«

Julian war so wenig erfreut wie Sir Robert. Wenn sich die *Bow Street* in die Untersuchung einschaltete, war damit zu rechnen, daß Dipper erkannt und seine kriminelle Vergangenheit aufgedeckt werden würde. Und dies würde Sir Robert vielleicht genau die Handhabe liefern, die er brauchte, um Dipper wegen Mordes anzuklagen. Dipper würde sich seiner wiedergewonnenen Freiheit wahrscheinlich nur kurze Zeit erfreuen können.

Ein alter Freund von Dipper

Dipper war höchst erbost darüber, wie man während seiner Abwesenheit die Garderobe seines Herrn behandelt hatte. »Dafür nimmt man doch kein Plissiereisen«, sagte er, kopfschüttelnd eines von Julians Hemden betrachtend. »Schauen Sie nur, Sir, der ganze Kragen ist verpfuscht.«

Julian achtete nicht auf seine Beschwerden, sondern lief rastlos im Zimmer hin und her. Dipper ließ ihn ein paar Runden drehen, dann fragte er: »Geht Ihnen was im Kopf rum, Sir?«

»Sir Robert hat mir mitgeteilt, daß die Untersuchung nach London verlegt wird. Das heißt beinahe mit Sicherheit, daß die *Bow Street Runners* eingreifen werden.«

»Ich hab' mir gleich gedacht, daß es am Ende so kommen würde, Sir«, meinte Dipper nickend. »Wenn die mir auf die Schliche kommen, sag ich, Sie haben nichts von mir gewußt, als Sie mich eingestellt haben. Ich sag, ich hätt' Sie auf den Leim geführt und so getan, als wär ich ein ehrlicher Bursche.«

»Na, da wird man ja eine hohe Meinung von meiner Menschenkenntnis bekommen«, meinte Julian leichthin.

»Ja, aber ich muß Sie doch decken, Sir. Hat doch keinen Sinn, daß wir beide in Teufels Küche kommen.«

»Hm«, sagte Julian stirnrunzelnd. »Dein Name wird wahrscheinlich in den Zeitungsberichten über die Leichenschau genannt werden, und wenn die Londoner Polizei die liest, kann es gut sein, daß sie dir, wie du es nennst, auf die Schliche kommen, ehe sie in die Untersuchung eingeschaltet werden.«

»Das kommt drauf an, Sir. Die kennen mich als Dipper, weil nämlich alle mich so genannt haben, wie ich als Taschendieb gearbeitet hab'. Die kennen den Namen Stokes vielleicht gar nicht.«

»Dann ist es ja ein Glück, daß man bei der Leichenschau von dir immer als ›Stokes‹ gesprochen hat.« Er lächelte bedauernd. »Ich hätte dich nicht weiter bei deinem alten Spitznamen nennen sollen. Aber ich finde, er paßt so gut zu dir.«

»Mir hat er immer besser gefallen als Stokes, Sir. Ein Name muß doch über den Menschen was aussagen, find ich.«

»Na, dann stell dir mal vor, du würdest Silas Vorpe heißen.«

Dipper riß die Augen auf. »Woher kennen Sie denn Mr. Vorpe, Sir?«

»Kennst *du* ihn denn?«

»Das ist doch die Made, Sir.«

»Wie bitte?«

»Na, so haben wir ihn immer genannt, meine Kumpel und ich. Und wenn Sie ihn sehen würden, Sir, dann würden Sie's verstehen. Er ist dick und weiß und wabbelig und so kahl wie eine Billardkugel.«

»Und woher kennst du ihn?«

»Also, unter uns gesagt, Sir, er ist ein Hehler.«

»Er kauft gestohlene Ware?«

»Ja, Sir. Aber das Pfandhaus, das er führt, ist größtenteils in Ordnung. Sonst würd' der Mann, dem es gehört, ihn auf die Straße setzen, und er braucht den Laden, damit er wie ein ehrenwerter Bürger aussieht. Die Hehlerei betreibt er in einem anderen Laden, heimlich, aber manchmal haben wir ihm auch Sachen ins Pfandhaus gebracht – kleine Sachen, wie Uhren und so, die wir schnell loswerden mußten. Er hat sie dann für uns verhökert. Natürlich hat er uns nie im entferntesten das gegeben, was das Zeug wert war, aber was hätten wir tun sollen? Wenn sie uns damit erwischt hätten, wären wir schnurstracks ins Kittchen gewandert.«

»Wußtest du, daß das Pfandhaus Craddock gehört?«

»Was? Nein, Sir«, antwortete Dipper sehr überrascht.

»Er hält Vorpe für sehr dumm, aber ehrlich.«

»Na, da täuscht er sich gleich doppelt, Sir. Mr. Vorpe ist weder das eine noch das andere. Der hat's faustdick hinter den Ohren. Und ein Gedächtnis hat der! Der braucht eine Uhr oder 'n Armband oder ganz gleich was nur ein einziges Mal anschauen und kann sich Jahre später daran erinnern, als wär's gestern gewesen.«

»Tatsächlich? Dipper, ich glaube, es ist an der Zeit, dir zu erzählen, was ich entdeckt habe, während du im ... Kittchen warst. Aber das bleibt streng unter uns.« Er berichtete, wie Craddock auf Geoffrey Fontclairs Briefe gestoßen war und sie dazu benutzte, die Fontclairs zu erpressen. »Was ich erstaunlich finde«, schloß er, »ist die Tatsache, daß Mr. Vorpe, der deinen

Worten zufolge so ein außergewöhnlich gutes Gedächtnis besitzt, sich um nichts in der Welt erinnern konnte, wer ihm den Schmuckkasten in den Laden gebracht hat.«

»Wahrscheinlich hat er gedacht, das Ding wär geklaut, Sir, und wollte den Dieb nicht verpfeifen. Schließlich verdient er an uns. Er würde keine gestohlene Ware mehr kriegen, wenn bekanntwerden würde, daß er seine Kumpel verpfeift.«

»Merkst du eigentlich, daß du immer ›wir‹ sagst, wenn du von Dieben sprichst? Du betrachtest dich immer noch als einen von ihnen, nicht wahr?«

»Na ja, so was wird man nicht so schnell los, Sir. Ich mein, wenn man mal dazugehört, dann ist das so wie in einer eigenen Welt, und alle, die auch dazugehören, sind Freunde, und alle anderen sind gegen einen. Aber mir fehlt das alte Leben nicht, Sir, und ich möchte auch nie wieder in dieses Leben zurückkehren. Gott soll mich mit Blindheit schlagen, wenn ich's täte.«

»Ich glaube dir.«

»Kurz und gut, ich glaub', Mr. Craddock hätt' Mr. Vorpe schon dazu kriegen können, daß er mit der Wahrheit rausrückt, wenn er ihn richtig in die Zange genommen hätte. Aber Mr. Vorpe macht den Leuten was vor, daß die denken, er hat se nicht alle im Oberstübchen.« Dipper tippte sich an die Stirn. »Wahrscheinlich hat Mr. Craddock ihm geglaubt, daß er nichts über den Kasten weiß.«

»Dipper«, sagte Julian nachdenklich, »weiß Mr. Vorpe, daß du das alte Leben aufgegeben hast?«

»Kann ich mir nicht vorstellen, Sir. Natürlich hat er mich fast zwei Jahre nicht mehr gesehen, aber er glaubt wahrscheinlich, ich sitze.«

»Und kennt er dich als Thomas Stokes oder nur als Dipper?«

»Nur als Dipper, Sir.«

»Also, selbst wenn er in der Zeitung von dem Mord lesen sollte, würde er dich nicht damit in Verbindung bringen?«

»Höchstwahrscheinlich nicht. Haben Sie was vor, Sir?«

»Ja«, antwortete Julian mit blitzenden Augen. »Ja, ich habe etwas vor.«

Als sie sich vor dem Abendessen im Salon trafen, fragte Maud Craddock Julian nach dem Stand der Untersuchung.

»Ich habe es Sir Robert noch nicht gesagt«, antwortete er, »aber ich habe vor, morgen nach London zu reisen und dort auf diverse Büsche zu klopfen.«

»Was für ein Zufall. Ich reise morgen auch nach London.« Sie errötete und sagte hastig: »Ich muß vor der Hochzeit noch soviel besorgen, und nach allem, was geschehen ist, muß ich unbedingt ein paar Tage fort von Bellegarde. Ich wollte Miss Pritchard zu einem kleinen Urlaub einladen, und Lady Fontclair sagte, ich dürfe sie als Anstandsdame und Gesellschafterin mitnehmen. Mein Vater kommt nicht mit – ich glaube, er möchte hierbleiben, damit ihm nichts entgeht.«

Sie schloß mit einem kleinen Stoßseufzer. Julian war überzeugt, daß sie ihm den wahren Grund für ihre Reise nicht genannt hatte.

»Gestatten Sie mir, Sie in unserem Wagen mitzunehmen«, fügte sie hinzu. »Es ist ein neuer Landauer. Sehr bequem. Und wenn das Wetter schön ist, können wir das Dach öffnen.«

»Das ist sehr liebenswürdig. Ich danke Ihnen.«

Im stillen dachte er, daß er allein weit schneller gereist wäre. Mit zwei Damen würde man darauf achten müssen, daß die Pferde ein gemäßigtes Tempo anschlugen, und würde an jeder Poststation aussteigen müssen, um eine stärkende Tasse Tee einzunehmen. So würde die Reise fast den ganzen Tag dauern. Dennoch hielt er es für empfehlenswert, mit ihr zu reisen. Er hatte den Verdacht, daß sie ein riskantes Spiel spielte und möglicherweise seine Hilfe brauchen würde.

Als Sir Robert eintrat, entschuldigte sich Julian bei Maud; er wolle Sir Robert noch vor dem Abendessen sprechen, sagte er. Sie beobachtete, wie er Sir Robert beiseite nahm, dann gingen sie gemeinsam aus dem Salon.

Hugh hatte Maud und Kestrel beobachtet. Er konnte nicht anders, als die beiden beobachten, wenn sie so die Köpfe zusammensteckten. Zum Teil trieb ihn die Eifersucht, zum Teil der Wunsch, Maud, die für ihn ein immer verlockenderes Rätsel wurde, zu verstehen. Am Nachmittag hatte er sie zu einem Ausritt eingeladen; sie waren allein gewesen, doch er war nach dem Ausflug verwirrter und unbefriedigter denn je heimgekehrt. Es wollte ihm nicht gelingen, ihr nahezukommen. Sie sprachen recht viel miteinander, aber immer blieb sie auf eine subtile Weise zurückhaltend. Sie bezauberte ihn auf tausend kleine Arten, aber ohne sich zu bemühen – ohne es nur zu bemerken. Es verlangte ihn, in ihrem Herzen zu lesen, aber es blieb ihm verschlossen. Und er quälte sich mit der Frage, ob Julian Kestrel den Schlüssel hatte.

Sie schritt jetzt, die Hände unter dem Kinn gefaltet, vor einem der Fenster auf und ab. Hugh nahm seinen Mut zusammen und ging zu ihr. »Unser Ausritt heute hat mir sehr gefallen.«

Sie wandte sich ihm mit einem Lächeln zu, bei dem ihm ganz sonderbar wurde. Aber beinahe sogleich senkte sie die Lider. »Ja, mir auch.«

»Störe ich Sie? Wäre es Ihnen lieber, ich hielte mich fern? Ich weiß, die Verlobung mit mir war nicht Ihre Wahl. Ich möchte Sie nicht mit den Aufmerksamkeiten eines Bräutigams belästigen, wenn Sie lieber für sich sein möchten. Wenn ich nur wüßte, was Sie wünschen, so würde ich mir die größte Mühe geben, Ihnen eine Freude zu machen – aber ich weiß es nicht und kann nur ungeschickt herumtappen.«

»Aber nein! Sie sind sehr liebenswürdig zu mir. Es ist, als häuften sich glühende Kohlen auf mein Haupt, nachdem mein

Vater sich Ihrer Familie gegenüber so verhalten hat. Ich würde es Ihnen nicht übelnehmen, wenn Sie mich haßten.«

»Niemals wäre ich so ungerecht. Ich weiß, daß Sie an dem, was Ihr Vater tut, keine Schuld tragen. Niemals würden Sie etwas dulden, das niedrig oder unaufrichtig oder unehrenhaft ist.«

Ihr Gesicht wurde flammend rot.

»Warum wenden Sie sich ab? Bitte, geraten Sie nicht in Verlegenheit. Ich mache Ihnen keinen Vorwurf, niemand macht Ihnen einen Vorwurf. Es ist so schrecklich unfair, daß wir in dieses Netz von Verwirrungen geraten mußten. Wenn es uns vergönnt gewesen wäre, einander auf die übliche Weise kennenzulernen ...«

Sie drehte den Kopf und sah ihn an. Ihre Augen leuchteten, ihre Lippen waren leicht geöffnet.

Er nahm ihre Hand und hielt sie fest. »Miss Craddock – Maud – meine Mutter hat mir gesagt, Sie wollen morgen abreisen, um ein oder zwei Tage in London zu bleiben. Warum sollte ich Sie nicht begleiten? Dann könnten wir einander wirklich kennenlernen, fern von Ihrem Vater und meiner Familie. Wenn Miss Pritchard mitkommt und ich in unserem Stadthaus wohne, könnte das doch niemand für unziemlich halten.«

»Oh, aber ich ... ich möchte Sie nicht Ihrer Familie entführen – gerade jetzt, in dieser kritischen Zeit – mit dem Mord und allem. Es ist ja nur eine kurze Reise. Wir werden den ganzen Tag Besorgungen machen, ich bin sicher, Sie würden sich schrecklich langweilen ...«

»Ich verstehe«, sagte er steif und ließ ihre Hand los. »Verzeihen Sie mir, daß ich Sie so in Verlegenheit gebracht habe. Da Sie meine Gesellschaft so unerquicklich finden, werde ich sie Ihnen nicht wieder aufdrängen.«

Er verneigte sich und wandte sich ab – aber langsam, in der verzweifelten Hoffnung, daß sie ihn zurückrufen möge.

Doch ihr war die Kehle wie zugeschnürt. Sie konnte kein Wort hervorbringen. Und was hätte sie schon sagen können? Niemals würde er ihr glauben, daß sie in seinem eigenen Interesse auf seine Gesellschaft in London verzichtete.

Julian teilte Sir Robert mit, er wolle nach London reisen, um dem Hinweis eines vertraulichen Informanten nachzugehen. »Ich kann Ihnen nicht sagen, wer es ist, aber wenn Sie mir gestatten, ein paar Tage nachzuforschen, so werde ich, denke ich, vielleicht etwas Wichtiges aufdecken. Und wenigstens kann ich mit aller Diskretion ermitteln, ohne die Polizei zuziehen zu müssen.«

»Mr. Kestrel, warum können Sie nicht Ihre Hände von dieser Sache und die Gerechtigkeit ihren Lauf nehmen lassen?«

»Ihren stolpernden Lauf, meinen Sie, während ich ihren Lauf beschleunigen kann?«

»Nein. Nein.« Sir Robert trat ans Fenster und blickte hinaus, ohne etwas zu sehen. »So pflichtvergessen bin ich nicht, daß ich mich Maßnahmen entgegenstellen würde, die vielleicht dazu beitragen, den Mord aufzuklären. Natürlich, Mr. Kestrel, reisen Sie. Unbedingt.«

Beim Abendessen wandte sich das schleppende Gespräch Mauds bevorstehender Reise nach London zu. Julian bemerkte, auch er habe in London zu tun und werde darum mit ihr reisen. Hugh fuhr auf und sah von Maud zu Julian, als wollte er sagen, ich hätte es mir ja denken können. Die anderen warfen Julian Blicke des Unbehagens zu, aber wenn sie vermuteten, daß seine Reise mit der Untersuchung zu tun hatte, so sagten sie es nicht. Die Fontclairs sprachen in seinem Beisein kaum noch von dem Mord. Es war dies ein Ausdruck ihrer gemeinsamen Abwehr gegen ihn.

Sir Robert und Cecily Fontclair wurden vom Tisch weg zu Philippa ans Bett gerufen, die seit dem Mord schwere Einschlafschwierigkeiten hatte. Den anderen erschien der Abend im Salon endlos. Craddock setzte sich in eine Ecke und schrieb Briefe. Der

Colonel saß keine Sekunde ruhig in seinem Sessel. Catherine ging rastlos auf und ab. Guy rannte rauchend im Garten herum. Isabelle arbeitete ruhig an der Stickerei für Mauds Brautschuhe. Hugh gesellte sich zu ihr und sprach mit gezwungener Lebhaftigkeit über Kunst, das Gut – über jedes Thema, bei dem zu erwarten war, daß Maud sich ausgeschlossen fühlen würde. Maud verkroch sich mit ihrem Handarbeitskorb und einem großen Taschentuch in eine Fensternische. Es gelang Julian schließlich, sie zu einer Partie Backgammon zu überreden.

Endlich war es Zeit, zu Bett zu gehen. Ein Lakai reichte Kerzen herum, als sie den Salon verließen. Craddock, der mit Maud zusammen hinausging, nahm Julian beiseite. »Merken Sie sich nur eines: Wenn Maud gegen meinen Willen heiratet, bekommt sie keinen Penny. Wenn Sie also eine heimliche Trauung in Schottland planen sollten, denken Sie lieber noch einmal gut nach.«

»Papa, bitte!« Maud nahm ihren Vater beim Arm.

Um ihretwillen schluckte Julian seinen Ärger hinunter, verbeugte sich wortlos und zog sich zurück. Um eine weitere Konfrontation zu vermeiden, wartete er, bis die Craddocks nach oben gegangen waren, ehe er selbst hinaufging.

Der Schein seiner Kerze warf huschende Schatten an die Wände, als er die große Freitreppe hinaufstieg. Obwohl es sehr still war, wirkte das Haus seltsam wach und angespannt. Beinahe konnte er es atmen hören wie ein lebendes Wesen. Oben führte der kürzeste Weg zu seinem Zimmer durch den Großen Saal. Er ging hinein.

Der Raum wirkte phantastisch im Kerzenschein. Die Vergoldung an den Holzschnitzereien glänzte; die Vögel und Blumen an der Stuckdecke schienen lebendig zu sein. Mondlicht versilberte die gotischen Fenster und zauberte bleiche Schatten auf den Marmorboden. Julian verstand, warum Philippa meinte, zu diesem Raum gehöre ein Geist...

Da war der Geist schon. Eine weibliche Gestalt stand reglos auf der anderen Seite des Saals. Sie war klein und zierlich wie die Tote. Julian fuhr heftig zusammen, aber dann faßte er sich. »Wer ist da?«

»Leise!« Sie trat näher. Ihre Röcke streiften raschelnd über den Boden.

Er hielt seine Kerze höher. »Lady Fontclair!«

»Ich muß mit Ihnen sprechen, Mr. Kestrel. Bitte reisen Sie morgen nicht nach London.«

»Ich muß reisen. Es tut mir leid.«

»Sie wissen nicht, was für Schaden Sie anrichten können. Sie werden vielleicht etwas entdecken, was, für sich allein genommen, einen von uns als Mörder zu entlarven scheint. Aber Sie kennen uns nicht, Mr. Kestrel. Wie können Sie beurteilen, was wir getan haben oder vielleicht tun könnten? Keiner von uns – keiner aus meiner Familie – würde einen Menschen töten. Ich kenne sie. Ich kenne sie alle.«

»Ich kann verstehen, wie Ihnen zumute ist. Das gleiche Vertrauen hatte ich in meinen Diener, als man ihn beschuldigte. Natürlich ist ein Angestellter nicht das gleiche wie ein Blutsverwandter – nur daß ich außer Dipper keine Familie habe. Für mich war es also das gleiche.«

»Aber er ist jetzt frei. Reicht das nicht? Warum müssen Sie Ihre Untersuchung unbedingt weiterführen?«

»Ist das der Grund, warum Sie sich für seine Freilassung eingesetzt haben – um mir jeden Vorwand zu nehmen, weiter an der Aufklärung des Mordes zu arbeiten?«

»Ich hoffte, Sie würden uns aus ganz gewöhnlicher Freundlichkeit in Frieden lassen, wenn er nicht mehr in Gefahr ist. Können Sie die Untersuchung jetzt nicht meinem Mann überlassen? Er ist Richter. Er weiß, was zu tun ist.«

»Ich habe ein paar Informationen, die nur ich auswerten kann. Darum reise ich nach London – darum *muß* ich reisen.«

»Kann ich Sie denn nicht irgendwie umstimmen?«

Sie trat nahe an ihn heran und legte ihm leicht, beinahe verführerisch die Hände auf die Schultern. Er fühlte sich ein wenig behext. Das Mondlicht, der verzauberte Saal, ihr schönes, blasses Gesicht, so nahe, der Duft von Parfum, der sie umgab ...

Er schob ihre Hände von seinen Schultern. »Ich wünschte von Herzen, ich könnte Ihnen entgegenkommen«, sagte er sanft, »aber es ist nicht möglich. Wenn es Ihnen lieber ist, daß ich meinen Aufenthalt auf Bellegarde abbreche, verstehe ich das. Sir Robert hat mich gebeten, in der Umgebung zu bleiben, aber ich bin sicher, ich kann im *Blue Lion* Unterkunft finden.«

»Nein.« Mit einem Kopfschütteln trat sie zurück. »Mein Sohn hat Sie eingeladen. Er hat Sie zu seinem Brautführer erwählt. Mein Mann vertraut darauf, daß Sie die Untersuchung in seinem Namen weiterführen. Es ist nicht meine Sache, Ihnen den Aufenthalt auf Bellegarde zu verweigern. Im übrigen – was würde das schon helfen? Wenn Sie in London etwas herausfinden sollten, das jemandem hier schaden kann, dann läßt sich der Schaden nicht dadurch vermeiden, daß wir Sie aussperren. Die Mühlen der sogenannten Gerechtigkeit werden deswegen nicht aufhören zu mahlen.«

Maud brachte ihrem Vater eine Tasse Kamillentee, bevor er zu Bett ging. »Mrs. Cox hat ihn mich selbst zubereiten lassen«, sagte sie.

Er nahm ihn, sah sie dabei aber mit durchdringendem Blick an. »Mich täuschst du nicht, mein Kind.«

»Nein?« fragte sie leise.

»Du versuchst mich bei Laune zu halten, weil du hoffst, dann merke ich nicht, daß du Dummheiten im Kopf hast. Aber ich merke ganz genau, daß du etwas im Schilde führst. Sag mir die Wahrheit: Hast du vor, mit Kestrel durchzubrennen?«

»Nein, Papa. Zwischen Mr. Kestrel und mir ist nichts dergleichen. Ich wußte noch nicht einmal, daß er auch nach London wollte, als ich meine Reise plante. Aber da er am selben Tag reist, wäre es ungezogen von mir gewesen, ihm keinen Platz in meinem Wagen anzubieten.«

»Dieser Mann hat nichts Gutes mit dir im Sinn, Maud. Er hat es auf dein Geld abgesehen.«

»Bitte, mach dir keine Sorgen. Ich glaube nicht, daß Mr. Kestrel mich heiraten möchte, und selbst wenn er das wollte, würde ich ihn nicht nehmen. Wirklich und wahrhaftig, ich schwöre es.«

Craddock zog sie plötzlich an sich und küßte sie auf die Stirn. »Du bist ein gutes Kind, Maud«, murmelte er. Dann wandte er sich hastig ab, damit sie den bekümmerten, schuldbewußten Ausdruck auf seinem Gesicht nicht sehen konnte.

Ein Wohnsitz und ein Name

Am nächsten Morgen brachen Julian, Maud und Miss Pritchard im luxuriösen Landauer der Craddocks zu ihrer Reise nach London auf. Dipper und Mauds Zofe Alice folgten ihnen in einem bescheideneren Wagen, in dem der größte Teil des Gepäcks untergebracht war. Alice konnte sich nicht entscheiden, ob sie Dipper infolge seines Gefängnisaufenthalts unheimlich oder romantisch fand, und verwirrte ihn damit, daß sie bald heftig mit ihm flirtete, bald ängstlich vor ihm zurückschreckte. Er tröstete sich mit Erinnerungen an Molly Dale, die ihn am vergangenen Abend mit offenen Armen auf Bellegarde empfangen hatte. Sie hatte ihn zu einer Flasche Ale in einem unbenutzten Vorratsraum eingeladen. »Aber ich kann nur ein ganz kleines Weilchen bleiben«, hatte sie gesagt und war dann doch den größten Teil der Nacht geblieben. Er hatte darum nur sehr wenig geschlafen und brach am Morgen mit schläfrigen kleinen Augen, aber glücklich nach London auf.

Julian erkundigte sich nach den Schwestern Fontclair, die er seit dem Mord nicht mehr gesehen hatte.

»Miss Joanna war ganz außer sich, als sie davon hörte«, erzählte Miss Pritchard. »Miss Philippa reagierte völlig anders, stellte jedermann Fragen, wollte wissen, warum dies und warum jenes, bis ich ihr schließlich sagen mußte, daß dies nun wahrhaftig kein geeignetes Thema für eine junge Dame ist.«

»Aber ist in ihrem Fall dieses lebhafte Interesse an dem Mord nicht besser als Angst?«

»Aber sie hat ja Angst, Sir. Auf jeden Fall wirkt sie sehr verstört. Sie sitzt dauernd allein herum, starrt ins Leere, will nichts essen, will nicht am Unterricht teilnehmen...«

»Ach, die Arme!« sagte Maud. »Kann ich nicht irgendwie helfen? Vielleicht kann ich einmal mit ihr sprechen, wenn wir wieder zurück sind.«

»Das ist sehr gütig von Ihnen, Miss Craddock. Es kann sicher nichts schaden, und vielleicht hilft es sogar, man kann ja nie wissen.«

Bald sank Miss Pritchard der Kopf auf die Brust, und unter der Krempe ihres Huts drang damenhaft diskretes Schnarchen hervor. Julian sagte flüsternd zu Maud: »Sie scheinen meine Ritterdienste nicht mehr in Anspruch nehmen zu wollen.«

»Wie kommen Sie darauf?«

»Sie reisen in einer heiklen Mission nach London und verraten mir nicht, worum es sich handelt; denken erst recht nicht daran, sich von mir helfen zu lassen.«

»Ich würde es Ihnen gern sagen, aber ich kann nicht. Das, was jetzt getan werden muß, kann nur ich tun. Und ich möchte nicht, daß ein anderer mit mir büßen muß, wenn etwas schiefgeht.« Mit einem kleinen herausfordernden Lächeln sagte sie zu ihm: »Sie haben mir ja auch nicht verraten, was Sie in London zu tun haben.«

»Das ist etwas ganz anderes. Wenn Sie sich nach meinen Geschäften erkundigen, so geschieht das aus Neugierde. Erkundige ich mich aber nach den Ihren, so geschieht das aus absoluter Notwendigkeit. Ich habe den Treueschwur des Ritters geleistet, und wenn es irgendwelche Drachen zu töten gibt, so ist es meine Ritterpflicht, das für Sie zu erledigen.«

»Ach, machen Sie sich keine Sorgen. Das ist kein besonders großer Drache. Und wenn ich wirklich Ihre Hilfe brauchen sollte, werde ich Sie darum bitten. Wie ich das bisher immer getan habe.«

In gut erträglichen Etappen reisend, erreichten sie London am späten Nachmittag. Die Wagen hielten vor Julians Wohnung in der Clarges Street. Maud sagte ihm, sie würde in zwei Tagen nach Bellegarde zurückreisen und würde sich freuen, ihn wieder mitzunehmen, wenn er seine Geschäfte in London bis dahin erledigt habe.

Er dankte ihr und ging hinein. Er hätte gern einen Spaziergang im Green Park gemacht, um sich die Füße zu vertreten, hielt es jedoch für das beste, sich nicht in der Öffentlichkeit sehen zu lassen. »Ich bin für niemanden zu Hause«, sagte er zu Dipper. »Wenn ich erst anfange, Besuche zu empfangen, werde ich bald nur noch damit beschäftigt sein, Fragen über den Mord abzuwehren.«

Er ging zum Fenster und zog die Vorhänge zu, um von draußen nicht gesehen zu werden. »Es tut gut, wieder hier zu sein. Ich habe den Lärm und das Getöse dieser Straßen vermißt. Diese ländliche Stille geht mir infernalisch auf die Nerven. Nichts als Vogelgezwitscher, und das schon bei Tagesanbruch. Das ist ja zum Aus-der-Haut-Fahren.«

Dipper hatte das Vogelgezwitscher an diesem Morgen sehr romantisch gefunden – aber Molly hatte ihn ja auch in entsprechende Stimmung gebracht. »Ich hab' mir gedacht, Sir, eh ich auspack und die Wohnung in Ordnung bringe, besorg ich mir erst mal auf einem von diesen Lumpenmärkten die richtige Garderobe für morgen. So wie ich jetzt bin, kann ich nicht gehen.«

»Ja, da hast du recht. Ich könnte mir dich gut mit einem roten Tuch um den Kopf und einem Ring im Ohr vorstellen. Aber das wäre wohl ein bißchen zu auffallend für einen englischen Dieb.«

Ein Schild, das mit drei goldenen Kugeln geziert war, hing vor einem Laden in der Nähe des Strands. Der Raum war lang und schmal. In seiner Mitte stapelten sich Möbelstücke, so achtlos übereinandergeschichtet, als wollte demnächst jemand sie in Brand setzen. Auf Tischen an den Wänden waren kleinere Objekte ausgestellt – Bücher, Lampen, Porzellanfiguren, Reisenecessaires. Größere Objekte wie Spazierstöcke und Kamingarnituren ragten gefährlich in die Gänge hinein. Wertvolle Dinge wie Uhren und Schmuck lagen in abgesperrten Vitrinen. Silas Vorpe war kein vertrauensseliger Mensch.

Das Licht, das durch das einzige schmutzige Fenster des Ladens fiel, erreichte den Ladentisch auf der anderen Seite nicht. Dort brannte eine Öllampe, die mit geisterhaftem Schein Vorpes großes, weißes Gesicht beleuchtete. Er gähnte. Das Geschäft war flau heute morgen. Die einzigen Kunden waren im Augenblick zwei junge Leute, die Hand in Hand herumgingen und sich dies und jenes ansahen. Verlobt und arm, dachte Vorpe. Kaufen würden die nichts. Er hatte recht. Immer noch Hand in Hand steuerten sie auf die Tür zu. Ein junger Mann, der eben eintrat, lüftete seine Mütze und trat zur Seite, um sie vorbeizulassen.

Vorpe spähte durch die Düsternis zu dem jungen Mann hinüber, und plötzlich grinste er breit. »Ich werd' verrückt!« rief er mit volltönender, melodischer Stimme. »Dipper, wie er leibt und lebt.«

»Morgen, Mr. Vorpe.« Dipper bahnte sich umsichtig einen Weg durch das Durcheinander. »Sie sehen gut aus, das muß ich sagen. Das Geschäft blüht wohl, was?«

»Ach, wenn du wüßtest, mein Junge. Ich halte mich nur mit Mühe über Wasser. Es ist immer das gleiche – ich schlage mich mühsam durch, immer am Rand des Ruins. Aber du – wo bist du denn so lange gewesen?« Er beugte sich über den Ladentisch und flüsterte teilnahmsvoll: »Du hast wohl wieder mal einen kleinen Erholungsurlaub gemacht?«

Dipper setzte eine bekümmerte Miene auf. »Ich würd' lieber nicht davon reden, wenn's Ihnen recht ist. Ich versuch gerade, es zu vergessen.«

»Natürlich, mein Junge, natürlich. Diese kleinen Rückschläge bleiben den Besten unter uns nicht erspart. Am besten, man vergißt sie so schnell wie möglich, hm?« Er senkte wieder die Stimme. »Du hast wohl nicht zufällig irgendeine Kleinigkeit, die du gern loswerden möchtest? Die Gelegenheit wäre gerade günstig. Der Laden ist leer. Es sind keine Kunden da, die mich ... äh ... ablenken.«

Dipper sah sich mit einem schnellen Blick um, dann griff er in die Innentasche seines Rocks und zog eine silberne Schnupftabakdose heraus. »Schauen Sie sich das mal an, Mr. Vorpe.«

»Sehr hübsch, sehr hübsch. Schade, daß diese Sachen so wenig gefragt sind.«

Sie feilschten eine Weile, Dipper in flehentlichem Ton, Vorpe mit bedauerndem Kopfschütteln. »Ich wollte, ich könnte, mein Junge. Ich wollte, ich könnte«, sagte er. »Aber die Zeiten sind hart, und Silber bringt nicht mehr die Preise wie früher.«

Schließlich einigten sie sich auf einen Betrag. Dipper steckte das Geld ein und verabschiedete sich von Vorpe, als ihm plötzlich etwas einzufallen schien. »Ach, Mr. Vorpe, ich wollt Sie noch was fragen, wenn's recht ist.«

»Nur zu, nur zu, ich freu mich, wenn ich dir helfen kann. Worum geht's denn?«

»Um einen Schmuckkasten«, sagte Dipper leise. »Schwarz und Gold, japanische Lackarbeit. Ich hab' gehört, der ist hier verhökert worden. Wissen Sie was drüber?«

»Meiner Treu, an dem Kasten herrscht wirklich reges Interesse. Er muß viel mehr wert sein, als ich geglaubt hab'. Leider hab' ich ihn nicht mehr. Der Eigentümer hat ihn selbst gekauft.«

»Das macht nichts. Eigentlich geht's mir gar nicht um den Kasten. Mir geht's um die Person, die ihn hergebracht hat.«

»Das kann ich verstehen.« Vorpe lächelte verschmitzt. »Wenn ich ein Bursche in deinem Alter wäre, würde sie mich auch mehr interessieren als der Kasten. Sie war eine appetitliche kleine Krabbe.«

Dipper verbarg seine Erregung und sagte mit Verschwörerlächeln zu Vorpe: »Können Sie mir denn sagen, wo ich sie finde? Ich such nach ihr, seit ich aus dem Loch gekommen bin.«

»Tja, da wünsche ich dir Glück, mein Junge, aber ich habe nichts mehr von ihr gehört, seit das andere Mädchen hier war und nach ihr gefragt hat. Und das ist Wochen her.«

»Wenn Sie vielleicht von vorn anfangen würden...«, meinte Dipper.

»Du meinst wohl, wann ich die zwei Mädchen das erstemal gesehen habe? Das war vor mehr als einem Jahr, aber du weißt ja, was für ein Gedächtnis ich für Gesichter hab'. Du kannst übrigens mir dafür danken, daß die junge Dame, die du suchst, nicht der Polizei in die Hände gefallen ist. Der Eigentümer hat mich auf Herz und Nieren nach dem Schmuckkasten ausgefragt, und wie ich zu ihm gekommen bin. Ich war sehr überrascht – ich hätte geschworen, das Mädchen war eine ehrliche Haut. Aber als der Eigentümer mit seiner Fragerei angefangen hat, war mir natürlich klar, daß die junge Dame den Kasten ... äh ... gefunden haben mußte. Von dem Moment an habe ich keinen Mucks mehr gesagt, das kannst du mir glauben. Ich hab' so getan, als könnte ich mich an nichts erinnern. Ich hab' sogar sämtliche Unterlagen des Geschäfts ver ... äh ... legt. So treu bin ich dir und deinen Kollegen.«

»Sie sind wirklich ein feiner Kerl, Mr. Vorpe.«

»Danke, mein Junge. So, jetzt laß mich mal nachdenken – das muß letztes Jahr im Februar gewesen sein, daß ich mit den beiden jungen Damen Geschäfte gemacht habe, ja, und vergangenen Februar hätte der Kasten eigentlich eingelöst werden müssen. Eines der Mädchen hieß Louisa – so ein flachshaariges Ding, sehr stämmig, nicht hübsch, die Arme. Die andere, die junge Dame, die mir den Schmuckkasten gebracht hat – aber die brauch' ich dir ja nicht zu beschreiben. Du kennst ja anscheinend ihre Reize.«

Dipper überlegte rasch. »Aber woher soll ich wissen, ob es dasselbe Mädchen ist?«

»Na hör mal, Junge, wer sonst sollte sie wohl sein? Zierlich wie ein Stück französisches Porzellan. Ich muß sagen, du hast einen guten Geschmack.«

»Ah, sie war Französin?« Jetzt fühlte sich Dipper sicher genug, um etwas zu wagen. »Klein, rotes Haar, blaue Augen?«

»Genau. Sie hat nur sehr wenig Englisch gesprochen. Das andere Mädchen, Louisa, hat die Dolmetscherin für sie gemacht. Eine sehr unangenehme junge Person, diese Louisa – Ihre Sturheit beim Verhandeln war geradezu unfein.«

Gesprochen habe eigentlich nur Louisa, berichtete er. Die kleine Französin wirkte scheu und nervös. Er hatte ihr einen Pfandschein ausgestellt, und sie hatte ihm ihren Namen und ihre Adresse angegeben. Amy Fields, wohnhaft in der Puddle Street, nicht weit von Vorpes Laden.

»Amy Fields«, wiederholte Dipper. »Das klingt aber nicht französisch.«

»Nein. Aber in deinem Beruf reist doch kaum einer unter seinem richtigen Namen, hm? Ich hätte gleich merken müssen, daß sie eine aus deiner Zunft ist, aber die andere, Louisa, die wirkte so moralisch und ehrenhaft. Ich konnte mir nicht vorstellen, daß die bei irgendwelchen krummen Sachen mitmachen würde. Offensichtlich ist sie von ihrer niedlichen kleinen Freundin reingelegt worden. Sie kam nämlich vor ein oder zwei Monaten hier vorbei und hat gefragt, ob ich Miss Fields gesehen hätte. Das Mädchen war anscheinend eines Tages auf und davon, ohne eine Spur zu hinterlassen.«

Louisa hatte gedacht, Amy sei vielleicht noch einmal in seinen Laden gekommen, um den Schmuckkasten auszulösen. Er erklärte ihr, er habe Miss Fields seit dem Februar vergangenen Jahres nicht mehr gesehen, und der Schmuckkasten sei mittlerweile verkauft. »Ich hielt es für das beste, nichts davon zu sagen, daß der Eigentümer ihn genommen hatte«, sagte er. »Louisa machte einen recht energischen Eindruck. Sie hätte womöglich noch Scherereien gemacht.«

»Wissen Sie, wo diese Louisa wohnt?«

»Ich hatte den Eindruck, daß die beiden jungen Damen zusammen wohnten. In der Puddle Street.«

»Vielen Dank, Mr. Vorpe. Ich hab' doch gewußt, daß Sie mir helfen würden.«

»Ah, jetzt hast du's eilig, was? Ich muß sagen, ich kann dich verstehen. Ach, wie herrlich ist es, jung und verliebt zu sein. Du mußt mir Bescheid geben, wenn du sie gefunden hast. Und wenn du mal wieder ein paar nette, kleine Sächelchen anzubieten hast, wirst du hoffentlich an mich denken.«

»Ich wußte es!« Julian ging wie ein Raubtier im Käfig in seinem Salon hin und her. »Ich wußte, daß zwischen dem Mord und den Briefen des Colonel ein Zusammenhang besteht. Es würde mich interessieren, wie diese Amy Fields in den Besitz des Schmuckkästchens gekommen ist. Sie könnte eine Angestellte oder eine Bekannte von Gabrielle Deschamps gewesen sein. Aber sie kann den Kasten auch gefunden oder gestohlen haben. Von dem Geheimfach, das die Briefe enthielt, scheint sie jedenfalls nichts gewußt zu haben. Aber wenn sie von Colonel Fontclair und seinem Geheimnis nichts wußte, wie, zum Teufel, ist sie dann nach Bellegarde gekommen?«

»Komische Geschichte, Sir«, meinte Dipper kopfschüttelnd.

»Vielleicht weiß das andere Mädchen, diese Louisa, was darüber. Sie wohnt in der Puddle Street, hast du gesagt?«

»Ja, Sir. Ich war dort und hab' nach 'ner Flachsblonden namens Louisa gefragt. Sie wohnt anscheinend bei ihrer Mutter, die da einen Putzmacherladen hat – E. P. Howland, Modistin, steht dran. Ich bin vorbeigegangen und hab' mal reingelinst, aber es war geschlossen.«

»Ich werde trotzdem hingehen und sehen, ob ich sie finden kann oder jemanden, der weiß, wo sie ist.«

Dipper brachte ihm Hut, Handschuhe und Stock. »Ach, eh ich's vergesse, Sir, hier ist das Geld, das ich für Ihre Schnupftabakdose gekriegt hab'. Mr. Vorpe hat nicht viel dafür gegeben, er ist immer schon ein Knauser gewesen, aber er hat richtig gute Laune gekriegt.«

»Dann hat sich das Opfer gelohnt. Ich hatte sowieso keine Verwendung für die Dose. Sie wurde mir von einer Marchesa geschenkt, die ich einmal kannte. Sie verwechselte mich mit einem anderen Engländer, der schnupfte. Und ihm schenkte sie den Notenständer, der für mich gedacht gewesen war. Er hat kein Instrument gespielt, aber als Hutständer hat sich das Ding recht gut geeignet.« Er zog seine Handschuhe an. »Amy Fields«, meinte er nachdenklich und schien dabei den Namen auf seiner Zunge zergehen zu lassen. »Es würde mich interessieren, ob das ihr richtiger Name war. Ein französischer Name ist es jedenfalls nicht – ach, du lieber Gott! Dipper, ich bin wirklich ein Idiot.«

»Sir?«

»Das ist kein alias – das ist eine Übersetzung. ›Fields‹ heißt auf französisch ›Deschamps‹.«

Die Puddle Street war eine kleine Welt für sich. Sie hatte ihren eigenen Gemischtwarenhändler und Baderladen, ihr eigenes Schreibwarengeschäft und ihr eigenes Gasthaus. Vor jedem Laden wölbte sich ein kleines Erkerfenster, in dem ein Objekt stand, das über das Gewerbe des Ladeninhabers Auskunft gab: ein Stiefel, ein Buch, Mörser und Stößel des Apothekers. In dem Fenster von E. P. Howland, Modistin, stand ein Kopf aus Pappmaché mit ausgebleichten, schwarzen Augen und rosaroten Wangen, der eine Haube aus Kattun trug.

Julian versuchte es an der Tür, aber die war abgesperrt. Er blickte durch das Fenster ins Innere. Der Laden war spärlich erleuchtet, er konnte zwei kleine Arbeitstische und einige einfache Holzstühle erkennen. Auf einem großen rohen Holztisch lagen Stoffballen, Bänder und künstliche Blumen. Mehrere Köpfe wie der im Fenster trugen fertige Hüte und Hauben.

Es war niemand im Laden. Er klopfte an der Tür, aber es rührte sich nichts. Vorübergehende sahen sich neugierig nach ihm um. Ein Gentleman wie er – ein richtig vornehmer Herr – war in dieser Gegend Londons ein seltener Anblick.

Noch einmal klopfte er, lauter diesmal. Und nun hörte er von oben Geräusche. Der Laden war vielleicht leer, aber im Stockwerk darüber war jemand zu Hause. Er hörte Schritte auf einer Treppe. Sie kamen näher. Dann öffnete sich die Tür, eine junge Frau trat heraus.

Sie wirkte robust und gesund, wenn auch müde. Ihre Augen waren blutunterlaufen und von dunklen Schatten umrandet. Ein paar Strähnen hellen Haars hatten sich unter ihrer Haube hervorgestohlen. Sie hatte eine kurze Stupsnase und runde blaue Augen.

»Wir haben geschlossen«, begann sie, aber als sie Julian sah, brach sie erstaunt ab. »Kann ich etwas für Sie tun, Sir?« Ihr Ton ließ erkennen, daß sie das für höchst unwahrscheinlich hielt.

»Ich suche eine junge Dame namens Louisa.«

»Das bin ich. Louisa Howland.«

»Guten Tag, Miss Howland. Mein Name ist Julian Kestrel. Ich habe etwas sehr Wichtiges mit Ihnen zu besprechen. Darf ich einen Moment eintreten?«

»Hm... ja, ich denke schon. Meine Mutter ist krank, aber sie schläft gerade. Wenn sie aufwacht, muß ich wieder zu ihr.«

Sie führte ihn in den Laden. »Worum handelt es sich?«

»Wenn ich nicht irre, waren Sie mit einer jungen Dame namens Amy Fields bekannt.«

Ihre Augen leuchteten auf. »Wissen Sie etwas von Amy? Wo ist sie?«

Er zögerte. Er wollte ihr die Nachricht möglichst schonend beibringen.

»Ach, ich verstehe!« platzte sie heraus. »Sie sollten sich schämen! Ja, schämen! Daß Sie einer christlichen Frau überhaupt noch in die Augen sehen können nach dem, was Sie getan haben!«

»Miss Howland...«

»Warum konnten Sie sie nicht in Frieden lassen? Sie war ein braves Ding und hat sich bemüht, ein anständiges Leben zu führen, obwohl man sie nur die falschen Dinge gelehrt hat und ihre Mutter nicht besser war als eine Katzenmutter. Wie konnten Sie ein so schwaches Ding so ausnutzen! Und jetzt kommen Sie her und erwarten von mir, daß ich wieder in Ordnung bringe, was Sie angerichtet haben. Na schön, ich werde zu ihr gehen, und ich werde sie von Ihnen und Ihresgleichen fortbringen, und dann kann sie wieder bei uns leben – es ist mir gleich, wie schlimm sie war. Wo ist sie? Was haben Sie mit ihr getan?«

»Miss Howland, ich habe Miss Fields nie kennengelernt. Als ich sie das erstemal gesehen habe, war sie – tot.«

»Tot? Amy ist tot?« fragte sie mit kleiner Stimme.

»Ja. Es tut mir leid.«

»Wie ist sie gestorben?«

»Sie wurde ermordet.«

»Was? Jemand hat sie getötet? Wer würde so etwas tun? Und warum?«

»Genau das möchte ich herausbekommen.«

Er erklärte, was er selbst mit der Geschichte zu tun hatte – wie er die Tote in seinem Zimmer auf Bellegarde gefunden und wie man seinen Diener des Verbrechens beschuldigt hatte. Er sagte so wenig wie möglich über die Fontclairs und nichts von den Briefen des Colonel. Er fühlte sich den Fontclairs verpflichtet, die Geschichte nicht weiter zu verbreiten als unbedingt nötig.

Sie kramte ein Taschentuch heraus und schneuzte sich. »Ich habe gehört, daß auf einem Landsitz ein Mord geschehen ist. Die Leute hier haben von nichts anderem geredet. Aber ich war mit der Pflege meiner Mutter so sehr beschäftigt, daß ich kaum dazu gekommen bin, auszugehen oder Zeitung zu lesen. Mir ist natürlich nicht im Traum eingefallen, daß das etwas mit Amy zu tun haben könnte. Man hört von den schlimmsten Verbrechen, aber man denkt nie daran, daß das Opfer jemand sein könnte, den man kennt. Sie glauben doch nicht, daß sie ... ich meine ... der Mörder hat sie doch nicht ...«

»Nein, nein. Sie ist nicht belästigt worden.«

»Gott sei Dank. Das hätte Amy nicht ertragen. Sie war Männern gegenüber scheu. Sie haben ihr angst gemacht.«

»Aber zuerst dachten Sie doch, sie hätte eine Affäre mit mir gehabt.«

»Aber nur, weil ich mir nicht vorstellen konnte, warum sonst ein Herr wie Sie nach ihr fragen sollte. Und wenn ein Mädchen, das so hübsch ist wie Amy, plötzlich auf und davon geht, dann fragt man sich natürlich, ob da ein Mann im Spiel ist. Aber eigentlich hat's Amy gar nicht ähnlich gesehen – das hat mich von

Anfang an verwundert. Sie ist den Männern nicht nachgelaufen. Sie war schüchtern, vor allem Männern gegenüber. Wissen Sie, ihre Mutter war nicht besser als eine Hure – hat sich gegen Geld und Geschenke mit Männern eingelassen. So wollte Amy nicht werden.«

»Hieß ihre Mutter Gabrielle?«

»Ja. Ich hab' sie nicht gekannt. Sie ist gestorben, bevor Amy nach England kam – und das war das beste für Amy, auch wenn's unchristlich ist, so was zu sagen, ich weiß. Amy hat mir nie erzählt, wie schlecht ihre Mutter sie behandelt hat, aber ich hab's trotzdem gemerkt. Sie konnte nicht selbst für sich sorgen. Sie war so daran gewöhnt, von ihrer Mutter untergebuttert zu werden, daß sie überhaupt niemandem mehr die Stirn bieten konnte. Sie war wie eine Schnecke, die ihr Haus verloren hat.«

Er stand auf und ging ein paar Schritte. Er wußte, er mußte sich das alles anhören – aber es war so schmerzlich. Es war viel einfacher gewesen, die tote junge Frau als eine Nummer zu sehen, als Teil eines Puzzles – etwas, das mit Menschsein nichts zu tun hatte.

»Woher kannten Sie Miss Fields?«

»Sie hieß eigentlich gar nicht Fields. Wir haben sie nur so genannt, weil ihr französischer Name so schwer auszusprechen war. Sie sagte, daß ihr Name auf englisch ›Fields‹ bedeutet. Aber mit Vornamen hieß sie wirklich Amy. Sie hat's nur anders ausgesprochen. Wie Ämeh.«

»Aimée. Das heißt die Geliebte.«

»Aber wirklich geliebt hat sie keiner, außer Mutter und mir. Bis sie zu uns gekommen ist, hat sich kein Mensch um sie gekümmert. Ihren Vater hat sie nie gekannt, und ihre Mutter – na, ich hab' Ihnen ja schon gesagt, was das für eine war. Ich glaube, darum hing Amy auch so an ihrem Colonel. Er war der einzige von den Liebhabern ihrer Mutter, der sie anständig behandelt hat.«

»Was für ein Colonel?« fragte er gespannt.

»Seinen Namen hat sie mir nie gesagt. Sie wollte ihn nicht in Schwierigkeiten bringen. Ihre Mutter hat ihn damals im Krieg in Spanien zu irgendwelchen schlimmen Geschichten verleitet – Spionage oder Schmuggel oder so was. Amy war damals noch ein Kind, sie hat nicht verstanden, worum es ging. Sie hat mir dauernd von ihm erzählt – daß er ihr immer Süßigkeiten mitgebracht hat und alle möglichen Kosenamen für sie hatte und ihr immer Geschichten über England erzählt hat. Diese kleinen Dinge haben ihr unheimlich viel bedeutet. Sie war ganz ausgehungert nach Liebe. Als sie dann mit ihrer Mutter aus Spanien weg ist, hat sie ihn nie wiedergesehen. Aber sie hat ihn nie vergessen. Und nach dem Tod ihrer Mutter ist sie nach England gekommen, nur um in seiner Nähe zu sein. Sie hat davon geträumt, daß er sie adoptieren und zu seiner Tochter machen würde. Immer wollte sie rausbekommen, wo er lebte, und dann versuchen, ihn zu sehen, aber sie hat sich nicht getraut. Sie hatte Angst, er würde sie dafür büßen lassen, wie ihre Mutter ihn ausgenutzt hatte.«

Sie schwieg. Julians Augen hatten einen gefährlichen Glanz bekommen, und sein Gesicht war streng und hart. »Es würde mich interessieren«, sagte er leise, »ob der Colonel sie nach so langer Zeit überhaupt erkannt hätte.«

»Ach, sie hatte sich genau überlegt, wie sie sich ihm zu erkennen geben würde. Sie hatte ein Andenken von ihm – einen kleinen silbernen Anhänger, der wie eine Kammuschel geformt war. Den trug sie immer um den Hals. Den wollte sie ihm zeigen, wenn er sie nicht auf Anhieb erkennen würde, und dann hätte er gewußt, wer sie ist.«

Ein Fingerzeig in der Zeitung

Der Colonel hatte also die ganze Zeit gewußt, wer die Ermordete war. Selbst wenn Aimée sich in den Jahren der Trennung so stark verändert hatte, daß er sie nicht mehr erkannt hätte, mußte ihm klargeworden sein, wer sie war, als er die silberne Muschel sah, die er selbst ihr geschenkt hatte. Denn zweifellos war Geoffrey Fontclair Aimées Colonel. Es war kaum wahrscheinlich, daß es in England zwei Colonels gab, die beide Liebhaber Gabrielle Deschamps' gewesen und von ihr dazu verführt worden waren, Bonapartes Heer in Spanien Informationen zu liefern. Und wenn noch ein weiterer Beweis nötig war, so brauchte man nur zu bedenken, daß der Colonel bewußt gelogen hatte, als er sagte, Gabrielle Deschamps habe keine Familie gehabt. Weshalb hätte er verschweigen sollen, daß sie eine Tochter gehabt hatte, wenn nicht um die Tatsache zu verheimlichen, daß die Ermordete ihre Tochter war?

Die nächstliegende Erklärung für das Geschehen in Bellegarde schien jetzt folgende zu sein: Von ihrer Sehnsucht, den Colonel wiederzusehen, getrieben, war Aimée nach Bellegarde gekommen, und Geoffrey, von Craddocks Drohungen bereits zermürbt, hatte sie in einem Anfall von Panik oder blinder Wut getötet. Aber warum in meinem Zimmer? fragte sich Julian zum tausendstenmal. Und wie konnte sie ihn im Haus treffen, ohne von einem der anderen Familienmitglieder gesehen zu werden? Oder lügen sie vielleicht alle – haben sich alle miteinander verschworen, um einen ihrer eigenen Sippe zu schützen?

Er verbot sich weitere Spekulationen. Es hatte keinen Sinn, das Puzzle zusammensetzen zu wollen, solange nicht alle Teile vorlagen. Er sagte zu Louisa: »Würden Sie mir erzählen, wie Sie Miss Fields kennengelernt haben?«

»Das war letztes Jahr im Februar – um den Valentinstag

herum. Mutter und ich haben eines Abends noch spät im Laden gearbeitet, als Amy kam. Sie suchte Arbeit. Sie hat uns gedauert – sie hatte keine warmen Kleider und nicht genug Fleisch auf den Knochen, um eine Maus warm zu halten. Wir haben sie hereingebeten und ihr zu essen gegeben. Sie sprach kaum Englisch, aber wir kriegten immerhin aus ihr heraus, daß sie aus Italien, wo ihre Mutter gestorben war, nach London gekommen war. Wir wollten ihr gern helfen. Es war klar, daß sie auf die schiefe Bahn geraten würde, wenn ihr keiner half. Es wär ihr gar nichts anderes übriggeblieben. Sonst wär sie nämlich verhungert.«

»Ja, ich verstehe.«

»Wir haben ihr was zu nähen gegeben, und als wir sahen, wie geschickt sie mit der Nadel umging, haben wir sie als Hilfskraft eingestellt. Unser Geschäft ging damals, als Mutter noch nicht krank war, viel besser.« Sie warf einen wehmütigen Blick auf die unbenutzten Arbeitstische und die Hüte, die fertig herumlagen. »Mit den Kunden konnte sie nicht besonders gut umgehen – ihr Englisch war schlecht, sie war sehr schüchtern, und sie kam immer mit dem Wechselgeld durcheinander. Meistens hat sie im Hinterzimmer gesessen und genäht. Sie war sehr flink und geschickt, wie ich schon sagte.«

Julian erinnerte sich, wie Mrs. Warren die handarbeitlichen Fertigkeiten der jungen Frau gelobt hatte. »Was wissen Sie über diesen Schmuckkasten, den sie beliehen hat?«

»Er hatte ihrer Mutter gehört. Er war eines von den wenigen Dingen, die Amy von ihr geblieben waren. Die meisten mußte sie nach ihrem Tod verkaufen, um Schulden zu bezahlen. Amy brauchte warme Kleider, und wir hatten nicht das Geld, um ihr einen Vorschuß auf ihren Lohn zu geben. Der Schmuckkasten sah so aus, als könnte er ein bißchen was wert sein, und Amy hing nicht besonders an ihm, darum hab' ich ihr damals vorgeschlagen, ins Leihhaus zu gehen. Ich hab' sie begleitet, damit nicht so ein geldgieriger Pfandleiher sie übers Ohr hauen konnte.«

»Hat sie später bedauert, den Kasten versetzt zu haben? Wollte sie ihn vielleicht wiederhaben?«

»Nein. Ich hatte den Eindruck, ihr lag überhaupt nichts an ihm. Nachdem sie verschwunden war, bin ich allerdings noch einmal in die Pfandleihe gegangen, weil ich dachte, sie hätte den Schmuckkasten vielleicht doch geholt. Aber sie war nicht dort gewesen. Und der Pfandleiher sagte mir, er hätte ihn gar nicht mehr.«

»Wann ist sie denn verschwunden?«

»Vor ungefähr sechs Wochen, Ende April. Aber ich glaube, das, was sie dazu getrieben hat, wegzulaufen, hat schon früher angefangen. Im März. Da fing sie nämlich an, sich so merkwürdig zu benehmen.«

»Inwiefern?«

»Sie war plötzlich so zerstreut, immer mit ihren Gedanken woanders. Manchmal träumte sie einfach so in den Tag hinein, und wenn man sie ansprach, fuhr sie zusammen, als hätte sie ein schlechtes Gewissen. Sie hat nicht zugegeben, daß irgendwas nicht stimmte, aber ich kannte sie inzwischen über ein Jahr, und ich hab' gewußt, daß was los war.

Eines Tages dann, Ende April, wollte sie einen Hut liefern – jedenfalls hat sie uns gesagt, sie hätte das vor. Sie hatte bereits öfter die Lieferungen für uns übernommen. Ihr Englisch war viel besser geworden, und sie war nicht mehr ganz so schüchtern. Na ja, sie ging mit der Hutschachtel in der Hand los – und ward nicht mehr gesehen. Als sie nach mehreren Stunden immer noch nicht zurück war, bin ich in unser Zimmer rauf gegangen – sie hat oben bei mir im Zimmer geschlafen –, und da hab' ich den Brief gefunden, den sie hinterlassen hatte. Der Hut, den sie eigentlich hätte abliefern sollen, lag auf dem Bett, und von ihren Sachen fehlte einiges. Sie hat sie wahrscheinlich statt des Huts in der Hutschachtel mitgenommen.«

»Und was stand in dem Brief?«

»Wenn Sie einen Moment warten, hole ich ihn.«

Während sie weg war, sah Julian sich in dem kleinen Hinterzimmer um, in dem Aimée gearbeitet hatte. Es war düster und roch muffig. Er fragte sich, wovon Louisa und ihre Mutter lebten, solange ihr Laden geschlossen war. Nach Louisas schäbigen Kleidern zu urteilen, ging es ihnen schlecht.

Mit Aimées Brief in der einen Hand und einer schon angegilbten alten Zeitung in der anderen kam Louisa zurück. Sie gab Julian den Brief. Die Handschrift war sauber und kindlich.

»Liebe Louisa und Mrs. Howland,

ihr wart so gütig zu mir. Es tut mir leid, euch so zu verlassen, ohne ein Wort des Lebewohls. Bitte denkt nicht schlecht von mir. Ich möchte nicht gehen, aber ich muß. Es ist von größter Bedeutung für mich, dies zu tun. Bitte verzeiht mir und macht euch keine Sorgen. Ich bete zu Gott, daß ich euch bald wiedersehen werde. Ich umarme euch beide. Aimée.

Ich lasse einige Sachen hier, die ich nicht mehr mitnehmen kann. Bitte behaltet sie. Ich schenke sie euch.«

»Was hat sie zurückgelassen?«

»Ihr bestes Kleid und ihren besten Hut. Außerdem eine Schürze und ein Schultertuch. Sie hat nichts mitgenommen als die Kleider, die sie anhatte, und ein paar Taschentücher und Hauben und Toilettensachen. Ach, und ihren Rosenkranz. Sie war Papistin. Mutter und ich haben versucht, sie zu bekehren, aber es ist uns nicht gelungen.«

»Als sie gefunden wurde, hatte sie einen teuren Schal bei sich, trug seidene Schuhe und goldene Ohrringe.«

Tränen schossen Louisa in die Augen. »Gott verzeih ihr. Und verfluche den Mann, wer auch immer er war! Ich hätte nie gedacht, daß sie diesen Weg gehen würde. Sie war nicht flatterhaft. Sie war ein züchtiges Mädchen, Mr. Kestrel. Sie hat sich bemüht, gut zu sein.«

»Es muß ja nicht ein Liebhaber gewesen sein, der ihr diese

Dinge geschenkt hat«, sagte er. »Die Person, die sie getötet hat, hat vielleicht zuerst versucht, sie zu kaufen, oder hat ihr Geschenke gemacht, um ihr Vertrauen zu gewinnen.«

»Weshalb sollte jemand sie kaufen müssen? Sie konnte doch niemand etwas anhaben.«

Aber ja, genau das konnte sie, dachte Julian. Einem Mann – einer Familie – hätte sie sehr schaden können. Wenn sie allerdings mit solcher Hingabe an dem Colonel gehangen hatte, wie Louisa das geschildert hatte, hätte sie sein Geheimnis sicher nicht verraten. Aber er hatte das vielleicht nicht glauben können. Er hatte vielleicht Angst gehabt, sie sei so skrupellos wie ihre Mutter.

»Das hier wollte ich Ihnen auch noch zeigen.« Sie hielt ihm die Zeitung hin. Es war die *Morning Post.* »Ich habe sie unter Amys Kopfkissen gefunden, nachdem sie verschwunden war. Ich habe das Zimmer von oben bis unten durchsucht, weil ich hoffte, einen Hinweis zu finden. Ich weiß nicht, warum sie die Zeitung aufgehoben hat. Ich habe sie von vorn bis hinten gelesen, aber ich hab' nichts gefunden, was für sie vielleicht von Bedeutung hätte sein können.«

Julian zog seine Handschuhe aus und öffnete die Zeitung mit einem Blick auf das Datum. Sie war vom 23. April 1824.

»Fünf Tage später ist sie verschwunden. Ich weiß nicht, woher sie die Zeitung hatte. Wir kaufen nie eine, aber vielleicht hat eine Kundin oder ein Kunde sie im Laden liegengelassen. Amy hat immer gern in die Zeitung geschaut, obwohl sie sonst nicht viel gelesen hat. Am liebsten hatte sie Bücher mit Bildern – Modeillustrationen und so.«

»Wenn Sie nichts dagegen haben, würde ich das Blatt gern einmal durchsehen.«

»Bitte.« Sie nickte. »Ich sehe inzwischen einmal nach meiner Mutter. Oh – kann ich Ihnen vielleicht etwas anbieten, eine Tasse Tee?«

»Nein, danke.« Die Howlands, dachte er, hatten nichts zu verschenken.

Sie ging nach oben, und er setzte sich mit der Zeitung hin. Sie umfaßte nur vier Seiten. Parlamentsdebatten. Nachrichten aus dem Ausland. Sportereignisse und Gesellschaftsklatsch. Anzeigen aller Art. Was in diesem Blatt hätte Aimées Aufmerksamkeit erregt – sie so stark beeindruckt, daß sie die Zeitung nachts unter ihr Kopfkissen gelegt hatte?

Die Antwort auf seine Frage sprang ihm ins Auge, als er zur dritten Seite kam. Hier, inmitten der neuesten Nachrichten und des letzten Klatschs aus der Gesellschaft, befand sich die Anzeige, mit der Mark Craddock die Verlobung seiner Tochter Maud mit Hugh Fontclair bekanntgab.

Was, zum Teufel, hatte das zu bedeuten? War Aimée, während sie müßig in der Zeitung geblättert hatte, auf die Anzeige gestoßen? Sie hatte zweifellos sofort vermutet, daß der junge Bräutigam ein Verwandter ihres geliebten Colonel war. Hatte der Anblick des Namens Fontclair eine solche Sehnsucht in ihr geweckt, den Colonel wiederzusehen, daß sie Hals über Kopf davongelaufen war, um ihn zu suchen?

Das schien die plausibelste Erklärung zu sein – obwohl sie in mancher Hinsicht keinen Sinn ergab. Aimée hatte diese Zeitung höchstens fünf Tage vor ihrem Verschwinden zu Gesicht bekommen, Louisa hatte jedoch erzählt, sie sei schon seit Wochen zerstreut und nervös gewesen. Und warum war sie überhaupt fortgelaufen? Geoffrey Fontclair lebte in London. Sie hätte seine Adresse herausfinden und ihm dann einfach schreiben oder einen Besuch machen können; sie hätte nicht ihr neugewonnenes Heim aufzugeben brauchen. Aber vielleicht hatte sie gar nicht vorgehabt, etwas so Drastisches zu tun. Vielleicht hatte sie in den fünf Tagen, die zwischen ihrer Entdeckung der Verlobungsanzeige und ihrer Flucht vergangen waren, den Colonel aufgesucht, und der hatte sie dazu angestiftet, davonzulaufen.

Ja, Geoffrey konnte sie weggelockt haben, um sich mit Geschenken und Zuneigung ihr Schweigen über seine Vergangenheit zu erkaufen. Sie war ihm so innig zugetan, daß sie ihm überallhin gefolgt wäre, alles für ihn getan hätte. Womit sich eine häßliche Möglichkeit eröffnete. Es war ein offenes Geheimnis, daß Colonel Fontclair eine Vorliebe für sehr junge Mädchen hatte. Vielleicht hatte die Erfahrung mit Gabrielle Deschamps in ihm eine Scheu vor klugen, reifen Frauen geweckt. Aimée war schön und stand allein auf der Welt. Es war vielleicht nur allzu einfach gewesen für ihn, ihre Liebe auszunutzen.

Aber wenn Aimée wirklich Geoffreys Geliebte gewesen war, warum hatte sie dann Mrs. Warren erklärt, sie müßte sich ihrer Liebe zu dem Menschen, der ihr die silberne Muschel geschenkt hatte, nicht schämen? Sie hatte von Tochterliebe gesprochen. Und – verflixt noch mal – sie hatte noch mehr gesagt. Sie hatte gesagt, die silberne Muschel sei ihr einziges Andenken an den Menschen, der sie ihr geschenkt hatte. Das aber ergab keinen Sinn, wenn Geoffrey sie in den vergangenen sechs Wochen ausgehalten und mit Kleidern und Schmuck überhäuft hatte.

Wieder blickte Julian auf die Verlobungsanzeige. Geoffrey Fontclair war darin selbstverständlich nicht erwähnt. Doch über den Bräutigam stand da: Hugh Fontclair, Sohn von Sir Robert Fontclair, Bellegarde. Was mochte in Aimée vorgegangen sein, als sie diese Namen las? Hatte sie es sich vielleicht in den Kopf gesetzt, den Colonel über einen seiner Verwandten anzusprechen? Louisa hatte gesagt, sie habe sich danach gesehnt, den Colonel wiederzusehen, jedoch gefürchtet, er würde sie hassen für das, was ihre Mutter ihm angetan hatte. Vielleicht hatte sie gehofft, das Vertrauen eines Mitglieds seiner Familie zu gewinnen, das sich dann für sie einsetzen würde.

An wen konnte sie herangetreten sein? Das hing zunächst einmal davon ab, wer zur Zeit der Bekanntgabe von Hughs Verlobung in London gewesen war. Hugh selbst natürlich; eben in dieser Zeit war Julian ihm ja beim Spiel begegnet. Er war höchstwahrscheinlich in Begleitung seiner Eltern in London gewesen – und vielleicht war auch Isabelle dabei. Der Colonel, Guy und Catherine Tarleton waren zur gesellschaftlichen Saison in der Stadt gewesen. Es hätte Aimée sicherlich keine Schwierigkeiten bereitet, herauszufinden, wo jeder dieser Leute in London wohnte. Und alle hätten sie ein Motiv gehabt, sie zu töten, sobald sie erkannt hätten, daß sie die Macht besaß, Geoffrey Fontclair zu ruinieren und den guten Namen der Fontclairs in den Schmutz zu ziehen.

Eine andere Möglichkeit gab es noch: Auch Mark Craddocks Name war in der Anzeige genannt. Aber es gab keinen Grund, warum Aimée sich an ihn gewendet haben sollte. Er hatte vermutlich keinerlei Interesse an ihr gehabt – es sei denn, sie hätte gewußt, daß die Briefe, die Geoffrey ihrer Mutter geschrieben hatte, in seinem Besitz waren. Aber woher hätte sie das wissen sollen? Sie hatte ja offensichtlich nicht einmal gewußt, daß die Briefe existierten und sich in dem Schmuckkasten befanden; sonst hätte sie den Kasten wohl kaum mit den Briefen darin ins Leihhaus getragen. Und wie hätte sie die Verbindung zwischen dem Pfandleiher und Craddock herstellen sollen? Selbst Dipper, der Vorpe gut kannte, hatte nicht gewußt, daß Craddock der Eigentümer der Pfandleihe war.

Aber angenommen, Aimée hätte sich Craddock zu erkennen gegeben. Dann hätte er einen guten Grund gehabt, sie schleunigst aus dem Weg zu räumen. Er wollte unbedingt seine Tochter mit Hugh Fontclair verheiraten, und dieses Ziel konnte er nur erreichen, indem er der ganzen Familie damit drohte, Geoffrey Fontclairs kompromittierende Briefe zu veröffentlichen. Wenn nun aber plötzlich eine dritte Person aufgetaucht wäre und Geoffreys Verrat publik gemacht hätte, dann hätten die Briefe ihren Wert für ihn verloren. Ihm lag ja nichts daran, die Fontclairs zu ruinieren. Sie sollten nur nach seiner Pfeife tanzen.

Als Louisa zurückkam, zeigte Julian ihr die Anzeige. »Hat Miss Fields je von den Fontclairs oder Craddocks gesprochen?«

»Nein. Aber sie ist im Haus der Familie Fontclair getötet worden, und hier ist nun diese Anzeige, in der steht, daß jemand namens Fontclair sich verlobt hat. Das kann doch kein Zufall sein.«

»Nein, das glaube ich auch nicht.«

»Ich frage mich, ob man diesen Fontclairs trauen kann.«

»Das frage ich mich schon seit geraumer Zeit.«

»Ich wollte, ich könnte selbst dorthinfahren, nach Bellegarde, und dafür sorgen, daß Amy Gerechtigkeit widerfährt. Aber ich kann meine Mutter nicht allein lassen.«

»Wie geht es ihr denn?«

»Sie fühlte sich ein bißchen besser, als ich raufkam. Da habe ich ihr von Ihnen erzählt und sie gefragt, ob ihr noch etwas einfiele, was wir Ihnen über Amy sagen könnten. Aber sie wußte nichts.«

»Bitte bestellen Sie ihr einen Gruß von mir und sagen Sie ihr, es täte mir leid, daß ich nicht das Vergnügen hatte, sie kennenzulernen.« Er setzte seinen Hut auf und nahm dann einen Schein aus seiner Börse. »Bitte.«

Sie warf einen hungrigen Blick auf das Geld, doch sie schüttelte den Kopf und legte die Hände auf den Rücken. »Wir nehmen keine Almosen.«

»Das glaube ich Ihnen. Aber Sie beide sind wichtige Zeuginnen. Selbstverständlich müssen Sie dafür bezahlt werden.«

»Ich dachte, Zeugen bekommen nur eine Belohnung, wenn sie dabei geholfen haben, den Verbrecher zu schnappen.«

»Meine liebe Miss Howland«, log er, »jeder Zeuge muß für die Zeit und die Mühe bezahlt werden, die es ihn gekostet hat, seine Aussage zu machen.«

»Ach, das wußte ich nicht.« Ganz vorsichtig streckte sie den Arm aus und nahm das Geld. Zum erstenmal lächelte sie.

»Würden Sie mir einen Gefallen tun«, sagte er. »Würden Sie vorläufig nichts darüber verlauten lassen, wer die junge Frau ist, die auf Bellegarde ermordet wurde? Ich hätte gern freie Hand, um mich mit den Fontclairs auf meine Art auseinanderzusetzen.«

»Werden Sie für Gerechtigkeit sorgen?«

»Das werde ich, bei meiner Ehre.«

»Sie werden sich von diesen Fontclairs nicht herumkommandieren oder kaufen lassen?«

»Nein, das schwöre ich Ihnen.«

»Gut, dann sage ich nichts. Lassen Sie mich nur wissen, wie Sie vorankommen, und geben Sie mir Bescheid, wenn Sie den Mörder gefaßt haben.«

»Das werde ich tun.«

»Wenn er nämlich nicht geschnappt wird, jage ich selbst ihn, und wenn ich das ganze Land nach ihm absuchen muß.«

Julian glaubte ihr.

Maud, Miss Pritchard und Julian hatten sich verabredet, am folgenden Morgen in aller Frühe zur Rückkehr nach Bellegarde aufzubrechen. Die beiden Wagen holten Julian in der Clarges Street ab. Es war warm und sonnig, darum hatte Maud das Verdeck des Wagens geöffnet. Als Julian einstieg, fiel sein Blick auf ein großes, häßliches Buch, das sie auf ihrem Schoß liegen hatte.

Sie errötete und hielt das Buch fester. »Das ist die Bibel meiner Mutter. Sie ist seit Generationen in ihrer Familie. Die ganze Familiengeschichte ist in ihr enthalten – Heiraten, Geburten und Todesfälle. Sie wurde immer von dem ältesten Sohn an den nächsten weitergegeben, aber da meine Mutter keine Brüder hatte und auch ich keine habe, habe ich die Bibel bekommen.«

»Ich kann mir nicht vorstellen, daß ihr die Reise besonders guttut.« Er warf einen Blick auf das brüchige Leder des Einbands und den rissigen Buchrücken.

»Das habe ich Miss Craddock auch gesagt, Sir«, warf Miss Pritchard ein. »Wenigstens hätten Sie sie in einen Koffer packen sollen, Miss Craddock. Ich fürchte, Sie werden sie nicht heil bis nach Bellegarde bringen.«

»Ich passe gut auf sie auf. Ich hatte Angst, sie einzupacken – ich habe soviel von Diebstählen auf den Straßen gehört. Sie ist mir sehr teuer.«

Warum, fragte sich Julian, hatte sie sie dann überhaupt auf die Reise mitgenommen? Er sah sie an und zog eine Augenbraue hoch. Sie errötete wieder. Es hat keinen Sinn zu fragen, sagte ihr Blick. Ich würde mich Ihnen gern anvertrauen, aber ich kann nicht.

Die Gefahr des Gebets

Eigentlich hatte Julian gleich nach seiner Ankunft in Bellegarde am späten Nachmittag mit Sir Robert sprechen wollen. Doch der war bei einer Sitzung mit irgendwelchen örtlichen Behörden und wurde erst nach dem Abendessen zurückerwartet. Geoffrey Fontclair wollte Julian in Sir Roberts Abwesenheit nicht mit seinem neuen Wissen konfrontieren. Das hätte den Mann nur vorgewarnt und ihm die Möglichkeit gegeben, sich neue Lügen oder Ausflüchte auszudenken.

Er beschloß, Dr. MacGregor einen Besuch zu machen. Sie hatten sich seit dem Tag, an dem er von Geoffreys Briefen und Craddocks Erpressung gehört hatte, nicht mehr unterhalten. MacGregors Scharfblick und seine Unverblümtheit fehlten ihm, und er war gespannt, was der Doktor von all diesen neuen Entdeckungen halten würde. Es war nichts dagegen einzuwenden, daß er MacGregor jetzt in Geoffrey Fontclairs Geheimnis einweihte. Sir Robert hatte selbst zugestimmt, daß es ans Licht kommen müßte, wenn sich herausstellen sollte, daß es eine Verbindung zu dem Mord gab.

Er gab Anweisung, sein Pferd zu satteln und nach vorn zu bringen. Als er hinunterkam, traf er Isabelle, die an einem der hohen Fenster in der Empfangshalle stand. Sie trug ein Kleid, das den gleichen hellen Grauton hatte wie ihre Augen. In diesem Kleid mit der hohen Taille und den gebauschten Ärmeln sah sie mit ihrem ebenmäßigen und klaren Profil, das sich klar vor dem Fenster abhob, wie ein Gemälde von Ghirlandaio oder Botticelli aus. Voller Bewunderung blieb er stehen.

»Guten Abend, Mr. Kestrel. Ich hoffe, Ihr Besuch in London ist angenehm verlaufen.«

Er trat näher. »Es war wie immer«, antwortete er achselzukkend. »Zu viele Menschen und nicht genug frische Luft. Ich verstehe nicht, wieso es nicht mein Traum ist, anderswo zu leben. Reisen Sie oft nach London?«

»Nein, fast nie. Mein Onkel und meine Tante lieben die Stadt nicht.«

»Aber im April, als Hugh sich mit Miss Craddock verlobte, hatten Sie wohl keine andere Wahl, als nach London zu reisen.«

»Das ist richtig.« Sie sah ihn mit hochgezogenen Brauen an.

»Haben Sie sie begleitet?« fragte er, um einen möglichst unbefangenen Ton bemüht.

»Ja.«

Isabelle war also in London gewesen, als Aimée ihrem Heim bei den Howlands den Rücken gekehrt hatte. Und wenn nun Aimée das Haus der Fontclairs in London aufgesucht und dort Isabelle gesehen hatte? Wenn es wirklich ihr Anliegen gewesen war, sich Geoffrey mit Hilfe eines Familienmitglieds zu nähern, war es gut vorstellbar, daß sie sich eine junge Frau ihres eigenen Alters zur Vertrauten erwählt hatte. Wie hätte Isabelle reagiert, wenn sie entdeckt hätte, daß diese junge Französin etwas über

Geoffrey Fontclair wußte, das ihn vernichten und die ganze Familie Fontclair in Schande stürzen konnte? Ihr wäre vielleicht jedes Mittel recht gewesen, um ihre Familie zu schützen. Und sie war intelligent genug, um einen Mord zu planen, und kaltblütig genug, um ihn auszuführen.

Sie wandte sich nach ihm um. Das Sonnenlicht fiel schräg über ihr schönes Gesicht. Seine Gedanken gerieten völlig aus der Bahn. Er stellte sich vor, wie er sie an sich zog – ihren schlanken Körper in seinen Armen hielt, ihren weichen Busen an seiner Brust fühlte. Er richtete den Blick auf ihre Lippen und stellte sich vor, wie sie sich unter den seinen öffneten ...

»Was starren Sie mich so an?« fragte sie.

»Habe ich Sie angestarrt? Das war nicht meine Absicht.«

»Ich dachte schon, Sie suchten in meinem Gesicht nach einem Anzeichen der Schuld.«

»Sie irren sich, Miss Fontclair. Ich habe Sie, wie so oft, aus ganz persönlichen Gründen betrachtet.«

»Es würde mich interessieren, ob Sie nur mit mir flirten, um sich zu unterhalten, oder weil Sie glauben, auf diese Weise etwas von mir zu erfahren.«

»Bei meinen Versuchen, mit Ihnen zu flirten, habe ich bisher nur eines gewonnen: die Erkenntnis, daß ich den Hang des Engländers habe, das Unmögliche zu versuchen.«

»Ich habe Ihnen schon einmal gesagt, ich möchte nicht als Festung betrachtet werden, die es zu erstürmen gilt. Ich möchte einzig in Ruhe gelassen werden.«

»Gibt es keinen Mann, den sie je heiraten wollten?«

»Nein.« Sie legte mißtrauisch ein wenig den Kopf zurück.

»Nicht einmal Ihren Vetter?«

Sie starrte ihn an. Ihr schien der Atem zu stocken. »Sie sind anmaßend, Mr. Kestrel. Wenn Sie schon beleidigende Fragen stellen müssen, dann beschränken Sie sich bitte auf Fragen über den Mord.«

Sie ging eilig davon. Er stand lange da und sah ihr nach. Ich hoffe zu Gott, das bedeutet nicht das, was ich glaube, dachte er.

»Mich geht es ja nichts an, daß Sie zu Ihrem Amüsement nach London reisen«, knurrte MacGregor geringschätzig, »während hier ein unaufgeklärter Mord wartet und alles drunter und drüber geht. Was gab es denn so Dringendes – einen Ball bei Lady Soundso, den Sie keinesfalls versäumen durften?«

»Ich bin nach London gereist, um Nachforschungen wegen des Mordes anzustellen. Ich dachte, das wüßten Sie.«

»Woher hätte ich das wissen sollen? Sie haben mir kein Sterbenswörtchen darüber gesagt, was Sie vorhaben. Sie sind offensichtlich überhaupt nicht auf den Gedanken gekommen, daß es mich interessieren könnte.«

»Aber lieber Doktor, ich habe darauf gebrannt, Ihnen alles zu erzählen, was ich entdeckt habe. Aber ich habe es vertraulich erfahren und durfte nicht sprechen. Wenn Sie mir gestatten, alles zu erklären, werden Sie sehen, warum ich auf eigene Faust handeln mußte.«

Er berichtete MacGregor von Geoffrey Fontclairs Geheimnis, von Vorpes Angaben über die Identität der Ermordeten, von seinem eigenen Besuch bei Louisa Howland. Als er geendet hatte, schüttelte MacGregor ungläubig den Kopf. »Das ist ja entsetzlich. Ich wollte nicht glauben, daß einer der Fontclairs diesen Mord begangen haben könnte. Ich wußte, daß die Indizien dafür sprachen, aber ich konnte es nicht akzeptieren. Ich konnte kein Motiv erkennen. Aber jetzt – Gott helfe ihnen, einer von ihnen ist ein Mörder. Es ist nicht mehr zu leugnen.«

»Es tut mir leid.«

»Aber es ist doch nicht Ihre Schuld. Sie sind lediglich der Überbringer schlechter Nachrichten. Und Sie haben recht daran getan, dies alles ans Licht zu bringen.« Er runzelte die Stirn. »Eines verstehe ich allerdings nicht. Wie haben Sie diesen Vorpe dazu gebracht, Ihnen den Namen und die Adresse der jungen Frau zu nennen, da er sie doch Craddock verschwiegen hatte?«

»Würden Sie mir erlauben, mich auf das Vorrecht des Zauberkünstlers zu berufen, der nicht zu erklären braucht, wie er ein bestimmtes Kunststück zustande gebracht hat?«

»Wie Sie wollen.«

»Bitte, fühlen Sie sich nicht gleich wieder auf den Schlips getreten. Tatsache ist, daß mein Diener diese Auskunft aus Vorpe herausgekitzelt hat, aber ich möchte Sir Robert lieber nicht erklären müssen, wie er es angestellt hat.«

»Ich habe doch immer gewußt, daß an diesem Burschen, Ihrem Diener, etwas nicht koscher ist. Er war Schlimmeres als ein Bettler, bevor er bei Ihnen anfing, nicht wahr?«

»Er war ein Dieb. Kein grober Rüpel, verstehen Sie, sondern ein Künstler – begabt und einfallsreich –, kurz, ein Taschendieb.«

»Wie um alles in der Welt kamen Sie dazu, einen Taschendieb als Diener zu engagieren?«

Julian sah, daß er die ganze Geschichte würde erzählen müssen. »Eines Abends, vor ungefähr zwei Jahren, kurz nach meiner Rückkehr aus Italien, machte ich mit einem Freund in der Nähe von Covent Garden einen Spaziergang. Da fiel plötzlich so ein liederlicher junger Bursche torkelnd gegen mich und stolperte gleich darauf weiter. Er roch stark nach Alkohol, und ich vermutete natürlich, er sei betrunken. Dennoch tastete ich meine Taschen ab und stellte fest, daß meine Uhr verschwunden war. Mein Freund wollte einen Wachmann rufen, aber Sie wissen wohl, daß die Hälfte der Londoner Wachmänner abends in ihren Logen hockt und schläft. Und die anderen sind über achtzig und lahm dazu. Ich war wütend und setzte selbst dem Dieb nach.

Er sah mich. Er hatte nur so getan, als sei er betrunken – das ist eine alte Diebeslist –, und flitzte wie ein Hase, schlug Haken, rannte im Zickzack von einer Gasse in die andere. Ein paarmal hätte ich ihn fast verloren, aber ich gab nicht auf und brachte ihn schließlich ins Stolpern, indem ich ihm meinen Stock an den Kopf warf. Ich riß ihn zu Boden, und wir wälzten uns in einem Haufen Schmutz und verfaulenden Gemüses. Gerade hatte ich es geschafft, ihn niederzuringen, als mein Freund keuchend mit einem Wachmann auftauchte. Ich bekam meine Uhr zurück, und mehr hatte ich eigentlich nicht gewollt – außer daß ich dem Burschen natürlich einen Denkzettel verpassen wollte, und das war mir ja geglückt. Ich hätte ihn laufenlassen, aber der Wachmann meinte, wir müßten ihn vor den Richter bringen. Also schleppten wir ihn in die Bow Street. Er nahm das sehr gelassen hin, fluchte nicht und flehte auch nicht um Gnade – geschnappt zu werden war für ihn nichts weiter als ein Berufsrisiko. Das gefiel mir. Nichts bewundere ich mehr als Ruhe und Gelassenheit unter Beschuß.

Der Richter überhäufte mich mit soviel Lob, daß ich ihn eingefangen hatte, daß mir ganz übel wurde. Ich hasse moralische Entrüstung und Selbstgerechtigkeit. Als er endlich damit fertig war, mich als einen Ausbund an Tugend hinzustellen, an dem sich das gesamte britische Volk ein Beispiel nehmen solle, war ich zutiefst niedergeschlagen und hatte gute Lust, mich schnurstracks in die Themse zu stürzen. Ich begnügte mich damit, es abzulehnen, Anzeige zu erstatten. Der Richter war äußerst verärgert, aber er konnte nichts tun.

Ich wollte eben nach Hause gehen und Betrachtungen über meinen völlig demolierten Abendanzug anstellen, als der Dieb zu mir kam und mir sehr höflich dafür dankte, daß ich von einer Anzeige Abstand genommen hatte. Er entschuldigte sich nicht dafür, daß er meine Uhr gestohlen hatte, und ich fand, das zeige eine gewisse Integrität. Das Stehlen war sein Beruf – es wäre absurd gewesen zu sagen, es sei alles ein Mißverständnis gewesen und es tue ihm leid. Aber er konnte sich doch nicht verkneifen zu fragen, weshalb ich mich plötzlich auf seine Seite geschlagen hatte, und wir unterhielten uns ein Weilchen miteinander, und genau wie bei einer Liebelei, so führte auch hier eines zum anderen. Tja, und seitdem steht er in meinen Diensten.«

»Woher wußten Sie, daß er Sie nicht bestehlen würde?«

»Das wußte ich nicht.« Julian zuckte die Achseln. »Wer kann sagen, warum er einem Menschen vertraut, obwohl er allen Grund hätte, es nicht zu tun?«

MacGregor nickte und dachte daran, wie er selbst Kestrel, den er anfangs für einen Lackaffen, wenn nicht Schlimmeres gehalten hatte, wider Willen fast vom ersten Moment an getraut hatte. »Und jetzt glauben Sie also, daß Colonel Fontclair die junge Frau getötet hat?«

»Er ist auf jeden Fall zum Favoriten in diesem Rennen geworden. Aber jeder der Fontclairs, der Angst hatte, sie könnte die Katze aus dem Sack lassen, hätte ein Motiv gehabt, sie zu töten.«

»Glauben Sie, daß sie versucht hat, sie zu erpressen?«

»Das bezweifle ich. Miss Howland sagte, sie habe den Colonel verehrt und sei weder geldgierig noch skrupellos wie ihre Mutter gewesen. Aber die Fontclairs haben sie nicht gekannt und haben das vielleicht nicht begriffen. Sie waren schon in Craddocks Fängen, und die Person, die Aimée getötet hat, meinte vielleicht, ein Außenseiter, der von dem Familiengeheimnis wisse, sei mehr als genug.«

»Es ist ein Wunder, daß der Mörder nicht auch Craddock zu töten versucht hat. Wieso eigentlich nicht?«

»Es ist nicht nötig, Craddock zu töten, um sicherzustellen, daß er schweigt. Er ist ja käuflich. Und wenn seine Tochter erst einmal mit Hugh verheiratet ist, wird er den Namen Fontclair schon um ihretwillen schützen. Außerdem hat er die Briefe in seinem Besitz, und die bekommen sie auch nicht, wenn sie ihn töten. Im Gegenteil, gerade bei einer Untersuchung über seinen Tod würden sie wahrscheinlich ans Licht kommen. Aimée andererseits hatte keinerlei Beweise für den Verrat des Colonels –

nur ihr persönliches Wissen darüber, das man vernichten konnte, indem man ihr das Leben nahm.«

Er sprach mit MacGregor über die Möglichkeit, daß Aimée einen Angehörigen der Familie Fontclair in London aufgesucht hatte, nachdem sie die Verlobungsanzeige in der Zeitung gesehen hatte. »Mein Gott, sie stellte eine richtiggehende Versuchung zum Mord dar! Sie kannte ein tödliches Geheimnis über den Colonel. Sie sehnte sich danach, ihn wiederzusehen, und hätte wahrscheinlich jedem, der ihr versprochen hätte, ein Wiedersehen zu arrangieren, blind vertraut. Und sie stand praktisch allein auf der Welt. Man hätte sie ungestraft verschwinden lassen können.«

»Aber man hat sie ja eben nicht verschwinden lassen. Sie wurde auf brutale Weise getötet und dann an einem Ort liegen gelassen, wo sie sofort gefunden werden mußte.«

»Ja, in mancher Hinsicht sieht es tatsächlich so aus, als hätte der Mörder im Affekt gehandelt. Es ist möglich, daß der Mörder geplant hatte, sie zu töten, jedoch nicht zu diesem Zeitpunkt und auf diese Weise. Vielleicht hat sie etwas getan oder gesagt, was ihn zum Handeln zwang.«

»Aber daß er sie danach in das Bett legte – das sieht doch nach bewußter Irreführung aus«, behauptete MacGregor. »Das spricht dafür, daß der Mörder mit klarer Überlegung gehandelt hat.«

»Oder alle klare Überlegung verloren hatte. Jeder vernünftige Mensch hätte sich das Blut von den Händen gewaschen und wäre auf der Stelle geflohen. In der Zeit, die er sich nahm, um die Tote ins Bett zu legen, hätte jemand kommen und ihn entdecken können. Aber dieses Verbrechen ist voller Widersprüche. Ich frage mich, ob da nicht mehrere Personen beteiligt waren.«

»Wie meinen Sie das?«

»Ich will Ihnen ein Beispiel geben. Nehmen wir an, Aimée findet irgendwie heraus, daß Craddock Colonel Fontclair mit den Briefen erpreßt. Sie sucht Craddock in London auf, um sich bei ihm für Fontclair einzusetzen. Er versucht, sie zu kaufen – das wäre eine Erklärung für die plötzliche Verbesserung ihrer Verhältnisse in den sechs Wochen zwischen ihrem Verschwinden aus der Puddle Street und ihrem Auftauchen hier. Sein Plan gelingt – oder er glaubt es jedenfalls. Doch sie reist heimlich nach Bellegarde. Sie hofft, seine Pläne vereiteln zu können. Der Colonel sieht sich ihr unversehens von Angesicht zu Angesicht gegenüber, verliert den Kopf und tötet sie.«

»Wenn Craddock derjenige war, der sie bestochen hat, dann kann er auch der sein, der sie getötet hat.«

»Dann muß er das aber in kürzester Zeit erledigt haben. Er war bis etwa zwanzig nach fünf draußen, und als er ins Haus kam, ging er in sein Zimmer hinauf, wo er, wie wir wissen, äußerst ausgiebig mit Lady Tarleton stritt. Aber es kann natürlich sein, daß er vor seinem Zimmer auf Aimée gestoßen ist, sie kurzerhand in mein Zimmer verfrachtete und dort tötete. Aber wie dem auch sei, die Frage, wie sie ins Haus gekommen ist, ist immer noch unbeantwortet.«

»Fangen Sie jetzt bloß nicht wieder damit an! Wir haben das doch x-mal durchgesprochen und keine Lösung gefunden.« MacGregor schritt vor seinem Schreibtisch auf und ab – ein vielbegangener Pfad nach dem Zustand des Teppichs zu urteilen. »Wissen Sie, bisher dachte ich, wenn überhaupt einer der Fontclairs den Mord begangen habe, dann könne es nur Guy gewesen sein. Aber im Licht dessen, was Sie mir erzählt haben, stimmt das nicht. Sie sagten, der Colonel hat die Sache mit den Briefen vor seinem Sohn geheimgehalten. Wenn Guy aber davon nichts wußte, hatte er kein Motiv, das Mädchen zu töten.«

»Es ist wahr, daß Colonel Fontclair Sir Robert bat, Guy nichts zu sagen, und Guy schimpft ja auch darüber, daß man ihn nicht eingeweiht habe. Aber woher wissen wir, daß das nicht alles Theater ist? Es kann gut sein, daß der Colonel seinem Sohn die ganze Geschichte erzählt hat, und Guy jetzt sehr bemüht ist, den Anschein zu erwecken, er wüßte von nichts.«

»Sie sind wirklich der argwöhnischste Mensch, der mir je begegnet ist.«

»Man hat mich an jeder Ecke belogen. Wie kann ich da anders als argwöhnisch sein? Guy hat nach dem Colonel das stärkste Motiv, die Affäre mit Gabrielle Deschamps geheimzuhalten. Er liebt meiner Ansicht nach seinen Vater wirklich, aber selbst wenn das nicht der Fall wäre – vergessen Sie nicht, das gesamte Vermögen eines verurteilten Landesverräters fällt an die Krone. Sie haben mir selbst erzählt, daß Guy immer knapp bei Kasse ist. Es würde ihm sicher nicht gefallen, mit einem Schlag sein gesamtes Vermögen zu verlieren.«

»Ich blicke da nicht mehr durch, Kestrel. Jeder von ihnen könnte den Mord verübt haben. Es ist alles völlig unklar.«

»Vielleicht bekomme ich etwas aus dem Colonel heraus, wenn ich ihn ganz überraschend damit konfrontiere, daß ich weiß, wer die Ermordete ist.« Er sah auf seine Uhr. »Ich muß gehen. Ich halte Sie auf dem laufenden.«

Julian kehrte nach Bellegarde zurück und ging nach oben, um sich zum Abendessen umzuziehen. Als er in den Korridor zu seinem Zimmer einbog, hörte er ein merkwürdiges Geräusch: ein ersticktes Schnüffeln, als weine jemand und versuche, es zu unterdrücken. Es kam aus dem Großen Saal am anderen Ende des Flurs, seinem alten Zimmer gegenüber. Er ging hinein, um zu sehen, was da los war.

Philippa hockte wie ein Häufchen Elend in einer Ecke auf dem Boden und hielt die Fäuste auf ihren Mund gepreßt, um ihr Schluchzen zu ersticken. Als sie Julian sah, hielt sie abrupt inne und starrte ihn mit großen dunklen Augen an. Er war bestürzt. Was, zum Teufel, fing man mit einer weinenden Elfjährigen an? »Soll ich deine Mutter holen lassen?«

»Nein, bitte nicht. Ich darf eigentlich gar nicht in diesem Teil des Hauses sein. Joanna und ich sollen in unserem eigenen Flügel bleiben und die Gäste nicht belästigen.«

»Warum bist du dann hier?«

Sie begann wieder zu weinen.

Guter Gott, dachte er und sandte einen Blick den Korridor hinunter. Aber es war keine Hilfe in Sicht. Er mußte mit dieser Aufgabe allein fertig werden.

Er ging zu Philippa hinüber, ließ sich neben ihr in die Hocke hinunter und reichte ihr sein Taschentuch. »Schneuz dich erst einmal«, sagte er.

Sie gehorchte.

»Also, was bekümmert dich so?«

»Ich weiß, wer an dem Mord schuld ist.«

»Wer?« fragte er verdutzt.

»Ich.«

»Verzeih mir, aber das ist ein bißchen schwer zu glauben.«

»Ich meine ja nicht, daß ich sie getötet habe.«

»Nein. Ich habe dich relativ früh aus dem Kreis der Verdächtigen ausgeschieden.«

»Sie lachen über mich, aber Sie haben ja keine Ahnung. Ich habe die Dienstboten schwatzen hören. Sie haben gesagt, der Geist der toten Frau spukt im Haus. Und ich glaube, daß das alles meine Schuld ist. Ich habe Ihnen doch gesagt, ich wünschte, es gäbe ein Gespenst auf Bellegarde. Wissen Sie noch, am ersten Abend, als Sie hier waren, habe ich Ihnen diesen Saal hier gezeigt und gesagt, er müßte ein Gespenst haben. Und jetzt spukt es vielleicht wirklich. Es heißt doch, die Gefahr des Gebets bestehe darin, daß man wirklich bekommen könnte, worum man betet.«

»Du mußt die Engel aber für sehr wirrköpfig halten, wenn du glaubst, sie hätten deine Wünsche so falsch ausgelegt.«

»Ach, so habe ich das noch gar nicht gesehen.« Sie neigte nachdenklich den Kopf zur Seite. »Trotzdem haben sie es bestimmt nicht gut gefunden, daß ich jemandem gewünscht habe, er solle als Gespenst hier herumgeistern und nicht in den Himmel kommen.«

»Ich bin überzeugt, sie haben verstanden, daß du keinem Menschen dieses Schicksal gewünscht hast, sondern nur dachtest, wenn es schon ein Gespenst gäbe, das nichts Besseres zu tun hat, dann könnte es doch Bellegarde einen Besuch abstatten.«

»Ja, genau das habe ich gemeint. Sie finden nicht, daß daran etwas Böses ist?«

Er tat so, als dächte er eingehend nach. »Nein«, antwortete er endlich. »Das finde ich nicht.«

»Ach, jetzt geht es mir gleich viel besser. Ich werde mir nie wieder einen Geist wünschen – nicht den von Olivier Fontclair und nicht den von jemand anders. Wissen Sie noch, ich habe Ihnen von ihm erzählt – er war ein Vorfahr von uns und soll an der Babington-Verschwörung beteiligt gewesen sein. Ich hoffe, er ist in den Himmel gekommen, auch wenn er sich gegen die Königin verschworen hatte. Schließlich ist ja aus der Babington-Verschwörung nie was Richtiges geworden. Sie ist aufgeflogen, ehe die Verschwörer Schaden anrichten konnten.«

»Ich weiß das gar nicht mehr genau. War das nicht ein Komplott, um Maria Stuart auf den Thron zu verhelfen?« Er brach ab und sagte dann langsam: »Wieso hat Olivier Fontclair Maria Stuart unterstützt?«

»Weil er Katholik war. Unsere ganze Familie war damals katholisch. Haben Sie das nicht gewußt?«

»Nein«, antwortete er sinnend, und ein Blitzen trat in seine Augen. »Nein, da wußte ich nicht.«

»Natürlich haben wir es geheimgehalten. Das mußte man, sonst hätte Königin Elisabeth einen für einen Verräter gehalten. Unter Karl I. sind wir zur Staatskirche übergetreten, aber keiner weiß genau, wie es dazu kam, weil viele Familienpapiere im

Bürgerkrieg verbrannt sind. Ich bin froh, daß wir keine Papisten mehr sind. Ich fände es scheußlich, in eine Klosterschule zu gehen wie die jungen Damen in Frankreich.«

Er gab ihr keine Antwort. Eine Theorie nahm in seinem Geist Gestalt an. Sie mochte weit hergeholt sein, aber er war dennoch entschlossen, sie zu überprüfen. Gern hätte er die Hilfe eines Familienmitglieds gehabt, aber da war niemand, dem er trauen konnte.

Philippa stand auf und schüttelte ihre Röcke aus. »Ich muß wieder ins Schulzimmer, ehe Pritchie mich sucht. Danke, daß Sie so vernünftig mit mir geredet haben. Sie sind praktisch der einzige Erwachsene, den ich kenne, der nicht mit mir redet, als wäre ich ein kleines Kind.«

»Das kommt daher, daß ich gar nicht weiß, wie man mit Kindern spricht.«

»Doch, das wissen Sie schon. Es ist genauso, wie wenn man mit großen Leuten spricht, aber man muß mehr erklären.«

Er wartete, bis sie fort war, dann ging er zu seinem ehemaligen Zimmer hinüber und drehte versuchsweise den Knauf. Zwecklos. Sir Robert hielt den Raum verschlossen, um sicherzugehen, daß niemand sich am Tatort zu schaffen machen konnte.

»Ich komme schon wieder zu spät zum Abendessen«, bemerkte Julian, während er sein Halstuch band. »Das sollte Lady Tarleton freuen – sie ist doch glücklich über jeden Vorwand, mich mit Blicken töten zu können.«

»Sie ist eine richtige Xanthippe, Sir. Ich hab' unten im Dienstbotenzimmer allerhand über sie gehört. Bis jetzt hat sie noch keine Zofe länger als einen Monat gehabt, weil sie so grob ist. Einer hat sie so eine Kopfnuß gegeben, daß der gleich ein Zahn rausgefallen ist.«

»Eine sehr heftige Frau.«

»Meinen Sie, die hat die Kleine umgebracht, Sir?«

»Möglich wäre es«, meinte Julian nachdenklich.

»Ist Ihnen 'ne Laus über die Leber gelaufen, Sir?«

»Ich gäbe einiges dafür, wenn ich einmal eine Stunde allein in mein altes Zimmer könnte. Aber Sir Robert hat es abgesperrt, und ich kann ihn nicht um den Schlüssel bitten, ohne ihm zu sagen, was ich vorhabe. Aber gerade das möchte ich im Moment für mich behalten.«

»Den Schlüssel hat nicht Sir Robert, Sir. Den hat Mr. Rawlinson, hat mir Michael erzählt.«

»Dipper, mir gefällt dieses engelhafte Lächeln nicht. Was geht in deinem Kopf vor?«

»Michael hat mir erzählt, daß Mr. Rawlinson den Schlüssel in seiner Uhrtasche bei sich trägt, Sir. Und ich denke mir, wenn Sie ihn wirklich dringend brauchen...« Den Rest ließ er unausgesprochen.

»Ist dir klar, was wir beide für Scherereien bekommen können, wenn du ertappt werden solltest?«

»Ja, ich würde eben auf Draht sein müssen und mich nicht schnappen lassen dürfen, was, Sir?«

»Ich hätte mir ja denken können, daß du früher oder später einen Vorwand zum Diebstahl finden würdest. Ich glaube, seit ich dich zu Vorpe gesandt habe, bist du ganz versessen darauf, dich wieder einmal in deinem alten Gewerbe zu versuchen.«

»Ich will wirklich nicht wieder damit anfangen, Sir – der Teufel soll mich holen, wenn ich lüge. Aber in dem Geschäft hab' ich was auf dem Kasten gehabt, Sir. Ich mein, ich hatte 'n echtes Talent.« Er betrachtete wehmütig seine Hände. »Und wenn man ein Talent hat, auch wenn's einem vielleicht der Teufel mitgegeben hat, dann verspürt man ab und zu den Drang, es mal wieder zu benutzen.«

Julian sah ihn an. Er war betroffen. Es ist, als hielte man sich ein wildes Tier, dachte er. Ich kann es zähmen, es lehren, in meiner Welt zu leben, aber seine Natur kann ich nicht ändern. Es ist vielleicht das sanfteste Wesen auf Erden, aber es wurde zum Räuber geboren und erzogen. Und wenn man sich so ein Tier hält, dann muß man es wohl ab und zu auch jagen lassen.

Er sagte: »Und was ist, wenn Rawlinson den Schlüssel vermißt, nachdem Sie ihn gestohlen haben?«

»Ich könnte ihn mitgehen lassen, rauflaufen und aufsperren und ihn dann wieder in seine Tasche stecken. Kein Mensch würde was merken.«

»Du könntest ihm den Schlüssel wieder in die Tasche stecken, ohne daß er es merkt?«

»Klar, Sir. Ich nehme ihn und gebe ihn wieder zurück, und er wird nichts merken.«

»Hm, wahrscheinlich. Na schön, ich erlaube es dir, aber sei um Gottes willen vorsichtig. Ich habe nicht die tollsten Verrenkungen gemacht, um dein altes Gewerbe geheimzuhalten, nur damit jetzt alles herauskommt.«

Loyalitätskonflikte

Julian ging zum Abendessen hinunter, aber anstatt sich direkt in den Salon zu begeben, ging er durch den Wandelgang ins Dienstbotenzimmer und weiter zur Hintertreppe. Die Angestellten blickten ihm neugierig nach, und Molly Dale folgte ihm ein Stück auf Zehenspitzen, um zu sehen, was er vorhatte. Er ging in Mr. Rawlinsons Büro hinauf, blieb dort einige Minuten, kam dann wieder herunter und verschwand im kleinen Wartezimmer für die Lieferanten. Vielleicht, dachte Molly, will er hinten raus in den Garten, um vor dem Essen noch eine Zigarette zu rauchen. Aber als er kurze Zeit später wieder hereinkam, hing kein Tabaksgeruch an ihm. Das ist ein ganz tiefes Wasser, dachte sie bei sich, während sie ihm nachblickte, wie er gemächlich zum Abendessen hinüberging.

Sir Robert war noch nicht heimgekehrt. In seiner Abwesenheit hatte der Colonel den Platz am Kopf der Tafel eingenommen. Er sah nicht gut aus. Sein sonst so frisches Gesicht wirkte grau, und seine Augen waren blutunterlaufen und glanzlos. Auch Cecily Fontclair schien unter starker Spannung zu stehen. Sie war liebenswürdig zu jedermann, doch ihr Charme und ihre Heiterkeit waren gezwungen, und man spürte die Angst dahinter. Catherine war gereizt und Craddock finster. Isabelle war wie immer ein Bild heiterer Gelassenheit und Unergründlichkeit.

Guy trank stark. Seit dem Mord hatte er sich erstaunlich zurückgehalten, aber heute abend schien es mit seiner Beherrschung vorbei zu sein. Der Wein machte ihn redselig und ruhelos – war das der Grund, warum er ihm entsagt hatte? –, und er verfolgte Julian mit hartnäckigen Fragen nach seinen Geschäften in London. Julian parierte mit oberflächlichen Bemerkungen über Mode und Unterhaltung, Rennpferde und Bankrotte.

Nach dem Abendessen drohte Guy, vom vielen Wein berauscht, flegelhaft zu werden, aber der Colonel griff sofort ein und nahm ihn mit in den Salon, wo die Damen sich aufhielten. Die anderen Männer folgten. Catherine kommandierte den Colonel und Cecily zu einer Partie Whist ab. Widerwillig akzeptierte sie Craddock als vierten Mitspieler, erklärte aber sofort, keinesfalls wolle sie mit ihm zusammenspielen. Hastig erwählte Cecily ihn sich als Partner, und die vier begannen verdrossen zu spielen.

Die jungen Leute wanderten ins Musikzimmer. Julian bat Isabelle, etwas zu spielen, aber sie erwiderte, sie müsse an Mauds Brautschuhen arbeiten. »Ich muß ihnen meine ganze freie Zeit widmen, wenn sie rechtzeitig fertig werden sollen.«

»Bitte machen Sie sich doch nicht solche Mühe«, sagte Maud. »Es ist doch noch so lange hin.«

Isabelle sah sie an, als hätte sie ein seltenes Tier vor sich – seltsam, nicht übermäßig interessant, gewiß nicht gefährlich. »Ich sagte Ihnen doch, ich würde sie bis zum Ende Ihres Aufenthalts hier fertig haben, Miss Craddock. Und ich bin fest entschlossen, Wort zu halten.« Sie setzte sich, öffnete ihren Handarbeitskorb und sah zu Julian auf. »Ich habe mir sagen lassen, daß Sie ein sehr guter Musiker sind, Mr. Kestrel. Vielleicht hätten Sie die Güte, uns etwas zu spielen?«

Er kam der Bitte nach. Am Klavier sitzend, beobachtete er die anderen, während er scheinbar ganz in die Musik vertieft war. Hugh schwirrte unsicher um Maud Craddock herum und überlegte offensichtlich, wie er sie in ein Gespräch ziehen könnte, als plötzlich Guy einen Sessel neben den ihren stellte und angeregt auf sie einzureden begann. Seine Stimme war gedämpft, der Tonfall schien vertraulich, sein Gesicht war dem ihren sehr nahe. Das war eine erstaunliche Sinneswandlung, wenn man bedachte, daß Guy diese junge Frau vor kurzem noch als sterbenslangweiliges kleines Mäuschen bezeichnet hatte. Doch das war gewesen, ehe Julian sich mit ihr angefreundet, ehe Hugh sie plötzlich mit anderen Augen gesehen hatte. Es wunderte Julian immer wieder, wie leicht die Menschen sich führen ließen – wie sie sich in ihren Vorhaben und Abneigungen so bereitwillig nach dem Beispiel anderer richteten.

Maud fühlte sich abgestoßen, obwohl sie sich Mühe gab, es sich nicht merken zu lassen. Guys Atem roch nach Alkohol, und sie fand, er sähe sie an, wie eine lauernde Katze eine fette Maus ansieht. Julian überlegte, ob er sie retten sollte, sagte sich dann jedoch, das sei Hughs Aufgabe. Doch Hugh blieb im Hintergrund und begnügte sich damit, wütende Blicke auf Guy abzufeuern. Tu doch etwas, um Gottes willen, dachte Julian. Wenn ich jedesmal für sie in die Bresche springe, kann ich sie auch gleich heiraten.

In diesem Moment hörte er im Salon nebenan Sir Roberts

Stimme. Er klappte den Klavierdeckel zu, ohne daß jemand davon Notiz nahm, und ging nach nebenan.

»Mr. Kestrel«, sagte Sir Robert. »Gerade habe ich nach Ihnen gefragt. Ich wußte, daß Sie heute zurückerwartet wurden, und habe deshalb meine Geschäfte so schnell wie möglich abgeschlossen. Ich würde gern Ihren Bericht hören. Wollen wir in mein Arbeitszimmer gehen?«

»Ich denke, es wäre das Beste, wenn Colonel Fontclair auch mitkäme.«

Der Colonel warf ihm einen erschrockenen Blick zu. Einen Moment lang spiegelte sich seine Angst in Sir Roberts Augen. Dann aber verbannte dieser jeden Ausdruck aus seinem Gesicht. »Wenn du so gut sein würdest, Geoffrey ...«

Der Colonel stand schwerfällig auf. Nicht zum erstenmal fiel Julian auf, daß sein krankes Bein ihm stets mehr zu schaffen machte, wenn er bestürzt oder verunsichert war.

»Was gibt es denn?« fragte Catherine.

»Mr. Kestrel wird mir jetzt über seine Nachforschungen in London berichten.«

»Ich wußte es!« rief sie. »Ich wußte, daß er nach London gereist ist, um uns nachzuspionieren.«

»Er ist in meinem Auftrag und mit meiner Billigung nach London gereist. Entschuldige uns jetzt bitte, Catherine.«

Von Julian und dem Colonel gefolgt, ging er hinaus. Catherine wandte sich hocherhobenen Hauptes ab und ging zu einem der Fenster. Craddock saß vornübergebeugt, die großen Hände auf die Knie gestützt, und sah den drei Männern stirnrunzelnd nach.

Cecily Fontclair glitt aus dem Zimmer. In diskretem Abstand folgte sie leise ihrem Mann und seinen beiden Begleitern zum Arbeitszimmer.

Es war kalt im Arbeitszimmer. Das Fenster stand offen, und im Kamin brannte kein Feuer. Der Wind bauschte die Vorhänge und strich über die Kerzenflammen, daß sie flackerten. Der Colonel fröstelte und drückte sich tiefer in seinen Sessel.

Sir Robert saß seinem Bruder gegenüber. Julian stand zwischen den beiden Männern.

»Ich wollte Sie im Beisein Sir Roberts fragen«, sagte er zum Colonel, »was Sie über Aimée Deschamps wissen.«

Der Colonel schloß die Augen und senkte den Kopf.

»Wer ist Aimée Deschamps?« fragte Sir Robert.

»Die junge Frau, die ich tot in meinem Zimmer fand.«

»Sie wissen, wer sie war? Aber... aber Deschamps, das ist doch der Name der Frau, die...« Er brach ab und starrte seinen zusammengesunken dasitzenden Bruder an. »Du hast die ganze Zeit gewußt, wer sie war.«

»Ich wußte, daß sie Gabrielles Tochter war. Aber ich weiß nicht, wie sie hierhergekommen ist, Robert. Und ich habe keine Ahnung, wer sie umgebracht hat.«

Cecily Fontclair trat leise ins Zimmer. Sir Robert war zu erschüttert, um auf sie zu achten. »Du hast uns gesagt, Gabrielle hätte keine Familie.«

»Ich weiß. Ich hatte Angst, euch von Aimée zu erzählen.«

»Du gibst zu, daß sie Gabrielles Tochter war? Und du erwartest im Ernst, daß wir dir glauben, du hättest mit ihrem Tod nichts zu tun?«

»Es ist die Wahrheit, Robert. Ich schwöre es. Ich hatte Aimée das letztemal gesehen, als die Franzosen aus Spanien vertrieben wurden, und habe sie erst wiedergesehen, als du uns alle die Tote besichtigen ließest. Da wußte ich natürlich schon, daß es Aimée sein mußte. Ich hatte das kleine Schmuckstück wiedererkannt, das ich ihr einmal geschenkt hatte – die silberne Muschel. Sie ist das Symbol des Schutzheiligen von Spanien. Ich kaufte das Ding einer Zigeunerin auf einem Marktplatz ab. Es war nur Talmi, aber ich wußte, wenn ich Aimée etwas Teures schenkte, würde Gabrielle es ihr sofort abnehmen. Und Aimée schien es zu gefallen. Sie war sehr fromm.«

»Warum hast du uns nicht gesagt, wer sie ist?« unterbrach Sir Robert seinen Bruder ungeduldig.

»Das konnte ich doch nicht. Ich wäre der einzige gewesen, der sie kannte. Ihr alle hättet geglaubt – das, was du jetzt glaubst. Aber ich habe sie nicht getötet. Ich habe sie einmal sehr gern gehabt, niemals hätte ich ihr etwas zuleide getan. Ich war entsetzt, als ich erkannte, daß sie die Tote war. Ich konnte mir nicht vorstellen, wie sie hierhergekommen war und was sie in Kestrels Zimmer zu tun gehabt hatte. Cecily wird es dir bestätigen.« Er wandte sich hilfesuchend an Cecily Fontclair. »Ich *war* entsetzt, nicht wahr? Ich konnte es kaum fassen, daß es Aimée war.«

Sir Robert wurde bleich. Langsam stand er auf und ging auf seine Frau zu. »Du hast gewußt, wer die Ermordete war? Und du hast es mir nicht gesagt?«

»Robert, sieh mich nicht so an.« Sie ging zu ihm und legte ihm ihre Hand auf den Arm. »Geoffrey sagte mir am Tag nach dem Mord, daß die junge Frau Gabrielles Tochter war. Er mußte mit jemandem sprechen. Er brauchte Rat. Ich wünschte mir mehr als alles in der Welt, einfach zu dir gehen und dir alles übergeben zu können, aber ich wollte dir keine weitere Bürde aufladen. Ich wußte, du würdest dich verpflichtet fühlen, herauszufinden, ob Geoffrey schuldig sei, und dann wäre vielleicht die ganze Geschichte mit Gabrielle und den Briefen publik geworden. Aber was wäre daran sinnvoll gewesen, da ich doch wußte – ich *wußte*, daß Geoffrey nicht schuldig war.«

»In fünfundzwanzig Jahren Ehe habe ich dir niemals etwas verheimlicht. Ich habe dir uneingeschränkt vertraut – jetzt kann ich das nicht mehr. Wie konntest du dich mit Geoffrey zusammentun, um mich zu belügen?«

»So war es doch nicht. Geoffrey hat sich mir anvertraut, ich konnte ihn nicht verraten. Und ich kenne deinen Gerechtigkeitssinn. Ich hatte Angst, du würdest ihn strenger behandeln als jeden Fremden, um nur ja nicht in den Verdacht zu geraten, parteiisch zu sein. Ich mußte ihn schützen. Ich konnte doch nicht zulassen, daß man ihn eines Mordes verdächtigen würde, den er nicht begangen hatte. Denn ich war sicher, daß er ihn nicht begangen hatte.«

»Ich verstehe. Du mußtest zwischen deiner Loyalität Geoffrey gegenüber und deiner Loyalität mir gegenüber wählen und hast ihn gewählt. Vielleicht bedauerst du es auch, daß du dich nicht schon vor Jahren für ihn entschieden hast, als wir beide dich heiraten wollten.«

»Nein! Nein! Du verstehst mich nicht. Geoffrey war in Gefahr – er brauchte mich, du nicht. Du bist so stark und sicher und tapfer. Geoffrey ist nicht so.« Sie sah den Colonel an wie eine Mutter ihr geliebtes, aber widerspenstiges Kind.

»Im Gegensatz zu dir«, versetzte Sir Robert kalt, »kann ich nicht einfach glauben, daß Geoffrey mit dem Mord nichts zu tun hat. Er hat Verrat begangen, und er hat sich jetzt der Falschaussage schuldig gemacht. Ich werde mich nicht länger zwischen ihn und die Justiz stellen.«

»Was willst du tun?« stammelte der Colonel.

»Das, was ich von Anfang an hätte tun sollen. Ich werde einen anderen Richter bitten, die Leitung der Untersuchung zu übernehmen. Und wenn er das tut, werde ich ihm rückhaltlos die Wahrheit sagen. Über alles – Gabrielle Deschamps, ihre Tochter, die Briefe.« Er sah seinen Bruder mit hartem Blick an. »Meine letzte Amtshandlung als Richter ist, dir zu befehlen, diese Gemeinde nicht zu verlassen. Du bist jetzt der Hauptverdächtige. Sei froh, daß ich dich nicht einsperren lasse, wie ich das mit Mr. Kestrels Diener aus weit geringerem Anlaß getan habe.«

Er wandte sich Julian zu. Es kostete ihn sichtlich Mühe, die Beherrschung zu bewahren. »Mr. Kestrel, ich danke Ihnen, daß

Sie festgestellt haben, wer die junge Frau war. Nun muß sie wenigstens nicht namenlos begraben werden.« Er wandte sich ab und ging zur Tür.

Cecily Fontclair stieß einen unterdrückten Schrei aus und lief ihm nach. Sie faßte seinen Arm, doch er schüttelte ihre Hand ab. »Es wäre mir lieber, du würdest mich jetzt in Ruhe lassen. Ich möchte allein sein.«

Taktvoll verließ auch Julian das Arbeitszimmer, nachdem Sir Robert gegangen war, machte sich nicht einmal durch einen Gutenachtgruß bemerkbar. Er fand, es sei spät genug, um zu seinem alten Zimmer hinaufzugehen und zu sehen, ob die Tür offen wäre. Dipper hatte mehrere Stunden Zeit gehabt, sein Zauberkunststück mit dem Schlüssel zu vollbringen.

Als er die Freitreppe hinaufgehen wollte, hörte er Schritte hinter sich und drehte sich um. Guy kam durch die große Empfangshalle auf ihn zu. Er schwankte ein wenig, sein Gesicht war erhitzt, und er schien guter Dinge zu sein. »Ich hab's ja immer gesagt. Hugh wollte mir nicht glauben, aber ich wußte, eines Tages würde Isabelle mir recht geben. Selbst sie kann sich nicht dauernd eisern beherrschen.«

»Wovon sprechen Sie?«

»Isabelle ist heute abend herrlich in Rage geraten. Es ist schade, daß Sie es verpaßt haben – es wird vielleicht in den nächsten zwanzig Jahren nicht wieder passieren. Wir waren alle im Musikzimmer, nachdem Sie gegangen waren, und Isabelle stichelte an diesen verflixten Brautschuhen, als sie sich plötzlich in den Finger stach. Sie ließ einen Schuh fallen, und sofort sprang Miss Craddock auf, um ihn aufzuheben. Sie hätten Isabelle sehen sollen! Sie riß Miss Craddock den Schuh aus der Hand, und ich schwöre es, ich dachte, sie würde ihn ihr ins Gesicht schlagen. ›Geben Sie her‹, schrie sie. ›Lassen Sie mich in Frieden!‹ Miss Craddock ist wie ein aufgescheuchtes Kaninchen zurückgewichen. Da soll Hugh mir noch einmal weismachen wollen, daß Isabelle ihm nur eine Schwester sein möchte. Sie haßt Miss Craddock, weil sie ihn ihretwegen verloren hat. Das habe ich ihm von Anfang an gesagt.«

Julian antwortete nicht gleich. Als er schließlich doch sprach, sagte er nur: »Ich hoffe, Miss Fontclair fühlt sich inzwischen wieder besser.«

»Keine Ahnung. Sie hat sich in ihr Zimmer zurückgezogen, und ich habe sie seitdem nicht mehr gesehen. Miss Craddock war sehr verstört und ist bald darauf ebenfalls gegangen. Wissen Sie, sie ist wirklich ein reizendes kleines Ding. Das hätte ich gar nicht gedacht. Und sie hört einem so aufmerksam zu, ohne ständig selbst ihren Senf dazugeben zu wollen.« Er gähnte ungeniert. »Also, ich muß in die Heia. Vielleicht schlafe ich heute nacht ausnahmsweise mal.«

»Haben Sie denn die letzten Nächte nicht geschlafen?«

»Nein. Schreiben Sie das ruhig in Ihre Indizienliste, wenn Sie es für wichtig halten. Ich wette, keiner von uns hat seit dem Mord besonders gut geschlafen. Wir sind alle völlig überreizt. Mit Ausnahme von Ihnen natürlich.« Er lächelte unangenehm. »Sie lassen sich von nichts erschüttern. Man sollte meinen, Sie hätten Ihr Leben lang Leichen in Ihrem Bett gefunden.«

Julian sagte nichts, sah ihn nur mit hochgezogenen Brauen an. Ich bin tatsächlich auf einmal zuerst Polizist und dann erst Gentleman, dachte er erstaunt. Nur ein Polizist würde versuchen, einen Angetrunkenen zu unüberlegten Äußerungen zu verleiten.

»Und vielleicht war's ja auch so«, fuhr Guy fort. »Wer weiß denn schon, was Sie getrieben haben, ehe Sie vor ein paar Jahren in London auf der Bildfläche erschienen. Sie könnten zehn Ehefrauen gehabt, sie alle umgebracht und in eine Seemannskiste gestopft haben.« Er neigte sich so nahe zu Julian, daß dieser den Alkohol in seinem Atem riechen konnte. »Vielleicht ist diese ganze Mörderjagd nur Humbug. Vielleicht haben Sie es selbst getan und lachen sich jetzt ins Fäustchen.«

»Glauben Sie, der Mörder lacht? Ich halte es für wahrscheinlicher, daß er sich den Kopf zerbricht, wie er seine Schuld am besten vertuschen kann. Er ist vielleicht sogar imstande, andere zu beschuldigen, um sie von seiner Fährte abzulenken.«

»Kestrel, ich bin doch nicht... ich wollte nicht...«

Julian wartete. »Sprechen Sie mit mir«, drängte er. »Ich helfe Ihnen, so gut ich kann.«

»Ich habe Ihnen nichts zu sagen. Außer daß ich erledigt bin und jetzt zu Bett gehe.«

Er eilte davon, und sein Gang war plötzlich erstaunlich sicher. Bemerkenswert, wie die Angst ernüchtern konnte.

Julian ging nach oben. Sein Herz klopfte schneller, als er in den Korridor zu seinem Zimmer einbog. Er sah sich um, stellte fest, daß er allein war, und ging zu seinem alten Zimmer.

Jetzt galt es. Er drehte den Türknauf. Die Tür war offen. »Bravissimo, Dipper!« sagte er leise. Er trat ins Zimmer und schloß die Tür hinter sich.

Ohne ein einziges Stöhnen über die frühe Stunde stand Julian am folgenden Morgen auf. Er fühlte sich bis in die Fingerspitzen mit Energie und Entschlossenheit geladen. Er wußte jetzt viel mehr über den Mord als noch am Tag zuvor. Die einzige Frage war, wie er sein neugewonnenes Wissen am klügsten anwendete.

Er ließ sich das durch den Kopf gehen, während er sorgfältig sein Halstuch band. Dipper gähnte zum viertenmal. »Ich hoffe, ich halte dich nicht wach«, sagte Julian besorgt.

»Tut mir leid, Sir.«

»Von wegen! Du siehst verdammt vergnügt aus.«

»Ich weiß gar nicht, was Sie meinen, Sir.«

»Ach nein?« fragte Julian lachend. »Ich wette, Molly Dale weiß es. Soll ich sie fragen?«

Dipper blieb eine Antwort erspart, da in diesem Moment Michael, der Lakai, klopfte, um Julian mitzuteilen, Dick Felton sei an der Hintertür und lasse fragen, ob er vor dem Frühstück kurz mit Mr. Kestrel sprechen könne.

»Ach, du meine Güte!« rief Julian. »Felton hatte ich ganz vergessen. Sagen Sie ihm, er soll im Silberlindenhof auf mich warten. Ich komme sofort.«

Felton saß mit baumelnden Beinen auf dem Rand eines Springbrunnens und pfiff ein Liedchen. Das Geräusch half Julian, ihn mitten in den Bäumen zu finden. Als der Junge Julian sah, sprang er zu Boden.

»Danke, daß Sie so schnell gekommen sind, Sir. Ich muß rechtzeitig zur Post wieder im *Lion* sein, darum bin ich so früh gekommen.«

»Haben Sie Bliss gefunden?«

»Nein, Sir, leider nicht. Ich bin ihm ein ganzes Stück gefolgt. Er ging Richtung Norden – das weiß ich, weil ich Leute getroffen habe, die ihn gesehen hatten. Ich hätte ihn bestimmt noch eingeholt, aber ich mußte vorher zurück. Mein Bruder konnte im *Lion* ja nur ein paar Tage für mich einspringen.«

»Ich verstehe. Wenigstens wissen wir, daß er Alderton lebend verlassen hat. Ich hatte schon Angst, wir würden ihn tot im Mühlbach oder auf dem Grund des Dorfbrunnens finden.«

»O nein, der ist heil und gesund. Ich hab' den Beweis dafür.« Er hob ein umfangreiches Paket auf, das in festes, braunes Papier eingeschlagen war, und reichte es Julian.

»Was ist das?«

»Das ist sein Sack, Sir, der Flickensack, den er immer trägt. Ich hab' ihn der Frau des Lebensmittelhändlers in Little Finchley abgekauft. Das ist ein Dorf in der Nähe von Peterborough, wo Bliss ein oder zwei Tage vor mir durchgekommen war. Der Frau hat der Sack so gut gefallen, da hat er ihn ihr verkauft. Sie wollte ihn eigentlich gar nicht hergeben. Ich mußte ihr fast das ganze

Geld bezahlen, das Sie mir mitgegeben hatten, und ihr noch dazu schöne Augen machen. Aber ich hab' mir gedacht, Sie hätten ihn vielleicht gern. Na, hier ist er jedenfalls. Ich kann mir den Alten ohne seinen Sack eigentlich gar nicht vorstellen. Der gehört genauso zu ihm wie sein Kopf.«

»Vielleicht hat er ihn darum verkauft – weil er an dem Sack zu leicht zu erkennen war. Und vielleicht hatte er beschlossen, das Hausiererdasein aufzugeben.«

»Aber wie soll er denn sein Leben... ach so! Ich verstehe, Sir. Sie glauben, es hat ihn jemand dafür bezahlt, daß er aus Alderton verschwindet.«

»Möglich ist es. Haben Sie jemandem davon erzählt, daß ich Sie auf die Suche nach Bliss geschickt habe?«

»Keiner Menschenseele, Sir. Ich hab' gesagt, ich wollte nach Norden zu einem kranken Freund.«

»Gut. Bleiben Sie vorläufig bei dieser Geschichte. Ich glaube, Sie sollten Ihre Dienste wirklich demnächst einmal in der Bow Street anbieten.«

»Würden Sie ein gutes Wort für mich einlegen, Sir?«

»Ich denke, ich sollte Ihnen in aller Ehrlichkeit sagen, daß ich kein Beamter der Bow Street bin.«

»Nein, natürlich nicht, Sir.« Felton zwinkerte grinsend. »Sie nicht.«

Julian gab auf. »Am besten rechnen wir jetzt einmal ab.« Er zog seine Börse heraus.

Felton blieb noch einen Moment und brachte Julian mit Schwüren ewiger Treue und Angeboten, sich in Julians Diensten aufzuopfern, in Verlegenheit. Aber endlich trollte er sich, und Julian ging ins Haus, wobei er das braune Paket so gut wie möglich verborgen hielt.

Zurück in seinem Zimmer, öffnete er das Paket und nahm den bunten Flickensack heraus. Er war leer und nicht allzu sauber.

»Bringen Sie den lieber nicht in die Nähe von Ihren Kleidern, Sir«, warnte Dipper. »Da sind schon die Motten drin.«

»Ob Motten oder nicht, der Sack ist vielleicht viel mehr wert als alles, was mein Schneider je angefertigt hat.« Er erklärte, wem der Sack gehört hatte und wie er zu ihm gekommen war. »Ich habe jetzt mehrere gute Karten auf der Hand, die ich gestern noch nicht hatte.«

»Und was tun Sie jetzt, Sir?«

»Da ich nicht bereit bin, meine Karten gleich offen auf den Tisch zu legen, bleibt nur eines – bluffen.«

Der Bluff

Gegen Mittag ritt Julian nach Alderton und schaffte es, in der Mittagspause mit MacGregor zu sprechen. Er berichtete ihm von seiner Konfrontation mit dem Colonel am vergangenen Abend, seinem heimlichen Besuch in seinem ehemaligen Zimmer und wie er in den Besitz von Bliss' Sack gekommen war.

»Donnerwetter«, sagte MacGregor. »Sie haben in der Tat große Entdeckungen gemacht.« Er schüttelte den Kopf. »Ich kann es nicht fassen, daß Lady Fontclair eine solche Sache ihrem Mann verschwiegen hatte. Das hätte ich niemals von ihr gedacht. Und jetzt, sagen Sie, will er die ganze Sache einem anderen Richter übergeben?«

»Ja, einem gewissen Ayres. Er hat ihm gestern abend noch geschrieben. Und heute morgen kam die Antwort von Mr. Ayres. Er sei bereit, die Leitung der Untersuchung zu übernehmen, schrieb er, könne aber erst morgen nach Bellegarde kommen. Da bleibt mir gerade noch die Zeit, die ich brauche. Ich habe nämlich einen Plan.«

»Der Herr sei uns gnädig!«

»Ich weiß gar nicht, warum Sie so ein Gesicht ziehen. Ich finde, meine Pläne haben in letzter Zeit alle gut funktioniert.«

»Werden Sie nur nicht selbstgefällig. Ihre Theorie, daß Lady Tarleton die Mutter der Ermordeten sei, war nicht gerade der Stein der Weisen.«

»Ja, stimmt, sie traf nicht ganz ins Schwarze«, bekannte Julian, »aber sie erfüllte ihren Zweck. Sie provozierte Lady Tarleton immerhin dazu, mir von den Briefen des Colonels zu erzählen.«

»Nun, eine anständige Frau zu beleidigen, ist nicht gerade eine Heldentat.«

»Nein, und das lag auch nicht in meiner Absicht. Im übrigen läßt sie mich gründlich dafür büßen, falls Ihnen das ein Trost ist. Sie läßt sich keine Gelegenheit entgehen, auf meine schlechten Manieren, meinen üblen Charakter und meine obskure Herkunft hinzuweisen.«

»Nun, es ist doch klar, daß eine so stolze Frau wie Lady Tarleton giftig wird, wenn man ihr unterstellt, einen Bankert zur Welt gebracht zu haben.«

»Sicher – nur habe ich das Gefühl, daß das nicht die ganze Erklärung ist. Ich habe den Eindruck, daß mehr hinter ihrem Haß auf mich steckt.«

»Was denn?«

»Vielleicht war sie Craddock gegenüber gar nicht gleichgültig, als er ihr vor zwanzig Jahren Avancen machte. Vielleicht hat sie in Gedanken getan, was ich unterstellt habe, auch wenn sie die Handlung real nie vollzogen hat, und kann mir nun nicht verzeihen, daß ich meinen Finger in die Wunde ihrer tiefsten Scham gelegt habe. Vielleicht hat sie aus irgendeinem Grund, den ich nicht verstehe, Angst vor mir.«

MacGregor schüttelte den Kopf. »Mir ist das alles unbegreiflich. Nun erklären Sie mir einmal Ihren Plan.«

Julian tat es.

»Weiß Sir Robert, was Sie vorhaben?« fragte MacGregor.

»Nein. Ich hielt es für das beste, keinem auf Bellegarde etwas davon zu sagen. Trotzdem brauche ich einen Verbündeten. Deshalb bin ich zu Ihnen gekommen.«

»Zu mir? Was kann ich denn tun?«

»Ich weiß, daß Sie heute zum Abendessen kommen.«

»Das ist richtig. Ich esse freitags immer auf Bellegarde.«

»Nur beim Abendessen kann ich damit rechnen, alle Fontclairs und die Craddocks beisammen zu sehen. Ich möchte gern der letzte sein, der in den Salon kommt; ich werde darum erst kurz vor sieben herunterkommen. Ich wäre Ihnen dankbar, wenn Sie dafür sorgen könnten, daß vor dieser Zeit niemand den Salon verläßt. Und wenn doch jemand gehen sollte oder vielleicht überhaupt nicht erscheint, dann bitte ich Sie, mich in meinem Zimmer zu benachrichtigen, damit ich mein Experiment verschieben kann.«

»Gut, ich bin einverstanden. Vor einer Woche hätte ich mir nicht träumen lassen, daß ich mit Ihnen gemeinsame Sache machen würde, um den Fontclairs eine Falle zu stellen. Aber wahrhaftig, wenn Lady Fontclair ihren Mann derart täuschen kann, dann kann man wirklich keinem von ihnen trauen.«

»Jeder von ihnen hat an irgendeinem Punkt gelogen. Ist es nicht merkwürdig, auf welches Niveau die Menschen sich herablassen, um ihre Ehre zu schützen? Es ist ungefähr so, als nähme man vom Kapital, um die Schulden zu bezahlen. Man hält die Gläubiger davon ab, das Kapital anzugreifen, aber man schädigt es selbst und vermindert es, bis es kaum noch wert ist, geschützt zu werden.«

Auf Bellegarde wurde der Schein des Normalen aufrechterhalten. Dafür war nach Julians Ansicht vor allem Cecily Fontclair verantwortlich. Trotz der Entfremdung zwischen ihr und Sir Robert, trotz der drohenden Aufdeckung von Geoffrey Fontclairs Geheimnis zeigte sie tapfer ein heiteres Gesicht, plauderte scheinbar unbeschwert mit allen und war für jeden da, der sie brauchte. Eine Hilfe war, daß die meisten Mitglieder der Familie offenbar nicht ahnten, wie dicht sie vor der Katastrophe standen. Soweit Julian feststellen konnte, wußte nur Cecily, der Colonel und er selbst von Sir Roberts Entschluß, die Leitung der Untersuchung in fremde Hände zu legen.

Die Zeit schien Julian zu kriechen. Gegen Ende des Tages ging er ins Musikzimmer, um beim Klavierspiel Beruhigung und Ablenkung zu suchen. Er hatte gerade ein paar Minuten gespielt, als Maud Craddock hereinkam.

»Bitte, hören Sie nicht auf«, sagte sie. »Ich höre Ihnen gern zu.«

»Ich glaube, noch lieber würden Sie mit mir sprechen.« Er klappte das Klavier zu und ging zu ihr.

»Heute geschieht irgend etwas, nicht wahr? Ich spüre es.«

»Ich glaube, wir sind nahe daran, den Mord aufzuklären. Mehr kann ich nicht sagen.«

»Ich verstehe. Ich hoffe nur, daß es für die Fontclairs nicht zu schmerzlich wird.« Sie seufzte. »Nun werden sie meinen Vater und mich wohl bald los sein.«

»Ja, das Geheimnis der Familie wird wohl ans Licht kommen, und damit verliert Ihr Vater seine Macht über die Fontclairs. Wenn Sie Hugh von seiner Verpflichtung Ihnen gegenüber dann entbinden wollen, können Sie das tun.«

»Sie wissen, daß ich das nicht will. Aber ich habe gar keine Wahl – es ist das einzig Rechte. Aber es ist so schwer. Ihn nie wiederzusehen. Zu wissen, daß er eine andere heiraten wird. Glauben Sie, es wird Isabelle sein? Ich weiß, die Familie wünschte sich eine Heirat der beiden – Lady Tarleton hat es mich gleich am ersten Tag, als ich hier war, wissen lassen. Und Isabelle haßt mich, weil ich mich zwischen sie und Hugh gedrängt habe. Ich habe es gestern abend gemerkt, als sie mich so angefahren hat.

Sie hat richtig die Zähne gefletscht. Es war schrecklich. Ich hatte das Gefühl, ihr Leben ruiniert zu haben.«

»Nach dem, was ich gehört habe«, entgegnete Julian in sorgfältig neutralem Ton, »war diese Heirat zwischen Hugh und Isabelle lediglich ein dynastisches Hirngespinst von Lady Tarleton. Es gab keine Absprache zwischen ihnen.«

Aber seine vernünftigen Argumente erreichten sie nicht. Sie glitt immer tiefer in schwarze Niedergeschlagenheit. »Isabelle wäre genau die richtige Frau für ihn. Mit ihr kann er sich über Musik und Malerei unterhalten. Sie kennt Bellegarde so gut wie er. Sie weiß, wie man sich als Ehefrau eines Landedelmanns zu verhalten hat. Und sie ist so graziös und elegant. Wenn sie geht, hat man den Eindruck, ihre Füße berührten kaum den Boden. Sie ist eine Frau, über die Männer Gedichte schreiben. Über mich ... über mich wird nie jemand ein Gedicht schreiben.«

Ihre Augen füllten sich mit Tränen. Blind streckte sie die Arme nach Julian aus und drückte ihr Gesicht an seine Schulter. Er legte ihr behutsam den Arm um die Taille.

Da trat plötzlich Hugh ins Zimmer. »Was hat das zu bedeuten?« stammelte er.

Maud hob mit einem Ruck den Kopf. Ihr Gesicht war gerötet, ihr Haar ein wenig in Unordnung. »Oh! Mr. Fontclair!«

»Ich hoffe, ich störe nicht«, sagte Hugh bitter.

Julian stand auf so ruhig er konnte. Er wußte, er befand sich in einer unangenehmen Situation, dennoch mußte er innerlich lächeln.

»Miss Craddock war sehr ergriffen von einem Gespräch, das wir eben geführt haben.«

»Ach wirklich?« rief Hugh ironisch. »Da müssen Sie sich schon etwas Besseres einfallen lassen.«

»Vielleicht sollten wir das lieber woanders besprechen«, schlug Julian vor, der Mauds ängstliche Reaktion bemerkt hatte.

»Wann und wo immer Sie wollen«, antwortete Hugh. Vielleicht würde er nun doch sein erstes Duell austragen. Er stellte sich vor, wie er in bitterem Triumph mit rauchender Pistole zurückkehrte oder nobel auf dem Feld der Ehre sein Leben aushauchte, nicht ohne verziehen zu haben.

»Sie wollen doch nicht miteinander streiten?« fragte Maud erschrocken. »Warum sollten Sie? Ich verstehe das nicht.«

»Diese Sache betrifft Sie nicht, Miss Craddock. Ich glaube, Mr. Kestrel versteht sehr wohl, was ich meine.«

»Eigentlich nicht«, bekannte Julian. »Wenn ich nicht zu Gast in Ihrem Hause wäre, würde ich annehmen, Sie wollten mich fordern, aber ich kann mir nicht vorstellen, daß Sie einen solchen Verstoß gegen den Ehrenkodex begehen würden.«

Hugh war verärgert. Es stimmte, daß ein Gastgeber seinen Gast nicht fordern durfte, ganz gleich, wie groß die Provokation war – aber es war doch ziemlich armselig von Kestrel, sich hinter einer solchen Förmlichkeit zu verstecken.

Julian schämte sich nicht, gekniffen zu haben. Er mochte Hugh trotz seiner kindischen Anwandlungen und wollte ihn lieber nicht erschießen müssen. Zum Glück änderte Hugh nun die Taktik.

»Mr. Kestrel«, sagte er, »ich würde Miss Craddock gern allein sprechen. Würden Sie bitte so freundlich sein, uns allein zu lassen.«

Julian sah Maud fragend an. Sie nahm ihren Mut zusammen und nickte ihm zu. Er verneigte sich und ging.

Hugh richtete sich kerzengerade auf. »Miss Craddock, ich möchte nicht gezwungen sein, aus Ihrem Verhalten meine Schlüsse zu ziehen – ich meine, ich finde es nur fair, Ihnen zu gestatten, mir eine Erklärung zu geben.«

»Worüber denn?«

»Ich meine, wenn Sie etwas zu sagen haben, das Ihr Verhalten entschuldigt, bin ich bereit, es mir anzuhören.«

»Wovon sprechen Sie?«

»Ach, Herrgott noch mal!« rief Hugh und stampfte mit dem Fuß. »Sie wissen genau, was ich meine. Sie machen mich lächerlich, und ich verlange eine Erklärung.«

»Verzeihen Sie, Mr. Fontclair, aber ich ... ich finde, Sie machen sich nur selbst lächerlich.«

Hugh konnte einen Moment lang nur empört nach Luft schnappen. Dann sagte er: »Miss Craddock, ich weiß, daß diese Verlobung so wenig Ihr Wunsch war wie meiner, aber ich finde, Sie brauchten nicht ganz so deutlich merken zu lassen, daß Sie lieber Kestrel an meiner Stelle sähen. Seit dem ersten Tag, als er nach Bellegarde kam, weichen Sie ihm kaum von der Seite, Sie konnten nicht einmal nach London reisen, ohne ihn mitzunehmen, und jetzt treffe ich Sie in inniger Umarmung mit ihm an.«

»Wie können Sie so etwas sagen? Mr. Kestrel ist mein Freund. Nie hat er den Versuch gemacht, mir mehr zu sein, und nie wollte ich etwas anderes als seine Freundschaft.«

»Verzeihen Sie, aber das ist nun wirklich schwer zu glauben. Wenn Sie sich Ihren Freunden gegenüber auf solche Art verhalten, dann nehme ich mir die Freiheit, Ihnen zu sagen, Sie verhalten sich etwas zu freundschaftlich – ohne Rücksicht auf Anstand und Ehre.«

»Ehre! Ehre! Mein Vater hat recht – das ist tatsächlich alles, woran Sie und Ihre Familie denken.«

»Natürlich, Sie können das nicht verstehen. Sie wurden ja dazu erzogen, vor allem das zu würdigen, was sich in Pfund und Schilling messen läßt.«

»Ich hätte mir denken können, daß Sie mich früher oder später dafür verhöhnen würden, daß ich nur die Tochter eines Geschäftsmanns bin.«

»Ich verhöhne Sie nicht. Ich finde nur, wir müssen uns der Unterschiede zwischen uns bewußt sein. Vielleicht ist es unter Ihresgleichen ganz akzeptabel, während der Verlobungszeit andere Männer zu umarmen. Hier ist es nicht *comme il faut*.«

»Sie brauchen keine Angst zu haben, daß ich Sie jemals in Verlegenheit bringen werde. Jetzt nämlich werde ich Sie um nichts in der Welt mehr heiraten.«

»Wie schön für Sie, Miss Craddock. Was hätten Sie getan, wenn ich Ihnen nicht einen Vorwand geliefert hätte, diese Farce einer Verlobung zu lösen? Hätten Sie mich geheiratet und sich danach noch enger mit Kestrel *angefreundet?«*

»Oh!« Sie preßte eine Hand auf ihren Mund und rannte aus dem Zimmer.

Hugh blieb entsetzt zurück. Wie hatte er all diese Dinge sagen können? Er mußte ja völlig verrückt geworden sein. Jetzt meinte er zu wissen, wie es war, von allen guten Geistern verlassen zu sein.

Er mußte ihr sagen, daß er das alles gar nicht so gemeint – daß er überhaupt nicht gewußt hatte, was er redete. Er stürmte zu ihrem Zimmer und klopfte. Alice, ihre Zofe, öffnete und sperrte Mund und Augen auf, als sie ihn sah. Er wagte es, am Schlafzimmer ihrer Herrin zu klopfen! Das ging denn doch zu weit. »Miss Craddock kleidet sich gerade zum Abendessen, Sir, und kann niemanden empfangen«, sagte sie und schlug ihm die Tür vor der Nase zu.

Wie rasend lief er im Korridor auf und ab, während er sich vorstellte, wie Maud Craddock zutiefst gedemütigt und bitterlich weinend in ihrem Zimmer saß und sich heftiger denn je nach Kestrel sehnte, der niemals so mit ihr gesprochen hätte. Und was, um Himmels willen, würde Craddock tun, wenn er erfuhr, daß die Verlobung gelöst war? Würde er seine Drohung wahr machen und Onkel Geoffreys Briefe an die Öffentlichkeit bringen? Hugh fühlte sich, als würden glühende Kohlen auf seinem Haupt gesammelt.

Nur eines war klar. Selbst wenn Maud niemals wieder daran denken würde, ihn zu heiraten – und etwas anderes hatte er ja auch gar nicht verdient –, mußte er sich ihr zu Füßen werfen und sie um Verzeihung bitten. Was danach aus ihm wurde, spielte keine Rolle mehr. Unendlich leidend, wie der junge Werther auf dem Weg zu seinem Selbstmord, ging er davon, um sich zum Abendessen umzukleiden.

Hugh kam zeitig in den Salon, weil er hoffte, Maud Craddock noch vor dem Essen sprechen zu können. Aber sie erschien erst, als es schon fast sieben war, und da war bereits die ganze Gesellschaft versammelt – alle bis auf Kestrel, nach dem Hugh stets Ausschau hielt, wenn Maud Craddock in der Nähe war. Hugh wurde in ein Gespräch mit seinem Vater und MacGregor verwickelt, aus dem er sich nur mit einiger Mühe befreien konnte. Und als er endlich auf dem Weg zu Maud war, kam seine Tante Catherine ihm in die Quere. »Kommt Mr. Kestrel etwa wieder zu spät zum Abendessen?«

»Ich habe keine Ahnung, Tante«, antwortete Hugh zerstreut, nur Maud Craddock im Sinn.

»Wahrscheinlich ist er schon wieder auf Indizienjagd. Er sollte zu den *Bow Street Runners* gehen, da paßt er hin mit seiner primitiven Schnüfflerseele.«

»Wie schade, daß Sie so schlecht von den *Runners* denken«, sagte Kestrel. »Ich bekomme allmählich großen Respekt vor ihnen und ihrer Tätigkeit.«

Er stand an der Tür des Salons, so daß nur die rechte Seite seines Körpers sichtbar war. Er wartete, bis aller Augen sich ihm verwundert zugewandt hatten. Dann trat er ins Zimmer und ließ alle den bunten Flickensack sehen, den er über dem linken Arm trug.

Guy sprang aus seinem Sessel auf. »Woher haben Sie den?«

Julian, dessen Blick langsam von einem zum anderen gewandert war, fixierte jetzt Guy. »Er gehört Bliss, dem Hausierer.«

»Ja, aber wie sind Sie...« Guy brach ab, als er die erstaunten Blicke rundherum bemerkte. Wie in Trance tastete er nach seinem Sessel und ließ sich wieder hineinfallen. »Ich dachte, er wäre weitergezogen. Ich dachte, er wäre nicht zu finden.«

»Ich habe Dick Felton nach ihm suchen lassen.«

»Davon haben Sie mir nichts gesagt, Mr. Kestrel«, protestierte Sir Robert.

»Ich sage es Ihnen jetzt.« Julian richtete das Wort an Sir Robert, doch sein Blick blieb starr auf Guy gerichtet. »Ich werde Ihnen jetzt alles ohne Einschränkung vortragen, was ich in den letzten vierundzwanzig Stunden in Erfahrung gebracht habe.«

Guy zitterte ein wenig. »Warum starren Sie mich so an? Sie können einen ja ganz verrückt machen mit diesem Blick.« Wieder machte er Anstalten aufzustehen. »Hören Sie, wenn Sie etwas wissen, dann sagen Sie es! Heraus damit! Ich ... ich kann darauf antworten. Los, reden Sie schon. Wenn Bliss Lügen über mich verbreitet, möchte ich gern wissen, was für welche.«

Anstatt ihm zu antworten, griff Julian in seine Westentasche und zog einen kleinen Fetzen gelben Stoffs heraus. Er hielt ihn Guy hin.

»Was ist das?« Guy fuhr zurück.

»Ich glaube, das ist das Stück Stoff, das am Kleid der Toten fehlte. Es hing an einem rauhen Stein der Treppe.«

»Welcher Treppe?« fragte Sir Robert.

»Der Geheimtreppe, die von meinem früheren Zimmer, in dem die Tote gefunden wurde, zur Hintertür im Personalflügel führt.«

Erstauntes Gemurmel quittierte seine Worte. Guy wich taumelnd zurück, als hätte er einen Schlag erhalten. »Bliss kann Ihnen den Geheimgang nicht verraten haben. Ich habe ihm nie davon erzählt – oder? Ich kann mich nicht erinnern ...«

»Guy!« rief der Colonel laut. »Was ist das für ein Gerede von einer geheimen Treppe, einem Geheimgang?«

»Ich weiß nichts von einem Geheimgang oder einer geheimen Treppe in diesem Haus«, sagte Sir Robert verwirrt.

»Aber *Sie* wissen davon, nicht wahr?« wandte sich Julian an Guy. »Ich bin sicher, Sie können uns alles darüber sagen. In diesem Zimmer haben Sie als Junge gewohnt. Sie fanden damals den Durchgang, aber offenbar haben Sie keinem Menschen davon erzählt. Und heute vor einer Woche brachten Sie durch diesen Geheimgang eine junge Frau namens Amy Fields in das Zimmer, das man mir als Gästezimmer gegeben hatte.«

Einen Moment lang starrte Guy ihn sprachlos an. Dann quoll ein erstickter Laut aus seinem Mund, der zu Gelächter wurde. Er lachte und lachte und konnte nicht mehr aufhören zu lachen. Nach Luft schnappend, warf er sich schließlich in seinem Sessel zurück. »Sie Teufel, Kestrel! Sie Teufel!«

Der Colonel ließ klappernd seinen Stock fallen und schlug die Hände vors Gesicht. Catherine Tarleton öffnete den Mund, doch ausnahmsweise einmal fehlten ihr die Worte. Hugh trat hastig zu Maud und pflanzte sich in Beschützerhaltung neben ihrem Sessel auf. Isabelle senkte den Kopf und wandte sich ab. Mark Craddock kräuselte die Lippen in einem Ausdruck tiefer Verachtung.

Sir Robert schloß die Augen. Sein Gesicht war aschfahl. Seine Frau eilte zu ihm und legte ihm die Arme um die Schultern. Blind tastete er nach ihrer Hand und hielt sie fest.

»Und ich nehme an«, sagte Guy, dessen wildes Gelächter allmählich nachließ, »Bliss hat Ihnen alles erzählt?«

»Ich habe gar nicht mit Bliss gesprochen«, erwiderte Julian. »Felton konnte ihn nicht finden. Er fand nur dies hier.« Er hob etwas den Arm, über dem der Flickensack hing.

»Sie meinen ... das ist alles, was Sie haben?« Guy begann von neuem zu lachen. »Sie meinen, wenn ich nur den Mund gehalten hätte ... Nein wirklich, das ist zu komisch. Es ist zum Totlachen. Ich habe mir aus einem mottenzerfressenen Hausierersack selbst den Strick gedreht. Aber es ist mir gleich. Ich bin froh, daß alles herausgekommen ist. Es war die Hölle, sage ich euch – ständig den Unbeteiligten zu mimen; wissen zu wollen, was über Amy bekannt war, und dabei immer befürchten zu müssen, man könnte zu neugierig erscheinen. Was geschieht jetzt – Prozeß und Hinrichtung? O Gott!« Er hörte plötzlich zu lachen auf. Er zitterte am ganzen Körper, als er in den Sessel zurücksank.

Sir Robert sagte hart: »Da ich noch immer die Untersuchung leite, werde ich mir jetzt dein Geständnis anhören und es von Rawlinson protokollieren lassen.«

»Ich möchte dabeisein, Robert«, rief der Colonel. »Du mußt mir gestatten, bei ihm zu bleiben.«

»Gut. Ich hätte gern auch Mr. Kestrel dabei, da ich Fragen an ihn habe. Und Sie, Doktor, ich hoffe, Sie sind bereit, als unparteiischer Zeuge der Vernehmung beizuwohnen.«

»Aber Onkel...«, begann Guy.

Sir Robert herrschte ihn an: »Von dir will ich kein Wort hören. Du kannst sprechen – wenn du irgend etwas zu deiner Entschuldigung vorbringen kannst –, wenn du dein Geständnis ablegst. Ich hoffe, du wirst ein Geständnis ablegen. Ich kann dich nicht dazu zwingen, aber ich appelliere an dein Ehrgefühl, wenn dir noch welches geblieben ist: Gestehe deine Schuld und erspare uns allen die Demütigung eines Prozesses.«

»Aber Onkel, so hör doch endlich – ihr alle!« Guy beugte sich vor, die Hände um die Armlehne seines Sessels geklammert. »Es ist wahr, daß ich Amy ins Haus gebracht habe. Es ist wahr, daß ich sie in Kestrels Zimmer zurückgelassen habe. Aber ich werde keinen Mord gestehen – weil ich sie nicht getötet habe! Das müßt ihr mir glauben, um Gottes willen!«

Nichts als Geheimnisse

Guy erzählte seine Geschichte in Julians altem Zimmer. Sir Robert hatte beschlossen, ihn dort zu vernehmen, damit er anschaulich erklären könne, was sich am Nachmittag des Mordes ereignet hatte, und Julian ihm zeigen könne, wo sich der Geheimgang befand.

Das Zimmer sah wie verzaubert aus im Licht des frühen Abends. Die milde Sonne tauchte es in einen sanften Schein, der wie ein goldener Hauch über ihm lag. Doch seine lebendige Schönheit war nun für immer mit häßlichen Erinnerungen verbunden. Dort stand das Bett, in dem Aimée gelegen hatte, sorgsam zugedeckt wie ein Kind. Dort war der Waschtisch, an dem sich der Mörder – Guy? – das Blut von den Händen gewaschen und vielleicht auch die Waffe gereinigt hatte. Der Sessel, auf dem Guy jetzt saß, war der, auf dem Aimée ihr Tuch und ihren Hut abgelegt hatte. Auf dem Rücken dieses Sessels war ein Kratzer, der einem Kratzer an der Wand hinter ihm entsprach. Und an derselben Wand, oberhalb von Guys Kopf, waren die fünf Blutflecken, die aussahen wie Fingerabdrücke.

Der Colonel zog sich einen Sessel neben den seines Sohns. Sir Robert setzte sich gegenüber. Julian stand vor ihnen, so daß er ihre Gesichter sehen konnte. MacGregor ging mit gesenktem Kopf wie ein gereizter Stier auf und ab. Julian fiel auf, daß er in der Nähe der Tür blieb; vielleicht hatte er Angst, Guy würde zu flüchten versuchen. Rawlinson saß unauffällig wie immer am Sekretär in der Fensternische und protokollierte.

»Ihr müßt es von Anfang an hören«, sagte Guy, »sonst werdet ihr es nicht verstehen. Vielleicht werdet ihr mir sowieso nicht glauben. Aber ich schwöre, es ist die lautere Wahrheit.

Ich lernte Amy im März kennen. Ich sah sie mit einer Hutschachtel am Arm die Fleet Street hinaufgehen. Sie ging ganz dicht an der Mauer mit gesenktem Kopf, aber ich konnte immerhin soviel von ihrem Gesicht sehen, daß ich mehr sehen wollte. Ich sprach sie an, aber sie bekam Angst und ging schnell weiter. Sie hat mir nicht einmal einen Blick gegönnt – bis ich ihr meinen Namen sagte. Da blieb sie stehen, wie vom Donner gerührt. Ich fand das auffallend und fragte sie, ob sie jemanden aus unserer Familie kenne. Sie sagte, nein, aber sie habe gehört, wir seien eine alte adlige Familie und gehörten zur besten Gesellschaft, na, und so weiter. Sie wollte alles mögliche von mir wissen – wie wir alle heißen, und wo jeder von uns wohnt. Als ich merkte, daß der Name Fontclair so eine Wirkung auf sie hatte, habe ich mir das zunutze gemacht. Ich war hingerissen von ihr. Ihr habt keine Ahnung, wie sie war – ich meine, ihr habt sie nie lebend gesehen. Sie hatte so eine Art, ihre Augen weit zu öffnen und einen dann anzusehen. Es machte mich fast wahnsinnig. Ich wollte sie unbedingt erobern. Ich weiß nicht, wann ich ein Mädchen so begehrt habe.«

»Zeigte sie besonderes Interesse an Ihrem Vater?« fragte Julian.

»Ich glaube, nicht.« Guy runzelte die Stirn. »Oder ja, vielleicht doch. Ich nahm an, er interessiere sie, weil er ein Kriegsheld war. Amy war Französin, aber sie schien wegen des Kriegs keine Ressentiments zu haben. Vielleicht waren ihre Leute Royalisten – ich weiß es nicht, sie hat nie viel von ihnen gesprochen. Sie hatte einen englischen Namen angenommen – Amy Fields. Ihren richtigen Namen weiß ich nicht. Ich habe sie nie danach gefragt.

Ich habe mich dann ziemlich häufig mit ihr getroffen. Sie fand Vorwände, um aus dem Laden herauszukommen, in dem sie arbeitete, und wir haben uns auf der Straße, in Gasthäusern und sogar in Kirchen getroffen. Ich habe immer versucht, sie in einen Wagen zu locken oder eine bestimmte Art von Haus – ihr wißt schon –, aber davon wollte sie nichts wissen. Sie ging mit mir spazieren, und sie unterhielt sich mit mir, aber sie ließ sich kaum anrühren. Sie sagte, sie wolle keinen Fehler machen und damit ihre Chancen auf eine anständige Heirat verderben. Sie sagte, sie hätte bisher mit Männern überhaupt nichts zu tun gehabt. Das kann wahr gewesen sein. Ach was, es *war* wahr.«

Er machte eine Pause und fuhr sich mit der Zunge über die Lippen. MacGregor schenkte ihm mit steinerner Miene ein Glas Wasser ein. Er hatte sich wohl etwas Stärkeres erhofft, doch er trank das Wasser mit resignierter Miene.

»Ungefähr einen Monat lang habe ich sie umworben, und ich sagte mir schon, es sei wohl nicht der Mühe wert, als etwas geschah, das alles änderte. Amy sah die Bekanntgabe von Hughs Verlobung mit Miss Craddock in der *Morning Post.* Sie fragte mich darüber aus. Ich sagte, da gäbe es nicht viel zu erzählen – nur daß Hugh sich mit der Tochter eines reichen Bürgerlichen verlobt habe, der früher als Stallbursche bei uns in Diensten gewesen war, und daß die Familie darüber ziemlich entsetzt war. Ich wollte ihr keine Rosinen in den Kopf setzen, aber leider habe ich genau das getan. Ich konnte deutlich sehen, was sie dachte: Wenn Hugh so weit unter seinem Stand heiraten würde, warum sollte ich das nicht auch können?

Na, da wußte ich, wie ihr beizukommen war. Ich ließ durchblicken, ich würde sie vielleicht heiraten – nicht sofort, aber später, wenn die Familie den Schock über Hughs Heirat überwunden hatte. Gut. Ich gebe zu, ich habe es nicht ernst gemeint. Aber das hätte sie doch wissen müssen. Was hätte ich mit so einem kleinen französischen Dämchen anfangen sollen – kein Geld, keine Familie, keine Verbindungen. Aber sie glaubte es, und da hatte ich sie, wo ich sie haben wollte.«

Louisas Worte über Aimée und ihren Colonel fielen Julian wieder ein und gewannen eine neue, tragische Bedeutung: ›Sie hat davon geträumt, daß er sie adoptieren und zu seiner Tochter machen würde.‹ Wie hätte sie der Chance widerstehen können, seine Tochter zu werden, indem sie seinen Sohn heiratete?

Guy fuhr fort: »Ich überredete sie, aus ihrem Hutladen wegzugehen, und suchte ihr ein Zimmer. Aber sie wollte unbedingt, daß wir unsere Liaison geheimhalten. Sie hatte Todesangst, die Familie könnte erfahren, daß sie meine Geliebte ist, und würde sie dann als Ehefrau für mich niemals akzeptieren. Sie weigerte sich, mit mir auszugehen, sie wollte nichts mit meinen Freunden zu tun haben, sie war eisern entschlossen, bis zu unserer Heirat ein Einsiedlerdasein zu führen.

Ich besorgte ihr ein Zimmer im Haus einer Bekannten namens Daphne Bane. Sie führt zwei... äh... Akademien für junge Damen, aber sie hat außerdem ein kleines Haus in Hampstead, in dem sie unterkriecht, wenn ihr in der Stadt der Boden zu heiß wird. Die überredete ich, Amy bei sich wohnen zu lassen. Es war ziemlich abgelegen, da brauchte Amy keine Angst zu haben, daß ich gesehen werden könnte, wenn ich sie besuchen käme.

Anfangs war es ganz angenehm, daß sie alles geheimhalten wollte. Sie ging nie aus, sah keinen Menschen außer Daphne, war mir also bei anderen Dingen, die ich unternehmen wollte, nicht im Weg und war nicht eifersüchtig auf andere Frauen. Und sie erwartete nie Geld oder teure Geschenke von mir. Trotzdem kaufte ich ihr ein paar Kleider und kleine Schmuckstücke – aber ich glaube, nichts von dem, was ich ihr schenkte, war ihr so teuer wie diese silberne Muschel, die sie immer um den Hals trug. Einmal wollte ich sie überreden, sie abzulegen. Ich sagte, wenn sie sie von einem anderen hätte, dann wäre es nicht recht von ihr, sie jetzt zu tragen. Aber sie erklärte, die Muschel sei das Symbol irgendeines Heiligen, sie sei ihr Glücksbringer.

Nachdem wir ungefähr vier oder sechs Wochen so gelebt hatten, bekam ich diese Einladung nach Bellegarde, um die Craddocks kennenzulernen. Ich dachte daran, Amy mitzunehmen – ihr in der Umgebung eine Unterkunft zu besorgen, wo ich sie heimlich hätte besuchen können. Aber als ich ihr das vorschlug, geriet sie in blinde Panik. Man hätte meinen können, ich wollte ihr das Schlimmste antun. Auf keinen Fall wollte sie in die Nähe von Bellegarde oder meiner Familie.«

»Sie hatte wahrscheinlich Angst, Ihr Vater würde sie sehen und wiedererkennen«, bemerkte Julian. »Sie muß gewußt haben, daß Ihre Familie alles tun würde, um Ihre Heirat mit ihr zu verhindern, wenn sie erst wußte, wer sie war – wer ihre Mutter war.«

»Wieso? Wer war denn ihre Mutter?« Guy sah ihn verständnislos an und wandte sich dann dem Colonel zu. »Was weißt du über Amy?«

»Ich habe sie und ihre Mutter früher einmal gekannt – vor langer Zeit.«

»Woher hast du ... O meint Gott, Amy war doch nicht etwa meine Schwester?«

»Nein, nein.«

»Gott sei Dank. Das hätte gerade noch gefehlt.«

»Lassen wir die Frage, woher dein Vater Miss Fields kannte, fürs erste beiseite«, sagte Sir Robert. »Fahre fort.«

»Amy und ich hatten einen grauenhaften Streit. Ich sagte, ich hätte von dieser ewigen Heimlichtuerei genug, und wenn sie solche Angst hätte, mit mir gesehen zu werden, würde ich auf Nimmerwiedersehen verschwinden und sie solle sich zum Teufel scheren. Sie weinte – sie hatte verdammt nah ans Wasser gebaut – und sagte, sie würde mir überallhin folgen, nur nicht nach Bellegarde. Es endete damit, daß ich aus dem Haus rannte und erklärte, ich wäre mit ihr fertig. Das stimmte überhaupt nicht, aber ich wollte ihr einen Schrecken einjagen. Ich wollte sie zwingen, klein beizugeben. Und es hat geklappt. Sie war so durcheinander, daß sie extra aus London hierherkam, um sich mit mir auszusöhnen.

Aber sie wußte nicht, wie sie mich wissen lassen sollte, daß sie hier war, ohne daß die Familie davon erfuhr. Sie war immer noch fest entschlossen, unsere Affäre geheimzuhalten. Am Morgen nach ihrer Ankunft ging sie schon früh aus dem Haus. Auf der Straße traf sie Bliss. Sie kamen ins Gespräch, und als sie hörte, daß er sich in der Umgebung auskannte, kam sie auf den Gedanken, ihn mit einer Nachricht zu mir zu schicken. Er erzählte ihr, ich würde wahrscheinlich auf den Pferdemarkt gehen, er würde also dort zuerst nach mir sehen. Ich vermute, der alte Gauner wollte selbst dorthin; er versäumt nie eine Gelegenheit, bei diesen Veranstaltungen zu schnorren.

Aber als er mich auf dem Pferdemarkt tatsächlich sah, konnte er mir Amys Nachricht nicht gleich ausrichten, weil ich mit Hugh und Kestrel zusammen war und Amy ihm eingebleut hatte, er solle nur mit mir allein sprechen. Nun, er behielt mich im Auge, und sobald ich mich von den anderen entfernte, kam er zu mir. Er sagte, Amy sei hier und habe ihn geschickt, mich zu holen. Er hatte sie inzwischen in der alten Mühle untergebracht. Ich war froh, daß sie klein beigegeben hatte, aber diese Heimlichtuerei hatte ich einfach satt. Außerdem paßte es mir nicht, wie ein Lakai herbeizitiert zu werden und mir Bliss' freches Grinsen ansehen zu müssen. Ich sagte ihm deshalb, ich müsse noch auf dem Pferdemarkt bleiben, und wenn Amy so erpicht darauf sei, mich zu sehen, dann müsse sie eben warten, bis ich Zeit hätte. Ich gab ihm etwas Geld und schickte ihn mit der Nachricht zu ihr zurück, sie solle in der alten Mühle bleiben, bis ich käme.«

Er wandte sich Julian zu. »Wissen Sie, auf dem Heimweg vom Pferdemarkt hätte ich Ihnen und Hugh beinahe die ganze Geschichte erzählt. Jetzt wünschte ich, ich hätte es getan – dann wüßten Sie, daß sich alles genauso abgespielt hat, wie ich gesagt habe.«

»Und warum haben Sie es uns nicht erzählt?«

»Ich hatte plötzlich einen Einfall. Ich wollte, mein Hirn wäre eingefroren, bevor ich je auf diesen idiotischen Gedanken kam. Aber damals hielt ich die Idee für ungemein originell. Mir fiel ein, daß Hugh Ihnen nach dem Mittagessen das Gut zeigen wollte, und ich dachte mir, es wäre doch ein Riesenjux, wenn ich Amy durch den Geheimgang in Ihr Zimmer schmuggeln würde.«

»Es ist Zeit, daß wir uns darüber unterhalten«, bemerkte Sir Robert. »Wie lange weißt du schon von dem Geheimgang zu diesem Zimmer?«

»Seit ich als Junge hier gewohnt habe. Ich fand ihn durch einen reinen Zufall, und als mir klar wurde, daß ich als einziger davon wußte, beschloß ich, nichts zu sagen. Ich habe ja als Junge immer nach Mitteln und Wegen gesucht, heimlich aus dem Haus zu verschwinden. Ich hasse es, irgendwo eingesperrt zu sein – das halte ich nicht aus.«

Er wurde plötzlich blaß. Sie wußten, was er dachte: daß ihm vielleicht eine viel härtere Gefangenschaft bevorstand, als er sie je erlebt hatte. Julian empfand wenig Mitleid mit ihm. Ganz gleich, wo man ihn bis zur Verhandlung einsperren würde, es würde weit besser sein als das stinkende Verlies, in dem dank Guys Schweigen Dipper drei lange Tage und Nächte zugebracht hatte.

»Ich kann mir nicht vorstellen, daß es in diesem Haus eine Treppe geben soll, von der wir nichts wissen«, sagte Sir Robert.

»Ich habe da eine Theorie«, meinte Julian. »Seit dem Mord habe ich mir den Kopf zerbrochen, wie die junge Frau ins Haus und in mein Zimmer gelangt sein könnte, ohne von einer Menschenseele gesehen zu werden. Ich kam überhaupt nicht auf den Gedanken, daß es einen Geheimgang geben könnte, weil solche Vorrichtungen heute keine Geheimnisse mehr sind, sondern der Unterhaltung dienen und bei Hausbesichtigungen voller Stolz vorgezeigt werden. Als Philippa mir erzählte, daß Ihre Familie zu Königin Elisabeths Zeiten dem katholischen Glauben angehörte, fragte ich mich, ob es im Haus nicht vielleicht einen geheimen Raum oder Gang gäbe, in dem ein zu Gast weilender Priester sich damals vor den Behörden verstecken konnte. Ich konnte mir allerdings nicht vorstellen, warum so ein Raum allein dem Mörder bekannt sein sollte.

Dann erinnerte ich mich an etwas anderes, das Philippa mir erzählt hatte. Sie sagte, sie schreibe an einer Familiengeschichte, aber es sei schwierig, weil die meisten Familienpapiere bei einem Feuer während des Bürgerkriegs vernichtet worden seien. Die Pläne, die Sie mir gezeigt hatten, Sir Robert, sind nur etwa ein halbes Jahrhundert alt, und Sie selbst sagten mir, dieser Teil des Hauses sei seit den Zeiten Königin Elisabeths kaum verändert worden. Es ist also möglich, dachte ich mir, daß es zu diesem Zimmer tatsächlich einen Zugang gibt, von dem keiner von Ihnen etwas weiß, weil der Schlüssel zu dem Geheimnis in den Wirren des Bürgerkriegs verlorengegangen ist.«

Er ging zu der Wand hinüber, auf deren anderer Seite sich der Personalflügel befand. Die anderen scharten sich neugierig um ihn.

»Ich überlegte mir, daß der Zugang, wenn es einen geheimen Weg in dieses Zimmer gab, sich in dieser Wand befinden müsse. Ihr Büro, Rawlinson, ist gleich auf der anderen Seite, und unter ihrem Büro ist das kleine Wartezimmer für die Lieferanten am Hintereingang. Ich weiß noch, daß ich fand, Ihr Büro sähe auf den Plänen des Hauses, die Sir Robert mir zeigte, überraschend groß aus. Jetzt weiß ich, warum: Derjenige, der diese Pläne angefertigt hat, wußte nichts von dem Geheimgang zwischen Ihrem Büro und diesem Zimmer hier.

Dieser Teil der Wand interessierte mich am meisten.« Er trat zu der Stelle, an der die Wand im rechten Winkel mit der Fensternische zusammenstieß. Kaum sichtbar auf der Eichentäfelung befanden sich hier fünf kleine Blutspritzer. »Hier sind die Blutflecken, und hier ist der Sessel, auf dem die junge Frau ihre Sachen abgelegt hatte. Ich suchte in der Täfelung nach einem Mechanismus, der es ermöglicht hätte, die Wand zu verschieben, aber es gab nirgends eine Ritze, in der eine Feder hätte verborgen sein können. Darum habe ich dann hier weitergesucht.«

Er wies auf die mit Schnitzereien verzierten Holzplatten in der

Fensternische. »Alle diese Schnitzereien stellen Symbole von Heiligen dar. Das fiel mir schon am ersten Abend auf, aber ich dachte mir nichts dabei. Jetzt glaube ich, daß unter der Regierung Königin Elisabeths dieses Zimmer den Priestern gegeben wurde. Sie werden in der Maske normaler Gäste ins Haus gekommen sein, doch diese heiligen Ornamente waren eine Anerkennung ihrer wahren Persönlichkeit. Ich habe weitergeforscht und fand endlich den Schlüssel zu diesem Geheimnis – passenderweise hier.«

Er deutete auf eine Schnitzerei im Paneel auf der linken Seite: zwei gekreuzte Schlüssel, das Zeichen Petri. Dort, wo sich die Schlüssel kreuzten, war eine kleine Vertiefung im Holz. Er drückte fest hinein.

Aus der benachbarten Wand drang ein langgezogenes Knarren. Es klang wie ein kläglicher Protest. Dann drehte sich das Paneel, das sich im rechten Winkel zum Fenster befand – das Paneel mit den Blutflecken – langsam nach außen. Ein kalter Luftzug und ein Geruch von Moder und Feuchtigkeit wehten aus der Dunkelheit dahinter ins Zimmer.

Die Männer spähten in die Öffnung. Als ihre Augen sich an die Düsternis gewöhnt hatten, konnten sie eine kleine Kammer entdecken, von der eine roh gehauene Wendeltreppe sich abwärts drehte und in der Dunkelheit verlor. Julian hatte sich am vergangenen Abend diese steile Treppe mit den unebenen Stufen hinuntergetastet. Er hatte einen Stuhl vor die geöffnete Geheimtür geschoben, damit sie nicht zufallen konnte; er wußte ja nicht, ob es unten einen Weg ins Freie gab.

Aber es gab einen. Er erklärte, wie er am Fuß der Treppe eine Tür gefunden hatte, die in den Warteraum im Personalflügel führte. »Und von dort konnte ein Priester, der fliehen mußte, durch die Hintertür und den Küchengarten verschwinden – oder noch besser durch das Silberlindenwäldchen. Die Bäume hätten einem Flüchtigen hervorragende Deckung geboten.«

Sie wollten alle die Geheimtür untersuchen und den Mechanismus, mit dem sie zu öffnen war, ausprobieren. Zu Julians Erleichterung dachte keiner daran, ihn zu fragen, wie er am vergangenen Abend ins Zimmer gelangt war, um nach dem Geheimgang zu suchen.

»Wie hast *du* diesen Gang gefunden?« fragte der Colonel seinen Sohn.

»Eines Nachts, als ich durch das Fenster einstieg, habe ich mich ganz zufällig an dem Paneel festgehalten, in dem die Feder verborgen ist. Plötzlich hörte ich es neben mir knarren und ächzen, und dann öffnete sich die Wand. Ich fiel aus allen Wolken, das könnt ihr mir glauben. Ich stieg die Treppe hinunter und sah nach, wohin sie führte. Und da wußte ich, ich würde nie wieder zum Fenster hinausklettern müssen. Jetzt konnte ich das Haus verlassen, wann immer ich wollte, und außerdem wußte ich etwas, das niemand sonst auch nur ahnte. Ich fand das sehr befriedigend. Darum habe ich auch nie etwas von der Geheimtreppe gesagt. Später, als ich älter war, habe ich sie nur noch selten benutzt, denn ich hatte ja dieses Zimmer nicht mehr. Tante Cecily machte ein Gästezimmer daraus und ließ die ganze Familie in den Neuen Flügel umziehen.

Na, kurz und gut, ich hatte plötzlich diese Schnapsidee, Amy durch den Geheimgang ins Haus zu schmuggeln. Ich dachte, sobald Kestrel weg wäre, könnte ich sie holen und dann, wenn die Dienstboten beim Abendessen waren, wieder hinausbringen. Je mehr ich darüber nachdachte, desto witziger fand ich die Vorstellung.

Der Col... mein Vater hätte mir beinahe einen Strich durch die Rechnung gemacht. Ich war in der Bibliothek und schaute zum Fenster hinaus, weil ich sehen wollte, wann Hugh und Kestrel losritten. Gegen halb vier sah ich, daß man ihre Pferde brachte, und gerade, als ich lossausen und Amy holen wollte, kam mein Vater herein und sagte: ›Wie wär's mit einer Partie

Pikett?‹ Ich hatte keine Zeit, aber er war in so trübseliger Stimmung, daß ich es nicht übers Herz brachte, nein zu sagen. Darum sagte ich, ich wäre hundemüde und wolle gerade in mein Zimmer, um ein Schläfchen zu machen. Ich ging ein Stück die Treppe hinauf und wartete oben auf dem Absatz, bis die Luft rein war. Dann bin ich schleunigst abgezischt zur alten Mühle. Aber mein Vater hat das nicht gewußt«, fügte er nachdrücklich hinzu. »Als er Ihnen sagte, ich wäre auf mein Zimmer gegangen, um mich hinzulegen, glaubte er, so wäre es gewesen.«

»Schon gut, mein Junge«, sagte der Colonel.

»Aber das ist mir wichtig«, versetzte Guy.

»Und wie ging es dann weiter?« fragte Sir Robert.

»Als ich zur Mühle kam, war es ungefähr vier Uhr. Amy war da. Bliss ebenfalls. Er klebte wie eine Klette an ihr, seit ich ihn zu ihr zurückgeschickt hatte. Vermutlich dachte er, er könnte aus uns mehr Geld herausschlagen als aus dem Verkauf seiner selbstgeschnitzten Pfeifen auf dem Pferdemarkt. Und recht hatte er.

Amy hatte schon Todesangst gehabt, ich würde überhaupt nicht kommen. Sie klammerte sich an mich und flehte mich an, ihr zu verzeihen, daß sie nicht mit mir aufs Land hatte kommen wollen. Ich fragte sie, ob sie bereit wäre, mir zu beweisen, daß es ihr leid tat, und sie sagte ja. Da erklärte ich ihr, wie ich sie in Bellegarde einschmuggeln wollte, und natürlich wurde sie sofort kopfscheu. Ich sagte, wenn sie jetzt wieder Theater mache, könne sie auf der Stelle umkehren und wieder nach London zurückreisen. Sie fing an zu weinen und zu jammern und rief die Jungfrau Maria an, aber am Ende war sie einverstanden.

Ich bin mit ihr durch die ›Jagd‹ gegangen, weil das der kürzeste Weg hierher ist. Sie war froh, daß uns niemand sehen konnte, aber der Marsch war ganz schön beschwerlich für sie. Sie war nicht dafür angezogen. Das Unterholz war so dicht, daß ich uns einen Weg freihacken mußte. Als wir endlich hier ankamen, war sie völlig aufgelöst. Ich schleuste sie schnellstens durch die Silberlinden – Kestrel hat recht, die Bäume geben hervorragend Deckung –, und wir schlichen uns durch die Hintertür ins Haus. Ich führte sie in den Geheimgang – man kommt auch von unten hinein, durch eine versteckte Tür im Warteraum. Wir hatten keine Kerze und mußten uns im Stockfinsteren die Treppe hinauftasten, und dann waren wir in Kestrels Zimmer.«

»Wobei sie mit der Tür gegen diesen Sessel stießen«, warf Julian ein und wies auf den Sessel an der Wand.

»Richtig, ja. Woher wissen Sie das?«

Julian zeigte ihm die beiden Kratzer, den einen an der Wand, den anderen an der Rückenlehne des Sessels. »Wir glaubten zuerst, der Sessel sei bei einem Handgemenge gegen die Wand gestoßen worden. Aber da in dieser ganzen Geschichte nichts so ist, wie es zu sein scheint, stellt sich nun heraus, daß es die Wand war, die gegen den Sessel stieß.«

Guy ließ sich in einen Sessel vor dem offenen Kamin sinken. Er sah krank aus, bleich und erschöpft, doch noch wurde ihm keine Ruhe gewährt. Die anderen umdrängten ihn in ungeduldiger Erwartung des Höhepunkts.

»Wir kamen hier herein. Amy achtete darauf, daß wir uns beide den Schmutz von den Schuhen kratzten, ehe wir auf den Teppich traten. Die Dinge, um die Frauen sich Gedanken machen! Anfangs war alles gut. Sie war so fasziniert von dem Zimmer, daß sie ganz vergaß, Angst zu haben, es könnte jemand hereinkommen und uns entdecken. Aber nach einer Weile fing sie an, auf mich einzureden, ich solle sie wieder wegbringen. Ich wollte nicht so bald wieder gehen. Ich wollte ... ich meine, es war *die* Gelegenheit – ich schäme mich, das gebe ich zu.«

»Weiter!« sagte Sir Robert grimmig.

»Sie wehrte sich wie der Teufel. Sie sagte, wenn uns jemand von der Familie in so einer Situation ertappen würde, würde sie sterben. Sie sagte, sie könne es nicht ertragen. Ja, ja, ich weiß, was ihr denkt, aber ihr irrt euch. Ich gebe zu, ich war verärgert. Aber ich habe sie nicht getötet. Ich hatte einen anderen Einfall. Ich wollte sie in Kestrels Zimmer einsperren und schmoren lassen. Ich wußte, daß sie durch den Geheimgang nicht hinaus konnte – sie wußte ja nicht, wie man die Tür von hier aus öffnet. Ich wollte ihr eine Lektion erteilen. Wegen ihrer Heimlichtuerei, mit der sie mich und sich ganz verrückt machte. Und außerdem fand ich es lustig, Kestrel einen Streich zu spielen. Ich wollte sehen, was er tun würde, wenn er bei seiner Heimkehr ein hysterisches Frauenzimmer in seinem Zimmer vorfand. Sie war nämlich mittlerweile ziemlich außer sich und hörte gar nicht mehr auf zu weinen und zu jammern. Ich sagte ihr, es wäre doch ziemlich sinnlos, ihre Anwesenheit im Haus geheimhalten zu wollen, wenn sie so laut herumplärre.

Na, kurz und gut, ich bin dann gegangen und habe sie eingesperrt. Den Schlüssel legte ich auf den Tisch im Korridor. Ich konnte sie den ganzen Weg bis in die Empfangshalle hinunter heulen hören. Es war ziemlich gemein, sie so zu behandeln, ich weiß. Aber ich hab's nun mal getan. Das ist alles.«

MacGregor sah ihn an. »Das war das letztemal, daß Sie sie gesehen haben?«

»Ja. Gott ist mein Zeuge. Als ich sie das letztemal gesehen habe, war sie am Leben.«

Gerechtigkeit

Sie tauschten verwirrte Blicke. Wenn Guy die Wahrheit sagte, dann war das Rätsel immer noch ungelöst; sie hatten den Mörder immer noch nicht.

Julian stellte die Frage, von der er glaubte, sie würde den Kreis der Verdächtigen am ehesten verkleinern. »Wie spät war es, als Sie sie hier zurückließen?«

»Viertel nach fünf. Ich weiß, daß ich auf meine Uhr gesehen habe.«

»Was haben Sie dann getan?« fragte MacGregor.

»Das, was ich Onkel Robert erzählte, als er uns nach dem Mord befragte. Ich ging in mein Zimmer, läutete meinem Diener und kleidete mich um. Als ich in den Salon hinunterkam, war ich verwundert, daß offenbar noch niemand auf Amy gestoßen war. Dann hörte ich, das Abendessen fände später statt, weil Onkel Robert noch was Geschäftliches mit Kestrel zu besprechen habe. Aha, dachte ich, jetzt haben sie sie gefunden. Aber niemand fragte mich nach ihr. Kein Mensch achtete auf mich. Ich nahm an, sie wollte es irgendwie durchstehen, ohne zu sagen, daß sie mich kannte. Ich beschloß, den Mund zu halten und abzuwarten. Ehrlich gesagt, fand ich da meinen kleinen Scherz schon gar nicht mehr so komisch, und ich wußte, Onkel Robert würde fuchsteufelswild werden, wenn er hörte, daß ich ein Mädchen eingeschmuggelt hatte. Also wartete ich ab und spielte Patience, um mich abzulenken und meine Nervosität nicht zu zeigen. Ich machte mir Gedanken darüber, was man mit Amy tun würde, und ich beschloß...« Er räusperte sich. »Ich beschloß, es wiedergutzumachen, wenn wir wieder in London wären.

Es ist ja nicht so, daß ich nichts für sie empfunden hätte. Als ich hörte, daß sie tot war, konnte ich es nicht fassen. Erst dachte ich, sie hätte sich selbst das Leben genommen, und ich wußte, wenn sie das getan hatte, dann war es meine Schuld. Als ich dann hörte, daß sie ermordet worden war – mein Gott, ich wußte nicht, was ich denken sollte. Ich konnte mir nicht vorstellen, wer das getan haben konnte; ich kann es mir immer noch nicht vorstellen. Aber eines war mir klar: Wenn ich sagte, daß ich sie ins Haus gebracht hatte, würde man sofort mich für ihren Mörder halten. Darum tat ich so, als wüßte ich nichts über sie. Leicht war das nicht. Besonders, als ich sie da auf dem Sofa liegen sah – ihr versteht wohl, warum mir übel wurde und ich hinausgehen mußte.

Ich dachte, was für ein Glück es für mich war, daß sie immer so darauf beharrt hatte, unsere Liaison geheimzuhalten. Dadurch bestand die Möglichkeit, daß kein Mensch von meiner Verbindung zu ihr erfahren würde. Natürlich hätte ich mit Daphne reden müssen, und das wäre teuer geworden. Aber ich dachte mir, wenn ich ihr mehr gebe, als sie zur Belohnung für eventuelle Auskünfte erhält, wird sie Ruhe geben.

Das Wichtigste war, Bliss loszuwerden. Ich wußte, wo er sich aufhielt. Er hatte mir gesagt, wenn ich weitere Aufträge für ihn hätte, könnte ich ihn in der alten Mühle finden. Als endlich alle zu Bett gegangen waren, machte ich mich bei diesem verdammten Unwetter auf, ihn zu suchen. Als ich in der alten Mühle ankam, schlief er – und einen Moment lang verstand ich, warum Menschen Morde begehen. Ich hätte ihm nur einen kräftigen Schlag auf den Kopf zu geben brauchen, und er hätte nie wieder den Mund aufmachen können. Genau dieser Gedanke ging mir durch den Kopf, aber ich weiß nicht, entweder war ich nicht böse genug oder nicht mutig genug, um diesen Weg einzuschlagen. Ich weckte ihn und gab ihm alles Geld, das ich zusammengekratzt hatte. Dafür nahm ich ihm das Versprechen ab, zu verschwinden und niemandem ein Wort über Amy und mich zu verraten. Als ich Kestrel mit diesem verflixten Sack sah, glaubte ich natürlich, er hätte Bliss gefunden, und der hätte geredet.

Ich habe euch jetzt die ganze Wahrheit gesagt, das schwöre ich. Ich weiß, es ist ein Verbrechen, Beweise zu unterschlagen, aber das ist das Schlimmste, was ich getan habe.«

Schweigen folgte seinen Worten. Julian brach es. »Womit haben Sie sich und Amy den Weg freigehackt, als Sie durch die ›Jagd‹ nach Bellegarde gingen?«

Guy sah ihn erschrocken an. »Ich hatte kein Messer, wenn Sie das meinen sollten. Als ich ›freihacken‹ sagte, meinte ich nur, daß ich Zweige und Äste abgebrochen und das Gestrüpp flachgetreten habe.«

»Hast du uns alles erzählt, was Miss Fields sagte, als ihr beide euch hier gestritten habt?« fragte Sir Robert. »Hat sie von dir verlangt, du sollst sie heiraten? Hat sie dir in irgendeiner Weise gedroht?«

»Gedroht? Wie meinst du das?«

»Willst du sagen, daß du von der Verbindung zwischen Miss Fields – richtiger, Miss Deschamps – und deinem Vater nichts weißt?«

»Ihr deutet dauernd an, daß zwischen Amy und meinem Vater eine Verbindung bestand, aber der Teufel soll mich holen, wenn ich weiß, wovon ihr sprecht.« Er wandte sich an seinen Vater. »Was hat das alles zu bedeuten?«

»Ich hatte gehofft, du würdest es nie erfahren müssen«, sagte der Colonel leise. »Aber ich werde es dir sagen. Ich werde dir alles sagen.«

Sir Robert stand auf. Kalt sah er Guy an. »Meiner Meinung nach reichen die Beweise gegen dich aus, um eine Festnahme zu rechtfertigen. Aber ich überlasse diese Entscheidung dem Richter, der morgen die Leitung dieser Untersuchung übernehmen wird. Bis dahin werde ich dich genauso behandeln, wie ich Mr. Kestrels Diener behandelt habe, als der unter Verdacht stand. Rawlinson, seien Sie so gut und bringen Sie ihn in Ihr Büro. Sperren Sie ihn fürs erste dort ein. Gehen Sie dann in mein Büro und schreiben Sie das Protokoll, das er dann unterzeichnen muß.«

»Mußt du ihn wirklich einsperren?« fragte der Colonel flehentlich.

»Ja, denkst du denn, ich kann ihm – einem Ehrenmann! – glauben, daß er keinen Fluchtversuch machen wird?«

Guy zuckte zusammen und wandte sich ab.

»Darf ich ihn dann begleiten?« fragte der Colonel.

»Bitte sehr. Aber ich warne dich! Wenn er einen Fluchtversuch unternimmt, werde ich ihn einfangen und zurückbringen lassen, und wenn ich die ganze Grafschaft mobilisieren muß.«

Von seinem Vater und Rawlinson begleitet, ging Guy hinaus. Sofort sagte MacGregor: »Verzeihen Sie, Sir Robert, ich weiß, er ist Ihr Neffe, aber wie können Sie auch nur ein Wort von dem Unsinn glauben, den er uns aufgetischt hat?«

»Ich glaube ihm«, sagte Julian.

»Ach ja?« MacGregor kniff die Augen zusammen.

»Ich finde, das entspricht ganz seiner Art – die junge Frau hier eingesperrt zurückzulassen, um sie zu strafen und mich in Verlegenheit zu bringen. Und es erklärt die abgeschlossene Tür. Wäre sie tot gewesen, als er gegangen ist, warum hätte er absperren sollen?«

»Um Verwirrung zu stiften«, antwortete MacGregor. »Und es hat blendend geklappt. Sie haben sich doch von Anfang an über diese abgeschlossene Tür den Kopf zerbrochen.«

»Da müßte er schon sehr kaltblütig gewesen sein, wenn er angesichts der toten jungen Frau sich noch Verwirrungstaktiken ausgedacht hätte. Wir wissen aber, daß er überhaupt nicht kaltblütig war – im Gegenteil, er muß völlig den Kopf verloren haben. Weshalb sonst hat er die Tote nicht im Geheimgang versteckt?«

Sir Robert und MacGregor sahen einander unsicher an.

»Natürlich hätte er das blutbefleckte Bettzeug auch verschwinden lassen müssen«, meinte Julian nachdenklich, »aber eine fehlende Bettdecke samt Laken hätte weit weniger Aufruhr ausgelöst als eine Leiche. Die Tatsache, daß die junge Frau im Bett lag, wo jeder sie finden konnte, ist das beste Argument für Guys Unschuld. Er allein wußte von dem Geheimgang. Er hätte die Tote mit Leichtigkeit dort verstecken und sie später, auf einem seiner nächtlichen Ausflüge, verschwinden lassen können.«

»Vielleicht bekam er die Tür zum Geheimgang nicht auf«, sagte Sir Robert.

»Also, nachdem ich es einmal begriffen hatte, bereitete es mir keinerlei Mühe, sie zu öffnen«, entgegnete Julian. »Und Guy hat sie doch schon viele Male geöffnet. Aber das wirft eine interessante Frage auf...« Er brach ab. Die Lösung starrte ihm ins Gesicht.

»Was für eine Frage?« rief MacGregor ungeduldig. Dann fügte er in anderem Ton hinzu: »Kestrel, geht es Ihnen gut?«

»Ja, ja, Doktor.« Julian holte tief Atem. Jetzt gab es kein Zurück. Er mußte vollenden, was er begonnen hatte. »Was glauben Sie, wie diese Blutflecken auf die Täfelung gekommen sind, hinter der sich der geheime Zugang zur Treppe befindet?«

»Vielleicht wollte Guy die Geheimtür öffnen, nachdem er sie getötet hatte, und es gelang ihm nicht«, sagte MacGregor eifrig. »Aber er drückte dennoch auf das Paneel, und da hinterließen seine Finger die Blutflecken.«

»Das Paneel läßt sich nicht öffnen, indem man dagegen drückt« sagte Julian ruhig. »Der Mechanismus, der die Tür öffnet, ist im Erker. Und Guy wußte das.«

»Aber wie sind die Flecken dahin gekommen?«

»Ich glaube, die junge Frau wurde von jemandem getötet, der wußte, daß es einen Geheimgang gab, aber nicht wußte, wie man zu ihm gelangen konnte. Die Flecken stammen von dieser Person, die vergeblich versuchte, die Tür aufzudrücken.«

»Aber woher soll der Mörder gewußt haben, daß es einen Geheimgang gab?« wandte Sir Robert ein.

»Von der jungen Frau. Nehmen wir an, nachdem Guy gegangen war, kam jemand herein und entdeckte sie hier. Eine der ersten Fragen, die diese Person der jungen Frau gestellt hätte, wäre sicherlich gewesen: Wie sind Sie hier hereingekommen? Und die junge Frau hätte darauf vielleicht geantwortet: Durch eine geheime Tür in der Wand – dort.«

»Großer Gott!« schrie MacGregor. »Damit sind wir wieder da, wo wir angefangen haben. Jeder, der Gelegenheit hatte, mit ihr zu sprechen, kann herausgefunden haben, daß sie die Tochter dieser üblen Französin war, und sie getötet haben, um sie daran zu hindern, den Verrat des Colonel publik zu machen.«

»Nein.« Julian schüttelte den Kopf. »Nicht jeder, Doktor. Sicher, wir könnten weiterhin alle möglichen komplizierten Theorien spinnen. Jeder könnte lügen, zwei Personen könnten sich gegenseitig decken. Aber wenn wir annehmen, daß alle Verdächtigen die Wahrheit gesagt haben, ohne direkt ein Geständnis abzulegen, dann wissen wir, wer die junge Frau getötet hat. Es kommt nur eine Person dafür in Frage.«

Sir Robert und MacGregor starrten ihn an und wagten es nicht zu fragen.

»Es wäre natürlich schwer zu beweisen«, sagte Julian leise. »Aber ich glaube, die Mühe, es zu beweisen, wird uns erspart bleiben. Ich denke, jetzt, da Guy unter Mordverdacht steht, wird der wahre Mörder gestehen.«

»Ich danke Ihnen, daß Sie gekommen sind, Mr. Kestrel. Ich muß dies jemandem zur Aufbewahrung anvertrauen, und da Sie bei der Untersuchung die maßgebliche Rolle gespielt haben, scheinen Sie mir der Richtige zu sein. Außerdem ist es mir leichter, mich Ihnen zu stellen, als jemandem aus der Familie. Hier. Das ist mein Geständnis. Ich habe es geschrieben, während Guy vernommen wurde. Sie finden darin alles, was Sie und die Behörden wahrscheinlich über den Mord wissen möchten.«

Julian warf kaum einen Blick auf die Papiere, die ihm in die Hand gelegt wurden. »Es tut mir leid.«

»Sie scheinen nicht sehr überrascht zu sein.«

»Ich war schließlich ziemlich sicher, daß Sie es gewesen sein mußten. Aber ich hoffte immer noch, ich sei im Irrtum.«

Isabelle lächelte sehr schwach. »Sie haben ab und zu angedeutet, Sie hätten ein *faible* für mich. Ich hoffe, es ist nicht so. Denn, so seltsam das klingt, ich habe nichts gegen Sie, und es würde mich schmerzen, Sie leiden zu sehen. Ich *wollte* entdeckt werden – ich wünschte mir den Luxus, ein Geständnis ablegen zu können und bestraft zu werden. Aber ich mußte an die Familie denken – ich hätte ja die größte Schande über sie gebracht. Aber als Guy unter Verdacht geriet, konnte ich natürlich nicht länger schweigen. Selbst wenn es ein anderer als Guy gewesen wäre, hätte ich gesprochen. Nicht einmal um der Familie willen hätte ich zulassen können, daß ein Unschuldiger für mein Verbrechen büßt. Das müssen Sie mir glauben. Ich bin nicht so ehrlos.«

»Ich glaube Ihnen.«

Sie entfernte sich ein wenig von ihm. Selbst jetzt noch betrachtete er sie mit schmerzhafter Bewunderung – die anmutigen Linien ihres Körpers, die Fülle ihres schimmernden Haars. Sie waren in der Bibliothek. Dorthin hatte sie ihn nach Guys Verhör bitten lassen.

Sie fragte nachdenklich: »Glauben Sie, man hätte Guy verurteilt, wenn ich nicht gesprochen hätte?«

»Ich weiß es nicht. *Ich* glaubte nicht an seine Schuld, nachdem wir seine Geschichte gehört hatten.«

»Ich wußte, daß Sie klug sind. Ich wußte von Anfang an, wenn jemand mich durchschauen würde, dann Sie. Wie sind Sie denn schließlich auf mich gekommen?«

»Das war vor allem eine Frage der Zeit. Guy hat uns erzählt, daß er die junge Frau um Viertel nach fünf in meinem Zimmer eingesperrt hatte. Das heißt, sie muß nach diesem Zeitpunkt, aber vor zwanzig vor sechs getötet worden sein. Somit kam Colonel Fontclair als Täter nicht in Frage. Er war von fünf bis irgendwann nach sechs auf einem Ausritt und hätte unmöglich unbemerkt ins Haus kommen können. Es sei denn, er hätte den Geheimgang benutzt, aber von dem behauptet er, nichts gewußt zu haben. Und das glaube ich ihm, denn wenn er ihn gekannt hätte und der Täter gewesen wäre, dann hätte er die Tote zweifellos dort versteckt.

Sir Robert, Lady Fontclair, Lady Tarleton und Mr. Craddock waren zwischen Viertel nach fünf und sechs zwar im Haus, aber nicht zur richtigen Zeit am richtigen Ort. Da keiner außer Guy von der Anwesenheit der jungen Frau auf Bellegarde wußte, kann auch keiner sie bewußt aufgesucht haben. Es konnte nur durch Zufall jemand in der Zeit zwischen Viertel nach fünf und sechs auf sie gestoßen sein. Und da kamen eigentlich nur Sie in Frage.«

Er hielt inne, plötzlich überwältigt vom Grotesken dieser Situation. Da erläuterte er in aller Ruhe Isabelle seine Überlegungen, während diese am Rand der Katastrophe stand und sehen mußte, wie alle ihre Bindungen an die zivilisierte Welt in die Brüche gingen, all ihre Hoffnungen auf Glück erloschen. Doch der Blick, mit dem sie ihn ansah, war erwartungsvoll und verriet Interesse an seinen Erklärungen. Er erkannte, daß sie sich längst vom Glück und der zivilisierten Welt verabschiedet hatte. Wenn sie sich je davor gefürchtet hatte, die Konsequenzen ihres Verbrechens auf sich zu nehmen – jetzt nicht mehr.

Er fuhr fort: »Lady Fontclair sagte uns, sie habe den Wintergarten zwischen vier und sechs nicht verlassen. Sir Robert ging einmal hinaus, um ein Buch aus der Bibliothek zu holen, aber sein Weg hätte ihn dafür nicht nach oben geführt, er wäre nicht in die Nähe meines Zimmers gekommen. Craddock kam um zwanzig nach fünf ins Haus zurück. Er ging zwar nach oben, aber sein Weg führte ihn in den vorderen Teil des Hauptgebäudes, wo sich sein Zimmer befand, und nicht zu meinem Zimmer, das nach hinten hinaus liegt. Er blieb von da an in seinem Zimmer, in Gesellschaft von Lady Tarleton, mit der er einen erbitterten Streit führte. Und Lady Tarleton kam nicht einmal in die Nähe meines Zimmers. Sie war damit beschäftigt, Mark Craddocks Zimmer zu durchsuchen.«

»Tante Catherine hat Mr. Craddocks Zimmer durchsucht? Aber wozu denn das?«

»Sie wissen nichts von den Briefen, die Craddock in seinem Besitz hat?«

»Briefe, die der Familie schaden könnten, nehme ich an. Mir war klar, daß er irgend etwas gegen uns in der Hand haben mußte, sonst hätte Onkel Robert einer Heirat zwischen Miss Craddock und Hugh niemals zugestimmt. Aber nein, von diesen Briefen weiß ich nichts. Woher auch?«

»Ich glaubte die ganze Zeit, die Briefe hätten unmittelbar mit dem Mord zu tun. Aber jetzt sehe ich, daß es nicht so ist.«

»Natürlich, nachdem alle anderen ausgeschieden waren, blieb nur noch ich.«

»Ja. Und ich wußte, daß Sie kurz vor halb fünf auf dem Weg zu Miss Craddock an meinem Zimmer vorbeigekommen sein mußten. Guy erzählte uns, Aimée habe geweint und gejammert, als er sie in meinem Zimmer zurückließ und ging. Ich nehme an, Sie hörten ihr Weinen, als Sie vorbeikamen, und gingen ins Zimmer, um zu sehen, was los sei.«

»Ja. Es war mir etwas unangenehm, das Zimmer eines Herrn zu betreten, aber ich fand, ich müßte mich darum kümmern, falls etwas nicht in Ordnung sein sollte. Natürlich war ich erstaunt, als ich die Tür abgeschlossen fand, aber der Schlüssel lag auf dem Flurtisch. Ich würde alles geben, diesen Moment noch einmal erleben zu können und weiß Gott wo zu sein, nur nicht vor dieser Tür mit dem Schlüssel in der Hand. Aber ich war da – ich ging hinein – ich sprach mit ihr – und ich tötete sie. Mit dem Messer aus meinem Federkasten. Wissen Sie, warum, Mr. Kestrel?«

»Ich denke, ja. Sie brauchen nicht darüber zu sprechen, wenn Sie nicht wollen.«

»Woher wissen Sie es? Ich glaube nicht, daß einer aus der Familie eine Ahnung hat, obwohl sie alle weit mehr Zeit hatten als Sie, die Wahrheit zu erraten.«

»Aber ich habe Sie sehr genau beobachtet, weil ich wissen wollte, was hinter dieser gelassenen Fassade in Ihnen vorging. Ihre Verwandten haben Sie wahrscheinlich nicht so klar gesehen – einfach weil sie Sie jeden Tag sehen. Sie halten es für selbstverständlich, Sie zu kennen. Sie denken nicht im Traum daran, daß Sie etwas zu verbergen haben könnten.«

»Sie hatten mich also von Anfang an in Verdacht?«

»Ich verdächtigte Sie nicht des Mordes. Ich hatte allerdings den Verdacht, daß Sie etwas verheimlichen, vielleicht ein Familienmitglied decken. Das war für mich Anlaß, Sie zu beobachten – ich sollte vielleicht besser sagen, lieferte mir einen Vorwand. Sie wissen, daß ich mich vom ersten Moment an zu Ihnen hingezogen fühlte.«

»Aber Sie wissen auch, daß ich Sie gebeten habe, mir fernzubleiben. Da wußte ich noch nicht, welches Unglück ich über jeden Mann bringen würde, der mir zugetan ist, aber ich wußte, daß ich niemals etwas für Sie würde empfinden können. Ich hoffe, Sie lieben mich nicht.«

»Ich hätte mich nur allzu leicht in Sie verlieben können. Wenn Sie mir auch nur ein wenig Weichheit und Wärme gezeigt hätten – weiß der Himmel, was dann mit mir geschehen wäre! Es heißt, Pygmalion habe ein Standbild geliebt, aber ich halte das nicht für möglich. Es muß zumindest die Ahnung einer lebendigen, atmenden Frau dahinter zu spüren sein. Sie haben mir niemals auch nur einen flüchtigen Blick auf diese Frau in Ihnen gewährt. Alles, was ich über Ihre Gefühle und Ihr Leiden weiß, habe ich herausgefunden, indem ich einzelne Fakten aneinandergereiht habe wie Perlen auf einer Kette.«

»Was für Fakten?«

»Wissen Sie noch, daß Sie mich Ihre Zeichnungen ansehen ließen? Es überraschte mich zu sehen, daß Sie alle aus der Familie gezeichnet hatten, nur Guy nicht. Selbst auf dem Blatt, auf dem Sie die einzelnen Porträts einander gegenübergestellt hatten, um zu zeigen, wie die typischen Familienmerkmale bei jedem variierten, war er nicht zu sehen.«

»Aber ich zeichne ihn. Nachts, wenn ich nicht schlafen kann, setze ich mich hin und zeichne ihn immer wieder. Ich brauche kein Licht, um dieses Gesicht zeichnen zu können. Danach schiebe ich die Skizzen unter mein Kopfkissen, und am Morgen sehe ich sie mir an, und dann verbrenne ich sie. Ich hatte immer Angst, wenn jemand eine meiner Zeichnungen von ihm zu sehen bekäme, würde mich das verraten. Sie scheinen alle meine Gefühle so deutlich zu zeigen, daß mir förmlich das Papier unter den Fingern brennt. Aber mein Zeichenblock allein kann Sie nicht so sicher gemacht haben.«

»Ich war nicht sicher. Ich wußte nicht, was ich denken sollte. Als ich Sie gestern fragte, ob Sie nie den Wunsch gehabt hätten, Ihren Vetter zu heiraten, wußte ich selbst nicht, welchen Vetter ich meinte. Aber dann hörte ich, wie zornig Sie gestern abend auf Miss Craddock wurden. Guy glaubte, Sie seien so zornig auf Maud Craddock geworden, weil diese Hugh heiraten wird. Ich habe eine andere Schlußfolgerung gezogen.«

»Ich hatte nie den Wunsch, Hugh zu heiraten. Die anderen glaubten es, und ich ließ sie in dem Glauben. Hauptsache, sie erfahren nie, daß es Guy war – immer schon war es Guy, den ich...« Sie schluckte krampfhaft. »Bis gestern abend hatte ich nichts gegen Miss Craddock.«

»Als es Guy plötzlich einfiel, ihr den Hof zu machen.«

»Ja. Man sollte meinen, so etwas könnte mich nicht mehr berühren. Man sollte meinen, nach dem, was ich diesem Mädchen angetan hatte, wäre ich so ernüchtert, so von Reue gequält, daß ich seinetwegen niemals wieder eifersüchtig wäre. Aber so ist es nicht. Es gibt keine Heilung. Ich glaube, selbst wenn ich tot bin und unter der Erde liege, wird mir die Vorstellung, daß er sein Lächeln, seinen Mund, seinen... Körper anderen Frauen gibt, immer noch denselben unerträglichen Schmerz bereiten.

Glauben Sie nicht, daß ich ihn bewundere, Mr. Kestrel. Glauben Sie nicht, daß ich ihn mag. Ich weiß, er ist eitel, selbstsüchtig, leichtsinnig, verantwortungslos. Wissen Sie, wie es ist, einen Unwürdigen zu lieben? Wenn man den Menschen, den man liebt, nicht achten kann, dann kann man auch sich selbst nicht achten. Mein einziger Trost war, daß er es niemals erfahren würde. Jetzt habe ich selbst diesen Trost verloren – nun wird alles ans Licht kommen. Und das ist nur recht so. Wer bin ich denn schon, daß ich mir einbilde, mich auf Schamgefühl und Würde berufen zu können? Aber es gab eine Zeit, da klammerte ich mich an diesen Trost, daß er keine Ahnung hatte, wie es um mich stand. Wenn er es gewußt hätte, hätte er vielleicht versucht, sich meine Schwäche zunutze zu machen. Oder schlimmer noch, er hätte es nicht der Mühe für wert gehalten, mir den Hof zu machen, hätte vielleicht nichts empfunden als Belustigung und Triumph darüber, daß ich ihm, wie so viele andere, verfallen war. Sie wissen nicht... Sie wissen nicht, was es für mich heißt, von seinen Eroberungen zu hören. Man erzählt mir nicht direkt davon, das würde sich nicht ziemen, aber ich höre dies und das und weiß, was für ein Mensch er ist. Ich weiß, daß er Geliebte gehabt hat – viele! –, und ich hasse sie alle. Ich hasse sie, diese Huren!«

Sie schlug die Hände vor ihr Gesicht. Tränen quollen zwischen ihren Fingern hindurch. »Aber ich bin schlechter als sie alle. Ich nannte mich eine Dame, ich spielte die Tugendhafte. Dabei hätte ich meine Seele verkauft, um nur ein einziges Mal mit ihm zusammensein zu dürfen. Nur ein einziges Mal!«

»Isabelle!« Er wollte sie in den Arm nehmen, trösten. Alles hätte er getan, um diesen grauenvollen Schmerz zu stillen.

Aber sie schüttelte ihn ab und trat von ihm weg. Selbst jetzt mußte sie ihn ausschließen, mußte sie alle ausschließen. Sie würde sich niemals ändern.

Den Arm an eine Säule gestützt, stand sie da, die Stirn an den abgewinkelten Arm gedrückt. Er folgte ihr und bot ihr stumm sein Taschentuch an. Sie nahm es, wischte sich die Augen und schneuzte sich. »Danke«, sagte sie und wandte sich ihm zu, ihr Blick ein Abglanz jenes kühlen, direkten Blicks, den er von ihr kannte.

»Kann ich irgend etwas für Sie tun?« fragte er.

»Ja. Ich brauche ein wenig Ruhe, um mich zu fassen, ehe ich Onkel Robert gegenübertrete. Ich gehe auf mein Zimmer. Würden Sie hier eine Viertelstunde warten und ihm dann mein Geständnis übergeben?«

Er wollte schon sagen, natürlich werde er das tun. Doch da begriff er. Niedergeschlagen schüttelte er den Kopf. »Das kann ich nicht. Tut mir leid.«

»Es ist nur eine Kleinigkeit. Und Sie fragten, ob Sie etwas für mich tun könnten.«

»Ja, aber das nicht. Das ist keine Kleinigkeit. Ich weiß, worum Sie mich bitten.«

»Dann müssen Sie auch wissen, daß es der einzig richtige Weg ist. Onkel Robert wird Sie nicht verdächtigen, sich mit mir verschworen zu haben. Sie können doch nicht mit Sicherheit wissen, was in mir vorgeht. Sie können ihm hinterher die reine Wahrheit sagen, daß Sie nicht wußten, was ich vorhatte.«

»Es geht mir nicht darum, was Sir Robert denkt. Das ist nur zwischen Ihnen und mir, und ich sage Ihnen, ich kann es nicht tun. Miss Fontclair – Isabelle, es kann gut sein, daß Sie freigesprochen werden. Die Geschworenen sind Frauen gegenüber häufig nachsichtig, selbst wenn die Frauen kaltblütig getötet haben.«

»Und was soll danach aus mir werden? Ich wäre ein Mühlstein am Hals der Familie – eine Ausgestoßene – eine Gefangene, die die Tage bis zu ihrer Freilassung zählt. So will ich nicht leben, Mr. Kestrel. Ich werde nicht auf die Erlösung warten, wenn ich ihr entgegeneilen kann. Außerdem ist das Gerechtigkeit. Das

Gesetz wäre mir gegenüber vielleicht milde, aber das Gesetz ist schwach und parteiisch. Ich bin eine Mörderin, Mr. Kestrel, und es gibt Zeiten, da packt mich das Fieber wieder und ich bin froh ... ich bin froh, daß ich sie getötet habe. Ich verdiene es zu sterben.«

»Das denken Sie jetzt. Aber es ist gerade erst eine Woche vergangen. Sie stehen unter Schock – Sie haben keinen Abstand ...«

»Ich stehe nicht unter Schock. Das ist kein plötzlicher Entschluß. Ich wußte immer, was ich tun muß, wenn ich entdeckt werde. Wenn ich ein Mann wäre, würden Sie mir die Möglichkeit geben, das zu tun, was ehrenhaft ist. Sie würden mir sogar noch Beifall zollen dafür.«

»Aber Sie sind kein Mann. Ich hingegen bin einer, und ich kann nicht zulassen, daß Sie sich das Leben nehmen. Erlauben Sie mir, mit Ihnen zu Sir Robert zu gehen. Erlauben Sie mir, Ihnen zur Seite zu stehen, ganz gleich, was jetzt geschieht ...«

Sie schüttelte den Kopf. Sie neigte sich zu ihm und umschloß in flehender Gebärde seine Hand mit ihren beiden Händen. »Bitte! Ich habe niemals um irgend etwas gebeten. Aber jetzt bitte ich Sie. Haben Sie Erbarmen mit mir.«

»O Gott, ich wünschte, ich könnte es. Es tut mir leid.«

Sie ließ seine Hand los. Ihr Gesicht verschloß sich. Es sah grau aus im Kerzenlicht und sehr still. »Dann tun Sie, was Sie tun müssen. Läuten Sie einem Dienstboten und lassen Sie Onkel Robert holen. Ich werde hier mit ihm sprechen.«

Sie wandte sich ab. Er ging zur Tür und zog an der Klingelschnur. Drüben, auf der anderen Seite des Zimmers, neigte sie den Kopf und zupfte an der Schärpe ihres Kleides. Plötzlich hob sie ihre Arme. Kerzenlicht brach sich blitzend in Stahl.

Er schrie auf, rannte zu ihr, erreichte sie rechtzeitig, um sie aufzufangen, ehe sie zu Boden stürzte. Das Messer mit dem Perlmuttgriff, das ihrem Vater gehört hatte – das Messer, mit dem Aimée Deschamps getötet worden war –, steckte in ihrer Brust.

Er umfing sie mit beiden Armen. Ob sie ihn sah oder spürte, konnte er nicht sagen. Sie sprach keine letzten Worte. Ihre Augen wurden starr, und sie starb.

Mauds Familienbibel

Der Diener, der auf Julians Läuten in die Bibliothek kam, warf nur einen Blick auf die leblos in Julians Armen liegende Isabelle und stürzte davon, um Sir Robert und Dr. MacGregor zu holen. Als sie erschreckt und atemlos ins Zimmer kamen, berichtete Julian ihnen, was geschehen war, und übergab Sir Robert Isabelles Geständnis.

Dr. MacGregor untersuchte Isabelle und erklärte sie für tot. Sir Robert zwang sich, das Geständnis durchzulesen, dann ließ er Senderby aus Alderton holen, um ihm mitzuteilen, daß die Untersuchung abgeschlossen sei. Rawlinson setzte Guy und den Colonel wieder auf freien Fuß und machte sich daran, einen förmlichen Bericht über Isabelles Tod aufzusetzen, den Julian unterschreiben sollte. Inzwischen versammelte Cecily Fontclair ihre Angehörigen um sich, um ihnen die Nachricht so schonend wie möglich beizubringen. Denen, die zu betroffen waren, um zu begreifen, erklärte sie alles geduldig, und tröstete jene, die nach anfänglicher Fassungslosigkeit von Schmerz übermannt wurden.

Als alle Fragen gestellt, alle Erklärungen gegeben waren und er nicht mehr gebraucht wurde, kehrte Julian in die verlassene Bibliothek zurück, aus der man die tote Isabelle inzwischen fortgebracht hatte. Er löschte die Kerzen und saß lange, den

Kopf in seine zitternden Hände gestützt, in Stille und Dunkelheit.

MacGregor holte ihn schließlich aus der Klausur und schleppte ihn ins Speisezimmer. Er setzte ihn auf einen Stuhl an der Tafel und schob ihm einen Kognak hin, ohne auf seine Beteuerungen, daß es ihm gutgehe, zu achten. »Papperlapapp! Einem, der durchgemacht hat, was Sie durchgemacht haben, kann es gar nicht gutgehen. Mir können Sie nichts vormachen. Ich bin Mediziner. Los, trinken Sie das, ehe ich Sie am Stuhl festbinde und Ihnen das Zeug mit einem Trichter einflöße.«

Julian mußte lächeln. »Sie sind aber ein gewalttätiger Mensch, Doktor. Das wußte ich gar nicht.«

»Wenn man nicht tut, was ich sage, kann ich schon energisch werden, ja. Also, trinken Sie das jetzt?«

Julian leerte das Glas mit einem Zug. Der Kognak floß brennend seine Kehle hinunter und ließ eine beruhigende Wärme zurück. Er lehnte sich zurück und schloß die Augen. Mehr als alles andere wünschte er sich plötzlich, zu Bett gehen und lange, lange schlafen zu können. Aber er wußte, auch wenn sein Körper erschöpft war, würde sein Geist keine Ruhe geben, bis auch der letzte Zipfel des Geheimnisses, der noch über dem Mord lag, gelüftet war. Er hatte Isabelles Geständnis nicht gelesen und war auch nicht sicher, ob er es überhaupt lesen wollte. Aber MacGregor hatte es gelesen, und Julian bat ihn, ihm jene Details mitzuteilen, die ihm zu einem Gesamtbild des Verbrechens noch fehlten. MacGregor, der begriff, daß der junge Mann verstehen mußte, ehe er vergessen konnte, nickte zustimmend.

Isabelle war dem Geräusch heftigen Weinens in Julians Zimmer gefolgt. Sie glaubte, eines der Mädchen habe Kummer. Aimée warf sich ihr tränenüberströmt und völlig aufgelöst in die Arme, klammerte sich an ihr Kleid und redete schluchzend französisch und englisch auf sie ein. Es sei nicht ihre Schuld. Sie habe sich nicht durch die Geheimtür in der Wand ins Haus schleichen wollen. Guy habe sie dazu gezwungen, und sie habe Angst gehabt, sich zu weigern. Sie wolle ihn nicht verlieren. Er habe versprochen, sie zu heiraten.

Isabelle, der dieser Erguß fast das Herz gebrochen haben mußte, hatte gefragt, ob Aimée Guys Geliebte war. Aimée wich voller Scham vor ihr zurück und brach erneut in Tränen aus. Sie warf sich auf das Bett, drückte das Gesicht in die Kissen. Isabelle stand vor ihr, den Federkasten in der Hand. Sie griff hinein. Ihre Finger umschlossen das Messer. Sie zog es heraus und stieß es Aimée in den Rücken. Es war nur ein einziger, schneller Stoß – doch der war zufällig tödlich.

»Es ist selbst jetzt noch schwer zu glauben«, sagte MacGregor. »Ich habe mir nie eingebildet, Isabelle zu kennen oder zu verstehen – aber daß sie zu einer solchen Tat fähig war!«

»Nach dem Gespräch mit ihr heute abend habe ich keine Mühe, es zu glauben. Sie war halb wahnsinnig vor Eifersucht und unterdrückten Gefühlen. Diese aufgestaute Leidenschaft muß wie ein Gift in ihr gewirkt haben. Sie war wie ein Tier, das in der Raserei des Hungers oder des Schmerzes tötet.«

»Es ist gefährlich, sein Leben lang so eine Rolle zu spielen und alle natürlichen Gefühle zu unterdrücken. Zuviel Selbstbeherrschung ist ebensosehr von Übel wie zuwenig.«

»Soll das heißen, daß *ich* daraus etwas lernen kann?«

»Nur ein kleiner Rat«, sagte MacGregor lächelnd.

Nachdem Isabelle Aimée getötet hatte, ließ sie das Messer auf das Bett fallen und drehte Aimée auf den Rücken. Als sie sah, daß sie tot war, packte sie Entsetzen über ihre Tat und Angst vor den Folgen. Sie zerbrach sich den Kopf, wie sie das Verbrechen verbergen könnte. Aimée hatte gesagt, in der Wand gäbe es eine versteckte Tür. Verzweifelt versuchte Isabelle, die Täfelung aufzudrücken, um die Tote dahinter verschwinden zu lassen. Aber die Wand rührte sich nicht von der Stelle, und sie wagte nicht, zu lange im Zimmer zu verweilen. Die Zeit verrann; jeden Moment konnte Guy kommen oder Julian von seinem Ausritt zurückkehren. Sie mußte die Tote lassen, wo sie war.

Sie wusch sich am Waschtisch die Hände und spülte das Messer ab. Sonst irgendwo das Blut abzuwaschen, wäre sinnlos gewesen. Die Tote war ja für alle sichtbar. Doch als sie schon fliehen wollte, fiel ihr Blick noch einmal auf Aimée, die quer über dem Bett lag. Von neuem wallte Haß in ihr auf. Weshalb sollte das Mädchen so gefunden werden, ein Opfer, das man bemitleiden und rächen mußte? Im Bett eines Mannes sollte man sie finden, wie sich das für eine Hure gehörte. Und darum schloß Isabelle die Augen und zog die Bettdecke über das Mädchen.

Dann ging sie. Sie schloß die Tür ab und legte den Schlüssel wieder auf den Flurtisch. Als sie in ihrem Zimmer war, untersuchte sie ihre Kleider und ihre Zeichensachen mit aller Gründlichkeit, aber die Wunde des Mädchens hatte so wenig geblutet, daß sie keine verräterischen Flecken fand. Sie läutete ihrer Zofe, zog sich zum Abendessen um und ging nach unten.

»Stellen Sie sich einmal vor, was es sie gekostet haben muß, im Salon darauf zu warten, daß der Mord entdeckt werden würde!« rief MacGregor. »Sie muß doch Angst gehabt haben, irgendetwas hinterlassen zu haben, das sie verraten würde. Aber sie verlor keinen Moment den Kopf. Sie sagte die Wahrheit, soweit es möglich war; gab zu, daß sie zwischen halb fünf und sechs in diesem Teil des Hauses gewesen war – gab sogar zu, daß sie ihren Zeichenkasten mit dem Messer darin bei sich hatte. Da sie nicht sicher sein konnte, was über ihr Tun an diesem Nachmittag bekannt war und was nicht, hielt sie es für das klügste, so nah wie möglich an der Wahrheit zu bleiben, ohne den Mord zu gestehen.«

»Sie war eine außergewöhnliche Frau.«

»Sie hatte Mut, das muß man ihr lassen.«

»Wie trägt es die Familie?«

»Als ich sie zuletzt sah, schleppte Miss Craddock gerade ihren

Vater weg, damit die Fontclairs unter sich sein konnten. Sie sind niedergeschmettert. Das ist verständlich. Am ärgsten hat es Lady Tarleton getroffen. Erfahren zu müssen, daß eine Fontclair einen Mord begangen hatte und dann auch noch Hand an sich selbst legte, das war zuviel für sie. Sie wurde ohnmächtig, als man es ihr sagte. Ich mußte sie zu Bett bringen lassen. Lady Fontclair sitzt bei ihr.«

Er stand auf. »Zeit, daß ich nach Hause fahre.« In Wirklichkeit meinte er, Kestrel habe dringend Schlaf nötig. »Ich sehe morgen nach Ihnen allen.«

»Morgen«, wiederholte Julian. Er konnte sich nicht recht vorstellen, daß es ein Morgen geben würde. Mit der Lösung des Rätsels schien der Vorhang gefallen zu sein. »Aber es ist noch nicht vorbei«, sagte er langsam. »Ich habe das Gefühl, daß da etwas noch nicht abgeschlossen ist – daß ein Teil des Puzzles noch fehlt.«

»Sie haben sich so lange mit diesem Mord herumgeschlagen, daß Sie es nicht fassen können, daß die Sache wirklich erledigt ist.«

Julian war nicht in der Verfassung zu langen Widerreden. Er stand auf, immer noch leicht benommen, und nahm eine Kerze. »Der Mord ist aufgeklärt worden«, sagte er, »ohne daß das Geheimnis des Colonels ans Licht gekommen ist.«

»Nun, das sollte den Fontclairs wenigstens ein Trost sein, wenn auch ein schwacher.«

»Aber es bedeutet, daß sie immer noch in Craddocks Gewalt sind. Wenn sie retten wollen, was von der Familienehre noch übrig ist, muß die Heirat stattfinden.«

In diesem Sinne äußerte sich am nächsten Morgen nach dem Frühstück auch Craddock. Alle waren da außer Lady Tarleton, die immer noch zu verstört war, um ihr Zimmer zu verlassen. Die anderen teilten sich in kleine Gruppen auf. Guy blieb in der

Nähe seines Vaters und machte ein Gesicht, als würde er Craddock oder jedem anderen, der Anstalten machen sollte, seinen Vater in Bedrängnis zu bringen, an die Gurgel springen. Cecily Fontclair saß Hand in Hand mit ihrem Mann zusammen. Die Katastrophe, die über sie hereingebrochen war, hatte sie trotz des Verrates, den Cecily an ihrem Mann begangen hatte, von neuem zusammengeschweißt.

Hugh stand in der Nähe seiner Eltern, aber sein Blick war auf Maud gerichtet. Mehr denn je wünschte er sich, mit ihr allein sein zu können, nicht so sehr, um sich wegen der Dinge, die er am vergangenen Tag gesagt hatte, zu entschuldigen, als vielmehr, um sich zu vergewissern, daß die Tragödie des vergangenen Abends sie nicht allzu tief erschüttert hatte. Aber er hatte keine Gelegenheit gefunden, mit ihr zu sprechen, zu tief war sein eigener Schmerz um Isabelle gewesen, zu sehr war er damit beschäftigt, seinen Eltern über die Krise hinwegzuhelfen. Er konnte nur hoffen, daß sich die Kluft zwischen ihnen wieder schließen würde.

Die Fontclairs trugen Trauer. Maud, die mit der Garderobe auskommen mußte, die sie nach Bellegarde mitgebracht hatte, trug ein dunkelgrünes Kleid und im Haar ein schwarzes Band. Auf ihrem Schoß lag die alte Familienbibel, die sie aus London mitgebracht hatte. Sie hielt sie fest umschlossen. Ihr Blick war wild entschlossen, und sie atmete heftig. Julian fand, sie sähe aus wie eine Schwimmerin, die gleich ins eiskalte Wasser springt.

»Wir müssen die Hochzeit verschieben«, sagte Craddock. »Das ist mir klar. Die Frage ist, wie lange?«

»Das ist wirklich nicht der Moment, um von Hochzeiten zu sprechen«, versetzte Sir Robert.

»Wieso? Wir setzen am besten gleich ein neues Datum fest, dann ist das erledigt, und die Einladungen können entsprechend geändert werden.«

»Es wird keine Hochzeit geben, Papa«, sagte Maud.

»Du stellst meine Geduld wirklich auf eine harte Probe, Kind. Natürlich wird es eine Hochzeit geben. Es hat sich nichts geändert. Ich habe immer noch die Briefe Colonel Fontclairs.«

»Nein, die hast du nicht, Papa. Die habe *ich*, und ich gebe sie Colonel Fontclair zurück, weil sie von Rechts wegen ihm gehören.«

Sie schlug die Familienbibel auf. Aus einem Riß in dem brüchigen Ledereinband zog sie vielleicht ein halbes Dutzend vergilbter Pergamentbögen heraus. Sie lief zum Colonel und legte sie ihm auf die Knie.

Craddock wollte sich auf den Colonel stürzen, um sie ihm wieder abzunehmen. Guy und Hugh sprangen gleichzeitig auf und stellten sich ihm in den Weg. Schwer atmend, die Hände zu Fäusten geballt, blieb Craddock stehen. Sein Blick flog zu Maud.

»Wie bist du an die Briefe gekommen?«

»Ich ... ich habe sie zu Hause aus dem Schrank in deinem Arbeitszimmer genommen.«

Craddock riß an seinem Halstuch. Unter seinem Kragen hervor holte er eine Kette, an der drei Schlüssel hingen. Er hielt sie Maud vor das Gesicht. »Ich habe alle meine Schlüssel. Wie hast du den Schrank aufbekommen?«

»Einer davon ist nicht dein Schlüssel, Papa. Es ist der Schlüssel zu meinem Schmuckkasten. Ich hoffte, du würdest es nicht merken. Alle Schlüssel in unserem Haus sehen sehr ähnlich aus. Ich nahm an, daß dir nicht einfallen würde, sie genauer anzusehen, solange du drei Schlüssel an deiner Kette hast.«

»Du hast das geplant! Du hast meinen Schlüssel gestohlen und hast meinen Schrank aufgebrochen ...!«

»Mir blieb doch gar nichts anderes übrig. Es war schrecklich – ich fühlte mich so schuldig und so hinterhältig, du kannst es dir nicht vorstellen. Der Kamillentee, den ich dir an dem Abend vor meiner Abreise nach London gebracht habe – ich hatte Laudanum hineingetan. Ich erinnerte mich, daß du einmal Laudanum gegen deine schlimmen Zahnschmerzen genommen hattest und daraufhin so tief geschlafen hast, daß wir dich am nächsten Morgen kaum wach bekamen. Nachdem du den Tee getrunken hattest und zu Bett gegangen warst, bin ich noch einmal in dein Zimmer gekommen und ... und habe die Schlüssel vertauscht.

Als Miss Pritchard und ich in London ankamen, ging sie früh zu Bett, und ich ging in dein Arbeitszimmer und holte die Briefe aus dem Stahlschrank. Ich wußte nicht, was ich mit ihnen tun sollte. Ich hatte Angst, meine Zofe würde sie finden, wenn ich sie in meinen Kleidern versteckte. Am Ende beschloß ich, sie in Mamas Bibel zu verstecken. Ich dachte, sie würde mich verstehen – sie würde verstehen, daß ich das genauso für dich tat wie für die anderen.«

»Für *mich*! Das ist ein starkes Stück!«

»Ja, Papa. Ich weiß, daß du dir diese Heirat in den Kopf gesetzt hast, aber sie würde dich nicht glücklich machen. Du würdest für immer mit dem Wissen leben müssen, daß du etwas Unrechtes getan hast. Und wenn man Menschen unrecht tut, ist man für immer an sie gebunden. Du wärst niemals wieder frei.«

»Da du die Freiheit so hoch schätzt«, fuhr Craddock sie an, »gebe ich sie dir. Es ist das letzte, was ich dir gebe. Hör mir genau zu, Maud: Von heute an brauchst du nie wieder in meine Nähe zu kommen, nie wieder an meine Tür zu klopfen, mich nie wieder wissen zu lassen, ob du lebst oder stirbst. Diese Leute sind deine Freunde – na schön, dann sieh zu, daß sie sich um dich kümmern.«

Er ging zur Tür. Dort drehte er sich um und warf einen letzten Blick auf dic Fontclairs. »Ich reise nach London ab, sobald mein Diener gepackt hat. Was aus dieser hier wird«, er wies mit einer Kopfbewegung auf Maud, »ist nun Ihre Angelegenheit.« Damit ging er hinaus und schlug krachend die Tür hinter sich zu.

Maud schwankte. Wie Statuen, die plötzlich zum Leben erwacht sind, eilten die Fontclairs zu ihr, halfen ihr in einen Sessel, hielten ihr Riechsalz unter die Nase. Cecily Fontclair schob ihr ein Kissen in den Rücken. Der Colonel dankte ihr stammelnd. Guy schüttelte ihr beinahe zu heftig die Hand. Sir Robert hielt fast eine kleine Ansprache.

Hugh kniete nieder und schob ihr ein Fußbänkchen hin. Am liebsten hätte er ihr seine Liebe zu Füßen gebreitet. Aber sie durfte nicht den Eindruck gewinnen, er erkläre sich ihr in einer flüchtigen Anwandlung der Dankbarkeit. Und sie sah so bleich, so erschöpft aus, daß es grausam gewesen wäre, sie neuerlichem Aufruhr auszusetzen, gleich, welcher Art.

Julian schlüpfte unbemerkt hinaus. Bald danach fand MacGregor ihn im Garten, wo er zerstreut dürre Blätter von einem Busch zupfte und zu Pulver zerdrückte. »Ich habe eben gehört, daß Miss Craddock dem Colonel seine Briefe zurückgegeben hat. Ich muß sagen, das ist eine couragierte junge Dame. Wenn Hugh Fontclair auch nur einen Funken Verstand besitzt, wird er sie heiraten, ob mit oder ohne Erpressung.«

»Ich glaube nicht, daß man ihn überzeugen muß.«

»Und das Mädchen? Sie wird ihn nehmen, vermute ich.«

»Ich habe keinen Zweifel.«

MacGregor musterte ihn einen Moment schweigend, sah sein bleiches, abgewandtes Gesicht, merkte, wie gedämpft er war.

»Und was haben Sie nun vor, da alles vorbei ist?«

»Es ist noch nicht vorbei. Es wird eine Leichenschau geben, und da ich der letzte bin, der Miss Fontclair lebend gesehen hat, werde ich aussagen müssen. Das ist der einzige Grund, weshalb ich noch hier bin – wenn ich die Wahl hätte, würde ich auf der Stelle verschwinden. Die Fontclairs können es bestimmt kaum erwarten, mich endlich abreisen zu sehen, obwohl sie alle sehr höflich sind und mich drängen zu bleiben. Es ist wahrscheinlich nur gerecht, daß ich nicht kurzerhand meine Zelte hier abbrechen kann, sondern bleiben und den Konsequenzen meines Handelns ins Auge sehen muß.«

»Es tut Ihnen doch nicht leid?«

»Ich weiß es nicht. Isabelle ist tot. Die Fontclairs brechen fast zusammen unter Schmerz und Scham. Wäre es so schrecklich gewesen, wenn das Verbrechen niemals geklärt worden wäre? Isabelle hätte sich selbst bestraft, ihr Leben lang und nicht weniger hart, als das Gesetz sie hätte strafen können. Und die Unschuldigen hätten nicht zu leiden brauchen.«

»Hören Sie.« MacGregor legte ihm eine Hand auf die Schulter. »So empfinden Sie jetzt, weil Sie hier mit den Menschen zusammen sind, die um Isabelle trauern und die Folgen ihres Verbrechens zu spüren bekommen. Sie müssen einen sehr hohen Preis für die Wahrheit bezahlen und werden sicher wenig für den übrig haben, der sie ans Licht gebracht hat. Erinnern Sie sich, was Milton über die Wahrheit gesagt hat? Er sagte, sie ist wie ein uneheliches Kind: Keiner will es haben, und keiner hat ein gutes Wort für den, der es zur Welt gebracht hat. Aber es gibt Menschen wie mich, die der Überzeugung sind, daß es immer gut ist, die Wahrheit herauszufinden, um ihrer selbst willen, und für diese Menschen sind Sie ein Held, Kestrel.«

»Seien Sie nicht albern!« fuhr Julian ihn scharf an.

»Sie können kein Lob vertragen, wie?« MacGregor lachte leise. »Jedenfalls nicht, wenn es sich um wesentliche Dinge handelt. Wenn ich sagte, ich bewunderte den Glanz Ihrer Stiefel, würden Sie sich spreizen wie ein Pfau, aber wehe, ich deute auch nur an, daß Sie ein feiner Mensch sind, da wehren Sie mich sofort ab.«

»Verzeihen Sie. Ich wollte nicht unhöflich sein. Aber gerade jetzt war mir das zuviel.«

»Schon gut. Ich habe einen Vorschlag – kommen Sie zu mir, und wohnen Sie bei mir, bis die Leichenschau vorüber ist. Sie können gern auch länger bleiben, wenn Sie wollen, aber ein eleganter junger Lebemann wie Sie wird wohl kaum bei einem Landarzt Trübsal blasen wollen, wenn in London die Saison dem Höhepunkt entgegengeht.«

»Ach, zum Teufel mit der Londoner Saison. Ich nehme Ihr Angebot mit Freuden an. Ich danke Ihnen.«

»Hm... gut... das wäre geregelt. Aber erwarten Sie keinen Luxus. Ich führe ein einfaches Leben und habe nicht vor, meine Gewohnheiten Ihretwegen zu ändern. Ich rauche nicht, trinke nicht, spiele nicht und empfange keine Besuche. Ich nehme meine Hauptmahlzeit immer noch mittags um zwei Uhr ein, wie man es zu tun pflegte, ehe es Mode wurde, abends zu speisen, und ich stehe jeden Morgen um sechs Uhr auf. Ich vermute, Sie würden nicht einmal um diese Zeit aufstehen, wenn das Haus in Flammen stünde.«

Julian war um eine Erwiderung nicht verlegen. »Oh, ich mag diese frühe Morgenstunde. Ich bleibe oft die ganze Nacht auf, um sie nicht zu versäumen.«

»Bei Würfelspiel und Zechgelagen zweifellos, ja. Wie Sie es fertigbringen, auf diese Weise Ihre Zeit totzuschlagen und die Intelligenz zu vergeuden, die Gott Ihnen gegeben hat...«

Immer noch schimpfend trat MacGregor den Rückweg zum Haus an. Julian ging mit ihm. Es gefiel ihm eigentlich ganz gut, sich die Leviten lesen zu lassen. Seine Freunde, die sich über tyrannische Väter und ewig nörgelnde alte Tanten beschwerten, ahnten ja nicht, wie trist es ist, keinen Menschen zu haben, der sich ab und zu einmal über einen echauffiert, sondern nur die langweilige eigene Vernunft, die einen davon abhält, einfach das zu tun, was einem in den Sinn kommt.

Maud und Julian trafen sich vor Julians Abreise aus Bellegarde im Musikzimmer.

»Miss Craddock, Sie sind großartig.« Er küßte ihre Fingerspitzen.

»Aber nein, das ist doch albern«, sagte sie errötend.

»Es ist mir ernst. Ich fand einige meiner eigenen Schachzüge schlau, aber Sie haben mich bei weitem übertroffen. Sie sind eine Meisterin.«

Sie lächelte. »Verstehen Sie jetzt, warum ich Ihnen den Grund meiner Reise nach London nicht verraten konnte? Ich wollte nicht, daß sich der Zorn meines Vaters auf Sie richtet. Er war sowieso schon ... ich meine, er glaubte, Sie und ich ... Es tut mir leid, wenn er Sie in irgendeiner Weise beleidigt hat.«

»Ich würde in dem Vorwurf, Ihr Herz erobert zu haben, keine Beleidigung sehen. Im Gegenteil, es wäre mir eine hohe Ehre.«

Er sah ihr lächelnd in die Augen. Ihr Herz schlug schneller. Zum erstenmal fragte sie sich, ob sie Hugh und ihrem Vater gegenüber ehrlich gewesen war, als sie gesagt hatte, sie bringe Mr. Kestrel nur freundschaftliche Gefühle entgegen. Wenn sie Hugh nicht zuerst begegnet wäre ...

Sie verbot es sich, den Gedanken weiterzuspinnen. Ungewißheit in der Liebe, das konnte sie nicht ertragen. Im übrigen glaubte sie nicht, daß Mr. Kestrel sie liebte oder je lieben könnte. Sie war zu einfach für ihn – zu friedlich. Er brauchte eine Frau, die ihn verwirren und becircen konnte.

Sie spürte, daß sie rot wurde, und wandte sich ab. »Mein Vater ist schon abgereist. Vor einer Stunde. Die Fontclairs waren unglaublich freundlich zu mir. Sie haben mich eingeladen, auf Bellegarde zu bleiben, solange es mir gefällt. Aber ich darf den Bogen natürlich nicht überspannen. Es wäre etwas anderes, wenn ich ... wenn Mr. Fontclair und ich noch verlobt wären. Aber das ist nun vorbei. Glauben Sie, ich könnte Arbeit als Gouvernante finden? Ich weiß, ich bin schrecklich jung, aber ich weiß nicht, womit ich mir sonst meinen Lebensunterhalt verdienen sollte. Vielleicht könnte Miss Pritchard mich beraten.«

»Miss Craddock, ich finde, Sie würden eine hinreißende Gouvernante abgeben. Aber irgendwie glaube ich, daß das Schicksal etwas anderes für Sie bereithält.«

»Schade, daß Sie abreisen«, sagte Philippa. »Ich hätte Ihnen noch soviel zu erzählen.«

»Es ist vielleicht ganz gut, wenn du dir etwas für unser nächstes Zusammentreffen aufhebst«, meinte Julian.

»Aber das kommt doch noch lange nicht, oder? Nach allem, was passiert ist, wollen Mama und Papa bestimmt nicht nach London, und ich kann mir nicht vorstellen, daß Sie uns hier wieder besuchen werden.«

»Hm, ja, das könnte etwas peinlich sein«, gab er zu. »Wenigstens in nächster Zeit.«

»Ich hatte gehofft, Sie würden so oft kommen, bis Sie richtig zur Familie gehören. Und wenn ich dann alt genug wäre, würden Sie mich vielleicht heiraten. Ich werde nämlich mal reich, wissen Sie, und ich *bin* eine Fontclair.«

»An deiner Stelle würde ich auf einen Mann warten, dem etwas anderes wichtig ist als Geld und Abstammung.«

»Oh, ich glaube nicht, daß jemand mich um meinetwillen heiraten würde. Ich bin exzentrisch und sage immer das Falsche, wissen Sie, und ich bin nicht hübsch wie meine Schwester. Ich habe ein Pferdegesicht. Ich habe hört, wie die Köchin das gesagt hat.«

»Und ich habe neulich im Himbeerpudding drei Erbsen gefunden. Daraus schließe ich, daß die Köchin ziemlich schlecht sieht.«

»Glauben Sie, ich habe eine Chance, einmal hübsch zu werden?«

»Hübsch zu sein ist nichts Besonderes. Jede junge Dame mit klaren Augen und halbwegs anständigen Zähnen schafft das. Besser ist es, klug, schlagfertig und kühn zu sein – mit Geist zu bezaubern und mit Witz zu fesseln – kurz, eine strahlende Circe im Kreis langweiliger Helenen zu sein.«

»Könnte ich das denn?«

»Ich zweifle nicht daran.« Er zog die Augenbrauen hoch. »Ich hoffe, du maßt dir nicht an, mein Urteil in Fragen des Geschmacks in Frage zu stellen.«

»Nein«, antwortete sie langsam. Sie sah ihn nachdenklich an. »In sieben Jahren bin ich achtzehn. Bis dahin werden Sie mich wohl vergessen haben.«

»Du wirst *mich* vergessen haben«, gab er lächelnd zurück.

»O nein.« Philippa schüttelte den Kopf. »Ich habe ein Gedächtnis wie ein Elefant.«

Das letzte Teil des Puzzles

Julian paßte sich dem Leben bei MacGregor besser an, als dieser gedacht hatte. Zwar schaffte er es nicht, schon um sechs aus den Federn zu kriechen, aber um neun Uhr war er meistens auf den Beinen. In der Zeit, in der MacGregor seine Patienten empfing, fand er Beschäftigung genug. Er studierte Anatomiebücher, sah sich Haare und Knochensplitter unter dem Mikroskop an, lauschte seinem eigenen Herzschlag durch ein Stethoskop.

Abends spielte er auf dem Cembalo. Es hatte ihn überrascht, ein so zierliches Instrument in MacGregors Haus zu finden. Es hätte eher zu einer Frau gepaßt.

»Es hat meiner Frau gehört«, bestätigte MacGregor. »Ich hätte es längst verkaufen sollen – es spielt ja niemand mehr darauf –, aber ich kann mich einfach nicht von ihm trennen.« Er fügte hinzu: »Sie hat Musik geliebt.«

»Ich wußte nicht, daß Sie verheiratet waren.«

»Das ist nicht weiter verwunderlich. Sie ist seit mehr als zwanzig Jahren tot. Sie starb an einem Fieber. Und unser Sohn auch.«

Mehr sagte er nicht darüber. Aber jeden Abend spielte Julian ein, zwei Stunden auf dem Cembalo, und dann ließ MacGregor die Tür des Raums offen, in dem er sich gerade aufhielt, um die Musik hören zu können.

Bei der Leichenschau erkannten die Geschworenen auf Selbstmord in einem Moment vorübergehender geistiger Verwirrung. Man fand, es sei schlimm genug für die Familie Fontclair, daß Isabelle ein Mordgeständnis abgelegt hatte; man wollte nicht durch ein Befinden auf vorsätzlichen Selbstmord Isabelle noch mehr Schuld zuweisen und die Familie noch tiefer in Schande stürzen.

Den Rest dieses Tages verbrachte die Familie sehr still. Maud, die den gedämpften Gesprächen rundherum lauschte, dachte, wie traurig es sei, daß niemand Isabelle wirklich nahegestanden hatte. Sie betrauerten jetzt weniger ihren Verlust, als die Tatsache, daß sie sie niemals richtig gekannt und keine Ahnung von der Qual gehabt hatten, mit der sie lebte.

Am nächsten Morgen brach Maud mit einem der Hunde, einem temperamentvollen rot-weißen Setter, zu einem Spaziergang im Park von Bellegarde auf. Am frühen Morgen hatte es geregnet, jetzt aber brachen erste Sonnenstrahlen durch die Wolken. Ein spielerischer Wind zupfte an der breiten Krempe ihres Huts und wickelte ihr ihren Rock um die Beine.

»Ziemlich windig, nicht wahr?« sagte Hugh.

Maud fuhr herum. »Oh! Mr. Fontclair! Ich habe Sie gar nicht gesehen.«

»Wäre es Ihnen lieber, ich wäre nicht gekommen?«

»Nein.« Aber sie war verwirrt und verlegen. Sie beobachtete den Hund, der um ihn herumtollte und sich überschwenglich auf ihn warf. Für Tiere war alles so einfach.

Er kraulte die seidigen Ohren des Hundes und versuchte zugleich, ihn zur Ruhe zu bringen. »Ich wollte mit Ihnen sprechen«, begann er. Der Setter sprang mit wild wedelndem Schweif an ihm hoch. »Nun laß mich endlich in Ruhe, Bellona!« Halb gereizt, halb lachend, sah er Maud an. »Gehen wir doch noch ein Stück. Sie wird bestimmt gleich etwas anderes entdecken, das sie interessiert.«

Von der ungebärdig herumspringenden Bellona begleitet, gingen sie weiter. Maud sagte, den Blick zu Boden gesenkt: »Ich wollte auch mit Ihnen sprechen.«

»Ach? Worüber denn?«

»Ich verstehe nicht... Ihre Mutter scheint nicht zu wissen, daß wir nicht mehr verlobt sind. Neulich hat sie mir das ganze Haus gezeigt, als würde es eines Tages mein Haus sein. Ich wußte nicht, was ich zu ihr sagen sollte. Haben Sie ihr nicht gesagt, daß ich... daß ich Sie von Ihren Verpflichtungen entbunden habe?«

»Ich habe sowohl ihr als auch meinem Vater gesagt, daß ich mich Ihnen gegenüber unerhört benommen habe und Sie mit vollem Recht die Verlobung gelöst haben. Ich habe ihnen außerdem gesagt, daß ich Sie bitten würde, es sich noch einmal zu überlegen.«

Maud blieb stehen. »Noch... noch einmal zu überlegen?«

»Ja. Ich weiß nicht, ob Sie mir mein Benehmen von neulich verzeihen können, und ich weiß auch nicht, ob Sie gewillt sind, in eine Familie einzuheiraten, in der es eine Mörderin und einen Landesverräter gibt.«

»Mein Vater wollte Sie und Ihre Familie erpressen. Das ist beinahe genauso schlimm.«

»Maud, könnten wir das alles nicht einfach vergessen und noch einmal von vorn beginnen? Sie brauchen nicht zu sagen, daß Sie mich heiraten werden – es wäre schon genug, wenn Sie glauben, daß Sie mich mit der Zeit ein wenig liebgewinnen könnten.«

»Ich glaube, das könnte ich vielleicht.« Sie lächelte mit bebenden Lippen.

»Oh, Maud!« Er faßte ihre Hände und küßte erst die eine, dann die andere. »Ich wollte Ihnen schon so lange sagen, was ich empfinde ... aber ich glaubte, Sie liebten Kestrel.«

»Der arme Mr. Kestrel! Die meiste Zeit habe ich von Ihnen gesprochen.«

»Maud, heißt das ... ist es möglich, daß Sie ... ach, meine Liebste!« Wieder küßte er ihre Hände.

Bellona, die sie mißtrauisch beäugt hatte, warf sich jetzt zwischen sie und versuchte, an Hugh hochzuspringen. »Zum Teufel!« Er hob einen Stock vom Boden auf und schleuderte ihn so weit er konnte. Bellona jagte hinterher. Hugh schob Maud zwei Finger unter das Kinn, hob ihren Kopf und küßte sie auf die Lippen.

Bellona brachte den Stock und legte ihn ihm zu Füßen. Er hätte es nicht einmal bemerkt, wenn es eine brennende Fackel gewesen wäre. »Maud, darf ich meinen Eltern sagen, daß wir wieder verlobt sind?«

»Wenn Sie wollen«, flüsterte sie.

Als sie später Arm in Arm zum Haus zurückgingen, sagte er: »Als du mir nicht erlauben wolltest, dich nach London zu begleiten, dachte ich ...«

»Ich hätte dich so gern dabeigehabt. Aber ich fürchtete, mein Vater könnte merken, daß ich ihm die Briefe entwenden wollte, und wenn du dann mit mir in London gewesen wärst, hätte er vielleicht geglaubt, du hättest die Hand im Spiel gehabt, und hätte dich irgendwie bestraft.«

»Das wäre mir gleich gewesen.«

»Aber mir nicht.«

Hugh mußte stehenbleiben und sie erneut in die Arme nehmen. Viel später fragte er: »Fehlt er dir sehr? Dein Vater, meine ich.«

»Manchmal. Ich wäre todunglücklich, wenn ich wirklich glaubte, ich würde ihn nie wiedersehen. Aber weißt du, ich glaube, er wird mir eines Tages verzeihen. Er hat ja sonst niemanden.«

Hugh lächelte und nahm ihren Arm. »Vielleicht, wenn er ein Enkelkind bekommt.«

Nun, da die Leichenschau vorüber war, gab es für Julian keinen Grund, länger in Alderton zu bleiben. Er wollte auf keinen Fall den Kontakt zu MacGregor verlieren, aber fürs erste mußte er fort aus der Nähe Bellegardes. Er hörte (von Dipper, der sich immer noch heimlich mit Molly Dale traf), daß Maud und Hugh sich miteinander versöhnt hatten; davon jedoch, daß er der Brautführer sein sollte, war nicht mehr die Rede. Nur einmal hatte er noch direkten Kontakt mit Bellegarde, und das war, als Sir Robert ihm die hundert Pfund Belohnung übersandte, die für die Aufklärung des Mordes ausgesetzt gewesen waren. Julian schienen es eher dreißig Silberlinge zu sein. Die Hälfte des Geldes schickte er anonym an Louisa Howland, die andere Hälfte spendete er für die Armen der Gemeinde.

An seinem letzten Abend in Alderton machte er einen Spaziergang. Es war beinahe neun Uhr, aber um diese Jahreszeit blieb es lange hell. Der Abendhimmel hatte einen violetten Ton, schimmernd wie Perlmutt. Langsam ging der Mond auf, die ersten Sterne blitzten. Anfangs wanderte Julian ziellos dahin, dann jedoch begann er, flotter auszuschreiten. Lange versuchte er, sich vorzumachen, er hätte keine Ahnung, wohin sein Weg ihn führte.

Niemand hielt ihn auf, als er den Park von Bellegarde betrat. Zweifellos waren Wildhüter unterwegs, aber wenn es möglich gewesen wäre, einen Besitz dieser Größe wirksam zu bewachen, dann wäre das Wildern nicht so ergiebig gewesen. Er ging zum hinteren Teil des Gartens, wo die blühenden Bäume wild wuchsen und die abgezirkelten Wege zu gewundenen Pfaden wurden. Er trat durch ein Törchen und sah vor sich die Rosenlaube, deren Gitterwerk sich wie ziseliert vor dem etwas helleren Himmel abhob.

Vor zehn Tagen war die Laube von Sonnenschein durchflutet gewesen, und inmitten der Pracht blühender Rosen hatte eine anmutige junge Frau gesessen. Nun hatten die Rosen ihre Blüten geschlossen, das Mondlicht bleichte ihre Farbe, und die Frau würde nie wieder hier sitzen.

Er blieb wie angewurzelt stehen. Doch, dort saß eine Frau, eine dunkle Silhouette im Zwielicht. Sie war groß und schlank und hielt sich kerzengerade – das Abbild Isabelles. Im ersten Moment war er verwirrt. Er glaubte nicht an Gespenster. Und doch – hier war sie.

Sie mußte ihn gehört haben. Sie drehte sich herum, und er erkannte Catherine Tarleton. Er war enttäuscht. Sie war die letzte, die er an diesem Abend sehen wollte. Doch zu unauffälligem Rückzug war es zu spät. Sie hatte ihn schon gesehen und blickte ihm in stummer, doch herrischer Aufforderung entgegen. Er ging zu ihr. Sie hatte, dachte er resigniert, ein Recht darauf, ihm ihre Meinung zu sagen. In gewisser Weise würde es entlastend sein, von einem Mitglied der Familie Fontclair mit Vorwürfen und Beschimpfungen überhäuft zu werden. Die anderen waren ihm gegenüber so unerträglich gerecht und einsichtig gewesen. Bei Catherine Tarleton konnte er sich darauf verlassen, daß sie sich ihm gegenüber nicht so milde zeigen würde.

Sie saß in majestätischer Haltung inmitten der Rosen, den Kopf stolz nach hinten geneigt, um ihm in die Augen zu sehen. Selbst im Mondlicht wirkte sie um Jahre gealtert. Ihr Haar war fast ganz weiß geworden. Ihr Gesicht war schmal und eingefallen. Doch die Augen waren unverändert – von einer schillernden Giftigkeit, mit jenem Fieberglanz, der manchen Feuern eigen ist, bevor sie erlöschen.

»Was tun Sie hier?« zischte sie.

»Ich habe mich einmal hier mit Miss Fontclair unterhalten. Ich bin hergekommen, um an sie zu denken.«

»Haben Sie sie geliebt? Ich hoffe es. Ich hoffe, Sie leiden Höllenqualen angesichts der Gewißheit, daß Sie sie getötet haben.«

»Miss Fontclair war hochherziger als Sie.«

»Bitten Sie um Erbarmen, Mr. Kestrel? Wann haben Sie uns Erbarmen gezeigt? Ach, es ist bitterste Ironie, daß gerade Sie, den ich hasse für das, was er getan hat, den ich bis an das Ende meiner Tage hassen werde, der einzige Mensch auf der ganzen weiten Welt sind, mit dem ich sprechen kann. Ich bin mutterseelenallein. Noch nie war ich so allein. Da ist selbst der Feind willkommene Gesellschaft.«

»Ich verstehe nicht.«

»Sie haben nie verstanden. Sie haben es versucht, ja! Sie hielten sich für so schlau, als Sie mich fragten, ob diese armselige kleine Französin meine Tochter sei! Glauben Sie denn, ein Kind von mir würde so erbärmlich leben und sterben? Meine Tochter ist wie eine Römerin gestorben – wie eine Römerin, Mr. Kestrel!«

»Was ... was sagen Sie da?«

»Sie waren der Wahrheit so nahe – so nahe, aber Sie haben sie nicht erkannt. Dafür habe ich gesorgt. Ich warf Ihnen einen Knochen hin – ich erzählte Ihnen von den Briefen meines Bruders Geoffrey. Ich wußte, das würde sie davon abhalten, weiterhin der Frage nachzugehen, warum ich damals nach Frankreich ging. Richtig, ich tat es, um meine Schande zu verbergen. Und es gelang. Meine Familie hat nie etwas erfahren. Und auch *er* nicht – Mark Craddock. Er mag triumphieren, daß ich ihm an jenem einen wahnsinnigen Tag nachgegeben habe, aber er hat nie erfahren, daß daraus ein Kind entstanden ist. Lieber wäre ich gestorben, als ihm diese Genugtuung zu geben.

Ich wollte das Kind weggeben. Ich wollte es von einer französischen Familie großziehen lassen. Aber nach ihrer Geburt brachte ich das nicht mehr übers Herz. Sie war mein Kind, und sie war eine Fontclair. Sie hatte nichts von diesem Mann. Nichts! Aber wie sollte ich es anstellen, daß ich sie in meiner Nähe behalten, ihr meinen Namen geben, sie mit ihrem Erbe vertraut machen konnte? Es schien hoffnungslos zu sein.

Da begegnete meine alte Gouvernante, die mich nach Frankreich begleitet hatte, eines Tages zufällig meinem Vetter Simon auf der Straße. Er und seine Frau waren soeben aus Barbados zurückgekehrt, wo sie versucht hatten, eine Plantage aufzubauen, und Schiffbruch erlitten hatten, wie bei allen ihren Unternehmungen. Sie hielten sich von England fern, weil sie dort überall Schulden hatten. Nun, ich sah sofort, wie ich sie gebrauchen konnte – Gott schien sie mir geschickt zu haben. Kein Mensch wußte etwas über ihr Leben in Barbados. Kein Mensch würde sich wundern, wenn sie eine kleine Tochter bekommen hätten, ohne daß jemand davon gehört hatte. Von diesem Moment an gehörte Isabelle ihnen. Sie nahmen sie mit nach England und zogen sie als ihr eigenes Kind groß. Ich hatte es geschafft, Mr. Kestrel. Ich hatte ihr meinen Namen gegeben, sie zu einer echten, legitimen Fontclair gemacht.

Natürlich zahlte ich dafür einen hohen Preis. Ich mußte alle Schulden Simons bezahlen und ihm und seiner Frau außerdem ein stattliches Einkommen zusichern. Als ich Sir Bertrand heiratete, stand mir sein Vermögen zur Verfügung, aber er war furchtbar lästig, wollte dauernd wissen, was aus dem ganzen Geld geworden sei. Und obwohl ich Simon soviel Geld zukommen ließ, schaffte dieser Narr es nicht, im Rahmen seiner Verhältnisse zu leben. Er und seine Frau starben völlig mittellos, als Isabelle drei Jahre alt war. Zu dieser Zeit lebten mein Mann und ich schon getrennt, und ich hätte sie nun, da sie Waise war, sehr gern adoptiert. Aber ich wagte es nicht. Alles, was ich getan hatte,

hatte ich getan, um sie vor dem Schmerz und der Demütigung zu bewahren, die es ihr bereitet hätte, die Wahrheit über ihre Geburt zu erfahren. Ich konnte es nicht riskieren, alle meine Bemühungen zunichte zu machen, indem ich nun ein allzu starkes Interesse an ihr zeigte. Darum trat ich zurück und überließ sie Robert und Cecily.

Ich verbrachte soviel Zeit wie möglich auf Bellegarde. Was kümmerte es mich, wenn niemand mich haben wollte – wenn sie mich als aufdringlichen Störenfried empfanden? Ich war in *ihrer* Nähe, und das war alles, was mir wichtig war. Sie brauchte nicht zu erfahren, daß ich ihretwegen da war. Sie würde niemals erfahren, was sie mir bedeutete.

Eines vor allem wollte ich für sie tun. Ich ließ keine Gelegenheit vorübergehen, ohne Robert und Cecily darauf hinzuweisen, was für eine gute Partie sie für Hugh abgeben würde. Wäre es nämlich zu dieser Heirat gekommen, so wäre sie endgültig sicher gewesen. Selbst wenn das Geheimnis ihrer Geburt ans Licht gekommen wäre, hätte niemand ihr den Namen Fontclair nehmen können.

Und *er* ruinierte alles! Er machte alle meine Pläne zunichte, als er mit seinen Drohungen gegen Geoffrey nach Bellegarde kam und die Heirat Hughs mit seiner Tochter, diesem gewöhnlichen kleinen Gänschen, erzwingen wollte. Wundert es Sie da noch, daß ich ihn so sehr haßte? Wundert es Sie da noch, daß ich sein Zimmer nach den Briefen durchsuchte, um seine Intrigen zu durchkreuzen? Als er mich in seinem Zimmer ertappte, ging ich soweit, ihm damit zu drohen, daß ich Robert sagen würde, was er mir vor zwanzig Jahren angetan hat. Darüber hörte Ihr Lauscher uns streiten. Natürlich hätte ich es niemals fertiggebracht, die Drohung wahr zu machen, aber er konnte das nicht mit Sicherheit wissen. Ihm jagte ich damit immerhin einen so starken Schrecken ein, daß er für mich log und nichts davon sagte, daß ich am Nachmittag in seinem Zimmer gewesen war. Er wußte, daß Robert seinen Sohn niemals die Tochter des Mannes würde heiraten lassen, der mich entehrt hatte. Ganz gleich, was für Konsequenzen das für Geoffrey gehabt hätte.

Wenigstens konnte ich ihn für all das, was er mir angetan hatte, ein wenig leiden lassen. Aber solange er auf Bellegarde war, schwebte ich in ständiger Angst, er könnte die Wahrheit über Isabelle herausfinden. An dem Abend, als ich sah, daß sie ihn zeichnete, glaubte ich, ich müßte wahnsinnig werden. Sie sollte ihn nicht ansehen, sie sollte nicht über ihn nachdenken – die beiden sollten nichts miteinander zu tun haben. Sonst hätten sie vielleicht eine Affinität zueinander gespürt, und das wollte ich auf keinen Fall. Sie war meine Tochter, einzig *meine* Tochter. Nichts hatte sie von ihm.

Es war richtig von mir, ihr nicht die Wahrheit über ihre Geburt zu sagen. Es war richtig, sehen Sie das nicht ein? Es hätte ihr das Herz gebrochen. Sie sollte für immer glauben, ein Fontclair sei ihr Vater gewesen, auch ein Narr wie Simon war da noch besser als ein Dienstbote, ein kleiner Krämer, ein Niemand. Ich werde es niemals verstehen, mir niemals verzeihen! Wie konnte ich mich einer solchen Kreatur hingeben? Einem Stallburschen. Einem Pferdeknecht!«

Julian sah sie an, doch er hörte Isabelles Stimme: »Wissen Sie, wie es ist, einen Unwürdigen zu lieben? Wenn man den Menschen nicht achten kann, den man liebt, kann man sich selbst nicht achten.«

»Es war richtig von mir«, murmelte sie. »Es war richtig, daß ich sie in dem Glauben ließ, Simon sei ihr Vater. Ich konnte doch nicht ahnen, daß daraus solcher Schaden entstehen würde. Als ich das erstemal sah, wie sie mit dem Messer ihre Bleistifte spitzte, sagte ich, laß es doch, du schneidest dich nur, wenn du mit so einem Messer deine Stifte spitzt. Aber sie sagte, sie hänge an dem Messer, sie habe ja sonst kaum eine Erinnerung an ihren Vater. Wenn ... wenn sie ein Federmesser benutzt hätte ... hätte sie niemals... Aber wie konnte ich das ahnen? Es war nicht meine Schuld. Sie haben sie zerstört, nicht ich!«

»Sie hat sich selbst zerstört.« Zum erstenmal erkannte er, daß es wahr war, und ein großer Stein fiel ihm vom Herzen. »Isabelle wußte, daß sie keines anderen Opfer war. Das versuchte sie mir klarzumachen, als wir das letztemal miteinander sprachen. Sie gab mir keine Schuld, und sie hätte Ihnen keine gegeben.«

»Sie können sich vielleicht selbst verzeihen, Mr. Kestrel. Aber ich werde Ihnen niemals verzeihen.«

Er hätte ihr gern entgegnet, sie solle sich selbst verzeihen – für Isabelles Geburt und ihren Tod. Aber er wußte, sie würde seine Worte als Anmaßung betrachten.

»Kann ich irgend etwas für Sie tun?« fragte er hilflos.

»Ich bitte Sie nur um eines: Vergessen Sie alles, was ich gesagt habe. Ich wollte mich Ihnen nicht anvertrauen. Mein Schmerz hat mich dazu getrieben. Ich mußte mit einem Menschen sprechen. Jetzt ist es vorbei. Versprechen Sie mir, daß Sie nie wieder darüber reden werden. Nicht mit meinen Brüdern, nicht mit Mark Craddock, nicht einmal mit mir. Versprechen Sie mir das!«

»Ich verspreche es«, sagte er.